E. Funk
2005

Лорел Гамильтон | Laurell Hamilton

Цирк проклятых
•
Кафе лунатиков

Москва • 2004

УДК 821.111(73)-312.9
ББК 84 (7Сое)-44
Г18

Laurell K. Hamilton
CIRCUS OF THE DAMNED
THE LUNATIC CAFE

Перевод с английского М.Б. Левина

Серийное оформление А.А. Кудрявцева

Печатается с разрешения автора и
литературных агентств Writers House LLC и Synopsis.

Подписано в печать 25.08.04. Формат 84×108 $^1/_{32}$.
Усл. печ. л. 36,96. Тираж 5 000 экз. Заказ № 2572.

Гамильтон Л.
Г18   Цирк проклятых. Кафе лунатиков: Романы / Л. Гамильтон; Пер. с англ. М.Б. Левина. — М.: ООО «Издательство АСТ»: ОАО «ЛЮКС», 2004. — 700, [4] с.

ISBN 5-17-024025-2 (ООО «Издательство АСТ»)
ISBN 5-9660-0122-7 (ОАО «ЛЮКС»)

Перед вами — одна из знаменитейших «вампирских хроник» нашего времени — цикл о приключениях отчаянной Аниты Блейк, посвятившей свою жизнь смертельно опасному искусству «охоты на ночных хищников, преступивших закон», — и ее верного друга и союзника Мастера вампиров Жан-Клода.
Зомби, оборотни, «черные фэйри», сотни и сотни других порождений наших ночных кошмаров — это просто «повседневная работа» Аниты Блейк!
Опасность — это игра. Гибель — это игра.
Потому что нет в мире игры более стильной, чем игра со смертью!
Перед вами НОВЫЕ дела Аниты Блейк — дело о «Цирке проклятых» и дело о «Кафе лунатиков».

УДК 821.111(73)-312.9
ББК 84 (7Сое)-44

© Laurell K. Hamilton, 1995, 1996
© Перевод. М.Б. Левин, 2000, 2001
© ООО «Издательство АСТ», 2004

Цирк проклятых

1

А у меня под ногтями засохла куриная кровь. Когда поднимаешь мертвого для живых, приходится пролить немножко крови. И она налипла хлопьями мне на руки и лицо. Я пыталась перед этой встречей отчистить самые заметные пятна, но такие вещи можно убрать только душем. Отпив кофе из своей любимой кружки с надписью «Разозли меня, и тебе же хуже», я посмотрела на двоих мужчин напротив.

Мистер Джереми Рубенс был приземист, черноволос и сварлив. Не было минуты, чтобы он не хмурился или не брюзжал. Мелкие черты его лица собрались в середине, будто чья-то гигантская ладонь свела их вместе, пока глина еще не засохла. Руки его все время бегали, поглаживая лацкан пиджака, темно-синий галстук, булавку галстука, воротник белой рубашки. Потом на секунду замирали на коленях и повторяли маршрут заново: лацкан, галстук, булавка, воротник, колени. Еще пять минут таких движений — и я с воплем о пощаде пообещаю ему все, что он хочет.

Вторым был Карл Ингер. С ним я не была знакома. Ростом он был на несколько дюймов выше шести футов. Когда он стоял, то возвышался надо мной и Рубенсом, как башня. Большое лицо выгодно подчеркивали коротко стриженные волнистые рыжие волосы. И еще у него были самые настоящие бакенбарды, переходящие в самые пышные усы, которые я в жизни видела. Все в нем было аккуратно и приглажено, кроме этих нерегулярных волос. Может, у его волос был сегодня праздник непослушания.

Руки Рубенса пошли на четвертый круг. Четыре — это число я всегда считала пределом.

Было сильное искушение обойти вокруг стола, схватить его за руки и завопить: «Перестань!» Но это было бы слишком грубо, даже для меня.

— Не помню вас таким нервным, Рубенс.

Он посмотрел на меня:

— Нервным?

Я показала на его руки, изобразив их нескончаемое кружение. Он нахмурился и положил руки на бедра, где они застыли неподвижно. Самоконтроль в полной силе.

— Я не нервничаю, Мисс Блейк.

— Не надо так педалировать слово «мисс». Так что же вас беспокоит, мистер Рубенс?

— Я не привык просить помощи у людей вроде вас.

— Людей вроде меня? — Я постаралась, чтобы вопрос прозвучал недоуменно. Он резко прокашлялся:

— Вы знаете, что я имею в виду.

— Нет, мистер Рубенс, не знаю.

— Ну, у зомбировщицы... — Он пресекся в середине фразы. Я начинала выходить из себя, и наверняка это отразилось на моем лице. — Я не хотел вас обидеть, — добавил он тихо.

— Если вы пришли обзываться, проваливайте к чертям из моего кабинета. Если вы пришли по делу, изложите его и проваливайте к чертям.

Рубенс встал.

— Я же тебе говорил, что она нам не поможет.

— Поможет вам — что сделать? Вы же мне ничего не сказали, — заметила я.

— Наверное, нам стоило бы просто ей рассказать, зачем мы пришли, — сказал Ингер. Он говорил низким рокочущим басом — довольно приятный голос.

Рубенс набрал побольше воздуха и выдохнул через нос.

— Хорошо. — Он откинулся в кресле. — Во время нашей прошлой встречи я был членом группы «Люди против вампиров».

Я кивнула — дескать, помню, — и отпила кофе.

— Я основал новую группу, «Человек превыше всего». У нас те же цели, но методы более прямые.

Я уставилась на него в упор. Основная цель ЛПВ была вновь объявить вампиров вне закона, чтобы можно было охотиться за ними, как за зверьми. Мне это подходило. Я была когда-то охотником за вампирами, вампироборцем. Теперь я стала истребительницей вампиров. Для ликвидации конкретного вампира нужен был ордер, иначе это считалось убийством. Чтобы получить ордер, требовалось доказать, что данный вампир представляет опасность для общества, то есть подождать, чтобы этот вампир убил людей. Наименьшее число убитых было пять, наибольшее — двадцать три. Это куча мертвых тел. А в старые добрые времена вампира можно было убивать на месте.

— Что именно означают «более прямые методы»?

— Вы знаете, что это значит, — сказал Рубенс.

— Нет, — ответила я, — не знаю.

На самом деле я знала, но говорить этого вслух не хотела.

— ЛПВ не удалось дискредитировать вампиров через средства массовой информации или политические механизмы. «Человек превыше всего» организует их полное уничтожение.

Я улыбнулась поверх кружки.

— Вы имеете в виду истребить всех вампиров в США до последнего?

— Такова наша цель, — подтвердил он.

— Это убийство.

— Вам приходилось поражать вампиров. Вы действительно считаете это убийством?

Настала моя очередь делать глубокий вдох. Еще несколько месяцев назад я бы сказала «нет». Но сейчас я не была уверена.

— Я больше в этом не уверена, мистер Рубенс.

— Если пройдет новый закон, мисс Блейк, вампиры получат право голоса. Вас это не пугает?

— Пугает.

— Тогда помогите нам.

— Хватит танцевать вокруг да около, Рубенс. Скажите, что вы хотите.

— Ладно. Мы хотим знать место дневного отдыха Старейшего вампира города.

Мне пришлось улыбнуться:

— Почему вы думаете, что я знаю дневное убежище Мастера?

Ответил Ингер:

— Оставьте, мисс Блейк. Если мы можем признать, что пропагандируем убийства, вы можете признать знакомство с Мастером.

И улыбнулся очень приветливо.

— Скажите мне, откуда у вас сведения, и я, быть может, их подтвержу. Быть может, и нет.

Его улыбка стала шире всего на миллиметр.

— Кто же теперь танцует вокруг да около?

Он попал в точку.

— Если я скажу, что знаю Мастера, что тогда?

— Дайте нам место его дневного отдыха, — сказал Рубенс. Он наклонился вперед, и на его лице была написана жажда почти сексуальная. Но это не было комплиментом мне. Не я его завела, а мысль об осиновом коле в сердце Мастера.

— Откуда вы знаете, что Мастер — это он?

— Статья была в «Пост-Диспетч». Там очень тщательно обходились имена, но ясно, что это создание — мужского пола.

Интересно, как бы реагировал Жан-Клод на слово «создание». Лучше не выяснять.

— Я дам вам адрес, и вы придете — и что? Всадите ему кол в сердце?

Рубенс кивнул. Ингер улыбнулся.

— Я так не думаю, — покачала я головой.

— Вы отказываетесь нам помочь? — спросил Рубенс.
— Нет, я просто не знаю этого места.

Я испытала облегчение при возможности сказать правду.

— Вы лжете, чтобы его защитить, — сказал Рубенс. Лицо его помрачнело, на лбу показались глубокие морщины.

— Мистер Рубенс, мистер Ингер, я действительно не знаю. Если вам нужно поднять зомби, можем продолжить разговор, если нет...

Я оставила фразу неоконченной и улыбнулась лучшей из своих профессиональных улыбок. На них она не произвела впечатления.

— Мы согласились на встречу с вами в это богопротивное время и заплатили приличный гонорар за консультацию. Я считал, что вы можете хотя бы быть вежливой.

«Вы первый начали», — хотела сказать я, но это было бы по-детски.

— Я вам предложила кофе, вы отказались.

Рубенс еще больше нахмурился, вокруг глаз его залегли сердитые морщины.

— Вы так обращаетесь со всеми вашими... клиентами?
— В последний раз, когда мы виделись, вы меня назвали зомбилюбивой сукой. Я вам ничего не должна.
— Вы взяли наши деньги.
— Это сделал мой босс.
— Мы встретились с вами на рассвете, мисс Блейк. Вы могли бы пойти нам навстречу.

Я вообще не хотела встречаться с Рубенсом, но, когда Берт взял у них деньги, я тоже вроде как в это влипла. И назначила встречу на рассвете, после ночной работы. Так я могла потом поехать домой и проспать восемь часов подряд. Пусть лучше Рубенс спит вразбивку.

— Вы могли бы найти убежище Мастера? — спросил Ингер.
— Возможно. Но если бы я его нашла, то вам не сказала бы.
— Почему? — спросил он.
— Потому что у нее с ним связь! — бухнул Рубенс.
— Тише, Джереми.

Рубенс открыл рот, чтобы поспорить, но Ингер сказал:

— Ради нашего дела, Джереми.

Рубенс с видимым трудом проглотил собственную злость и заткнулся. Самоконтроль.

— Почему, мисс Блейк?

Глаза у Ингера стали очень серьезны, и смешинка исчезла, как растаявший снег.

— Мне случалось убивать вампиров в ранге Мастера, и никого из них — осиновым колом.

— Тогда как?

Я улыбнулась.

— Нет, мистер Ингер. Если вы хотите брать уроки вампироборства, попробуйте в другом месте. Даже просто отвечая на ваши вопросы, я могу попасть под обвинение в пособничестве убийству.

— Вы не предложите нам лучшего плана? — спросил Ингер.

На минуту я задумалась. Жан-Клод — мертвый. По-настоящему мертвый. Это наверняка облегчило бы мою жизнь, но... но...

— Вряд ли.

— Почему?

— Потому что я думаю, что он вас убьет. Я не выдаю людей монстрам, мистер Ингер. Даже тех, кто меня ненавидит.

— Мы не ненавидим вас, мисс Блейк.

Я ткнула кружкой в сторону Рубенса.

— Вы — может быть, и нет, а он — да.

Рубенс просто бросил на меня взгляд. Он не стал опровергать.

— Если мы найдем план получше, мы можем снова с вами поговорить? — спросил Ингер.

Я посмотрела в злые глазки Рубенса.

— Конечно, почему бы и нет?

Ингер встал и протянул мне руку.

— Благодарю вас, мисс Блейк. Вы очень нам помогли.

Моя рука утонула в его ладони. Он был крупный мужчина, но не старался заставить меня почувствовать себя мелкой. Я это оценила.

— Когда мы увидимся в следующий раз, Анита Блейк, — произнес Рубенс, — вы нам поможете всерьез.

— Джерри, это звучит угрозой.

Рубенс улыбнулся — очень неприятной улыбкой.

— «Человек превыше всего» считает, что цель оправдывает средства, Анита.

Я распахнула свой сиреневый жакет. Под ним висела наплечная кобура с девятимиллиметровым браунингом. Черный ремешок на лиловой юбке был достаточно тонок, чтобы продеть его сквозь портупею. Шик террориста.

— Когда дело доходит до выживания, Джерри, я тоже так считаю.

— Мы не угрожали вам насилием, мисс Блейк.

— Нет, но старина Джерри об этом подумывает. Я лишь хочу убедить его и всю вашу группку, что я говорю серьезно. Заведетесь со мной — будет кровь.

— Нас десятки, — сказал Рубенс, — а ты только одна.

— Ага. А кто будет первым в очереди? — спросила я.

— Джереми, мисс Блейк, хватит! Мы пришли не угрожать вам. Мы пришли за вашей помощью. Мы выработаем план получше и придем к вам снова.

— Его не приводите, — сказала я.

— Разумеется, — ответил Ингер. — Пойдем, Джерри. — Он открыл дверь. Из приемной донеслось тихое щелканье клавиш компьютера. — До свидания, мисс Блейк.

— До свидания, мистер Ингер, это было действительно неприятно.

Рубенс остановился в дверях и прошипел мне:

— Ты мерзость перед Господом!

— Тебя Иисус тоже любит, — улыбнулась я.

Он громко хлопнул дверью. Ребячество.

Я присела на край стола и подождала, чтобы они наверняка ушли. Вряд ли они попробуют что-нибудь на автостоянке, но мне в самом деле сегодня не хотелось стрелять в людей. Нет, если надо, я буду, но лучше этого избежать. Я надеялась, что вид пистолета уже заставит Рубенса отступить. Но, кажется, он только разозлился.

Я завертела шеей, пытаясь снять напряжение. Не помогло.

Можно поехать домой, принять душ и проспать восемь часов подряд. Славно.

Тут запищал пейджер, и я подпрыгнула как ужаленная. Нервы? У меня?

Я нажала кнопку и застонала, увидев номер. Полиция. Точнее, Региональная Группа Расследования Противоестественных Событий. Команда призраков. Они занимались всеми противоестественными преступлениями в штате Миссури. А я у них была штатским экспертом по монстрам. Берту нравились мои гонорары, но больше того — хорошая реклама.

Пейджер снова запиликал. Тот же номер.

— А, блин! — тихо сказала я. — Дольф, я тебя и с первого раза услышала.

Мелькнула соблазнительная мысль, что я уже уехала домой, отключила пейджер и теперь вне досягаемости, но я этого не сделала. Если детектив сержант Рудольф Сторр вызывает меня через полчаса после рассвета, значит, ему нужна моя экспертиза. Черт побери все!

Я позвонила по телефону и после нескольких переключений услышала голос Дольфа. Очень далекий. Жена ему подарила на день рождения мобильный телефон, и он явно был на краю своей зоны действия. Но все равно куда лучше, чем по полицейской рации. Там всегда будто на иностранном языке говорят.

— Привет, Дольф. Что стряслось?
— Убийство.
— Что за убийство?
— Из тех, что требуют твоей экспертизы.
— Черт побери, Дольф, слишком ранний час для игры в двадцать вопросов. Скажи, что случилось.
— Ты что, сегодня не с той ноги встала?

— Еще и не ложилась.

— Сочувствую, но тащи сюда свою задницу. Похоже, у нас на руках жертва нападения вампира.

Я резко вдохнула и медленно выдохнула.

— Твою мать!

— Можно и так сказать.

— Давай адрес, — сказала я.

Он дал. Через реку и через лес, по дороге к черту на кулички с поворотом в Арнольд. Моя контора рядом с Олив-бульваром. Сорок пять минут езды в одну сторону. Блеск.

— Приеду, как только смогу.

— Мы будем ждать, — сказал Дольф и повесил трубку.

Я тоже не позаботилась говорить гудку «до свидания». Жертва вампира. А я никогда не видала одиночного убийства. Это как картофельные чипсы: попробует вамп один и уже остановиться не может. Вся штука в том, сколько еще погибнет людей, пока мы его не поймаем?

И думать не хотелось. И в Арнольд ехать не хотелось. И таращиться на мертвые тела до завтрака не хотелось. Домой мне хотелось. Но почему-то я знала, что Дольф этого не поймет. Когда полицейские работают над убийством, чувство юмора им отказывает. Если уж на то пошло, то и мне тоже.

2

Тело мужчины лежало на спине, бледное и голое в неярком свете утреннего солнца. Даже обмякшее в смерти тело было отличным — упражнения с тяжестями, может быть, бег. Длинные желтые волосы смешались с еще зеленой травой газона. Гладкая кожа шеи была дважды отмечена аккуратными следами клыков. Правая рука проколота в локтевом сгибе, там, где врачи берут кровь. Кожа на левом запястье разорвана, будто ее грыз зверь. В утреннем свете белела кость.

Своей верной рулеткой я измерила отметины клыков. Разный размер. Не менее трех различных вампиров, но я готова была поставить все свое движимое и недвижимое, что их было пять. Мастер и его стая, или шайка, или как назвать группу вампиров.

Трава была влажна от утреннего тумана. Влага пропитала колени комбинезона, который я надевала поверх костюма. Мое снаряжение для мест преступления завершали черные найковские кроссовки и хирургические перчатки. Раньше я носила белые, но на них слишком видна кровь.

Извинившись мысленно за то, что я должна была сделать, я развела ноги трупа в стороны. Они поддались легко, окоченения не было. Наверняка он был мертв меньше восьми часов, и оно не успело наступить. По съежившимся органам расплескалось семя. Последняя радость перед смертью. Вампиры его не обтерли. На внутренней поверхности бедра возле паха оказались новые отметины клыков. Не такие зверские, как рана на запястье, но особо аккуратными их тоже не назовешь.

На коже возле ран крови не было, даже у рваной раны на руке. Они стерли кровь? Где бы он ни был убит, а крови должно было быть много. Всю ее они счистить не могли. Найди мы, где он был убит, у нас была бы куча следов в руках. Но на тщательно подстриженном газоне самого что ни на есть ординарного жилого района следов никаких не было. За это можно ручаться. Они выбросили тело на место такое же стерильное и бесполезное, как обратная сторона Луны.

Облака тумана реяли в небольшом жилом районе, как ожидающие призраки. Туман стелился так близко к земле, что приходилось идти как сквозь полосы моросящего дождя. Он оседал на теле бисеринками влаги. И у меня в волосах тоже жемчужинками висели капли.

Я стояла во дворе светло-зеленого домика с белой отделкой. С одной стороны двор огибала цепочная изгородь. Стоял октябрь, но трава была еще зеленой. Над домом нависала крона сахарного клена. Листья его блестели желтым и багряным, как и полагается кленам, и казались вырезанными из пламени. Туман усиливал эту иллюзию, и цвета, казалось, истекали в воздух, как кровь.

И дальше по улице тоже тянулись дома с яркими осенними деревьями и зелеными газонами. Еще было рано, и народ не уехал на работу, или в школу, или куда там еще. Потому собралась толпа, которую сдерживали полицейские в форме. Они забили в землю колья и протянули желтую оградительную ленту. И толпа навалилась на эту ленту, насколько хватало смелости. В передние ряды протолкался мальчишка лет двенадцати и уставился на мертвеца большими карими глазами, раскрыв рот в тихом вопле возбуждения. Черт возьми, где его родители? Тоже небось на труп глазеют.

Труп был бел как бумага. Кровь всегда стекает к низшей точке тела. В данном случае темно-багровые синяки должны быть на ягодицах, руках, ногах, по всей задней части тела. Но этих следов не было. В нем не было крови, достаточной для образования пятен. Те, кто его убил, высосали ее полностью. Использовали до последней капли? Я попыталась подавить улыбку — и не смогла. Если проводить много времени, глазея на трупы, вырабатывается специфическое чувство юмора. Иначе спятишь.

— Что там смешного? — спросил чей-то голос.

Я дернулась и резко повернулась.

— Зебровски, какого черта ты подкрадываешься?

— Огромный крутой вампироборец боится собственной тени?

Он усмехался. Непослушные каштановые волосы на нем торчали тремя кустами, будто он забыл причесаться. Галстук был кое-как завязан на рубашке, подозрительно напоминавшей верх пижамы. Пиджак от костюма и брюки явно с ней диссонировали.

— Симпатичная пижамка.

Он пожал плечами:

— Есть у меня еще одна пара с маленькими паровозиками. Кэти говорит, что они сексуальны.

— Твоя жена возбуждается от паровозов? — спросила я.

Он улыбнулся еще шире:

— Если я их надеваю.

Я покачала головой:

— Я знала, что ты извращенец, Зебровски, но детская пижамка — это уже диагноз.

— Спасибо. — Он посмотрел на тело, и улыбка его растаяла. — Что ты об этом думаешь?

— Где Дольф?

— В доме, с той леди, которая нашла тело. — Он сунул руки в карманы и покачнулся на каблуках. — Она это очень тяжело восприняла. Наверное, впервые увидела труп не на похоронах.

— Обычные люди только там и видят мертвецов, Зебровски.

Он еще раз качнулся с пятки на носок и остановился.

— А неплохо было бы быть обычным человеком, правда?

— Иногда, — согласилась я.

— Ага, я тебя понял, — улыбнулся он. И вытащил из кармана блокнот. Вид у блокнота был будто его в кулаке мяли.

— Фу, Зебровски!

— А что? Это все равно бумага.

Он попытался его разгладить, но без успеха. Потом наставил перо на сморщенный листок.

— Просвети меня, о противоестественный эксперт!

— А потом повторять все это Дольфу? Я предпочла бы рассказать один раз и поехать спать.

— А я? Почему, ты думаешь, я в пижаме?

— А я было решила, что это смелая новая мода. — Он поднял глаза. — И ничего, вполне.

Из дома вышел Дольф. Дверь казалась для него слишком мала. Он роста шесть футов девять дюймов и сложен, как борец. Черные волосы клубились вплотную к голове, оставляя открытыми оттопыренные уши по сторонам лица. Но Дольф мало интересовался модой. Галстук плотно прилегал к белой рубашке. Его тоже, как и Зебровски, вытащили из постели, но вид у него был опрятный, подтянутый и деловой. Когда Дольфу ни позвони, он всегда готов к работе. Профессиональный коп до мозга костей.

Так как же Дольф попал в самый непопулярный полицейский отдел Сент-Луиса? Наверняка в наказание, в этом я уверена, но за что — я никогда не спрашивала. Наверное, и не спрошу. Его дело. Если он сочтет нужным, скажет мне сам.

Этот отдел изначально создавали, чтобы либералы не вопили. Вот, видите, мы занимаемся сверхъестественными преступлениями. Но Дольф относился к своей работе и к своим людям всерьез. За последние два года они раскрыли больше преступлений со сверхъестественной подоплекой, чем любая другая группа полицейских по стране. Их даже дважды одалживали соседним штатам.

— Ладно, Анита, давай.

В стиле Дольфа. Без предисловий.

— Привет, Дольф, я тоже рада тебя видеть.

Он только глянул в мою сторону.

— О'кей, о'кей. — Я присела возле трупа, чтобы иметь возможность показывать. Наглядное пособие — самое лучшее подспорье при изложении. — Простые измерения показывают, что на этом человеке кормились не менее трех вампиров.

— Но? — спросил Дольф.

Быстро он схватывает.

— Но я думаю, что все раны нанесены разными вампирами.

— Вампиры не охотятся стаями.

— Обычно они одинокие охотники, но не всегда.

— Что заставляет их охотиться стаями? — задал он вопрос.

— Мне встречались только две причины: первая — когда один из них новоумерший, и вампир постарше учит его азам, но это дало бы нам всего две пары клыков, а не пять. Вторая — когда их контролирует Мастер вампиров, а он дичает.

— Подробнее.

— У Мастера вампиров власть над своим стадом почти абсолютная. Некоторые Мастера используют групповые убийства для сплочения стаи, но они бы не стали тащить тело сюда. Они бы его спрятали, где полиция никогда его не найдет.

— Но вот оно, тело, — сказал Зебровски, — прямо на виду.

— Именно. И так бросить тело мог бы только обезумевший Мастер. Почти ни один Мастер, даже до того, как вампиров легализовали, не стал бы афишировать такое убийство. Это привлекает внимание, и обычно у этого внимания в одной руке осиновый кол, а в другой — крест. И даже теперь, если мы выследим вампиров, которые это сделали, сможем получить ордер на их ликвидацию. — Я покачала головой. — Такое зверское убийство для бизнеса плохо, а про вампиров можно много разного сказать, но в непрактичности их не обвинишь. Нельзя оставаться в живых и прятаться столетиями, если не будешь благоразумен и безжалостен.

— А безжалостным почему? — спросил Дольф.

Я уставилась на него:

— Из самых практичных соображений. Кто бы тебя ни обнаружил, ты его убиваешь или делаешь одним из своих... детей. Чисто деловые соображения, Дольф, ничего другого.

— Как мафия, — сказал Зебровски.

— Ага.

— А что, если они впали в панику? — спросил Зебровски. — Дело-то было перед самым рассветом.

— Когда женщина нашла тело?

Дольф заглянул в блокнот:

— Пять тридцать.

— Еще несколько часов до рассвета. Не с чего было паниковать.

— Если мы имеем дело с обезумевшим Мастером вампиров, что точно это значит?

— Это значит еще несколько убийств в ближайшее время. На прокорм пяти вампиров кровь может быть нужна каждую ночь.

— Каждую ночь свежий труп? — недоверчиво спросил Зебровски.

Я просто кивнула.

— О Боже, — сказал он.

— Именно, — согласилась я.

Дольф молчал, глядя на покойника.

— И что мы можем сделать?

— Я могла бы поднять этот труп как зомби.

— Я думал, жертву нападения вампира нельзя поднять как зомби, — сказал Дольф.

— Если труп собирается восстать вампиром, то нельзя. — Я пожала плечами. — То, что создает вампира, мешает поднятию. Тело, которое настроено восстать вампиром, мне не поднять.

— Но этот не восстанет, — сказал Дольф, — и потому ты можешь его поднять.

Я кивнула.

— А почему эта жертва вампира не восстанет?

— Его убил не один вампир, он погиб в массовом жоре. Чтобы труп восстал вампиром, на нем должен кормиться только один вампир в течение нескольких дней. Три укуса ведут к смерти, и вот вам новый вампир. Если бы возвращались все жертвы вампиров, мы бы утонули в кровососах.

— А эту жертву можно поднять в виде зомби? — утвердительно спросил Дольф.

Я кивнула.

— И когда ты сможешь провести анимацию?

— Через три ночи после этой, точнее, через две. Эта тоже считается.

— В какое время?

— Надо посмотреть, какое у меня расписание на работе. Позвоню и скажу тебе.

— Вот так просто поднять жертву убийства и спросить, кто его убил. Мне это нравится, — улыбнулся Зебровски.

— Не так все просто, — ответила я. — Ты же знаешь, как путаются в показаниях свидетели насильственных преступлений. Из показаний троих свидетелей одного и того же преступления ты получишь три разных роста и цвета волос.

— Это да, свидетельские показания — это кошмар.

— Продолжай, Анита, — сказал Дольф. В подтексте ясно читалось: «Зебровски, заткнись». Зебровски заткнулся.

— Человек, павший жертвой насильственного преступления, путается еще больше. Напуганы они до смерти и часто очень неясно помнят.

— Но они же... — начал выведенный из себя Зебровски.

— Зебровски, дай ей закончить.

Зебровски показал жестами, что запирает рот на замок и выбрасывает ключ. Дольф нахмурился. Я закашлялась, чтобы скрыть улыбку. Не следует поощрять Зебровски.

— В общем, я могу поднять эту жертву из мертвых, но он может не дать тебе той информации, которой ты ждешь. Воспоминания, которые мы получим, будут путаные и болезненные, но могут сузить круг поиска до того Мастера, который вел группу.

— Поясни, — сказал Дольф.

— В настоящий момент в Сент-Луисе, как предполагается, есть два Мастера. Малкольм, Билли Грэм среди нежити, и Мастер города. Всегда есть возможность, что появился новый Мастер, но Мастер города должен быть способен это контролировать.

— Мы возьмем на себя главу Церкви Вечной Жизни, — сказал Дольф.

— Я навещу Мастера, — сказала я.

— Возьми одного из нас для поддержки.

Я покачала головой:

— Не могу. Если он узнает, что я сообщила копам, кто он, убьет нас обоих.

— А насколько это для тебя опасно? — спросил Дольф.

Что я должна была сказать? Очень? Или сообщить им, что Мастер ко мне неровно дышит, так что все будет в порядке?

— Все будет нормально.

Он смотрел на меня очень серьезными глазами.

— А кроме того, какой у нас выбор? — Я показала на труп. — У нас будет каждую ночь по такому, пока мы не найдем вампиров, которые это делают. Кто-то из нас должен говорить с Мастером. С полицией он говорить не будет, а со мной будет.

Дольф глубоко вдохнул и медленно выдохнул. Кивнул. Он знал, что я права.

— Когда ты сможешь это сделать?

— Завтра ночью, если смогу уговорить Берта передать кому-нибудь мою работу по зомби.

— Ты так уверена, что Мастер будет с тобой говорить?

— Ага.

С Жан-Клодом трудность была не в том, чтобы его найти, а в том, чтобы ему не попадаться. Но Дольф этого не знал, а если бы знал, то настоял бы на том, чтобы пойти со мной. И нас убили бы обоих.

— Тогда давай, — сказал он. — И дай мне знать, что найдешь.

— Обязательно, — ответила я. И встала, глядя на него поверх обескровленного трупа.

— Поглядывай, что у тебя за спиной, — сказал он.

— Непременно.

— Если Мастер тебя съест, оставишь мне в наследство этот комбинезончик? — спросил Зебровски.

— Купи себе свой, дешевка и скупердяй!

— Я бы хотел тот, что облегал когда-то твое желанное тело.

— Отлипни, Зебровски. Я в паровозики не играю.

— При чем тут вообще железная дорога, черт побери? — спросил Дольф.

Мы с Зебровски переглянулись, захихикали и не могли остановиться. Меня мог извинить недосып. Я была на ногах четырнадцать часов подряд, поднимала мертвых и разговаривала с правыми фанатиками. И вполне заработала право на истерический смех. Какое оправдание мог найти себе Зебровски — понятия не имею.

3

Бывает в октябре несколько дней, которые можно назвать идеальными. Такое раскидывается чистое и голубое небо над головой, что все остальное кажется красивее обычного. Стоят вдоль шоссе деревья — багряные, золотые, ржавые и бордовые. И каждый цвет ярок, как неон, и пульсирует в солнечном свете. Воздух прохладен, но не холоден, и в полдень можно обойтись только легким жакетом. Погода для долгих прогулок в лесу с кем-нибудь, с кем хочется держаться за руки. Поскольку такового у меня не было, я надеялась на свободный уик-энд, чтобы погулять одной. Шансы на этот уик-энд менялись от хилых до несуществующих.

Октябрь — сезон подъема мертвых. Все считают, что Хэллоуин — прекрасное время для подъема зомби. Это не так. Единственное требование — темнота. Но почему-то все хотят назначить время работы на полночь Хэллоуина. Они думают, что провести ночь кануна Всех Святых на кладбище, убивая цыплят и глядя на вылезающих из могил мертвецов, — классное развлечение. Хоть билеты продавай.

Я поднимала до пяти зомби за ночь. Не надо было мне говорить Берту, что от четырех зомби я еще не выдыхаюсь. Излишняя правдивость — моя собственная ошибка. Конечно, если правду сказать, и пять зомби меня тоже не выматывают, но черт меня побери, если я скажу об этом Берту.

Кстати, о моем боссе. Надо ему позвонить, когда приеду домой. В каком он будет восторге, когда я попрошу выходную ночь! При этой мысли я улыбнулась. Каждый день, когда удавалось дернуть цепь из рук Берта, был хорошим днем.

У своего дома я остановилась около часу дня. И хотелось мне только быстро принять душ и часов семь поспать. Насчет восьми уже и думать не приходилось — слишком поздно. И надо увидеться сегодня с Жан-Клодом. То-то радости. Но он и был Старейшим вампиром города. И если рядом появился другой Мастер вампиров, он об этом знает. Кажется, они друг друга чуют. Конечно, если убийство совершил Жан-Клод, то вряд ли он сознается. Но я не думала, что это он. Слишком он хороший бизнесмен, чтобы так грязно работать. И единственный из известных мне Мастеров вампиров, который не свихнут так или этак — не псих, не социопат.

Конечно-конечно, Малкольм тоже не свихнут, но его методов я не одобряла. Он возглавлял самую быстрорастущую церковь Америки. Церковь Вечной Жизни предлагала именно то, что говорилось в названии. Ни порывов веры, ни неизвестности — чистая гарантия. Можешь стать вампиром и жить вечно, если тебя не убьёт кто-нибудь вроде меня, или не попадёшь в пожар, или автобус тебя не собьёт. Насчёт автобуса я не была так уверена, но мне это всегда было интересно. Наверняка есть что-нибудь такое массивное, что может даже вампира повредить невосстановимо. И я надеялась когда-нибудь эту теорию проверить.

По лестнице я шла медленно. Тело отяжелело, глаза жгло от желания спать. До Хэллоуина оставалось три дня, и нельзя было сказать, что месяц кончается слишком быстро. Перед Днём Благодарения в нашем бизнесе начинается спад и тянется до Нового года, а потом снова идёт рост. Я молилась о снежных буранах. При сильном снеге дел меньше. Люди думают, что мы не умеем поднимать мёртвых сквозь глубокий снег. Умеем, только никому не говорите. Мне хоть чуть-чуть отдохнуть надо.

Коридор был наполнен тихими звуками от моих живущих дневной жизнью соседей. Я искала в кармане ключи, когда отворилась дверь напротив. Из неё вышла миссис Прингл. Она была высокой, худой, ещё более похудевшей с годами, с пучком волос на затылке. Волос абсолютно седых. Миссис Прингл ни красками, ни косметикой не пользовалась. Ей было шестьдесят пять, и она плевать хотела, кто об этом знает.

Крем, её шпиц, стал рваться с поводка. Он — мячик золотистой шерсти с маленькими лисьими ушками. По весу он уступает почти всем кошкам, но он из этих маленьких собачек с повадками больших. В прошлой жизни он был датским догом, наверное.

— Привет, Анита, — улыбнулась миссис Прингл. — Вы что, только что с работы?

Я ответила улыбкой:

— Да, у меня... у меня был срочный вызов.

Она приподняла бровь, вероятно, интересуясь, что за срочные вызовы бывают у аниматора, но она была слишком хорошо воспитана, чтобы задавать такой вопрос.

— Вы должны больше за собой следить, Анита. Если вы будете и дальше жечь свою свечу с двух концов, к моему возрасту окажетесь совершенно изношенной.

— Весьма вероятно, — согласилась я.

Крем призывно затявкал в мою сторону. Я не стала ему улыбаться. Не хочу поощрять мелких нахальных собачек. Он своим собачьим чутьем знал, что мне не нравится, и был полон решимости меня завоевать.

— Я на прошлой неделе видела в вашей квартире маляров. Ее отремонтировали?

Я кивнула.

— Да, все пулевые отверстия зашпаклевали и покрасили.

— Очень жаль, что я отсутствовала и не могла предложить вам свою квартиру. Мистер Джовани сказал, что вам пришлось переехать в гостиницу.

— Так и было.

— Не понимаю, почему никто из соседей не предложил вам ночлег.

Я улыбнулась — я-то понимала. Два месяца назад я у себя в квартире завалила двух зомби-киллеров и потом еще полиция как следует постреляла. Повредили стены и одно окно. Часть пуль прошла сквозь стены в соседние квартиры. Никто больше не пострадал, но и никто из соседей не хотел иметь со мной дела. Я сильно подозревала, что, когда кончится мой двухгодичный контракт на квартиру, меня попросят съехать. И вряд ли я буду вправе их обвинять.

— Я слыхала, что вы были ранены.

— Просто царапина, — кивнула я. И не стала упоминать, что пулевая рана была получена не в этой перестрелке. Мне прострелила правую руку любовница одного очень плохого человека. Рана зажила гладким шрамом, еще слегка розовеющим.

— Как вы погостили у дочери? — спросила я.

Миссис Прингл просто просияла улыбкой.

— О, чудесно. Мой последний внучек просто совершенство. Я покажу вам фотографии, когда вы поспите.

Снова в ее глазах сверкнула искорка неодобрения. Лицо учительницы. То самое, от которого за десять шагов съежишься, даже если ты ни в чем не виновата. А чтобы я была ни в чем не виновата — со мной такого уже сто лет не было.

— Сдаюсь! — Я подняла руки. — Иду спать. Обещаю.

— Смотрите же, — ответила она. — Крем, пойдем. У нас с тобой дневная прогулка.

Собачонка танцевала на конце поводка, рвясь вперед, как миниатюрный волкодав.

Миссис Прингл позволила этим трем фунтам пушистого меха поволочь себя по коридору. Я покачала головой. Чтобы пушистый шарик таскал тебя куда хочет — нет, я не так представляю себе владение собакой. Если бы у меня была собака, боссом была бы я или один из нас не выжил бы. Такой у меня принцип.

Открыв дверь, я шагнула в тишину моей квартиры. Шелестел нагреватель, из отверстий его шел горячий воздух. Щелкал аквариум. Звуки пустоты. Прелестно.

Новая краска была такая же желтовато-белая, как и прежняя. Ковер серый, диван и кресло рядом с ним белые. Кухонька из светлого дерева выстелена белым с золотом линолеумом. Кухонный столик на двоих чуть темнее ящиков. Единственным цветным пятном на белых стенах была современная гравюра.

Там, где нормальные люди сделали бы полноценную кухню, стоял у стены тридцатигаллонный аквариум.

Окна прикрывали плотные белые шторы, превращавшие золотой солнечный свет в бледные сумерки. Если спишь днем, шторы нужны хорошие.

Я бросила жакет на диван, сбросила туфли и с удовольствием встала на ковер босиком. Потом колготки легли возле ног, сморщившись. И совсем босая я подошла к аквариуму.

Морской ангел всплыл к поверхности, выпрашивая корм. Он был шире моей ладони с расставленными пальцами. Самый большой ангел, которого я видела за пределами той лавки, где я их купила. Там выводили морских ангелов длиной в фут.

Отстегнув кобуру, я положила браунинг в его второй дом — специально сделанную кобуру в изголовье кровати. Если сюда прокрадутся плохие парни, я могу его выхватить и их застрелить. По крайней мере таков был замысел. Пока что он действовал.

Повесив костюм и блузку в шкаф, я плюхнулась на кровать в лифчике и трусах, не снимая серебряного креста, с которым не расставалась даже под душем. Никогда не знаешь, когда какой-нибудь шустрый вампир попробует тебя цапнуть. Всегда готова — вот мой девиз. Или это девиз бойскаутов? Пожав плечами, я позвонила на работу. Мэри, наша дневная секретарша, ответила после второго звонка.

— «Аниматор Инкорпорейтед». Чем можем быть вам полезны?

— Привет, Мэри, это Анита.

— Привет, что случилось?

— Мне нужен Берт.

— У него как раз сейчас потенциальная клиентка. Может, скажешь мне, в чем дело?

— Чтобы он перераспределил мои встречи на эту ночь.

— Ого! Нет, лучше сама ему скажи. Если он будет на кого-то орать, пусть лучше на тебя.

Она шутила только отчасти.

— Отлично.

Она прошептала, понизив голос:

— Клиентка идет к двери. Через секунду будешь с ним говорить.

— Спасибо, Мэри.

Она поставила меня в режим ожидания раньше, чем я успела попросить ее этого не делать. Из наушника послышался Музак — изуродованный вариант битловой «Туморроу». Уж лучше бы помехи. К счастью, Берт выручил меня, сняв трубку.

— Анита, когда ты сегодня можешь прийти?

— Вообще не могу.
— Что не можешь?
— Не могу сегодня прийти.
— Совсем? — Его голос прыгнул на октаву вверх.
— Ты ухватил суть.
— Какого черта?

Уже ругается. Плохой признак.

— После утренней встречи меня вызвала полиция. Я еще даже не ложилась.

— Тогда спи и не думай о встречах с клиентами днем. Приходи только на ночную работу с клиентами.

— И на ночную работу я сегодня тоже прийти не могу.

— Анита, мы перегружены заказами. У тебя сегодня ночью пять клиентов. Пять!

— Раскидай их по другим аниматорам, — попросила я.

— Они все уже на максимуме.

— Послушай, Берт, это ведь ты согласился, чтобы я работала с полицией. Ты с ними заключил соглашение. Ты говорил, это будет великолепная реклама.

— Это и была великолепная реклама, — ответил он.

— Да, но иногда это получается как две работы на полной ставке. Мне их не вытянуть.

— Тогда разорви соглашение. Я понятия не имел, что это займет так много твоего времени.

— Это расследование убийства, Берт. Я не могу его бросить.

— Оставь полицейским их грязную работу, — сказал он.

Чья бы корова мычала, но Берт с его ухоженными ногтями в своем безопасном кабинете...

— Им нужна моя экспертиза и мои связи. Монстры не будут говорить с полицией.

Он на своем конце провода затих. Только резко и сердито дышал.

— Ты не можешь меня так подводить. Мы взяли деньги и подписали контракты.

— Я еще месяц назад просила тебя нанять кого-нибудь нам в помощь.

— Я нанял Джона Берка. Он взял на себя часть твоей работы по ликвидации вампиров и по подъему мертвых тоже.

— Правда, Джон — это большое подспорье, но нам нужно еще. И вообще я спорить могу, что он хотя бы одного из моих зомби может сегодня взять на себя.

— Поднять пять за одну ночь?

— Я же поднимаю.

— Да, но Джон — это не ты.

Почти комплимент.

— Берт, у тебя два выхода. Либо измени расписание, либо направь их к кому-нибудь другому.

— Я твой босс. И могу сказать: «Приходи сегодня, или я тебя уволю».

Он говорил твердо и по-деловому.

Я уже устала и замерзла сидеть на кровати в одном белье, и времени у меня не было.

— Увольняй.

— Ладно, ты же не всерьез.

— Слушай, Берт, я уже больше двадцати часов на ногах и если сейчас не посплю, вообще ни на кого работать не смогу.

Он долго молчал, дыша мне в ухо медленно и размеренно. И наконец сказал:

— Хорошо, на сегодня ты свободна. Но завтра, черт побери, тебе лучше прийти на работу вовремя.

— Обещать не могу, Берт.

— Черт тебя побери, Анита, ты очень хочешь быть уволенной?

— Это был лучший наш год, Берт, и частично из-за статей обо мне в «Пост-Диспетч».

— Они все насчет прав зомби и того правительственного расследования, в котором ты участвовала. Нашу работу ты там не рекламировала.

— Но это все равно ведь помогло? Сколько народу звонили и спрашивали именно меня? И сколько из них говорили, что видели мое имя в газете? Сколько слышали обо мне по радио? Может, я там говорила только о правах зомби, но для бизнеса это оказалось чертовски выгодно. Так отпусти слегка мой поводок.

— Ты ведь не думаешь, что я на самом деле это сделаю?

Он уже рычал в телефон. Я его достала.

— Нет, не думаю.

Он коротко и резко дышал.

— Или ты появишься завтра на работе, или я проверю твой блеф.

И он бахнул трубку на рычаги. Детская обидчивость.

Я повесила трубку, все еще глядя на телефон. Компания «Воскресение» из Калифорнии пару месяцев назад сделала мне заманчивое предложение. Но мне действительно не хотелось ехать на Западное побережье, да и на Восточное тоже, если на то пошло. Я люблю Сент-Луис. Но пусть тогда Берт сломается и наймет еще работников. Мне такое расписание действительно не потянуть. Конечно, после октября станет проще, но весь этот год я металась от одной чрезвычайной ситуации к другой.

Я получила удар кинжалом, пулю, удавку и укус вампира всего за четыре месяца. И наступает момент, когда слишком много событий происходит слишком быстро. У меня наступила боевая усталость, как у солдата в окопе.

Я позвонила моему инструктору по дзюдо и оставила сообщение на автоответчике. Дважды в неделю я ходила на тренировки в четыре часа дня, но сегодня пропущу. Три часа сна — этого будет мало.

Потом я позвонила в «Запретный плод». Это вампирский стриптизный гадючник. «Чип энд Дейл» с клыками. Владельцем и управляющим там был Жан-Клод. Из трубки раздался его голос, мягкий и шелковый, будто он меня гладил, хотя я и знала, что это запись.

— Вы позвонили в «Запретный плод». Для нас будет наслаждением воплотить в жизнь ваши самые темные мечты. Оставьте сообщение, и вам обязательно перезвонят.

Я подождала сигнала.

— Жан-Клод, это Анита Блейк. Мне нужно увидеться с вами сегодня. Это важно. Перезвоните и сообщите мне место и время. — Я дала номер своего телефона и задумалась, слушая шорох ленты. Поколебавшись, добавила: — Спасибо.

И повесила трубку. Вот и все.

Либо он перезвонит, либо нет. Вероятно, да. Вопрос в том, хочу ли я этого? Нет. Не хочу, но ради полиции, ради всех тех бедняг, которым предстоит погибнуть, я должна попробовать. Хотя лично для меня обращение к Мастеру было не лучшим вариантом.

Жан-Клод уже отметил меня дважды. Еще две метки — и я стану его слугой. Я говорила, что ни одна из этих меток не была добровольной? И его слугой на вечные времена. Мне это не улыбалось. Кажется, он хотел еще и моего тела, но это уже вторично. Если бы все, чего он хотел, сводилось к физиологии, это еще можно было бы вытерпеть, но ему нужна была моя душа. А этого я ему отдавать не собиралась.

Последние два месяца мне удавалось его избегать. Теперь я добровольно шла к нему опять. Глупо. Но я не могла забыть волосы этого неизвестного, мягкие, смешавшиеся с травой еще не пожелтевшего газона. Отметины клыков на бумажно-белой коже, хрупкость покрытого росой обнаженного тела. И еще на много тел придется смотреть, если не поторопиться. А поторопиться — значило пойти к Жан-Клоду.

Перед глазами танцевали видения жертв вампиров. И каждая из них была на моей совести, потому что я из-за дурацкой щекотливости не пошла к Мастеру. Если я могу остановить убийства сейчас, пока есть только одна жертва, я буду рисковать душой ежедневно. Вина — отличный мотив действия.

4

Я плыла в черной воде, продвигаясь плавными сильными движениями. Огромная луна сияла над озером, отбрасывая на воду серебряную дорожку. И черная бахрома деревьев вокруг. А вода теплая, теплая, как кровь. И я поняла, почему она черная. Это и была кровь. Я плыла в озере свежей теплой крови.

Тут же я проснулась, *ловя ртом воздух*. Глаза обшаривали тьму, ища... чего?

Перед самым пробуждением что-то погладило меня по ноге. Что-то, живущее во тьме и крови.

Заверещал телефон, и я подавила вскрик. Обычно я так не нервничаю. Это был всего лишь проклятый кошмар. Сон.

Нащупав трубку, я смогла выдавить из себя:

— Да?

— Анита?

Голос прозвучал неуверенно, будто его обладатель был готов повесить трубку.

— Кто это?

— Это Вилли, Вилли Мак-Кой.

В тот момент, когда он назвал имя, я узнала ритм голоса. В телефоне он звучал отдаленно и с электрическим шипением, но я его узнала.

— А, Вилли, как жизнь?

И я тут же обругала себя за этот вопрос. Вилли теперь вампир, а какая может быть жизнь у мертвеца?

— Все отлично.

В его голосе звучало неподдельное удовольствие. Ему было приятно, что я спросила.

Я вздохнула. Честно говоря, Вилли мне нравился. А мне не полагалось хорошо относиться к вампирам. Ни к одному вампиру, пусть я даже знала его при жизни.

— А ты сама как?

— О'кей. В чем дело?

— Жан-Клод получил твое послание. Он велел сказать, что встреча в «Цирке проклятых» сегодня в восемь вечера.

— В «Цирке»? А что он там делает?

— Он теперь его владелец. Ты не знала?

Я покачала головой, сообразила, что он этого не видит, и ответила:

— Впервые слышу.

— Он предлагает встретиться с ним на представлении, которое начинается в восемь.

— Что за представление?
— Он сказал, ты должна знать.
— Загадками говоришь, — сказала я.
— Ну, Анита, что мне велели, то я и говорю. Ты же понимаешь.

Я понимала. Вилли принадлежал Жан-Клоду со всеми потрохами, не говоря уже о душе.
— Ладно, Вилли, все нормально. Это не твоя вина.
— Спасибо тебе, Анита.

Голос у него был радостный, как у щенка, который ожидал пинка ногой, а его вместо этого погладили.

И чего я стала его утешать? Какое мне дело до задетых чувств вампира? Ответ: я не думала о нем как о мертвом. Он был все тот же Вилли Мак-Кой с его пристрастием к кричащим костюмам, невозможным галстукам и с теми же беспокойными руками. Смерть его мало изменила. А жаль.

— Скажи Жан-Клоду, что я буду.
— Скажу обязательно. — Он секунду помолчал, тихо дыша в трубку. — Поосторожнее сегодня, Анита.
— Ты знаешь что-то такое, что мне следует знать?
— Нет, но... ну, в общем, просто...
— В чем дело Вилли?
— Ни в чем, ни в чем. — Он говорил теперь голосом высоким и испуганным.
— Я иду в западню, Вилли?
— Нет, ничего такого. — Я почти видела, как мелькают в воздухе его ручки. — Клянусь, Анита, никто за тобой не охотится.

Я оставила это без внимания. Никто, о ком он знает и может поклясться.

— Так чего же ты боишься, Вилли?
— Да просто здесь вампиров больше обычного. И кое-кому из них наплевать, кто от них пострадает. И больше ничего.
— А почему их больше обычного, Вилли? Откуда они появились?

— Не знаю и не хочу знать, понимаешь? Ладно, Анита, мне пора.

И он повесил трубку прежде, чем я могла задать очередной вопрос. И в голосе его сквозил настоящий страх. За себя или за меня? Может быть, и то, и другое.

Я посмотрела на радиочасы над кроватью: 6.35. Если хочу успеть на эту встречу, надо поспешить. Одеяла на ногах были теплыми, как свежий хлеб. Чего мне на самом деле хотелось — это свернуться в клубочек под одеялами и желательно с привычным игрушечным пингвином. Да, это было бы чудесно.

Откинув одеяла, я пошла в ванную. Щелкнула выключателем, и помещение залил сияющий белый свет. Волосы у меня торчали кудряшками во всех мыслимых направлениях. Пора бы запомнить, что не надо спать с мокрой головой. Я провела по ним щеткой, и они слегка вытянулись, образовав волнистую массу. А поверх ее торчали кудри, и ни черта мне было с ними не сделать, если не намочить и не начать все снова. На что не было времени.

От черных волос моя бледная кожа смотрелась мертвенной — а может, это свет такой. Глаза у меня карие, но такие темные, что кажутся черными. Две поблескивающие дыры в меловом лице. И чувствовала я себя точно так же, как выглядела, — прекрасно.

Так. Что бы надеть на встречу со Старейшим вампиром города? Я выбрала черные джинсы, свитер с геометрическим орнаментом, черные найковские кроссовки с голубой отделкой и синюю с черным спортивную сумку, застегивающуюся вокруг талии. Согласование цветов в лучшем виде.

Браунинг отправился в наплечную кобуру. В сумку вместе с кредитными картами я сунула запасную обойму, водительские права, деньги и небольшую щетку для волос. Натянула купленный в прошлом году спортивный жакет. Первый из всех, в котором я не слишком похожа на гориллу. Вообще у кожаных жакетов такие длинные рукава, что мне их не надеть. Он был черным, так что Берт не разрешил бы мне носить его на работу.

Молнию жакета я застегнула только до половины, оставив место, чтобы выхватить пистолет в случае необходимости. Серебряный крест болтался на длинной цепочке — теплая твердая тяжесть между грудей. От креста против вампиров больше пользы, чем от пистолета, даже если пули серебряные.

У двери я остановилась в сомнении. Я не видела Жан-Клода два месяца. И сейчас тоже не хотела его видеть. Вспомнился мой сон. Что-то, живущее в крови и тьме. Откуда этот кошмар? Опять Жан-Клод влез в мои мысли? Он обещал не вмешиваться в мои сны. Но стоит ли его слово чего-нибудь? Ответ неизвестен.

Я выключила свет в квартире и закрыла за собой дверь. Подергала, чтобы убедиться, что она заперта, и ничего мне больше не оставалось, как ехать в «Цирк проклятых». Без задержек. Живот свело судорогой почти болезненной. Значит, я боюсь. Ну и что? Все равно надо ехать, и чем быстрее я поеду, тем быстрее вернусь. Если бы я только могла верить, что с Жан-Клодом будет все так просто. С ним никогда ничего просто не бывает. Если я сегодня что-нибудь узнаю про убийства, за это мне придется заплатить. И не деньгами. Этого добра у Жан-Клода навалом. Нет, с ним придется расплачиваться монетой побольнее, поинтимнее, покровавее.

И это я по доброй воле вызвалась его посетить? Глупо, Анита, очень глупо.

5

На вершине «Цирка проклятых» стоял букет прожекторов, и их лучи резали черную ночь, как лезвия мечей. Многоцветные огни сливались в название, которое затмевалось вихрящимся над ними белым светом. В застывшей пантомиме танцевали вокруг вывески демонические клоуны.

Я прошла мимо больших холщовых плакатов, покрывавших стены. На одном был человек с содранной кожей — «Смотрите Человека без Кожи», призывал он. На другом была киноверсия какой-то вудуистской церемонии. Из открытых могил взлетали зомби. Этот плакат изменился с тех пор, как я последний раз была в «Цирке». Не знаю, к добру это или к худу, может, ни то, ни другое. Плевать мне было, что они тут делают, только... только это неправильно — поднимать мертвых просто для развлечения.

А кто поднимает для них зомби? Я знала, что кто-то новый, потому что их последний аниматор был убит с моим участием. Он был серийным убийцей и дважды чуть не убил меня — второй раз с помощью нападения гулей, а это мерзкий способ умирать. Конечно, он тоже умер не сахарно, но это не я разодрала ему глотку. Это сделал вампир. Можно сказать, что я облегчила ему страдания. Убийство из милосердия. В этом роде.

На улице было слишком холодно, чтобы стоять в полурасстегнутом жакете. Но если его застегнуть до горла, мне пистолет вовремя не вынуть. Отморозить задницу или потерять возможность себя защищать? У клоунов на крыше были клыки. Я решила, что не так уж тут в конце концов холодно.

Из двери на меня хлынули тепло и шум. Сотни прижатых друг к другу в тесноте тел. Шум толпы, как океанский шум, бессмысленный бормот. Толпа — вещь стихийная. Одно слово, один взгляд — и толпа становится бешеной. Толпа — совсем не то что группа.

Полно было семей. Мамочка, папочка и детки. У деток к рукам привязаны воздушные шары, а мордашки вымазаны сладкой ватой. И запах, как в странствующем балагане: кукурузные лепешки, коричный запах пирогов, мороженого, пота. Только одного не было: пыли. На летней ярмарке всегда в воздухе пыльно. Сухая, удушающая пыль, поднятая в воздух сотнями ног. И машины ездят по траве без конца, так что она сереет от пыли.

Здесь не было запаха грязи в воздухе, но было что-то столь же характерное. Запах крови. Такой неуловимый, что, казалось, он тебе померещился, но он был. Сладковатый медный аромат крови, смешанный с запахом готовящихся блюд и острым ароматом мороженого, раскладываемого по коническим стаканчикам. А пыль — кому она нужна?

Мне хотелось есть, а кукурузные лепешки пахли аппетитно. Сперва поесть или сперва обвинить Старейшего вампира в убийствах? Ох уж эта проблема выбора.

Но мне не пришлось ее решать. Из толпы выступил человек. Он был лишь чуть повыше меня, и на плечи его спадали кудрявые белокурые волосы. Он был одет в васильковую рубашку с закатанными рукавами, обнажавшую твердые мускулистые руки. Худощавые бедра были обтянуты джинсами, как виноградины кожицей. На ногах у него были ковбойские сапоги с голубым узором. Ярко-синие глаза гармонировали с рубашкой.

Он улыбнулся, блеснув мелкими зубами.

— Вы Анита Блейк, нет?

Я не знала, что сказать. Не всегда хорошо сознаваться, кто ты такая.

— Мне Жан-Клод велел вас подождать.

Голос у него был тихий и неуверенный. Что-то было в нем такое, почти детская привлекательность. А у меня к тому же слабость к красивым глазкам.

— Как вас зовут? — спросила я. Всегда люблю знать, с кем имею дело.

Он улыбнулся шире:

— Стивен я, Стивен меня зовут.

Он протянул руку, и я ее пожала. Рука была мягкая, но пожатие крепкое — не ручной труд, но что-то вроде поднятия тяжестей. Не очень много — чтобы рука была твердой, но не взрывалась. Мужчины моего роста серьезный вес поднимать не могут. Может, он и хорош в плавках, но в обычной одежде он похож на изуродованного гнома.

— За мной, прошу вас.

Он говорил, как официант, но, когда он пошел в толпу, я пошла за ним.

Он шел к большой синей палатке. Как цирковая палатка старых времен. Я такую видала только на картинках или в кино.

Человек в полосатой куртке кричал:

— Люди, представление начинается! Давайте билеты и проходите! Самая большая кобра в мире! Страшную змею укрощает прекрасная заклинательница Шахар! Это будет представление, которого вы никогда не забудете!

Очередь отдавала билеты молодой женщине на входе. Она рвала их пополам и возвращала корешки.

Стивен уверенно миновал очередь. На нас бросали мрачные взгляды, но женщина при входе кивнула нам, и мы вошли.

Вдоль палатки тянулись ярусы скамеек. Много. И почти все места были заняты. Ух ты, «все билеты проданы».

В середине голубым рельсом был огорожен круг. Цирк с одним рингом.

Стивен протискивался мимо колен десятков людей на ступенях. Поскольку мы были в самом низу, идти можно было только вверх. И я пошла за Стивеном по бетонным ступеням. Палатка, быть может, и была съемной, но ступени и скамьи — стационарными. Мини-колизей.

У меня плохие колени. То есть я могу бежать по ровной поверхности, но поставьте меня на склон или на лестницу, и они начинают болеть. И потому я не пыталась угнаться за ровным, скользящим шагом Стивена. Я только смотрела, где мелькают его голубые джинсы. И искала, не замечу ли чего подозрительного.

Кожаный жакет я расстегнула, но снимать не стала. А то пистолет будет виден. По спине тек пот. Еще чуть-чуть — и я расплавлюсь.

Стивен поглядывал через плечо, проверяя, иду ли я за ним, или просто чтобы меня подбодрить. И улыбался, просто отодвигая губы от зубов. Почти что скалился.

Я остановилась на середине лестницы, глядя, как его гибкая фигура скользит вверх. От Стивена исходила энергия, и воздух будто закипал вокруг него. Оборотень. Некоторые оборотни умеют скрывать свою суть лучше, другие — хуже. Стивен не очень. Или ему было все равно, если я замечу. Может быть.

Ликантропия — это болезнь, как СПИД. И относиться настороженно к жертвам несчастного случая — предрассудок. Большинство тех, кто стал оборотнем, пережили нападение. Это не был собственный выбор. Так почему же Стивен все равно мне не нравился, когда я поняла, кто он? Предрассудок? У меня?

Он подождал наверху лестницы, такой же симпатичный, как и прежде, — картинка, но его энергия была заключена в слишком малый объем — как если бы двигатель работал на высоких оборотах на холостом ходу. Зачем Жан-Клоду нужен слуга-оборотень? Может быть, представится случай спросить.

Я поднялась наверх вслед за Стивеном. Что-то, очевидно, было такое в моем лице, потому что он спросил:

— В чем дело?

Я покачала головой:

— Ни в чем.

Не знаю, поверил ли он мне, но он улыбнулся и повел меня к кабине, состоящей в основном из стекла и занавесок, скрывающих то, что было внутри. Больше всего это было похоже на кабину радиовещания.

Стивен подошел к занавешенной двери и отворил ее. Придержал дверь, жестом приглашая меня пройти.

— Нет, после вас, — сказала я.

— Я — джентльмен, а вы — леди.

— Спасибо, но я вполне способна открыть дверь сама.

— Феминистка? Ну-ну.

На самом деле мне просто не хотелось иметь старину Стивена у себя за спиной. Но если он хочет думать, что я — твердокаменная феминистка, пусть его. Это куда ближе к правде, чем многое другое.

Он вошел в дверь. Я оглянулась на ринг. Отсюда он казался намного меньше. Мускулистые мужчины, одетые в трико, вытащили на арену тележку. В ней было два предмета: огромная плетеная корзина и темнокожая женщина. Одета она была в голливудский вариант наряда танцовщицы. Густые черные волосы падали вниз, как плащ, до самых лодыжек. Изящные руки с маленькими темными кистями чертили в воздухе плавные кривые. Она танцевала перед тележкой. Наряд был фальшивым, но она была настоящей. Она знала, как танцевать — не для соблазна, хотя и это было, но ради власти. Танец когда-то был призывом для какого-нибудь бога; но теперь почти никто об этом не помнит.

У меня по шее побежали мурашки, поднимая волосы дыбом. Я поежилась. Что там в корзине? Зазывала у входа говорил, что там — гигантская кобра, но ни одной змее в мире такая большая корзина не нужна. Даже анаконде, самой большой змее в мире, не нужен контейнер десяти футов высоты и двадцати футов ширины.

Что-то коснулось моего плеча. Я вздрогнула и резко обернулась. Стивен стоял почти вплотную и улыбался.

Я проглотила сердце, которое готово было вырваться из глотки, и полыхнула на него взглядом. Я так не хотела пускать его к себе за спину, а тут дала просто подкрасться. Умница ты, Анита, просто умница. И потому что он меня напугал, я на него обозлилась. Но лучше быть обозленной, чем испуганной.

— Жан-Клод там, внутри, — сказал он. У него на лице была улыбка, но в глазах очень человеческий проблеск смеха.

Я набычилась на него, зная, что веду себя по-детски, и плюя на это.

— После тебя, мохнатолицый.

Смех пропал. Он посмотрел на меня очень серьезно.

— Как ты узнала?

Голос у него был робкий и неуверенный. Многие ликантропы гордятся своим умением сойти за человека.

— Это было просто.

Что не было полной правдой, но я хотела его уесть. Ребячески, некрасиво. Но честно.

У него вдруг сделалось очень юное лицо, а глаза наполнились неуверенностью в себе и болью.

А, черт!

— Послушай, я много времени провела среди оборотней. Я просто знаю, что искать, понимаешь?

И чего я стала его утешать? А того, что я знаю, каково это — быть чужаком. Я поднимаю мертвых, и многие люди из-за этого относят меня к монстрам. И бывают дни, когда я с ними согласна.

Он все еще таращился на меня, и задетые чувства смотрели из его глаз открытой раной. Все, если он заплачет, я ухожу.

Он повернулся, не говоря больше ни слова, и вошел в открытую дверь. Я минуту стояла, глядя в проем. В толпе послышались ахи и вскрики. Я повернулась посмотреть. Это была змея, но это не была самая большая в мире кобра. Это была вообще самая большая в мире, мать ее так, змея. Тело ее вилось тусклой серо-черной с желтовато-белым полосой. Чешуя блестела на свету. Голова была в фут длиной и шириной в полфута. Таких больших змей просто не бывает. Она раздула клобук размером со спутниковую антенну. Потом зашипела и высунула язык, как черный бич.

У меня в колледже был семестровый курс герпетологии. Будь эта змея футов восемь или меньше, я бы сказала, что это египетская ленточная кобра. Латинского названия я не могла бы вспомнить даже ради спасения собственной жизни.

Женщина упала ниц на землю перед змеей. Символ повиновения змее. Ее богу. О Господи Иисусе!

Женщина встала и начала танцевать, и кобра наблюдала за ней. Женщина стала живой флейтой, за движениями которой следовала эта близорукая тварь. Мне не хотелось видеть, что случится, если женщина собьется. Яд не успеет ее убить. Клыки были такого размера, что пронижут ее, как копья. Она умрет от шока и кровопотери куда раньше, чем начнет действовать яд.

Что-то нарастало на этом ринге. Я спинным хребтом ощутила напряжение магии. Должно ли было это волшебство сдержать змею, или вызвать ее, или это была сама змея? Была ли сила у нее самой? Я даже не хотела знать, что она такое. Она выглядела как кобра, может быть, самая большая в мире, но у меня не было для нее слов. Может быть, подошло бы слово «бог» с маленькой буквы, но это все равно было бы неточно.

Я потрясла головой и отвернулась. Не хотела я смотреть это представление. Не хотела стоять в потоке мягко и холодно текущей магии. Если змея опасна, Жан-Клод держал бы ее в клетке. Верно? Верно.

Я отвернулась от заклинательницы змей и самой большой в мире кобры. Я хотела поговорить с Жан-Клодом и свалить отсюда к чертовой матери.

Дверной проем заполняла тьма. Вампирам свет не нужен. А ликантропам? Я не знала. Господи, сколько еще надо узнать. Жакет я расстегнула до конца, чтобы быстрее выхватить оружие. Хотя, честно говоря, если сегодня мне понадобится выхватывать оружие, да еще и быстро, то я по уши влипла.

Я сделала глубокий вдох и полный выдох. Нет смысла тянуть. Я прошла в дверь, в ждущую темноту, и не оглянулась. Не хотела смотреть, что происходит на ринге. Честно говоря, не хотела смотреть и на то, что в темноте. А выбор был? Вряд ли.

6

Комната была похожа на шкаф, перегороженный повсюду занавесями. И никого, кроме меня, в занавешенной тьме не было. Куда же девался Стивен? Был бы он вампиром, я бы поверила в исчезновение, но ликантропы не умеют растворяться в воздухе. Значит, здесь должна быть вторая дверь.

Если бы эту комнату строила я, где бы сделала внутреннюю дверь? Ответ: напротив наружной. Я отвела занавес в сторону. И нашла дверь. Элементарно, дорогой Ватсон.

Дверь была из тяжелого дерева, и на ней вырезаны какие-то цветущие лианы. Ручка была белая с розовыми цветочками посередине. Очень женственная дверь. Хотя нет правил, запрещающих мужчинам любить цветы. Совсем нет. Ладно, это сексистский комментарий. Простите, что подумала.

Я не стала вытаскивать оружие. Видите, я еще не совсем впала в паранойю.

Повернув ручку, я распахнула дверь. До самой стены. За ней никого не было. Уже хорошо.

Обои были желтовато-белые с серебряным, золотым и бронзовым орнаментом. Какое-то неопределенно-восточное впечатление. А ковер на полу черный. Никогда не видела ковра такого цвета. Почти половину комнаты занимала кровать с балдахином, укрытая черными просвечивающими занавесками. От них она была трудно различима, туманна, как во сне. И кто-то спал на ней в гнезде из черных одеял и багряных простыней. Линия обнаженной груди выдавала, что это мужчина, но его лицо было, как саваном, покрыто волной каштановых волос. Все это было слегка нереально, будто он ждал, что сейчас вкатится кинокамера на тележке.

У дальней стены стояла черная кушетка с разбросанными кроваво-красными подушками. И у последней стены — кресло на двоих от того же гарнитура. На кресле свернулся Стивен, на углу кушетки сидел Жан-Клод. Одет он был в черные джинсы, заткнутые в кожаные сапоги до колен, окрашенные густой, почти бархатной чернотой. На рубашке был высокий кружевной воротник, приколотый у шеи рубином размером с большой палец. Черные волосы его были достаточно длинны, чтобы рассыпаться по кружевам. Рукава были свободны и широки, сужаясь к запястьям, и по рукам тоже рассыпались кружева, из которых видны были только кончики пальцев.

— Где вы берете такие сорочки? — спросила я.

— Вам нравится? — улыбнулся он. Руки его ласкающе прошлись по груди, пальцы остановились около сосков. Это было приглашение. Я могла коснуться гладкой белой материи и увидеть, так ли мягки эти кружева, как кажутся.

Я покачала головой. Не надо отвлекаться. Потом взглянула на Жан-Клода. Он глядел на меня своими синими, как небо в полночь, глазами. И ресницы у него тоже были как черное кружево.

— Она хочет вас, Мастер, — сказал Стивен. — Я ее желание нюхом чую.

Жан-Клод повернул только голову и посмотрел на Стивена.

— Я тоже.

Слова были безобидные, но то, что за ними угадывалось, уж никак. Голос его отдался в комнате, низкий и полный страшного обещания.

— Я ничего плохого не хотел сказать, Мастер, ничего!

У Стивена был перепуганный вид, и вряд ли можно его в этом упрекнуть.

Жан-Клод снова повернулся ко мне как ни в чем не бывало. Лицо его снова стало приятно красивым, внимательным, заинтересованным.

— Мне не нужна ваша защита.

— О нет, я думаю, что нужна.

Резко повернувшись, я обнаружила вампиршу у себя за спиной. Как открывалась дверь, я не слышала.

Она улыбнулась мне, не показав клыков. Фокус, который умеют исполнять старые вампиры. Она была высока и стройна, кожа черная и волосы длинные, цвета черного дерева, до талии. Одета она была в багряные лайкровые мотоциклетные штаны, настолько тесные, что было видно отсутствие белья. Топ у нее был из красного шелка, и его удерживали тоненькие завязочки. Как верх облегающей пижамы. Туалет завершали красные босоножки на высоких каблуках и тонкая золотая цепь с одиноким бриллиантом. Все это вызывало в памяти слово «экзотика». Она хихикнула и улыбнулась мне.

— Это угроза? — спросила я.

Она остановилась передо мной.

— Пока нет.

В ее голосе был намек на какой-то другой язык. Что-то темное, с перекатывающимися шипящими согласными.

— Хватит, — произнес Жан-Клод.

Смуглая леди резко повернулась, и черные волосы взметнулись, как вуаль.

— А по-моему, нет.
— Ясмин!

Слово прозвучало низко и мрачно, с предупреждением.

Ясмин рассмеялась — резким звуком бьющегося стекла. Она стояла прямо передо мной, загораживая от меня Жан-Клода. Она протянула ко мне руку, и я шагнула назад.

Она улыбнулась достаточно широко, чтобы стали видны клыки, и снова потянулась ко мне. Я отступила, но она вдруг оказалась ко мне вплотную, быстрее, чем я могла моргнуть или вздохнуть. Ее рука вцепилась мне в волосы, отгибая шею назад. Пальцы ее скользнули по коже моей головы, другая рука держала меня за подбородок, и пальцы впились мне в лицо, как живая сталь. Я не могла шевельнуть головой, зажатой у нее в руках. Если не выхватывать пистолет и не стрелять в нее, ничего я сделать не могла. А насколько можно было судить по ее движениям, выхватить пистолет я бы ни за что не успела.

— Вижу, почему она тебе нравится. Такая хорошенькая, такая деликатесная.

Она полуобернулась к Жан-Клоду, почти подставив мне спину, но не выпуская моей головы.

— Никогда не думала, что ты можешь так запасть на человеческую женщину.

В ее устах это звучало так, будто я щенок с помойки.

Ясмин повернулась ко мне, и я прижала ствол пистолета к ее груди. Как бы быстра она ни была, ей плохо придется, если я захочу. Я внутренним чувством могла определить, насколько стар вампир. Наполовину это было врожденное, наполовину созданное тренировкой. Ясмин была старой, старше Жан-Клода. Я могла бы ручаться, что ей уже больше пятисот лет. Будь она новоумершей, пуля из современного оружия при выстреле в упор разнесла бы ей сердце, убила бы. Но ей пятьсот, и она Мастер вампиров. Пуля может ее и не убить. Но может и убить, как знать.

Что-то мелькнуло на ее лице: удивление и, быть может, только тень страха. Тело ее застыло, как статуя. Если она и дышала, я этого заметить не могла.

Голос у меня был полупридушенный, но слова вполне различимы:

— Очень медленно убери руки от моего лица. Обе руки положи на голову и переплети пальцы.

— Жан-Клод, отзови свою женщину.

— Я бы на твоем месте сделал то, что она говорит, Ясмин. — В его голосе явно слышалось удовлетворение. — Сколько вампиров вы убили, Анита?

— Восемнадцать.

Глаза Ясмин чуть расширились.

— Не верю!

— Ты вот во что поверь, сука: я нажму курок, и можешь прощаться с собственным сердцем.

— Пули мне вреда не причинят.

— С серебряной оболочкой — еще как причинят. Отвали от меня, немедленно!

Она сделала, как я сказала. И стояла передо мной, переплетя длинные пальцы на голове. Я шагнула прочь от нее, не отводя дула от ее груди.

— И что дальше? — спросила Ясмин. Улыбка все еще кривила ее губы. В темных глазах читался интерес — ситуация ее забавляла. Я не люблю, когда надо мной смеются, но когда свяжешься с Мастером вампиров, приходится кое-что спускать.

— Можешь опустить руки, — сказала я.

Ясмин так и сделала, но смотрела на меня по-прежнему так, будто у меня вторая голова выросла.

— Где ты ее взял, Жан-Клод? У этой киски есть зубки.

— Скажите Ясмин, как называют вас вампиры, Анита.

Это подозрительно походило на приказ, но неподходящий был момент, чтобы ставить его на место.

— Истребительница.

Глаза Ясмин расширились, потом она улыбнулась, блеснув клыками как следует.

— Я думала, ты повыше.

— Меня это тоже иногда огорчает, — сказала я.

Ясмин закинула голову назад и расхохоталась дико и резко, с истерическим оттенком.

— А мне она нравится, Жан-Клод. Она опасна. Это как спать со львом.

Она скользнула ко мне. Я подняла пистолет и направила на нее. Это не замедлило ее движений.

— Жан-Клод, скажите ей, что я ее застрелю, если она не отстанет.

— Я обещаю не причинять тебе вреда, Анита. Я буду очень ласковой.

Она наклонилась ко мне, и я не знала, что делать. Она вела со мной игру, садистскую, но вряд ли смертельную. Можно ли ее застрелить только за то, что она мне докучает? Вряд ли.

— Я слышу в воздухе жар твоей крови, тепло твоей кожи, как духи.

Скользящей, раскачивающей бедра походкой она уже приблизилась ко мне вплотную. Я наставила на нее пистолет, и она рассмеялась. Потом прижалась грудью к дулу.

— Такая мягкая, влажная, но сильная. — Я не знала, о ком она говорит — о себе или обо мне. Ни то, ни другое не было мне приятно. Она терлась маленькими грудями о пистолет, проводя сосками по дулу. — Лакомая и опасная.

Последнее слово свистящим шепотом обдало мою кожу, как ледяной водой. Впервые я видела Мастера, который владел голосовыми фокусами Жан-Клода.

Ее соски под тонкой тканью рубашки набухли и затвердели. Фу! Я отвела дуло вниз и отступила назад.

— О Господи! Это все вампиры старше двухсот лет такие извращенцы?

— Мне больше двухсот, — сказал Жан-Клод.

— Аргумент в мою пользу, — сказала я.

Из уст Ясмин пролилась тоненькая струйка смеха. Она прошла у меня по коже, как теплый ветер. И женщина стала красться ко мне. Я отступала, пока не уперлась спиной в стену. Она положила руки на стену по обе стороны от моих плеч и наклонилась, будто выполняла отжимания.

— Хотелось бы мне самой ее попробовать.

Я ткнула пистолет ей в ребра — ниже, чем ей было бы приятно тереться.

— Ничей клык меня не тронет, — сказала я.

— Крутая девушка. — Ее лицо наклонилось ко мне, губы коснулись моего лба. — Мне такие нравятся.

— Жан-Клод, сделайте что-нибудь, или одна из нас будет убита.

Ясмин оттолкнулась от меня, выпрямив локти, настолько далеко, насколько могла это сделать, не отнимая рук от стены. Язык ее облизал губы, чуть-чуть показав клык, но в основном — влажные губы. Она снова подалась ко мне, полуоткрыв губы, но наклонялась она не к моей шее. Она стремилась ко рту. Она не хотела пробовать меня, как вампир, а просто — *попробовать*. Стрелять я не могла — она ведь хотела всего лишь меня поцеловать. Будь она мужчиной, я бы ее не стала убивать.

Ее волосы упали мне на руки, мягкие, как толстый шелк. Все поле зрения заполнило ее лицо. Губы ее парили над моими. Ее теплое дыхание пахло мятой, но под этим современным запахом угадывался более старый: мерзкая сладковатость крови.

— Ты пахнешь застарелой кровью, — шепнула я прямо ей в рот.

— Я знаю, — шепнула она в ответ, чуть касаясь губами моих губ.

Она прижалась ко мне губами в нежном поцелуе. И улыбнулась, не разрывая соприкосновения губ.

Распахнулась дверь, чуть не прижав нас к стене. Ясмин выпрямилась, но руки со стены около моих плеч не убрала. Мы обе посмотрели на дверь. Женщина с волосами белокурыми почти до полной белизны влетела внутрь и дико оглядела комнату. Ее голубые глаза полезли на лоб, когда она увидела нас. Она завопила бешеным голосом:

— Уберись от нее!

Я наморщила лоб и спросила у Ясмин:

— Она это мне?
— Да.

Ясмин явно забавлялась ситуацией.

Женщина этого чувства не разделяла. Она бросилась к нам, согнув пальцы когтями. Ясмин перехватила ее одним размытым от неимоверной скорости движением. Женщина тряслась и вырывалась, протягивая ко мне руки.

— Какого черта ей надо? — спросила я.

— Маргарита — слуга Ясмин, — пояснил Жан-Клод. — Она думает, вы хотите украсть у нее Ясмин.

— Мне Ясмин не нужна. — Ясмин обернулась ко мне, охваченная гневом. Неужели я задела ее чувства? Хотелось бы. — Послушай, Маргарита, она твоя. Успокойся, ладно?

Женщина заорала на меня без слов утробным голосом. То, что могло бы быть симпатичным лицом, исказилось звериной гримасой. Никогда я не видала такой моментальной злобы. Можно было испугаться даже с заряженным пистолетом в руке.

Ясмин пришлось оторвать эту женщину от пола и держать в воздухе.

— Боюсь, Жан-Клод, что Маргарита не будет удовлетворена, если ей не ответят на вызов.

— Какой вызов? — спросила я.

— Ты бросила вызов ее праву на меня.

— Ничего подобного.

Ясмин улыбнулась. Так мог улыбаться Еве змей: очаровательно, заинтересованно и опасно.

— Жан-Клод, я пришла сюда не для этого балагана. Я не хочу ни одного вампира, тем более женского пола.

— Были бы вы моим слугой-человеком, ma petite, вызова бы не было, поскольку связь человека с Мастером вампиров нерушима.

— Так о чем же тогда волнуется Маргарита?

— О том, что Ясмин может взять вас в любовницы. Она иногда такое проделывает, чтобы довести Маргариту до бешеной ревности. По причинам, которые мне не понятны, Ясмин это нравится.

— О да, мне это нравится.

Ясмин повернулась ко мне, все еще держа в руках эту женщину. Та отбивалась, но Ясмин держала ее легко, без напряжения. Конечно, вампир может поднять на вытянутых руках «тойоту», так что говорить о человеке средних размеров?

— Короче, что это значит для меня?

Жан-Клод улыбнулся, но в улыбке его была тень усталости. Была это скука или гнев? Или просто усталость?

— Вам придется драться с Маргаритой. Если вы победите, Ясмин ваша. Если победит она, Ясмин принадлежит ей.

— Погодите, — сказала я. — Драться — это как? На рассвете на дуэльных пистолетах?

— Никакого оружия, — заявила Ясмин. — Моя Маргарита с ним обращаться не умеет. А я не хочу, чтобы она пострадала.

— Тогда перестань ее мучить, — сказала я.

Ясмин улыбнулась:

— Это часть развлечения.

— Стерва и садистка, — заметила я.

— Да, я такая.

О Господи, бывают же такие, которых и оскорбить нельзя!

— Значит, вы хотите, чтобы мы дрались за Ясмин голыми руками?

Поверить не могу, что я задала такой вопрос.

— Да, ma petite.*

Я посмотрела на пистолет у себя в руке, на вопящую женщину и спрятала пистолет в кобуру.

— Есть какой-нибудь выход из этого, кроме драки с ней?

— Если вы признаете себя моим слугой, драки не будет. Она станет ненужной.

Жан-Клод смотрел на меня, изучая мое лицо, и глаза его были совершенно неподвижны.

— То есть это все подстроено, — заключила я. И у меня изнутри стала подниматься первая теплая волна злости.

---

* моя малышка *(фр.).*

— Подстроено, ma petite? Я понятия не имел, что Ясмин найдет вас такой заманчивой.
— Чепуха!
— Признайте себя моим слугой, и все на этом кончится.
— А если нет?
— Вам придется драться с Маргаритой.
— Отлично, — сказала я. — Давайте к делу.
— Почему вы не хотите признать то, что и без того правда, Анита? — спросил Жан-Клод.
— Я вам не слуга. И никогда вашим слугой не буду. Лучше бы вы это признали сами и отвалили бы от меня к хренам собачьим.
— Что за выражения, ma petite! — скривился он.
— Идите вы на!..
Тут он улыбнулся.
— Как вам угодно, ma petite. — И он сел на край кушетки — может быть, чтобы лучше видеть. — Ясмин, как только будешь готова...
— Погодите! — сказала я, сняла жакет и стала смотреть, куда его положить.
Мужчина, спавший в кровати под черным балдахином, протянул руку сквозь черные шторы.
— Я его подержу, — сказал он.
Я задержала на нем взгляд на минуту. Он был обнажен до пояса. Руки, грудь, живот выдавали следы тренировки с поднятием тяжестей — сколько надо, не слишком много. Либо у него был превосходный загар, либо натуральная смуглость кожи. Волосы рассыпались по плечам густой волной. Глаза у него были карие и очень человеческие. Приятно такое видеть.
Я отдала ему жакет. Он улыбнулся, сверкнув зубами и прогоняя с лица остатки сна. Потом сел, держа жакет в одной руке и обхватив колени, спрятанные под черными одеялами, прижался щекой к колену и принял веселый вид.
— Вы уже вполне готовы, ma petite? — В голосе Жан-Клода звучал интерес и оттенок смеха, не имеющего отношения к

юмору. Это был смех издевательский. Но издевался он над собой или надо мной — непонятно.

— Готова, думаю, — ответила я.
— Поставь ее на пол, Ясмин. Посмотрим, что будет.
— Двадцать на Маргариту, — послышался голос Стивена.
— Нечестно, — ответила Ясмин. — Я не могу ставить против своей слуги.
— Двадцать против каждого из вас на победу мисс Блейк.
Это сказал человек на кровати. У меня была секунда, чтобы обернуться на него и увидеть его улыбку, потом налетела Маргарита.

Она размахнулась, целясь мне в лицо, и я блокировала удар предплечьем. Она дралась по-девчоночьи — открытыми ладонями и ногтями. Но она была быстра — быстрее человека. Может быть, это было оттого, что она была слугой, — не знаю. Ее ногти пропахали на моем лице резкую болезненную борозду. Все, хватит. Больше не нежничаю.

Одной рукой я удерживала ее на расстоянии, и она вцепилась в эту руку зубами. Правым кулаком я ударила ее изо всех сил, вложив в удар вес своего тела. Отличный был удар в солнечное сплетение.

Маргарита выпустила мою руку и согнулась пополам, ловя ртом воздух. Отлично.

У меня на левой руке остался окровавленный отпечаток ее зубов. Коснувшись левой щеки, я отняла еще больше вымазанную кровью руку. Больно, черт возьми!

Маргарита стояла на коленях, снова обучаясь дышать. Но она глядела на меня, и по взгляду голубых глаз было ясно, что бой не окончен. Как только к ней вернется дыхание, она полезет снова.

— Не вставай, Маргарита, а то будет больно.
Она затрясла головой.
— Она не может перестать, ma petite, иначе вы выиграете тело Ясмин, если уж не сердце.
— Не нужно мне ее тело! Ничье тело мне не нужно!

— А это уже просто неправда, ma petite, — заметил Жан-Клод.

— Перестаньте называть меня ma petite!

— У вас две мои метки, Анита. Вы на полпути к тому, чтобы стать моим слугой. Признайте это, и никто больше сегодня не будет страдать.

— Ага, разбежалась, — ответила я.

Маргарита поднималась на ноги. Я этого не хотела. И потому придвинулась раньше, чем она успела встать, и сделала ей подсечку. Одновременно с этим схватив ее за плечи, я повалила ее назад и села сверху. Правую руку ее я взяла в захват. Она попыталась встать. Я усилила давление, и она снова повалилась на пол.

— Перестань драться.

— Нет!

Это было второе членораздельное слово, которое я от нее услышала.

— Я тебе руку сломаю.

— Ломай, ломай! Мне плевать.

На лице ее была дикая, безумная злоба. Господи Боже мой. Ее не урезонить. Ладно.

Используя зажатую руку как рычаг, я перевернула ее на живот, увеличив давление почти до перелома, но не ломая. Сломанная рука не заставит ее прекратить бой, а я хотела положить конец этой дурости.

Держа захват одной ногой и рукой, я встала коленями ей на спину, прижав к полу. Захватив горсть желтых волос, я запрокинула ей голову назад, обнажив шею. Тут я выпустила ее руку, захватила ее шею правой рукой так, что локоть пришелся против адамова яблока, и сдавила артерии по сторонам шеи. Ухватив себя за запястье, я нажала сильнее.

Она пыталась вцепиться ногтями мне в лицо, но я уткнулась в ее спину, и она не доставала. При этом она издавала тихие беспомощные звуки, потому что на громкие не хватало воздуха.

Она стала царапать мою руку, но свитер был толст. Она вздернула мой рукав вверх, обнажив руку, и стала драть ее ногтями. Я сильнее прижалась лицом к ее спине и сдавила горло так, что у меня руки затряслись от напряжения и зубы заскрипели. Все, что было у меня, я вложила в эту правую руку, сжимающую хрупкое горло.

Она перестала царапаться. Ее руки заколотились о мой правый локоть, как умирающие бабочки.

Придушить кого-нибудь до бессознательного состояния — работа долгая. В кино это выглядит легко, быстро и чисто. Это не легко, это не быстро и уж точно, черт побери, не чисто. Жертва отбивается куда сильнее, чем это бывает в кино. И если надо кого-то придушить до смерти, лучше подержать подольше после того, как этот кто-то перестанет шевелиться.

Маргарита постепенно обмякала, одна часть тела за другой. Когда она лежала в моих руках мертвым грузом, я ее медленно отпустила. Она лежала неподвижно. И дыхания не было заметно. Не слишком ли долго я давила?

Коснувшись ее шеи, я ощутила сильный и ровный пульс сонной артерии. Отключилась, но не умерла. Отлично.

Я встала и отошла к кровати.

Ясмин упала на колени возле неподвижной Маргариты.

— Любовь моя, единственная, она сделала тебе больно?

— Она просто без сознания, — сказала я. — Через несколько минут очнется.

— Если ты ее убила, я тебе глотку перерву!

Я покачала головой:

— Давай не будем начинать снова. Я сегодня уже столько поработала на публику, что больше не могу.

— У вас кровь идет, — сказал человек в кровати.

У меня с правого предплечья капала кровь. Маргарита не в состоянии была нанести мне серьезные повреждения, но царапины были достаточно глубоки, чтобы некоторые оставили шрамы. Класс. У меня с внутренней стороны этой руки уже есть длинный тонкий шрам от ножа. И даже с этими царапинами на правой руке у меня меньше шрамов, чем на левой. Производственные травмы.

Кровь текла по руке довольно ровно. Но на черном ковре она не была видна. Отличный цвет для комнаты, где вы собираетесь регулярно пускать кровь.

Ясмин помогала Маргарите встать. Женщина очень быстро оправилась. Почему это? Да конечно же, потому, что она была слугой.

Ясмин подошла к кровати, ко мне. Ее прекрасное лицо истончилось так, что показались кости. Глаза горели ярко, почти лихорадочно.

— Свежая кровь! А я сегодня еще голодна!

— Ясмин, возьми себя в руки.

— Ты не научил свою слугу вести себя как следует, Жан-Клод, — сказала Ясмин, глядя на меня очень недоброжелательно.

— Оставь ее в покое, Ясмин. — Жан-Клод уже стоял.

— Каждого слугу надо выдрессировать, Жан-Клод. Ты слишком запустил этот процесс.

Я взглянула на него поверх плеча Ясмин:

— Выдрессировать?

— Это, к сожалению, неизбежная стадия процесса, — сказал он. Голос его был нейтрален, будто речь шла о дрессировке лошади.

— Будьте вы прокляты! — Я выхватила пистолет и держала его двумя руками, как чашку. Сегодня никто меня дрессировать не будет.

Краем глаза я заметила, что кто-то встал на другом конце кровати. Мужчина все еще лежал под одеялами. А встала стройная женщина цвета кофе со сливками. Черные волосы были острижены очень коротко. Она была обнажена. Черт возьми, откуда она взялась?

Ясмин стояла в ярде от меня, водя языком по губам, и клыки поблескивали в свете потолочных ламп.

— Я тебя убью. Понимаешь? Убью, — сказала я.

— Попытаешься.

— Развлечение и игра не стоят того, чтобы за них умирать, — сказала я.

— После нескольких сотен лет только они и стоят того, чтобы за них умирать.

— Жан-Клод, если вы не хотите ее потерять, отзовите ее!

Мой голос звучал выше, чем мне хотелось бы. С испугом.

На таком расстоянии пуля разворотит ей всю грудь. Если так случится, она не воскреснет как нежить — сердца уже не будет. Конечно, ей больше пятисот лет. Один выстрел может этого и не сделать. К счастью, у меня больше одной пули.

Уголком глаза я заметила какое-то движение. И уже наполовину туда повернулась, когда что-то бросило меня наземь. Чернокожая сидела на мне сверху. Я наставила пистолет, чтобы выстрелить, не думая, человек она или нет. Но ее рука поймала мои запястья и сдавила. Она готова была раздавить мне кости.

И она зарычала мне в лицо — сплошные зубы и низкий рык. У такого звука должны быть остроконечные зубы в отороченной мехом пасти. Человеческому лицу так выглядеть не полагается.

Она выдернула у меня браунинг, будто отобрала конфетку у младенца. Держала она его неправильно, будто не знала, который конец куда.

Чья-то рука обвила ее талию и стащила с меня. Это был человек с кровати. Женщина обернулась к нему, рыча.

Ко мне прыгнула Ясмин. Я отползла, прижавшись спиной к стене. Она улыбнулась:

— Без оружия ты совсем не так крута, да?

Вдруг она оказалась передо мной на коленях. Я не видела ее приближения, даже размытого движения не заметила. Она появилась как по волшебству.

Всем телом она навалилась на мои колени, прижав меня к стене. Вцепившись пальцами мне в руки выше локтей, она рванула меня на себя. Сила неимоверная. По сравнению с ней негритянка-оборотень была игрушкой.

— Нет, Ясмин!

Наконец-то Жан-Клод пришел мне на помощь. Но он опаздывал. Ясмин обнажила зубы, отвела шею для удара, и я ни черта сделать не могла.

Она крепко прижимала меня к себе, сомкнув руки у меня за спиной. Еще чуть крепче — и я вылезла бы у нее с другой стороны.

— Жан-Клод! — завопила я.

Жар. Что-то горело у меня под свитером, над сердцем. Ясмин остановилась. Я ощутила, как она затряслась всем телом. Что за черт?

Между нами взвился язык бело-голубого пламени. Я вскрикнула, и Ясмин отозвалась эхом. Мы вместе кричали и горели.

Она отвалилась от меня. По ее блузке вился бело-голубой язык пламени. Огонь пролизал дыру в моем свитере. Я выскользнула из наплечной кобуры и сорвала с себя горящий свитер.

Крест все еще горел ярким бело-голубым огнем. Я дернула за цепочку, она порвалась. Крест упал на ковер, задымился и погас.

У меня над левой грудью, где бьется сердце, был ожог, точно повторяющий форму креста. Он уже покрылся волдырями. Вторая степень.

Ясмин срывала с себя блузку. На ней был точно такой же ожог, но ниже груди, потому что она выше меня ростом.

Я поднялась, стоя на коленях в лифчике и в джинсах. По лицу у меня текли слезы. У меня уже есть ожог побольше в виде креста на левом предплечье. Группа людей из вампирского охвостья заклеймила меня, думая, что это очень смешно. Они ржали до той самой минуты, пока я их не убила.

Ожог — это зверская боль. При тех же размерах он болит куда сильнее любой другой травмы.

Передо мной стоял Жан-Клод. Крест горел раскаленным светом без пламени, но ведь Жан-Клод его и не трогал. Поглядев вверх, я увидела, что он заслоняет глаза рукой.

— Уберите это, ma petite. Больше никто вас не тронет. Я обещаю.

— Почему бы вам не отойти подальше и не дать мне самой решить, что я буду делать?

Он вздохнул:

— Ребячеством было с моей стороны дать этому так далеко зайти, Анита. Простите мне мою глупость.

Трудно было принять это извинение всерьез, когда он стоял, прикрываясь рукой и не смея взглянуть на пылающий крест. Но это было извинение. А для Жан-Клода — просто невероятное раскаяние.

Я подняла крест за цепочку. Срывая его, я повредила замок. Теперь, чтобы его надеть, понадобится новая цепочка. Другой рукой я подобрала свитер. В нем была дыра больше моего кулака, как раз на груди. Тут уж ничем не поможешь. А где прятать пылающий крест, если на тебе нет рубашки?

Человек в кровати подал мне мой жакет. Я посмотрела ему в глаза и увидела там заботу и чуть-чуть страха. Его карие глаза были очень близко ко мне и смотрели очень по-человечески. Это было приятно, хотя я и не понимала почему.

Кобура болталась у меня возле талии, как спущенные подтяжки. Я снова ее надела. Странно было ощущать ее на голой коже.

Мужчина подал мне мой пистолет рукояткой вперед. Негритянка-оборотень стояла с другой стороны кровати, все еще голая, и смотрела на нас сердито. Мне было все равно, как он отобрал у нее мой пистолет. Я только была рада получить его назад.

С браунингом в кобуре мне стало спокойнее, хотя я никогда не пробовала носить наплечную кобуру на голое тело. Наверное, она будет натирать. Нет в мире совершенства.

Мужчина подал мне горсть бумажных салфеток. Красные простыни сползли ниже талии, угрожая свалиться совсем.

— Рука кровоточит, — сказал он.

Я посмотрела на правую руку. Она слегка кровоточила. Но болела настолько слабее ожога, что я просто про нее забыла.

Я взяла салфетки, а про себя подумала, что он тут делает. Занимался сексом с этой голой чернокожей, с оборотнем? Ее я в кровати не видела. Может, она пряталась под кроватью?

Я оттерла руку, как смогла, — не хотела, чтобы слишком много крови попало на жакет. Его я надела и сунула все еще светящийся крест в карман. Когда он будет спрятан, сияние должно прекратиться. Почему мы с Ясмин пострадали — только потому, что свитер был свободной вязки, а ее топ оставлял много голого тела. Тело вампира, прикоснувшееся к освященному кресту, испаряется быстро.

Теперь, когда крест был спрятан, Жан-Клод смотрел прямо на меня.

— Я прошу прощения, ma petite. Я не собирался вас сегодня пугать.

Он протянул мне руку. Его кожа была белее покрывающих ее кружев.

Я игнорировала протянутую руку и встала, опираясь на кровать.

Он медленно опустил руку. Его темно-синие глаза смотрели на меня очень спокойно.

— С вами у меня никогда не получается так, как я хочу, Анита Блейк. Интересно почему?

— Может быть, вам пора понять это как намек и оставить меня в покое?

Он улыбнулся — всего лишь легкое движение губ.

— Боюсь, что для этого слишком поздно.

— И что это должно значить?

Дверь распахнулась толчком, ударилась о стену и пошла обратно. В дверях стоял человек с дикими глазами и покрытым каплями пота лицом.

— Жан-Клод! Змея!..

Он тяжело дышал, будто пробежал всю лестницу бегом.

— Что там со змеей? — спросил Жан-Клод.

Человек медленно перевел дыхание.

— Она сошла с ума.

— Что случилось?

Человек покачал головой.

— Не знаю. Она напала на Шахар, укротительницу. Шахар мертва.

— Она уже в толпе?

— Еще нет.

— Нам придется отложить эту дискуссию, ma petite.

Он двинулся к двери, и остальные вампиры за ним по пятам. Отличная муштра.

Стройная негритянка натянула через голову свободное платье — черное с красными цветами. Пара красных туфель на высоких каблуках — и она исчезла в дверях.

Мужчина выскочил из кровати, голый, и стал натягивать тренировочный костюм. Смущаться времени не было.

Это не мое дело, но что, если кобра попадет в толпу? Не мое дело. Я застегнула жакет так, чтобы не видно было, что я без рубашки, но не так высоко, чтобы нельзя было вытащить пистолет.

Из двери в яркий свет палатки я вышла раньше, чем мужчина успел натянуть штаны. Вампиры и оборотни были уже возле ринга, рассыпаясь цепью вокруг змеи. Она заполнила весь ринг черно-белыми извивающимися кольцами. В ее глотке исчезала нижняя половина человека в блестящем трико. Вот что удерживало ее пока от рывка в толпу. Время на кормежку.

О Боже милосердный!

Ноги человека конвульсивно дергались. Он не мог быть живым. Не мог. Но ноги дергались. О Боже, пусть это будет просто рефлекс. Не дай ему быть до сих пор живым!

Эта мысль была хуже любого виденного мною кошмара. А я видала их предостаточно.

Чудовище на ринге — никак не моя проблема. Мне нет нужды строить из себя героя.

Люди кричали, бежали, подхватывая на руки детей. Под ногами хрустели пакеты попкорна и сладкой ваты. Я влилась в толпу и стала проталкиваться вниз. У моих ног свалилась женщина с годовалым ребенком, и какой-то мужчина полез через них. Я рывком подняла женщину на ноги, схватив одной рукой ребенка. Мимо нас проталкивались люди. Мы тряслись, пытаясь удержаться на месте. Я ощущала себя скалой в бешеной реке.

Женщина глядела на меня глазами, слишком большими для ее лица. Я сунула ей ребенка обратно и потащила между сиденьями, потом схватила за руку ближайшего большого мужика (черт с ним, пусть я сексистка!) и рявкнула ему:

— Помоги им!

Он вытаращился на меня как на апостола, но выражение бессмысленного страха сползло с его физиономии. Он взял женщину за руку и стал проталкиваться с ней к выходу.

Не могла я дать змее попасть в толпу. А остановить ее разве я могу? Во блин! Опять я, черт возьми, иду изображать героя. И я стала пробиваться вниз против прилива, прущего вверх. Чей-то локоть въехал мне в рот, и я почувствовала вкус крови. Когда я пробьюсь через эту кашу, все может уже кончиться. О Господи, если бы так оно и было.

7

Из толпы я вынырнула, будто отодвинула занавес. Кожа гудела памятью толкающихся тел, но я стояла на последней ступеньке — живая. Надо мной все еще бушевала вопящая толпа, пробивающаяся к выходу. Но здесь, у самого ринга, было тихо. И тишина обернула мне лицо и руки толстыми складками. В спертом воздухе было трудно дышать. Магия. Но магия вампиров или кобры, я не знала.

Ближе всех ко мне стоял Стивен, голый до пояса, худой и даже в каком-то смысле элегантный. Его голубая рубашка была надета на Ясмин, прикрывая ее обнаженный торс. Она завязала рубашку у пояса, открывая загорелый живот. Рядом с ней стояла Маргарита, а чернокожая женщина — возле Стивена. Она сбросила туфли и твердо стояла на ринге босыми подошвами.

В дальнем конце цирка стоял Жан-Клод с двумя новыми белокурыми вампирами по сторонам. Он повернулся и издали посмотрел на меня. Я ощутила изнутри его прикосновение там, где ничьим рукам быть не полагается. У меня перехватило горло, по телу потек пот. Ничто в эту минуту не могло бы заставить меня подойти к нему ближе. Он пытался что-то мне сказать. Что-то слишком личное и интимное, чтобы это можно было доверить словам.

Хриплый выкрик привлек мое внимание к центру ринга. Там, изломанные и окровавленные, лежали двое мужчин. Кобра нависла над ними, как движущаяся башня из мышц и чешуи. И зашипела на нас. Громкий звук отдался эхом.

Люди лежали возле ее... хвоста? Ног? Один из них пошевелился. Неужели он жив? Я стиснула перила так, что пальцы заболели. Страшно было так, что в горле ощущался вкус желчи. Даже кожа похолодела от страха. Вам случалось видеть сны, когда повсюду змеи так густо, что идти невозможно, не наступая на них? Это почти клаустрофобия. У меня такой сон всегда кончался тем, что я стою под деревьями, а на меня сыплются змеи, а я только и могу, что кричать.

Жан-Клод вытянул в мою сторону изящную руку. Она вся, кроме кончиков пальцев, была покрыта кружевом. Все остальные смотрели на змею, но Жан-Клод смотрел на меня.

Один из раненых пошевелился. Из его уст вырвался тихий стон и отдался эхом по всей палатке. Это иллюзия или действительно эхо? Не важно. Он был жив, и мы должны были сохранить ему жизнь.

Мы? Какого черта «мы»? Я уставилась в темно-синие глаза Жан-Клода. Лицо у него было абсолютно непроницаемым, очищенным от любых понятных мне эмоций. Глазами он не мог меня загипнотизировать — его собственные метки этого не позволяли. Но ментальные фокусы — если он их пробует — вполне возможны. И он их пробовал.

Это были не слова, а порыв. Я хотела идти к нему. Бежать к нему. Ощутить гладкое, твердое пожатие его руки. Мягкость его кружев на моей коже. И я прислонилась к перилам — закружилась голова. Пришлось вцепиться в них, чтобы не упасть. Какого черта он затеял эти ментальные игры? У нас ведь теперь другая проблема? Или ему на змею наплевать? Может, это вообще все подстава. Может, это он велел змее взбеситься. Но зачем?

У меня встали дыбом все волоски на теле, будто по ним прошел невидимый палец. Я затряслась и не могла остановиться.

Я глядела вниз на пару очень хороших черных ботинок, высоких и мягких. Подняв глаза, я встретила взгляд Жан-Клода. Он обошел ринг, чтобы встать рядом со мной. Все лучше, чем если бы я пошла к нему.

— Соединитесь со мной, Анита, и у нас хватит сил остановить эту тварь.

Я покачала головой:

— Понятия не имею, о чем вы говорите.

Он провел концами пальцев по моей руке. Даже сквозь кожаный жакет я ощутила эту полосу льда. Или огня?

— Как у вас получается быть одновременно таким горячим и холодным? — спросила я.

Он улыбнулся — чуть шевельнул губами.

— Ma petite, перестаньте со мной сражаться, и мы укротим эту тварь. Мы можем спасти этих людей.

На этом он меня подловил. Момент личной слабости против жизни двух человек. Ничего себе выбор.

— Если я один раз пущу вас к себе в голову настолько далеко, в следующий раз вам будет легче в нее проникнуть. Свою душу я не отдам ни за чью жизнь.

Он вздохнул:

— Что ж, это ваш выбор.

И он повернулся и пошел прочь. Я схватила его за руку, и она была теплой, твердой и очень, очень настоящей.

Он повернулся ко мне, и глаза его были большими и глубокими, как дно океана, и столь же смертоносными. Его собственная сила удерживала меня от падения в них; одна я бы погибла.

Я с таким усилием проглотила слюну, что стало больно, и отняла свою руку. Мне пришлось подавить желание вытереть ее о штаны, будто я коснулась чего-то скверного. Может быть, так оно и было.

— Серебряные пули ее ранят?

Он задумался на секунду:

— Мне неизвестно.

— Если вы перестанете пытаться захватить мой разум, я вам помогу.

— Вам лучше пойти против нее с пистолетом, чем со мной?

В его голосе звучал истинный интерес.

— Вы правильно поняли.

Он отступил назад и сделал мне жест рукой в сторону ринга.

Я перепрыгнула рельс и встала рядом с Жан-Клодом. Стараясь не обращать на него внимания, я направилась к исполинской твари. Вытащила браунинг. Его гладкая и твердая тяжесть успокаивала.

— Древние египтяне оказывали ей божеские почести, ma petite. Это была Эдхо, королевская змея. О ней заботились, приносили ей жертвы, обожали.

— Она не бог, Жан-Клод.

— Вы так уверены?

— Не забывайте, я монотеистка. Для меня это просто сверхъестественная ползучая тварь.

— Как хотите, ma petite.

Я обернулась:

— А каким чертом вам удалось ее протащить через карантин?

Он покачал головой:

— Разве это важно?

Я снова обернулась к твари посреди ринга. Сбоку от нее кровавой грудой лежала заклинательница. Змея ее не съела. Знак уважения, преданности или просто везение?

Кобра задвигалась к нам, сжимая и разжимая чешуйки брюха. Жан-Клод был прав: не важно, как она попала в страну. Она сейчас здесь.

— Как мы будем ее останавливать?

Он улыбнулся так широко, что стали видны клыки. Может быть, на слово «мы».

— Если вы обездвижите ей пасть, я думаю, мы с ней разберемся.

Туловище змеи было толще телеграфного столба. Я покачала головой:

— Если вы так говорите...

— Вы можете ранить ее в пасть?

Я кивнула:

— Если серебряные пули подействуют, то да.

— Маленький мой снайпер, — сказал он.

— Поберегите свой сарказм до подходящей минуты, — огрызнулась я.

Он кивнул.

— Если вы собираетесь в нее стрелять, я бы на вашем месте поспешил, ma petite. Если она навалится на моих сотрудников, будет поздно.

Лицо его было непроницаемо. Не знаю, хотел он, чтобы я стреляла, или нет.

Я повернулась и пошла через ринг. Кобра остановила свое продвижение. Она ждала, как качающаяся башня. Стояла, если существо без ног может стоять, и ждала меня, пробуя воздух похожим на бич языком. Пробуя меня.

Вдруг Жан-Клод оказался рядом со мной. Я не слышала, не ощутила его приближения. Еще один ментальный фокус. Ладно, сейчас мне не до этого.

Он быстро и тихо — наверное, я одна слышала — сказал:

— Я сделаю все, чтобы защитить вас, ma petite.

— У вас это отлично вышло в вашем кабинете.

Он остановился, я — нет.

— Я знаю, что вы ее боитесь, Анита. Ваш страх ползет по моему животу, — позвал он тихо и неразборчиво, как шум ветра.

— Отгребитесь вы от моего сознания!

Кобра глядела на меня. Я держала браунинг двумя руками, направив ей в голову. Я считала, что я вне расстояния ее броска, но не была уверена. Какое расстояние безопасно от змеи, которая больше грузовика? За два или за три штата от нее? Я уже могла разглядеть глаза змеи, пустые, как у куклы.

Слова Жан-Клода пролетели сквозь мое сознание, как гонимые ветром лепестки. Раньше в его голосе никогда не было оттенков аромата.

— Заставьте ее идти за вами и подставьте нам ее спину перед выстрелом.

Пульс на шее у меня бился так сильно, что мешал дышать. Во рту так пересохло, что глотка заболела. Я медленно, очень медленно стала отодвигаться от вампиров и оборотней. Голова змеи поворачивалась за мной, как поворачивалась за заклинательницей. Если она пойдет вперед в броске, я выстрелю, но если она будет просто следить за мной, я дам Жан-Клоду шанс напасть на нее сзади.

Конечно, есть возможность, что серебряные пули ее не ранят. И вообще тварь такого размера пули из моего браунинга могут только разозлить. Я будто попала в фильм с чудовищами, где какой-нибудь скользкий монстр ползет и ползет вперед, как в него ни стреляй. Я только надеялась, что это всего лишь голливудская выдумка.

Если пули ей не повредят, мне придется умереть. В мозгу вспыхнул образ дергающихся человеческих ног, торчащих из змеиной пасти. На теле змеи было еще заметно утолщение, будто она съела огромную крысу.

Язык хлестнул вперед, и я ахнула, подавив вопль. Анита, держи себя в руках! Это всего лишь змея. Гигантская змея, кобра-людоед, но всего лишь змея. Да-да.

У меня каждый волосок на теле встал по стойке «смирно». Та мощь, которую вызывала заклинательница змей, вышла наружу. Мало того, что эта тварь ядовитая и с такими зубами, что могла прокусить меня насквозь. Ей еще надо быть с волшебной силой. Прекрасно, просто прекрасно.

Запах цветов стал гуще и ближе. Это вовсе и не Жан-Клод был. Кобра заполняла воздух ароматом. Змеи не пахнут цветами. Они пахнут затхлостью, и однажды услышав этот запах, ты его уже не забудешь. Ни одно животное с мехом так не пахнет. Запах вампирьего гроба слегка напоминает запах змеи.

Кобра повернула ко мне огромную голову.

— Давай, еще чуть-чуть, — приговаривала я, обращаясь к змее. Что очень глупо само по себе, потому что змеи глухи. Сладкий и густой, плыл запах цветов. Я двигалась по краю ринга приставным шагом, и змея плыла за мной тенью. Может, это у нее привычка такая. Я была маленькой, и волосы у меня были длинные и темные, хотя и близко не той длины, что у заклинательницы. Может быть, этой бестии нужен был кто-то, за кем следовать?

— Давай, деточка, иди к мамочке, — шептала я едва шевелящимися губами. Была только я, змея и мой голос. Я не решалась глядеть через ринг на Жан-Клода. Остались только мои ноги, идущие по рингу, движения змеи, пистолет у меня в руках. Как в танце.

Кобра приоткрыла пасть, мелькнув языком и показав клыки размером с косу. У кобр клыки закрепленные, они не убираются, как у гремучих змей. Приятно, что я еще помню что-то по герпетологии. Хотя спорить могу, что д-р Гринберг ничего подобного никогда не видел.

На меня накатил неудержимый порыв захихикать. Вместо этого я направила руку на пасть этой твари. Запах цветов стал так силен, что был почти осязаем. Я спустила курок.

Голова змеи дернулась назад, расплескивая кровь по полу. Я стреляла еще и еще. Челюсти разлетелись клочками плоти и костей. Кобра зашипела, разинув разбитые челюсти. Наверное, это был вопль.

Туловище толщиной с телеграфный столб заколотило по полу. Неужели я ее убила? Неужели простые пули смогли ее убить? Я сделала еще три выстрела в голову. Тело завернулось огромным узлом, закипели белые и черные чешуйки, забрызганные кровью.

Петля этого тела вдруг выхлестнула наружу и сбила меня с ног. Я упала на колени и одну руку, в другой держа пистолет, готовая его нацелить. Меня ударило еще одним кольцом. Как будто кит стукнул. Полуоглушенная, я оказалась под несколькими сотнями фунтов змеиного тела. Полосатое кольцо прижимало меня к земле. Тварь нависла надо мной, из разбитых челюстей капали кровь и яд. Если он коснется моей кожи, это меня убьет. Слишком его много.

Я лежала на спине под вставшей на дыбы змеей и стреляла в нее. Просто давила на курок, а голова летела ко мне.

В змею что-то ударило. Что-то мохнатое вонзило зубы и когти в шею змеи. Это был вервольф с покрытыми шерстью человеческими руками. Кобра попятилась, прижимая меня своей тяжестью. Гладкие чешуйки брюха скользнули по моему почти обнаженному торсу, сдавливая. Она меня не съест, она меня просто задавит насмерть.

Я завопила и выстрелила в тело змеи. Щелкнула пустая обойма. Блин!

Надо мной появился Жан-Клод. Его бледные, покрытые кружевами руки подняли с меня кольцо змеи, будто это и не была тысяча фунтов мышц. Я отползла назад на четвереньках и ползла, как краб, до края ринга, где выщелкнула пустую обойму и вставила новую из сумки. Не помню, когда я расстреляла все тринадцать патронов, но так оно было. Я дослала патрон в патронник и была готова к новому танцу.

Руки Жан-Клода ушли в змею по локоть. Он выхватил из нее кусок поблескивающего позвоночника, раздирая ее на части.

Ясмин впилась в гигантскую рептилию, как ребенок в пирожное. Лицо и торс ее были облиты кровью. Вытащив из змеи длинную кишку, она рассмеялась.

Я еще никогда не видала, как вампиры используют всю свою нечеловеческую силу. Присев на краю ринга с заряженным пистолетом, я только смотрела.

Негритянка-оборотень сохраняла обличье человека. Достав откуда-то нож, она с удовольствием полосовала змею.

Кобра ударила головой по земле, и вервольф покатился кубарем. Змея встала на дыбы и снова ударила. Раздробленные челюсти впились в плечо негритянки. Та вскрикнула, из платья на спине торчал клык. С него стекал яд, расплескиваясь по земле. Вся ткань пропиталась ядом и кровью.

Я подалась вперед с пистолетом наготове, но остановилась в нерешительности. Кобра мотала головой, пытаясь стряхнуть женщину. Но слишком глубоко вошел клык и слишком сильно была повреждена пасть. Кобра оказалась в капкане, но и женщина тоже.

Я не знала, смогу ли попасть в голову змеи, не задев негритянку. Женщина вопила и визжала. Ее руки беспомощно впивались в тело змеи. Нож она где-то обронила.

Белокурая вампирка схватила негритянку. Змея вскинулась, подняв негритянку в разбитых челюстях и тряся, как пес игрушку. Женщина завизжала.

Вервольф прыгнул змее на шею, как укротитель на необъезженную лошадь. Теперь уже нельзя было стрелять, чтобы кого-нибудь не задеть. Черт побери! Оставалось только стоять и смотреть.

На ринг выбежал человек, который был на кровати. Это он так долго надевал штаны и куртку? Куртка с расстегнутой молнией хлопала полами, открыв почти целиком загорелую грудь. Насколько я могла понять, он не был вооружен. Так что он собирается делать, черт его возьми?

Он присел около тех двоих, которые в начале заварухи еще были живы, и потащил одного из них подальше от схватки. Хорошая мысль.

Жан-Клод схватил женщину. Ухватившись рукой за торчащий из нее клык, он с хрустом его обломал. Треск был как от винтовочного выстрела. Рука женщины оторвалась от тела, обнажив кости и связки. Женщина вскрикнула последний раз и обмякла. Он отнес ее ко мне и положил на землю. Правая рука женщины болталась на пучках мышц. Он освободил ее от змеи, но чуть не оторвал ей руку.

— Помогите ей, ma petite.

Он положил ее к моим ногам, окровавленную и без сознания. Кое-что в первой помощи я понимала, но Господи ты Боже мой, куда же тут накладывать жгут? Или шину на руку? Она же не сломана, она вырвана из сустава!

По палатке дохнуло ветром. Меня толкнуло воздухом. Я ахнула и отвернулась от умирающей девушки. Жан-Клод стоял возле змеи. Все вампиры терзали ее тело, и все же она еще жила. Ветер трепал кружевной воротник, развевал волосы. Он шептал мне в лицо, сердце подкатывалось к горлу. Единственный звук, который был мне слышен, — это звук шумящей в ушах крови.

Жан-Клод пошел вперед почти что крадучись. И я ощутила, как что-то во мне движется вместе с ним. Как будто он держал невидимую нить от моего сердца, пульса, крови. Сердце билось так часто, что я не могла дышать. Что же это творится такое?

Он склонился над змеей, руки его зарылись в ее плоть чуть пониже пасти. Это *мои* руки впивались в кость, рвали ее. Она была скользкой, влажной, но холодной. Наши руки дернули в одну сторону, в другую и потянули, пока плечи не свело от напряжения.

Голова оторвалась и перелетела через ринг. Потом хлопнулась, щелкая пастью в пустом воздухе. Тело еще дергалось, но уже умирало.

Я упала на землю рядом с раненой. Браунинг оставался у меня в руке, но он бы мне не помог. Я снова слышала, снова ощущала. Руки не были покрыты запекшейся кровью. Там — это были руки Жан-Клода, не мои. Господи, что со мной происходит?

Я все еще ощущала кровь на руках. Неимоверно сильное воспоминание. О Боже!

Что-то коснулось моего плеча, и я резко повернулась, чуть не ткнув человека пистолетом в лицо. Это был тот, в сером тренировочном. Он склонился надо мной, подняв руки вверх и уставясь на пистолет.

— Я на вашей стороне, — сказал он.

Сердце все еще колотилось у меня в горле. Я не решалась заговорить, не доверяя собственному голосу, поэтому просто кивнула и отвела ствол в сторону.

Он расстегнул куртку.

— Может быть, так мы хоть частично остановим кровь.

Он скомкал куртку и прижал ее к ране.

— Наверное, она в шоке, — сказала я. Голос мой звучал как-то странно, сдавленно.

— У вас тоже вид не ахти.

И чувствовала я себя тоже не ахти. Жан-Клод входил в мой разум, в мое тело. Мы были будто одной личностью. Я затряслась и не могла остановиться. Может, это и был шок.

— Я вызвал полицию и «скорую», — сказал он.

Я разглядывала его лицо. Черты были резкими — высокие скулы, квадратная челюсть, но губы мягкие, что придавало ему очень сочувственное выражение. Волнистые каштановые волосы спадали по сторонам лица, как занавесы. Я вспомнила другого мужчину с длинными каштановыми волосами. Он тоже был связан с вампирами. Умер страшной смертью, и я не могла его спасти.

На дальней стороне ринга я заметила Маргариту. Она стояла и смотрела с расширенными глазами и полураскрытым ртом. Наслаждалась зрелищем. О Боже.

Вервольф оторвался от змеи. Оборотень был очень похож на классический вариант любого вервольфа, что крался когда-либо по улицам Лондона, разве что он был голый и между ногами у него были гениталии. Киноверсии волколаков всегда гладкие и бесполые, как кукла Барби.

Шерсть у вервольфа была цвета темного меда. Вервольф-блондин? Не Стивен ли это? Если нет, значит, Стивен смылся, а такое Жан-Клод вряд ли допустил бы.

— Всем стоять! — завопил кто-то, и через ринг рванулись два копа с пистолетами в руках.

— Господи Иисусе! — сказал один из них.

Я отложила пистолет, пока они разглядывали мертвую змею. Тело ее еще дергалось, но она была мертва. Только до тела рептилий осознание собственной смерти доходит дольше, чем до теплокровных.

Я была легка и пуста, как воздух. Все было каким-то призрачно-нереальным. И дело было не в змее. А в том, что сделал со мной Жан-Клод. Я затрясла головой, пытаясь очистить ее, начать думать. Здесь копы. Есть то, что я должна сделать.

Я достала из сумки пластиковую карту-удостоверение и пристегнула к воротнику. Карта гласила, что я член Региональной Группы Расследования Противоестественных Событий. Почти как служебная табличка.

— Пойдем поговорим с копами, пока они не начали стрелять.

— Змея мертва, — возразил он.

Волколак терзал мертвую тварь длинной остроконечной мордой, отрывая куски мяса. Я сглотнула слюну и отвернулась.

— Они могут решить, что змея — не единственный здесь монстр.

— А! — сказал он очень тихо, будто такая мысль ему и в голову прийти не могла. Что он делает здесь среди монстров?

Я пошла, улыбаясь, навстречу полицейским. Посреди ринга стоял Жан-Клод в рубашке настолько окровавленной, что она прилипла к его телу, очерчивая линии сосков под тканью. По лицу его тоже была размазана кровь. Руки были обагрены до локтей. Молодая белокурая вампирка погрузила лицо в змеиную кровь. Она набирала в рот окровавленного мяса и высасывала его. Звук при этом был очень влажным и казался громче, чем должен был быть.

— Я Анита Блейк. Я работаю с Региональной Группой Расследования Противоестественных Событий. Вот мое удостоверение.

— Кто это с вами? — Полицейский мотнул головой в сторону мужчины в сером. Револьвер его был направлен куда-то в сторону ринга.

— Как вас зовут? — шепнула я уголком рта.

— Ричард Зееман, — тихо ответил он.

Вслух я произнесла:

— Ричард Зееман, ни в чем не повинный прохожий.

Это была наверняка ложь. Насколько может быть ни в чем не повинен человек, просыпающийся в кровати среди вампиров и оборотней?

Но полицейский кивнул.

— А остальные? — спросил он.

Я посмотрела туда, куда он показывал. У меня у самой был вид не лучше.

— Менеджер и несколько его сотрудников. Они набросились на эту тварь, чтобы не дать ей вырваться в толпу.

— Но ведь они не люди? — спросил он.

— Нет, — ответила я. — Не люди.

— Твою Бога мать! Ребята в участке нам ни за что не поверят, — сказал его напарник.

Наверное, он был прав. Я была здесь и тоже с трудом могла поверить. Гигантская кобра-людоед. Именно что твою Бога мать.

8

Я сидела в коридорчике, который служил для выхода артистов на арену. Освещение здесь было тусклое, будто некоторые из тех, что здесь проходили, не любили сильного света. Тоже мне удивили. Стульев здесь не было, и я слегка устала сидеть на полу. Сначала я давала показания полицейским, потом детективу в штатском. Потом прибыла РГРПС и начала допрос снова. Дольф мне кивнул, а Зебровски застрелил из большого и указательного пальцев. С тех пор прошел час пятнадцать минут. И мне стало надоедать, что на меня не обращают внимания.

Ричард Зееман и вервольф Стивен сидели напротив. Руки Ричарда свободно обхватили одно колено. На ногах у него были найковские кроссовки с синим верхом на босу ногу. И даже лодыжки у него были загорелыми. Густые волосы спадали на голые плечи. Глаза его были закрыты, и я могла разглядывать его мускулистый торс, сколько мне угодно. Плоский живот с треугольником темных волос, поднимающимся над тренировочными штанами. Грудь гладкая, правильная, без единого волоска. Это я оценила.

Стивен спал, свернувшись на полу клубком. На левой стороне его лица наливался синяк теми черно-синими и мясисто-красными цветами, которые дают по-настоящему серьезные ушибы. Он был завернут в серое одеяло, которое дали ему санитары, и, насколько я могла судить, больше ничего на нем не было. Наверное, всю одежду он потерял, когда перекидывался. Волколак был больше, чем он сейчас, и ноги имели совсем другую форму. Итак, красивые джинсы в обтяжку и ковбойские сапоги ушли в историю. Наверное, потому и была голой негритянка-оборотень. А не потому ли был голым и Ричард Зееман? Он, что ли, тоже оборотень?

Не похоже. Если так, то он маскировался лучше любого другого, кого мне приходилось встречать. И к тому же, если он оборотень, почему не вступил в битву с коброй? Для невооруженного человека он поступил очень разумно: не путался под ногами.

Стивен, с которого начиналась эта великолепная ночь, выглядел совсем не великолепно. Длинные белокурые волосы пропитались потом и прилипли к лицу. Под закрытыми глазами налились черные мешки. Дышал он быстро и неглубоко. Глаза под закрытыми веками дергались. Сны видит? Кошмары? Снятся ли вервольфам оборотни-овцы?

Ричард выглядел великолепно, но ведь его не колотила о бетонный пол гигантская кобра. Он открыл глаза, будто почувствовал, что я его рассматриваю. И посмотрел в ответ совершенно пустыми карими глазами. Мы смотрели друг на друга молча.

Его лицо состояло из сплошных углов. Лепные скулы и твердая челюсть. Ямочки смягчали черты его лица и делали его слишком совершенным на мой вкус. Мне всегда неуютно в обществе слишком красивых мужчин. Может, низкая самооценка. Или, быть может, прекрасное лицо Жан-Клода заставляет меня ценить очень человеческое качество — несовершенство?

— Что с ним? — спросила я.
— С кем?
— Со Стивеном.

Он посмотрел на спящего. Стивен во сне издал какой-то тихий звук, беспомощный и перепуганный. Определенно кошмар.

— Его не надо разбудить?
— Вы имеете в виду — от сна? — спросил он.

Я кивнула.

Он улыбнулся:

— Мысль хорошая, но он еще несколько часов не проснется. Можете устроить здесь пожар, он все равно не пошевелится.

— Почему?
— Вы в самом деле хотите знать?
— Конечно. Все равно мне сейчас делать нечего.

Он оглядел пустынный коридор.

— Что ж, неплохая причина.

Он откинулся назад, отыскивая голой спиной кусок стены поудобнее. Поморщился: наверное, удобной стены не бывает.

— Стивен перекинулся обратно из волка в человека меньше чем через два часа.

Это было произнесено так, будто все объясняло. Может быть, но не мне.

— И что? — спросила я.
— Обычно оборотень остается в обличье зверя от восьми до десяти часов, потом коллапсирует и перекидывается обратно. Перекинуться раньше — это требует уйму сил.

Я поглядела на спящего оборотня:

— Значит, этот коллапс — нормальное явление?

Ричард кивнул:

— На весь остаток ночи.
— Не слишком хороший метод выживания, — заметила я.
— После коллапса большинство вервольфов слабее осенней мухи. Тогда их и отлавливают охотники.
— Откуда вы столько знаете о ликантропах?

— Это моя работа. Я преподаю естественные науки в средних классах местной школы.

Я на него уставилась:

— Вы — школьный учитель?

— Да. — Он улыбался. — Вас это удивляет?

Я покачала головой:

— Как это школьный учитель оказался в компании вампиров и вервольфов?

— Что я могу сказать? Повезло.

Я не могла не улыбнуться:

— Это не объясняет, откуда вы знаете про оборотней.

— Я прослушал курс в колледже.

Я снова покачала головой:

— Я тоже, но я не знала, что оборотни впадают в коллапс.

— У вас диплом по противоестественной биологии? — спросил он.

— Ага.

— У меня тоже.

— Так почему же вы знаете про ликантропов больше меня?

Стивен пошевелился во сне, отбросив здоровую руку в сторону. Одеяло соскользнуло, открыв живот и часть бедра.

Стивен поправил на нем одеяло, как на ребенке.

— Мы со Стивеном давно дружим. Ручаюсь, вы знаете о зомби такое, чего я в колледже узнать не мог.

— Наверное, — сказала я. — А Стивен тоже учитель?

— Нет. — Он улыбнулся, но улыбка эта не была приятной. — Школьные советы косо смотрят на учителей-ликантропов.

— По закону они не имеют права этого запрещать.

— Это да, — ответил он. — Последнему учителю, который посмел учить их драгоценных крошек, они бросили в окно зажигательную бомбу. Ликантроп не заразен, пока он в человеческом обличье.

— Это я знаю.

Он покачал головой:

— Извините, для меня это больной вопрос.

Мой любимый проект — права для зомби; почему не может быть своего любимого проекта у Ричарда? Равные права для мохнатых при найме на работу. Я это понимаю.

— Вы очень тактичны, ma petite. Вот никогда бы не подумал.

В коридоре стоял Жан-Клод. Я не слышала, как он подошел. Да, но я отвлеклась на разговор с Ричардом. Конечно, конечно.

— Не могли бы вы в следующий раз топать погромче? Надоела мне ваша манера подкрадываться.

— Я не подкрадывался, ma petite. Вы отвлеклись разговором с нашим красивым мистером Зееманом.

Голос его был приятен и мягок, как мед, и все же в нем была угроза. Она ощущалась, как холодный ветерок по спине.

— В чем дело, Жан-Клод? — спросила я.

— Дело? Какое может быть дело?

И в его голосе слышались злость и какая-то горькая насмешка.

— Перестаньте, Жан-Клод.

— Что вы имеете в виду, ma petite?

— Вы сердитесь. Почему?

— Ай-ай-ай! Моя слуга не может уловить моего настроения. Стыдно. — Он присел рядом со мной. Кровь на белой сорочке засохла коричневатой коркой, залив почти всю грудь. Кружева на рукавах были похожи на засохшие коричневые цветы. — Вы желаете Ричарда, потому что он красив или потому что он человек?

Голос его упал почти до шепота, такого интимного, будто он говорил что-то совсем другое. Он умел шептать, как никто другой.

— Я не желаю Ричарда.

— Бросьте, ma petite. Не надо лгать.

Он потянулся ко мне, коснулся длинными пальцами моей щеки. На руке засохла кровь.

— У вас кровь под ногтями, — сказала я.

Он дернулся, рука сжалась в кулак. Очко в мою пользу.

— Вы каждый раз меня отталкиваете. Почему я только с этим мирюсь?

— Не знаю, — честно ответила я. — Я все надеюсь, что я вам надоем.

— Я надеюсь, что вы будете со мной вечно, ma petite. Я бы не стал делать такое предложение, если бы думал, что вы мне наскучите.

— Я думаю, что это вы мне наскучите.

Его глаза чуть расширились. Кажется, он был действительно удивлен.

— Вы пытаетесь меня задеть?

Я пожала плечами:

— Да, но тем не менее это правда. Меня к вам тянет, но я вас не люблю. У нас нет стимулирующих разговоров. Я не думаю целый день: надо рассказать этот анекдот Жан-Клоду, надо обсудить с ним, что сегодня было на работе. Как только вы мне даете возможность, я вас забываю. Единственное, что у нас общего, — это насилие и мертвецы. Я не думаю, что на такой основе можно строить отношения.

— Вы сегодня философичны.

Его полночно-синие глаза были в паре дюймов от моих. Ресницы как черное кружево.

— Просто пытаюсь быть честной.

— Я не ожидал бы от вас меньшего, — сказал он. — Я знаю, как вам противна ложь. — Он бросил взгляд на Ричарда. — И как противны монстры.

— Почему вы злитесь на Ричарда? — спросила я.

— Я злюсь?

— Вы отлично знаете, что да.

— Может быть, я понял, Анита, что единственного, чего вы хотите, я вам не в силах дать.

— И чего же я хочу?

— Чтобы я был человеком, — тихо ответил он.

Я покачала головой:

— Если вы думаете, что ваш единственный недостаток — это что вы вампир, вы ошибаетесь.

— В самом деле?
— Да. Вы — эгоистичный и наглый хулиган.
— Хулиган?

Он был удивлён неподдельно.

— Вы хотите меня — и потому не можете поверить, что я вас не хочу. Ваши потребности, ваши желания важнее любых чужих.

— Вы мой слуга-человек, ma petite. Это очень осложняет наши жизни.

— Я не ваш слуга.

— Я отметил вас, Анита Блейк. Вы мой слуга.

— Нет, — ответила я.

Это было очень решительное «нет», но живот у меня свело судорогой при мысли, что он прав и я никогда от него не освобожусь.

Он глядел на меня, и глаза его были такими, как обычно, — тёмными, синими, прекрасными.

— Не будь вы моим слугой, я не мог бы так легко победить змеиного бога.

— Вы изнасиловали моё сознание, Жан-Клод. И мне все равно, что было этому причиной.

По его лицу пробежала гримаса отвращения.

— Если вы применяете слово «изнасилование», то вы знаете, что в этом виде преступлений я неповинен. Николаос навязала вам себя. Она ворвалась в ваше сознание, ma petite. И если бы вы не несли в себе две мои метки, она бы вас уничтожила.

Злость кипела во мне, поднимаясь из глубины, разливаясь по спине и рукам. Меня дико подмывало дать ему по морде.

— А из-за этих меток вы можете войти в мой разум и подчинить меня себе. Вы мне говорили, что они осложняют, а не упрощают ментальные игры. Вы и об этом тоже лгали?

— Это была великая необходимость, Анита. Если не остановить эту тварь, погибло бы много народу. И я черпал мощь всюду, где мог её обрести.

— Из меня.

— Да, ведь вы — мой слуга-человек. Просто находясь рядом со мной, вы усиливаете мою мощь. Вы это знаете.

Это я знала, но не знала, что он может качать через меня силу, как через усилитель.

— Я знаю, что я теперь для вас вроде фамилиара для ведьмы.

— Если вы позволите мне поставить две последние метки, это станет намного больше. Это будет брак плотью, кровью и духом.

— Я замечаю, вы не упомянули душу.

Он шумно выдохнул с оттенком рычания.

— Вы невыносимы!

Он явно рассердился. Отлично.

— Никогда больше не вламывайтесь в мое сознание.

— А то что? — Эти слова были вызовом, злобным и смущенным.

Я стояла на коленях рядом с ним, почти дыша ему в лицо. Чтобы не заорать, мне пришлось сделать несколько глубоких вдохов. И сказала я спокойно, тихо и зло:

— Если вы еще раз тронете меня подобным образом, я вас убью.

— Вы попытаетесь.

Его лицо было почти прижато к моему. Будто если он вдохнет, меня к нему притянет и наши губы соприкоснутся. Я помнила, какие у него мягкие губы. Какое это чувство — быть прижатой к его груди. Шероховатость его крестообразного ожога у меня под пальцами. Я отшатнулась, почти теряя сознание.

Тогда это был всего лишь поцелуй, но память о нем горела во всем моем теле — как в самом плохом дамском романе, который только был написан.

— Оставьте меня в покое! — прошипела я ему в лицо, сжимая руки в кулаки. — Будьте вы прокляты!

Открылась дверь кабинета, и высунулась голова полицейского в форме.

— Проблемы?

Мы повернулись и уставились на него. Я открыла было рот сказать, что именно здесь происходит, но Жан-Клод меня опередил:

— Нет, офицер, все в порядке.

Это была ложь, но что здесь было бы правдой? Что у меня две вампирские метки и что я теряю душу кусок за куском? Совсем не та информация, которую я хотела бы сделать всеобщим достоянием. Полиция косится на тех, кто слишком тесно связан с монстрами.

Офицер глядел на нас и ждал. Я покачала головой.

— Ничего особенного, офицер. Просто уже поздно. Вы не спросите сержанта Сторра, могу ли я уехать домой?

— Как фамилия?

— Блейк, Анита Блейк.

— А, любимчик-аниматор Сторра?

Я вздохнула.

— Да, та самая Анита Блейк.

— Спрошу. — Полицейский еще минуту смотрел на нас троих. — У вас есть что к этому добавить?

Он обращался к Ричарду.

— Нет.

Полицейский кивнул:

— О'кей. Но пусть то, что здесь *не* происходит, далее *не* происходит при пониженной громкости.

— Разумеется. Всегда рад сотрудничать с полицией, — ответил Жан-Клод.

Офицер еще раз кивнул и скрылся в кабинете. Мы остались стоять на коленях в коридоре. Оборотень все так же спал на полу. Тихий звук его дыхания не столько нарушал тишину, сколько ее подчеркивал. Ричард сидел неподвижно, не сводя темных глаз с Жан-Клода. Вдруг до меня очень явственно дошло, что нас разделяют с Жан-Клодом всего несколько дюймов. Я кожей чувствовала тепло его тела. Его глаза скользнули по мне вниз. Я была по-прежнему одета только в лифчик под расстегнутым жакетом.

По груди и рукам у меня побежали мурашки. Соски затвердели, как будто он их касался. И мышцы свело судорогой от жажды, которая ничего общего не имела с жаждой крови.

— Прекратите!

— Я ничего не делаю, ma petite. По вашей коже прокатывается ваше желание, не мое.

Я тяжело сглотнула и заставила себя отвернуться. Ладно, я его хочу. Прекрасно, чудесно, но это ничего не значит. Вот так.

Я отодвинулась от него, привалилась к стене и сказала, не глядя в его сторону:

— Я пришла сегодня сюда, чтобы получить информацию, а не обжиматься с Мастером города.

Ричард просто себе сидел, глядя мне в глаза. В нем не было смущения — только интерес, будто он не мог точно понять, что я собой представляю. Не то чтобы недружественный взгляд.

— Обжиматься? — повторил Жан-Клод. Мне не надо было смотреть на его лицо, чтобы услышать в голосе улыбку.

— Вы меня понимаете.

— Я никогда не слыхал, чтобы это называли «обжиматься».

— Прекратите!

— Что прекратить?

Я полыхнула на него взглядом, но в его глазах мелькали искорки смеха. По губам расходилась медленная улыбка. Очень человеческий вид был у него в эту минуту.

— Что же вы хотите обсудить, ma petite? Это должно быть что-то очень важное, если вы решили приблизиться ко мне по собственной воле.

Я смотрела ему в лицо, выискивая насмешку, злость — что-нибудь в этом роде. Но его лицо было гладким и дружелюбным, как резной мрамор. Улыбка и искорки смеха в глазах были как маска. И я никак не могла понять, что там за ней. И даже не уверена, что хотела бы это знать.

Я медленно перевела дыхание.

— Хорошо. Где вы были прошлой ночью? — Я глядела ему в лицо, пытаясь поймать изменение выражения.

— Здесь, — ответил он.
— Всю ночь?

Он улыбнулся:
— Да.
— Вы можете это доказать?

Улыбка стала шире:
— А мне придётся это делать?
— Возможно.

Он покачал головой:
— Увёртки вместо прямого разговора — от вас, ma petite! Это не ваш стиль.

Вот тебе за глупую попытку вытащить информацию из Мастера.

— Вы уверены, что хотите обсуждать это при посторонних?
— Вы о Ричарде?
— Да.
— У нас с Ричардом нет секретов друг от друга, ma petite. Он — мои человеческие глаза и уши, поскольку вы ими быть отказываетесь.
— Что это значит? Я думала, что у вас не может быть двух слуг-людей одновременно.
— Значит, вы это признаёте?

В его голосе слышалась примесь торжества.
— Это не игра, Жан-Клод. Сегодня ночью погиб человек.
— Поверьте мне, ma petite, когда вы примете две последние метки и станете моим слугой не только номинально — это для меня не игра.
— Сегодня ночью произошло убийство, — сказала я.

Может быть, если сосредоточиться на преступлении, на моей работе, я смогу избежать словесных ловушек.

— И? — подсказал он.
— Жертва вампирского нападения.
— А, — сказал он, — теперь мне ясна моя роль.
— Рада, что вам это кажется забавным.
— Смерть от укусов вампира только временно фатальна, ma petite. Подождите до третьей ночи, когда жертва восста-

нет, и расспросите его. — Юмор в его глазах растаял. — Чего вы мне не сказали?

— Я нашла на жертве не менее пяти различных радиусов укусов.

Что-то мелькнуло в его глазах. Я не знаю, что именно, но какая-то неподдельная эмоция. Удивление, страх, вина? Что-то.

— Значит, вы ищете одичавшего Мастера вампиров?

— Ага. Знаете кого-нибудь?

Он рассмеялся. Все его лицо озарилось изнутри, будто зажгли свечу у него под кожей. На какой-то миг он стал так красив, что у меня стиснуло дыхание. Но это была не та красота, которой хочется коснуться. Я вспомнила бенгальского тигра в зоопарке. Он был так велик, что можно было бы проехаться на нем, как на пони. Мех у него был оранжевый, черный, желтоватый и перламутрово-белый. Глаза золотые. А лапы, шире моей раскрытой ладони, бегали, бегали, туда и назад, туда и назад, пока не протоптали дорожку на земле. Какой-то умник поставил решетку так близко к изгороди, удерживающей публику, что через нее можно было легко просунуть руку и коснуться тигра. Мне пришлось сжать руки в кулаки и засунуть их в карманы, чтобы подавить искушение потянуться сквозь решетку и погладить тигра. Он был так близко, красивый, дикий... соблазнительный.

Я обняла колени, прижав их к груди, и крепко сцепила руки. Тигр оторвал бы мне руку, и все же я в глубине души жалела, что его не потрогала. Я смотрела в лицо Жан-Клода, ощущала, как его смех гладит меня по спине, как бархат. Неужели какая-то часть моей души будет всю жизнь гадать, каково оно было бы, скажи я «да»? Может быть. Но я это переживу.

Он глядел на меня, и смех умирал в его глазах, как последний свет на закатном небе.

— О чем вы думаете, ma petite?

— Разве вы не можете читать мои мысли?

— Вы знаете, что не могу.

— Я о вас ничего не знаю, Жан-Клод, даже самой мелкой мелочи.

— Вы знаете обо мне больше, чем любой другой в этом городе.

— В том числе Ясмин?

Он опустил глаза, почти смущенный.

— Мы с ней очень старые друзья.

— Насколько старые?

Он встретил мой взгляд, но лицо его было пустым и непроницаемым.

— Достаточно.

— Это не ответ, — сказала я.

— Нет, — согласился он. — Это уход от ответа.

Значит, он не ответит на мой вопрос. Что здесь нового?

— А есть в городе другие вампиры в ранге Мастера, кроме вас, Малкольма и Ясмин?

Он покачал головой:

— Мне такие неизвестны.

— Что это должно значить? — нахмурилась я.

— Именно то, что я сказал.

— Вы — Мастер города. Разве вам не полагается знать?

— Сейчас у нас не совсем все в порядке, ma petite.

— Объясните.

Он пожал плечами, и даже в окровавленной сорочке этот жест был грациозным.

— Обычно младшие вампиры нуждаются в моем позволении как Мастера на пребывание в городе, но, — он снова пожал плечами, — есть такие, которые считают, что я недостаточно силен, чтобы держать город.

— Вам бросили вызов?

— Скажем так: я ожидаю, что мне бросят вызов.

— Почему? — спросила я.

— Другие Мастера боялись Николаос.

— А вас они не боятся.

Это не был вопрос.

— К несчастью, нет.

— А почему?

— На них не так легко произвести впечатление, как на вас ma petite.

Я начала было говорить, что не производит он на меня впечатления, но это была неправда. Жан-Клод нюхом учуял бы, если бы я лгала, так зачем стараться?

— Значит, в городе может быть другой Мастер и без вашего ведома.

— Да.

— А вы разве не чуете друг друга?

— Может быть, да, а может быть, нет.

— Спасибо, что прояснили вопрос.

Он потер лоб кончиками пальцев, как при головной боли. Бывает у вампиров головная боль?

— Чего я не знаю, того не могу вам сказать.

— А не могли бы более... — я поискала слово и не нашла, — отвязные вампиры убить кого-то без вашего позволения?

— Отвязные?

— Да ответьте же вы на вопрос!

— Могли бы.

— А могли бы пять вампиров охотиться стаей, не имея Мастера в качестве третейского судьи?

Он кивнул:

— Прекрасный выбор слов, ma petite, и ответ — нет. Мы — одинокие охотники, если у нас есть выбор.

Я кивнула в ответ:

— Значит, либо вы, либо Малкольм или Ясмин, либо какой-то таинственный Мастер.

— Исключите Ясмин. Она недостаточно сильна.

— О'кей, вы, Малкольм или таинственный Мастер.

— А вы действительно думаете, что я сошел с ума и одичал?

Он улыбался, но глаза его были серьезны. Для него что-то значит, что я о нем думаю? Надеюсь, что нет.

— Не знаю.

— И вы решили встретиться со мной, думая, что я могу быть сумасшедшим? Как опрометчиво с вашей стороны.

— Если вам не нравится ответ, не надо было задавать вопрос.
— Очень справедливо.

Открылась дверь кабинета, и вышел Дольф с блокнотом в руке.

— Можешь ехать домой, Анита. Я завтра сверю с тобой твои показания.

— Спасибо, — кивнула я.

— Так я же знаю, где ты живешь, — улыбнулся он.

— Спасибо, Дольф, — улыбнулась я в ответ и встала.

Жан-Клод поднялся одним плавным движением, будто его подняли как марионетку невидимые нити. Ричард встал медленнее, опираясь на стену, будто у него затекли ноги. Он оказался выше Жан-Клода дюйма на три, что было не меньше шести футов одного дюйма. Почти слишком высок на мой вкус, но кто меня спрашивает?

— А с вами мы еще можем немного поговорить, Жан-Клод? — спросил Дольф.

— Конечно, детектив, — ответил Жан-Клод и пошел по коридору.

В его движениях была заметна скованность. Бывают у вампиров синяки? Не пострадал ли он в схватке? И какое мне дело? Никакого. В определенном смысле Жан-Клод был прав: будь он человеком, даже эгоистичным сукиным сыном, тогда еще была бы вероятность. Я — женщина без предрассудков, но, прости меня Господь, мужчина должен быть по крайней мере живым. Ходячие трупы, пусть как угодно красивые — это не мое.

Дольф придержал дверь для Жан-Клода и оглянулся на нас.

— Вы тоже свободны, мистер Зееман.

— А мой друг Стивен?

Дольф глянул на спящего оборотня.

— Отвезите его домой. Пусть отоспится. Я с ним завтра поговорю. — Он посмотрел на часы. — То есть уже сегодня.

— Я скажу Стивену, когда он проснется.

Дольф кивнул и закрыл дверь. Мы остались одни в гудящей тишине коридора. Или это у меня в ушах гудело.

— И что теперь? — спросил Ричард.
— Едем по домам.
— Меня привезла Рашида.
— Кто? — нахмурилась я.
— Женщина-оборотень, у которой рука разорвана.
— Возьмите машину Стивена.
— Рашида привезла нас обоих.
Я покачала головой:
— Значит, вы застряли.
— Похоже на то.
— Можете вызвать такси, — предложила я.
— Денег нет. — Он чуть не улыбался.
— Отлично, я вас отвезу домой.
— А Стивен?
— И Стивена, — сказала я. Я улыбалась, сама не знаю чему, но это лучше, чем плакать.
— Вы даже не знаете, где я живу. А вдруг в Канзас-Сити?
— Если это десять часов ехать, выпутывайтесь сами, — сказала я. — Но на разумное расстояние я вас отвезу.
— Мерамек-гейтс — это разумное расстояние?
— Вполне.
— Дайте я только соберу свою одежду, — попросил он.
— На мой взгляд, вы вполне одеты.
— У меня где-то здесь было пальто.
— Я подожду здесь, — сказала я.
— Приглядите за Стивеном? — попросил он, и в его глазах мелькнуло что-то похожее на страх.
— Чего вы боитесь? — спросила я.
— Самолетов, пушек, больших хищников и Мастеров вампиров.
— С двумя пунктами из четырех я согласна.
— Я пошел за пальто.
Я присела рядом со спящим вервольфом.
— Мы здесь подождем.
— Я быстро, — сказал он и улыбнулся. Очень славная была у него улыбка.

Ричард вернулся, одетый в длинное черное пальто, по виду — из настоящей кожи. На его голой груди оно хлопало, как пелерина. Мне понравилась его грудь в обрамлении черной кожи.

Он застегнул пальто и затянул пояс. Черная кожа шла к длинным волосам и красивому лицу, а серые тренировочные и кроссовки — нет. Он нагнулся, поднял Стивена под мышки и встал. Кожа пальто заскрипела, когда он напряг руки. Стивен был моего роста и вряд ли весил более чем на двадцать фунтов больше меня. Но Ричард нес его так, будто он был невесом.

— Бабушка, бабушка, а почему у тебя такие сильные руки?

— А моя реплика — «Чтобы крепче обнять тебя»? — спросил он, глядя на меня в упор.

Я почувствовала, как мое лицо заливается краской. Я не собиралась флиртовать, как-то это глупо получилось.

— Так вас подвезти или нет? — Голос у меня оказался хриплый и от смущения злой.

— Подвезти, — спокойно сказал он.

— Тогда бросьте острить.

— Я не острил.

Я уставилась на него в упор. Глаза у него были темно-карие, как шоколад. Не зная, что сказать, я промолчала. Почаще бы мне так делать.

Повернувшись, я пошла к машине, нашаривая в кармане ключи. Ричард шел следом. Стивен свернулся у него на груди, потуже натянув одеяло во сне.

— Ваша машина далеко? — спросил он.

— В паре кварталов отсюда. А что?

— Стивен слишком легко одет для такой погоды.

Я насупилась:

— Так что, мне подогнать машину сюда?

— Это было бы очень любезно, — ответил он.

Я открыла рот, чтобы сказать «нет», — и закрыла его. Тонкое одеяло слабо защищало от холода, а Стивен получил свои раны, спасая мою жизнь. Черт меня не возьмет, если я подгоню машину.

Поэтому я удовлетворилась тем, что проворчала себе под нос:
— Дожила! Изображаю из себя такси по вызову для вервольфа.

Ричард либо не слышал меня, либо решил сделать вид, что не слышит. Умный, красивый, учитель естественных наук, диплом по противоестественной биологии, чего мне еще надо? Дайте мне минуту, и я что-нибудь придумаю.

9

Машина ехала в собственном туннеле темноты. Фары двигались световым кругом. Октябрьская ночь закрывалась за нами, как дверь.

Стивен спал на заднем сиденье моей «новы». Ричард сидел на пассажирском сиденье, полуобернувшись ко мне. Это простая вежливость — смотришь на того, с кем говоришь. Но это давало ему преимущество — я-то должна была смотреть на дорогу. А он мог глазеть на меня.

— Что вы делаете в свободное время? — спросил Ричард.

Я покачала головой:

— У меня его нет.

— Какие-нибудь хобби?

— Кажется, их у меня тоже нет.

— Есть же у вас какие-то дела, кроме стрельбы по гигантским змеям, — сказал он.

Я улыбнулась и глянула на него. Он наклонился ко мне, насколько допускал ремень безопасности, и улыбался тоже, но что-то было в его глазах или в его позе, что говорило о том, что он серьезен. И ему интересно, что я скажу.

— Я аниматор, — ответила я.

Он со стуком сомкнул ладони, заехав левым локтем по спинке сиденья.

— О'кей, когда вы не поднимаете мертвых, что вы делаете?

— Работаю с полицией по противоестественным преступлениям, в основном убийствам.

— И? — нажимал он.

— И истребляю одичавших вампиров.
— И?
— И больше ничего, — сказала я и посмотрела на него снова. В темноте его глаз не было видно — слишком они были темные, — но я ощущала его пристальный взгляд. Может, это воображение. Ага. Слишком много времени провела с Жан-Клодом. Запах кожаного пальто Ричарда смешивался с запахом его одеколона. Приятным и дорогим. Очень гармонировавшим с запахом кожи.
— Работаю. Тренируюсь. Вижусь с друзьями. — Я пожала плечами. — Что вы делаете, когда не преподаете?
— Ныряю с аквалангом, лазаю по пещерам, наблюдаю птиц, вожусь в саду, занимаюсь астрономией.
Его улыбка виднелась в темноте неясной белизной.
— Наверняка у вас куда больше свободного времени, чем у меня.
— На самом деле у учителя домашних работ всегда больше, чем у его учеников.
— Обидно это слышать.
Он пожал плечами, кожа пальто, чуть потрескивая, прошелестела по его голому телу. Хорошая кожа всегда движется так, будто она живая.
— Телевизор смотрите? — спросил он.
— Телевизор у меня сломался два года назад, и с тех пор я новый не покупала.
— Что-то же вы делаете для развлечения?
Я подумала.
— Собираю игрушечных пингвинов.
И тут же пожалела, что это сказала.
Он усмехнулся:
— Это уже что-то. Истребительница собирает мягкие игрушки. Мне это нравится.
— Рада это слышать.
Мой голос даже мне самой показался сварливым.
— Что-то не так? — спросил он.
— Я плохо умею вести светскую болтовню.

— Вы отлично справляетесь.

На самом деле это было не так, но я не знала, как ему это объяснить. Я не говорю о себе с незнакомыми людьми. Особенно с такими, у которых связи с Жан-Клодом.

— Чего вы от меня хотите?
— Я просто так, время занимаю.
— Неправда.

У него по сторонам лица до плеч висели густые волосы. Он был выше, грубее сложен, но абрис был знаком. В темноте он был похож на Филиппа. Филипп был единственным человеком, которого я видела среди монстров.

Обвисший в цепях Филипп. Кровь темно-красным потоком по груди. Она плескала на пол, как дождь. На мокрой кости позвоночника отблескивал свет факелов. Ему разорвали горло.

Я отшатнулась к стене, как от удара. Я не могла дышать. Кто-то все шептал: «Боже мой, Боже мой», и это была я. Я спустилась по ступеням, прижимаясь спиной к стене. Не в силах оторвать глаз. Отвернуться. Дышать. Закричать.

Отсвет факелов плясал в его глазах, создавая иллюзию движения. В груди родился крик и вырвался из глотки:

— Филипп!

По спине пробежал холодок. Я сидела в машине вместе с призраком своей виноватой совести. Не моя была вина, что Филипп погиб. Я его никак не убивала, но... но чувство вины не оставляло меня. Кто-то должен был попытаться его спасти, а так как я была последней, кому представлялся такой шанс, это должна была быть я. У вины много лиц.

— Чего вы от меня хотите, Ричард?
— Я? Ничего.
— Ложь — противная штука, Ричард.
— Почему вы думаете, что я лгу?
— Отточенный инстинкт подсказывает, — ответила я.
— Неужели действительно так давно вам не приходилось вести бесед с мужчинами?

Я стала поворачиваться, чтобы взглянуть ему в глаза, и передумала. Действительно давно.

— Последний человек, который со мной флиртовал, был убит. Это вырабатывает у девушек осторожность.

Он на минуту затих.

— Что ж, это честно, но я все равно хочу знать о вас больше.
— Почему?
— А почему нет?

Что ж, на это у меня был ответ.

— Откуда я знаю, что это не Жан-Клод велел вам со мной подружиться?

— Зачем бы ему это надо? — Я пожала плечами. — Ладно, начнем сначала. Притворимся, что мы встретились в клубе здоровья.

— Клубе здоровья? — переспросила я.
— В клубе здоровья, — улыбнулся он. — Я думаю, у вас потрясающий вид в купальнике.
— В тренировочном, — уточнила я.

Он кивнул:

— Вы в тренировочном выглядели очень мило.
— Я люблю, когда у меня вид намного лучше.
— Если я воображаю вас в купальнике, у вас вид великолепный, а в тренировочном — просто симпатичный.
— Что ж, это честно.
— Мы поболтали, и я вас пригласил куда-нибудь съездить.

Тут уж мне пришлось на него взглянуть:

— Вы меня приглашаете?
— Да.

Я покачала головой и отвернулась к дороге.

— Мне эта мысль не кажется удачной.
— Почему? — спросил он.
— Я вам уже говорила.
— Если убили кого-то одного, это еще не значит, что будут убивать всех.

Я вцепилась в руль так, что пальцы заболели.

— Мне было восемь, когда умерла моя мать. Когда мне было десять, мой отец женился снова. — Я покачала головой. — Люди уходят и не возвращаются.

— Звучит пугающе, — заметил он тихим и низким голосом.

Не знаю, почему я это сказала. Обычно я не говорю о матери с незнакомыми людьми и вообще ни с кем, если на то пошло.

— Пугающе, — повторила я. — Можно сказать и так.

— Если никого к себе не подпустишь, никто тебе не сделает больно, так?

— К тому же в возрастной группе от двадцати одного до тридцати полно противных мужчин.

Он усмехнулся.

— Согласен. Но симпатичных, умных и независимых женщин тоже не пруд пруди.

— Перестаньте говорить комплименты, а то я покраснею.

— Вы мне не кажетесь человеком, который легко краснеет.

У меня в мозгу вспыхнуло воспоминание: голый Ричард Зееман около кровати натягивает тренировочные штаны. В тот момент меня это совсем не смутило. И только теперь вспомнилось, когда он сидит рядом со мной в машине, такой теплый и такой близкий. Горячая волна краски стала заливать мое лицо. Я краснела в темноте и радовалась, что он меня не видит. Не хотела я, чтобы он знал, что я думаю о том, как он выглядит без одежды. Обычно я так не делаю. Конечно, обычно я не вижу голых мужчин даже до первого свидания. А если подумать, я и на свиданиях не вижу голых мужчин.

— Мы сидим в клубе здоровья, попиваем фруктовый сок, и я приглашаю вас куда-нибудь.

Я пристально смотрела на дорогу. И все еще краснела, вспоминая гладкую линию его бедер и то, что ниже. Это мешало, но чем сильнее я старалась об этом не думать, тем яснее был образ.

— В кино и на ужин? — спросила я.

— Нет, — ответил он. — Что-нибудь совершенно оригинальное. Поход по пещерам.

— Вы предлагаете на первом свидании ползать по пещерам?
— Вы когда-нибудь в пещерах бывали?
— Однажды.
— Вам понравилось?
— Мы тогда подкрадывались к плохим парням. Насчет нравится или не нравится не было и мысли.
— Тогда вам надо попробовать еще раз. Я хожу в пещеры не реже двух раз в месяц. Приходится надевать самую старую одежду, как следует вымажешься, и никто тебе не скажет, что нельзя играть в грязи.
— В грязи?
— Для вас это слишком неопрятно?
— Я была ассистентом биолаборатории в колледже. Для меня нет слишком неопрятной работы.
— По крайней мере вы можете сказать, что используете в работе знания по диплому.
— Это верно, — рассмеялась я.
— Я свои знания тоже использую, но я ушел в обучение мелкоты.
— Любите преподавать?
— Очень.
В этом одном слове было столько теплоты и энтузиазма! Редко приходится слышать такое от людей, говорящих о своей работе.
— Я тоже люблю свою работу.
— Даже если она втравливает вас в игры с вампирами и зомби?
— Ага.
— Итак, мы сидим во фруктовом баре, и я только что вас пригласил. Что вы скажете?
— Я скажу «нет».
— Почему?
— Не знаю.
— Вы очень подозрительны.
— Всегда такая, — согласилась я.

— Никогда не пробовать — это самая большая из неудач, Анита.

— Не ходить на свидания — это не неудача, это выбор.

Я чувствовала, что начинаю оправдываться.

— Скажите, что в этот уик-энд пойдете на экскурсию в пещеры.

Кожаное пальто скрипнуло, когда он попытался приблизиться ко мне больше, чем пускал ремень безопасности. Он мог протянуть руку и коснуться меня. И какая-то часть моего существа этого хотела, что уже само по себе смущало.

Я начала говорить «нет» и поняла, что мне хочется сказать «да». Что было глупо. Но мне нравилось сидеть в темноте с этим запахом кожи и одеколона. Назовите это химией, взрывом вожделения, как хотите. Ричард мне нравился. Он повернул во мне выключатель. Уже давно мне никто не нравился в этом смысле.

Жан-Клод не в счет. Не знаю почему, но не в счет. Может быть, потому, что он мертв.

— Ладно, я пойду в пещеры. Когда и где?

— Отлично. Встречаемся около моего дома в, скажем, десять часов, в воскресенье.

— Десять утра? — спросила я.

— Вы не из жаворонков?

— Совсем нет.

— Нам придется начать рано, иначе мы не дойдем за один день до конца пещеры.

— Что мне надеть?

— Самую старую из всей своей одежды. Я надеваю комбинезон поверх джинсов.

— Комбинезон у меня есть.

Я не стала говорить, что он мне служит для защиты одежды от крови. Грязь — это звучит куда более нейтрально.

— Отлично. Остальное снаряжение я для вас принесу.

— А какое еще снаряжение мне нужно?

— Каска, фонарь, может быть, наколенники.

— Колоссальное обещается первое свидание, — сказала я.

— Так оно и будет, — уверил он. Голос его был тихим, мягким и почему-то создавал большую близость, чем просто сидение в одной машине. Это не был волшебный голос Жан-Клода, но что же это было?

— Здесь направо, — сказал он, указывая в боковую улицу. — Третий дом справа.

Я заехала на короткую аллею с гудроновым покрытием. Дом был кирпичный, какого-то бледного цвета. Подробнее в темноте сказать было трудно. Забываешь, как бывает темна ночь, когда нет электрического освещения.

Ричард отстегнул ремень и открыл дверь.

— Спасибо, что подбросили.

— Помочь вам занести его в дом? — спросила я, держа руку на ключе.

— Нет, справлюсь. Но все равно спасибо.

— Не за что.

Он посмотрел на меня пристально:

— Я что-то не то сделал?

— Пока нет, — ответила я.

Он улыбнулся в темноте мимолетной улыбкой.

— И хорошо.

Потом он открыл заднюю дверь и вышел из машины. Наклонился, поднял Стивена, прижимая одеяло, чтобы не соскользнуло. Поднимая, он сделал упор не на спину Стивена, а на ноги — работа с тяжестями, этому обучаешься. Человеческое тело поднять куда труднее, чем даже свободный вес. Оно куда меньше сбалансировано, чем штанга.

Он спиной закрыл дверцу автомобиля. Она щелкнула, и я сняла ремень безопасности, чтобы ее запереть. Ричард смотрел на меня через открытую пока пассажирскую дверь. Сквозь шум работающего на холостом ходу мотора послышался его голос:

— Запираетесь от бук и бяк?

— На всякий случай, — сказала я.

Он кивнул и сказал:

— Понятно.

В этом одном слове было что-то такое грустное, тоскливое, как утраченная невинность. Приятно говорить с человеком, который понимает. Дольф и Зебровски разбирались в насилии, в близкой смерти, но в монстрах они не понимали.

Я закрыла дверь и отодвинулась обратно за руль. Потом застегнула ремень и включила передачу. Фары выхватили из темноты Ричарда, волосы Стивена лежали на его руках желтым всплеском. Ричард все еще смотрел на меня. Я оставила его в темноте перед этим домом, где единственным звуком был стрекот осенних сверчков.

10

Перед своим домом я остановилась чуть позже двух часов ночи. А рассчитывала лечь спать куда раньше. От нового крестообразного ожога расходилась жгучая кислотная боль. От нее вся грудь ныла. Ребра и живот саднило. Я включила лампочку под крышей машины и расстегнула жакет. В желтом свете на коже расцветали синяки. Минуту я не могла сообразить, откуда они взялись; потом вспомнила сокрушительную тяжесть переползающей через меня змеи. Господи, мне еще повезло, что это синяки, а не переломы ребер.

Отключив свет, я застегнула жакет снова. Ремень кобуры натер кожу, но ожог болел настолько сильней, что боль от синяков и потертости казалась ничтожной. Хороший ожог отвлекает мысли от всего чего угодно.

Свет, который обычно горел на лестнице, был неисправен. Не впервые. Но когда утром откроется офис, надо будет позвонить и сообщить. Если этого не сделать, его никогда не починят.

Я уже поднялась на три ступеньки, когда его увидела. Он сидел наверху лестницы и ждал меня. Короткие белокурые волосы, в темноте бледные. Руки на коленях ладонями вверх — дескать, оружия у меня нет. Ладно, оружия нет *в руках*. А вообще оружие у Эдуарда есть всегда, если его никто специально не отбирал.

Если на то пошло, у меня тоже.

— Давно не виделись, Эдуард.

— Три месяца, — ответил он. — Пока моя сломанная рука до конца не зажила.

Я кивнула.

— Мне тоже швы сняли только два месяца как.

Он все так же сидел на ступеньке, глядя на меня.

— Что ты хочешь, Эдуард? — спросила я.

— Может, я просто зашел проведать? — Он тихо засмеялся.

— Сейчас два часа ночи, а не утро. Не дай тебе Бог, если ты просто зашел проведать.

— Ты бы предпочла, чтобы это было по делу?

Голос его был ровен, но что-то такое в нем слышалось.

— Нет-нет! — затрясла я головой. Иметь общие дела с Эдуардом мне никак не хотелось. Он специализировался на ликвидации ликантропов, вампиров, всех тех, что когда-то были людьми и перестали ими быть. Убивать людей ему надоело. Слишком легкая работа.

— А ты по делу?

Голос у меня был ровный и не дрожал. Очко в мою пользу. Браунинг я выхватить могла, но, если бы дело дошло до оружия, он бы меня убил. Дружить с Эдуардом — это как дружить с ручным леопардом. Можешь его гладить, и он тебя вроде бы любит, но в глубине души ты знаешь, что, если он всерьез проголодается или разозлится, он тебя убьет. Убьет и мясо с костей обглодает.

— Сегодня только информация, Анита. Никаких проблем.

— Информация какого сорта? — спросила я.

Он снова улыбнулся. Добрый старый дружище Эдуард. Вот так.

— А нельзя ли нам зайти в дом и там поговорить? Тут что-то холодно.

— В прошлый раз, когда ты был в городе, тебе не нужно было приглашения, чтобы зайти в мою квартиру.

— А у тебя новый замок.

Я улыбнулась:

— И ты не можешь его взломать?

Мне было по-настоящему приятно.

Он пожал плечами. Может, дело в темноте, но, не будь это Эдуард, я бы сказала, что он смутился.

— Мне слесарь сказал, что он защищен от взлома.

— А я с собой тарана не захватил, — сказал он.

— Заходи. Я сделаю кофе.

Я обошла вокруг него, а он встал и пошел за мной. Я повернулась к нему спиной без всякой тревоги. Может быть, когда-нибудь Эдуард меня застрелит, но он не будет этого делать в спину, сказав сначала, что ему нужна только информация. Эдуарда нельзя назвать человеком чести, но у него есть правила. Если бы он собирался меня убить, он бы об этом заявил. Сказал бы, сколько ему заплатили за мою ликвидацию. Смотрел бы, как светится страх у меня в глазах.

Да, у Эдуарда есть правила. Просто у него их меньше, чем обычно у людей бывает. Но своих правил он никогда не нарушает, никогда не идет против своего искаженного чувства чести. Если он сказал, что сегодня мне ничего не грозит, значит, так и есть. Хорошо бы, если бы у Жан-Клода тоже были правила.

Коридор был тих, как должен был быть в середине ночи, в середине рабочей недели, когда людям рано на работу. Мои живущие днем соседи беззаботно похрапывали в своих кроватях. Я открыла новые замки на своей двери и впустила Эдуарда.

— Это у тебя новый фасон? — спросил он.

— Что?

— Что случилось с твоей рубашкой?

— Ох!

Находчивость в ответах — совсем не мое свойство. Я не знала, что сказать, вернее, сколько сказать.

— Ты опять повязалась с вампирами, — сказал он.

— Почему ты так решил?

— Из-за нового крестообразного ожога у тебя на... гм... на груди.

Ах, это. Я расстегнула жакет, перекинула его через спинку кровати и осталась стоять в лифчике и наплечной кобуре, причем встретила взгляд Эдуарда, не краснея. Очко в мою пользу. Расстегнув ремень, я сняла кобуру и взяла ее с собой на кухню. Там я положила ее на столик и достала из морозильника кофейные зерна, оставшись только в лифчике и джинсах. Перед любым другим мужчиной, живым или мертвым, я бы застеснялась, но не перед Эдуардом. Между нами сексуального напряжения не было никогда. Может, мы в один прекрасный день друг друга пристрелим, но спать вместе не будем. Его больше интересовал свежий ожог, чем мои груди.

— Как это случилось? — спросил он.

Я стала молоть зерна в электрической мельничке для перца, которую купила на этот случай. Уже от запаха свежемолотых зерен мне стало лучше. Я вставила фильтр в любимую кофеварку, засыпала кофе, залила воду и нажала кнопку. Примерно на этой стадии кончалось мое кулинарное искусство.

— Я сейчас накину рубашку, — сказала я.

— Этому ожогу не понравится прикосновение чего бы то ни было, — сказал Эдуард.

— Тогда я не стану ее застегивать.

— Ты мне расскажешь, как тебя обожгло?

— Расскажу.

Захватив с собой пистолет, я прошла в спальню. Там в глубине шкафа у меня висела рубашка с длинными рукавами, которая когда-то была лиловой, а теперь выцвела в бледно-сиреневую. Это была рубашка от мужского костюма, и висела она мне почти до колен, но она была удобная. Я закатала рукава до локтей и застегнула ее до половины. Над ожогом я ее оставила свободной. Глянув в зеркало, я убедилась, что она закрывает почти весь мой вырез. Годится.

Поколебавшись, я все же положила браунинг в кобуру у кровати. Сегодня у нас с Эдуардом битвы не ожидалось, а если кто-то или что-то пробьется через мои новые замки, ему придется встретиться с Эдуардом. Нет, сейчас мне ничего не грозит.

Он сидел на моем диване, вытянув скрещенные в лодыжках ноги. Плечи его опирались на подлокотник дивана.

— Будь как дома, — сказала я.

Он улыбнулся:

— Ты мне расскажешь про вампиров?

— Да, но я пока решаю, сколько именно тебе рассказать.

Он улыбнулся еще шире:

— Ну естественно!

Я поставила две чашки, сахар и настоящие сливки из холодильника. Кофе капал в стеклянный ковшик. Аромат шел резкий, теплый и такой густой, что хоть на руки наматывай.

— Как тебе сделать кофе?

— Как себе.

— Никаких личных предпочтений? — посмотрела я на него.

Он покачал головой, не вставая с дивана.

— О'кей.

Я разлила кофе по чашкам, положила по три куска сахара и побольше сливок в каждую, размешала и поставила на столик.

— А ты мне его не принесешь? — спросил он.

— Не стоит пить кофе на белом диване, — сказала я.

— А!

Он поднялся одним плавным движением, весь изящество и энергия. Это впечатляло бы, не проведи я почти всю ночь с вампирами.

Мы сидели друг напротив друга. Глаза у него были цвета весеннего неба — теплый бледно-голубой цвет, который умудряется еще выглядеть холодным. На лице у него было дружелюбное выражение, а глаза следили за всем, что я делаю.

Я рассказала ему про Ясмин и Маргариту. Я только опустила Жан-Клода, жертву вампиров, гигантскую кобру, вервольфа Стивена и Ричарда Зеемана. Так что рассказ получился очень коротким.

Когда я закончила, Эдуард сидел, попивая кофе и глядя на меня.

Я пила кофе и смотрела на него.

— Это объясняет ожог, — сказал он.
— Ну и отлично, — отозвалась я.
— Но ты очень много опустила.
— Откуда ты знаешь?
— Потому что я за тобой следил.

Я уставилась на него, подавившись глотком. Когда я смогла заговорить, не кашляя, я переспросила:
— Ты — что?
— За тобой следил, — повторил он. Глаза его все еще были равнодушны, улыбка приветлива.
— Зачем?
— Меня наняли убить Мастера города.
— Тебя наняли для этого три месяца назад.
— Николаос мертва, а новый Мастер — нет.
— Николаос ты не убивал, — сказала я. — Это я сделала.
— Верно. Хочешь половину денег?

Я покачала головой.
— Тогда чем ты недовольна? Помогая тебе, я чуть не лишился руки.
— А я получила четырнадцать швов, и оба мы получили по укусу вампира.
— И очищались святой водой, — напомнил Эдуард.
— Которая жжет хуже кислоты, — вспомнила я.

Эдуард кивнул, попивая кофе. Что-то шевельнулось в его глазах, неуловимое и опасное. Я могу поклясться, что выражение его лица не изменилось, но вдруг я оказалась не в состоянии отвести взгляда от его глаз.
— А зачем ты за мной следил, Эдуард?
— Мне сказали, что у тебя встреча с новым Мастером.
— Кто тебе сказал?

Он покачал головой, и его губы искривила эта непроницаемая улыбка.
— Я был сегодня в «Цирке», Анита, и видел, с кем ты была. Ты якшалась с вампирами, потом поехала домой. Следовательно, один из них — Мастер.

Я старалась сохранить бесстрастное лицо — слишком бесстрастное, так что было заметно усилие, но не панический страх. Эдуард за мной следил, а я об этом не знала. Он знал всех вампиров, с которыми я сегодня виделась. Список не очень длинный. И он сообразит.

— Постой, — сказала я. — Значит, ты бросил меня драться со змеей и не попытался помочь?

— Я вошел, когда толпа выбежала. Когда я заглянул в палатку, все уже почти кончилось.

Я пила кофе и пыталась сообразить, как улучшить ситуацию. У него контракт на убийство Мастера, и я привела его прямо к нему. Я предала Жан-Клода. Так что, отчего это меня волнует?

Эдуард изучал мое лицо, будто хотел его запомнить. Он ждал, что лицо меня выдаст. Я очень старалась быть бесстрастной и непроницаемой. А он улыбался своей улыбкой пожирателя канареек. Очень он был собой доволен. А я собой — нет.

— Ты сегодня видела только четырех вампиров: Жан-Клода, темнокожую экзотку, которая, очевидно, Ясмин, и двух блондинок. Их имена ты знаешь?

Я покачала головой.

Он улыбнулся шире:

— А знала бы — сказала бы?

— Может быть.

— Блондинок можно отставить. Ни одна из них не «Мастер вамп».

Я смотрела на него, заставляя себя сохранять лицо нейтральным, лишенным выражения, бесстрастным, внимательным, пустым. Бесстрастность — не мое любимое выражение лица, но, может, если потренироваться...

— Остаются Жан-Клод и Ясмин. Ясмин в городе новичок, остается Жан-Клод.

— Ты и в самом деле думаешь, что Мастер всего города будет вот так вот выставляться?

Я вложила в эти слова все презрение, которое смогла найти. Я — не лучшая в мире актриса, но, может, могу научиться.

Эдуард уставился на меня.
— Это ведь Жан-Клод?
— Жан-Клод недостаточно силен, чтобы держать город. И ты это знаешь. Ему — сколько там — чуть больше двухсот лет? Недостаточно стар.

Он нахмурился.
— Но это не Ясмин.
— Верно.
— Ты же сегодня с другими вампирами не говорила?
— Может, ты и следил за мной до «Цирка», Эдуард, но ты не слушал у дверей во время моей встречи с Мастером. Не мог. Тебя бы услышали вампы или оборотни.

Он подтвердил это кивком.
— Я видела сегодня Мастера, но его не было среди тех, кто пришел на битву со змеей.
— Мастер бросил своих птенцов рисковать жизнью и не помог?

Его улыбка вернулась.
— Мастер города не обязан присутствовать физически, чтобы дать им свою силу. Ты это знаешь.
— Нет, — ответил он. — Не знаю.
— Верь или не верь, а это правда.

И я помолилась, чтобы он поверил.

Он снова нахмурился.
— Обычно ты не умеешь так хорошо врать.
— Я не вру.

И голос мой звучал спокойно, нормально, правдиво. Добрая честная я.
— Если Мастер действительно не Жан-Клод, то ты знаешь, кто это?

Это была ловушка. Я не могла ответить «да» на оба вопроса, но черт побери, я уже начала врать, так зачем останавливаться?
— Да, я знаю, кто это.
— Скажи мне.

— Если Мастер узнает, что я с тобой говорила, он меня убьет.
— Вместе мы можем его убить, как убили предыдущего.
И голос его был ужасно рассудительным.
На минуту я задумалась. Задумалась, не сказать ли ему правду. Хмыри из «Человека превыше всего» с Мастером не заведутся, но Эдуард может. Вместе, командой, мы могли бы его убить. И жизнь моя стала бы куда проще. Я покачала головой и вздохнула. Вот, блин!
— Не могу, Эдуард.
— Не хочешь, — сказал он.
Я кивнула:
— Не хочу.
— Если я тебе поверю, Анита, это будет значить, что мне нужно имя Мастера. Это будет значить, что ты — единственный человек, который это имя знает.
Дружелюбная мишура соскользнула с его лица, как тающий лед. Глаза его были пусты и безжалостны, как зимнее небо. За ними не было никого, кто меня услышал бы.
— Тебе не стоит быть единственным человеком, который знает это имя, Анита.
Он был прав. Еще как не стоит, но что я могла сказать?
— Хочешь верь, Эдуард, хочешь не верь.
— Избавь себя от большой боли, Анита. Скажи мне имя.
Он поверил. Черт побери, поверил! Я опустила глаза в чашку, чтобы он не заметил искорки торжества. Когда я подняла глаза, я уже контролировала свое лицо. Мерил Стрип, понимаешь.
— Я не поддаюсь на угрозы, и ты это знаешь.
Он кивнул, допил кофе и поставил кружку на середину стола.
— Все, что будет необходимо для завершения моей работы, я сделаю, Анита.
— Никогда в этом не сомневалась, — сказала я. Он хотел сказать, что добудет от меня информацию под пыткой. В его голосе почти звучало сожаление, но это его не остановит. О-

ним из главных правил Эдуарда было: «Работа всегда должна быть сделана».

И таким мелочам, как дружба, он портить свой послужной список не позволит.

— Ты спасла мою жизнь, а я твою, — сказал он. — Но сейчас тебе от этого никакой пользы не будет, ты понимаешь?

Я кивнула:

— Понимаю.

— Вот и хорошо. — Он встал, и я встала. Мы посмотрели друг на друга. Он покачал головой. — Сегодня вечером я тебя найду и спрошу снова.

— Я не дам себя запугать, Эдуард.

Наконец-то я слегка взбесилась. Он пришел сюда попросить информации, но теперь он мне угрожал. И я проявила злость — тут уж играть не надо было.

— Ты крута, Анита, но не настолько.

Глаза у него были безразличными, но настороженными, как у волка, которого я однажды видела в Калифорнии. Я обошла дерево, и он там стоял, сразу за ним. Я замерла. До этого я не понимала, что значит «безразличный взгляд». Волку было абсолютно наплевать, убивать меня или нет. Создай ему угрозу — и ад сорвется с цепи. Освободи ему дорогу для бегства — он убежит. Но волку было все равно: он был готов к любому исходу. Это у меня пульс забился в глотке, это я так перепугалась, что перестала дышать. Я задержала дыхание и ждала, что решит волк. Он в конце концов скрылся среди деревьев.

А я потом снова вспомнила, как дышать, и вернулась в лагерь. Я была перепугана, но стоило мне закрыть глаза, как я видела светло-серые глаза волка. Это чудо взгляда на хищника в упор, когда между нами нет прутьев решетки. Это было прекрасно.

Сейчас я смотрела на Эдуарда и понимала, что это тоже по-своему чудесно. Знаю я то, что ему надо, или нет, я ему не скажу. От меня угрозами ничего не добиться. Это одно из *моих* правил.

— Я не хочу, чтобы мне пришлось убивать тебя, Эдуард.

— Ты меня убьешь? — Он надо мной смеялся.

— Можешь не сомневаться.

Смех исчез из его глаз, с губ, с лица, и остались только безразличные глаза хищника, внимательно глядящие на меня.

Я напомнила себе о необходимости дышать, ровно и медленно. Он меня убил бы. Может быть. Или нет.

— Стоит ли Мастер того, чтобы одному из нас умирать? — спросила я.

— Это дело принципа, — ответил он.

— Для меня тоже, — сказала я.

— Что ж, по крайней мере мы прояснили позиции.

— Это да, — согласилась я.

Он пошел к двери. Я проводила его и отперла для него замок. В дверях он задержался.

— У тебя время сегодня до наступления темноты, — сказал он.

— Ответ будет тот же.

— Я знаю, — ответил он и вышел, даже не оглянувшись. Я смотрела ему вслед, пока он не скрылся на лестнице. Тогда я закрыла дверь и заперла, потом прислонилась к двери спиной и стала мысленно искать выход.

Если сказать Жан-Клоду, он, быть может, убьет Эдуарда, но я не выдаю людей монстрам. Ни по какой причине. Я могу сказать Эдуарду про Жан-Клода. Может быть, он даже сможет убить Мастера. Я даже могла бы ему помочь.

Я попыталась представить себе совершенное тело Жан-Клода, разорванное пулями, покрытое кровью. Разнесенное из дробовика лицо. И затрясла головой. Я не могу этого сделать. Не знаю почему, но не могу выдать Эдуарду Жан-Клода.

Не могу я предать никого из них. Значит, я по самое некуда в пруду с аллигаторами. Так что в этом нового?

11

Я стояла на берегу под черной бахромой деревьев. Накатывались и откатывались в темноте волны черного озера. Луна висела в небе, большая, серебряная. Дрожащим узором лежал на воде лунный свет. Из воды поднялся Жан-Клод. Серебряными лучами стекала вода по его волосам и сорочке. Короткие черные волосы завились локонами от воды, сорочка прилипла к телу, обозначив под тканью твердые и четкие соски. Он протянул мне руку.

Я была одета в длинное темное платье. Оно было тяжелым и висело на мне, как гиря. Изнутри что-то распирало юбку, как деформированный обруч. На мои плечи был наброшен тяжелый плащ. Была осень, и луна была полная, как в дни жатвы.

— Иди ко мне, — сказал Жан-Клод.

Я сошла с берега в воду. Она наполнила юбку, пропитала плащ. Я сорвала плащ, и он скрылся под водой. Она была теплая, как вода в ванне, как кровь. Я подняла руку к лунным лучам, и жидкость потекла по ней, и была она густая и темная, и она не была водой.

Я стояла на мелком месте в платье, которое никогда даже себе не представляла, у берега, который я не знала, и глядела на прекрасное чудовище, а он шел ко мне, грациозный и покрытый кровью.

Я проснулась, ловя ртом воздух, вцепившись в простыни, как в спасательный круг.

— Ты же обещал не лезть в мои сны, сукин ты сын! — прошептала я.

На радиочасах возле кровати было два часа дня. Я проспала десять часов. И должна была чувствовать себя лучше, но это было не так. А было так, будто я бежала из кошмара в кошмар без единой минуты передышки. Помнила я только последний сон. Если они все были такие, то остальные я и не хотела вспоминать.

Почему Жан-Клод снова вошел в мои сны? Он дал слово, но, может быть, его слово ничего не стоит? Может быть.

Я разделась перед зеркалом в ванной. Ребра и живот были покрыты густыми, почти лиловыми кровоподтеками. При дыхании грудь стискивало, но ничего не было сломано. Ожог на груди горел, кожа почернела там, где не было волдырей. Ожог болит всю дорогу, и боль от кожи передается до самой кости. Ожог — это единственный вид травмы, который убеждает меня, что нервные окончания есть и глубже кожи. А то как оно могло бы там так зверски болеть?

У меня была встреча с Ронни в клубе здоровья в три. Ронни — это сокращение от Вероники. Она говорила, что так получает куда больше заказов как частный детектив — люди считают, что она мужчина. Горько, но правда. Мы будем работать с тяжестями и бегать. Я очень тщательно надела поверх ожога спортивный черный лифчик. Резинка сдавила синяки, но в остальном все было нормально. Ожог я смазала антисептиком и залепила куском пластыря. Поверх всего остального я натянула красную мужскую футболку с рукавами и открытой шеей. Черные велосипедные штаны, носки для бега с тонкой красной полоской и черные найковские кроссовки с воздушной подушкой завершили костюм.

Футболка открывала бинт, но скрывала синяки. Завсегдатаи клуба здоровья уже привыкли, что я прихожу с синяками или еще как-нибудь похуже. И вопросов больше не задают. Ронни говорит, что я грубо им отвечала. Ну и ладно. Я люблю, когда меня оставляют в покое.

Я надела пальто, взяла спортивную сумку, и тут зазвонил телефон. Я подумала, но все же трубку взяла.

— Говорите!

— Это Дольф.

У меня живот свело судорогой. Еще одно убийство?

— Что случилось, Дольф?

— Установили личность неизвестного, которого ты осматривала.

— Жертвы вампиров?

— Его.

Я выдохнула — оказывается, я задержала дыхание. Убийств пока больше нет, а мы продвигаемся — что может быть лучше?

— Кэлвин Барнабас Руперт, среди друзей — Кэл. Двадцать шесть лет, женат на Дениз Смит Руперт четыре года. Детей нет. Страховой агент. Связей с вампирскими кругами пока не установлено.

— Может быть, мистер Руперт просто оказался не в том месте в неудачный момент.
— Случайное преступление?
— Возможно.
— Если так, то у нас нет картины, нет того, что искать.
— Значит, ты просишь меня проверить, не был ли Кэл Руперт связан с монстрами?
— Да, — ответил он.
Я вздохнула:
— Попробую. Это все? Я опаздываю на встречу.
— Все. Позвони мне, если что выяснишь. — Он говорил очень мрачным голосом.
— Ты мне сообщишь, если обнаружится другое тело?
Он вроде как фыркнул:
— И даже заставлю прийти и обмерить эти проклятые укусы. А что?
— Голос у тебя мрачный.
Смеха в его голосе уже не было.
— Это ты сказала, что будут еще тела. Ты переменила мнение?
Я хотела бы сказать «да». Но не сказала.
— Если это шайка одичавших вампиров, тела еще будут.
— Ты можешь предположить что-нибудь другое, кроме вампиров? — спросил он.
Я минуту подумала и покачала головой:
— Ни черта.
— Ладно, потом поговорим.
И телефон оглох. Дольф не обременял себя всякими «здравствуй — до свидания».
Я взяла резервный пистолет, девятимиллиметровый «файрстар», и сунула в карман жакета. Одевшись на тренировку, кобуру прицепить просто некуда. В «файрстаре» было всего восемь пуль против тринадцати в браунинге, но тот выпирал бы из кармана, и народ стал бы глазеть. К тому же, если ты не сможешь снять плохих ребят восемью пулями, лишние пять

тебе вряд ли помогут. Конечно, в сумке в кармане на молнии у меня есть и запасная обойма. В наши времена роста преступности осторожность для девушки излишней не бывает.

12

Мы с Ронни шли по кругу силовых снарядов в клубе «Вик Танни». Тут полных два набора, и во вторник в 3.14 дня очереди на них не бывает. Я работала с тренажером отводящих и подводящих мышц бедер. Перемещаешь рычаг сбоку, и машина переводится в другое положение. Кстати, положение для сведения бедер выглядит довольно неприлично, как гинекологическое пыточное устройство. Это одна из причин, по которой я на эти тренажеры надевала шорты. И Ронни тоже.

Я сосредоточилась на сведении бедер настолько плавно, чтобы «блины» не щелкали. Если они щелкают, это значит, что ты не контролируешь упражнение или работаешь со слишком большим весом. Я работала с шестьюдесятью фунтами — это не очень тяжело.

Ронни лежала на животе, работая с тренажером для ног, и поднимала ноги назад, почти касаясь пятками ягодиц. Мышцы икр ходили и перекатывались у нее под кожей. Мы обе не очень громоздкие, но крепкие. Вспомните Линду Гамильтон в «Терминаторе-2».

Ронни закончила раньше и побежала трусцой вокруг тренажеров, поджидая меня. Я опустила «блины» с легчайшим щелчком. Когда заканчиваешь, можно щелкнуть весами.

Уйдя от тренажеров, мы побежали по овальной дорожке. Она была огорожена стеклянной стеной, за которой был голубой бассейн. Там накручивал круги одинокий мужчина в плавательных очках и в шапочке. С другой стороны была комната для поднятия штанг и кабинет аэробики. На концах дорожки были зеркала, и всегда можно было посмотреть на себя, как ты бежишь. В плохие дни я могла без этого обойтись, в хорошие дни это бывало забавно. Способ убедиться, что бежишь ровно и руками работаешь как надо.

На бегу я рассказала Ронни о жертве нападения вампиров. Это значит, мы не слишком быстро бежали. Я увеличила темп, и мы все равно еще могли разговаривать. Когда регулярно делаешь четыре мили снаружи в жаре Сент-Луиса, тартановая дорожка в «Вик Танни» — не бог весть какая трудность. Мы сделали два круга и вернулись к тренажерам.

— Как, ты сказала, его звали?

Голос Ронни звучал нормально, без напряжения. Я увеличила темп до нормального бега. Разговоры кончились.

На этот раз мы пошли на тренажеры для рук. Обычные подтягивания для меня, отжимания веса для Ронни, два круга по дорожке и смена тренажеров.

Я ответила на ее вопрос, когда снова смогла говорить.

— Кэлвин Руперт.

Я сделала двенадцать подтягиваний со стофунтовым весом. Из всех машин эта для меня самая легкая. Странно, правда?

— Кэл Руперт? — спросила она.

— Так его звали среди друзей, — ответила я. — А что?

Она покачала головой:

— Я знаю одного Кэла Руперта.

Я стала смотреть на нее, предоставив своему телу делать упражнение без меня. И задержала дыхание, что нехорошо. Вспомнила, что надо дышать, и сказала:

— Расскажи.

— Это было, когда я расспрашивала в «Люди против вампиров» в ту полосу вампирских смертей. Кэл Руперт входил в ЛПВ.

— Опиши его.

— Блондин, глаза голубые или серые, не слишком высокий, хорошо сложен, привлекателен.

В Сент-Луисе мог быть не один Кэл Руперт, но сколько шансов, что они будут так похожи?

— Я должна попросить Дольфа проверить, но если он был членом ЛПВ, то это может значить, что убийство было казнью.

— Что ты имеешь в виду?

— В ЛПВ некоторые считают, что хороший вампир — это мертвый вампир.

Я вспомнила «Человек превыше всего», мистера Джереми Рубенса и его группку. За ними уже есть убитые вампиры? Могло это быть возмездием?

— Мне надо знать, был ли Кэл по-прежнему членом ЛПВ, или ушел в новую, более радикальную группу «Человек превыше всего».

— Хитрый вопрос, — сказала Ронни.

— Можешь узнать для меня? Если я приду к ним задавать вопросы, они сожгут меня на костре.

— Всегда рада помочь старой подруге и одновременно — полиции. Частный детектив никогда не знает, когда ему может понадобиться заручка в полиции.

— Это правда, — согласилась я.

На этот раз мне пришлось ждать Ронни. На тренажерах для ног она была быстрее. А торс — это моя коронка.

— Как только мы закончим, я позвоню Дольфу. Может, это и есть картина? Если нет, то слишком много совпадений.

Мы побежали по дорожке, и Ронни сказала:

— Кстати, ты решила, что наденешь на вечеринку у Кэтрин в Хэллоуин?

Я посмотрела на нее, чуть не споткнувшись.

— Блин!

— Это значит, что ты забыла про вечеринку? Ты ведь еще два дня назад из-за нее ругалась.

— Понимаешь, я была малость перегружена.

Но это было неприятное напоминание. Кэтрин Мейсон-Жиллет была одной из моих лучших подруг. На ее свадьбу я надела длинное платье до пола с рукавами-«фонариками». Это было унижение. Всем нам говорят эту ложь, всем подружкам невесты. Можете, дескать, платье потом обрезать и носить в обычные дни. Как бы не так. Или можете надеть его на следующий официальный случай, когда вас пригласят. После окончания колледжа — сколько я получила приглашений на формальные торжества? Ноль. По крайней мере ноль таких, куда я по доброй воле надела бы этот розовый реликт из «Унесенных ветром» с рукавами-«фонариками» и кринолинах.

Кэтрин устраивала первую вечеринку после свадьбы. И празднование Хэллоуина начнется задолго до темноты, чтобы я могла прийти. Когда кто-то берет на себя такие хлопоты, ты обязана прийти. Черт побери все.

— У меня на субботу свидание, — сказала я.

Ронни остановилась и посмотрела на меня в зеркало. Я бежала дальше; если она хочет спросить, пусть сначала меня догонит. Она догнала.

— Ты сказала «свидание»?

Я кивнула, сохраняя дыхание для бега.

— Анита, рассказывай!

В ее голосе слышалась неясная угроза.

Я улыбнулась и рассказала ей отредактированную версию моего знакомства с Ричардом Зееманом. Хотя опустила я немного.

— Когда ты его впервые увидела, он лежал в кровати голый?

Она была радостно возмущена.

— Ты таки знакомишься с мужчинами в очень необычных ситуациях, — сказала она.

Мы снова бежали по дорожке.

— А когда я последний раз знакомилась с мужчиной?

— А Джон Берк?

— Кроме него.

Подонки не в счет.

Она на минуту задумалась и покачала головой.

— Слишком давно.

— Ага.

Мы пошли на последние тренажеры, потом два последних круга, растяжка, душ — и все. Тренировки мне на самом деле радости не доставляли. Ронни тоже. Но нам необходимо было быть в форме, чтобы уметь удрать от плохих парней или их догнать. Хотя последнее время я мало гонялась за негодяями. Гораздо больше удирала.

Мы перешли на открытое пространство возле тренировочных теннисных площадок со стенкой и соляриев. Только здесь хватало места для упражнений на растяжку. Я перед и после тренировки всегда растягиваюсь. Слишком у меня много травм, чтобы этим пренебрегать.

Я начала медленно вращать шеей, Ронни тоже.

— Наверное, придется мне отменить свидание, — сказала я.

— И думать не смей! Пригласи его на вечеринку.

Я уставилась на нее:

— Ты шутишь! Первое свидание в окружении людей, которых он не знает?

— А ты кого там знаешь, кроме Кэтрин?

Она была права.

— Я знакома с ее новым мужем.

— Ты же была на свадьбе, — сказала Ронни.

— Да, конечно.

Ронни нахмурилась:

— Серьезно, пригласи его на вечеринку, а поход в пещеры отложи на следующую неделю.

— Два свидания с одним и тем же мужчиной? — Я покачала головой. — А что, если мы друг другу не понравимся?

— Без уверток, — велела Ронни. — Ничего так похожего на свидание у тебя уже месяцами не было. Не поломай.

— Я не хожу на свидания, потому что у меня времени на это нет.

— Спать у тебя тоже нет времени, но ты как-то его выкраиваешь.

— Ладно, я так и сделаю, но он может отказаться идти на вечеринку. Я бы и сама не пошла.

— Почему?

Я бросила на нее долгий пристальный взгляд. У нее был достаточно невинный вид.

— Я аниматор, королева зомби. Мое присутствие на Хэллоуине — это уже перебор.

— Тебе не обязательно говорить людям, чем ты зарабатываешь на жизнь.

— Я этого не стыжусь.

— Я такого и не говорила.

Я покачала головой:

— Ладно, замнем для ясности. Я сделаю Ричарду контрпредложение, и мы оттуда уйдем.

— Теперь тебе будет нужен сексуальный наряд на вечеринку, — сказала она.

— Ой, нет!

— Ой, да! — рассмеялась Ронни.

— Ладно, ладно, сексуальный наряд, если я найду мой размер за три дня до Хэллоуина.

— Я тебе помогу. Что-нибудь найдем.

Она мне поможет. Мы что-нибудь найдем. Как-то это прозвучало зловеще. Мандраж перед свиданием? У кого, у меня?

13

В тот же день в пять пятнадцать я звонила Ричарду Зееману.

— Привет, Ричард, это Анита Блейк.

— Рад слышать ваш голос.

Он улыбался в телефон; я это почти осязала.

— Я забыла, что должна идти в субботу на вечеринку по случаю Хэллоуина. Ее даже начнут при свете дня, чтобы я могла прийти. Я не могу не появиться.

— Понимаю, — сказал он. Голос его был тщательно нейтрален.

— Не согласитесь ли вы быть на этой вечеринке моим кавалером? В ночь Хэллоуина я, конечно, работаю, но день будет наш.

— А пещеры?

— Матч отложен из-за дождя.

— Два свидания? Это уже дело серьезное.

— Не надо надо мной смеяться, — попросила я.

— И не думал.
— Черт побери, вы пойдете или нет?
— Если вы обещаете через неделю пойти со мной в пещеры.
— Торжественно клянусь.
— Договорились. — Он на минуту замолчал. — Но ведь на эту вечеринку мне не нужен маскарадный костюм?
— К несчастью, нужен, — ответила я.

Он вздохнул.
— Отступаете?
— Нет, но за унижение в присутствии незнакомых людей вы мне должны два свидания.

Я улыбнулась и была рада, что он этого не видит. Слишком я была довольна.
— Договорились.
— Какой у вас будет костюм?
— У меня его еще нет. Я же вам сказала, что забыла про вечеринку.
— Хм, — сказал он. — Я думаю, выбор маскарадного костюма очень много говорит о человеке, как по-вашему?
— Так близко к Хэллоуину будет везением, если мы вообще найдем хоть что-нибудь нашего размера.

Он рассмеялся:
— У меня может оказаться туз в рукаве.
— Что?

Он снова засмеялся.
— Не надо быть такой подозрительной. У меня есть приятель, помешанный на Гражданской войне. Он и его жена воссоздают предметы той эпохи.
— Например, платья, костюмы?
— Да.
— А у них будут нужные размеры?
— Какой у вас размер платья?

Слишком интимный вопрос для человека, с которым мы даже не целовались.
— Седьмой, — ответила я.

— Я бы предположил меньше.
— Шестой мне тесноват в груди, а шесть с половиной не выпускают.
— Тесноват в груди. Ах!
— Перестаньте!
— Простите, не удержался.
Запищал мой пейджер.
— А, черт!
— Что это там?
— Мой пейджер, — сказала я. Нажав кнопку, я посмотрела номер — полиция. — Мне надо ответить. Я могу вам перезвонить через пять минут, Ричард?
— Буду ждать, затаив дыхание.
— Я нахмурилась в телефон и надеюсь, что вы это знаете.
— Спасибо, что разделяете мои чувства. Я буду ждать у телефона. Позвоните мне, когда закончите (всхлип) с работой.
— Ричард, перестаньте!
— Что я такого делаю?
— Ладно, Ричард, пока. Скоро перезвоню.
— Я буду ждать.
— Пока.
И я повесила трубку раньше, чем он смог отпустить еще какую-нибудь шутку типа «о я несчастный». Печально было то, что мне они нравились. Меня можно рассмешить, показав пальчик.
Я набрала номер Дольфа.
— Анита?
— Я.
— У нас еще одна жертва вампиров. Выглядит точно как первый, только это женщина.
— Проклятие! — тихо сказала я.
— Ага. Мы сейчас в Де Сото.
— Это же еще южнее Арнольда, — сказала я.
— И что?
— Ничего. Только расскажи мне, как проехать.
Он рассказал.

— Я буду ехать не меньше часа, — предупредила я.
— Труп никуда не собирается, и мы тоже.
Голос у него был обескураженный.
— Приободрись, Дольф, кажется, у меня есть ниточка.
— Выкладывай.
— Вероника Симс вспомнила имя Кэл Руперт. Описание совпадает.
— А что у тебя за дела с частными детективами, что ты с ними беседуешь? — подозрительно спросил Дольф.
— Мы с ней ходим на тренировки, и раз уж она нам дала первую ниточку, я бы на твоем месте постаралась быть чуть более благодарной.
— Ладно, ладно. Да здравствует частный сектор. А теперь выкладывай.
— Кэл Руперт около двух месяцев назад был членом ЛПВ. Описание внешности подходит.
— Убийство из мести?
— Может быть.
— Наполовину надеюсь, что это складывается в картину. По крайней мере есть место, откуда начинать искать. — Он испустил звук средний между смехом и фырканьем. — Скажу Зебровски, что ты нашла след. Он будет доволен.
— Все мы, как Дик Трейси в кино, шпарим на полицейском жаргоне.
— Полицейском жаргоне? — Я прямо видела его улыбку над микрофоном. — Найдешь еще следы, дай нам знать.
— Слушаюсь, сержант!
— Присохла бы ты со своими остротами!
— Извините, сержант, у меня все остроты свежие. Сушеными не пользуюсь.
Он застонал:
— Мотай сюда скорее, чтобы можно было наконец разъехаться по домам!
Телефон заглох, и я повесила трубку.
Ричард Зееман снял трубку на втором звонке.
— Алло?

— Это я, Анита.
— Что случилось?
— Звонок был из полиции. Им нужна моя экспертиза.
— Противоестественное преступление?
— Да.
— Это опасно? — спросил он.
— Для того, кого убили, — да.
— Не надо, вы меня поняли.
— Ричард, это моя работа. Если вам это не нравится, наверное, нам вообще не стоит встречаться.
— Эй, не надо сразу так огрызаться. Я просто хотел знать, грозит ли что-нибудь лично вам. — Он слегка возмутился.
— Понимаю. Мне пора идти.
— А как насчет костюмов? Звонить мне моему другу?
— Конечно.
— Вы мне доверяете подбор костюма? — спросил он.

Я на несколько мгновений задумалась. Доверяю ли я ему выбор костюма? Нет. Будет у меня время выбирать костюм самой? Ой, вряд ли.

— А почему нет? — ответила я. — Нищим выбирать не приходится.
— Вот переживем вечеринку и на следующей неделе поедем ползать по грязи.
— Дождаться не могу, — сказала я.
— Я тоже, — рассмеялся он.
— Ладно, Ричард, мне пора.
— Я привезу костюмы к вам домой для осмотра. Расскажите мне, как проехать.

Я рассказала.

— Надеюсь, ваш костюм вам понравится.
— Я тоже. Поговорим потом.

Я повесила трубку и долго на нее смотрела. Слишком просто. Слишком все гладко. Наверняка он выберет для меня что-то ужасное. Мы мерзопакостно проведем время, а потом мы уже подписались на второе свидание на той же неделе. Ой-ой-ой.

Ронни протянула мне банку фруктового сока, отпивая из своей. Она взяла себе клюкву, а мне — красный грейпфрут. Клюкву я терпеть не могу.

— Что сказал этот остроумный красавчик?
— Пожалуйста, не называй его так.

Она пожала плечами:
— Извини, как-то выскочило.

Она даже милосердно приняла смущенный вид.
— Извиняю — это в последний раз.

Она ухмыльнулась, и я знала, что она не раскаивается. Но я слишком часто подкалывала ее насчет ее кавалеров. Перемена позиции — это ерунда. Расплачиваться обидно.

14

Солнце тонуло в полосе багрянца, как в свежей кровоточащей ране. На западе громоздились пурпурные облака. Дул сильный ветер, и пахло дождем.

Руффо-лейн — узкая гравийная дорога. На ней еле могут разойтись две машины. Под ногами хрустел красноватый гравий. Ветер шелестел в высоком пересохшем бурьяне кювета. Дорога уходила за гребень холма. И повсюду, сколько хватал глаз, стояли полицейские машины с маркировкой и без.

Дорога уходила за гребень холма. Холмов в графстве Джефферсон много.

Я уже надела чистый комбинезон, черные найковские кроссовки и хирургические перчатки, когда запищал мой пейджер. Пришлось расстегивать молнию и вытаскивать этот чертов прибор на гаснущий свет. Номер мне и смотреть не надо было — я и так знала, что это Берт. До полной темноты оставалось только полчаса, если не меньше. И мой босс интересовался, где я и почему не на работе. Интересно, в самом ли деле Берт меня уволит. Глядя на труп, я сомневалась, что мне на это не наплевать.

Женщина свернулась в клубок, лежа на боку, защитив руками обнаженные груди, будто и в смерти стеснялась. Насильственная смерть — худшее из вторжений. Ее будут фотографировать, снимать на видео, измерять, вскрывать, зашивать. Ни одна ее частица ни внутри, ни снаружи не останется нетронутой. И это плохо. Нам следовало бы накрыть ее одеялом и оставить в покое, но это не поможет нам предотвратить следующее преступление. А оно будет, второе тело было лучшим тому доказательством.

Я оглядела полицейских и бригаду «скорой помощи», ожидающую разрешения забрать тело. Если не считать его, я была здесь единственной женщиной. Так обычно и бывало, но почему-то сегодня мне было от этого неуютно. Длинные, до пояса, волосы жертвы разметались бледным потоком в бурьяне. Еще одна блондинка. Совпадение или нет? Два — это очень небольшая выборка. Если следующая жертва будет со светлыми волосами, тогда это тенденция.

Если все жертвы белой расы, белокурые и члены «Люди против вампиров», то это складывается в картину. Картина помогает раскрыть преступление. Я надеялась получить картину.

Я взяла фонарик в зубы и измерила следы укусов. На этот раз на запястье укусов не было. Вместо них были рубцы от веревки. Они ее связали, может быть, подвесили к потолку, как говяжью тушу. Не бывает хороших вампиров, которые кормятся на людях. Никогда не верь, что вампир только немножко отопьет. Что это не будет больно. Это как поверить, что твой партнер вовремя вытащит. Просто поверь ему. Вот так.

По обеим сторонам шеи были аккуратные колотые ранки. Из левой груди был выхвачен кусочек, будто кто-то выкусил его прямо над сердцем. Сгиб правой руки разорван. Шарнир сустава блеснул в луче света. Рука держалась на розоватых напряженных связках.

Последний серийный убийца, по делу которого мне пришлось работать, разрывал жертвы на куски. Я тогда ходила по ковру настолько пропитанному кровью, что он хлюпал под ногами. Я держала в руках куски внутренностей в поисках следов. Это было очередное «хуже-этого-я-никогда-не-видела».

Сейчас я глядела на покойницу и радовалась, что ее не разорвали. И не потому, что я считала это более легкой смертью, хотя, быть может, так оно и было. И не потому, что это давало больше следов, поскольку это было не так. Просто потому, что не хотелось мне больше смотреть на растерзанных людей. На этот год я свою квоту исчерпала.

Держать фонарик при обмере ран в зубах и себя не обслюнявить — это искусство. У меня получалось. Секрет в том, чтобы время от времени посасывать конец фонарика.

Тонкий луч фонарика сверкнул на ее бедрах. Я хотела видеть, есть ли рана в паху, как у того мужчины. Надо было убедиться, что работали те же убийцы. Чертовски невероятное совпадение, чтобы были две отдельно охотящиеся стаи вампиров, но это возможно. И я должна была убедиться всеми средствами, что у нас только одна дикая стая. Одна — это уже достаточно, две — это вопящий кошмар. Конечно, не может Бог быть так жесток, но просто на всякий случай... Надо было посмотреть, есть ли рана в паху. У мужчины на руках не было следов веревки. Или вампиры стали более организованными, или это другая группа.

Руки ее приклеились к груди, скованные посмертным окоченением. И ничто, кроме топора, не сможет раздвинуть ее ноги, пока окоченение не пройдет, что будет примерно через сорок восемь часов. Два дня я ждать не могла, но рубить ее тело на куски я тоже не хотела.

Я встала перед трупом на четвереньки. Мысленно извинилась за то, что мне предстояло сделать, но ничего другого мне не оставалось.

Тонкий луч фонарика задрожал на ее бедрах, как миниатюрный прожектор. Я коснулась линии раздела ее ног и вдвинула туда пальцы, пытаясь на ощупь определить, есть ли в паху рана.

Это было с виду, будто я лапаю труп, но более приличного способа я придумать не могла. Я смотрела вверх, стараясь не прислушиваться к ощущению твердой резины от ее кожи. Солнце осталось лишь мазком багрянца на небе, как гаснущий уголь. И по небу, как поток чернил, разливалась настоящая тьма. И ноги женщины поддались под моей рукой.

Я дернулась, чуть не проглотив фонарь. Нервничаю? Я? Плоть женщины была мягкой. Минуту назад этого не было. Губы полуоткрыты. А раньше были закрыты или нет?

Это было сумасшествие. Даже будь она вампиром, она не встанет до третьей ночи после смерти. А она погибла от укусов многих вампиров во время кровавой массовой трапезы. Она мертва, просто мертва.

Кожа ее белела в темноте. Небо стало черным; если в лилово-черных облаках и была луна, я ее не видела. Но кожа сияла, будто в лунном свете. Она не светилась, но почти. Волосы ее просвечивали паутиной, растянутой на траве. Минуту назад она была просто мертвой, сейчас она стала... красивой.

Надо мной навис Дольф. Его шесть футов девять дюймов нависли, даже когда я вставала, а когда я сидела, он вообще был великаном. Я встала, сдирая с себя перчатку, и вынула фонарь изо рта. Не трогай ничего, что можешь взять в рот, если касалась ран незнакомого. Сами понимаете, СПИД. Я сунула фонарь во внутренний карман комбинезона, сняла вторую перчатку и засунула их в боковой карман.

— Ну? — спросил Дольф.

— Тебе не кажется, что она изменила вид?

— Что? — Он нахмурился.

— Труп. Тебе не кажется, что он выглядит по-другому?

Он всмотрелся в тело.

— Теперь, когда ты сказала... Она выглядит так, будто спит. — Он покачал головой. — Нам придется вызвать «скорую», чтобы врач подтвердил смерть.

— Она не дышит.

— Ты бы хотела, чтобы отсутствие у тебя дыхания было единственным критерием?

Я на минуту задумалась.

— Наверное, нет.

Дольф полистал блокнот.

— Ты говорила, что человек, погибший от укусов многих вампиров, не может восстать из мертвых вампиром.

Он прочел мне мои слова. Я подорвалась на собственной мине.

— В большинстве случаев это правда.

Он посмотрел на женщину:

— Но не в этом.

— К несчастью, так.

— Объясни-ка это, Анита.

Его голос никак нельзя было назвать довольным. И я не могла его в этом упрекнуть.

— Иногда даже один укус дает трупу возможность восстать вампиром. Я читала об этом в паре статей. Очень сильный Мастер вампиров иногда может заразить все трупы, которых он коснется.

— Где ты читала такие статьи?

— «Вампир куотерли», — ответила я.

— Никогда о таком не слышал.

Я пожала плечами:

— У меня диплом по противоестественной биологии, и кто-то включает меня в список рассылки подобной литературы.

И тут меня поразила мысль, которую никак не назовешь приятной.

— Дольф!

— Что?

— Тот мужчина, первый труп. Сегодня его третья ночь.

— Он не светился в темноте, — сказал Дольф.

— Эта женщина тоже была обыкновенной до полной темноты.

— Ты думаешь, он собирается восстать? — спросил он.

Я кивнула.

— Вот гадство!

— Именно так, — подтвердила я.

Он покачал головой:

— Погоди-ка минуту. Он все равно сможет нам сказать, кто его убил.

— Он вернется не нормальным вампом, — сказала я. — Он умер от множественных укусов, Дольф. И восстанет больше животным, чем человеком.

— Объясни.

— Если тело отвезли в городскую больницу Сент-Луиса, то за стенами закаленной стали он опасности не представляет, но если они меня послушали, то он в обычном морге. Позвони в морг и скажи, чтобы эвакуировали здание.

— Ты серьезно, — сказал он без вопросительной интонации.

— Абсолютно.

Он даже не стал спорить. Я была его экспертом по противоестественным явлениям, и то, что я сказала, было во многом только слухами, никак не доказанными. Дольф не станет спрашивать твое мнение, если он не готов действовать в согласии с ним. Он хороший начальник.

Дольф нырнул в ближайшую машину и вызвал морг.

Потом высунулся из открытой двери:

— Тело послали в городскую больницу — обычный порядок для жертв вампиров. Даже если наш эксперт говорит, что они опасности не представляют.

При этих словах он улыбнулся.

— Позвони в больницу и убедись, что они поместили его в усиленное хранилище.

— А с чего бы им тащить тело в вампирский морг, а потом не помещать в хранилище?

— Не знаю. Но мне будет спокойнее, если ты позвонишь.

Он глубоко вдохнул и шумно выдохнул.

— О'кей, — сказал он и набрал номер по памяти. Из чего можно было понять, сколько ему выпало в этом году работы.

Я стояла у открытой двери машины и слушала. Только слушать было нечего. Никто не брал трубку.

Дольф сидел и слушал далекие гудки телефона. Потом поднял на меня глаза. В них был немой вопрос.

— Там должен кто-нибудь быть, — сказала я.

— Верно.

— Этот человек воскреснет зверем, — сказала я. — Он растерзает все на своем пути, если Мастер, его создавший, его не остановит или если он не умрет окончательно. Таких вампиров в литературе называют анималистическими. Разговорного термина нет — они слишком редко встречаются.

Дольф повесил трубку и бросился из машины, гаркнув:

— Зебровски!

— Я, сержант! — отозвался Зебровски, подбегая рысью. Если Дольф гаркнет, каждый подбежит. — А, Блейк, как жизнь?

Что я должна была сказать? Ужасно? Я пожала плечами и ответила:

— Нормально.

Снова загудел мой пейджер.

— Опять Берт, черт бы его побрал!

— Позвони своему боссу, — велел Дольф, — и скажи ему, чтобы шел к гребаной матери.

Это мне понравилось.

Дольф ушел, выкрикивая приказы. Люди со всех ног бросались выполнять. Я села в машину Дольфа и позвонила Берту.

Он ответил с первого звонка — не очень хороший признак.

— Надеюсь, что это ты, Анита.

— А если нет? — спросила я.

— Где тебя черти носят?

— На месте убийства у свежего трупа.

Это его слегка притормозило.

— Ты пропускаешь свой первый заказ.

— Ага.

— Но я не буду на тебя орать.

— Становишься разумным, — сказала я. — Что случилось?

— Ничего, кроме того, что твои первые два заказа взял на себя наш новый сотрудник. Его зовут Лоуренс Киркланд. Присоединись к нему на третьем заказе, тогда ты сможешь взять на себя три последних, а его научить что к чему.

— Ты кого-то нанял? Как ты нашел человека так быстро?

Аниматоры встречаются очень редко. Особенно такие, которые могут поднять двух зомби за одну ночь.

— Работа у меня такая — искать таланты.

Дольф сел в машину, и я сдвинулась на пассажирское сиденье.

— Скажи своему боссу, что нам пора.

— Мне пора, Берт.

— Погоди, для тебя есть срочный вызов в городскую больницу на закалывание вампира.

У меня свело судорогой живот.

— Имя?

Мне пришлось ждать, пока он прочтет:

— Кэлвин Руперт.

— Ч-черт!

— Что такое? — спросил он.

— Когда поступил вызов?

— Примерно в три часа дня сегодня, а что?

— Черт, черт, черт!

— Да что такое, Анита? — недоумевал Берт.

— А почему это так срочно? — спросил Зебровски, садясь на заднее сиденье нашей машины без опознавательных знаков. Дольф врубил скорость и включил сирены и мигалку. За нами пристроился автомобиль с надписью «Полиция», рубя воздух прожекторами. С сиреной и мигалкой, во как.

— Руперт оставил завещание, — сказал Берт. — Если он будет укушен вампиром, пусть его сердце пронзят осиновым колом.

Вполне в духе члена ЛПВ. Да черт побери, у меня в завещании тоже был такой пункт.

— Нам нужно постановление суда на исполнение?

— Оно нужно только после того, как мертвый восстанет вампиром. А сейчас хватит разрешения от ближайших родственников. Просто проткни его — и дело с концом.

Машину мотало на узкой дороге, и я вцепилась в приборную доску. По днищу молотил гравий. Прижимая плечом наушник, я застегнула ремень.

— Я сейчас на пути в морг, — сказала я.

— Я не мог с тобой связаться и потому послал туда Джона, — сообщил Берт.

— Когда?

— Ну, сразу, как ты не ответила на вызов по пейджеру.

— Отзови его, скажи, чтобы не ехал!

Что-то, наверное, слышалось в моем голосе, потому что Берт спросил:

— Анита, в чем дело?

— В морге не отвечает телефон, Берт.

— И что?

— Вампир уже мог восстать и убить всех вокруг, и Джон идет прямо ему в зубы.

— Я ему позвоню, — сказал Берт, и связь прервалась. Я положила наушник на место. Мы выезжали на новое шоссе 21.

— Можно будет убить вампира, когда будем на месте.

— Это убийство, — заметил Дольф.

Я покачала головой:

— Нет, если Кэлвин Руперт оставил такое завещание.

— А он оставил?

— Да.

Зебровски вбил кулак в спинку сиденья.

— Тогда мы этого сукина сына прихлопнем.

— Ага, — сказала я.

Зебровски улыбался, держа в руках дробовик.

— Эта штука серебряной дробью заряжена? — спросила я.

Зебровски посмотрел на ружье:

— Да нет.

— Только не говорите мне, что в этой машине только у меня есть оружие с серебряными пулями!

Зебровски усмехнулся, а Дольф сказал:

— Серебро дороже золота. У города таких денег нет.

Я это знала, но надеялась ошибиться.

— Так что же вы делаете, если приходится драться с вампирами и ликантропами?

Зебровски перегнулся ко мне с заднего сиденья.

— Примерно то же самое, что делаем, когда выходим против банды с автоматами «узи».

— И что же это?

— Уступаем противнику по вооружению, — сказал он, и голос его не был веселым. Мне тоже это не очень нравилось. Я надеялась, что служители морга просто удрали, убрались, но я на это не рассчитывала.

15

В мое снаряжение на вампиров входил обрез ружья с серебряной дробью, осиновые колья, молоток, кресты и святой воды столько, что вампира можно было бы утопить. К несчастью, весь этот набор был у меня в шкафу в спальне. Обычно я возила его в багажнике — кроме обреза, который запрещен законом. Если бы меня поймали с этим комплектом и без постановления суда на казнь, выписанного на мое имя, это автоматически означало бы срок. Этот новый закон вступил в силу где-то пару месяцев тому назад. Его целью было не дать какому-нибудь сверхретивому истребителю кого-нибудь завалить и сказать: «Ох, простите». Я вообще-то не сверхретива. Честно.

Дольф отключил сирену за милю до больницы. И на стоянку мы заехали без света и шума. Полицейская машина, ехавшая с нами, последовала нашему примеру. И еще одна машина с полицейской маркировкой ждала на стоянке. За ней пригнулись два сотрудника с пистолетами в руках.

Мы вышли из темных машин с оружием наготове. Чувство у меня было такое, будто меня зашанхаили в какой-то фильм Клинта Иствуда. Машины Джона Берка я не видела. Значит, Джон чаще меня смотрит на пейджер. Я поклялась, что, если вампир все еще за металлическими стенами, я буду отвечать на пейджер с первого раза отныне и до веку. Только не дай Бог жизней на моей совести. Аминь.

К Дольфу подошел, пригнувшись, один из полицейских в форме.

— С момента нашего прибытия никакого движения не замечено, сержант.

— Хорошо, — кивнул Дольф. — Специальные силы сюда доберутся, как только смогут. Нас поставили на очередь.

— Что значит — поставили на очередь? — спросила я.

Дольф посмотрел на меня.

— У специальных сил есть серебряные пули, и они доберутся сюда, как только смогут.

— И мы будем их ждать? — спросила я.

— Нет.

— Сержант, при столкновении с противоестественной ситуацией полагается ждать прибытия спецсил, — сказал полицейский в форме.

— Это не относится к Региональной Группе Расследования Противоестественных Событий, — ответил Дольф.

— Тогда вы должны иметь серебряные пули, — сказала я.

— Я подал требование, — сообщил Дольф.

— Требование? Это нам очень поможет.

— Ты вообще штатская. Тебе придется ждать снаружи, так что перестань собачиться.

— Я еще и официальный исполнитель штата Миссури. Если бы я ответила на пейджер, а не решила позлить Берта, вампир был бы уже проткнут колом, и ничего бы этого не было. Ты меня не отстранишь, Дольф. Это больше моя работа, чем твоя.

Дольф смотрел на меня чуть ли не две минуты, потом очень медленно кивнул.

— Тебе надо было бы держать язык за зубами, — сказал Зебровски. — И ждать в машине.

— Не хочу я ждать в машине.

Он только коротко на меня глянул.

— А я хотел бы.

Дольф пошел к двери, Зебровски за ним. Я пошла замыкающей. Я — эксперт полиции по противоестественным преступлениям. Если дело сегодня повернется плохо, я свои деньги отработаю.

Всех жертв нападений вампиров свозят в городскую больницу Сент-Луиса, даже погибших в других графствах. Очень уж мало моргов, оборудованных для работы с восставшими вампирами. У них там есть специальное помещение, где повсюду сталь повышенной прочности, а за дверями повсюду кресты. Даже есть питательный бак для снятия первой жажды крови. Крысы, кролики, морские свинки. Закусочка для успокоения вновь восставших.

В обычной ситуации тело этого мужчины было бы в помещении для вампиров и проблем бы не было, но я их заверила, что он опасности не представляет. Я была экспертом, единственным, кого звали протыкать тела колом. Если я сказала, что тело опасности не представляет, мне верят. А я ошиблась. Прости мне Бог, я ошиблась.

16

Городская больница Сент-Луиса стояла, как кирпичный гигант в зоне боев. Пройди несколько кварталов отсюда — и увидишь свежие мюзиклы прямо с Бродвея. Но здесь мы были как на обратной стороне Луны. Если на Луне есть трущобы.

Местность декорировали выбитые стекла, как неровные зубы.

Больница, как и многие другие в городе, была убыточной, и потому ее закрыли. Но морг остался открытым, потому что помещение для вампиров переносить было бы слишком дорого.

Оно было построено в начале девятисотых годов, когда еще думали, что можно найти лекарство от вампиризма. Запри вампира в хранилище, подожди, пока он восстанет, и попробуй его «вылечить». Из вампиров многие сотрудничали, поскольку хотели вылечиться. Пионером исследований был доктор Генри Муллиган. Проект свернули, когда один из пациентов отъел у доктора лицо.

Всего лишь за попытку помочь беденькому непонятому вампиру.

Но и сейчас хранилище использовали почти для всех жертв вампиров. В основном из предосторожности, поскольку в наши дни, когда поднимается новый вамп, его поджидает вампир-консультант, чья задача — ввести новичка в круг цивилизованных вампиров.

Про вампира-консультанта я и забыла. Это была пилотная программа, и действовала она всего месяц. Сможет Старейший вампир взять под контроль анималистического вампира, или для этого нужен Мастер? Я не знала. Просто не имела понятия.

Дольф уже держал пистолет наготове. Без серебряных пуль — это все же лучше, чем просто плюнуть в монстра, но не намного эффективнее. Зебровски держал ружье так, будто умел с ним обращаться. За моей спиной шли еще четверо полицейских в форме. Все с пистолетами, каждый готов стрелять в нежить наповал. Так чего же я психовала? Да того, что ни у кого, кроме меня, не было этих проклятых серебряных пуль.

Двойная стеклянная дверь разъехалась автоматически. При этом на нее смотрели семь стволов. Мне пришлось напрячь пальцы, чтобы не выстрелить в эту дурацкую дверь.

Один из полицейских подавил смешок. Нервничаем? Мы, крутые ребята?

— Вот что, — сказал Дольф. — Там есть гражданские. Не застрелите никого случайно.

Один из полицейских был блондином, его напарник был негром и был куда старше. Второй паре было за двадцать. Один тощий и высокий, с выступающим кадыком, другой — коротышка с бледной кожей и глазами, почти остекленевшими от страха.

У каждого из них была крестообразная булавка на галстуке. Стандартно для полиции Сент-Луиса. Кресты должны помочь; может быть, даже сохранить жизнь своим владельцам.

У меня не было времени сменить цепочку на распятии. И был у меня только браслет, на котором болтались крестики. И еще была у меня цепочка на лодыжке — не для ансамбля с браслетом, а на случай, если сегодня стрясется что-то необычное, мне хотелось иметь резерв.

Если бросать монету, без чего мне проще обойтись — без ствола или без креста, то я предпочту сохранить и то, и другое.

— Есть у тебя соображения, как нам работать, Анита? — спросил Дольф.

Давно прошли те времена, когда полицию вообще на такой случай не вызвали бы. В добрые старые дни вампирами занималась горстка экспертов-профессионалов. Когда можно было просто засадить вампиру кол в сердце, и дело было сделано. Я была одна из немногих, гордых, храбрых. Истребительница.

— Можем стать в круг стволами наружу. Меньше шансов, что он набросится на нас внезапно.

— А мы не услышим его приближения? — спросил блондин.

— Нежить движется бесшумно, — сказала я.

У него глаза расширились.

— Шучу, офицер, — сказала я.

— Ну... — тихо произнес он. И явно был задет. Что ж, его можно понять.

— Извини, — сказала я.

Дольф посмотрел на меня мрачным взглядом.

— Я же извинилась.

— Не дразни новичка, — сказал Зебровски. — Спорить могу, что это его первый вампир.

Чернокожий коп издал звук, средний между смешком и фырканьем.

— Для ясности: это его первый день.

— Господи, — сказала я. — Он что, не может подождать в машине?

— Я выдержу, — сказал он.

— Не в этом дело, — ответила я. — Но ведь есть же, наверное, правила техники безопасности, запрещающие в первый день работу с вампирами?

— Справлюсь, — сказал он.

Я только покачала головой. Мать твою, первый день. Ему бы стоять сегодня на перекрестке и регулировать движение, а не играть в кошки-мышки с ходячим мертвецом.

— Я пойду впереди, — сказал Дольф. — Анита, ты справа от меня. Вы двое, — он показал на чернокожего и блондина, — позади мисс Блейк. Зебровски, прикроешь с тыла.

— Ну, спасибо, сержант, — буркнул Зебровски.

Хотелось бы мне так это оставить, но нельзя было.

— У меня единственной серебряные пули. Впереди должна пойти я.

— Ты штатская, Анита.

— Я уже много лет не штатская, и ты это знаешь.

Он долгую секунду смотрел на меня, потом кивнул:

— Ладно, давай вперед. Но если тебя убьют, мне начальство голову оторвет.

— Постараюсь не забывать, — улыбнулась я.

Я встала впереди. Они выстроились за мной кругом. Зебровски показал мне большой палец — все путем. Я не могла не улыбнуться. Дольф едва заметно кивнул. Пора было входить. Скрадывать монстра.

17

Стены были окрашены в два оттенка зеленого. Темный цвет хаки внизу и рвотно-зеленый сверху. Учрежденческая зелень, очаровательная, как зубная боль. По стенам шли толстые паропроводы выше моей головы. Они тоже были покрашены в зеленый и сужали коридор до узкого прохода.

Электрические кабели бежали серебряными струнами рядом с паропроводами. Трудно подвести электричество в здание, если дом строился без всякого расчета на это.

Краска местами вспучивалась на стенах — новую краску клали, не потрудившись соскрести старую. Если вкопаться в стену, пойдут слои разного цвета, как на археологических раскопках. У каждого цвета своя история и своя болезненная память.

Мы были будто в брюхе огромного корабля, только вместо рева машин слышалась почти полная тишина. Есть такие места, где тишина висит тяжелыми складками. Одно из них — городская больница Сент-Луиса.

Будь я суеверной, каковой я не являюсь, я бы сказала, что эта больница — идеальное место для привидений. Привидения бывают разных видов. Обычно это духи умерших, оставшиеся на земле, хотя им полагалось бы попасть на Небеса или в Ад. Теологи уже столетиями спорят, что должно означать существование привидений для Бога и церкви. Я не думаю, что это волнует Бога, но церкви явно небезразлично.

Здесь умерло достаточно людей, чтобы было не продохнуть от привидений, но я лично ни одного не видела. Пока привидение не обнимет меня холодными руками, я вряд ли в него поверю.

Но есть призраки другого рода. Психические впечатления, сильные эмоции, впитавшиеся в стены и пол здания. Как магнитофон для эмоций. Иногда с видеоизображениями, иногда только звук, иногда лишь дрожь, проходящий по спине холодок, когда минуешь какое-то место.

Таких мест в этой старой больнице было навалом. Лично я никогда ничего не видела и не слышала, но, идя по коридору, знала, что где-то здесь рядом что-то есть. Что-то ждущее там, где не видит глаз, не слышит ухо, не дотягивается рука. Сегодня это мог быть вампир.

Слышны были только шорох шагов, шелест одежды — звуки нашего продвижения. Других звуков не было. Когда по-настоящему тихо, начинают слышаться звуки — пусть даже шум собственной крови в ушах.

Передо мной возник первый угол. Я шла на острие. Я сама вызвалась. И мне предстояло первой свернуть за угол. Что бы там ни оказалось, иметь с ним дело мне. Терпеть не могу строить из себя героя.

Я припала на одно колено, держа пистолет в обеих руках и целясь вверх. Высовывать пистолет за угол не имело смысла. Нельзя стрелять, не видя во что. Есть много способов завернуть за непросматриваемый угол, и ни один из них не идеален. В основном выбор зависит от того, чего ты боишься — что тебя застрелят или что тебя схватят. Поскольку речь шла о вампире, я опасалась, что меня схватят и разорвут глотку.

Прижавшись правым плечом к стене, я сделала глубокий вдох и бросила свое тело вперед. Мне не надо было выполнять точный переворот через плечо в коридоре. Я просто вроде как упала на левый бок, держа перед собой наставленный пистолет. Можете мне поверить — это самый лучший способ прицелиться при повороте за угол. Но я не стану его настоятельно советовать, если у монстров есть возможность отстреливаться.

Я лежала в коридоре, и пульс колотился у меня в ушах. Хорошая новость — за углом не было вампира. И плохая — там лежал труп.

Я встала на одно колено, все еще ловя взглядом любой намек на движение в полутемном коридоре. С некоторыми вампирами ты ничего не видишь, ничего не слышишь, а только чувствуешь плечами, спиной, тонкими волосками шеи. Это твое тело отвечает на ритмы, которые старше мысли. Кстати, если тут мыслить, а не действовать, можешь оказаться мертвым.

— Чисто, — сказала я. Но все еще стояла на колене посреди коридора с наставленным пистолетом, готовая к схватке.

— Ты уже закончила кататься по полу? — спросил Дольф.

Я взглянула на него, потом обратно в коридор. Там ничего не было. Все чисто. В самом деле чисто.

Тело было одето в бледно-голубую форму. На рукаве черная с золотом нашивка — «Охрана». Мужчина, волосы белокурые. Тяжелые челюсти, массивный нос, ресницы выделяются на фоне бледных щек серым кружевом. Горло — сплошное сырое мясо. Кость позвоночника блестит в верхнем свете. Кровь расплескалась по зеленым стенам макабрической рождественской открыткой.

В правой руке человека был револьвер. Я прислонилась спиной к левой стене и оглядела коридор до поворотов, ограничивающих взор. Пусть телом занимается полиция. Сегодня моя работа — сохранить жизнь нам всем.

Дольф склонился у тела. Он наклонился вперёд, будто выполняя отжимание, чтобы приблизить лицо к револьверу.

— Из него стреляли.

— Я не почувствовала возле тела запах пороха, — сказала я. При этом я на Дольфа не глядела: была слишком занята наблюдением за коридором.

— Из этого револьвера стреляли, — повторил он, и голос у него был хриплый и сдавленный.

Я кинула на него быстрый взгляд. Плечи его напряглись, будто тело свело болью.

— Ты его знал? — спросила я.

Дольф кивнул.

— Джимми Дуган. Он был моим напарником, когда я был моложе, чем ты сейчас. Ушёл в отставку, на пенсию прожить не смог и устроился сюда. Блин.

Что я могла сказать? «Сочувствую» — не годилось. «Мне чертовски жаль» — всё равно мало. Ничего не приходило на ум. Ничем я уже помочь не могла. И просто стояла в этом заляпанном кровью коридоре и молчала.

Зебровски присел рядом с Дольфом и положил руку ему на плечо. Дольф поднял глаза. Какое-то сильное чувство мелькнуло в них: гнев, боль, печаль. Всё это вместе, ничего из этого. Я смотрела на мертвеца, стискивая пистолет, и придумала наконец, что сказать полезного.

— У здешних охранников есть серебряные пули?

Дольф посмотрел на меня. Уже не надо было гадать — это был гнев.

— А что?

— У охранников должны быть серебряные пули. Пусть один из вас возьмёт револьвер, тогда у нас будут два ствола с серебряными пулями.

Дольф только посмотрел на пистолет:

— Зебровски!

Зебровски взял револьвер осторожно, будто боясь разбудить человека. Но эта жертва вампира не собиралась вставать. Голова его свесилась набок, мышцы и связки были перекушены. Как будто кто-то большой ложкой зачерпнул мясо и кожу вокруг позвоночника.

Зебровски щелкнул барабаном.

— Серебро.

Он задвинул барабан на место и встал, держа оружие в правой руке. Ружье свободно висело в левой.

— Запасные патроны? — спросила я.

Зебровски склонился снова, но Дольф покачал головой. И обыскал мертвого сам. Когда он закончил, руки его были покрыты кровью. Он попытался стереть засыхающую кровь носовым платком, но она застыла в складках ладоней, собралась под ногтями. Теперь ее только мылом и щеткой можно отскрести.

— Прости, Джимми, — сказал он.

Он все еще не плакал. Я бы на его месте заплакала. Но у женщин в слезных протоках больше химикалий, и потому они проливают слезы легче мужчин. Честно.

— Запасных патронов нет. Наверное, Джимми считал, что пяти хватит для рутинной работы охранника.

Его голос был словно подогрет злостью. Что ж, злость — лучше, чем слезы. Если это в твоей власти.

Я продолжала наблюдать за коридором, но мой взгляд все возвращался к мертвому. А мертв он был потому, что я не сделала свою работу. Если бы я не сказала водителям труповозки, что тело не представляет опасности, его бы сунули в хранилище, и Джимми Дуган бы не погиб.

Терпеть не могу, когда я виновата.

— Идем, — сказал Дольф.

Я повела группу. Еще один угол. Я снова выполнила упражнение на перекат с колена и оказалась лежащей в длинном зеленом коридоре, двумя руками наставляя пистолет. Ничто там не двигалось. Но на полу что-то лежало. Сначала я увидела нижнюю часть тела охранника. Ноги в бледно-голубых и пропитанных кровью брюках. Потом голова с длинным хвостом каштановых волос, лежащая сбоку от тела, как забытый кусок мяса.

Я встала на ноги, по-прежнему держа перед собой пистолет в поисках цели. Ничто не шевелилось, кроме крови, которая все еще стекала со стен. Она капала, как вечерний дождик, густея и сворачиваясь на лету.

— Боже милосердный!

Не знаю, кто из полицейских это сказал, но я была согласна.

Торс был разорван, будто вампир засунул в него руки и рванул. Позвоночник разлетелся, как детская сборная игрушка. Клочья мяса, крови и костей были разбросаны по полу, как лепестки мерзких цветов.

Я ощутила в горле вкус поднявшейся желчи. И стала дышать ртом — ровно и глубоко. Это было ошибкой. В воздухе стоял вкус крови — густой, теплый, солоноватый. С чуть кислотным привкусом, потому что желудок и кишечник были вспороты. Запах свежей смерти — это гибрид запаха бойни и сортира. Дерьмо и кровь — вот запах смерти.

Зебровски осматривал коридор с подобранным револьвером в руках. У него было четыре пули, у меня тринадцать плюс запасная обойма в сумке. Где револьвер охранницы?

— Где ее револьвер? — спросила я.

Зебровски кинул взгляд на меня, на тело и снова стал всматриваться в коридор.

— Я его не вижу.

Мне не приходилось встречать вампира, который бы пользовался оружием, но всегда бывает первый раз.

— Дольф, где револьвер охранницы?

Дольф опустился на колени в лужу крови и попытался обыскать тело. Он передвигал куски кровавого мяса и материи, как будто мешал ложкой. Когда-то от такого зрелища меня бы вывернуло, но это было давно. Плохой, наверное, признак, что меня уже не тошнит при виде трупов? Может быть.

— Рассыпаться и искать револьвер, — велел Дольф.

Полицейские в форме стали искать. Блондин был бледен и конвульсивно сглатывал, но работал. Очко в его пользу. Это высокий с выступающим кадыком не выдержал. Он поскользнулся на куске мяса и хлопнулся на задницу в лужу свернувшейся крови. Тут он встал на колени и сблевал на стену.

Я старалась дышать быстро и неглубоко. Кровь и бойня меня не достали, но запах чужой рвоты мог поспособствовать.

Прижавшись плечами к стене, я пошла к следующему углу. Я не сблюю. Не сблюю. Господи, не дай мне сблевать. Вы когда-нибудь пробовали целиться из пистолета, одновременно выворачиваясь наизнанку? Это, оказывается, почти невозможно. Пока ты не закончишь, ты беспомощен. А после зрелища этих охранников мне беспомощной быть очень не хотелось.

Блондинистый коп прислонился к стене. Лицо его блестело от густого пота. Он посмотрел на меня, и по его глазам мне все стало ясно.

— Не надо, — прошептала я, — не надо!

Новичок упал на колени, и тут оно и случилось. Я стравила все, что за этот день съела. Хорошо еще, что не на труп. Такое со мной однажды было, а Зебровски мне ничего не спускает. Тогда он мне ставил в вину, что я испортила вещественное доказательство.

Будь я на месте того вампира, я бы появилась, пока половина из нас выворачивалась наизнанку. Но из-за угла ничего не бросилось. Никто не вылетел с воплем из темноты. Везунчики мы.

— Если вы кончили, — сказал Дольф, — то надо найти ее оружие и того, кто это сделал.

Я обтерла рот рукавом комбинезона — снимать его не было времени. Черные кроссовки прилипали к полу с сосущим звуком. На подошвах была кровь. Может быть, утереться комбинезоном было не так уж глупо.

Чего мне хотелось — это прохладной ткани. Что мне предстояло — это идти по зеленому коридору, оставляя кровавые следы. Я осмотрела коридор и увидела их — следы, отходящие от тела, ведущие по коридору к первому охраннику.

— Дольф? — позвала я.
— Вижу.

Исчезающие следы шли сквозь эту бойню за угол, прочь от нас. Прочь — это звучало приятно, но я слишком хорошо понимала ситуацию, чтобы на это купиться. Все это становилось непосредственно личным делом.

Дольф присел возле самого большого куска тела.

— Анита!

Я подошла к нему, не наступая на следы. Никогда не наступайте ни на какие следы — полиция этого не делает.

Дольф показал на почерневший кусок материи. Я осторожно встала на колени, радуясь, что не сняла комбинезон и могу садиться в кровь, не боясь испачкать одежду. Всегда готова, как полагается бойскауту.

Блузка женщины обуглилась и почернела. Дольф коснулся материи кончиком карандаша. Она стала сдираться тяжелыми слоями, потрескивая, как черствый хлеб. Дольф пробил острием один слой. Он разлетелся. От тела поднялся пепел и острый едкий запах.

— Что за чертовщина с ней случилась? — сказал Дольф.

Я сглотнула слюну, все еще ощущая в глотке вкус рвоты.

— Это не материя.

— А что тогда?

— Ткань тела.

Дольф только уставился на меня. И держал карандаш так, будто он мог сломаться.

— Ты серьезно?

— Ожог третьей степени, — сказала я.

— Отчего такое бывает?

— Можешь дать мне свой карандаш?

Он подал его мне без слов.

Я стала раскапывать на левой стороне ее груди. Она так сильно обгорела, что кожа сплавилась с блузкой. Я раздвинула слои, вдвигая карандаш внутрь. Тело было до ужаса легким и покрыто корочкой, как пригоревшая курица. Когда я погрузила карандаш в ожог до половины, он коснулся чего-то твердого. Поддев кончиком карандаша, я это вытащила. Когда оно было почти на поверхности, я вложила пальцы в дыру и вытащила из обгорелой плоти кусок покореженного металла.

— Что это? — спросил Дольф.

— То, что осталось от ее креста.

— Не может быть. — Дольф затряс головой.

Из черной золы блеснул кусок оплавленного серебра.

— Это ее крест, Дольф. Он вплавился ей в грудь и поджег одежду. Чего я не понимаю, почему вампир сохранил контакт с горящим металлом. Он должен быть обожжен не меньше, чем она, но его здесь нет.

— Объясни это, — сказал он.

— Анималистические вампиры похожи в этом на наркоманов. Они не чувствуют боли. Я думаю, вампир прижал ее к груди, крест его коснулся и запылал, а он не отодвинулся и раздирал ее, пока они оба горели. Любой нормальный вампир для нее опасности не представлял бы.

— Значит, этого кресты остановить не могут, — сказал он.

— Очевидно, нет, — подтвердила я, глядя на кусок металла.

Четверо в форме поглядывали в полутемный коридор несколько нервно. Я тоже. Они не договаривались, что кресты работать не будут. Я тоже. О нечувствительности к боли упоминалось в беглой сноске одной статьи. И никто не додумался до следствия, что в этом случае крест тебя не защитит. Если выживу, придется черкнуть заметку в «Вампир куотерли». Крест, вплавленный в тело, — ну и ну!

Дольф встал.

— Всем держаться вместе.

— Кресты не действуют, — сказал один из тех, что в форме. — Надо вернуться и ждать спецсилы!

Дольф на него только мельком глянул:

— Можешь вернуться, если хочешь. — И посмотрел на мертвую женщину. — Дальше только добровольцы. Остальные возвращайтесь и ждите спецов.

Высокий кивнул и тронул за плечо своего напарника. Тот тяжело сглотнул, кинул взгляд на Дольфа, потом на обгорелое скрюченное тело. И позволил своему напарнику повести себя назад по коридору. Назад в безопасность и прочь от безумия. Хорошо бы и нам туда же, но мы не могли дать ускользнуть кому-то вроде этой твари. Даже не имей мы распоряжения на ликвидацию, мы бы лучше ее убили, чем рисковали выпустить наружу.

— А ты с новичком? — спросил Дольф у чернокожего.

— Я от монстров в жизни не бегал. А он вполне может пойти с остальными.

Блондинчик затряс головой, держа пистолет в сведенной от напряжения руке.

— Я остаюсь.

Чернокожий улыбнулся, и эта улыбка сказала больше слов. Этот парень сделал выбор мужчины. Или человека? Как бы там ни было, он остался.

— Еще один поворот, и мы увидим хранилище, — сказала я.

Дольф посмотрел на последний угол. Потом его глаза встретились с моими, и я пожала плечами. Что будет там, за углом, — я не знала. Этот вампир выделывал вещи, которые я назвала бы невозможными. Правила игры поменялись, и не в нашу пользу.

У дальней от угла стены я задержалась. Прижавшись спиной к стене, я медленно скользнула за угол. Передо мной был короткий прямой коридор. Посреди пола лежал револьвер. Оружие второй охранницы? Может быть. В левой стене должна была быть большая стальная дверь с висящими крестами. Только сталь была выплеснута наружу перекрученным серебристым хаосом. Значит, они все же поместили тело в хранилище. Не по моей вине погибли охранники. Им ничего не должно было грозить.

Все было неподвижно. Света в хранилище не было. Только взорванная тьма. Если в этой комнате ждал вампир, мне он был не виден. Конечно, я не подходила слишком близко. Близко — это казалось не очень удачной идеей.

— Чисто, насколько я могу судить.

Тут уж настала моя очередь пожать плечами:

— Тебе виднее.

— Где вампир? — спросил Дольф.

— Я его как раз выслеживал, — сказал Джон.

— Как? — спросила я.

— Босые кровавые следы.

Босые. О Господи! Труп был босой, а Джон нет. Я повернулась к хранилищу. Слишком поздно, слишком медленно, слишком плохо, черт меня возьми.

Вампир вылетел из тьмы слишком быстро, чтобы его можно было увидеть. Вихрь, который вмазался в новичка, припечатав его к стене. Он заорал, прижимая пистолет к груди вампира. Выстрелы прогремели в коридоре, отдаваясь эхом среди труб. Пули вылетели из спины вампира, будто пронзили туман. Магия.

Я бросилась вперед, стараясь прицелиться так, чтобы не задеть новичка. Он орал непрерывно, на одной ноте. Теплым дождем хлестнула кровь. Я выстрелила в голову чудовища, но оно двигалось, и двигалось невероятно быстро, отбросив человека к другой стене и терзая его. Было полно суеты и крика, но все это казалось далеким, замедленным. Все это наверняка длилось только несколько мгновений. И достаточно близко из всех, у кого были серебряные пули, была только я. Я шагнула вперед, навалившись телом на вампира, и приставила пистолет к его затылку. Ни один нормальный вампир мне бы такого сделать не дал. Я спустила курок, но вампир резко повернулся, подняв человека и бросив его на меня. Пуля ушла в сторону, и мы все упали на пол. На секунду у меня отшибло дыхание от веса двух взрослых мужчин, навалившихся мне на грудь. Новичок лежал на мне, вопя, истекая кровью, умирая.

Я приставила пистолет к затылку вампира и выстрелила. Его затылок взорвался брызгами крови, костей и чего-то потяжелее, мокрого. А он все вкапывался в глотку человека. Он должен был быть мертв, но не был.

Он отшатнулся назад, обнажив забитые сгустками крови клыки, и застыл, как человек, переводящий дыхание между двумя глотками. Я сунула ствол ему в пасть, и зубы заскрежетали по металлу. Лицо взорвалось от верхней губы до макушки. Нижняя челюсть била воздух, но кусать уже не могла. Обезглавленное тело уперлось руками в пол, будто пытаясь встать. Я приставила пистолет к его груди и спустила курок. С такого расстояния я могла разнести ему сердце. Никогда я раньше не пыталась ликвидировать вампира с помощью только пистолета. Успела подумать, получится ли это. И что будет, если нет.

По телу прошла дрожь. Оно выдохнуло последний безмолвный вздох.

Дольф и Зебровски оттягивали тварь в сторону. Я думаю, она уже была мертва, но на всякий случай любая помощь приветствовалась. Джон плеснул на вампира святой водой. Она запузырилась и зашипела на умирающем вампире. Он умирал. На самом деле умирал.

Новичок не шевелился. Напарник оттащил его от меня, прижимая к груди, как ребенка. Кровь приклеила белокурые волосы к лицу. Светлые глаза были широко раскрыты, глядя в никуда. Мертвые всегда слепы, в том или ином смысле.

Он был храбр, хороший мальчик, хотя был не намного моложе меня. Но мне, когда я смотрела в его бледное мертвое лицо, был уже миллион лет. Он был мертв, и это все. Храбрость не дает полной гарантии от чудовищ. Она только повышает твои шансы.

Дольф и Зебровски положили вампира на пол. Джон уже протыкал тело осиновым колом, держа в руке молоток. Я уже много лет не пользовалась колами, предпочитая дробовик. Впрочем, я — прогрессивный вампироборец.

Вампир был мертв. Протыкать его колом не было надобности, но я просто сидела и смотрела. Лучше перебдеть, чем недобдеть. Кол вошел легче обычного, потому что я проделала для него дыру. Пистолет все еще был у меня в руке. И убирать его мне не хотелось. Хранилище так же зияло черной пустотой, а где есть один вампир, там часто бывают и еще. Я оставила пистолет в руке.

Дольф и Зебровски подошли к разбитому хранилищу, держа пистолеты наготове. Мне бы надо было подняться и пойти с ними, но в данный момент мне очень важным казалось просто дышать. Я слышала, как накачивает сердце кровь в мои жилы, каждый удар пульса громко отдавался в ушах. Хорошо быть живой; только плохо, что не успела я спасти пацана. Очень плохо.

Джон присел рядом:

— Ты как?

Я кивнула:

— Нормально.

Он глянул на меня так, будто не поверил, но ничего не сказал. Разумный человек.

Хранилище осветилось — густым желтым светом, теплым, как летний день.

— Господи ты Боже мой, — выдохнул Зебровски.

Я встала и чуть не свалилась — ноги подкашивались. Джон поймал меня за руку, и я воззрилась на него, пока он ее не выпустил. И улыбнулся скупо:

— Все тот же крепкий орешек.

— Все тот же.

У нас было два свидания. Это была ошибка. После этого нам стало неловко работать вместе, и он не мог смириться с тем, что я — это он в женском варианте. У него были добрые старые южные понятия о том, какой полагается быть леди. Леди не полагается носить оружие и проводить большую часть своей жизни среди крови и трупов. Для такого отношения у меня есть четыре слова. Да, именно эти слова.

Огромный аквариум лежал разбитый о стену. Там раньше были морские свинки, или крысы, или кролики. Сейчас там были только кровавые пятна и кусочки меха. Вампиры мяса не едят, но если положить мелких зверьков в стеклянный контейнер, хряснуть его о стену, то получишь мелких зверьков внарезку. Там не осталось их даже ложкой зачерпнуть.

Возле стеклянной кровавой кучи лежала голова, вероятно, мужская, если судить по длине и стилю прически. Я не стала подходить посмотреть — мне не хотелось видеть лица. Я уже проявила сегодня свою храбрость, и мне нечего никому доказывать.

Тело лежало одним куском — в общем. Оно выглядело так, будто вампир запустил в грудь обе руки, схватился за ребра и потянул. Грудь была почти разорвана пополам, но держалась на полоске розовой мышечной ткани и внутренностей.

— Голова с клыками, — сказал Зебровски.

— Это вампир-консультант, — определила я.

— А что случилось?

Я пожала плечами:

— Можно предположить, что консультант склонился над вампиром, когда тот восстал. И вампир его убил быстро и грязно.

— Да зачем ему убивать вампира-консультанта? — спросил Дольф.

Я снова пожала плечами.

— Он больше животное, Дольф, чем человек. Он просыпается в незнакомом месте, и над ним склонился незнакомый вампир. Он реагировал, как любой зверь в западне, — стал защищаться.

— А почему консультант не смог с ним справиться? Он же для этого здесь и находился.

— Единственный, кто может взять под контроль анималистического вампира, — это создавший его Мастер. Консультант не был достаточно силен, чтобы им управлять.

— И что теперь? — спросил Джон. Он убрал пистолет, но я этого пока не сделала. Почему-то мне так было спокойнее.

— Теперь я поеду на свой третий заказ на анимацию на эту ночь.

— Просто поедешь — и все?

Я уставилась на него, готовая на ком-нибудь сорваться.

— А что ты хочешь, Джон, чтобы я сделала? Забилась в слезном припадке? Это не вернет мертвого, а меня чертовски утомит.

Он вздохнул:

— Эх, если бы ты соответствовала своей внешности!

Я убрала пистолет в наплечную кобуру, улыбнулась Джону и сказала:

— Пошел ты на...

Именно эти слова.

19

Почти всю кровь с рук и лица я смыла в душевой морга. Окровавленный комбинезон лежал в багажнике. Я была отмытой и презентабельной — или настолько презентабельной, насколько это было для меня в эту ночь возможным. Берт велел встретить этого нового парня на моем третьем заказе в эту ночь. Кладбище Оукглен, в десять часов. Теоретически предполагалось, что новый сотрудник поднимет двух предыдущих зомби и будет смотреть, как я поднимаю третьего. Мне подходит.

Я подъехала к кладбищу уже в 10.35 вечера. Поздно. Черт возьми. Отличное впечатление я произведу на нового аниматора, не говоря уже о моей клиентке. Миссис Дугал недавно овдовела. Дней этак пять назад. Ее дорогой усопший супруг не оставил завещания. То есть он всегда собирался это сделать, но знаете, как это бывает — то одно, то другое, все время откладывал. И я должна была поднять мистера Дугала на глазах двух юристов, двух свидетелей, трех взрослых детей четы Дугалов и нетронутой дикой природы. Только в прошлом месяце приняли закон, что новопреставленный неделю или менее назад может быть поднят и словесно сформулировать завещание. Это сэкономит Дугалам половину наследства. Минус, конечно, гонорар юристам.

У обочины узкой гравийной дороги выстроились машины. Траву на обочине они почти размололи начисто, но, если не парковаться на обочине, никто по дороге не проедет. Многим ли, правда, надо ехать на кладбище после половины одиннадцатого вечера? Аниматоры, жрецы вуду, подростки — покурить травку, некрофилы, сатанисты. На самом деле надо быть приверженцем легитимной религии и иметь разрешение для церемоний на кладбище после темноты. Или быть аниматором — нам разрешение не нужно. В основном потому, что за нами нет репутации приносящих человеческие жертвы. Вудуистам несколько паршивых овец репутацию очень испортили. Сама я христианка, поэтому на сатанистов смотрю косо. В том смысле, что они, как ни верти, на стороне плохих парней.

Выйдя из машины на дорогу, я сразу это почувствовала. Магия. Кто-то пытался поднять мертвого, и было это совсем рядом.

Новый наш сотрудник уже поднял двух зомби. Сумеет он справиться с третьим? Чарльз и Джеймисон могут поднять только двоих за ночь. Где Берт умудрился так быстро достать такого сильного аниматора?

Я миновала пять машин, не считая своей. У могилы столпились с десяток человек. Женщины в строгих костюмах, мужчины все в галстуках. Забавно, как люди одеваются на кладбище. Единственная причина, по которой большинство людей там бывают, — похороны. Толпа разнообразных официальных костюмов на один полуофициальный, в основном черный.

Возгласы плакальщиков вел мужской голос:

— Восстань, Эндрю Дугал. К нам приди, Эндрю Дугал, к нам приди.

Магия густела в воздухе и наваливалась на меня тяжестью. Трудно было дышать полной грудью. Она неслась на меня и была сильной, но неуверенной. Ее колебания я ощущала как дуновение холодного ветерка. Да, он силен, но он молод. У его магии был привкус нетренированности, недисциплинированности. Если ему больше двадцати одного года, я съем свою шляпу.

Вот, значит, как Берт его нашел. Пацан, талантливый пацан. И он сегодня поднимает своего третьего зомби. Так твою перетак!

Я остановилась в тени высоких деревьев. Он был низкорослым, может быть, на дюйм-другой меня выше, что давало в лучшем случае пять футов четыре дюйма. Одет он был в белую рубашку и темные брюки. Кровь засохла на рубашке почти черными пятнами. Мне придется научить его одеваться, как Мэнни учил меня. Аниматорство до сих пор передается неформальным ученичеством. Не бывает курсов в колледже, где учат поднимать мертвых.

Он стоял с очень серьезным видом, вызывая Эндрю Дугала из могилы. В изножье могилы столпились адвокаты и родственники. В кровавом кругу вместе с новым аниматором ни одного родственника не было. Обычно ты ставишь члена семьи в круг и передаешь зомби ему под контроль. А так его может контролировать только сам аниматор. Но это было не по недосмотру, а по закону. Мертвый может быть поднят для диктовки завещания, только если его контролирует аниматор или какое-либо незаинтересованное лицо.

Холм цветов затрясся, из него взметнулась бледная рука, хватаясь за воздух. Вторая рука, голова. Зомби вылезал из могилы, будто его тянули за веревки.

Новый аниматор споткнулся и рухнул на колени в мягкую землю и увядающие цветы. Магия запнулась, заколыхалась. Он ухватил на одного зомби больше, чем мог переварить. Мертвец все так же рвался из могилы. Пытался вытащить ноги, но им уже никто не управлял. Лоуренс Киркланд поднял зомби, но не мог его контролировать. И зомби будет предоставлен сам себе. Неконтролируемые зомби и создали плохую репутацию аниматорам.

— Вам нехорошо? — спросил его один из юристов.

Лоуренс Киркланд помотал головой, но сил говорить у него не было. Он хоть понимает, что натворил? Я так не думала. У него был недостаточно испуганный вид.

Я подошла к столпившейся группе.

— Мисс Блейк, нам вас недоставало, — сказал тот же юрист. — Ваш... помощник, кажется, нездоров.

Я улыбнулась лучшей своей профессиональной улыбкой — дескать, нет-нет, все в порядке, видите? Зомби с цепи не сорвется. Можете мне поверить.

Я подошла к границе кровавого круга, и меня будто ветром оттолкнуло назад. Круг был закрыт, и я была снаружи. Войти я не могла без приглашения Лоуренса.

Он стоял на четвереньках, руки его ушли в могильные цветы. Голова повисла вниз, будто он слишком устал, чтобы ее поднять. Наверное, так оно и было.

— Лоуренс! — позвала я негромко. — Лоуренс Киркланд!

Он медленным движением повернул голову. Даже в темноте я видела в этих светлых глазах изнеможение. Руки его дрожали. Господи, помоги нам.

Я наклонилась поближе, чтобы публика не слышала моих слов. Надо попытаться сохранить иллюзию, что это обычный рабочий момент. Если нам повезет, зомби не вырвется. Если нам не повезет, он может кого-нибудь сильно потрепать. Обычно мертвые очень снисходительны к живым — но не всегда. Если Эндрю Дугал кого-то из своих родственников ненавидел, нас ждет долгая ночь.

— Лоуренс, ты должен раскрыть круг и впустить меня, — сказала я.

Он таращился на меня без проблеска понимания. А, черт!

— Раскрой круг, Лоуренс! Немедленно!

Зомби выбрался уже до колен. Белая рубашка сияла на черноте погребального костюма. Неудобный наряд на целую вечность.

Для ходячего мертвеца Дугал имел очень приличный вид. Бледный, с густыми седыми волосами. Кожа морщинистая, бледная, но без следов разложения. Парнишка отлично справился с третьим зомби за ночь. Теперь, если только я смогу взять его под контроль, можно будет вздохнуть свободно.

— Лоуренс, прошу тебя, открой круг!

Он что-то сказал, слишком тихо — я не разобрала. Наклонившись настолько, насколько пускала меня кровь, я переспросила:

— Что?

— Ларри. Ларри меня зовут.

Я не могла не улыбнуться. Подумать только, его назвали Лоуренсом вместо Ларри, и это так важно, когда из могилы лезет дикий зомби! Может, он просто сломался под нервной нагрузкой? Вряд ли.

— Открой круг, Ларри, — сказала я.

Он пополз вперед, чуть не падая лицом в цветы. Поскреб рукой по кровавой линии. Магия лопнула. Круга силы больше не было. Осталась только я.

— Где твой нож?

Он попытался оглянуться через плечо, но не мог. Я сама увидела блеск лезвия на той стороне могилы.

— Отдыхай, — сказала я ему. — Дальше я сама.

Он свернулся в шарик, обняв себя руками, как от холода. Я пока его оставила. Первым пунктом в повестке дня был зомби.

Нож лежал рядом с выпотрошенными цыплятами, которыми Ларри поднял зомби. Схватив нож, я повернулась лицом к зомби. Эндрю Дугал припал к собственному надгробию, пытаясь сориентироваться. Для мертвого это непросто; умершим мозговым клеткам требуется несколько минут на пробуждение. Ум не верит, что сможет работать. Но в конце концов начинает.

Я поддернула рукав жакета и сделала глубокий вдох. Это единственный способ, но никто не сказал, что он мне должен нравиться. Я провела лезвием по руке, и появилась темная тонкая полоска. Кожа разъехалась, и выступила почти черная в лунном свете кровь. Боль была острая, жалящая. Мелкие раны всегда болезненнее больших... поначалу.

Ранка была небольшой и не должна была оставить шрама. Не взрезав себе — или кому-нибудь другому — запястье, я не смогла бы восстановить кровавый круг. А на этой стадии обряда поздно было брать другого цыпленка и начинать все снова. Надо было спасать обряд, или зомби остался бы свободным и без хозяина. А у таких зомби есть склонность к поеданию людей.

Мертвец все еще сидел на могильной плите и смотрел в никуда пустыми глазами. Будь Ларри достаточно силен, Эндрю Дугал сейчас мог бы и заговорить по собственной воле. Сейчас же он был трупом, ожидающим приказа — или случайной мысли.

Я взобралась на холм гладиолусов, хризантем и гвоздик. Аромат цветов смешивался с затхлым запахом трупа. Стоя по колено в увядающих цветах, я покачала окровавленным запястьем перед лицом зомби.

Светлые глаза следили за моей рукой, пустые и мертвые, как у пролежавшей день рыбы. Эндрю Дугал еще не вернулся в тело, но что-то там было, что-то, ощущавшее запах крови и знающее, что это.

Я знаю, что у зомби нет души. На самом деле даже и поднять мертвого можно лишь не раньше третьего дня. Столько времени душа держится около тела. Совпадение: столько же времени требуется вампиру, чтобы восстать. Сопоставьте — правда, любопытно?

Но если в трупе не душа, то что же? Магия, моя магия или Ларри. Когда души нет, пустоту что-то заполняет. Если процесс анимации удается, ее заполняет магия. А сейчас? Сейчас я не знала. И не думаю даже, что хотела знать. Какая разница, если мне удалось выхватить мясо из огня? Если я это несколько раз повторю, может, и сама поверю.

Я протянула трупу кровоточащую руку. Он на секунду замешкался. Если он откажется, у меня других вариантов нет.

Зомби таращился на меня, и я бросила нож и сдавила руку вокруг раны. Кровь выступила обильнее, густая и вязкая. Зомби схватился за мою руку, и его руки были сильными и холодными. Голова его склонилась над раной, рот присосался. Он ел из моего запястья, вороча челюстями, глотая как можно быстрее. Ох и засос у меня будет на руке! И к тому же это больно.

Я попыталась отнять руку, но зомби только присосался сильнее. Он не хотел отпускать. Ничего себе.

— Ларри, встать можешь? — тихо спросила я. Мы все еще притворялись, что все идет как должно. Зомби принял кровь. Теперь я им управляю — если мне удастся освободиться.

Ларри медленно поднял голову:

— Конечно, — ответил он. И встал, опираясь на могильный камень. Потом спросил меня: — Что дальше?

Хороший вопрос.

— Помоги мне освободиться.

Я попыталась высвободить руку, но зомби вцепился, как утопающий в спасательный круг.

Ларри обхватил труп руками и потянул. Не помогло.

— Попробуй за голову, — сказала я.

Он потянул труп за волосы, но зомби не чувствуют боли. Тогда Ларри сунул ему в рот палец, и с коротким хлопком присоска отвалилась. Ларри, казалось, сейчас стошнит. Бедный мальчик; хотя рука-то все же моя.

Он брезгливо обтер палец о штаны, будто коснулся чего-то скользкого и мерзкого. Я ему не очень сочувствовала.

Рана от ножа уже покраснела. Черт знает какой синяк будет на ней завтра.

Зомби стоял на своей могиле, глядя на меня в упор. В глазах его была жизнь, кто-то вернулся в тело. Вопрос был в том, тот ли этот кто-то?

— Вы Эндрю Дугал? — спросила я.

Он облизнул губы и ответил:

— Да, это я.

Голос был суровым. Таким голосом отдают приказания окружающим. На меня это впечатления не произвело — этот голос дала ему моя кровь. Мертвые на самом деле немые, на самом деле не помнят, кто они и что они, пока не попробуют свежей крови. В этом Гомер был прав. И это заставляет задуматься, что еще в «Илиаде» правда.

Я зажала рану от ножа другой рукой и отступила назад, сойдя с могилы.

— Сейчас он ответит на ваши вопросы, — заявила я. — Но постарайтесь формулировать их попроще. Он какой день мертв.

Адвокаты не улыбнулись. Вряд ли я могла бы их за это упрекнуть. Я махнула им рукой, приглашая вперед. Они подались назад. Брезгливость у адвокатов? Ну уж вряд ли.

Миссис Дугал толкнула своего адвоката в плечо.

— Давайте, давайте! Это обошлось нам в целое состояние!

Я хотела было сказать, что мы не берем поминутную плату, но, насколько я знаю, Берт организовал дело так, что чем дольше мертвец поднят, тем дороже это стоит. И это на самом деле хорошая мысль. Сегодня Эндрю Дугал был вполне хорош. Он отвечал на вопросы своим культурным голосом, с хорошей дикцией. Если не обращать внимания на блеск его кожи в лунном свете, он выглядел живым. Но подождите несколько дней или пару недель. Он будет гнить — они все гниют. Если Берт таким образом придумал, как заставить клиентов укладывать мертвых в могилы раньше, чем начнут отваливаться куски, тем лучше.

Мало что есть на свете более печального, чем семья, везущая дорогую мамочку обратно на кладбище в аромате дорогих духов, маскирующих запах распада. Хуже всего была клиентка, которая перед доставкой мужа обратно вымыла его в ванне. Почти всю его плоть ей пришлось везти в пластиковом мешке для мусора. В теплой воде мясо просто отстало от костей.

Ларри отступил, споткнувшись о цветочную вазу. Я его подхватила, и он привалился ко мне, все еще нетвердо стоя на ногах.

— Спасибо... за все, — улыбнулся он.

Он смотрел на меня с расстояния всего в несколько дюймов. В прохладе октябрьской ночи по его лицу струился пот.

— У тебя пальто есть?

— В машине.

— Пойди и надень. А то простудишься до смерти, потея на таком морозе.

Улыбка его расплылась в широкую ухмылку.

— Как прикажете, босс. — Глаза его были чуть больше, чем нужно, и были видны белки. — Вы меня оттащили от края. Я этого не забуду.

— Благодарность — это хорошо, детка, но пойди надень пальто. Если поймаешь грипп, то работать не сможешь.

Ларри кивнул и медленно пошел к машинам. Все еще нетвердой походкой, но уже мог идти. Кровь у меня из руки почти остановилась. Я стала вспоминать, есть ли у меня в аптечке пластырь подходящего размера. Пожав плечами, я пошла к машинам вслед за Ларри. Хорошо поставленные в залах суда голоса юристов заполнили октябрьскую ночь, и слова отдавались под деревьями эхом. На кого они хотели произвести впечатление? Трупам на речи плевать.

20

Мы с Ларри сидели на холодной осенней траве, глядя, как юристы заполняют завещание.

— Какие они серьезные, — заметил Ларри.

— Работа у них такая — быть серьезными, — отозвалась я.

— Быть юристом — это значит, что ты не можешь иметь чувства юмора?

— Ни грамма, — сказала я.

Он ухмыльнулся. Короткие волосы у него были такими ярко-рыжими, что почти переходили в оранжевые. Глаза глубокого голубого цвета, как весеннее небо. И глаза, и волосы я разглядела в свете салонов наших машин. В темноте же он казался сероглазым с каштановыми волосами. Терпеть не могу давать свидетельские показания по внешности людей, которых я видела в темноте.

Цвет лица у Ларри Киркланда был молочно-бледным, как бывает у рыжих. Облик завершала густая россыпь золотистых веснушек. Вообще он был похож на куклу-переростка Худи-Дуди. В смысле — такой же симпатичный. Он был низкорослым, для мужчины очень низкорослым, и потому я уверена, что ему не понравилось бы слово «симпатичный». У меня это одно из самых нелюбимых ласковых слов. Если бы учли голоса всех низкорослых людей, слово «симпатичный» было бы из словарей вычеркнуто. И я бы за это голосовала.

— Давно ты стал аниматором? — спросила я.
Он посмотрел на светящийся циферблат своих часов.
— Примерно восемь часов назад.
Я вытаращила глаза:
— Это твоя первая работа?
Он кивнул.
— Разве мистер Вон вам не говорил?
— Берт только сказал, что нанял нового аниматора по имени Лоуренс Киркланд.
— Я сейчас на последнем курсе Вашингтонского университета, и это моя семестровая практика.
— Сколько тебе лет?
— Двадцать, а что?
— Ты же еще даже не совершеннолетний!
— Ну, так я не могу пить и ходить в порнотеатры. Не очень большая потеря, если по работе не приходится ходить в такие места. — Он посмотрел на меня и наклонился в мою сторону. — А что, эта работа требует ходить в порнотеатры?
Лицо его было совершенно нейтрально-приветливым, и я не могла понять, дразнит он меня или нет. Я решила, что он все-таки шутит.
— Двадцать — это нормально.
Но я покачала головой.
— По вашему виду не скажешь, что вы так думаете, — сказал он.
— Не твой возраст меня беспокоит, — ответила я.
— Но что-то все же вас беспокоит.
Я не знала, какими словами это выразить, но что-то было в его лице приятное и веселое. Такое лицо, которое чаще смеется, чем плачет. Он был чистый и блестящий, как новенький пенни, и я не хотела, чтобы это переменилось. Мне не хотелось быть человеком, который заставит его лечь в грязь и поваляться.
— Тебе случалось терять близкого человека? Я имею в виду в семье?

Веселость сползла с его лица. Он теперь выглядел как грустный задумчивый ребенок.

— Вы говорите серьезно?
— Смертельно серьезно.

Он покачал головой.

— У меня даже бабушки и дедушки живы.
— Ты видел когда-нибудь насилие близко или лично против тебя?
— В школе я часто дрался.
— Почему?

Он усмехнулся:

— Они думали, что маленький — значит слабый.

Я не могла не улыбнуться:

— И ты убедил их в обратном.
— Да нет, из меня выколачивали пыль четыре года подряд.

И он тоже улыбнулся.

— А тебе случалось победить в драке?
— Иногда бывало.
— Но победа — это не самое главное, — сказала я.

Он внимательно посмотрел на меня серьезными глазами.

— Нет, не главное.

Это был момент почти полного понимания. Общая история — самый маленький ученик в классе. Годы и годы, когда тебя в спортивные команды выбирают последним. Годы, когда ты автоматически становишься жертвой любых хулиганов. Быть маленьким — от этого можно озлиться. Я была уверена, что мы друг друга поняли, но я, поскольку я женщина, должна была выразить это словами. Мужчины часто обмениваются мыслями молча, но иногда случаются ошибки. Я должна была знать наверняка.

— Главное — это не сдаваться, когда тебя побили, — сказала я.

Он кивнул:

— Тебя бьют, а ты все равно гнешь свое.

Теперь, когда я испортила этот момент полного понимания, заставив нас обоих высказаться вслух, я была довольна.

— А кроме как в школьных драках, ты видал насилие?
— Хожу иногда на рок-концерты.
Я покачала головой:
— Это не то.
— Вы к чему-то клоните? — спросил он.
— Тебе ни за что не следовало пытаться поднять третьего зомби.
— Но я же смог?
В его голосе звучали ершистые нотки, но я не отступила. Когда я что-то хочу сказать, я не милосердна, а беспощадна.
— Ты его поднял и потерял контроль. Если бы не я, он бы вырвался на свободу и кого-нибудь мог помять всерьез.
— Это же обыкновенный зомби. Они на людей не нападают.
Я уставилась на него, пытаясь понять, не шутит ли он. Он не шутил. Мать твою так!
— Ты и в самом деле не знаешь?
— Чего не знаю?
Я закрыла лицо ладонями и посчитала до десяти. Меня взбесил не Ларри, меня взбесил Берт, но удобнее всего сейчас было сорваться на Ларри. Чтобы наорать на Берта, надо ждать до завтра, а Ларри вот он. Очень удачно.
— Этот зомби вырвался у тебя из-под контроля, Ларри. Если бы я не появилась и не напоила его кровью, он бы сам нашел себе кровь. Ты понимаешь?
— Ну, я так не думаю.
Я вздохнула.
— Зомби напал бы на кого-нибудь. Выкусил бы хороший кусок.
— Нападения зомби на людей — это просто суеверия, истории о привидениях.
— Так сейчас учат в колледже? — спросила я.
— Да.
— Я тебе одолжу пару экземпляров «Аниматора». Поверь мне, Ларри, зомби нападают на людей. Я видела убитых ими людей.

— Это вы меня просто пугаете.
— Испуганный — это лучше, чем глупый.
— Я его поднял. Чего вы еще от меня хотите?
Вид у него был совершенно озадаченный.
— Я хочу, чтобы ты понял, что едва не случилось здесь и сейчас. Я хочу, чтобы ты понял, что наша работа — это не игра. Не салонные фокусы. Это настоящая работа, и она бывает опасной.
— Понял, — сказал он.
Он слишком легко уступил — на самом деле он не поверил. Просто решил мне уступить. Но есть вещи, которые другому не расскажешь. Человек должен понять это сам. Хорошо бы, конечно, завернуть Ларри в целлофан и положить на полку в безопасное место и не трогать, но жизнь — она сложнее. Если он останется в нашей профессии, то пооботрется. А есть вещи, которые не объяснить на словах человеку чуть старше двадцати, который не видел смерти. В буку они не верят.

А в двадцать лет я верила во все. И вдруг я показалась сама себе очень старой.

Ларри вытащил пачку сигарет из кармана пальто.
— О Господи, ты куришь? — спросила я.
Он посмотрел на меня несколько удивленными глазами.
— А вы не курите?
— Нет.
— И не любите, когда рядом с вами курят?
— Не люблю.
— Послушайте, я сейчас себя очень хреново чувствую, — сказал он. — Мне сейчас необходимо покурить, можно?
— Необходимо?
— Да, очень нужно.
Он держал сигарету между указательным и средним пальцем правой руки, а пачка исчезла в кармане. В другой руке появилась зажигалка. Он смотрел на меня очень пристально. И руки у него чуть дрожали.

А, блин! Он поднял трех зомби в первую ночь своей работы. Я поговорю с Бертом насчет того, что послал Ларри одного. К тому же мы на открытом воздухе.

— Ладно, давай.

— Спасибо.

Он зажег сигарету и втянул глубокую затяжку никотина и смол. Из ноздрей у него пошел призрачный бледный дым.

— Уф, куда лучше.

Я пожала плечами:

— Все равно в машине со мной ты курить не будешь.

— Без проблем, — согласился он.

Огонек сигареты пульсировал оранжевым, когда он затягивался. Он смотрел мимо меня, выпуская клубы дыма изо рта, и вдруг сказал:

— Нас зовут.

Я повернулась. Конечно, юристы нам махали. У меня было ощущение уборщицы, которую зовут прибирать грязь. Я встала, Ларри вслед за мной.

— Ты уверен, что уже достаточно для этого оправился?

— Мне не поднять мертвого муравья, но посмотреть, как это делаете вы, я могу.

У него под глазами легли синие тени и кожа натянулась возле рта, но если он хочет изображать из себя мачо, кто я такая, чтобы его останавливать?

— Отлично, пойдем работать.

Я достала из багажника соль. Носить с собой снаряжение для подъема зомби — это вполне законно. Разве что мачете, которым я отрубаю головы цыплятам, можно счесть за оружие, но все остальное совершенно безвредно. Отсюда видно, как мало знают о зомби законники.

Эндрю Дугал уже оправился. Он все еще выглядел несколько бледно, но лицо его было серьезным, озабоченным, живым. Рукой он разглаживал лацкан пиджака. На меня он посмотрел сверху вниз — не потому, что был выше, а потому, что он хорошо это умел. У некоторых людей есть природный талант смотреть на других сверху вниз.

— Вы знаете, что здесь происходит, мистер Дугал? — спросила я у зомби.

Он скосил на меня глаза поверх тонкого патрицианского носа.

— Мы с женой едем домой.

Я вздохнула. Очень тяжко, когда зомби не понимают, что они мертвы. Они себя ведут так... ну, как люди.

— Мистер Дугал, вы знаете, почему вы на кладбище?

— Что происходит? — спросил меня один из юристов.

— Он забыл, что он мертв, — тихо ответила я.

Зомби смотрел на меня с выражением совершенной надменности. При жизни он явно был занудливым и неприятным типом, но даже последнего мудака бывает иногда жалко.

— Понятия не имею, что вы там лепечете, — произнес зомби. — Вы явно страдаете искажением сознания.

— Вы можете объяснить, почему вы здесь, на кладбище? — спросила я.

— Я вам ничего объяснять не обязан.

— Вы помните, как вы здесь оказались?

— Мы... конечно, мы приехали на машине.

В его голосе появились первые нотки неуверенности.

— Вы строите догадки, мистер Дугал. На самом деле вы ведь не помните поездки на кладбище?

— Я... я...

Он оглянулся на жену, на взрослых детей, но они уже шли к своим машинам. И ни один из них даже не оглянулся. Он был мертв, тут уж ничего не поделаешь, но обычно семья не уходит. Они ужасаются, грустят, даже падают в обморок, но никогда не бывают безразличными. Дугалы же получили свое завещание и теперь уходили прочь. С наследством все ясно, и пусть папаша ползет обратно в могилу.

— Эмили? — окликнул он.

Она замешкалась, напряглась, но один из сыновей схватил ее за рукав и потащил к машинам. Он был смущен или просто испуган?

— Я хочу домой! — завопил зомби им вслед. Надменность с него смыло, и остался только сосущий страх, отчаянная потребность не верить. Он ведь чувствовал себя таким живым, разве может он быть мертвецом?

Жена его полуобернулась.

— Эндрю, прости меня.

Взрослые дети усадили ее в ближайшую машину. И приняли с места, как ожидающие у дверей водители, участвующие в ограблении банка.

Юристы и секретари удалились настолько быстро, насколько позволяло достоинство. Все получили то, за чем пришли. Они с трупом покончили. Вот только сам «труп» смотрел им вслед, как брошенный в темноте ребенок.

Чего бы ему было не остаться тем же самодовольным сукиным сыном?

— Почему они меня бросают? — спросил он.

— Вы умерли неделю назад, мистер Дугал.

— Нет, это неправда!

Ларри подошел ко мне.

— Это на самом деле так, мистер Дугал. Я сам поднял вас из мертвых.

Он переводил глаза с Ларри на меня и обратно. У него кончались аргументы для самообмана.

— Я не чувствую себя мертвым, — сказал он.

— Поверьте нам, мистер Дугал, вы мертвы.

— Это будет больно?

Многие зомби спрашивают, не больно ли это — снова вернуться в могилу?

— Нет, мистер Дугал, обещаю вам, это не будет больно.

Он сделал глубокий, прерывистый вдох и кивнул.

— Но я мертв, на самом деле мертв?

— Да.

— Тогда положите меня, пожалуйста, обратно.

Он овладел собой и снова обрел достоинство. Кошмар, когда зомби отказывается верить. Их все равно можно положить на покой, но клиентам приходится держать их на могиле, а они кричат. У меня такое было только дважды, но каждый раз я помню так, будто это было вчера. Есть воспоминания, которые от времени не тускнеют.

Я метнула ему соль на грудь, и звук был — как град по крыше.

— Солью этой возвращаю я тебя в могилу твою.

Все еще окровавленный нож был в моей руке. Я обтерла лезвие о его губы, и он не отдернул их. Он поверил.

— Кровью и сталью возвращаю я тебя в могилу твою, Эндрю Дугал. Почий в мире и не ходи более.

Зомби лежал, вытянувшись, на холме из цветов. Они сомкнулись над ним, как зыбучий песок, и вновь его могила поглотила его.

Мы стояли еще минуту на опустевшем кладбище. Только слышался ветер в верхушках деревьев и последние в году сверчки пели грустную песню. В «Паутине Шарлотты» сверчки поют: «Лета уж нет, больше уж нет. Больше уж нет, умирает оно». Первые заморозки, и сверчки тоже погибнут. Они были как те цыплята, что всем рассказывали, будто небо падает. Только в этом случае сверчки были правы.

Вдруг они затихли, будто кто-то их выключил. Я задержала дыхание, прислушиваясь. Ничего, кроме ветра, но... И вдруг у меня плечи напряглись до боли.

— Ларри!

Он повернул ко мне свои невинные глаза:

— Что?

В трех деревьях от нас налево на фоне луны мелькнул силуэт человека. И уголком правого глаза я тоже уловила движение. Больше одного. Тьма оживала глазами. Больше двух.

Прикрывшись телом Ларри от чужих глаз, я вытащила пистолет и держала его у ноги, чтобы это было не так заметно.

— Господи, что случилось? — У Ларри глаза полезли на лоб. Но говорил он хриплым шепотом, не выдавая нас. Молодец.

Я начала подталкивать его к машинам, медленно, спокойно — два местных аниматора закончили ночную работу и отправляются на заслуженный дневной отдых.

— Там люди.

— Они пришли за нами?
— Скорее за мной.
— Почему?
Я покачала головой:
— Времени нет объяснять. Когда я скажу «беги», беги к машинам что есть духу.
— Откуда ты знаешь, что они собираются на нас напасть?
В его глазах сильно стали заметны белки. Теперь он их тоже видел. Приближающиеся тени, люди из тьмы.
— Откуда ты знаешь, что они *не* собираются на нас напасть? — ответила я вопросом.
— Хороший подход, — ответил он.
Дышал он неглубоко и быстро. Мы были футах в двадцати от машин.
— Беги!
— Чего?
Голос его был удивленным.
Я схватила его за руки и дернула к машинам. Пистолет я держала дулом к земле, все еще надеясь, что те, кто там, в темноте, не ожидают пистолета.
Ларри бежал уже самостоятельно, пыхтя от страха, от курения, а еще, быть может, он не пробегал каждое утро четыре мили.
Перед машинами появился человек, поднимая большой револьвер. Браунинг уже взлетал в моей руке, и я выстрелила раньше, чем успела взять прицел. Дуло полыхнуло во тьме яркой вспышкой. Человек дернулся — он явно не привык, чтобы в него стреляли. Пуля его выстрела взвизгнула слева от нас. Он застыл на ту секунду, что мне была нужна, чтобы прицелиться и выстрелить снова. Он свалился на землю и больше не вставал.
— Ни хрена себе! — выдохнул Ларри.
— У нее пистолет! — заорал кто-то.
— А где Мартин?
— Она его застрелила!

Я решила, что Мартин — это был тот, с револьвером. Он все еще не шевелился. Не знаю, убила я его или нет. Кажется, мне это было безразлично, лишь бы он не встал и не начал снова в нас стрелять.

Моя машина была ближе. Я сунула ключи в руки Ларри:

— Открывай дверь, открой пассажирскую дверь и заведи мотор. Ты понял?

Он кивнул. В бледном круге лица отчетливее выступили веснушки. Приходилось ему поверить, что он не впадет в панику и не стартует без меня. Не от негодяйства — просто от страха.

Фигуры людей надвигались со всех сторон. Их там было никак не меньше дюжины. Ветер донес шорох бегущих по траве ног.

Ларри перешагнул через тело, я отбила ногой револьвер под машину. Если бы время так не поджимало, я бы пощупала ему пульс. Всегда люблю знать, убила я кого-то или нет. Гораздо проще потом составлять полицейский протокол.

Ларри уже влез в машину и перегнулся открыть пассажирскую дверь. Я прицелилась в одного из бегущих и спустила курок. Фигура споткнулась, упала и завопила. Остальные замешкались. Они не привыкли, что в них стреляют. Бедные детки.

Скользнув в машину, я завопила:

— Гони, гони, гони!

Ларри рванул, рассыпав дождь гравия. Машина завиляла, фары бешено заходили из стороны в сторону.

— Ларри, не намотай нас на дерево.

Он глянул на меня, сказал «извини», и скорость машины упала от «вывернись наизнанку» до «хватайся за ручку и держись изо всех сил». Мы все еще были между деревьями, а это уже что-то.

Свет фар прыгал по деревьям, мелькали белые надгробия. Машина пошла юзом, рассыпая гравий, а посреди дороги стояла фигура в свете фар. Бледный и сияющий стоял там Джереми Рубенс из «Человек превыше всего». Как раз в середине прямого участка дороги. Если бы мы могли его объехать, оказались бы на шоссе и вне опасности.

Машина стала тормозить.

— Ты что делаешь? — спросила я.

— Не могу же я просто его сбить!

— Какого хрена там «не можешь»?!

— Не могу!

В голосе его звучала не ярость, а страх.

— Он тебя покупает, Ларри. Он уйдет.

— Вы уверены?

Маленький мальчик спрашивает, действительно ли в шкафу сидит баба-яга.

— Уверена. Теперь — газ в пол и убираемся отсюда.

Он надавил на акселератор. Машина прыгнула вперед, стремясь к небольшой прямой фигуре Джереми Рубенса.

— Он не уходит! — крикнул Ларри.

— Уйдет, никуда не денется.

— Вы уверены?

— Можешь мне поверить.

Он мелькнул на меня глазами и снова уставился на дорогу.

— Хорошо бы, чтобы вы были правы, — шепнул он.

Я верила, что Рубенс уберется. Но даже если он не блефовал, наш единственный выход был либо мимо него, либо через него. Ему выбирать.

Фары купали его в пылающем белом свете. Мелкие темные черты его лица смотрели прямо на нас. Он не шевелился.

— Он не уходит!

— Уйдет, — сказала я.

— Дерьмо собачье, — сказал Ларри. Мне нечего было к этому добавить.

Свет фар с ревом налетел на Рубенса, и он бросился в сторону. Послышался шорох ткани его пальто по борту машины. Чуть не случилось, чуть.

Ларри набрал скорость и бросил машину в последний поворот и на последний прямой участок. Мы вылетели на шоссе в дожде гравия и визге шин. Но мы выехали с кладбища. Смогли. Слава тебе Боже.

У Ларри побелели руки на руле.

— Можешь расслабиться, — сказала я ему. — Опасность миновала.

Он сглотнул слюну так, что это даже было слышно, и кивнул. Машина постепенно выходила на предельную скорость. Лицо Ларри было покрыто каплями пота, никак не связанными с прохладной октябрьской ночью.

— Ты как? — спросила я.

— Не знаю.

Его голос звучал как-то тускло. Шок.

— Ты отлично действовал.

— Я думал, я его перееду. Я думал, я убью его машиной.

— Он тоже так думал, иначе бы не ушел, — ответила я.

Ларри посмотрел на меня:

— А если бы он не ушел?

— Он же ушел.

— А если бы нет?

— Тогда мы бы его переехали и все равно были бы уже на шоссе вне опасности.

— Ты бы дала мне его переехать?

— Ларри, эта игра называется «выживание». Если тебе это не подходит, найди другую работу.

— В аниматоров не стреляют.

— Это были члены «Человек превыше всего», группы правых фанатиков, которые ненавидят все, имеющее отношение к сверхъестественному.

Упоминание о личном визите Джереми Рубенса я опустила. Чего мальчик не знает, то ему не повредит.

Я вгляделась в его бледное лицо. Глаза у него были пустыми. Он впервые увидел дракона. Маленького дракончика по сравнению с теми, которые вообще бывают, но после того, как ты видел насилие, ты уже не будешь прежним. Первый раз, когда приходится выбирать, жить или умереть, мы или они, меняет человека навсегда. Обратной дороги нет. Я вглядывалась в лицо Ларри и жалела, что так вышло. Жалела, что он не мог остаться таким же сияющим, новеньким, полным надежд. Но, как говаривала моя бабуля Блейк, «если бы сожаления были лошадками, мы бы все верхом ездили».

Ларри впервые попробовал вкус моего мира. Вопрос оставался только один: захочет он второй дозы или сбежит? Бежать или оставаться — старый как мир вопрос. И я не знала, какой выбор Ларри я бы предпочла. Если он сбежит от меня ко всем чертям, он может прожить подольше, но может быть и наоборот. Нос вытащишь — хвост увязнет.

21

— А как же моя машина? — спросил Ларри.

Я пожала плечами:

— Страховка у тебя есть?

— Да, но...

— Раз им не получилось раздолбать нас, они могут со злости раздолбать твой автомобиль.

Он посмотрел на меня, не уверенный, что я не шучу. Я не шутила.

Велосипед появился перед нами внезапно, из темноты. Мелькнуло в свете фар бледное детское лицо.

— Осторожно!

Ларри успел взглянуть на дорогу как раз вовремя, чтобы увидеть расширенные страхом глаза ребенка. Завизжали тормоза, и ребенок исчез из узких полос света. Раздался звон, удар, и машина юзом затормозила. Ларри тяжело дышал, я не дышала вообще.

Кладбище было справа от нас. Слишком близко, чтобы останавливаться, но... черт меня побери, это же был ребенок!

Я поглядела в черное окно. Велосипед валялся грудой металла. Ребенок лежал рядом, неподвижно. О Господи, только бы он не был мертв!

Я не думала, что у фанатиков из «Человек превыше всего» хватило бы воображения использовать ребенка как резервную приманку. Если это была ловушка, то очень хорошая, потому что я не могла бросить эту скрюченную фигурку посреди дороги.

Ларри все еще сжимал руль так сильно, что у него плечи тряслись. Если я раньше думала, что он бледен, то ошибалась. Сейчас он выглядел как больное привидение.

— Он... ранен?

Он выжал из себя эти слова сквозь что-то, похожее на слезы. Он хотел сказать не «ранен», а другое слово. Только не мог его произнести. Только не это.

— Оставайся в машине, — велела я.

Ларри не ответил. Он только сидел и смотрел на свои руки. На меня он не смотрел. Но черт меня побери, это же не моя была вина! И что он сегодня потерял невинность, тоже не моя вина. Так отчего же мне было так паршиво?

Я вылезла из машины, держа наготове браунинг на случай, если психи решили нас преследовать. Они могли подобрать револьвер и погнаться за нами.

Ребенок не шевелился. Я слишком далеко стояла, чтобы видеть, есть ли подъем и опускание грудной клетки. Да, слишком далеко. В целом ярде. Господи, пусть он окажется жив!

Ребенок лежал на животе, одна рука под телом, вероятно, сломана. Оглядев темное кладбище, я нагнулась к ребенку. Из темноты не вылетели сумасшедшие правые фанатики.

Ребенок был одет в пресловутый мальчиковый костюм — полосатая рубашка, шорты, кроссовочки. Кто же отпустил его в летней одежде в такую холодную ночь? Мать. Какая-то женщина одевала его, любила его и отпустила его на гибель.

Кудрявые каштановые волосы были шелковые, по-детски тонкие. Кожа на шее холодная на ощупь. От шока? Для посмертного остывания слишком рано. Я ждала удара пульса на шее, но ничего не слышала. Мертв. О Господи, нет, не надо!

Голова приподнялась, и изо рта раздался тихий звук. Живой. Слава тебе Боже, живой!

Он попытался перевернуться, но упал на дорогу снова. И заплакал.

Ларри вышел из машины, направляясь к нам.

— Что с ним?

— Он жив, — ответила я.

Мальчик определенно хотел перевернуться, и потому я взяла его за плечи и помогла, пытаясь зафиксировать правую руку к телу. Сверкнули большие карие глаза, круглое детское лицо, а в правой руке у него был нож больше его самого.

— Скажи ему, чтобы помог меня передвинуть, — шепнул он.

Между детскими губами сверкнули миниатюрные клычки. Нож был прижат к моему животу повыше спортивной сумки, и острие скользнуло под куртку, касаясь рубашки. Это был один из тех моментов, когда время тянется, как в кошмаре с замедленной съемкой. Все время вселенной было в моем распоряжении, чтобы решить, предать Ларри или умереть. Никогда никого не выдавай монстрам — такое у меня правило. Я раскрыла рот и завопила:

— Беги!

Вампир меня не заколол. Он просто застыл. Я была ему нужна живая, вот почему нож, а не клыки. Я встала, а вампир просто на меня пялился. У него не было плана на этот случай. Отлично.

Машина стояла на месте, из открытых дверец лился свет. Фары горели двумя театральными прожекторами. Ларри в нерешительности застыл рядом.

— В машину! — заорала я во всю глотку.

Он бросился к открытой дверце. В сиянии фар появилась женщина. Она была одета в длинное белое пальто поверх сливочного и бронзового цветов очень хорошего брючного костюма. Раскрыв рот, она зарычала на свет, блестя клыками.

Я бежала, на ходу крича:

— Сзади!

Ларри глядел на меня, мимо меня. Глаза его полезли на лоб. Я слышала за собой топот маленьких ножек. Лицо Ларри перекосило от ужаса. Он что, впервые увидел вампира?

Я вытащила пистолет, продолжая бежать. На бегу стреляя, хрена с два попадешь. У меня был вампир сзади и вампир спереди. Хоть монету бросай.

Вампирша бросилась на капот машины и длинным грациозным прыжком навалилась на Ларри, покатившись с ним поперек дороги.

Стрелять в нее я не могла, не рискуя попасть в Ларри. В последнюю секунду я повернулась и наставила пистолет в упор в лицо дитяти-вампира.

У него расширились глаза, и я потянула спусковой крючок. Что-то ударило меня сзади, пуля ушла в сторону, а я оказалась лежащей на животе на дороге, и на спине у меня лежало что-то побольше хлебного ларя.

У меня отшибло дыхание. Но я повернулась, пытаясь наставить пистолет на то, что было у меня сзади. Если я сейчас чего-то не сделаю, мне уже никогда, быть может, не придется дышать.

На меня налетел мальчик, опуская вниз сверкающее лезвие. Пистолет поворачивался, но слишком медленно. Будь у меня в легких воздух, я бы закричала. Нож вошел в рукав моего жакета, я ощутила, как он впивается в дорогу. Рука оказалась пришпиленной к дороге. Я спустила курок, и пуля ушла в темноту, никому не повредив.

Я вывернула шею, пытаясь увидеть, кто или что сидит у меня на спине. Скорее что, чем кто. В красном сиянии стоп-сигналов машины его лицо было плоским, торчали высокие скулы и почти раскосые глаза, висели прямые черные волосы. Ему бы быть вырезанным из камня в окружении змей и ацтекских богов.

Он протянул руку и охватил пальцами мою правую, ту, что была приколота к дороге и в которой держала пистолет. Он вдавил мои пальцы в металл и сказал глубоким и тихим голосом:

— Брось, а то раздавлю руку.

И нажал так, что я охнула.

Ларри высоким и печальным голосом вопил.

Вопить — это хорошо, когда ничего другого делать не остается. Я поскребла по земле левой рукой, стягивая рукав вверх и обнажая часы и браслет с крестиками. Они блеснули в лунном свете. Вампир зашипел, но не выпустил мою руку с пистолетом. Я полоснула его по руке браслетом. Донесся острый запах горелого мяса, но вампир свободной рукой вцепился мне в левый рукав. Касаясь только рукава, он припечатал мою левую руку назад, чтобы я не могла тронуть его крестами.

Будь он новоумершим, от одного вида крестов он бы убежал с воплем; но он был не просто старым — он был древним. Чтобы снять его с моей спины, нужно было больше, чем просто освященные кресты.

Ларри снова вскрикнул.

Я тоже завопила, поскольку ничего другого сделать не могла, только разве что держаться за пистолет, чтобы вампир раздавил мне руку. Непродуктивно. Я была нужна им не мертвая, но раненая вполне годилась. Он мог бы раздавить мою руку в кровавую кашу.

Я выпустила пистолет, крича и дергаясь на ноже, которым был приколот мой рукав, пытаясь выдернуть из руки вампира свой левый рукав, чтобы вдавить в него кресты.

У нас над головой прогремел выстрел. Мы все замерли и поглядели на кладбище. Джереми Рубенс и компания нашли свой револьвер и стреляли в нас. Они думали, что мы в сговоре с монстрами? Или им было все равно, в кого стрелять?

— Алехандро, на помощь! — крикнул женский голос. Кричали сзади.

Вдруг вампир на моей спине куда-то делся. Почему — я не знала и не интересовалась. Я осталась наедине с ребенком-монстром, который склонился надо мной, глядя большими темными глазами.

— Разве тебе не больно?

Вопрос был такой неожиданный, что я ответила:

— Нет.

Вид у него был разочарованный. Он присел возле меня на корточки, держа руки меж бедер.

— Я думал тебя порезать, чтобы полизать кровь.

Голос его все еще был голосом малыша, и таким он останется всегда. Но знание в его глазах обжигало мою кожу как жаром. Он был старше Жан-Клода, намного старше.

В стоп-сигнал моей машины ударила пуля — как раз над головой мальчика. Он повернулся в сторону фанатиков с очень недетским рычанием. Я пыталась вытащить нож из дороги, но он застрял прочно. Даже покачнуть его я не могла.

Мальчик уполз в темноту, исчезнув с легким ветерком. Боже, помоги фанатикам.

Я оглянулась через плечо. Ларри лежал на земле, а на нем сидела женщина с длинными каштановыми волнистыми волосами. Мужчина, который сидел на мне, Алехандро, и еще одна женщина боролись с сидящей на Ларри вампиршей. Она хотела его убить, а они пытались ее остановить. Мне их план больше нравился.

Взвизгнула еще одна пуля. Она ударила не близко. Потом полузадушенный вопль, и больше выстрелов не было. Мальчик добрался до стрелка? Ларри ранен? И что мне, черт побери, делать, чтобы его выручить? Да и себя, кстати.

Так, вампиры сейчас по горло заняты. Что бы ни собиралась я сделать, сейчас для этого самое время. Я попыталась расстегнуть жакет, но молнию заело на полпути. Ладно, я вцепилась зубами в полу жакета, используя зубы вместо пойманной руки. Так, расстегнула. Что дальше?

Зубами я стащила конец рукава с левой руки, потом, засунув его под бедро, вывернулась из рукава. Вытащить правую руку из приколотого рукава было уже просто.

Алехандро приподнял женщину с каштановыми волосами и бросил ее через автомобиль. Она улетела в темноту, но я не слышала, чтобы она стукнулась оземь. Может, она умела летать. Если так, я не хотела этого знать.

Ларри почти не был виден за занавесом белокурых волос. Вторая вампирша нагнулась над ним, как принц, готовый подарить волшебный поцелуй. Зачерпнув ее волосы в горсть, Алехандро вздернул ее на ноги и ударил о борт машины. Она покачнулась, но не упала, лязгнув на него зубами, как собака на цепи.

Я обошла их по широкой дуге, держа перед собой кресты, как в каком-нибудь из старых фильмов, который вам доводилось видеть. Только я никогда не видела охотника на вампиров с браслетом с крестиками.

Ларри стоял на четвереньках и очень медленно покачивался. Высоким голосом на грани истерики он все повторял и повторял:

— У меня кровь, у меня кровь!

Я коснулась его руки, и он вздрогнул всем телом, будто я его укусила. Глаза его сверкали белками. Кровь текла у него по шее, чернея в лунном свете. Она его укусила, помоги нам Боже, она его укусила!

Бледная вампирша все еще рвалась к Ларри.

— Разве ты не слышишь запах крови?

Это была мольба.

— Возьми себя в руки, а то я это за тебя сделаю! — тихо сказал Алехандро. Гнев в его голосе полосовал ножом. Бледная женщина сразу затихла.

— Все, я уже в норме.

В ее голосе был страх. Никогда не слышала, чтобы один вампир мог другого напугать до... до смерти. Ладно, пусть дерутся. У меня есть занятия поважнее. Например, сообразить, как пробраться в машину мимо оставшихся вампиров.

Алехандро одной рукой прижимал вампиршу к машине. В левой он держал мой пистолет. Я отстегнула цепочку на лодыжке, где были кресты. К вампиру подкрасться невозможно. Даже новоумерший осторожнее длиннохвостого кота в комнате, набитой креслами-качалками. Поскольку тайно подобраться шансов не было, я пошла впрямую.

— Она его укусила, сукин ты сын!

Я дернула его за рубашку, будто пытаясь привлечь внимание, и уронила кресты ему за шиворот.

Он заорал.

Я полоснула его крестами по руке, и он выронил пистолет. Я его поймала. Язык синего пламени лизнул спину вампира. Он тянулся руками, но достать до крестов не мог. Гори, детка, гори!

Он извивался и визжал. Его открытая ладонь попала мне сбоку по голове, и я взлетела в воздух, а потом хлопнулась спиной на дорогу. Попыталась самортизировать руками, но голова все равно качнулась назад, и я ударилась о дорогу затылком.

Мир поплыл черными пятнами. Когда в глазах прояснилось, я смотрела в бледное лицо. Длинные желто-белые волосы, как от кукурузного початка, коснулись моей щеки, когда вампирша наклонилась пить из меня кровь.

В правой руке у меня все еще был браунинг, и я спустила курок. Ее тело дернулось назад, как от толчка. Она упала на дорогу, истекая кровью из раны на животе, которая была ничтожной по сравнению с развороченной спиной. Надеюсь, я раздробила ей позвоночник.

Шатаясь, я поднялась на ноги.

Вампир по имени Алехандро сорвал с себя рубашку. Кресты упали на дорогу лужицей оплавленного синего огня. Спина вампира почернела, там и сям к ней добавляли новый цвет волдыри. Он повернулся ко мне, и я послала пулю ему в грудь. Выстрел был поспешным, и вампир не свалился.

Ларри вцепился ему в лодыжку. Но Алехандро шел ко мне, волоча за собой Ларри, как котенка. Потом схватил Ларри за руку и вздернул на ноги. Ларри набросил ему на голову цепь. Тяжелый серебряный крест полыхнул огнем. Алехандро закричал.

— Быстро в машину! — заорала я.

Ларри скользнул в водительскую дверь и переполз на пассажирское сиденье. Потом захлопнул пассажирскую дверцу и запер — сколько бы ни было от этого пользы. Вампир сорвал с себя цепь и перебросил ее через дорогу в деревья, крест сверкнул падающей звездой.

Я скользнула в машину, захлопывая и запирая дверцу. Щелкнув предохранителем, я зажала браунинг между бедрами.

Вампир по имени Алехандро был слишком занят своей болью, чтобы гнаться за нами прямо в тот же миг. Подойдет.

Толкнув рычаг передач, я бросила машину вперед. Она завиляла. Я притормозила до скорости света, и машина выровнялась. Мы летели в темном туннеле мелькающего света и теней деревьев. А в конце туннеля стояла фигура с длинными развевающимися на ветру каштановыми волосами. Это была вампирша, которая напала на Ларри. Она просто стояла посреди дороги. Просто стояла. Сейчас мы узнаем, может ли вампир сдрейфить. Мне предстояло проверить собственный совет. И я вдавила педаль газа в пол. Машина рванулась вперед. Вампирша стояла на месте, а мы катили на нее.

В последнюю секунду я поняла, что вампирша не бросится в сторону, а у меня уже не было времени. Нам предстояло проверить мою теорию насчет автомобилей и плоти вампира. Почему, когда нужен серебряный автомобиль, так его никогда нет под рукой?

22

Фары били в лицо вампирши двумя прожекторами. Я видела бледное лицо, раму каштановых волос, широко расставленные клыки. И мы ударили ее на скорости шестьдесят миль в час. Машина затряслась. Вампирша болезненно медленным движением перекатилась через капот, и все равно это было слишком быстро, чтобы я хоть что-то могла сделать. С резким треском она влетела в ветровое стекло, и металл застонал.

Стекло покрылось паутиной трещин, и вдруг оказалось, что я смотрю не в тот конец калейдоскопа. Безопасное стекло свое дело сделало. Оно не разлетелось на осколки и не разрезало нас на ленты. Оно просто все к чертям растрескалось, и стало невозможно вести машину. Я ударила по тормозам.

Сквозь разбитое стекло влетела рука, осыпав Ларри дождем сверкающих осколков. Он вскрикнул. Пальцы ухватили его за ворот рубашки и поволокли в зазубренную дыру.

Я вывернула руль влево, машину занесло, и мне оставалось только отпустить газ, не трогать тормоза и ехать.

Ларри мертвой хваткой вцепился в ручку двери и подголовник. Он вопил, отбивался, чтобы его не вытащили сквозь стекло. Я произнесла короткую молитву и выпустила руль. Машина беспомощно завертелась, а я ткнула в руку крестом. Она задымилась и забулькала, пальцы выпустили Ларри и скрылись в дыре.

Я снова ухватила руль, но было чуть слишком поздно. Машина съехала в кювет. Застонал металл, что-то сломалось под машиной, что-то большое. Меня прижало к водительской дверце. Ларри внезапно оказался на мне сверху, потом нас обоих бросило к другой стороне. И все кончилось. Тишина поражала. Будто я вдруг оглохла. В ушах была рычащая белая тишина.

Кто-то сказал: «Слава Богу», и это была я.

Пассажирская дверца отлетела, как ореховая скорлупка. Я отползла от дыры, а Ларри застрял, и его выдернули из машины. Я бросилась на пол, целясь туда, где исчез Ларри.

Я смотрела прямо на тело Ларри, горло которого пережимала темная рука так туго, что непонятно, мог ли он дышать. Поверх ствола я смотрела в темное лицо вампира Алехандро, и оно было совершенно непроницаемо, когда он произнес:

— Я разорву ему горло.

— А я разнесу тебе голову, — сказала я. Сквозь разбитое ветровое стекло просунулась шарящая рука. — Уберись, а то останешься без своего смазливого личика!

— Он умрет раньше, — сказал вампир, но рука из дыры убралась. В языке вампира слышался какой-то акцент чужого языка. Наверное, от эмоционального напряжения.

У Ларри глаза вылезали из орбит, показывая белки. Он дышал, но неглубоко и слишком быстро. Ему грозит гипервентиляция легких, если он до нее доживет.

— Решайте, — сказал вампир.

Голос его был лишен интонаций, лишен всего. Наполненные ужасом глаза Ларри были красноречивы за двоих.

Я поставила пистолет на предохранитель и подала его рукояткой вперед в протянутую руку. Я знаю, что это было ошибкой, но еще я знаю, что не могла просто сидеть и смотреть, как Ларри разорвут глотку. Есть вещи более важные, чем физическое выживание. Надо еще иметь возможность смотреть себе в глаза в зеркале. И я отдала пистолет по той же причине, по которой остановилась из-за ребенка. Выбора не было. Я же из хороших парней, а им полагается жертвовать собой. Где-то такое правило записано.

23

Лицо Ларри было кровавой маской. Ни одной серьезной раны, кажется, не было, но ничто так не кровоточит, как поверхностная рана головы. Безопасное стекло не рассчитано на вампироупорность. Может, стоит написать письмо на фирму с предложением.

Кровь капала на руку Алехандро, все еще стискивающую горло Ларри. Мой пистолет вампир сунул в карман штанов. Обращался он с ним так, будто умел это делать. А жаль. Среди вампиров есть технофобы, и это дает тебе преимущество — иногда.

По руке вампира текла кровь Ларри, густая и теплая, как твердеющий мармелад. А вампир на кровь не реагировал. Железный самоконтроль. Я глянула в почти черные глаза и ощутила тягу столетий, будто чудовищные крылья, развернутые в этих глазах. Мир поплыл. Мысли в голове закружились, взрывались. Я протянула руку чего-то коснуться, удержаться от падения. Чья-то рука схватила меня за руку. Я вырвалась, упав на машину.

— Не трогай меня! Не трогай!

Вампир стоял неуверенно, сжимая окровавленной рукой горло Ларри и протягивая ко мне другую. Очень человеческий жест. У Ларри глаза вылезали из орбит.

— Ты его задушишь, — сказала я.

— Прошу прощения, — ответил вампир и отпустил Ларри. Тот упал на колени, ловя ртом воздух. Первый его вдох оказался шипящим воплем.

Я хотела спросить Ларри, как он, но не спросила. Моя работа была вытащить нас из этой каши живыми, если удастся. Кроме того, я вполне представляла себе, как он. Так что нет нужды задавать глупые вопросы.

Все же один, быть может, глупый вопрос я задала:

— Чего ты хочешь?

Алехандро смотрел на меня, и я подавляла тягу взглянуть ему в лицо во время разговора. Это было нелегко. В конце концов я остановила взгляд на пулевом отверстии, которое проделал мой пистолет в левой стороне его груди. Дырка была очень маленькой и уже перестала кровоточить. Так он быстро исцелялся? Хреново. И я смотрела на рану как могла пристальней. Трудно быть крутой, глядя собеседнику в грудь. Преодолевать потребность заглянуть в глаза. Но у меня были годы практики до того, как Жан-Клод решил поделиться со мной своим «даром». А практика... ну, и так далее.

Вампир не отвечал, и потому я повторила вопрос ровным и тихим голосом. Совсем не испуганным. Очко в мою пользу.

— Чего ты хочешь?

Я ощущала взгляд вампира почти как если бы он водил пальцем по моему телу. Меня затрясло, и я не могла остановиться. Ларри полз ко мне, свесив голову и капая на ходу кровью.

Я склонилась к нему и не успела задержать глупый вопрос:

— Как ты?

С кровавой маски на меня поднялся его взгляд. И он сказал:

— Ничего такого, чего не вылечит пара швов.

Он пытался шутить. Мне хотелось обнять его и обещать, что худшее позади. Никогда не обещай того, чего не можешь выполнить.

Вампир даже и не пошевелился, но что-то привлекло к нему мое внимание. Он стоял по колено в пожелтевшей траве. Мои глаза были на уровне пряжки его ремня, то есть он был примерно моего роста. Для мужчины низковат. Белый, англосакс, человек двадцатого столетия. Пряжка поблескивала золотом, и на ней была вырезана угловатая стилизованная человеческая фигура. Эта резьба, как и лицо вампира, была прямо из ацтекского календаря.

Прямо по коже ползло желание поднять взгляд и посмотреть ему в глаза. Даже подбородок у меня поднялся где-то на дюйм, пока я сообразила, что делаю. Ах ты черт. Вампир полез мне в сознание, а я этого не почувствовала. Даже сейчас, зная, что он что-то со мной делает, я этого не чувствовала. Была глуха и слепа, как первая попавшаяся туристка.

Ну, не первая попавшаяся. Меня еще не сжевали, что означало, что им нужна, наверное, не еда, а что-то другое. Иначе я была бы уже мертва — и Ларри тоже. Конечно, на мне еще были освященные кресты. А если их не будет, что эта тварь может со мной сделать? Мне не хотелось знать ответ на этот вопрос.

Мы были живы. Значит, им нужно что-то, что мы им в мертвом виде дать не можем. Но что?

— Какого черта тебе от меня надо?

У меня в поле зрения появилась его рука. Он протягивал ее мне, чтобы помочь встать. Я встала без его помощи, выдвинувшись чуть впереди Ларри.

— Скажите мне, кто ваш хозяин, девушка, и я вас не трону.

— А кто тогда из них? — спросила я.

— Разумно. Но я тебе клянусь, что вы уйдете целой и невредимой, если назовете мне имя.

— Прежде всего у меня нет хозяина. Я даже не уверена, что есть мне равные.

Я подавила желание взглянуть в его лицо и посмотреть, понял ли он юмор. Жан-Клод понял бы.

— Вы стоите тут передо мной и шутите?

В его голосе звучало не только удивление, но и ярость. Отлично.

— У меня нет хозяина, — сказала я. Мастер вампиров учуял бы, если бы я солгала.

— Если вы в самом деле в это верите, то вы себя обманываете. На вас два знака Мастера. Дайте мне его имя, и я его уничтожу. Освобожу вас от этой... проблемы.

Я заколебалась. Он был старше Жан-Клода. Много старше. Он, возможно, сумеет убить Мастера города. Конечно, тогда власть над городом возьмет этот Мастер вампиров. Он и три его помощника. Четыре вампира, на одного меньше, чем убивали людей, но я могла бы ручаться, что пятый вампир где-то бродит поблизости. В городе средних размеров не поместится так много одичавших Мастеров вампиров.

И любой Мастер, который устраивает зверские убийства штатских, будет очень не к месту во главе всех местных вампиров. Можете назвать это предчувствием.

Я покачала головой:

— Не могу.

— Но вы ведь хотите от него освободиться?

— Очень.

— Я могу вам помочь, мисс Блейк. Позвольте мне вам помочь.

— Как вы помогли тем мужчине и женщине, которых убили?

— Я их не убивал, — ответил он, и голос его звучал очень рассудительно.

Глаза у него были очень сильные, в них можно было утонуть, но голос не был настолько хорош. В нем не было магии. У Жан-Клода голос гораздо лучше. Или у Ясмин, если на то пошло. Приятно знать, что не все способности приходят со временем в равной степени. Древность — это еще не все.

— То есть не вы наносили роковой удар. Что из того? Ваши прихвостни исполняют вашу волю, а не свою.

— Вас бы удивило, сколько у нас свободной воли.

— Перестаньте!

— Что перестать?

— Так чертовски рассудительно говорить!

В его голосе послышался смех:

— Вы бы предпочли, чтобы я рвал и метал?

На самом деле да, но я ему этого не сказала.

— Имени я вам не назову. Что дальше?

У меня за спиной послышалось дуновение ветра. Я попыталась повернуться к нему лицом. На меня летела женщина в белом. Оскалив клыки, выгнув пальцы когтями, забрызганная чужой кровью, она налетела на меня. Мы упали в траву, она оказалась сверху. Женщина змеей метнулась к моей шее. Я ткнула ей в лицо левое запястье, и один из крестов задел ее по губам. Вспышка света, вонь горелого мяса, и вампирша исчезла, вопя во тьме. Никогда не видела ни одного вампира с такими быстрыми движениями. Ментальное волшебство? Она смогла настолько обмануть мое сознание даже при освященном кресте? Сколько вампиров старше пятисот лет может быть в одной стае? Я надеялась, что двое. Если больше, значит, у них численное превосходство.

Я кое-как поднялась на ноги. Мастер вампиров стоял на четвереньках возле того, что осталось от моей машины. Ларри нигде не было видно. Вспышка панического страха стиснула мне грудь, но я тут же поняла, что Ларри заполз под машину, чтобы вампир не мог снова взять его в заложники. Когда ничего другого не остается, прячься. Кроликам это помогает.

Покрытая волдырями спина вампира изогнулась под неестественным углом, когда он попытался вытащить Ларри из-под машины.

— Я тебе руку из сустава выверну, если не вылезешь!

— Вы говорите будто котенка тащите из-под кровати, — сказала я.

Алехандро резко повернулся и скривился, будто это было больно. Отлично.

Что-то шевельнулось за моей спиной. Я не стала ставить ощущение под сомнение — можете считать, что я слишком нервничала. Я повернулась, держа кресты наготове. Два вампира позади. Женщина с белыми волосами — наверное, я не попала ей в позвоночник. А жаль. Второй мог быть ее братом-близнецом. Они оба зашипели и попятились от крестов. Приятно видеть, что на кого-то это еще действует.

Мастер подскочил сзади, но я его услышала. То ли он от ожога стал неуклюж, то ли кресты мне помогали. Я стояла посреди трех вампиров, тыча в обе группы крестами. У блондинов руки были обагрены кровью, но кресты их пугали вправду и всерьез. А Мастер не стал мешкать. Он налетел быстрым вихрем. Я попятилась, стараясь держать кресты между нами, но он схватил меня за левую руку выше кисти и, хотя кресты болтались в дюйме от его плоти, держал.

Я отодвинулась от него как можно дальше и вмазала ему в солнечное сплетение со всей силой, что у меня еще осталась. Он только ухнул и отмахнул меня ладонью по лицу. Я откачнулась и ощутила вкус крови. Он едва меня коснулся, но объяснил свою точку зрения. Я поняла. Если я хочу обмениваться ударами, он меня размолотит в кашу.

Я ударила его по горлу. Он поперхнулся с удивленным видом. Избитая в котлету — это все равно куда лучше, чем покусанная. По мне лучше умереть, чем ходить с клыками.

Его рука сомкнулась вокруг моего правого кулака и сдавила настолько, чтобы я только почувствовала его силу. Он все еще старался меня предупредить, а не нанести увечье. Очко в его пользу.

Он поднял обе руки, подтянув меня к своему телу. Мне этого не хотелось, но, кажется, у меня не было возможности что-либо сделать по этому поводу. Если, конечно, у вампиров нет половых желез. Удар по горлу подействовал. Я глянула в его лицо, приблизившееся почти как для поцелуя. Я метнулась к нему, стараясь получить максимальную свободу движений. А он продолжал тянуть меня к себе, и его собственная инерция мне помогла.

Колено ударило жестко, и я постаралась вдвинуть его подальше вверх и вглубь. Это не был скользящий удар. Он согнулся вперед, хотя и не выпустил моих рук. Я не освободилась, но ведь это только начало, а зато я получила ответ на вековой вопрос. Есть у вампиров яйца.

Он рывком завел мне руки за спину, намертво прижав своими руками к телу. Оно было как деревянное, твердое, неподдающееся, как камень. Только секунду назад оно было теплое, мягкое и уязвимое. Что случилось?

— Сорви эти штуки у нее с руки, — сказал он, обращаясь не ко мне.

Я попыталась вывернуть голову, чтобы увидеть, что же у меня сзади. И ничего не увидела. Двое белобрысых вампиров все еще корчились при виде обнаженных крестов.

Что-то коснулось моего запястья. Я дернулась, но он держал меня крепко.

— Если будете сопротивляться, он вас порежет.

Я еще сильнее вывернула голову и увидела перед собой глаза мальчика-вампира. Он подобрал свой нож и поддевал им браслет.

Руки Мастера вампиров сдавили мои руки так, что я уже думала, что они лопнут от давления, как пузыри на газировке. Наверное, я издала какой-то звук, потому что он сказал:

— Я не хотел сегодня причинять вам боль. — Его рот был прижат к моему уху, погрузился в мои волосы. — Вы сами это выбрали.

С легким щелчком браслет сломался. Я почувствовала, как он соскользнул в траву. Мастер вампиров глубоко вздохнул, будто ему стало легче дышать. Он был всего на дюйм или два выше меня, но держал обе мои руки одной своей, сжимая пальцы, как стальные обручи. Это было больно, и я старалась не издавать беспомощных стонов.

Свободной рукой он погладил мои волосы, потом зачерпнул их в горсть и отвел мне голову назад, чтобы заглянуть в глаза. Они были сплошные, абсолютно черные, белки исчезли.

— Я узнаю его имя, Анита, так или иначе.

Я плюнула ему в лицо.

Он вскрикнул и сжал мои запястья так, что я не смогла сдержать стона.

— Я мог бы сделать, чтобы это было приятно, но теперь я хочу, чтобы это было больно. Гляди в мои глаза, смертная, и отчаивайся. Взгляни в мои глаза, и не будет больше между нами секретов. — Его голос упал до еле слышного шепота. — И я выпью твой разум, как другие пьют кровь, и оставлю от тебя бессмысленную оболочку.

Я смотрела во тьму, которая была его глазами, и почувствовала, что падаю вперед, в невозможную даль, а потом вниз, вниз, в черноту чистую и тотальную, во тьму, никогда не знавшую света.

24

Я глядела в незнакомое лицо. Рука держала окровавленный платок возле его лба. Короткие волосы, светлые глаза, веснушки.

— Привет, Ларри, — сказала я. И голос мой был далеким и незнакомым, но почему — я не могла вспомнить.

Было все еще темно. Лицо Ларри было чуть почище, но рана все еще кровоточила. Не могла я так долго быть без сознания. Без сознания? А куда это я падала без сознания? Все, что я помнила, это были глаза, черные глаза. Я слишком быстро села, и Ларри поймал меня за руку, а то я бы упала.

— А где...

— Вампиры? — закончил он за меня.

Я откинулась к нему на руки и шепнула:

— Да.

Повсюду вокруг в темноте стояли люди, сбиваясь в шепчущие группы. Темноту прорезали лучи фар полицейской машины. Рядом с ней стояли двое полицейских в форме, разговаривая с человеком, чье имя я вспомнила не сразу.

— Карл, — сказала я.

— Что? — переспросил Ларри.

— Карл Ингер, высокий, который говорит с полицией.

— Да, так, — кивнул Ларри.

Рядом с нами склонился невысокий смуглый человек. Джереми Рубенс из «Человек превыше всего», который, по последним данным, по нам и стрелял. Что тут за фигня творится?

Джереми улыбался мне, и улыбка была естественной.

— Чего это вы вдруг ни с того ни с сего стали моим другом?

Он улыбнулся пошире:

— Мы вас спасли.

Я оттолкнулась от Ларри, чтобы сесть без поддержки. На минуту закружилась голова, но сразу прошла. Все путем.

— Ларри, расскажи-ка мне!

Он глянул на Джереми Рубенса и снова на меня.

— Они нас спасли.

— Как?

— Плеснули святой водой на ту, которая меня укусила. — Он коснулся свободной рукой горла — неосознанный жест, и заметил, что я смотрю. — Теперь у нее будет надо мной власть?

— Она когда кусала, вошла в твое сознание?

— Не знаю, — ответил он. — А как это определить?

Я начала было объяснять, но закрыла рот, не успев сказать ни слова. Как объяснить необъяснимое?

— Если бы Алехандро, Мастер вампиров, укусил бы меня одновременно с вхождением в мое сознание, я бы сейчас была под его властью.

— Алехандро?

— Так называли Мастера другие вампиры.

Я качнула случайно головой, и тут же мир поплыл в черных волнах, и мне пришлось сделать глотательное движение, чтобы подавить рвоту. Что он со мной сделал? Я уже встречалась раньше с ментальными играми, но такой реакции не было никогда.

— Вон «скорая помощь» едет, — сказал Ларри.

— Мне она не нужна.

— Мисс Блейк, вы час были без сознания, — сказал Рубенс. — Мы попросили полицию вызвать «скорую», когда не смогли привести вас в чувство.

Рубенс стоял так близко, что я могла бы до него дотронуться. Он смотрел дружелюбно, да что там — просто сиял, как невеста в день торжества. Чего это он вдруг меня так полюбил?

— Значит, они плеснули святой водой на вампиршу, которая тебя укусила. Что было дальше? — спросила я у Ларри.

— Они прогнали остальных крестами и амулетами.

— Амулетами?

Рубенс вытащил цепь с двумя металлическими книжечками. Обе они могли бы поместиться у меня на ладони, да еще и место бы осталось.

— Это не амулеты, Ларри. Это миниатюрное исполнение священных иудейских книг.

— А я думал, там должна быть звезда Давида.

— Звезда не помогает, потому что на самом деле это символ расовый, а не религиозный.

— Так это миниатюрные Библии?

Я приподняла брови:

— Ну, вообще Тора содержит в себе Ветхий Завет, так что, если хочешь, это миниатюрные Библии.

— А нам, христианам, Библия поможет?

— Не знаю, Ларри. Наверное. Просто у меня во время нападений вампиров ни разу не было с собой Библии.

И это, очевидно, моя вина. Когда я вообще последний раз читала Библию? Может, я становлюсь воскресной христианкой? Ладно, о душе подумаю потом, когда с телом будет чуть получше.

— Отпустите вы «скорую», я в порядке.

— Ничего вы не в порядке, — сказал Рубенс и протянул руку, будто собираясь меня коснуться. Я посмотрела на него, и его рука остановилась на полпути. — Позвольте нам вам помочь, мисс Блейк. У нас одни и те же враги.

— А полиция знает, что вы поначалу в нас стреляли?

Что-то мелькнуло в лице Рубенса.

— Значит, не знает?

— Мы вас спасли от судьбы худшей, чем смерть, мисс Блейк. Это было ошибкой — напасть на вас. Вы поднимаете мертвых, но вы — истинный враг вампиров, значит, мы союзники.

— Враг моего врага — мой друг?

Он кивнул.

Полицейские были совсем рядом, еще чуть-чуть — и они услышат наш разговор.

— Ладно, но если вы еще раз направите на меня оружие, я забуду, что вы меня спасли.

— Этого никогда больше не случится, мисс Блейк, даю вам слово.

Я хотела сказать что-нибудь уничтожающее, но полиция уже подошла. Они услышат. А я не собиралась доносить на Рубенса и группу «Человек превыше всего» и потому приберегла свои замечания до другого случая. Зная Рубенса, можно ручаться, что таковой будет.

Я соврала полиции насчет того, что сделали ребята из «Человек превыше всего», и соврала насчет того, чего хотел от меня Алехандро. Это было очередное безрассудное нападение, вроде тех двух, что уже произошли раньше. Потом я расскажу правду Дольфу и Зебровски, но сейчас меня как-то не тянуло рассказывать всю эту путаницу незнакомым людям. Я даже не была уверена, что Дольф все услышит. Например, о том факте, что я почти наверняка — человек-слуга Жан-Клода.

Нет, это упоминать совсем не обязательно.

25

У Ларри была «мазда» последней модели. Фанатики из «Человек превыше всего» были настолько заняты вампирами, что у них не было времени ее раздолбать. Что было очень хорошо, поскольку моя машина ремонту не подлежала. Конечно, мне еще предстояло иметь дело со страховой компанией, чтобы они это подтвердили, но сейчас под машиной сломалось что-то очень большое, и вытекающие жидкости были темнее крови. Передняя часть машины выглядела так, будто въехала в слона. Нет, тут вопросов не было.

Несколько часов мы провели в приемном отделении больницы. Работники «скорой» настаивали, чтобы меня посмотрел врач, а Ларри нужно было наложить пару швов на лоб. Падающие оранжевые волосы закрывали его рану. Его первый шрам. Первый из многих, если он останется в нашем деле и будет околачиваться рядом со мной.

— Ну, ты уже четырнадцать часов на этой работе. Что ты теперь думаешь? — спросила я.

Он искоса бросил на меня взгляд и снова стал смотреть на дорогу. В его улыбке не было ничего весёлого.

— Не знаю.

— Хочешь быть аниматором после колледжа?

— Раньше думал, что хочу, — ответил он.

Честность. Редкий дар.

— А теперь не уверен?

— Кажется, нет.

На этом я оставила тему. Инстинкт подсказывал отговорить его. Уговорить выбрать себе здоровое, нормальное занятие. Но я знала, что поднимание мертвых — это не просто выбор профессии. Если у тебя достаточно сильный «талант», то надо поднимать мертвых или рисковать, что эта сила будет проявляться в самые неподходящие моменты. Термин «жертва обстоятельств» вам что-нибудь говорит? Моя мачеха Джудит его хорошо понимала. Хотя ей и не нравилась моя работа. Она считала её отвратительной. Что тут скажешь? Я с ней согласна.

— Есть и другие работы для человека с дипломом по противоестественной биологии.

— Какие? Служитель зоопарка? Дезинсектор?

— Преподаватель, — сказала я, — лесничий национального парка, полевой биолог, исследователь.

— И на какой из этих работ можно сделать такие деньги? — спросил он.

— Деньги — единственная причина, по которой ты хочешь быть аниматором?

Я была разочарована.

— Я хочу делать что-то на пользу людям. Что может быть лучше, чем использовать профессиональное умение для избавления мира от опасной нежити?

Я уставилась на него. Мне был виден только его профиль в темной машине, подсвеченный приборным щитком.

— Ты хочешь быть истребителем вампиров, а не аниматором?

Я даже не пыталась скрыть удивления.

— Конечная цель такая.

— Зачем?

— А вы зачем это делаете?

Я покачала головой:

— Ответь на вопрос, Ларри.

— Чтобы приносить людям пользу.

— Тогда стань полисменом. Им нужны люди, разбирающиеся в противоестественных созданиях.

— Я думал, что сегодня действовал отлично.

— Так и было.

— Так что вам не нравится?

Я подумала, как вложить это в пятьдесят или меньше убедительных слов.

— Сегодня ночью — это было ужасно, но бывает куда хуже.

— Мы подъезжаем к Оливу, куда свернуть?

— Налево.

Машина выехала с шоссе в ряд для поворота. Мы встали у светофора, и мигал в темноте сигнал поворота.

— Ты не знаешь, во что ты рвешься, — сказала я.

— Так расскажите мне.

— Я сделаю лучше. Я тебе это покажу.

— Что вы имеете в виду?

— Сверни у третьего светофора направо.

Мы заехали на стоянку.

— Первый дом справа.

Ларри заехал на единственное свободное место. Мое место на стоянке. Никогда не вернется сюда моя маленькая «нова».

В темноте машины я сняла жакет.

— Включи верхний свет.

Он сделал, как я сказала. Вообще он лучше меня умел выполнять приказы. А поскольку приказы были мои, меня это устраивало.

Я показала ему шрамы у меня на руках.

— Крестообразный ожог я получила от слуги-человека, который думал, что это будет забавно. Бугор соединительной ткани на сгибе руки — вампир разорвал мне руку на куски. Физиотерапевт потом говорил, что возвращение полного объема движений было просто чудом. Вот еще четырнадцать швов от слуги-человека, и это только на руках.

— А есть еще? — Лицо его в свете салона было бледным и незнакомым.

— Один вампир воткнул мне в спину обломанный конец кола.

Он вздрогнул.

— И ключицу мне сломали, когда вампир жевал мою руку.

— Вы пытаетесь меня напугать?

— Разумеется, — сказала я.

— А меня не отпугнуть.

Сегодняшняя ночь должна была его отпугнуть и без демонстрации моих шрамов. Но не отпугнула. Черт возьми, он останется в нашем деле, если его раньше не убьют.

— Ладно, ты остаешься до конца семестра — отлично. Но пообещай, что не будешь охотиться на вампиров без меня.

— Но мистер Берк...

— Он помогает казнить вампиров, но не охотится на них в одиночку.

— А в чем разница между казнью и охотой?

— Казнь означает тело, которое надо проткнуть колом, то есть вампира упакованного и в цепях, который тихо ждет последнего удара.

— А охота?

— Когда я пойду по следу вампиров, которые нас сегодня чуть не убили, это будет охота.

— И вы не верите, что мистер Берк может научить меня охотиться?

— Я не верю, что мистер Берк сумеет сохранить тебя в живых. — У Ларри глаза полезли на лоб. — Я не имею в виду, что он намеренно тебя подставит под опасность. Я имею в виду, что не доверяю твою жизнь никому, кроме себя.

— Вы думаете, до этого дойдет?
— Уже чуть не дошло.

Он пару минут посидел тихо, глядя на свои руки, которые медленно поглаживали руль.

— Я обещаю не охотиться на вампиров ни с кем, кроме вас. — Он поглядел на меня, изучая голубыми глазами мое лицо. — И даже с мистером Родригесом? Мистер Вон мне сказал, что он был вашим учителем.

— Мэнни был моим учителем, но он больше не охотится на вампиров.

— А почему? — спросил он.

Я посмотрела ему прямо в глаза и сказала:

— Его жена слишком боится. И у него четверо детей.

— А вы и мистер Берк свободны, и детей у вас нет.

— Верно.

— И у меня тоже, — сказал он.

Я не могла не улыбнуться. Неужто я тоже была такой энтузиасткой? Да нет.

— Ларри, остряков никто не любит.

Он ухмыльнулся и выглядел при этом максимум на тринадцать лет. Господи, почему он не сбежал после этой ночи? А я почему? Ответов нет, по крайней мере осмысленных ответов. Зачем я этим занимаюсь? Напрашивается ответ: потому что я это умею. Может быть, Ларри тоже научится. Может быть. Или просто погибнет.

Я вылезла из машины и сказала:

— Езжай прямо домой, и если у тебя нет запасного креста, прямо завтра и купи.

— О'кей, — сказал он.

Я закрыла дверь, глядя в его серьезное и задумчивое лицо. Потом пошла вверх по лестнице и не оглянулась. Я не стала смотреть, как он едет прочь, все еще живой, все еще полный энтузиазма после первой встречи с монстрами. Я была всего на четыре года старше. Четыре года, а ощущались они как столетия. Нет, такой желторотой я никогда не была. Моя мать умерла, когда мне было восемь. Потеря матери или отца стирает эту щенячью жизнерадостность.

Я все же собиралась отговорить Ларри стать истребителем вампиров, но если никак не выйдет, я буду работать с ним сама. Есть только два вида охотников на вампиров: хорошие и мертвые. Может быть, мне удастся сделать из Ларри хорошего. Это куда привлекательней альтернативы.

26

Было 3.34 утра в пятницу. Долгая была неделя. Ну а какая неделя в этом году не была долгой? Я просила Берта нанять кого-нибудь в помощь. Он нанял Ларри. Так чем я недовольна? Тем, что Ларри — просто жертва, ждущая своего монстра. О Господи, сохрани его, прошу Тебя. Сохрани. На моей совести и так больше невинных, чем она может выдержать.

Обычное чувство ночного коридора — тишина, спокойствие. Только шептали отдушины отопления, приглушенно звучали по ковру шаги моих кроссовок. Слишком было поздно, и мои живущие днем соседи давно уже спали, а вставать им было еще рано. За два часа до рассвета можно насладиться уединением.

Я открыла новый защищенный от взлома замок своей квартиры и шагнула в темень. Щелкнула выключателем и залила ярким светом белые стены, ковер, диван и кресло. Как бы ни было хорошо у тебя ночное зрение, а свет лучше. Все мы дети дневного света, чем бы ни зарабатывали себе на жизнь.

Жакет я сбросила на кухонный стол. Слишком он был грязный, чтобы кидать его на белый диван. Я вся была заляпана грязью и прилипшей травой, но крови было очень мало — ночь обернулась удачно.

Я уже снимала кобуру, когда почувствовала это. Движение воздушных потоков, будто кто-то их пересекал. Я просто поняла, что я не одна.

Рука моя легла уже на рукоять пистолета, когда из темноты спальни послышался голос Эдуарда:

— Анита, не надо.

Я остановилась, касаясь пальцами пистолета.

— А если я все же попробую?

— Я тебя застрелю, и ты это знаешь.

Это был спокойный, уверенный голос хищника. Я помню, когда он работал с огнеметом, его голос был таким же. Гладким и ровным, как дорога в Ад.

Я убрала руку от пистолета. Эдуард меня застрелит, если я его вынужу. И лучше его не вынуждать — пока что. Пока что.

Я положила руки на голову, не ожидая, пока он мне это прикажет. Может быть, готовность к сотрудничеству зачтется в мою пользу. Ой, вряд ли.

Эдуард вышел из темноты, как белокурый призрак. Он был весь в черном, кроме волос и бледного лица. Руки в черных перчатках держали девятимиллиметровую «беретту», твердо направленную мне в грудь.

— Новый пистолет? — спросила я.

По его губам скользнула тень улыбки.

— Да. Тебе нравится?

— «Беретта» — хороший пистолет, но ты же меня знаешь.

— Знаю, ты фанат браунинга, — сказал он.

Я улыбнулась. Два старых приятеля ведут профессиональный треп.

Он прижал ствол к моей груди и взял мой браунинг.

— Прислонись и расставь ноги, — сказал он.

Я оперлась на спинку дивана, а он меня ощупал. Искать было нечего, но Эдуард этого не знал, а неосторожным он никогда не был. Одна из причин, по которой он до сих пор жив. Это — и еще то, что он был очень, очень умелым.

— Ты говорил, что не можешь взломать мой замок, — сказала я.

— Я принес инструменты получше.

— Значит, он не защищен от взлома.

— От большинства людей — защищен.

— Но не от тебя.

Он посмотрел на меня глазами мертвыми, как зимнее небо.

— Я к большинству не принадлежу.

Я не могла не улыбнуться:

— Это ты можешь сказать с полным правом.

Он нахмурился:

— Дай мне имя Мастера, и нам не придется этого делать.

Его пистолет не шелохнулся. Мой браунинг торчал у него из-за пояса. Я надеялась, что он не забыл поставить его на предохранитель. Или, наоборот, забыл.

Я открыла рот, снова закрыла и просто смотрела на него. Я не могла выдать Эдуарду Жан-Клода. Я была — Истребительница, но Эдуарда вампиры называли — Смерть. И он это имя заслужил.

— Я думала, ты сегодня будешь за мной следить.

— Я поехал домой, когда ты подняла зомби. Наверное, мне следовало остаться поблизости. Кто тебе рот раскровянил?

— Я тебе ни черта не скажу, и ты это знаешь.

— Любого можно сломать, Анита. Любого.

— Даже тебя?

Снова эта тень улыбки:

— Даже меня.

— Кто-то превзошел Смерть? А ну-ка расскажи.

Улыбка стала шире.

— В другой раз как-нибудь.

— Приятно слышать, что будет другой раз.

— Я здесь не для того, чтобы тебя убивать.

— А только запугиванием или пыткой заставить меня назвать имя Мастера?

— Да, — ответил он тихим и спокойным тоном.

— А я-то надеялась, что ты скажешь «нет».

— Дай мне имя Мастера этого города, Анита, и я уйду.

— Ты знаешь, что я не могу этого сделать.

— Я знаю, что ты должна это сделать, иначе нас ждет очень долгая ночь.

— Значит, нас ждет очень долгая ночь, потому что ни хрена я тебе говорить не собираюсь.

— Ты не хочешь дать себя запугать.

— Ага.

Он покачал головой.

— Повернись, обопрись грудью на диван и сцепи руки за спиной.

— Зачем?

— Делай, что я сказал.

— Чтобы ты мне руки связал?

— Выполняй.

— Что-то не хочется.

Он снова нахмурился:

— Ты хочешь, чтобы я тебя застрелил?

— Нет, но стоять столбом, пока ты будешь меня связывать, мне тоже не хочется.

— Связывать — это не больно.

— Меня беспокоит то, что будет потом.

— Ты знаешь, что я сделаю, если ты будешь упираться.

— Тогда делай.

— Ты не хочешь мне помочь.

— Уж извини.

— Анита, Анита!

— Я просто не привыкла помогать людям, которые собираются меня пытать. Хотя я не вижу бамбуковых щепок. А как можно кого-то пытать без бамбуковых щепок?

— Перестань!

Он начинал злиться.

— Что перестать?

Я выкатила глаза и постаралась придать себе вид невинный и безобидный — просто не я, а лягушка Кермит.

Эдуард рассмеялся — легким смешком, который все рос и рос, пока Эдуард не присел на пол, свободно держа пистолет и глядя на меня сияющими глазами.

— Ну как я могу тебя пытать, когда ты меня смешишь?

— Не можешь, так и было задумано.

Он покачал головой:

— Нет, не было. Ты просто острила. Ты всегда остришь, Анита.

— Приятно, что ты это заметил

Он поднял руку:

— Анита, хватит.

— Я буду тебя смешить, пока ты пощады не запросишь.

— Просто скажи мне это дурацкое имя, Анита. Прошу тебя, помоги мне. — Смех исчез из его глаз, как уходит с неба солнце. Ушли доброжелательность и человечность, и глаза его стали холодны и пусты, как у куклы. — Не заставляй меня делать тебе больно.

Я была единственным другом Эдуарда, но это не помешает ему меня пытать. Было у Эдуарда одно правило: сделай все, что нужно, чтобы закончить работу. Если он будет вынужден меня пытать, он это сделает, но ему этого не хотелось.

— Теперь, когда ты заговорил вежливо, попробуй снова задать первый вопрос, — сказала я.

Его глаза прищурились, потом он спросил:

— Кто ударил тебя в рот?

— Один Мастер вампиров, — сказала я спокойно.

— Расскажи мне, что произошло.

Эта просьба слишком на мой вкус отдавала приказом, но оба пистолета были у него в руках.

Я рассказала ему обо всем. Все о вампире Алехандро. О том, которого я ощущала у себя в голове таким старым, что у меня кости заныли. И я добавила только одну крохотную ложь, которая утонула в потоке правды. Я ему сказала, что Алехандро — Мастер города. Правда, одна из лучших моих находок?

— Ты и в самом деле не знаешь места его дневного отдыха?

Я покачала головой:

— Если бы знала, я бы тебе его выдала.

— Почему такая перемена настроения?

— Он сегодня пытался меня убить. Все обязательства отменяются.

— Не верю.

Это была слишком хорошая ложь, чтобы ей зря пропадать, и потому я попыталась ее спасти.

— Он тоже одичал. Это он и его прихвостни убивают невинных граждан.

При слове «невинные» Эдуард скривился, но придираться не стал.

— Альтруистический мотив — в это я верю. Не будь ты так чертовски мягкосердечна, ты была бы опасна.

— Я свою долю гадов истребляю, Эдуард.

Он смотрел на меня пустыми синими глазами, потом кивнул:

— Правда.

И отдал мне мой пистолет рукояткой вперед. Судорога в животе отпустила меня. Я смогла испустить глубокий, долгий вздох облегчения.

— Если я найду, где этот Алехандро, ты хочешь принять участие?

Я на минуту задумалась. Хочу ли я охотиться на пятерку одичавших вампиров, из которых двое старше пятисот лет? Нет, не хочу. Хочу ли я посылать Эдуарда против них одного? Нет, не хочу. Значит...

— Ага, чтобы получить свою долю.

Эдуард улыбнулся широкой сияющей улыбкой:

— Ну люблю я свою работу.

— Я тоже, — улыбнулась я в ответ.

27

Жан-Клод лежал посреди белой кровати с балдахином. Кожа его была только чуть более простыней. Он был одет в ночную сорочку. Кружева сбегали по ее воротнику, образуя окно на груди. Они струились по рукавам, почти полностью скрывая кисти рук. Это должно было выглядеть женственным, но на Жан-Клоде этот наряд смотрелся исключительно мужественно. Как может человек не выглядеть глупо в белой кружевной рубашке? Правда, он не был человеком — наверное, в этом все дело.

В разрезе кружевного воротника вились черные волосы. Которых так легко коснуться. Я покачала головой. Нет, даже во сне нет.

Я была одета во что-то длинное и шелковое. Такого же синего оттенка, как темнота его глаз. И мои руки казались на этом фоне до невозможности белыми. Жан-Клод встал на колени и протянул ко мне руку. Приглашение.

Я покачала головой.

— Это ведь только сон, ma petite. Неужели даже здесь вы не придете ко мне?

— С вами никогда не бывает просто снов. Они всегда значат больше.

Его рука упала на простыню, пальцы коснулись ткани.

— Что вы пытаетесь со мной сделать, Жан-Клод?

Он посмотрел на меня в упор.

— Соблазнить вас, конечно.

Конечно. Дура я.

Рядом с кроватью зазвонил телефон. Из этих белых аппаратов с кучей золота. Секунду назад здесь телефона не было. Он снова зазвонил, и сон рассыпался вдребезги. Я проснулась, хватая трубку.

— Алло!

— Привет, я тебя разбудил? — спросил Ирвинг Гризволд.

Я заморгала:

— Который сейчас час?

— Десять. Я знаю, что раньше звонить не надо.

— Чего тебе надо, Ирвинг?

— Грубо.

— Я поздно вернулась. Можно обойтись без комментариев?

— Ладно, я, твой верный репортер, прощу тебе грубость, если ты мне ответишь на несколько вопросов.

— Вопросов? — Я села в кровати, прижав к себе аппарат. — О чем это ты?

— Правда ли, что ребята из «Человек превыше всего» сегодня тебя спасли, как они заявляют?

— Заявляют? Ирвинг, ты не мог бы говорить законченными фразами?

— В утренних новостях показали Джереми Рубенса. По пятому каналу. Он заявил, что он и группа «Человек превыше всего» этой ночью спасли тебе жизнь. Спасли от Старейшего вампира города.

— Этого не было.

— Я могу на тебя сослаться?

Я задумалась на минуту.

— Нет.

— Для статьи мне нужна на тебя ссылка. Я пытаюсь дать шанс для контрутверждений.

— Контрутверждений? Что это еще за слово?

— У меня большой запас слов. Диплом по филологии.

— Это многое объясняет.

— Ты мне можешь дать свою версию истории?

Я задумалась еще на минуту. Ирвинг — мой друг и хороший репортер. Если Рубенс уже был показан в утренних новостях, мне надо было изложить свою версию.

— Дашь мне пятнадцать минут сделать кофе и одеться?

— За эксклюзив — непременно.

— Ладно, тогда и поговорим.

Я повесила трубку и сразу пошла к кофеварке. Я была одета в спортивные носки, джинсы и футболку большого размера, в которой сплю, когда Ирвинг позвонил снова. Рядом с телефоном у меня стояла дымящаяся чашка кофе. Коричный кофе из магазина «Ви-Джей, чай и пряности» в Оливе. Утром ничего лучше и быть не может.

— Ладно, выкладывай.

— Ирвинг, так грубо, сразу в койку без предисловий?

— Давай, Блейк, меня сроки поджимают.

Я ему рассказала все. Мне пришлось признать, что парни из «Человек превыше всего» меня спасли. Черт бы их драл.

— Но я не могу подтвердить, что вампир, которого они прогнали, и есть Мастер города.

— Так я же знаю, что Мастер — это Жан-Клод. Я же брал у него интервью, ты помнишь?

— Помню.

— И я знаю, что этот индеец — не Жан-Клод.
— Но «Человек превыше всего» этого не знают.
— Ух ты! Двойной эксклюзив!
— Но я же не сказала, что Алехандро — не Мастер.
— То есть?
— На твоем месте я бы прежде всего выяснила вопрос у Жан-Клода.

Он прокашлялся:
— У Жан-Клода? Неплохая мысль.

Но сказал он это как-то нервно.
— А что, у тебя неприятности от Жан-Клода?
— Нет, а почему ты спрашиваешь?
— Для репортера ты врешь очень неумело.
— У нас с Жан-Клодом свои дела. Истребительницы они не касаются.
— Отлично, только ты поглядывай, что у тебя за спиной.
— Очень признателен, что ты за меня беспокоишься, Анита, только не волнуйся, я со своими делами справлюсь.

С этим я спорить не стала. Наверное, настроение у меня было хорошее.
— Как скажешь, Ирвинг.

Он оставил эту тему, и я, соответственно, тоже. От Жан-Клода никому просто не отделаться, но это меня не касается. Ирвинг брал у него интервью. Значит, тогда к нему и приделали веревочки. Не очень большой сюрприз, но и не мое дело. Вот так.
— Это будет сегодня на первой полосе. Я только выясню у Жан-Клода, упоминать ли нам, что этот новый вампир не Мастер.
— Я была бы тебе благодарна, если бы ты от этого воздержался.
— А что?

В его голосе зазвучала подозрительность.
— Может, не так уж плохо будет, если «Человек превыше всего» будет верить, что Алехандро и есть Мастер.
— Почему?

— Чтобы они не убили Жан-Клода, — сказала я.
— А!
— Да.
— Буду иметь в виду, — обещал он.
— Постарайся.
— Мне пора, труба зовет.
— О'кей, Ирвинг, потом поговорим.
— Пока, Анита, спасибо.

И он повесил трубку.

Я стала пить еще горячий кофе — медленно. Первую за день чашку никогда нельзя пить наспех.

Если я заставлю хмырей из «Человек превыше всего» купиться на ту же наживку, что и Эдуарда, никто за Жан-Клодом охотиться не будет. Они будут искать Алехандро. Того Мастера, который убивает людей. Пустят по следу полицию, и диких вампиров задавят численным превосходством. Так, это мне нравится.

Фокус в том, купится ли кто-нибудь? Пока не попробуешь, не узнаешь.

28

Я прикончила кофейник и оделась, когда телефон зазвонил снова. Такое уж утро выдалось. Я сняла трубку.
— Да?
— Мисс Блейк? — произнес очень неуверенный голос.
— У телефона.
— Это Карл Ингер.
— Извините, если мои ответы показались вам резкими. В чем дело, мистер Ингер?
— Вы мне сказали, что согласны снова говорить со мной, когда я придумаю план получше. Я придумал, — сказал он.
— План ликвидации Мастера города? — спросила я.
— Да.

Я сделала глубокий вдох и медленно выдохнула в сторону от трубки. А то еще подумает, что это я к нему дышу неровно.

— Мистер Ингер...

— Пожалуйста, выслушайте меня. Мы этой ночью спасли вашу жизнь. Это все же чего-то стоит.

Здесь он меня поймал.

— Каков у вас план, мистер Ингер?

— Я бы лучше изложил вам его лично.

— Меня еще несколько часов не будет в офисе.

— Могу я посетить вас дома?

— Нет.

Ответ был автоматическим.

— Вы не занимаетесь делами дома?

— Нет, если могу этого избежать.

— Вы подозрительны, — сказал он.

— Всегда, — подтвердила я.

— Мы могли бы встретиться где-нибудь еще? Есть некто, с кем я хотел бы, чтобы вы познакомились.

— С кем и зачем?

— Фамилия вам ничего не скажет.

— Попробуйте.

— Мистер Оливер.

— А имя?

— Мне оно неизвестно.

— Ладно, а зачем мне с ним встречаться?

— У него есть хороший план ликвидации Мастера города.

— Какой?

— Знаете, я думаю, пусть лучше мистер Оливер объяснит вам сам. Он намного лучше меня умеет убеждать.

— Пока что вы неплохо справляетесь, — сказала я.

— Значит, вы согласны со мной встретиться?

— Конечно, почему бы и нет?

— Это чудесно. Вы знаете, где находится Арнольд?

— Да.

— Рядом с Арнольдом на Тессон-Ферри-роуд есть озеро для платной рыбалки. Вы его знаете?

Кажется, я там ездила по дороге на два убийства. Все дороги ведут в Арнольд.

— Смогу найти.
— Как скоро вы сможете там быть? — спросил он.
— Через час.
— Отлично, я буду ждать.
— Этот мистер Оливер будет у озера?
— Нет, я вас оттуда отвезу к нему.
— Зачем такая секретность?
— Да нет, это не секретность. — В его голосе зазвучала неловкость. — Просто я плохо умею объяснять дорогу. Проще будет, если я вас подвезу.
— Я могу ехать за вами на машине.
— Кажется, мисс Блейк, вы мне не вполне доверяете.
— Я никому не доверяю вполне, мистер Ингер, ничего личного здесь нет.
— Даже людям, которые спасли вам жизнь?
— Даже им.

Он не стал углубляться в эту тему — наверное, и к лучшему, и сказал:
— Значит, мы встречаемся у озера примерно через час.
— Договорились.
— Спасибо, что согласились приехать, мисс Блейк.
— Я у вас в долгу, а вы постарались, чтобы я это поняла.
— Не надо обижаться, мисс Блейк, я не хотел вас оскорбить.

Я вздохнула:
— Я не обижаюсь, мистер Ингер. Я просто не люблю быть в долгу.
— Посещение мистера Оливера подведет черту всем обязательствам. Я вам обещаю.
— Ловлю вас на слове, Ингер.
— Итак, я жду вас через час.
— Я буду.

Мы каждый повесили трубку.
— А, черт!

Я забыла, что сегодня еще не ела. Иначе я бы назначила через два часа. Теперь мне в буквальном смысле предстояло что-то перехватить по дороге. Терпеть не могу есть в машине, но черт побери, что значит небольшой беспорядок в салоне между друзьями? Или даже между людьми, которые тебе жизнь спасли? Чего это меня так достает, что я в долгу у Ингера?

Да того, что он правый фанатик. Зелот. А с зелотами я дела иметь не люблю. И уж точно не люблю быть обязанной жизнью кому-то из них.

Ладно, он сказал: когда я с ним повидаюсь, это сведет все счеты. Так он сказал. С чего бы мне ему не верить?

29

Озеро Чип-Эвэй — это искусственный водоем площадью в пол-акра с искусственными насыпными берегами. Тут же палаточка, где продаются еда и наживка. Вокруг — плоская автостоянка с гравийным покрытием. На стоянке — автомобиль последней модели с плакатом «Продается». Платная рыбалка и тут же продажа подержанных автомобилей. Отлично придумано.

Вправо от стоянки тянулся участок, заросший травой. На нем — небольшой сарайчик-развалюха и что-то, похожее на остатки промышленного барбекю. Трава кончалась древесной опушкой, переходящей в лесистый холм. С левой стороны к озеру подходила река Мерамек. Забавно было видеть свободно текущую воду рядом с искусственным озером.

В этот холодный осенний день на стоянке было только три машины. Рядом с сияющим бордовым «крайслер-бароном» стоял Ингер. Горстка рыбаков закидывала удочки в озеро. Хорошая должна быть рыбалка, если вытащила людей наружу в такой холод.

Я поставила машину рядом с автомобилем Ингера. Он пошел навстречу мне широким шагом, протягивая руку, как агент по продаже недвижимости, который счастлив показать покупателю дом. Что бы он ни продавал, мне это не нужно. В этом я была почти уверена.

— Как я рад, что вы приехали, мисс Блейк!

Он пожал мою руку обеими руками, сердечно, душевно, неискренне.

— Что у вас на уме, мистер Ингер?

Его улыбка слегка померкла.

— Я вас не понимаю, мисс Блейк.

— Отлично понимаете.

— Серьезно, не понимаю.

Я вгляделась в его озадаченное лицо. Может быть, я слишком много времени провела с ловчилами. Тут в какой-то момент забываешь, что не все в мире — ловчилы. Если всегда предполагать худшее, это сильно экономит время.

— Простите, мистер Ингер. Я много времени провожу в поисках преступников, это вырабатывает цинизм.

У него все равно был озадаченный вид.

— Не обращайте внимания, мистер Ингер, давайте просто поедем к этому Оливеру.

— Мистеру Оливеру, — поправил он.

— Да, конечно.

— Поедем на моей машине? — Он сделал жест в сторону своего «крайслера».

— Я поеду за вами.

— Вы мне не доверяете.

Кажется, это его задело. Вообще люди не привыкли, чтобы их подозревали только за то, что когда-то они что-то такое сделали. По закону каждый невиновен, пока его вина не доказана, но если ты повидал достаточно боли и смертей, для тебя каждый виновен, пока не доказана его невиновность.

— Ладно, поедем на вашей.

Он просто просиял. Именины сердца.

К тому же у меня было с собой два ножа, три креста и пистолет. Преступник он или нет, а я подготовилась. Я не ожидала, что мне понадобится оружие для разговора с мистером Оливером, но потом — потом может понадобиться. Время ходить вооруженной до зубов — хоть на медведя. Или дракона. Или вампира.

30

Ингер проехал по старому шоссе 21 до Восточного Рок-Крика. Рок-Крик — это узкая извилистая дорога, где еле могут разминуться две машины. Ингер вел машину достаточно медленно, чтобы вписываться в повороты, но не так, чтобы поездка успела надоесть.

По дороге были фермы, стоявшие уже много лет, и новые дома в новых кварталах на голой и красной, как рана, земле. К одному из таких кварталов Ингер и свернул. Там было полно больших и красивых домов, очень современных. Вдоль дороги — тоненькие деревца, привязанные к кольям. Эта жалкая поросль трепетала на осеннем ветру, и несколько листиков цеплялись к тонким, как паучьи ножки, веткам. Здесь был лес, пока не прошли бульдозеры. И зачем проектировщики снесли все старые деревья, а потом посадили саженцы, которые еще несколько десятилетий не будут иметь приличного вида?

Мы остановились возле коттеджа, оформленного под деревянный, который был больше любого настоящего деревянного дома. Слишком много стекла, голый двор цвета ржавчины. Белый гравий, покрывавший подъездную дорожку, явно привезли за много миль. Местный гравий был красен, как местная земля.

Ингер начал обходить машину — чтобы открыть мне дверь, наверное. Я открыла ее сама. Ингер, кажется, слегка растерялся, но виду не подал. А я никогда не понимала, почему совершенно здоровый человек не может сам себе открыть дверь. Особенно дверцу автомобиля, когда мужчина должен обойти ее вокруг, а женщина сидит, как... как бревно.

Ингер повел меня вверх по ступеням веранды. Отличная веранда, достаточно широкая, чтобы сидеть там в летние вечера. Сейчас же она была сплошь голое дерево и большое картинное окно с задвинутыми шторами, выполненное как окно амбара, а над ним повсюду нарисованы фургонные колеса. Очень деревенский пейзаж.

Ингер постучал в резную деревянную дверь. В середине двери была панель свинцового стекла, высокая и сверкающая, предназначенная скорее для декорации, чем чтобы сквозь нее смотреть. Он не подождал, пока дверь откроется, а открыл ее ключом и вошел. Если он не ждал, что ему откроют, зачем было стучать?

В доме было сумеречно от действительно красивых штор, отгораживающих от густого солнечного света. Полы полированного дерева были ничем не покрыты. Решетка тяжелого камина без экрана, камин холоден. Весь дом был новый, не пользованный, как рождественская игрушка. Ингер, не задумываясь, пошел вперед в деревянный коридор, а я последовала за его широкой спиной. Он не оглядывался, успеваю ли я за ним. Очевидно, когда я дала понять, что дверь мне открывать не надо, он решил, что дальнейшая галантность излишня.

Мне это годится.

Вдоль всего коридора через широкие простенки шли деревянные двери. Ингер постучал в третью слева. Чей-то голос ответил:

— Войдите!

Ингер открыл дверь и вошел. Потом придержал для меня дверь, стоя возле нее очень прямо. Кто же это такой там в комнате, кто может Ингера так построить? Только один способ выяснить.

Я вошла в комнату.

На северной стене был ряд окон с тяжелыми шторами. Тонкий луч солнца перерезал комнату, выделив полосу на большом и пустом столе. За столом в большом кресле сидел человек.

Он был очень мал, почти лилипут или карлик. Я бы сказала, что карлик, но у него не было выступающей челюсти или укороченных рук. И под отлично сшитым костюмом он казался вполне правильно сложенным. У него почти не было подбородка, лоб был скошен назад, и это привлекало внимание к широкому носу и развитым надбровным дугам. Что-то было знакомое в этом лице, будто я его уже где-то видела. Но я знала, что ни одного человека такого вида среди моих знакомых никогда не было. Очень необычное лицо.

Я глядела на него, чувствуя, что озадачена, и это мне не нравилось. Потом я перехватила взгляд его глаз; они были чисто карие и улыбались. Темные волосы были подстрижены чуть ли не по одному — очень дорогая стрижка, и уложены феном. Он сидел в кресле за своим чистым полированным столом и улыбался мне.

— Мистер Оливер, это Анита Блейк, — сказал Ингер, все еще застыв у двери.

Человек поднялся с кресла и обошел вокруг стола, протягивая мне маленькую, правильной формы руку. Он был ростом четыре фута и ни дюйма больше. Рукопожатие у него было твердым и куда сильнее, чем можно было предположить по его виду. Краткое пожатие, и я ощутила силу в этой маленькой фигуре. Он не казался на вид мускулистым, но была в нем какая-то легкая сила — в лице, руке, осанке.

Он был низкорослым, но не считал это недостатком. Мне это нравилось. Совпадает с моим мироощущением.

Улыбнувшись, не разжимая губ, он сел в свое большое кресло. Ингер принес из угла стул и поставил его перед столом. Я села; Ингер остался стоять у закрытой теперь двери. И стоял по стойке «смирно». Человек в кресле пользовался у него уважением. И мне он тоже вроде бы нравился. Впервые в жизни. Обычно я с первого взгляда склонна не доверять.

Я поняла, что улыбаюсь. Мне было тепло и приятно смотреть ему в лицо, будто он был мой любимый дядюшка, от которого у меня нет секретов. Я нахмурилась. Что за чертовщина со мной творится?

— Что тут делается? — спросила я.

Он улыбнулся, и глаза его заискрились в мою сторону.

— Что вы имеете в виду, мисс Блейк?

Голос был мягкий, тихий, густой, как сливки в кофе. Его можно было почти попробовать на вкус. Приятная теплота в ушах. Я знала только один еще голос, который умел вытворять такие штуки.

Я уставилась на тонкую полоску солнечного света в дюйме от руки Оливера. Яркий день. Этого не может быть. Или может?

И я всмотрелась в очень живое лицо. Нет и следа той чужести, которая выдает вампира. И все же его голос, это теплое чувство уюта — нет, это все неестественно. Я никогда никому не доверяла и не симпатизировала с первого взгляда. И сейчас начинать не собиралась.

— Отлично работаете, — сказала я. — Просто отлично.

— Что же вы имеете в виду, мисс Блейк?

В этот пушистый голос можно было завернуться, как в любимое одеяло.

— Перестаньте!

Он вопросительно посмотрел на меня, будто недоумевая. Актерская игра была великолепна, и я поняла почему: это не была игра. Я бывала рядом с древними вампирами, и ни один из них не мог сойти за человека — вот так. Этого можно привести куда угодно, и никто не узнает. Ладно, почти никто.

— Поверьте мне, мисс Блейк, я ничего не пытаюсь делать.

Я сглотнула слюну. Было это правдой? Был он настолько силен, что ментальные трюки и голос действовали автоматически? Нет. Если Жан-Клод может этим управлять, то и это создание тоже может.

— Уберите ментальные фокусы и отключите голос, о'кей? Если хотите говорить по делу, говорите, а трюки бросьте.

Его улыбка стала шире, но все еще не настолько, чтобы стали видны клыки. Несколько сотен лет тренировки дают возможность выучить эту улыбку.

И он рассмеялся. Это был чудесный смех, как теплая вода, падающая с высоты. В него хотелось прыгнуть и купаться в нем.

— Прекратите!

Сверкнули клыки, и смех прекратился.

— Это ведь не метки вампира позволяют вам видеть насквозь мои, как вы их назвали, игры. Это природный талант?

Я кивнула:

— Он есть почти у всех аниматоров.

— Но не в такой степени, как у вас, мисс Блейк. У вас тоже есть сила; я ощущаю ее кожей. Вы некромант.

Я стала возражать, но прикусила язык. Нет смысла лгать такому. Он был старше всего, что мне могло присниться во сне или привидеться в кошмаре. Но от него у меня не ныли кости. Он был хорош, лучше Жан-Клода, лучше всех.

— Я могла бы быть некромантом, но решила им не быть.

— Нет, мисс Блейк, мертвые отзываются вам, все мертвые. Даже я чувствую эту тягу.

— Вы хотите сказать, что у меня есть что-то вроде власти и над вампирами?

— Если вы научитесь использовать свои таланты, мисс Блейк, то да — у вас есть определенная власть над всеми мертвыми в их многочисленных обличьях.

Я хотела спросить, как это сделать, но одернула себя. Вряд ли Мастер вампиров поможет мне обрести власть над его последователями.

— Вы меня разыгрываете.

— Заверяю вас, мисс Блейк, что я абсолютно серьезен. Это ваша потенциальная власть притянула к вам Мастера города. Он хочет взять под контроль эту возникающую силу из страха, что она повернется против него.

— Откуда вы это знаете?

— Я чую это по меткам, которые он на вас наложил.

Я только таращилась. Он чует Жан-Клода. Вот черт!

— Чего вы хотите от меня?

— Очень напрямую, это я люблю. Жизнь человека слишком коротка, чтобы расходовать ее на тривиальности.

Это была угроза? Глядя в его улыбающееся лицо, я не могла сказать с уверенностью. Глаза его все так же искрились, и меня все так же тянула к нему теплая и пушистая тяга. Контакт глаз! Уж кто-кто, а я должна была бы помнить. Я уставилась в стол, и мне стало лучше. Или хуже. Теперь меня можно было напугать.

— Ингер сказал, что у вас есть план, как убрать Мастера города. Что это за план?

Говоря эти слова, я смотрела в стол. По коже бежали мурашки от желания поднять глаза. Встретить его взгляд, ощутить теплоту и уют. Упростить все решения.

Я затрясла головой:

— Не лезьте в мое сознание, или наша беседа окончена.

Он снова засмеялся — теплым, настоящим смехом. От него у меня мурашки побежали по плечам.

— Вы действительно очень талантливы. Я веками уже не видал человека, который мог бы с вами сравниться. Некромант! Вы понимаете, насколько редок этот талант?

Я не понимала, но на всякий случай сказала:

— Да.

— Ложь, мисс Блейк, мне? Не стоит трудиться.

— Мы здесь не для разговора обо мне. Либо излагайте свой план, либо я ухожу.

— Мой план — это я, мисс Блейк. Вы же ощущаете мою силу, прилив и отлив стольких столетий, сколько и присниться не может вашему жалкому Мастеру. Я старше, чем само время.

В это я не поверила, но спорить не стала. Он был достаточно стар, и я не собиралась с ним спорить — если смогу удержаться.

— Выдайте мне вашего Мастера, и я избавлю вас от его меток.

Я быстро глянула вверх и тут же опустила глаза. Он все еще улыбался, но улыбка не была настоящей. Как и все остальное, это была игра. Просто это была очень хорошая игра.

— Если вы чуете моего Мастера в этих метках, разве вы не можете найти его сами?

— Я чую его силу, могу судить, чего он стоит как противник, но не чую ни его имени, ни берлоги. Это от меня скрыто.

На этот раз его голос был очень серьезен, он не пытался меня охмурять. Или по крайней мере я так думала. Может быть, это тоже был ментальный трюк.

— Чего вы хотите от меня?
— Его имя и место его дневного отдыха.
— Место его дневного отдыха мне неизвестно.

Я была рада, что это правда, потому что ложь он бы учуял.
— Тогда имя, дайте мне его имя.
— Зачем вам это надо?
— Потому что я хочу быть Мастером этого города, мисс Блейк.
— Зачем?
— Как много вопросов. Разве недостаточно, что я избавлю вас от меток?

Я покачала головой:
— Нет.
— Что вам за дело до того, что будет с другими вампирами?
— Никакого дела. Но прежде чем я дам вам власть над каждым вампиром округи, я хочу знать, что вы с этой властью намерены делать.

Он рассмеялся снова. На этот раз это был просто смех. Он постарался просто рассмеяться.

— Вы самый упрямый человек, которого я вижу за очень долгое время. Упрямые мне нравятся — они всегда доводят дело до конца.
— Ответьте на мой вопрос.
— Я думаю, что вампирам не подходит статус легальных граждан. Я хочу вернуть прежнее положение вещей.
— Зачем вам, чтобы на вампиров опять началась охота?
— Они слишком сильны, чтобы допустить их неконтролируемое распространение. Политической деятельностью и избирательными правами они подчинят себе человеческую расу куда быстрее, чем насилием.

Я вспомнила Церковь Вечной Жизни, самую быстрорастущую конфессию в стране.

— Допустим, вы правы. Как вы это остановите?
— Запретом для вампиров голосовать или принимать участие в любой политической деятельности.
— В городе есть еще один Мастер вампиров.

— Вы имеете в виду Малкольма, главу Церкви Вечной Жизни.

— Да.

— Я за ним понаблюдал. Он не сможет продолжать свой крестовый поход одиночки за легализацию вампиров. Я это запрещу и распущу его церковь. Разумеется, вы, как и я, видите в этой церкви самую большую опасность.

Верно. Но противно было подтверждать правоту Старого вампира. Почему-то это казалось неправильным. А он говорил:

— Сент-Луис — рассадник политически активных и предприимчивых вампиров. Это необходимо прекратить. Мы — хищники, мисс Блейк, и что бы мы ни делали, это не изменится. Надо вернуть те времена, когда на нас охотились, или человеческая раса обречена. Конечно, вы это понимаете.

Я это понимала. Я в это верила.

— А какое вам дело, если она и обречена? Вы же уже не часть человеческой расы.

— Мой долг как старейшего из живущих вампиров, мисс Блейк, держать нас под контролем. Эти новые права выходят из-под контроля, и это надо прекратить. Мы слишком сильны, чтобы дать нам такую свободу. У людей есть их право быть людьми. В прежние дни выживал сильнейший, умнейший или самый везучий. Люди — охотники на вампиров выпалывали глупых, беспечных, излишне жестоких. Мне страшно думать, что произойдет за несколько десятилетий без этой системы сдержек и противовесов.

Тут я была согласна всем сердцем: страшно подумать. Я была согласна со старейшим из виденных мной живых созданий. Он был прав. Так могу ли я выдать ему Жан-Клода? Должна ли я выдать ему Жан-Клода?

— Я с вами согласна, мистер Оливер, но выдать его я не могу. Не могу — и все. Не знаю почему, но не могу.

— Верность. Я восхищен. Подумайте над этим, мисс Блейк, но не слишком долго. Я должен как можно скорее провести свой план в жизнь.

Я кивнула:

— Понимаю. Я... я дам ответ через пару дней. Как мне с вами связаться?

— Ингер даст вам карточку с телефоном. С ним вы можете говорить как со мной.

Я повернулась к Ингеру, все еще стоящему у двери по стойке «смирно».

— Вы — человек-слуга?

— Я имею эту честь.

Я только покачала головой.

— Теперь мне пора идти.

— Не переживайте, что вы не распознали в Ингере слугу. Это не метка, которая видна. Иначе как могли бы наши слуги быть нашими глазами, руками и ушами, если бы каждый видел, что они наши?

Это было разумно. Он много чего разумного сегодня сказал. Я встала. Он тоже встал и протянул мне руку.

— Простите, но я знаю, что прикосновение облегчает ментальные игры.

Его рука упала вниз.

— Мне не нужно прикосновение, чтобы играть с вами в игры, мисс Блейк.

Этот голос был чудесным, сияющим и ярким, как рождественское утро. У меня перехватило горло и глаза потеплели от выступивших слез. Вот блин! Блин!

Я попятилась к двери, и Ингер открыл ее. Они собирались меня просто выпустить. Он не собирался изнасиловать мое сознание и вытащить имя. Он действительно меня отпускал. Это лучше всего доказывало, что он из хороших парней. Потому что он мог выжать мой разум досуха. Но он меня отпускал.

Ингер закрыл за нами дверь — медленно и почтительно.

— Сколько ему лет? — спросила я.

— Вы не можете определить?

Я покачала головой.

— Сколько?

Ингер улыбнулся:

— Мне больше семисот лет. Когда я встретил мистера Оливера, он был древним.

— Ему больше тысячи лет.

— Почему вы так думаете?

— Я видела вампиршу, которой было чуть больше тысячи. Она была устрашающей, но такой силы в ней не было.

Он улыбнулся:

— Если вам интересно, сколько ему лет, вам придется у него самого спрашивать.

Я минуту смотрела в улыбающееся лицо Ингера и вдруг поняла, где я видела такое лицо, как у Оливера. В курсе антропологии в колледже. Там был рисунок в точности как его лицо. Реконструкция по черепу Homo erectus. Что давало Оливеру примерно миллион лет.

— Боже мой! — ахнула я.

— Что случилось, мисс Блейк?

Я затрясла головой:

— Не может ему быть столько.

— Сколько это — столько?

Я не хотела произносить этого вслух, будто тогда это стало бы правдой. Миллион лет. Сколько же силы набирает за это время вампир?

По коридору из глубины дома к нам шла женщина. Она покачивалась на босых ногах, и ногти на них были покрашены в тот же ярко-алый цвет, что и на руках. Подпоясанное платье было под цвет этого лака. Ноги у нее были длинные и бледные, но такой бледностью, которая может смениться загаром под хорошим солнышком. Волосы спускались ниже талии — густые и абсолютно черные. Прекрасная косметика и алые губы. Когда она мне улыбнулась, из-под губ показались клыки.

Но она не была вампиршей. Хрен его знает, кем она была, но я точно знаю, кем она не была.

Я посмотрела на Ингера. Нельзя сказать, чтобы ее появление его обрадовало.

— Разве нам не пора идти? — спросила я.

— Да, — ответил он. И попятился к входной двери, а я вслед за ним. И мы оба не отрывали глаз от клыкастой красавицы, скользившей к нам по коридору.

Она двигалась с текучей грацией, за которой почти невозможно было уследить. Так умеют двигаться оборотни, но и ликантропом она тоже не была.

Она обогнула Ингера и устремилась ко мне. Я бросила попытки казаться хладнокровной и побежала к двери, но она была слишком для меня быстра. Слишком быстра для любого человека.

Она схватила меня за правое предплечье. И вид у нее стал недоуменный. Она ощутила ножны у меня на руке, но явно не знала, что это. Очко в мою пользу.

— Кто ты такая?

Мой голос был ровным. Не испуганным. Крутой большой вампироборец. А то!

Она шире раскрыла рот, касаясь языком клыков. Они были длиннее, чем у вампира. В закрытый рот они явно не поместились бы.

— А куда они деваются, когда ты закрываешь рот? — спросила я.

Она мигнула, улыбка с ее лица сползла. Она коснулась клыков языком, и они сложились назад, к нёбу.

— Складные клыки, — сказала я. — Классно придумано.

Ее лицо было очень серьезно.

— Рада, что тебе понравилось представление, но ты еще далеко не все видела.

Клыки снова развернулись. Она раскрыла рот почти в зевке, и клыки блеснули в пробивающемся сквозь шторы солнечном свете.

— Мистер Оливер будет недоволен, что ты ей угрожала, — сказал он.

— Он сентиментальным становится от старости.

Ее пальцы впились в мою руку куда сильнее, чем позволяла предположить ее внешность.

Правая рука у меня была поймана, так что я не могла вытащить пистолет. То же самое относилось и к ножам. Наверное, надо прихватывать больше пистолетов.

— Да кто же ты, черт тебя побери?

Женщина зашипела на меня — резкий выдох, слишком сильный для человеческой глотки. Высунутый язык оказался раздвоен.

— Да кто же ты, черт тебя побери?

Она засмеялась, но как-то неправильно — наверное, из-за раздвоенного языка. Зрачки ее сузились в щелки, и радужки прямо у меня на глазах стали золотистыми.

Я дернула руку, но ее пальцы держали, как сталь. Тогда я бросилась на пол. Она опустилась вместе со мной, но руку не выпустила.

Я упала на левый бок, подобрала ноги и дала ей в коленную чашечку изо всей силы. Нога хрустнула. Она завопила и упала, но не отпустила руку.

С ее ногами что-то происходило. Казалось, они срастаются вместе, покрываются общей кожей. Я никогда ничего подобного не видела, и сейчас мне тоже не хотелось.

— Что это ты делаешь, Мелани?

Голос доносился сзади. Оливер стоял в коридоре рядом с ярким светом из гостиной. В голосе его звучали падающие скалы и ломающиеся деревья. Буря, состоящая только из слов, но она резала и полосовала.

От этого голоса тварь на полу съежилась. Нижняя часть ее тела стала змеиной. Ничего себе змейка.

— Она же ламия! — тихо сказала я. И стала пятиться к двери, нащупывая ручку. — Я думала, они вымерли.

— Она последняя, — сказал Оливер. — Я ее держу при себе, потому что подумать страшно, что она натворит, если предоставить ее собственным желаниям.

— Это создание, которое откликается на ваш призыв? — спросила я.

Он вздохнул, и в этом вздохе была грусть тысячелетий.

— Змеи. Я могу призывать змей.

— Конечно же, — кивнула я.

Потом открыла дверь и вышла спиной вперед на солнечную веранду. Остановить меня никто не пытался.

За мной закрылась дверь, и через несколько минут вышел Ингер, напряженный от злости.

— Мы самым искренним образом извиняемся за ее поведение. Она ведь животное.

— Оливеру надо держать ее на поводке покороче.

— Он пытается.

Я кивнула. Это я понимала. Как ни старайся, а тот, кто может управлять ламией, может играть со мной в ментальные игры целый день, а я об этом и знать не буду. Сколько из моей веры и добрых пожеланий настоящие, а сколько созданы Оливером?

— Я вас отвезу обратно.

— Да, пожалуйста.

И мы уехали. Я впервые в жизни встретила ламию, а также самое старое из живых существ в мире. Красный, мать его так, день в календаре.

31

Я отпирала свою дверь, а за ней звонил телефон. Пихнув дверь плечом, я успела подскочить на пятом звонке и чуть не заорала:

— Алло!

— Анита?

Это была Ронни.

— Да, я.

— Ты вроде запыхалась?

— Пришлось бежать к телефону. Что случилось?

— Я вспомнила, откуда я знаю Кэла Руперта.

Мне понадобилась минута, чтобы вспомнить, о ком это она. О первой жертве вампиров. Я на секундочку забыла, что идет расследование убийства. Мне стало стыдно.

— Рассказывай, Ронни.

— Я в прошлом году делала одну работу для некоторой адвокатской конторы. Один из сотрудников специализировался по составлению завещаний.

— Я знаю, что Руперт оставил завещание. Поэтому я имела право проткнуть его колом без ордера на казнь.

— А ты знаешь, что Реба Бейкер составила завещание у того же адвоката?

— А кто такая Реба Бейкер?

— Может быть, вторая жертва.

У меня стеснило грудь. След, настоящий, живой след.

— Почему ты так думаешь?

— Реба Бейкер молодая, блондинка, и она пропустила встречу. По телефону не отвечает. Ей звонили на работу, и там ее уже второй день нет.

— Столько времени прошло после ее смерти, — сказала я.

— Именно.

— Позвони сержанту Рудольфу Сторру. Расскажи ему то, что сейчас рассказала мне. Назови мое имя, чтобы тебя с ним соединили.

— А ты не хочешь, чтобы сначала мы сами это проверили?

— Ни за что в жизни. Это дело полиции. Они его умеют делать. Пусть отрабатывают свою зарплату.

— Ну, с тобой не повеселишься.

— Ронни, позвони Дольфу. Отдай это полиции. Я видела вампиров, которые убили этих людей. Не надо нам изображать из себя мишень.

— Ты видела — кого?

Я вздохнула. Совсем забыла, что Ронни ничего не знает. И я рассказала ей самый короткий вариант, который еще имел смысл.

— Я тебе все расскажу подробно в ближайшую субботу на тренировке.

— А что будет с тобой тем временем?

— Пока что я еще жива.

— Ладно, следи только, что у тебя за спиной.

— Всегда. И ты тоже.

— За мной никогда не гонялось столько народу, сколько за тобой сейчас.

— И скажи спасибо.

— Говорю.

Я повесила трубку.

У нас был след. Может быть, даже картина, если не считать нападения на меня. Я в картину не укладывалась. За мной они гонялись в поисках Жан-Клода. Всем нужно его место. Проблема тут в том, что с этого места не уйти в отставку — можно только умереть. Мне нравилось то, что сказал Оливер. Я с ним была согласна, но могу ли я принести Жан-Клода в жертву на алтарь здравого смысла? А, черт побери все!

32

Кабинет у Берта был небольшой и окрашенный в бледно-голубые тона. Он считал, что это успокаивает клиента. Я считала, что этот цвет слишком холоден, но с Бертом это тоже гармонировало. Был он шести футов ростом, широк в плечах и сложен, как бывший университетский футболист. Живот у него несколько смотрел на юг от избытка еды и недостатка движений, но он отлично носил его в семисотдолларовых костюмах. За такие деньги можно найти костюм, который замаскирует Тадж-Махал.

Был он загорелый, сероглазый, с коротко стриженными почти белыми волосами. Не от возраста — естественный цвет.

Я сидела напротив него в рабочей одежде. Красная юбка, жакет ей под цвет и блузка настолько близкая к алой, что пришлось даже нанести косметику, чтобы лицо не смотрелось как у привидения. Покрой жакета позволял скрыть наплечную кобуру.

Рядом со мной в кресле сидел Ларри в синем костюме, белой рубашке и синем с голубым галстуке. Кожа около швов на его лбу сияла всеми цветами кровоподтека. И короткие рыжие волосы не могли этого скрыть. Вид был такой, будто его съездили по голове бейсбольной битой.

— Ты мог подставить его под убийство, Берт, — сказала я.

— Ему ничего не грозило, пока не появилась ты. Вампирам была нужна ты, а не он.

Он был прав, и это мне было противно.

— Он пытался поднять третьего зомби.

В холодных глазках Берта засветился огонек.

— Ты можешь сделать троих за ночь?

У Ларри хватило соображения принять смущенный вид.

— Почти.

— Что значит почти? — нахмурился Берт.

— Это значит, что он его поднял, но потерял над ним контроль. Не будь там меня, чтобы исправить положение, нам пришлось бы иметь дело с обезумевшим зомби.

Берт наклонился вперед, упираясь руками в стол и буравя Ларри суровым взглядом.

— Это правда, Ларри?

— Боюсь, что да, мистер Вон.

— Это могло обернуться очень серьезно, Ларри. Ты это понимаешь?

— Серьезно? — переспросила я. — Это была бы кровавая катастрофа! Зомби мог бы сожрать кого-нибудь из наших клиентов!

— Ну, Анита, нет смысла пугать мальчика.

— Есть смысл, — сказала я, вставая.

Берт кинул на меня свой суровый взгляд.

— Если бы ты не опоздала, он бы не пытался поднять третьего зомби.

— Нет, Берт, не пытайся свалить все на меня. Это ты выпустил его одного в его первую ночь. Одного, Берт!

— И он отлично справился, — парировал Берт.

Я подавила желание заорать, потому что это ни к чему бы не привело.

— Берт, он студент колледжа, и ему двадцать лет. Для него это просто очередное дурацкое семинарское занятие. Если бы из-за тебя он погиб, вряд ли это было бы хорошо.

— Могу я вставить слово? — спросил Ларри.

— Нет! — огрызнулась я.
— Конечно, — ответил Берт.
— Я уже большой мальчик. Могу сам о себе позаботиться.

Я хотела было поспорить, но, глядя в его честные голубые глаза, передумала. Ему было двадцать, а я помню себя в этом возрасте. В двадцать лет я знала все. И целый год прошел, пока я поняла, что не знаю ничего. У меня еще оставалась надежда узнать хоть что-нибудь до тридцати, но не очень сильная.

— Сколько тебе было лет, когда ты начала на меня работать? — спросил Берт.
— Что?
— Сколько тебе тогда было?
— Двадцать один. Сразу после колледжа.
— Когда тебе будет двадцать один, Ларри? — спросил Берт.
— В марте.
— Видишь, Анита? Он всего на несколько месяцев моложе, чем ты была.
— Это было другое.
— Почему? — спросил Берт.

Я не могла выразить этого словами. У Ларри даже бабушки с дедушками до сих пор живы. Он никогда не встречался со смертью и насилием как с чем-то близким и личным. А я встречалась. Он был невинен, а я тогда уже много лет как не была. Но как объяснить это Берту, не задевая чувства Ларри? Ни один мужчина двадцати лет от роду не любит слышать, что какая-то женщина знает о мире больше него. Некоторые культурные стереотипы очень живучи.

— Ты меня посылал с Мэнни, а не одну.
— Он тоже должен был пойти с тобой, но ты занималась полицейскими делами.
— Это нечестно, Берт, и ты сам это понимаешь.

Он пожал плечами:
— Делала бы ты свою работу, он бы не был один.
— Произошло два убийства, Берт. Что я должна была делать? Сказать: «Извините, ребята, очень мне жаль насчет убийств, но я должна нянчить нового аниматора?»

— Меня не надо нянчить, — возмутился Ларри.

Мы оба не обратили на него внимания.

— Ты работаешь в «Аниматор Инкорпорейтед» на полную ставку, Анита.

— Берт, этот разговор у нас уже был много раз.

— Слишком много, — сказал он.

— Ты мой босс, Берт. Поступай, как считаешь нужным.

— Анита, не провоцируй меня!

— Слушайте, ребята! — сказал Ларри. — У меня впечатление, что я вам нужен только как повод для ссоры. Давайте не будем зарываться, ладно?

Мы оба смерили его гневными взглядами, но он не смутился. Очко в его пользу.

— Если тебе не нравится, как я работаю, Берт, увольняй меня, но перестань дергать за поводок.

Берт медленно встал, как поднимающийся из глубин левиафан.

— Анита...

И тут зазвонил телефон. Мы уставились на него. Наконец Берт взял трубку и зарычал:

— Да, что надо?

Минуту он слушал, потом глянул на меня.

— Это тебя. — И вдруг его голос стал неимоверно мягок. — Детектив сержант Сторр, по делам полиции.

Он улыбался, но так холодно, что масло бы у него во рту замерзло.

Я молча протянула руку за трубкой. Он так же молча подал ее мне, все еще улыбаясь, и глазки у него искрились теплотой. Это был плохой признак.

— Привет, Дольф, что там?

— Мы в адвокатской конторе, которую нам показала твоя подруга Вероника Симс. Очень мило, что она сначала позвонила тебе, а не нам.

— Но она же позвонила тебе сразу после этого?

— Ну да.

— Что ты нашел?

Я не позаботилась приглушать голос. Если быть осторожной, половина телефонного разговора много не скажет.

— Реба Бейкер и есть эта мертвая женщина. Они опознали ее по фотографиям из морга.

— Приятный конец рабочей недели, — сказала я.

На это замечание Дольф не отреагировал.

— Обе жертвы составили завещание. В случае смерти от укусов вампира их надлежит проткнуть колом, а потом кремировать.

— Кажется, складывается в картину, — сказала я.

— Но как вампиры узнали, что эти двое составили завещания?

— Вопрос на засыпку, Дольф? Кто-то им сообщил.

— Сам понимаю. — В его голосе звучало отвращение.

Я что-то не уловила.

— Дольф, что ты от меня хочешь?

— Я всех спрашивал, и все клянутся, что говорят правду. Может кто-то дать информацию, а потом об этом не помнить?

— Ты имеешь в виду, могут ли вампиры проделать ментальный трюк, чтобы информатор об этом не помнил?

— Ну да, — сказал он.

— Наверняка.

— Если бы ты была здесь, ты могла бы сказать, кого вампиры спрашивали?

Я бросила взгляд на моего босса. Если я пропущу еще одну ночь в самый напряженный сезон, он меня может уволить. Бывают дни, когда мне кажется, что на это мне наплевать. Но сегодня был не такой день.

— Ищи провалы в памяти. На часы или на целую ночь.

— Еще что-нибудь?

— Если кто-то давал информацию вампирам, он может об этом не помнить, но хороший гипнотизер это воспоминание может пробудить.

— Юрист тут вопит насчет прав и ордеров. Ордер у нас есть только на их файлы, а не на их мозги.

— Спроси его, хочет ли он, чтобы на его совесть легла смерть еще одного его клиента?

— Ее клиента. Это она.

Какая же я сексистка!

— Спроси ее, хочет ли она объяснять семье клиента, почему она препятствовала расследованию.

— Клиенты не узнают, если мы не предадим это огласке, — сказал он.

— Верно, — согласилась я.

— Ну, мисс Блейк, это же будет шантаж!

— Нет, правда? — изумилась я.

— Ты в прошлой жизни была копом, — сказал он. — Слишком у тебя хитрости много.

— Спасибо за комплимент.

— Ты можешь порекомендовать гипнотизера?

— Алвин Тормунд. Погоди, сейчас я тебе дам его телефон.

Я вытащила свою визитницу. В ней я стараюсь хранить только те карточки, которые когда-нибудь могут понадобиться. Алвина мы использовали несколько раз в случае амнезии у жертв вампиров. Найдя карточку, я дала Дольфу номер.

— Спасибо, Анита.

— Дай мне знать, если что обнаружишь. Может быть, я узнаю замешанных в это вампиров.

— Хочешь присутствовать при гипнозе?

Я поглядела на Берта. Его лицо было спокойным и приятным. Берт в самом опасном настроении.

— Да нет. Только сделай запись разговоров. Если надо будет, я их потом прослушаю.

— Потом — это значит еще один труп, — сказал он. — Твой босс опять тебя достает?

— Ага.

— Мне с ним поговорить? — предложил Дольф.

— Да нет, не надо.

— Что, сильно собачится насчет этого дела?

— Как обычно.

— О'кей, я вызову этого Тормунда и запишу сеансы на пленку. Если что-нибудь узнаем, я тебе сообщу.
— Кинь на пейджер.
— Заметано.

И он повесил трубку, не сказав «до свидания». Потому что никогда этого не делал.

Я отдала трубку Берту. Он ее повесил, все еще глядя на меня приветливым, угрожающим взглядом.

— Тебе придется сегодня ночью опять ехать в полицию?
— Нет.
— Чем заслужили мы такую честь?
— Перестань язвить, Берт. — Я повернулась к Ларри: — Ты готов ехать, детка?
— Сколько вам лет? — спросил он.

Берт ухмыльнулся.

— А какая разница? — спросила я.
— А вы просто ответить не можете?

Я пожала плечами:

— Двадцать четыре.
— Вы меня старше всего на четыре года. Так что не называйте меня деткой.

Я не смогла сдержать улыбку:

— Договорились. Но нам пора. Мертвых поднимать, денежки зарабатывать.

И я глянула на Берта.

Он откинулся в кресле, сцепив на животе пальцы с обрезанными ногтями. И ухмылялся.

Мне хотелось кулаком стереть эту ухмылку с его морды, но я сдержалась. Кто сказал, что у меня нет самоконтроля?

33

Был час до рассвета. Все жители цветочного города спокойно спали в своих кроватках... Ох, простите, это не из той книги. Когда мне приходится не спать до рассвета, я малость дурею. Всю ночь я учила Ларри быть хорошим и законопослушным аниматором. Не знаю, одобрил ли бы Берт последнее, но я одобряла.

Это было маленькое кладбище. Семейный участок с претензиями. Узкая двухполосная дорога огибала холм, и оно вдруг появлялось перед тобой — пятно гравия рядом с дорогой. Секунда, чтобы сообразить, что сюда и надо повернуть — и вот оно, кладбище. Могильные плиты уходили вверх по склону. И такому крутому, что, казалось бы, гробы должны съезжать вниз.

Мы стояли в темноте под балдахином деревьев, перешептывающихся у нас над головой. По обе стороны дороги густилась роща. Кладбище было всего лишь полянкой рядом с дорогой, но за ним хорошо ухаживали. Живущие представители семьи не давали ему прийти в запустение. Как они выкашивали этот крутой склон — мне даже думать не хотелось. Наверное, с помощью системы блоков и веревок, чтобы косилка не опрокинулась и не добавила еще один труп.

Наш последний в эту ночь клиент уже уехал обратно к цивилизации. Я подняла пять зомби, Ларри — одного. Да, он мог бы поднять и двух, но темнота уже кончалась. Поднять зомби — это недолго, по крайней мере для меня, но есть еще время переездов. За четыре года только один раз у меня были два зомби на одном кладбище в одну ночь. А в основном несешься на машине, как маньяк, чтобы успеть на встречу.

Мою покойную машину отбуксировали на станцию обслуживания, но люди из страховой компании ее еще не смотрели. Пока они мне скажут, что она ремонту не подлежит, пройдут дни, если не недели. Времени нанять машину на эту ночь не было, поэтому меня возил Ларри. Да если бы машина у меня и была, он бы все равно меня возил. Это же я ругалась, что мне нужна помощь, значит, мне его и обучать. Тогда справедливо, что он меня возит.

В деревьях шелестел ветер, сухие листья шуршали на дороге. Ночь была полна тихими, какими-то спешащими звуками. Спешащими... куда? Ко Дню Всех Святых. Хэллоуин уже ощущался в воздухе.

— Люблю я такие ночи, — сказал Ларри.

Я оглядела его. Мы стояли, держа руки в карманах, и смотрели в темноту. Наслаждаясь приятным вечером. Оба мы были покрыты засохшей куриной кровью. Приятная, вполне обычная ночь.

Запищал мой пейджер. Очень неуместный звук в тихой шелестящей ночи. Я нажала кнопку, и этот шум милосердно прекратился. Высветился номер. Я его не узнала. Я только надеялась, что это не Дольф, потому что незнакомый номер в такую позднюю ночь — или раннее утро — значил бы новое убийство. Новый труп.

— Поехали, надо найти телефон.
— Кто это?
— Не знаю, — сказала я и начала спускаться с холма.

Он пошел за мной, на ходу спросив:
— А как вы думаете?
— Может быть, полиция.
— Убийства, по которым вы работаете?

Я оглянулась на него и налетела коленом на могильный камень. На несколько секунд я остановилась, задержав дыхание от боли.

— Уй, блин! — сказала я тихо и с чувством.
— Что с вами? — тронул меня за руку Ларри.

Я отодвинулась, и его рука упала вниз. Не люблю я случайных прикосновений.

— Ничего.

На самом деле нога болела, но какая разница? Мне нужен телефон, а на ходу нога пройдет быстрее. Нет, честно.

Я осторожно пошла вниз, тщательно избегая твердых предметов.

— А что ты знаешь об убийствах?
— Только то, что вы помогаете полиции расследовать противоестественные преступления, и это отвлекает вас от вашей работы аниматора.
— Это Берт тебе сказал?
— Да, мистер Вон.

Мы уже были возле машины.

— Послушай, Ларри, если мы с тобой будем работать на «Аниматор Инкорпорейтед», тебе придётся бросить эти твои «мистер» и «мисс». Мы тебе не преподаватели. Мы товарищи по работе.

Он улыбнулся, блеснув в темноте белым.

— Понял, мисс... то есть Анита.

— Так-то лучше. Теперь поехали искать телефон.

Мы поехали в Честерфилд, исходя из теории, что в ближайшем городе и будет ближайший телефон. И нашли ряд автоматных кабинок возле закрытой станции обслуживания. Она мягко светилась в темноте, но над телефонами горели уличные галогенные фонари, превращавшие ночь в день. В лучах фонаря танцевали мошки и бабочки. Время от времени мелькали быстрые силуэты летучих мышей, хватающих насекомых.

Я набрала номер, а Ларри сидел тем временем в машине. Очко ему за тактичность. Телефон ответил со второго звонка.

— Анита, это ты?

Это был Ирвинг Гризволд, репортёр и мой друг.

— Ирвинг, какого чёрта ты меня ловишь в такую рань?

— Жан-Клод хочет видеть тебя сегодня, сейчас.

Он говорил торопливым и неуверенным голосом.

— А почему ты мне это передаёшь? — спросила я, заранее боясь, что ответ мне не понравится.

— Я же вервольф, — сказал он.

— И какое это имеет сюда отношение?

— А ты не знаешь? — удивился он.

— Чего не знаю?

Я начинала закипать. Не люблю игру в двадцать вопросов.

— Зверь Жан-Клода — волк.

Это объясняло и вервольфа Стивена, и негритянку.

— А почему ты в ту ночь там не был, Ирвинг? Он тебя отпустил с цепи?

— Не надо так говорить.

Он был прав, так нечестно.

— Извини, Ирвинг. Я просто чувствую себя виноватой за то, что вас познакомила.

— Я хотел взять интервью у Мастера города. Я его взял.

— И стоило оно того? — спросила я.

— Без комментариев.

— Это же моя реплика!

Он засмеялся.

— Слушай, ты можешь приехать в «Цирк проклятых»? У Жан-Клода есть информация на того Мастера вампиров, что на тебя напал.

— На Алехандро?

— На него самого.

— Мы приедем, как только сможем, но к Приречью доберемся лишь чертовски близко к рассвету.

— Кто это «мы»?

— Новый аниматор, который у меня стажируется. Он ведет машину. — Я замялась, но добавила: — Скажи Жан-Клоду, чтобы сегодня без грубостей.

— Скажи ему это сама.

— Трус ты.

— Да, мэм. Увидимся, когда приедешь. Пока.

— Пока, Ирвинг.

Я еще подержала гудящую трубку, потом повесила. Ирвинг подвластен Жан-Клоду. Жан-Клод умеет призывать волков, как Николаос призывала крыс и крысолюдов, а мистер Оливер — змей. Все они монстры. Выбор среди них — это дело вкуса.

Я села в машину:

— Ты хотел набраться опыта работы с вампирами?

Я пристегнула ремень.

— Конечно, — ответил Ларри.

— Ладно, сегодня наберешься.

— Что ты имеешь в виду?

— Объясню по дороге. У нас мало времени до рассвета.

Ларри врубил скорость и вывел машину со стоянки. На его лице в свете приборного щитка было видно, что он рвется в бой. На очень, очень молодом лице.

34

«Цирк проклятых» уже закрылся на ночь — то есть на утро, быть может? Когда мы подъехали, было еще темно, но на востоке уже намечался проблеск белого. На час раньше нам бы не найти стоянку даже вблизи «Цирка». Но вампиры закрывают лавочку, и туристы разъезжаются.

Я поглядела на Ларри. Его лицо было вымазано засохшей кровью. Мне как-то до сих пор и в голову не пришло, что сначала надо бы где-то почиститься. Поглядев на небо на востоке, я покачала головой. Нет времени — рассвет близится.

Зубастые клоуны все еще сияли и вертелись на неоновой вывеске, но это был усталый танец. А может, это я сама устала.

— Там, внутри, Ларри, делай, как я. Ни на секунду не забывай, что это монстры. Как бы они ни были похожи на людей, они не люди. Не снимай креста, не давай им до себя дотрагиваться и не смотри им в глаза.

— Я это знаю. Два семестра изучал вампирологию.

Я покачала головой:

— Изучение — это фигня, Ларри. Здесь все взаправду. Никакое чтение тебя к этому не подготовит.

— Мы приглашали лекторов со стороны. Среди них были и вампиры.

Я вздохнула и бросила тему. Он должен научиться на своем опыте. Как все. Как я когда-то.

Большие двери были заперты. Я постучала, и через секунду мне открыл Ирвинг. Он не улыбался. Вид у него был как у пухлого херувима, над ушами бахрома мягких кудрей, а посередине большая лысина. Большие круглые очки в проволочной оправе на маленьком круглом носу. Когда мы вошли, у него глаза полезли на лоб. Засохшая кровь при свете выглядела именно как кровь.

— Что это вы сегодня делали? — спросил он.

— Поднимали мертвых.

— Это новый аниматор?

— Ларри Киркланд, Ирвинг Гризволд. Он репортер, поэтому все, что ты скажешь, может быть использовано против тебя.

— Слушай, Блейк, я никогда тебя не цитировал без твоего разрешения — отдай мне справедливость.

Я кивнула:

— Отдаю.

— Он ждет тебя внизу, — сказал Ирвинг.

— Внизу? — переспросила я.

— Уже почти рассвет. Ему надо быть под землей.

Ах да.

— Конечно, — сказала я, но грудь у меня стеснило. Последний раз, когда я была внизу в «Цирке», я приходила убить Николаос. В то утро было много убийств и много крови. И моей тоже.

Ирвинг молча повел нас по проходу. Кто-то прикрутил выключатель, и свет был тусклым. Двери игровых залов были заперты, чучела зверей накрыты чехлами. Призраками запахов висели ароматы попкорна и сладкой ваты, тоже усталые и неясные.

Мы прошли дом с привидениями с ведьмой на крыше в натуральную величину, стоящей тихо и пучащей на нас глаза. Она была зеленой, и на носу у нее была бородавка. Все ведьмы, с которыми мне приходилось иметь дело, имели абсолютно нормальный вид. Зелеными они точно не были, а бородавку всегда может удалить хирург.

Дальше был стеклянный дом. Над всем возвышалось темное чертово колесо.

> И я, как человек, бредущий одиноко
> По пиршественной зале опустелой.
> Цветы увяли, и погасли свечи,
> И гости разошлись, и он последний.

Ирвинг обернулся ко мне:

— Томас Мур, «Как часто тихой ночью».

Я улыбнулась:

— Заглавие мне бы ни за что не вспомнить. Приходится верить тебе на слово.

— Два диплома — по журналистике и английской литературе.

— Да, особенно последний тебе как журналисту полезен, — сказала я.

— Ну, знаешь, я где могу вставляю что-нибудь культурное.

Голос у него был обиженный, но я знала, что он притворяется. От того, что Ирвинг со мной шутил, мне стало лучше. Это было хорошо и нормально, а мне сегодня понадобится все хорошее, что только попадется.

До рассвета был всего час. Много ли вреда сможет мне причинить Жан-Клод за час? Лучше не спрашивать.

Дверь в стене была тяжелая, деревянная, и на ней была надпись:

ПОСТОРОННИМ ВХОД ВОСПРЕЩЕН

Никогда еще мне так не хотелось быть посторонней.

За дверью была небольшая кладовая с голой электрической лампочкой под потолком. Дальше была другая дверь на ведущую вниз лестницу. Ступени были широки настолько, что по ним почти можно было идти троим в ряд, но все же не совсем настолько. Ирвинг пошел впереди, будто нас все еще надо было вести. Но тут не было другого пути — только вниз. Пророческое высказывание.

На лестницу вел крутой поворот. Какой-то был шорох ткани, ощущение движения. Пистолет оказался у меня в руке. Без всякой мысли — только годы практики.

— Это тебе не понадобится, — сказал Ирвинг.

— Ты так говоришь.

— Я думал, Мастер тебе друг, — сказал Ларри.

— У вампиров нет друзей.

— А у преподавателей естественных наук? — спросил Ричард Зееман, выходя из-за угла.

Он был одет в свитер цвета зеленых листьев с вплетенным в него светло-зеленым и коричневым. Этот свитер висел почти до колен. На мне он был бы как платье. Рукава были закатаны выше локтей. Наряд завершали джинсы и все те же белые кроссовки.

— Жан-Клод послал меня вас дожидаться.
— Зачем?
Он пожал плечами:
— Кажется, он нервничает. Я не стал задавать вопросов.
— Умница, — похвалила я.
— Давайте двигаться, — сказал Ирвинг.
— Ты тоже нервничаешь, Ирвинг.
— Анита, он зовет, а я повинуюсь. Я его зверь. — Я потянулась тронуть его за руку, но он отодвинулся. — Я думал, что смогу быть человеком, но он мне показал, что я всего лишь зверь. Животное.
— Не давай ему этого с собой сделать, — сказала я.
Он поднял на меня глаза, в которых стояли слезы.
— Я не могу ему помешать.
— Давайте двигаться, — сказал Ричард. — Уже почти рассвет.

Я полыхнула на него сердитым взглядом за такие слова. Он пожал плечами:
— Лучше не заставлять Мастера ждать. Вы это знаете.
Я это знала. И потому кивнула.
— Вы правы. У меня нет никакого права на вас сердиться.
— Спасибо.
Я покачала головой:
— Давайте с этим заканчивать.
— Можете убрать пистолет, — сказал он.

Я посмотрела на браунинг. Мне больше нравилось, когда он у меня в руках. В смысле защиты это куда лучше плюшевого мишки. Но я его убрала. В конце концов всегда могу достать снова.

В конце лестницы была еще одна дверь — поменьше и с тяжелым железным замком. Ирвинг достал массивный ключ и вставил его в замочную скважину. Хорошо смазанный замок щелкнул, и Ирвинг толкнул дверь от себя. Ему доверялся ключ от нижней двери. Насколько глубоко он в это влез и могу ли я его вытащить?

— Одну минуту, — сказала я.

Все повернулись ко мне. Я оказалась в центре внимания. Великолепно.

— Я не хочу, чтобы Ларри видел Мастера или даже знал, кто он.

— Анита... — начал Ларри.

— Нет, Ларри. На меня нападали дважды, чтобы это узнать. Это информация с грифом «только для тех, кому это необходимо». Тебе она не необходима.

— Мне не нужно, чтобы ты меня защищала, — сказал он.

— Слушай ее, — сказал Ирвинг. — Она мне говорила держаться подальше от Мастера. Я сказал, что могу сам о себе позаботиться. И ошибся, крупно ошибся.

Ларри скрестил руки на груди, упрямый до самых вымазанных кровью бровей.

— Я сам решаю, что мне делать.

— Ирвинг, Ричард, я хочу вашего слова. Чем меньше он знает, тем меньше ему грозит опасность.

Они оба кивнули.

— А что я думаю, никого не интересует? — возмутился Ларри.

— Нет, — ответила я.

— Черт тебя побери, я не ребенок!

— Вы потом доругаетесь, — сказал Ирвинг. — Мастер ждет.

Ларри попытался было что-то сказать, но я подняла руку.

— Урок номер один: никогда не заставляй ждать Мастера вампиров, особенно если он нервничает.

Ларри снова открыл рот — и передумал.

— Ладно, мы потом об этом поговорим.

Меня не так уж манило это «потом», но спорить с Ларри, не слишком ли я его опекаю, — это было бы куда приятнее, чем то, что ждало за дверью. Это я знала. Ларри не знал, но ему предстояло узнать, и ни черта я не могла сделать, чтобы этого не случилось.

35

Потолок тянулся вверх во тьму. Оттуда ниспадали тяжелые шелковые черно-белые драпри — настоящие стены из материи. Небольшие черные с серебром кресла образовывали в центре зала небольшую группу для беседы, а посреди стоял кофейный столик из стекла и темного дерева. Единственным украшением была черная ваза с букетом белых лилий. Комната казалась незаконченной, будто надо было на стены повесить картины. Но как вешать картины на матерчатые стены? Наверняка Жан-Клод в конце концов что-нибудь придумает.

Я знала, что вся остальная комната — это огромный каменный склад, но от него остался только высокий потолок. Даже пол был покрыт ковром, пушистым и мягким.

В одном из черных кресел сидел Жан-Клод. Он откинулся на спинку, скрестил ноги и переплел пальцы на животе. Белая рубашка была без украшений, если не считать мережку спереди. Борт, рукава, манжеты и воротник были сплошными, но голая грудь просвечивала сквозь прозрачную ткань. И крестообразный ожог был виден четким коричневым контуром на бледной коже.

У его ног сидела Маргарита, положив голову ему на колени, как послушная собака. Ее светлые волосы и бледно-розовые брюки казались не к месту в этом черно-белом зале.

— У вас новое убранство, — сказала я.

— Небольшие удобства, — ответил Жан-Клод.

— Я готова к встрече с Мастером города, — сказала я.

Глаза его расширились, на лице появился немой вопрос.

— Я не хочу, чтобы мой новый сотрудник виделся с Мастером. Сейчас опасно даже знать, кто это.

Жан-Клод не пошевелился. Он только смотрел на меня, рассеянно перебирая рукой волосы Маргариты. А где Ясмин? Наверняка где-то в гробу, спрятавшись от наступающего рассвета.

— Я отведу вас одну... на встречу с Мастером, — произнес он наконец.

Голос его был вполне обычен, но я уловила за словами нотки смеха. Не в первый раз Жан-Клод находил меня забавной. Наверное, и не в последний.

Он встал одним грациозным движением, оставив Маргариту на коленях возле пустого кресла. Ей это не понравилось. Я улыбнулась ей, и она ответила сердитым взглядом. Дразнить Маргариту было ребячеством, но мне стало приятно. В конце концов у каждого может быть хобби.

Жан-Клод отодвинул занавесы, ведущие в темноту. Я увидела, что электрический свет был только в комнате — потайные светильники, спрятанные в самих стенах. А за занавесами были только мигающие факелы. Будто кусок материи отделял весь современный мир с его комфортом. За ними лежал камень, огонь и тайны, которые лучше шептать в темноте.

— Анита? — позвал сзади Ларри. Вид у него был неуверенный, почти что испуганный. Но самую большую опасность этой комнаты я уводила с собой. С Ирвингом и Ричардом он здесь будет вне опасности. Вряд ли Маргарита представляет угрозу, когда Ясмин не держит ее за поводок.

— Ларри, останься здесь, будь добр. Я вернусь, как только смогу.

— Будь осторожна, — сказал он.

— Всегда, — улыбнулась я.

— Это точно, — улыбнулся и он.

Жан-Клод жестом пригласил меня вперед, и я пошла, следуя движению его бледной руки. Занавес упал за нами, отсекая свет. Темнота окружила нас, как сжатая ладонь. Факелы у дальней стены были бессильны ее пробить.

Жан-Клод повел меня в темноту.

— Нам не надо, чтобы ваш сотрудник нас слышал, — шепнул в темноте его голос, чуть завывая, как шепчущий в занавесах ветер.

Сердце у меня застучало о ребра. Как он, черт побери, это делает?

— Оставьте драматические эффекты для того, на кого они производят впечатление.

— Храбрые слова, ma petite, но я просто языком чувствую ваше сердцебиение.

Эти слова дохнули на мою кожу, будто его губы скользнули у меня вдоль основания шеи. По рукам побежали мурашки.

— Если вы собираетесь играть в игры до самого рассвета, я не возражаю, но Ирвинг мне сказал, что у вас есть информация о вампире, который на меня напал. Это так или это ложь?

— Я никогда вам не лгал, ma petite.

— Ладно, бросьте!

— Частичная правда — это не то же самое, что ложь.

— Это сильно зависит от того, с какой вы стороны.

Он признал это, кивнув.

— Не следует ли нам сесть с дальней стороны, чтобы нас не слышали?

— Конечно.

Он присел в круге света факела. Свет был для меня, и я это оценила, но сообщать об этом Жан-Клоду не было смысла.

Я села напротив него спиной к стене.

— Итак, что вы знаете об Алехандро?

Он смотрел на меня со странным выражением лица.

— Так что?

— Расскажите мне все, что было прошлой ночью, ma petite, все об Алехандро.

Это, на мой вкус, слишком отдавало приказом, но что-то было такое в его глазах, в лице. Напряжение, чуть ли не страх. А это глупо. Чего может Жан-Клод бояться со стороны Алехандро? Да, чего? И я рассказала ему все, что помнила.

Лицо его было непроницаемо, красиво и нереально, как на картине. Цвета в нем остались, но жизнь, движение ушли. Он положил палец между губ, медленно провел им в сторону и вытянул мокрый поблескивающий палец в мою сторону. Я отодвинулась.

— Что вы задумали?

— Стереть кровь с вашей щеки. Ничего больше.

— Я так не думаю.

Он вздохнул, еле слышно, но этот вздох ветерком пробежал у меня по коже.

— Вы так мне все усложняете.

— Рада, что вы это заметили.

— Мне необходимо вас коснуться, ma petite. Кажется, Алехандро что-то с вами сделал.

— Что?

Он покачал головой:

— Нечто невозможное.

— Давайте без загадок, Жан-Клод!

— Кажется, он вас отметил.

— Что вы говорите? — вытаращилась я на него.

— Отметил вас, Анита Блейк, отметил первой меткой, точно как я когда-то.

Я покачала головой:

— Это невозможно. Два вампира не могут иметь одного и того же слугу-человека.

— Именно так, — подтвердил он. И придвинулся ко мне. — Позвольте мне проверить мое предположение, ma petite. Прошу вас.

— Что означает эта проверка?

Он что-то тихо и резко сказал по-французски. Никогда раньше не слышала, чтобы он ругался.

— Уже рассвело, и я устал. Из-за ваших вопросов простые вещи растягиваются на весь проклятый день.

В его голосе звучала неподдельная злость, но под ней слышалась усталость и тень страха. И этот страх меня испугал. Ему полагалось бы быть неуязвимым монстром, а монстры других монстров не боятся.

Я вздохнула. Может, лучше быстро это перетерпеть, как укол? Может быть.

— Ладно, ради экономии времени. Только скажите мне, чего ожидать. Вы же знаете, я не люблю сюрпризов.

— Я должен вас коснуться и поискать сначала свои метки, а потом его. Вы не должны были так легко поддаться его глазам. Этого не могло быть.

— Давайте с этим закончим, — сказала я.

— Неужто мое прикосновение так отвратительно, что вы должны к нему готовиться, как к боли?

Поскольку именно это я сейчас и делала, я не знала, что ответить.

— Да делайте же, Жан-Клод, пока я не передумала!

Он снова вложил себе палец между губ.

— Это обязательно именно так?

— Прошу вас, ma petite!

Я прижалась спиной к стене.

— О'кей, больше я вас не прерываю.

— Отлично.

Он опустился передо мной на колени и провел кончиком пальца по моей щеке, оставив влажную полоску у меня на коже. Засохшая кровь зашуршала под его пальцем. Он наклонился ко мне, будто собираясь поцеловать. Я уперлась руками ему в грудь. Под тонкой рубашкой было твердое и гладкое тело.

Я отпрянула и стукнулась головой о стену.

— А, черт!

Он улыбнулся, и его глаза блеснули синевой в свете факела.

— Доверьтесь мне. — Он придвинулся, его губы нависли над моими. — Я вам не причиню вреда.

Эти слова он шепнул мне в рот легким дуновением.

— Так я и поверила, — сказала я, но тихо и неуверенно.

Его губы коснулись моих, мягко прижались, потом поцелуй сдвинулся от моих губ к щеке. Его губы были мягкими, как шелк, нежными, как лепестки бархатцев, жаркими, как полуденное солнце. Они скользили у меня по коже, пока его рот не оказался над пульсом у меня на шее.

— Жан-Клод!

— Алехандро жил уже тогда, когда империя ацтеков еще никому и не снилась, — шепнул он мне в шею. — Он был здесь, когда пришли испанцы и пало царство ацтеков. Он выжил, когда другие погибли или сошли с ума.

Язык Жан-Клода, горячий и влажный, лизал мою кожу.

— Перестаньте!

Я уперлась ему в грудь. Его сердце билось у меня под руками. Мощный пульс на его горле колотился по моей коже. Я уперлась большим пальцем ему в веко.

— Отодвиньтесь, или я выдавлю вам глаз!

Я часто дышала от страха и хуже того... от желания.

Ощущение его прижавшегося к моим рукам тела, касание его губ — какой-то скрытой частью своего существа я хотела этого. Хотела его. Итак, я хочу Мастера, ну и что? Ничего нового.

Его глаз трепетал у меня под пальцем, и я думала, смогу ли я это сделать. Выдавить этот полуночно-синий глаз. Ослепить его.

Его губы ползли по моей коже, я ощутила прикосновение зубов, твердое прикосновение клыков к коже моего горла. И вдруг я поняла: да, смогу. Я нажала, и вдруг он исчез как сон, как кошмар.

Он стоял передо мной, глядя на меня сверху вниз, и его глаза были сплошь темными, без белков. Губы отведены от зубов, обнажив поблескивающие клыки. Кожа его была мраморно-белой, светящейся изнутри, и был он по-прежнему красив.

— Алехандро поставил на вас первую метку, ma petite. Мы владеем вами сообща. Не знаю, как это могло быть, но это так. Еще две метки — и вы моя. Еще три метки — и вы принадлежите ему. Не лучше ли стать моей?

Он снова опустился на колени рядом со мной, но избегал меня касаться.

— Вы желаете меня, как женщина желает мужчину. Разве это не лучше, чем если вас возьмет силой незнакомец?

— На первые две метки вы не спрашивали моего разрешения. Это не был мой выбор.

— Я прошу разрешения теперь. Позвольте мне разделить с вами третью метку.

— Нет.

— Вы предпочитаете служить Алехандро?

— Я никому не буду служить.
— Идет война, Анита. Вам не удастся сохранить нейтралитет.
— Почему?

Он встал и быстрым шагом обошел тесный круг.

— Как вы не понимаете? Эти убийства были вызовом моему авторитету, и его метка на вас — это второй вызов. Он отберет вас у меня, если сможет.

— Я не принадлежу вам и ему тоже.

— То, что я старался уговорить вас принять, он запихнет вам в глотку.

— Значит, из-за ваших меток я оказалась в центре подковерной войны нежити.

Он моргнул, открыл рот, закрыл. И наконец сказал:
— Да.

Я встала.

— Ну спасибо! — И пошла мимо него. — Если у вас будет еще какая-то информация об Алехандро, сообщите мне письмом.

— Это не разрешится само собой только потому, что вы этого хотите.

Я остановилась перед занавесом.

— Черт побери, я это знаю! И очень хочу, чтобы вы оставили меня в покое.

— Вы бы тосковали обо мне, если бы меня не было.

— Не льстите себе надеждой.

— А вы не обманывайте себя, ma petite. Я бы дал вам партнерство. Он даст вам рабство.

— Если бы вы действительно верили в эту ерунду насчет партнерства, вы бы не поставили на мне первые две метки силой. Вы бы спросили. Насколько я знаю, третью метку нельзя поставить без моего согласия. — Я смотрела на него в упор. — Ведь это так? Для третьей метки вам нужна моя помощь или что-то в этом роде. Она отличается от первых двух. А вы — сукин сын.

— Третья метка без вашей... помощи — это будет как изнасилование вместо акта любви. Если бы я взял вас силой, вы возненавидели бы меня навечно.

Я повернулась к нему спиной и взялась за занавес.
— В этом вы правы.
— Алехандро все равно, если вы будете его ненавидеть. Он хочет только навредить мне. Он не спросит вашего позволения. Он просто вас возьмет.
— Я могу о себе позаботиться.
— Как в прошлую ночь?

Алехандро подмял меня под себя, и я даже этого не знала. Какая у меня защита от подобного? Я покачала головой и отдернула занавес. Свет был так ярок, что я на минуту ослепла и остановилась, чтобы глаза привыкли. Прохладная тьма овевала меня сзади, и свет был горяч и пронзителен после нее, но все что угодно лучше этого шепота в ночи. Ослепление светом или ослепление тьмой — я каждый раз выбираю свет.

36

Ларри лежал на полу головой на коленях у Ясмин, а она прижимала его запястья. На нем сидела Маргарита, придавливая своей тяжестью к полу. Длинными, протяжными движениями языка она слизывала кровь с его лица. Ричард лежал на полу грудой, и по лицу его стекала кровь. Еще что-то лежало на полу; оно дергалось и ползло. Как вода, обтекал ЭТО серый мех. К небу взметнулась рука, опала, как увядающий цветок, блеснули кости сквозь плоть. Пальцы сжимались, плоть перекатывалась по плоти. Сплошь сырое мясо, но без крови. Кости защелкивались с мокрым сосущим звуком. На черный ковер падали капли прозрачной жидкости, но без крови.

Я вытащила браунинг и встала так, чтобы прицелиться между Ясмин и тварью на полу. Спиной я стояла к занавесам, но отошла. Сквозь них слишком легко пройти.
— Отпусти его сейчас же!
— Мы ему ничего плохого не делаем, — ответила Ясмин.

Маргарита наклонилась к телу Ларри, одной ладонью как чашечкой накрыв его пах и массируя.
— Анита!

Глаза у него вылезали на лоб, кожа побледнела, веснушки выступили чернильными пятнами.

Я выстрелила рядом с головой Ясмин. Резкий звук раскатился эхом. Она зарычала:

— Я перерву ему глотку раньше, чем ты спустишь курок второй раз.

Я направила ствол в голову Маргариты точно над одним из голубых глаз.

— Ты убьешь его, я убью Маргариту. Такой обмен тебя устраивает?

— Что это ты делаешь, Ясмин? — появился за моей спиной Жан-Клод.

Я глянула на него и сразу снова на Маргариту. Жан-Клод не представлял опасности. Сейчас — нет.

Тварь на полу поднялась на дрожащие ноги и встряхнулась, как вылезающая из воды собака. Это был большой волк. Он был покрыт густым коричнево-серым мехом, будто только что вымытым и просушенным феном. Жидкость стеклась в лужу на ковре. Валялись клочья одежды. Возрожденный волк вставал из этого беспорядка.

На кофейном столике, аккуратно сложенные, лежали круглые очки в проволочной оправе.

— Ирвинг?

Волк тихо то ли гавкнул, то ли рыкнул. Это означало «да»?

Я всегда знала, что Ирвинг — вервольф, но увидеть воочию — это совсем другое. До самой этой минуты я не верила по-настоящему, взаправду. Глядя в светло-карие глаза волка, я поверила.

Маргарита теперь лежала на полу за Ларри. Руками она обхватила его грудь, ногами — талию. Почти вся она спряталась за ним.

Я слишком много времени проглазела на Ирвинга. Теперь я не могла стрелять в Маргариту, не рискуя попасть в Ларри. Ясмин стояла рядом на коленях, зачерпнув волосы Ларри в горсть.

— Я ему шею сломаю!

— Ты ему ничего не сделаешь, Ясмин, — сказал Жан-Клод.

Он стоял рядом с кофейным столом. Волк, тихо ворча, подошел к нему. Пальцы Жан-Клода погладили его по голове.

— Отзови своих псов, Жан-Клод, или вот этот умрет.

Она оттянула голову Ларри, вытянув его шею до отказа, чтобы подчеркнуть смысл своих слов. Пластырь, закрывавший укус вампира, был снят, и язык Маргариты лизал натянутую плоть.

Я бы наверняка могла прострелить ей лоб, пока она лизала шею Ларри, но Ясмин успела бы сломать ему шею. Я предпочла не рисковать.

— Сделайте что-нибудь, Жан-Клод! — сказала я. — Вы Мастер города, она должна повиноваться вашим приказам.

— Да, Жан-Клод, отдай мне приказ!

— Жан-Клод, что здесь происходит? — спросила я.

— Она меня испытывает.

— Зачем?

— Ясмин хочет быть Мастером города. Но у нее не хватит сил.

— У меня хватило сил не дать тебе и твоей слуге услышать вопли вот этого. Ричард тебя звал, и ты не слышал, потому что я не дала.

Ричард стоял за спиной Жан-Клода, и в углу его рта была размазана кровь. На правой щеке у него был порез, из которого она и текла по лицу.

— Я пытался ее остановить.

— Недостаточно сильно пытался, — сказал Жан-Клод.

— Ругаться будете потом, — сказала я. — А сейчас у нас есть проблема, которую надо решить.

Ясмин рассмеялась. Этот звук прополз у меня по спине, будто мне кто-то за шиворот высыпал банку червей. Меня передернуло, и я решила тут же на месте, что первой я пристрелю Ясмин. Заодно выясним, что быстрее: Мастер вампиров или летящая пуля.

Она рассмеялась, выпустила Ларри и встала. Маргарита все еще за него цеплялась. Он встал на четвереньки, а женщина сидела на нем, как на лошади, обвив его руками и ногами. Она со смехом целовала его в шею.

Я изо всех сил ударила ее ногой в лицо. Она соскользнула с Ларри и свалилась без сознания на пол.

Ясмин рванулась вперед, и я выстрелила ей в грудь. Жан-Клод схватил меня за руку, и пуля ушла в сторону.

— Она мне нужна живая, Анита.

Я выдернула руку.

— Она сумасшедшая!

— Но ему нужна моя помощь в битве с другими Мастерами, — сказала Ясмин.

— Она вас предаст при первом случае, — сказала я ему.

— И все равно она мне нужна.

— Если вы не можете справиться с Ясмин, как же вы, черт побери, собираетесь биться с Алехандро?

— Не знаю, — ответил он. — Вы это хотели услышать? Не знаю.

Ларри все еще валялся у наших ног.

— Встать можешь?

Он посмотрел на меня полными слез глазами. Попытался подняться, опираясь на ближайшее кресло, и чуть не упал. Я схватила его за руку, не выпуская из другой руки пистолета.

— Давай, Ларри, надо убираться отсюда.

— Отличная идея, на мой взгляд.

Он очень старался не заплакать.

Мы дошли до двери, и по дороге я поддерживала Ларри, не спуская пистолета со всех присутствующих в комнате.

— Пойди с ними, Ричард. Проводи их до машины, чтобы все было в порядке. И не подведи меня, как только что подвел.

Ричард не обратил внимания на угрозу и подошел к нам придержать дверь. Мы прошли, не поворачиваясь спиной к вампирам и вервольфу. Когда дверь закрылась, я с шумом выпустила воздух из легких и только тут поняла, что задерживала дыхание.

— Я уже могу идти сам, — сказал Ларри.

Я выпустила его руку. Он тут же оперся о стену, но так вроде бы уже оправился. По его щеке покатилась первая медленная слеза.

— Выведи меня отсюда.

Я убрала пистолет. Теперь он уже был лишним. Мы с Ричардом сделали вид, что не замечаем слез Ларри. Они были очень тихими. Если не смотреть на него, можно было не заметить, что он плачет.

Я хотела что-то сказать, что-нибудь. Но что можно было сказать? Он видел монстров, и они его напугали до смерти. Они и меня напугали до смерти. И любого бы напугали. Теперь Ларри это знал. Может быть, это стоило пережитых страданий. А может быть, и нет.

37

На улицу лился густой и золотой солнечный свет. Воздух был прохладный и влажный. Реки отсюда было не видно, но она ощущалась: от запаха воды каждый вдох был свежее, чище.

Ларри достал ключи от машины.

— Ты вести сможешь? — спросила я.

Он кивнул. Слезы засохли на его лице дорожками. Он не позаботился их стереть. Но больше он не плакал. Его лицо сделалось суровым, но все же напоминало переростка Худи-Дуди. Открыв дверь, он сел в машину и наклонился отпереть пассажирскую дверь.

Здесь же стоял Ричард. Прохладный ветер развевал волосы по его лицу. Он убрал их пальцами. Этот жест был мне болезненно знаком. Так всегда делал Филипп. Ричард улыбнулся мне, и это не была улыбка Филиппа. Она была открытой и ясной, и ничего в его карих глазах не таилось.

Кровь уже стала засыхать у него на щеке и в углу рта.

— Ричард, держись ты от этого подальше.

— От чего?

— Предстоит война нежити. Не надо тебе попадать в середину.

— Не думаю, что Жан-Клод позволит мне уйти, — сказал он.

Эти слова он произнес без улыбки. Я не могла решить, когда он красивее — когда улыбается или когда серьезен.

— Людям плохо приходится посреди монстров, Ричард. Выбирайся, если можешь.

— Но ты же человек?

Я пожала плечами:

— Не все так считают.

— Я так считаю.

Он протянул ко мне руку. Я не отодвинулась. Его пальцы коснулись моей щеки, теплые и очень живые.

— Увидимся сегодня в три, если ты будешь не очень усталой.

Я покачала головой, и его пальцы упали вниз.

— Ни за что не пропущу, — сказала я.

Он снова улыбнулся. Упавшие на его лицо пряди перепутались. Я спереди всегда стригла волосы коротко, чтобы они не закрывали мне глаза. Слоистая прическа — вещь полезная.

— Увидимся сегодня. — Я открыла дверь.

— Я привезу твой костюм.

— И как я буду одета?

— Невеста эпохи Гражданской войны.

— Это означает кринолин?

— Вероятно.

Я поморщилась.

— А кем ты будешь одет?

— Офицером армии Конфедерации.

— Придется тебе надеть лосины, — сказала я.

— Вряд ли такая одежда мне подойдет.

Я вздохнула:

— Ричард, я не хотела бы быть неблагодарной, но...

— Кринолины не в твоем стиле?

— Совсем не в моем.

— Я предлагал комбинезон и всю ту грязь, через которую мы проползем. Вечеринка — это была твоя идея.

— Я бы не пошла, если бы могла.

— Всех хлопот будет стоить увидеть тебя прилично одетой. Есть у меня такое чувство, что это редкое событие.

Ларри перегнулся через сиденье и заявил:

— Мы едем или нет? Мне нужна сигарета и малость поспать.

— Сейчас. — Я повернулась обратно к Ричарду и вдруг оказалось, что я не знаю, что сказать.

— Ладно, до свидания.

— До свидания, — кивнул он.

Я села в машину, и Ларри рванул с места раньше, чем я успела пристегнуться.

— К чему такая спешка?

— Хочу убраться отсюда как можно дальше.

Я глянула на него:

— Ты как?

— А как я могу быть? — Он посмотрел на меня яркими от злости голубыми глазами. — Как ты можешь после всего этого держаться как ни в чем не бывало?

— Прошлой ночью ты так не психовал. А тогда ты получил укус.

— Да, но это другое дело, — сказал он. — Эта женщина сосала кровь из укуса. Она... — Он стиснул руль так, что руки у него задрожали.

— В прошлую ночь ты пострадал сильнее. Чем же было хуже теперь?

— Тогда это было насилие, но это не было... извращение. Прошлой ночью вампирам что-то было нужно. Имя Мастера. А этим ничего не было нужно, это была просто...

— Жестокость? — предложила я слово.

— Жестокость.

— Это вампиры, Ларри. Они не люди. У них другие правила.

— Она бы меня убила сегодня, если бы на нее нашел такой каприз.

— Да, могла бы.

— Как ты можешь среди них находиться?

Я пожала плечами:

— Это моя работа.

— И моя тоже.

— Это не обязательно, Ларри. Просто откажись работать по делам вампиров. Почти все аниматоры отказываются.

Он покачал головой:

— Нет, я этого не брошу.

— Почему? — спросила я.

Минуту он ничего не говорил. Мы выехали на шоссе 270 и поехали на юг.

— Как ты можешь думать о свидании сегодня после того, что только что случилось?

— Ларри, жизнь идет своим чередом. Если ты дашь этой работе проглотить тебя целиком, ты с ней не справишься. — Я всмотрелась в его лицо. — А на мой вопрос ты так и не ответил.

— Какой вопрос?

— Почему ты не оставишь мысль быть истребителем вампиров?

Он задумался, сосредоточившись на дороге. Вдруг его очень заинтересовали проезжающие машины. Мы проехали под железнодорожным мостом, где с каждой стороны были склады. У многих стекла в окнах были разбиты или вообще отсутствовали. С перекрытий моста капала ржавчина.

— Симпатичный квартал, — сказал Ларри.

— Ты уходишь от вопроса. Почему?

— Не хочу отвечать.

— Я тебя спросила о твоей семье, ты сказал, они все живы. А друзья? Твой друг погиб от вампиров?

— Зачем спрашивать? — вызверился он на меня.

— Я знаю эти признаки, Ларри. Ты вознамерился убивать монстров в отплату за обиды?

Он ссутулил плечи и смотрел прямо перед собой. На скулах у него ходили желваки.

— Рассказывай, Ларри, — сказала я.

— Я из маленького городка, полторы тысячи населения. Когда я уехал учиться в колледж, шайка вампиров убила двенадцать человек. Я их не знал, честно, никого из них. Так, здоровались на улице, но это и все.

— Дальше.

Он глянул на меня.

— Я приехал на похороны на рождественские каникулы. Видел гробы, видел их семьи. Мой папа — доктор, но он не мог им помочь. Никто не мог.

— Помню этот случай, — сказала я. — Элберт, штат Висконсин, три года назад. Так?

— Да, а откуда ты знаешь?

— Двенадцать человек — большая цифра для одиночного нападения вампиров. Это попало в газеты. Бретт Колби был тем охотником на вампиров, которому дали эту работу.

— Я его никогда не видел, но родители мне рассказывали. У них он получался как ковбой, который врывается в город и мочит плохих парней. Он нашел и убил пятерых вампиров. И спас город, когда никто больше этого сделать не мог.

— Если хочешь помогать людям, иди в социальную службу, Ларри, или в медицину.

— Я — аниматор; у меня природная сопротивляемость вампирам. Я думаю, это Бог предназначил меня для охоты на них.

— Ради святой Луизы, Ларри, не отправляйся в крестовый поход, или ты уже мертвец.

— Ты можешь меня научить.

Я покачала головой:

— Ларри, это не должно быть личным. Не может быть. Если дашь своим чувствам пойти по этому руслу, либо будешь убит, либо сойдешь с ума.

— Я научусь, Анита.

Я посмотрела на его профиль. Какой он упрямый!

— Ларри... — начала я и остановилась.

Что я могла ему сказать? Что нас всех приводит к этой работе? Может быть, его причины не хуже моих, если не лучше. Это не просто желание убивать, как у Эдуарда. И, видит Бог, мне нужна помощь. Слишком много собралось вампиров на меня одну.

— Ладно, я буду тебя учить. Но ты будешь делать что я скажу и тогда, когда я скажу. Без споров.

— Как прикажете, босс! — коротко улыбнулся он мне и тут же снова стал смотреть на дорогу. Решительный, лишенный сомнений, молодой.

Но все мы были когда-то молоды. Это проходит, как невинность, как чувство честной игры. И в конце остается только хороший инстинкт выживания. Этому я могу научить Ларри? Могу я научить его выживать? Господи, пусть его смерти не будет на моей совести!

38

Ларри высадил меня перед моим домом в 9.05. Обычно в это время я уже сплю. Я вытащила с заднего сиденья свою спортивную сумку. Не хотелось оставлять свое снаряжение аниматора. Заперев заднюю дверь, я наклонилась к пассажирскому окну:

— Жду тебя на этом же месте сегодня в пять вечера, Ларри. Будешь у меня водителем, пока у меня не будет новой машины.

Он кивнул.

— Если я опоздаю домой, смотри, чтобы Берт не посылал тебя одного. О'кей?

Тут он на меня посмотрел. И в лице его была какая-то глубокая мысль, которую я не могла прочесть.

— Ты думаешь, я не могу сам справиться?

Я знала, что он не может сам справиться, но вслух я этого не сказала.

— Для тебя это лишь вторая ночь на этой работе. Дай мне и себе отдохнуть. Я научу тебя охотиться на вампиров, но наша главная работа — поднимать мертвых. Постарайся это запомнить.

Он кивнул.

— И если у тебя будут кошмары, Ларри, не беспокойся. У меня они тоже иногда бывают.

— Понял, — ответил он, включил передачу, и мне пришлось закрыть дверь.

Кажется, он не хотел больше разговоров. Пока что ничего из виденного не должно было вызвать у меня кошмаров, но я хотела подготовить Ларри, если просто словами можно подготовить кого-нибудь к тому, что мы делаем.

Возле меня семья загружала в серый фургон снаряжение для пикника. Мужчина улыбнулся мне:

— Вряд ли будет еще много таких же хороших деньков.

— Наверное, вы правы.

Ни к чему не обязывающая беседа с людьми, которых не знаешь по имени, но лица которых часто видишь. Мы были соседями и потому здоровались и прощались, но это и все. Так мне больше нравилось. Когда я дома, мне не хочется, чтобы ко мне заходили одолжить чашку сахара.

Единственное исключение я делала для миссис Прингл, а она понимала мою потребность в уединении.

В квартире было тепло и тихо. Я заперла дверь и прислонилась к ней спиной. Дом, милый дом. Сбросив жакет на спинку дивана, я ощутила запах духов. Цветочный аромат с легким привкусом пудры, который бывает только у дорогих по-настоящему духов. И это были не мои духи.

Вытащив браунинг, я прислонилась к двери. Из-за угла столовой вышел мужчина. Он был высокий, худой, с коротко стриженными спереди и длинными сзади волосами — последняя мода. Он просто стоял, скрестив руки на животе, и улыбался.

Из-за дивана вышел второй, пониже, помускулистее, светловолосый, тоже с улыбкой. Он сел на диван, держа руки так, чтобы я их видела. Оружия ни у кого из них не было — по крайней мере на виду.

— Кто вы такие, черт вас побери?

Из спальни вышел высокий негр. У него были усики и солнечные очки, скрывающие глаза.

Вслед за ним вышла ламия и встала рядом. Она была в облике человека и том же красном платье, что и вчера. Сегодня на ней были алые туфли на каблуках, но других изменений не было.

— Мы вас ждали, мисс Блейк.
— Кто эти люди?
— Мой гарем.
— Не понимаю.
— Они принадлежат мне.

Она провела красными ногтями по руке негра так, что показалась тонкая полоска крови. Он только улыбнулся.

— Что вам нужно?
— Вас хочет видеть мистер Оливер. Он послал нас за вами.
— Я знаю, где его дом. И могу приехать сама.
— О нет, нам пришлось переехать. Какой-то противный охотник за скальпами вчера пытался убить мистера Оливера.
— Какой охотник за скальпами?

Уж не Эдуард ли?

Она махнула рукой:

— Он не представился. Оливер не позволил мне его убить, так что он удрал, а нам пришлось переехать.

Звучало правдоподобно, но...

— Где он сейчас?
— Мы вас к нему отвезем. У нас машина на улице.
— А почему Ингер за мной не приехал?

Она пожала плечами:

— Оливер отдает приказы, я их выполняю.

На ее прекрасном лице мелькнуло какое-то выражение — ненависть?

— Давно ли он ваш хозяин?
— Слишком давно.

Я глядела на них на всех, все еще не наведя пистолет ни на кого. Они не пытались причинить мне вред. Так почему я не убрала пистолет? Да потому, что я видела, во что превращается ламия, и боялась.

— Зачем я так скоро понадобилась Оливеру?
— Ему нужен ваш ответ.
— Я еще не решила, выдавать ли ему Мастера города.

— Я только знаю, что мне было сказано вас привезти. Если я этого не сделаю, он будет сердиться. А я не хочу, чтобы меня наказывали, мисс Блейк. Поэтому, пожалуйста, поедемте с нами.

А как можно наказать ламию? Есть только один способ узнать.

— Как он вас наказывает?

— Это слишком личный вопрос, мисс Блейк.

— Извините, я не хотела.

— Ничего страшного. — Она махнула мне рукой. — Так мы едем?

Она стояла передо мной на расстоянии вытянутой руки.

Я начинала чувствовать себя глупо с пистолетом в руке и потому его убрала. Мне никто не угрожал. Новый для меня подход.

Вообще-то я предложила бы, что поеду за ними на своей машине, но она была разбита вдребезги. Значит... короче, если я хочу видеть Оливера, то надо ехать с ними.

А я хотела повидаться с Оливером. Я не хотела выдавать ему Жан-Клода, но собиралась выдать ему Алехандро. И еще я хотела знать, не Эдуард ли собирался его убить. Нас, профессионалов, немного. Кто же еще это мог быть?

— Ладно, поехали, — сказала я.

Взяв жакет с дивана, я открыла дверь и пригласила их всех к выходу. Они, ни слова не говоря, вышли, ламия последней.

Я заперла за нами дверь, и они вежливо подождали в коридоре. Ламия взяла негра под руку и улыбнулась:

— Мальчики, кто-то из вас должен предложить даме руку.

Блондинчик и чернявый обернулись оба, чернявый улыбнулся. Столько улыбающихся лиц я не видела с тех пор, как последний раз покупала подержанный автомобиль.

Они оба предложили мне руки одновременно, как в старом фильме.

— Извините, ребята, мне эскорт не нужен.

— Я их учила быть джентльменами, мисс Блейк, воспользуйтесь этим преимуществом. В наши дни джентльмен — это большая редкость.

С этим трудно было спорить, но и помощь мне была не нужна для спуска по лестнице.

— Я это оценила, но мне и так хорошо.

— Как вам угодно, мисс Блейк. — Она повернулась к этим двоим: — Мисс Блейк поручается вашей особой заботе. — И снова ко мне: — У женщины всегда должно быть больше одного мужчины.

Я подавила желание пожать плечами.

— Верю вам на слово.

Она просияла улыбкой и пошла по коридору, опираясь на руку своего спутника. Двое остальных вроде как пристроились за мной. Ламия через плечо сказала:

— Рональд у меня особый любимчик. Им я не делюсь, так что извините меня.

Я не могла сдержать улыбку:

— Ничего страшного, я не жадная.

Она рассмеялась высоким приятным смехом, чуть подхихикивая.

— Не жадная? О, это прекрасно, мисс Блейк, — или мне можно называть вас Анита?

— Вполне.

— Тогда ты должна называть меня Мелани.

— Ради Бога, — согласилась я.

Я шла за ней по коридору, Блондинчик и Весельчак шли наготове по сторонам — вдруг я, не дай Бог, споткнусь и подверну ногу. Нет, так наверняка кто-то из нас упадёт на лестнице.

Я повернулась к Блондинчику:

— Кажется, я согласна принять вашу руку. — И улыбнулась Весельчаку: — Вы нам не освободите немножко места?

Он сморщился, но сделал шаг назад. Я положила левую руку на изогнутую кольцом руку Блондинчика. Его предплечье набухло под моими пальцами. Не знаю, напрягал ли он мышцы, или это было просто от сгиба руки. Но мы спустились по лестнице без происшествий. Одинокий Весельчак замыкал шествие.

Ламия и Рональд ждали у большого «линкольна-континенталь». Рональд придержал дверь для ламии, потом сел на место водителя.

Весельчак рванулся открывать мне дверцу. И откуда я знала, что он так и сделает? Обычно я такого не люблю, но все это вообще было очень странным. Если бы сегодня худшее, что случилось со мной, — это что чрезмерно усердный мужчина будет открывать мне дверь машины, лучшего я бы и не желала.

Блондинчик сел со мной рядом, сдвинув меня в середину сиденья. Второй обежал вокруг и садился с другой стороны. Я оказалась между ними, как в сандвиче. Не так уж неожиданно.

Ламия по имени Мелани обернулась и сказала:

— Не стесняйся попользоваться ими по дороге. Они оба очень хороши.

Я уставилась в ее приветливые глаза. Кажется, она говорила серьезно.

Весельчак бросил руку на спинку сиденья, перебирая мои волосы. Блондинчик попытался взять меня за руку, но я ее убрала. Он стал трогать мое колено. Вряд ли лучше.

— Я не люблю секса на публике, — сказала я и переложила руку Блондинчика со своего колена к нему на колени.

Рука Весельчака обвилась вокруг моих плеч. Я подалась на сиденье подальше от них обоих.

— Отзови их, — сказала я.

— Мальчики, ее это не интересует.

Мужчины отползли в стороны как можно ближе каждый к своей дверце машины. Их ноги все равно слегка касались моих, но хотя бы других прикосновений не было.

— Спасибо, — сказала я.

— Если ты по дороге передумаешь, просто скажи им. Они любят получать приказы, правда, мальчики?

Оба с улыбками кивнули. Нет, правда, у нас получилась очень счастливая группа?

— Вряд ли я передумаю.

Ламия пожала плечами:

— Как хочешь, Анита, но мальчики будут горько разочарованы, если ты их хотя бы не поцелуешь на прощание.

Это звучало зловеще. Нет, сильнее, чем зловеще.

— Я на первом свидании никогда не целуюсь.

Она рассмеялась:

— Вот это мне нравится! А вам, мальчики?

Все трое издали утвердительные звуки. У меня было чувство, что, прикажи она им, они встанут на задние лапки и начнут служить.

39

Мы ехали на юг по шоссе 270. Вдоль дороги тянулись крутые заросшие травой кюветы и небольшие деревья. На холмах стояли одинаковые дома, изгороди отделяли маленькие дворики от таких же соседних. На много ярдов поднимались высокие деревья. Двести семидесятое — основное шоссе, идущее через весь Сент-Луис, но почти все время едешь среди зеленой природы.

Мы свернули на запад на шоссе 70 по направлению к Сент-Чарльзу. Налево и направо лежали широкие плоские поля. Стояла высокая золотистая кукуруза, созревшая уже для жатвы. За полями стояло высокое здание с рекламой роялей и крытых полей для гольфа. Мимо универсального оптового магазина и стоянки подержанных автомобилей мы выехали к мосту Бланшетт.

Слева от дороги землю перекрещивали дренажные канавы, предохраняющие землю от затопления. Стояли высокие фабричные корпуса, отель «Омни» с фонтаном возвышался вблизи дороги.

Группы деревьев попадались по-прежнему настолько часто, что их не прерывали дома, выстроившиеся слева от дороги, и выходили к реке Миссури. И на той стороне до самого Сент-Чарльза тоже тянулись деревья.

Сент-Чарльз угрозе затопления не подвергался, и потому здесь были жилые дома, кварталы магазинов, супермаркет товаров для кошек и собак, кинотеатр, аптека, ресторан и магазин «Эпплби». Земля скрылась за рекламными щитами и крышами. Трудно было себе представить, что река Миссури совсем рядом и что когда-то здесь был лес. Земли не видно было за зданиями.

Сидя в теплой машине, где слышалось только шуршание шин по мостовой и приглушенный говор с переднего сиденья, я поняла, как устала. Даже сидя между двумя мужчинами, я готова была задремать. И зевнула.

— Далеко нам еще? — спросила я.

Ламия повернулась ко мне:

— Заскучала?

— Я сегодня еще не спала. И хочу только знать, сколько нам еще ехать.

— Ты извини за неудобство, — сказала она. — Нам ведь уже недалеко, Рональд?

Он утвердительно кивнул. Вообще он не сказал за все это время ни слова. Он вообще говорит?

— Куда мы точно едем?

Кажется, они не хотели отвечать на этот вопрос, но если поставить его иначе...

— Примерно сорок пять минут от Сент-Питерса.

— Возле Вентцвиля? — спросила я.

Она кивнула.

Час туда и почти два обратно. То есть домой я раньше часа не попаду. Два часа на сон. Великолепно.

Мы оставили позади Сент-Чарльз, и снова появилась земля — поля по обе стороны дороги за прочными изгородями колючей проволоки. На холмах пасся скот. Единственным признаком цивилизации была заправочная станция возле шоссе. Вдали от дороги стояли здания с тянущимися до самой дороги полосами травы. По ним грациозно ходили лошади. Я ожидала, что мы свернем к одному из таких имений, но мы миновали их все.

Наконец мы свернули на узкую дорогу, где висел знак такой старый и ржавый, что я его не могла прочесть. Дорога действительно была узкой и какой-то сразу сельской. Канавы по обеим сторонам. Трава, бурьян, прошлогодний золотарник в человеческий рост — все это придавало дороге дикий, запущенный вид. Пожелтевшее фасолевое поле, ждущее жатвы. Среди бурьяна возникали боковые гравийные дороги с ржавыми почтовыми ящиками, ведущие к невидимым отсюда домам. Над дорогой парили и пикировали деревенские ласточки. Покрытие внезапно кончилось, пошел гравий.

Он стучал и грохотал по днищу машины. К дороге сбегались лесистые холмы. Время от времени попадались дома, но очень редко и далеко. Куда это мы едем?

Кончился и гравий, и дорога стала грунтовой, красноватой с красноватыми же камешками. Машину стало бросать. Но машина не моя, а если они хотят ехать по фургонной колее, это их дело.

И наконец грунтовая дорога тоже кончилась каменной россыпью. И среди камней были и такие, что были не меньше машины. Она остановилась. Я испытала чувство облегчения при мысли, что есть места, куда даже Рональд на машине не поедет.

Ламия обернулась ко мне. Она улыбалась, просто сияла. Слишком она была жизнерадостной. Что-то тут было не так. Никто не будет таким приветливым, если ему чего-то не надо. Чего-то серьезного. Так что же нужно этой ламии? Что нужно Оливеру?

Она вышла из машины, мужчины за ней, как дрессированные собачки. Я засомневалась, но уж если я заехала так далеко, то стоит узнать, чего хочет Оливер. Я всегда смогу отказаться.

Ламия снова взяла Рональда под руку. На каменистой дороге и на высоких каблуках это вполне разумная предосторожность. Мне в кроссовках помощь была не нужна. Блондинчик и Весельчак предложили мне руки одновременно, я оставила это без внимания. Хватит уже этой актерской игры. Я устала, и мне совершенно не нравилось, что меня затащили на край света. Даже Жан-Клод никогда не заводил меня в дремучие леса. Он был городской мальчик. Конечно, Оливер мне тоже показался городским мальчиком. Доказательство, что нельзя судить о вампире по одной встрече.

Каменистая дорожка вела наверх по склону. По склонам холма тоже валялись упавшие валуны и каменная крошка. Рональд просто поднимал Мелани и переносил ее через самые большие завалы.

Я остановила этих ребят раньше, чем они успели это предложить.

— Спасибо, я вполне справлюсь сама.

У них недовольно вытянулись лица. Светловолосый сказал:

— Мелани нам велела присмотреть за вами. Если вы споткнетесь и упадете на камни, она будет нами недовольна.

Брюнет согласно кивнул.

— Ничего со мной не случится, мальчики, не волнуйтесь.

И я пошла вперед, не ожидая их действий. Тропинка была ненадежна из-за мелких камней. Мужчины шли вплотную за мной, протянув руки, чтобы подхватить меня в случае падения. Никогда у меня еще не было таких параноидально заботливых кавалеров.

Кто-то выругался. Я обернулась, увидела растянувшегося на земле брюнета и не могла сдержать улыбки. Не ожидая, пока они догонят, я пошла вперед. С меня хватило этих нянек, а мысль, что сегодня мне не придется спать, хорошего настроения не создавала. Самая главная ночь в году, а я буду выжата как лимон. Лучше бы Оливеру иметь ко мне действительно важное дело.

За высокой кучей щебня была черная прорезь, вход в пещеру. Рональд внес ламию внутрь, не поджидая меня. Пещера? Оливер переехал в пещеру? Как-то это не отвечало впечатлению от его современного солнечного кабинета.

У входа еще было светло, но в нескольких футах уже начиналась темнота. Я остановилась на краю освещенной зоны, не зная, что делать дальше. Мои заботники подошли следом и вынули каждый небольшой фонарик. В этой темноте их лучи казались до жалкого маленькими.

Блондинчик пошел впереди, Весельчак замыкал шествие. Я шла между тонкими лучами их фонарей. Световое пятнышко шло за моими ногами и позволяло не споткнуться о случайный камень, но в основном туннель был гладким. Посередине пола текла тонкая струйка воды, терпеливо прокладывая себе путь в камне. Свод терялся в темноте. Это все проточила вода. Впечатляет.

Кожей лица я ощущала прохладу и влажность воздуха. Хорошо, что я надела свой кожаный жакет. Здесь не может быть по-настоящему тепло, но и по-настоящему холодно тоже не будет. Вот почему наши предки жили в пещерах. Круглогодичный температурный контроль.

Влево отходил широкий проход. В темноте бурлила и стучала вода. Много воды. Весельчак посветил фонариком на поток, заполнявший почти весь боковой коридор. Вода была черной и казалась холодной и глубокой.

— Я не взяла болотных сапог, — сказала я.

— Мы пойдем главным коридором, — ответил Весельчак. — Не дразните госпожу, она этого не любит.

В полусвете его лицо казалось очень серьезным.

Светловолосый пожал плечами и пошел прямо вперед. Струйка воды растеклась веером по скале, но еще было достаточно сухого места с каждой стороны. Ноги мочить мне еще не приходилось — пока что.

Мы держались левой стены. Я коснулась ее, чтобы сохранить равновесие, и отдернула руку. Стена была склизкой от воды и минеральных солей.

Весельчак рассмеялся в мой адрес. Смеяться, наверное, ему дозволялось.

Оглянувшись на него, я нахмурилась и снова положила руку на стену. Она не была на самом деле такой противной — это я от неожиданности. Мне приходилось трогать вещи и похуже.

Темноту заполнил грохот воды, падающей с большой высоты. Впереди был водопад; мне даже не нужно было видеть его, чтобы это решить.

— Как вы думаете, какой высоты водопад? — спросил Блондинчик.

Грохот заполнял темноту, окружал. Я пожала плечами:

— Десять или двадцать футов или больше.

Он посветил фонариком на струйку воды, падавшую с пяти дюймов. Крошечный водопад и питал этот тонкий ручеек.

— Пещера усиливает звук, и он становится громом, — сказал светловолосый.

— Интересный фокус, — сказала я.

Широкая скальная полка вела серией водопадиков вверх к широкому подножию камня. На краю полки сидела ламия, болтая в воздухе туфлями на высоких каблуках. Подъем футов на восемь, но свод терялся наверху в черноте. От него и отражался эхом звук воды.

Рональд стоял у нее за спиной как хороший телохранитель, сцепив руки перед собой. Рядом с ними был еще один лаз, который вел дальше в пещеру к истоку ручейка.

Блондинчик влез наверх и протянул мне руку.

— Где Оливер?

— Там, впереди, — ответила ламия. И в ее голосе был легкий оттенок смеха, будто над шуткой, которую я не слышала. Наверное, на мой счет.

Я не обратила внимания на руку Блондинчика и влезла сама. Руки у меня покрылись тонкой бледно-коричневой коркой воды и грязи — превосходная смазка для соскальзывания. Подавив желание обтереть их о штаны, я присела у небольшого озерца, которое питало водопад. Вода была ледяной, но я отмыла руки и почувствовала себя лучше. И тогда уже вытерла о штаны.

Ламия сидела, окруженная своими мужчинами, как будто позируя для семейной фотографии. Они кого-то ждали. Оливера. Но где он?

— Где Оливер?

— Боюсь, что он не придет.

Голос раздался из глубины пещеры. Я шагнула назад, но дальше пойти не могла, чтобы не свалиться с утеса.

Два фонарика повернулись к отверстию, как миниатюрные прожектора. В луч света вышел Алехандро.

— Сегодня вы не увидитесь с Оливером, мисс Блейк.

Я потянулась к пистолету, не ожидая дальнейших событий. Фонари погасли, и я осталась в абсолютной темноте с Мастером вампиров, ламией и тремя враждебно настроенными мужчинами. Не самый удачный день.

40

Я упала на колени, держа пистолет наготове поближе к телу. Тьма была плотная, как бархат. Я даже руку у себя перед лицом не видела. Закрыв глаза, я попыталась сосредоточиться на звуках. Вот! Шорох ботинок по камню. Движение воздуха — это кто-то приближался ко мне. У меня было тринадцать серебряных пуль. Предстояло выяснить, могут ли они поразить ламию. Алехандро уже получил серебряную пулю в грудь и хуже выглядеть не стал.

В общем, я сидела в очень глубоком дерьме.

Шаги почти рядом. Ощущалось приближение какого-то тела. Я открыла глаза. Как в эбонитовом шаре — полная чернота. Но я ощущала, что кто-то стоит рядом. Подняв пистолет чуть ниже уровня груди, я выстрелила, не вставая с колен.

Вспышки полыхнули в темноте как молния, как синее пламя. И в свете этого пламени рухнул назад Весельчак. Слышно было, как он упал за край, — и все. Ничего, кроме темноты.

Чьи-то руки схватили меня за запястья, а я так ничего и не услышала. Это был Алехандро. Я вскрикнула, когда он вздернул меня на ноги.

— Твой пистолетик мне ничего не сделает, — сказал он тихо и совсем рядом.

Отбирать у меня пистолет он не стал. Он его не боялся. А должен был бы.

— Я предложил Мелани свободу после смерти Оливера и Мастера города. Тебе же я предлагаю вечную жизнь, вечную молодость, и ты получишь право жить.

— Ты мне поставил первую метку!

— Сегодня я поставлю тебе вторую.

По сравнению с голосом Жан-Клода его голос был обыкновенным и невыразительным, но интимность темноты и его руки на моих вкладывали в его слова больше, чем там было.

— А если я не хочу быть твоим слугой?

— То я все равно тебя возьму, Анита. Потерять тебя — это большой удар по Мастеру. Это означает потерю последователей и уверенности в себе. Нет, Анита, ты будешь моей. Приди ко мне добровольно — и это будет удовольствие. Сопротивляйся — и это будет пытка.

По голосу я навела пистолет на его горло. Если я раздроблю ему позвоночник, тысяча ему там лет или сколько, а он умрет. Может быть. Боже, молю Тебя...

Я выстрелила. Пуля попала ему в глотку. Он дернулся назад, но рук моих не выпустил. Еще две пули ему в глотку, одна в челюсть, и он отшвырнул меня с визгом.

Я упала спиной в ледяную воду.

Темноту прорезал луч фонарика. Там стоял Блондинчик — отличная мишень. Я выстрелила, и свет погас, но крика не было. Поторопилась и промахнулась. Вот черт!

Спуститься в темноте по скальной стенке я не могла. Наверняка упаду и ногу сломаю. Значит, остается только лезть глубже в пещеру, если смогу туда пробиться.

Алехандро все еще яростно вопил без слов. И крики его отражались от стен и перекатывались по пещере эхом, так что я не только ослепла, а еще и оглохла.

— Отберите у нее пистолет! — приказала ламия.

Она переместилась и, судя по голосу, была возле раненого вампира.

Я стояла в темноте и ждала каких-то признаков, что они идут ко мне. По лицу прошло дуновение холодного ветра. Но это не они двигались. Может быть, я рядом с отверстием, ведущим в глубь пещеры? И могу просто выскользнуть? В темноте, не зная, есть ли там ямы или глубокая вода, где можно утонуть? Не очень радостная перспектива. Может, я смогу просто их всех перебить? Держи карман шире.

Сквозь эхо воплей Алехандро донесся другой звук: высокое шипение, как от огромной змеи. Ламия меняла форму. И мне надо убраться, пока она ее не сменила.

Почти надо мной плеснула вода. Я подняла глаза, но ничего не увидела, кроме сплошной черноты.

Я ничего не почувствовала, но вода плеснула еще раз. Я выстрелила на звук. Вспышка выхватила из темноты лицо Рональда. Очков на нем не было, и в желтых глазах мелькнули щели зрачков. И я выстрелила в это лицо еще два раза. Он вскрикнул, и под зубами показались клыки. Да кто же он такой?

Кем бы он ни был, а он упал назад. Раздался всплеск, слишком громкий для мелкого озерца. Больше я его движений не слышала. Убит?

Крики Алехандро прекратились. Тоже убит? Или подбирается поближе? И сейчас почти рядом? Выставив перед собой пистолет, я пыталась хоть что-нибудь почувствовать в этой темноте.

По камню ползло что-то тяжелое. У меня живот свело судорогой. Черт возьми, это же ламия!

Все, другого выхода нет. Я протиснулась в отверстие плечом вперед и поползла, опираясь на колени и на одну руку. Бежать без крайней необходимости мне очень не хотелось — вышибу себе мозги о сталактит или упаду в какую-нибудь бездонную яму. Ну, не бездонную, но тридцати футов вполне хватит, чтобы считать ее таковой. Мертвая — все равно мертвая.

Сквозь джинсы и кроссовки просачивалась ледяная вода. Камень скользил под пальцами. Я ползла со всей возможной скоростью, нащупывая рукой западню, опасность, которой мне не могло быть видно.

Черноту наполнил тяжелый скользящий звук. Ламия. Она уже сменила облик. Что быстрее движется по камню — я или это чешуйчатое тело? Меня подмывало вскочить и бежать. Бежать со всех ног. Плечи напряглись от желания лететь сломя голову.

Громкий всплеск сообщил мне, что она вошла в воду. Она ползла быстрее меня; это мне теперь было ясно. Если я побегу... и разобью себе голову или упаду? Что ж, лучше попытаться, чем быть пойманной в щели, как мышь.

Я поднялась на ноги и побежала. Левую руку я выставила перед собой, чтобы защитить лицо, но все остальное пришлось оставить на волю случая. Ни хрена не было видно. Я бежала, слепая, как летучая мышь, и под ложечкой сосало от ожидания падения в какую-нибудь яму под ногами.

Шорох ползущей чешуи отдалился. Я ее обгоняла. Прекрасно.

Правым плечом я въехала в камень. От удара меня развернуло к другой стене. Рука онемела от плеча до пальцев, пистолет я выронила. Там оставались еще три пули — лучше, чем ничего. Я прислонилась к стене, прижимая правую руку левой, ожидая, чтобы вернулась чувствительность, гадая, смогу ли я найти в темноте пистолет и будет ли у меня на это время.

В туннеле закачался свет, приближаясь ко мне. Это шел Блондинчик, рискуя жизнью — если бы пистолет был при мне. Но его не было. Могло быть хуже, если бы я руку сломала. Но чувствительность возвращалась болезненным покалыванием и пульсацией в месте удара. Фонарик мне нужен! Что, если спрятаться и забрать фонарь у Блондинчика? У меня два ножа, а он, насколько я знаю, не вооружен. Есть шанс.

Свет приближался медленно, скользя из стороны в сторону. Может, у меня есть время. Поднявшись на ноги, я нащупала скалу, из-за которой едва не осталась без руки. Это был выступ, а за ним отверстие. Оттуда пахнуло прохладным воздухом. Мне оно было на уровне плеча, значит, для Блондинчика — на уровне лица. Отлично.

Я уперлась ладонями и отжалась вверх. Правая рука протестовала, но я заставила ее работать и заползла в туннель, вытянув руки вперед в поисках сталактитов или других скальных выступов. Но было только узкое пустое пространство. Будь я побольше, мне бы сюда вообще не залезть. Да здравствует миниатюрность!

Левой рукой я вытащила нож. Правая все еще дрожала. Я была правшой, но левую руку тоже тренировала — с тех самых пор, как правую руку мне сломал вампир и только левая меня тогда спасла. Близкая смерть — отличный мотив для тренировки.

Я затаилась на коленях в туннеле, сжимая нож и балансируя правой рукой. У меня будет только один шанс. Насчет своих шансов против атлетически сложенного мужчины на сто фунтов тяжелее меня у меня иллюзий не было. Если первый бросок не удастся, он измолотит меня в порошок или отдаст ламии. Я предпочитала первое.

Итак, я затаилась в темноте и готовилась перерезать кому-то глотку. Не очень красиво, если выразить это такими словами, но ведь необходимо, правда?

Он уже почти приблизился. Тонкий луч фонарика после темноты был ослепительно ярок. Если он посветит на мое укрытие раньше, чем подойдет ближе, я в заднице. Если он пройдет по левой стороне туннеля не подо мной... хватит гадать.

Свет уже был почти подо мной. Я слышала, как он шлепает по воде, подходя ближе. Он держался за правую стенку, как мне и хотелось.

Его светлые волосы показались почти вровень с моими коленями. Я рванулась вперед, он повернулся. Его губы сложились в букву «о» от удивления, и тут лезвие вошло в его шею справа. Из-за зубов блеснули клыки, лезвие наскочило на позвоночник. Правой я схватила его за волосы, натягивая шею, и вырвала нож у него из глотки спереди. Внезапным дождем хлынула наружу кровь, и нож вместе с моей левой рукой стали скользкими.

Он с громким всплеском рухнул на пол туннеля. Я выбралась из укрытия и спрыгнула рядом с его телом. Фонарик свалился в воду, но все еще светил, и я его выловила. Браунинг лежал почти под рукой Блондинчика. Он был мокрый, но это ерунда. Из современных пистолетов можно стрелять под водой, и они отлично работают. Одна из причин, по которым так вольготно действовать террористам.

Поток воды потемнел от крови. Я посветила обратно в туннель. Луч выхватил из темноты ламию. Длинные черные волосы рассыпались по бледному торсу, выдавалась высокая грудь с яркими, почти красными сосками. Ниже талии она была желтовато-белой с зигзагами бледного золота. Длинные чешуйки брюха сверкали белизной с черными точками. Она приподнялась на длинном твердом хвосте и мелькнула в мою сторону раздвоенным языком.

За ней стоял Алехандро, покрытый кровью, но он шел, двигался. Я хотела заорать: «Чего же ты не сдох?», но это было бы бесполезно. Может, и все остальное тоже бесполезно.

Ламия поползла в туннель. Пистолет убил ее мужчин с клыками, Рональда с кошачьими глазами. А на ней я еще пуль не пробовала. Что мне было терять?

Я навела фонарь на ее грудь и подняла пистолет.

— Твои пульки мне ничего не сделают. Я бессмертна!

— Подползай ближе, и проверим эту теорию.

Она заскользила ко мне, и руки ее двигались будто бы в такт ногам, а все тело подавалось вперед мощными ударами хвоста. Забавно, как естественно все это выглядело.

Алехандро остался позади, прислонившись к стене. Он был ранен. Ур-ра!

Я подпустила ее на три фута — достаточно близко, чтобы попасть, достаточно далеко, чтобы драпать, если это не поможет.

Первая пуля попала ей над левой грудью. Она пошатнулась, но дыра тут же затянулась, как в воде, гладкая и нетронутая поверхность. Ламия улыбнулась.

Я подняла пистолет — чуть-чуть — и послала пулю точно над этой совершенной переносицей. Снова она пошатнулась, но из отверстия даже кровь не пошла. Оно просто затянулось. Примерно как тело вампира после обычной пули.

Я сунула пистолет в кобуру, повернулась и побежала.

От главного туннеля отходила широкая трещина. Мне пришлось бы снять куртку, чтобы туда протиснуться. Меньше всего мне хотелось застрять и слушать, как приближается ламия. Я осталась в главном туннеле.

Он был прямой и гладкий, насколько мне было видно. Выдавались под разными углами скальные полки, по некоторым сочилась вода — там были боковые ходы, но ползать на брюхе, когда за мной гонится змея, не казалось мне хорошей забавой.

Я бежала быстрее, чем она ползла. Змеи, даже гигантские змеи, не так быстры. И пока я не уперлась в тупик, все хорошо. Господи, как бы я хотела в это верить!

Поток был теперь уже по щиколотку. Вода была такая холодная, что я переставала чувствовать ноги, но на бегу они все же не отмерзали. Сосредоточиться на своем теле, бежать, двигаться, стараться не упасть, стараться не думать, что там сзади. Главный вопрос в другом: есть ли тут другой выход? Если я не могу их убить, не могу проскочить мимо них, а выход тут один, то я пропала.

Но я бежала дальше. Три раза в неделю я пробегала по четыре мили плюс еще немножко. Так что я могла бежать. А что мне еще оставалось делать?

Вода начинала заполнять проход и становиться глубже. Теперь она была уже по колено. Это замедляло движение. А она — может ли она двигаться в воде быстрее меня? Я не знала. Не знала — и все.

По спине прошел ветерок. Я обернулась, но там ничего не было. Воздух был теплым и нес запах цветов. Это ламия? Может ли она поймать меня по-другому, без погони? Нет, ламии умеют наводить галлюцинации только на мужчин. Такая у них есть власть. Я не мужчина, и мне это не грозит.

Снова ветерок коснулся моего лица, мягко, тепло, насыщенный густым зеленым запахом свежевырытых корней. Что же это такое?

— Анита!

Я обернулась, но сзади никого не было. Круг света выхватывал из тьмы только туннель и воду. Не слышно было ничего, кроме плеска воды. И все же... ветерок обдувал мою щеку, и запах цветов крепчал.

И вдруг я поняла, что это. Я вспомнила, как гнался за мной вверх по лестнице ветер, которого не могло быть, и синие огни, как плавающие в воздухе глаза. Вторая метка.

Тогда было по-другому, без запаха цветов, но я знала, что это. Алехандро, как и Жан-Клод, не нуждался в прикосновении, чтобы поставить мне эту метку.

Поскользнувшись на осклизлых камнях, я упала в воду по шею. Встала на ноги, и вода была мне по бедра. Джинсы намокли и отяжелели. Я двинулась вперед, пытаясь бежать, но для этого было слишком глубоко. Быстрее было бы плыть.

Я нырнула, зажав в руке фонарик. Кожаный жакет тянул вниз, замедлял движения. Я встала, расстегнула жакет и сбросила его в поток. Обидно было его терять, но, если выживу, смогу купить новый.

Хорошо, что на мне была рубашка с длинными рукавами, а не свитер. Раздеваться дальше было бы слишком холодно, а надо было плыть быстрее. Лицо щекотал теплый ветер, горячий после холода воды.

Не знаю, что заставило меня взглянуть назад, — наверное, чувство. Ко мне плыли в воздухе две черные точки. Если чернота может пылать, то это оно и было: черное пламя, плывущее ко мне в теплом, пахнущем цветами бризе.

Впереди возвышалась скальная стена. Поток уходил под нее. Держась за стену, я нащупала, может быть, дюйм зазора между скалой и поверхностью воды. Очень неплохой способ утонуть.

Бредя по воде, я светила фонариком на стены. Вот оно: узкая скальная полка, чтобы выбраться, и — везучая я! — еще один туннель. Сухой.

Я подтянулась на полку, но ветер ударил меня, как теплая ладонь. Он казался хорошим, безопасным, и это была ложь.

Я повернулась, и черные огни спустились ко мне дьявольскими светлячками.

— Анита, прими это!

— Пошел ты к черту! — Я прижалась спиной к скале, окруженная теплым тропическим ветром. — Не делай этого, не надо!

Но это был лишь беспомощный шепот.

Огни медленно снижались. Я ударила по ним рукой, и они прошли через нее, как призраки. Запах цветов стал удушающим. Огни вошли в мои глаза, и на миг я увидела мир сквозь цветное пламя и черноту, которая была вроде света.

И все. Мое зрение ко мне вернулось. Теплый ветер медленно затих. Только запах цветов прилип ко мне, как дорогие духи.

Слышно было, как в темноте движется что-то большое. Я медленно подняла фонарь в темнокожее лицо кошмара.

Коротко стриженные черные прямые волосы вокруг худого лица. Золотые глаза с вертикальными прорезями зрачков смотрели неподвижно, не мигая. Худой торс подтягивал ко мне бесполезную нижнюю часть.

Ниже талии он был весь прозрачная кожа. Ноги и гениталии все еще были видны, но они сливались вместе, образуя змееподобную форму. Откуда появлялись бы у ламий детеныши, если у них нет самцов? Я смотрела на то, что было когда человеком, и у меня вырвался вопль.

Он раскрыл пасть, и показались клыки. Он зашипел, и с подбородка у него закапало. В глазах не осталось ничего человеческого. Ламия была больше человеком, чем он, но если бы я превращалась в змею, я бы, наверное, тоже сошла с ума. Может быть, сойти с ума и лучше в такой ситуации.

Вытащив браунинг, я в упор выстрелила ему в пасть. Он с визгом отпрянул, но крови не было, он не подыхал. Черт побери!

Издалека донесся усиленный эхом крик:

— Раджу!

Ламия звала своего самца, а может быть, хотела предупредить.

— Анита, не трогай его!

Это уже Алехандро. Сейчас ему хотя бы приходилось орать, шептать мне прямо в сознание он не мог.

Тварь ползла ко мне, разинув пасть и наставив клыки.

— Скажите ему, чтобы он меня не трогал! — заорала я в ответ.

Браунинг был уже в кобуре, да и все равно у меня патроны кончились. Я ждала с фонарем в одной руке и ножом в другой. Если они успеют сюда, чтобы его отозвать, — отлично. Я не очень верила в серебряный нож после того, как серебряные пули не причинили ему вреда, но сдаваться без боя я не собиралась.

Его руки покрылись кровью, когда он перетаскивал себя по камням. Я себе представить не могла, что есть участь хуже, чем превратиться в вампира, но вот она — ползет сюда ко мне.

Он был между мной и сухим туннелем, но двигался мучительно медленно. Я прижалась спиной к стене и встала на ноги. Он задвигался быстрее, направляясь ко мне. Я попыталась пробежать мимо, но рука сомкнулась на моей лодыжке и дернула меня на землю.

Монстр схватил меня за ноги и стал подтягивать к себе. Я села и всадила нож ему в плечо. Он заорал, по руке его потекла кровь. Нож ударил в кость, и монстр дернулся, выдернув его у меня из руки.

Потом он откинулся назад и ударил мне в икру клыками. Я вскрикнула и выхватила второй нож.

Он поднял морду, из пасти стекала кровь, и тяжелые желтые капли прилипали к клыкам.

Я всадила лезвие в золотистый глаз. Монстр завопил, оглушив меня эхом. Потом завалился на спину, змеиное туловище задергалось, руки когтили воздух. Я стала кататься вместе с ним, изо всех сил дергая нож в ране во все стороны.

И почувствовала, как острие ножа заскребло по его черепу. Монстр продолжал драться и дергаться, но он был ранен, насколько я могла его ранить. Я оставила нож у него в глазу, но выхватила тот, что был зажат в плече.

— Раджу, нет!

Я посветила фонариком на ламию. Ее бледный торс сверкнул мокрой кожей. Рядом с ней стоял Алехандро, почти исцеленный. Никогда не видела вампира, который так быстро залечивает раны.

— Ты мне смертью ответишь за их смерть! — крикнула ламия.

— Нет, эта девушка моя.

— Она убила моего самца! Она умрет!

— Сегодня я поставлю ей третью метку. Она будет моим слугой. Это достаточная месть.

— Нет!

Я ждала, что начнет действовать яд, но пока что укус только болел, но не горел и не немел — ничего. Я посмотрела в сухой туннель, но они просто пойдут за мной, а я не могу их убить — сегодня. Но будут другие дни.

Я скользнула обратно в поток. Над ним по-прежнему был всего дюйм воздуха. Приходилось рисковать: утонуть там или остаться здесь и либо быть убитой ламией, либо попасть в рабство к вампиру. Трудно выбирать при таком богатстве возможностей.

Я нырнула в туннель, прижимаясь ртом к мокрому своду. Да, можно дышать. Может быть, сегодня я еще не умру. Чудеса иногда случаются.

По туннелю прошли небольшие волны, одна захлестнула мне лицо, и я глотнула воды. Осторожней надо! Это ведь от моих движений пошла волна. Так я еще сама себя утоплю.

Пока вода не успокоилась, я стояла почти неподвижно, проветривая легкие, чтобы набрать как можно больше воздуха. Я окунулась и оттолкнулась ногами. Слишком было узко, и можно было только идти ножницами. Грудь сводило, горло болело от позыва вдохнуть. Всплыв на поверхность, я коснулась губами скалы. Даже и дюйма воздуха там не было. В нос плеснуло водой, и я закашлялась, глотая еще воду. Прижавшись к своду как можно теснее, я дышала мелкими вдохами, потом снова под воду и снова толчки ножницами, толчки, толчки из последних сил. Если этот сифон не кончится раньше, чем у меня воздух, я утону.

А что, если он вообще не кончается? Если дальше все только вода? Я впала в панику, бешено водя фонарем по стенам и повторяя бессмысленную молитву: «Боже, Боже, не дай мне умереть вот так».

Грудь горела, горло разрывалось на части. Свет начал тускнеть, и я поняла, что это темнеет у меня в глазах. Я сейчас потеряю сознание и утону. Я рванулась вверх, и мои руки схватили пустой воздух.

От неимоверно глубокого вдоха боль разлилась по всей груди. Передо мной был скалистый берег и яркая полоска солнечного света. Дыра в стене. Солнечный свет ткал в воздухе узоры. Я вылезла на камень, откашливаясь и пытаясь снова научиться дышать.

В руках у меня по-прежнему были фонарь и нож. Не помню, как я их держала под водой.

Камень был покрыт тонкой коркой серой грязи. Я подползла по ней к той стене, где был выход.

Если я пролезла через туннель, может, и они смогут. И я не стала ждать, пока мне станет лучше. Вернув нож в ножны, я сунула фонарик в карман и поползла.

Я вся перемазалась, ободрала руки, но оказалась возле дыры. Это была тонкая трещина, но сквозь нее были видны деревья и холм. Господи, как хорошо-то!

Что-то всплыло у меня за спиной. Я повернулась.

Алехандро выскочил из воды на солнечный свет, и тут же кожа его вспыхнула пламенем, он завизжал и нырнул в воду подальше от палящего солнца.

— Гори, сукин ты сын, гори!

Тогда всплыла ламия.

Я скользнула в трещину — и застряла. Я тянула руками, толкалась ногами, но грязь соскальзывала, и я не могла пролезть.

— Я тебя убью!

Изогнув спину, я изо всех сил рванулась из этой проклятой дыры. Камни впивались в спину, и я знала, что она уже кровоточит. И тут я выпала из дыры и покатилась по холму, пока не налетела на дерево.

Ламия подскочила к дыре — ей солнечный свет не вредил. Она стала протискиваться, но пышная грудь не пролезала. Змеиное ее тело, может быть, и могло сужаться, но человеческое — нет.

И все-таки я на всякий случай поднялась на ноги и пошла вниз по холму. Он был такой крутой, что приходилось перебегать от дерева к дереву, стараясь не упасть. Внизу слышался шум проезжающих машин. Дорога; судя по звукам — оживленная.

И я побежала вниз, набирая скорость по мере спуска туда, к дороге. Она уже мелькала между деревьями.

Я вылетела на обочину, покрытая серой грязью, слизью, промокшая до костей, дрожащая на осеннем ветру. И никогда в жизни я не чувствовала себя лучше.

Две машины пролетели мимо, не обращая внимания на меня, размахивающую руками. Может, все дело в кобуре, из которой был виден пистолет.

Остановилась зеленая «мазда». Водитель перегнулся и открыл пассажирскую дверцу:

— Запрыгивай!

Это был Эдуард.

Я поглядела в его голубые глаза, в лицо спокойное и непроницаемое, как у кота, и такое же самодовольное. И мне было наплевать. Я только села в машину и закрыла за собой дверь.

— Куда? — спросил он.

— Домой.

— В больницу тебе не надо?

Я покачала головой.

— Ты опять за мной следил?

Он улыбнулся:

— Потерял тебя в лесу.

— Городской мальчик, — сказала я.

Он улыбнулся шире:

— Кто бы обзывался! У тебя тоже такой вид, будто ты провалилась на скаутском экзамене.

Я начала что-то говорить — и передумала. Во-первых, он был прав, а во-вторых, я слишком устала, чтобы спорить.

41

Я сидела на краю ванны, завернутая только в большое пляжное полотенце. Только что я вымылась, помыла голову и спустила всю грязь и кровь в сток. Кроме той крови, которая все еще сочилась из пореза на спине. Эдуард прижимал к нему полотенце поменьше, останавливая кровь.

— Кровь остановится — наложу повязку, — сказал он.

— Спасибо.

— Всегда мне приходится тебя латать.

Я посмотрела на него через плечо и дернулась от боли.

— Я этот долг возвращаю.

— Тоже верно, — улыбнулся он.

Порезы у меня на руках уже были забинтованы, и руки стали похожи на руки мумии, только загорелые.

— Вот что меня беспокоит.

Он легонько коснулся отметин от клыков у меня на ноге.

— Меня тоже.

— Изменения цвета нет, — сказал он и поглядел на меня. — Не больно?

— Нет. Это не была полная ламия, может быть, потому не такая ядовитая. И ты думаешь, где-нибудь в Сент-Луисе есть сыворотка от яда ламии? Они считаются вымершими уже двести лет как.

Эдуард пощупал рану.

— Опухоли не чувствуется.

— Уже больше часа прошло, Эдуард. Если бы яд мог подействовать, это бы уже случилось.

— Ага. — Он все смотрел на укус. — Но ты посматривай.

— А я не знала, что тебе до этого есть дело, — сказала я.

Лицо его было абсолютно непроницаемым.

— Без тебя этот мир будет далеко не так интересен.

Голос тоже был ровный, лишённый эмоций. Будто совсем отсутствующий. Но это был комплимент. А от Эдуарда — просто комплиментище.

— Эдуард, сдержи свой восторг!

Он слегка улыбнулся, но глаза его остались холодными и далёкими, как зимнее небо. Мы своего рода друзья, хорошие друзья, но я никогда его на самом деле не понимала. В Эдуарде мало есть такого, до чего можно дотронуться или хотя бы увидеть.

Я привыкла верить, что в случае чего он способен меня убить — если будет необходимо. Сейчас я не была в этом уверена. Как можно быть другом человека, о котором думаешь, что он способен тебя убить? Еще одна тайна жизни.

— Кровь остановилась, — сказал он.

Потом он намазал рану антисептиком и стал наклеивать пластырь. Тут позвонили в дверь.

— Который час? — спросила я.
— Ровно три.
— Твою мать!
— В чем дело?
— У меня же свидание!
— Свидание? У тебя?
— А что тут такого особенного? — нахмурилась я.

Эдуард улыбался, как Чеширский кот. Он поднялся.

— Ты тут приведи себя в порядок. Я его впущу.
— Эдуард, будь поприветливее!
— Поприветливее? Я?
— Ладно, хотя бы не убей его.
— Это я постараюсь.

Эдуард вышел из ванной впустить Ричарда.

Что подумает Ричард, когда его у моей двери встретит другой мужчина? Эдуард явно не собирается помочь разрешить ситуацию. Он скорее всего предложит ему сесть, не объяснив, кто он такой. А как я это буду объяснять?

«Это мой друг-убийца»? Нет, так не пойдёт. «Коллега вампироборец». Так лучше.

Дверь в спальню была закрыта, так что я могла одеться спокойно. Я попробовала надеть лифчик, но это было чертовски больно. Ладно, без него. Мало что я могла надеть, если не показывать Ричарду больше, чем я хотела бы показать. И еще надо приглядывать за раной от укуса, так что брюки отменяются.

Почти всегда я сплю в больших футболках, и натянуть к такой еще пару джинсов — это и есть мое представление о домашнем платье. Но у меня есть и настоящее. Удобное, сплошь черное, шелковое на ощупь и абсолютно непрозрачное.

К нему полагалась черная шелковая комбинация, но я решила, что это будет лишнее. К тому же она неудобная. Комбинации вообще неудобные.

Я вытащила платье из глубины шкафа и натянула на себя. Ощутила на коже его приятное гладкое прикосновение. Я запахнула полы, чтобы сделать вырез на груди поменьше, и затянула пояс. Не надо, чтобы оно соскальзывало.

Я прислушалась на секунду у двери, но ничего не услышала. Ни разговора, ни движений — ничего. Открыв дверь, я вышла.

Ричард сидел на диване с охапкой маскарадных костюмов, переброшенных через плечо. Эдуард готовил кофе на кухне, будто он был здесь хозяином.

Ричард повернулся, когда я вошла, и глаза его расширились — чуть-чуть. Мокрые из-под душа волосы, шелковое домашнее платье — что он мог подумать?

— Отличное платье, — сказал Эдуард.

— Подарок от одного слишком оптимистичного кавалера.

— Мне оно нравится, — сказал Ричард.

— Никаких комментариев, иначе можешь уходить.

Он кинул быстрый взгляд на Эдуарда:

— Я не помешал?

— Он мой товарищ по работе и ничего больше.

Я глядела на Эдуарда суровым взглядом — в смысле, попробуй хоть что-нибудь сказать! Он, улыбаясь, налил кофе нам всем.

— Давайте сядем к столу, — сказала я. — Я не пью кофе на белом диване.

Эдуард поставил чашки на столик и прислонился к шкафу, оставив кресла для нас.

Ричард оставил пальто на диване и сел напротив меня. Он был одет в голубовато-зеленый свитер с темно-синим узором на груди. Этот цвет подчеркивал глубину его карих глаз. Казалось, что скулы у него стали выше. На правой щеке был небольшой пластырь. А волосы горели цветом осенних листьев. Удивительно, как меняет человека правильный подбор цветов.

И тот факт, что я в черном выгляжу отлично, тоже не ускользнул от моего внимания. Судя по выражению лица Ричарда, он тоже это заметил, но его глаза все время обращались к Эдуарду.

— Мы с Эдуардом ездили охотиться на тех вампиров, которые совершали эти убийства.

Он раскрыл глаза шире:

— Вы что-нибудь нашли?

Я посмотрела на Эдуарда. Он пожал плечами. Это был вопрос ко мне.

Ричард ошивался возле Жан-Клода. Был ли он из его помощников? Я так не думала, но все же... Осторожность лишней не бывает. Если я ошибаюсь, я потом извинюсь. Если я права, то я разочаруюсь в Ричарде, но буду довольна, что не проговорилась.

— Скажем так, что мы потеряли сегодняшний день.

— Но ты жива, — заметил Эдуард.

И был прав.

— А вы сегодня чуть не погибли?

В голосе Ричарда звучало возмущение.

Что тут скажешь?

— Тяжелый был день.

Он глянул на Эдуарда, потом снова на меня.

— Вы сильно пострадали?

Я показала забинтованные руки:

— Царапины и порезы, ничего особенного.

Эдуард улыбнулся в свою чашку.

— Скажите мне правду, Анита.

— Я вам не обязана отчитываться, — сказала я довольно резко.

Ричард поглядел на свои руки, а потом поднял на меня взгляд, от которого у меня перехватило горло.

— Вы правы. Вы мне ничем не обязаны.

Я не успела ни о чем подумать, как услышала свое объяснение.

— Можно сказать, что я пошла в пещеры без вас.

— Простите, не понял.

— Кончилось тем, что мне пришлось пройти через туннель с водой, чтобы удрать от плохих парней.

— С каким уровнем воды?

— Доверху.

— Вы же могли утонуть! — Он коснулся пальцами моей руки.

Я отпила кофе и убрала руку, но ощущала на ней его прикосновение.

— Не утонула же.

— Не в этом дело, — сказал он.

— В этом. Если вы собираетесь со мной встречаться, примиритесь с тем, что у меня такая работа.

Он кивнул.

— Да, вы правы, — сказал он тихо. — Просто это застало меня врасплох. Вы чуть не погибли сегодня и вот сидите и пьете кофе, будто ничего особенного не было.

— Для меня и не было, Ричард. Если вам это не подходит, может быть, нам даже не стоит пытаться. — Я уловила краем глаза усмешку Эдуарда. — Чему ты улыбаешься?

— Мне нравится твое учтивое и галантное обхождение с мужчинами.

— Если от тебя нет помощи, то можешь идти.

Он поставил чашку на стол.

— Ухожу и оставляю вас вдвоем, голубки.

— Эдуард!

— Ухожу, ухожу.

Я проводила его до двери.

— Спасибо, что ты там оказался, даже если ты за мной следил.

Он вытащил простую белую визитку с телефоном на обороте. И все — ни имени, ни эмблемы фирмы. Но какая нужна эмблема? Окровавленный кинжал или дымящийся пистолет?

— Если я буду нужен, позвони по этому телефону.

До сих пор Эдуард никогда не давал мне телефона. Он был как призрак — появлялся, когда хотел, и не появлялся, если не хотел. Номер можно отследить. Он много мне доверял с этим номером. Может, он меня и не стал бы убивать.

— Спасибо, Эдуард.

— Один совет. Из людей нашей профессии редко получаются хорошие спутники жизни.

— Знаю.

— Чем он занимается?

— Учитель в средней школе.

Эдуард только покачал головой.

— Что ж, желаю удачи.

И удалился, пустив эту парфянскую стрелу.

Я сунула карточку в карман платья и вернулась к Ричарду. Да, он преподаватель естественных наук, но еще он ошивается возле монстров. Он видел, сколько там грязи, и это его не очень смущает. А меня? Одно свидание — и у меня уже куча проблем, которых могло бы и не быть. Может, мы невзлюбим друг друга с первого вечера. Такое у меня уже бывало.

Я глядела на голову Ричарда и думала, такие ли мягкие эти кудри, как кажутся. Внезапная тяга. Неудобное чувство, но не такое уж незнакомое... Ладно, мне лично незнакомое.

Ногу пронзила внезапная боль. Ту самую ногу, которую укусила недоделанная ламия. О Боже, нет! Я прислонилась к столу. Ричард озадаченно на меня смотрел.

Я отбросила подол платья. Нога распухала и багровела. Как я этого не заметила?

— Я тебе говорила, что сегодня меня укусила ламия?
— Ты шутишь! — сказал он.

Я покачала головой:
— Кажется, тебе придется везти меня в больницу.

Он встал и увидел мою ногу.
— О Боже мой! Сядь!

Меня бросило в пот. А в квартире жарко не было.

Ричард помог мне добраться до дивана.

— Анита, ламии вымерли уже двести лет назад. Противоядия не будет ни в одной больнице.

Я посмотрела на него пристально:
— Кажется, наше свидание отменяется.
— Нет, черт возьми! Я не буду тут сидеть спокойно и смотреть, как ты погибаешь. Ликантропы к яду нечувствительны.
— Ты предлагаешь мчаться к Стивену, чтобы он меня покусал?
— Вроде того.
— Я лучше погибну.

Что-то мелькнуло в его глазах при этих словах, но я не разобрала, что именно. Может быть, боль.

— Ты серьезно?
— Да. — Тошнота накатила на меня волной. — О Господи, тошнит!

Я попыталась встать и добраться до ванной, но свалилась на белый ковер, и меня стало рвать кровью, и рвало, пока я не опустела. Ричард поднял меня и отнес на диван. Передо мной был узкий туннель света в темноте, и темнота поглощала свет, и я не могла ее остановить. Я начинала куда-то уплывать, и это не было больно. Даже страшно не было.

Последнее, что я помню, был голос Ричарда:
— Я не дам тебе умереть!

Отличная мысль.

42

Сон начинался. Я сидела посередине огромной кровати под балдахином. Он был из тяжелого синего бархата, цвета полночного неба. И бархатное покрывало мягко поглощало мои руки. Я была одета в длинный белый капот с кружевами на воротнике и рукавах. У меня никогда такого не было. И ни у кого в нашем веке не было.

Стены были в синих и золотых обоях. Горел огромный камин, и тени от него танцевали по комнате. В углу комнаты стоял Жан-Клод, залитый оранжевыми и черными тенями. Он был одет в ту же рубашку, что и в последний раз, полупрозрачную на груди.

Он подошел ко мне, и отблески огня танцевали в его волосах, на лице, сияли в глазах.

— Почему вы в этих снах никогда не наденете на меня нормальной одежды?

Он остановился:

— Вам не нравится этот капот?

— Ни хрена он мне не нравится!

Он чуть улыбнулся:

— Вы всегда умеете выбирать выражения, ma petite.

— Черт возьми, перестаньте меня так называть!

— Как хотите, Анита.

В том, как он это произнес, было что-то, что мне совсем не понравилось.

— Что вы задумали, Жан-Клод?

Он стоял рядом с кроватью и расстегивал верхнюю пуговицу у себя на рубашке.

— Что вы делаете?

Еще одна пуговица, еще одна, и он вытащил рубашку из штанов и сбросил на пол. Его обнаженная грудь была лишь чуть белее моего одеяния. Соски у него были бледные и твердые. Полоска черных волос, начинавшаяся у него на животе и исчезавшая в штанах, меня зачаровывала.

Он полез на кровать.

Я отпрянула, прижимая к себе белый капот, как героиня плохого викторианского романа.

— Так меня не соблазнить!

— Я чувствую ваше вожделение на вкус, Анита. Вы хотите узнать, каково ощущать мою кожу обнаженным телом.

Я сползла с кровати.

— Оставьте меня в покое ко всем чертям! Я серьезно!

— Это же просто сон, Анита. Неужели вы даже во сне не можете позволить себе вожделеть?

— С вами никогда не бывает просто сон.

Вдруг он оказался передо мной, а я не видела, как он переместился. Его руки сомкнулись у меня за спиной, и мы оказались на полу перед камином. Отсветы пламени танцевали на его обнаженных плечах. Его кожа была белой, гладкой, безупречной — и такой мягкой, что хотелось трогать ее вечно. Он был на мне, его тяжесть давила сверху, прижимая меня к полу. Я ощущала контуры его тела, сливающиеся с моими.

— Один поцелуй, и я вас отпущу.

Я глядела в его полуночно-синие глаза в паре дюймов от моих. И не могла говорить. Я отвернулась, чтобы не видеть этой совершенной красоты.

— Один поцелуй?

— Мое слово, — шепнул он.

Я повернулась к нему:

— Ваше слово не стоит гроша ломаного!

Его лицо было прямо над моим, губы почти соприкасались.

— Один поцелуй.

Мягкие, нежные губы. Он поцеловал меня в щеку, губы скользнули по ней, коснулись шеи. Его волосы щекотали мне лицо. Я думала, что все кудрявые волосы жесткие, но эти были мягкие, как у младенца, шелковые.

— Один поцелуй, — шепнул он снова, пробуя языком пульс у меня на шее.

— Перестаньте!

— Вы сами хотите.

— Перестаньте немедленно!

Он захватил ладонью мои волосы, отгибая мне шею назад. Губы его отъехали назад, обнажив клыки. Глаза утонули в синеве, белков не осталось.

— НЕТ!

— Я возьму вас, ma petite, пусть даже для того, чтобы спасти вам жизнь.

И его голова пошла вниз в ударе, подобном змеиному. Я проснулась под потолком, которого не узнала.

Мягким веером свисали с потолка черные и белые занавесы. Кровать была из черного атласа со слишком большим количеством разбросанных по ней подушек. Они тоже были все черные или белые. И на мне был черный халат с белыми полосами. Он был шелковый на ощупь и как на меня шитый.

В белом ковре на полу нога утопала по щиколотку. В дальнем углу комнаты стояли лаковый туалетный столик и комод с ящиками. Я села и увидела себя в зеркале. Кожа на шее была гладкой, без следов от укуса. Просто сон, просто сон — но я знала, что это не так. На этой комнате был несомненный отпечаток Жан-Клода.

Я умирала от яда. Как я сюда попала? Где это я — в подземельях «Цирка проклятых» или совсем в другом месте? И еще болит правое запястье. На нем свежие бинты. Не помню, чтобы в пещере я его поранила.

Я смотрела на себя в зеркало туалетного столика. В черном неглиже моя кожа белела, а волосы были длинными и черными, как платье. Я рассмеялась. Я очень соответствовала убранству. Этому чертовому убранству, так его перетак!

За белым занавесом открылась дверь. За драпировкой мелькнули каменные стены. А он был одет только в шелковые штаны мужской пижамы. И он шел ко мне босыми ногами. Обнаженная грудь была такой же, как в моем сне, только вот крестообразного шрама во сне не было. Он портил мраморное совершенство, но из-за него Жан-Клод почему-то выглядел более реальным.

— Ад, — сказала я. — Определенно Ад.

— Простите, что, ma petite?

— Я думала, где я нахожусь. Раз вы здесь, это определенно Ад.

Он улыбнулся. И был он слишком доволен, как хорошо пообедавший удав.

— Как я сюда попала?
— Вас привез Ричард.
— Значит, я в самом деле была отравлена. Это не было во сне?

Он сел на дальний край кровати, насколько мог далеко от меня. Другого места, чтобы сесть, не было.

— Боюсь, что яд был очень настоящим.
— Я не жалуюсь, но как вышло, что я не умерла?

Он обнял колени, прижав их к груди — неожиданный жест уязвимости.

— Я вас спас.
— Объясните это.
— Вы знаете.

Я покачала головой:
— Скажите вслух.
— Третья метка.
— У меня же нет следов от укусов!
— Но есть забинтованный порез на запястье.
— Вы мерзавец!
— Я спас вам жизнь.
— Вы пили мою кровь, когда я была без сознания?

Он едва заметно кивнул.

— Вы сукин сын!

Снова открылась дверь, и вошел Ричард.

— Ты, мерзавец, как ты мог отдать меня ему?
— Кажется, она нам не слишком благодарна, Ричард.
— Ты сказала, что лучше умрешь, чем станешь ликантропом.
— И лучше умру, чем стану вампиром.
— Он тебя не укусил. Ты не будешь вампиром.
— Я буду его рабой на целую вечность — ничего себе выбор!

— Это только третья метка, Анита. Ты еще не стала его слугой.

— Не в этом дело! — Я уставилась на него. — Ты не понимаешь? Лучше бы ты дал мне умереть, чем сделал такое!

— Вряд ли эта судьба хуже смерти, — сказал Жан-Клод.

— У тебя кровь текла из носа и глаз. Ты истекала кровью у меня на руках. — Ричард сделал несколько шагов к кровати и остановился. — Я не мог просто так дать тебе умереть.

И он беспомощно развел руками.

Я встала в этом шелковом платье и посмотрела на них обоих.

— Ладно, Ричард не знал, но вы знали, что я думаю по этому поводу, Жан-Клод. У вас оправданий нет.

— Может быть, я тоже не мог стоять и смотреть, как вы умираете. Вам такое в голову не приходило?

Я покачала головой:

— Что означает третья метка? Какую дополнительную власть она вам надо мной дает?

— Я теперь могу шептать вам мысленно не только во сне. И вы тоже обрели силу, ma petite. Теперь вас очень трудно убить. Яд вообще не подействует.

Я все качала головой.

— Не хочу этого слышать. Я вам этого никогда не прощу, Жан-Клод.

— Я и не думал, что вы простите, — сказал он, и вид у него был печальный.

— Мне нужна одежда и чтобы меня отвезли домой. Мне нужно сегодня работать.

— Анита, ты же сегодня дважды чуть не погибла. Как ты можешь?

— Оставь, Ричард. Мне нужно на работу. Мне нужно что-то, принадлежащее мне, а не ему. А ты гад, который суется не в свое дело!

— Найди для нее одежду и отвези ее домой, Ричард. Ей нужно время, чтобы привыкнуть к новым переменам.

Я пристально посмотрела на Жан-Клода, который все еще сидел, свернувшись, в углу кровати. Он был восхитителен, и будь у меня пистолет, я бы пристрелила его на месте. В животе у меня холодным и твердым комом ворочался страх. Он собирается сделать меня своей слугой, хочу я того или нет. Я могу вопить и отбиваться, а он будет игнорировать мои протесты.

— Приблизьтесь ко мне еще раз, Жан-Клод, по любой причине, и я вас убью.

— Три метки связали нас. Вам тоже будет очень больно.

Я рассмеялась, и смех был горьким.

— Вы серьезно думаете, что для меня это хоть что-то значит?

Он смотрел на меня, лицо спокойное, непроницаемое, прекрасное.

— Нет. — Он повернулся спиной к нам обоим и сказал: — Отвези ее домой, Ричард. Хотя я не завидую твоей поездке. — Он глянул назад с легкой улыбкой. — Когда она сердится, у нее бывает громкий голос.

Я хотела плюнуть ему в лицо, но этого было бы мало. Убить его я не могла, по крайней мере здесь и сейчас, и потому оставила дело так. Вынужденная вежливость. Я пошла за Ричардом к двери и ни разу не оглянулась. Не хотела я видеть в трюмо его безупречный профиль.

Считается, что у вампиров нет отражения и нет души. Первое у него есть. А есть ли вторая? Но я решила, что это не имеет значения. Я собираюсь выдать Жан-Клода Оливеру. Выдать Мастера города на убийство. Еще одна метка — и я навеки в его власти. Ни за что! Сначала я увижу его смерть, даже если мне придется умереть вместе с ним. Никто мне не навяжет ничего силой, даже вечность.

43

В конце концов я надела платье, у которого талия приходилась мне на бедра. То, что оно было на три размера больше, роли не играло. Туфли — любые, даже на высоких каблуках, лишь бы не босиком. Ричард включил в салоне отопление, поскольку от его пальто я отказалась.

Мы уже ссорились, и даже до первого свидания. Даже для меня это рекорд.

— Ты осталась жива, — сказал он в семнадцатый раз.

— Но какой ценой?

— Я считаю, что любая жизнь бесценна. А ты?

— Не надо философствовать, Ричард! Ты выдал меня монстрам, и они меня использовали. Ты разве не понимаешь, что Жан-Клод только искал повода?

— Он спас тебе жизнь.

Кажется, на этом его аргументы истощились.

— Но он это сделал не для того, чтобы меня спасти. Он это сделал, чтобы я стала его рабыней.

— Человек-слуга — не раб. Скорее наоборот. У него почти не будет над тобой власти.

— Но он может шептать в мое сознание, вторгаться в мои сны. — Я покачала головой. — Ты даешь ему себя обмануть, Ричард.

— Ты ведешь себя неразумно, — сказал он.

Это уже было слишком.

— Это ведь на моей разрезанной руке кормился Мастер города! Ричард, он сосал мою кровь!

— Я знаю.

В его голосе при этом что-то прозвучало необычное. До меня дошло.

— Ты на это смотрел, сукин ты сын!

— Нет, все было не так.

— А как?

Я сидела, скрестив руки на животе, и сердито смотрела на Ричарда. Вот, значит, чем держит его Жан-Клод. Он маньяк, который любит подглядывать!

— Я хотел быть уверен, что он сделает только то, что нужно для спасения твоей жизни.

— А что он еще мог сделать? Он же сосал мою кровь, черт возьми!

Ричард вдруг стал пристально всматриваться в дорогу, чтобы не глядеть на меня.

— Он мог тебя изнасиловать.

— Ты сам сказал, что у меня из носа и глаз текла кровь. По мне, это не слишком эротично.

— Его возбуждает любая кровь.

— Ты серьезно? — выкатила я на него глаза.

Он кивнул.

У меня вдруг похолодели ноги.

— Почему ты думаешь, что он собирался меня изнасиловать?

— Ты проснулась на черном покрывале. Сначала было белое. Он тебя на него положил и стал раздевать. Снял с тебя платье. Кровь была повсюду. Он мазал ею свое лицо, пробовал на вкус. Другой вампир подал ему золотой нож.

— Там еще были вампиры?

— Это было как ритуал. Кажется, публика была его важной частью. Он вскрыл тебе запястье и стал пить, но руками... Он трогал твою грудь. Я ему сказал, что привез тебя, чтобы ты осталась жива, а не чтобы он тебя насиловал.

— Значит, это действительно далеко зашло?

Ричард внезапно затих.

— Как это было?

Он затряс головой.

— Расскажи мне, Ричард. Я требую!

— Жан-Клод поднял лицо, залитое кровью, и сказал: «Я так долго ждал не для того, чтобы взять силой то, что я прошу ее отдать по собственной воле. Это искушение». Потом он посмотрел на тебя, Анита, и что-то было такое в его лице... Страшное до чертиков. Он всерьез верит, что ты к нему придешь. Что ты будешь его... любить.

— Вампиры не знают любви.

— Ты уверена?

Я посмотрела на него и отвернулась. И смотрела в окно, где уже угасал день.

— Вампиры не могут любить. Не умеют.

— Откуда ты знаешь?

— Жан-Клод не любит меня.

— Может быть, любит, насколько это для него возможно.

Я покачала головой:

— Он купался в моей крови. Он взрезал мне руку. Это не то, что я назвала бы любовью.

— Может, он назвал бы.

— Мне это полностью чуждо.

— Отлично, но признай, что он тебя, быть может, любит, насколько это ему доступно.

— Нет.

— Тебе страшно подумать, что он тебя любит?

Я изо всех сил смотрела в окно. Мне не хотелось говорить на эту тему. И весь этот проклятый день мне хотелось бы отмотать назад.

— Или тебя пугает другое?

— Я не понимаю, о чем ты говоришь.

— Понимаешь.

И он говорил очень уверенно. Но он не мог знать столько, чтобы быть так уверенным.

— Скажи это вслух, Анита. Скажи, и это уже не будет так страшно.

— Мне нечего говорить.

— Ты хочешь сказать, что никакой частью своего существа его не хочешь? Что никак не отвечаешь на его любовь?

— Я его не люблю, и в этом я уверена.

— Но?

— Ты назойлив, — сказала я.

— Да, назойлив, — ответил он.

— Ладно, меня к нему тянет. Это ты и хотел услышать?

— Насколько тянет?

— А это не твое собачье дело.

— Жан-Клод предупредил меня, чтобы я держался от тебя подальше. И мне хочется знать, чему я мешаю на самом деле. Если тебя к нему тянет, может быть, мне стоит действительно отойти в сторону.

— Ричард, он монстр. Ты его видел. Я не могу любить монстра.

— А если бы он был человеком?
— Он себялюбивый и расчетливый мерзавец.
— Но если бы он был человеком?
Я вздохнула:
— Тогда бы, может быть, что-нибудь и вышло бы, но Жан-Клод и живой мог бы быть жутким сукиным сыном. Нет, я не думаю, что это помогло бы.
— Но ты даже не собираешься пробовать, потому что он монстр.
— Он мертвец, Ричард, ходячий труп. Не важно, насколько он красив, насколько он меня манит, он все равно мертвец. С трупами я не встречаюсь. Должны же быть у девушки какие-то правила.
— Значит, трупы исключаются.
— Исключаются.
— А ликантропы?
— А что? Ты хочешь сосватать меня своему другу?
— Просто интересуюсь твоими правилами.
— Ликантропия — это болезнь. Последствия нападения. Нельзя же обвинять жертву изнасилования.
— То есть ты не отвергаешь возможность романа с оборотнем?
— Никогда не было.
— С кем ты еще не будешь встречаться?
— С теми, что никогда не были людьми, — начнем с этого. А вообще я об этом не думала. Откуда такой интерес?
Он покачал головой:
— Просто любопытствую.
— И почему я на тебя еще не разозлилась?
— Может быть, потому, что ты рада быть живой, какова бы ни была цена.
Он заехал на стоянку перед моим домом. Машина Ларри урчала мотором на стоянке.
— Может, я и рада быть живой, но о цене поговорим, когда я узнаю, какова она на самом деле.
— Ты не веришь Жан-Клоду?

— Я бы ему не поверила, если бы он сказал, что луна белая.

Ричард улыбнулся:

— Прости за неудачное свидание.

— Может, попробуем как-нибудь в другой раз.

— Мне это предложение нравится, — сказал он.

Я открыла дверь и остановилась, дрожа на прохладном ветру.

— Что бы ни было дальше, Ричард, я тебе благодарна, что позаботился обо мне. И... — я не знала, как это сказать, — что бы ни держало тебя возле Жан-Клода, разорви это. Уйди от него. При нем ты погибнешь.

Он только кивнул:

— Хороший совет.

— Которому ты не собираешься следовать, — заключила я.

— Последовал бы, если бы мог, Анита. Поверь мне.

— Чем он тебя держит, Ричард?

Он покачал головой:

— Он приказал мне тебе не говорить.

— Он еще приказывал тебе со мной не встречаться.

Он только пожал плечами:

— Тебе уже пора. А то на работу опоздаешь.

Я улыбнулась:

— К тому же у меня задница отмерзает.

Он тоже улыбнулся:

— Ты умеешь выбирать выражения.

— Я слишком много времени провожу с копами.

Он кивнул, я закрыла дверь. Ричард не хотел говорить о том, чем держит его Жан-Клод. Что ж, нет правила, которое требовало бы честности на первом свидании. А к тому же он был прав — я уже опаздывала на работу.

Я постучала в окно Ларри:

— Сейчас я переоденусь и тут же спущусь.

— А кто это тебя привез?

— Человек, с которым у меня было свидание.

Такое объяснение было куда проще правды. К тому же это была почти правда.

44

Это единственная ночь в году, когда Берт разрешает нам надевать на работу черное. В обычные рабочие часы он считает этот цвет слишком мрачным. У меня есть черные джинсы и свитер для Хэллоуина с улыбающимися фонарями из черепов на уровне живота. Я все это натянула вместе с парой черных кроссовок. И даже наплечная кобура с браунингом вписывалась в ансамбль. Запасной пистолет я вложила в кобуру, которая надевалась внутрь штанов, две запасные обоймы сунула в сумку. Заменила нож, который пришлось бросить в пещере. В кармане куртки у меня был короткоствольный пистолет; еще два запасных ножа — один на спине, другой в ножнах на лодыжке. Не надо смеяться, дробовик-то я не взяла!

Если Жан-Клод узнает, что я его предала, он меня убьет. Буду ли знать, если он погибнет? Почувствую ли? Что-то подсказывало мне, что да.

Я взяла карту, полученную от Карла Ингера, и набрала номер. Если уж делать, то быстро.

— Алло?
— Это Карл Ингер?
— Да, это я. Кто говорит?
— Анита Блейк. Мне нужно поговорить с Оливером.
— Вы решили выдать нам Мастера города?
— Да.
— Если вы минуту подождете, я позову мистера Оливера.

Он положил трубку на стол, и я слышала, как он отходит, пока в телефоне не стало слышно вообще ничего. Это куда лучше Музака.

Шаги направились обратно, и я услышала:
— Здравствуйте, мисс Блейк, очень рад вас слышать.

Я проглотила слюну, и это было больно.
— Мастер города — это Жан-Клод.
— Я его даже не учитывал. Он не очень силен.
— Он скрывает свою силу. Поверьте мне, он представляет собой больше, чем кажется.

— Почему переменились ваши чувства, мисс Блейк?

— Он поставил мне третью метку. Я хочу быть от него свободной.

— Мисс Блейк, если вы привязаны к вампиру трижды и он умрет, это может быть шоком для вашего организма. Это может вас убить.

— Я хочу быть свободной, мистер Оливер.

— Даже ценой гибели? — спросил он.

— Даже ценой гибели.

— Жаль, что мы не встретились с вами при других обстоятельствах, мисс Блейк. Вы замечательная личность.

— Нет, я просто слишком много видела. И не хочу быть в его власти.

— Я вас не подведу, мисс Блейк. Он будет убит.

— Если бы я в это не верила, я бы вам не сказала.

— Я ценю ваше доверие.

— Еще одна вещь, которую вы должны знать. Ламия сегодня пыталась вас предать. Она в заговоре с другим Мастером, по имени Алехандро.

— В самом деле? — Голос был заинтересованным. — А что он ей пообещал?

— Свободу.

— Да, это должно было быть для Мелани искушением. Я держу ее на очень коротком поводке.

— Она пытается размножиться. Вам это известно?

— Что вы имеете в виду?

Я рассказала ему о мужчинах, особенно о последнем, который чуть не успел закончить превращение.

Он на секунду затих, потом сказал:

— Я проявил исключительную невнимательность. Мне придется разобраться с Мелани и Алехандро.

— Отлично. Я буду очень благодарна, если завтра вы мне позвоните и сообщите, как обернулось дело.

— Чтобы вы были уверены, что он мертв, — сказал Оливер.

— Да, — ответила я.

— Вам позвонит Карл или я сам. Но прежде всего, где нам найти Жан-Клода?

— «Цирк проклятых».

— Какое подходящее название.

— Это все, что я знаю.

— Спасибо, мисс Блейк, и счастливого вам Хэллоуина.

Я не могла не рассмеяться:

— Да, в эту ночь нежить разгуляется!

— Разумеется, — тихо хохотнул он. — До свидания, мисс Блейк.

И телефон в моей руке оглох.

Я смотрела на трубку. Я должна была это сделать. Должна. Так почему же у меня сводило живот судорогой? Почему приходилось подавлять желание позвонить Жан-Клоду и предупредить его? Дело в метках, или Ричард был прав? Уж не любила ли я Жан-Клода — в каком-то странном, извращенном смысле? Помоги мне Боже, я надеялась, что это не так.

45

Уже наступил полностью темный вечер кануна Дня Всех Святых. Мы с Ларри выполнили два заказа. Одного поднял он, второго я. Ему предстояло поднять еще одного, а мне троих. Обычная рабочая ночь.

Только наряд Ларри трудно было назвать обычным. Берт поощряет нас на праздник носить что-нибудь соответствующее. Я выбрала свитер. Ларри надел маскарадный костюм. На нем был синий хлопчатобумажный комбинезон, белая рубашка с закатанными рукавами, соломенная шляпа и тяжелые сапоги. Если его спрашивали, он отвечал:

— Я Гек Финн. Разве не похоже?

При его внешности он точно отвечал роли. На рубашке у него уже была кровь, но ведь дело было в Хэллоуин. И на улицах полно людей с поддельной кровью на одежде. Наш костюм ничем не выделялся.

У меня запищал пейджер. Я посмотрела номер — Дольф. Черт его побери.

— Кто это? — спросил Ларри.

— Полиция. Надо найти телефон.

Он посмотрел на часы на приборной доске.

— Мы опережаем график. Заедем в «Макдоналдс» рядом с шоссе?

— Отлично.

Я только молилась, чтобы не еще одно убийство. Чтобы хоть одна ночь прошла нормально. И в мозгу все крутились, как обрывок застрявшей песенки, две фразы: «Сегодня погибнет Жан-Клод. Ты его предала на смерть».

Это казалось неправильным — убить его вот так, с безопасного расстояния. Не спустить курок самой, глядя ему в глаза, не дать ему шанса убить меня раньше. Честная игра, понимаешь. Мать ее туда, эту честную игру, тут я — или он. Так?

Ларри припарковался на стоянке у «Макдоналдса».

— Я выпью колы, пока ты будешь звонить. Тебе чего-нибудь взять?

Я покачала головой.

— Что с тобой?

— Да нет, ничего. Я только надеюсь, что это не очередное убийство.

— Господи, мне и в голову не пришло!

Мы вышли из машины. Ларри пошел в зал, а я осталась у автомата при входе.

Дольф ответил с третьего звонка:

— Сержант Сторр.

— Это я, Анита. Что там у тебя?

— Мы раскололи того помощника юриста, который давал информацию вампирам.

— Слава Богу! А то я думала, что у нас очередное убийство.

— Не сегодня. У этого вампа дела поважнее.

— Что это значит?

— Он планирует пустить каждого вампира в городе убивать людей в этот Хэллоуин.

— Он не сможет. Это может сделать только Мастер города, и то если он невероятно силен.

— Я тоже так думал. Может, этот вампир просто сошел с ума.

Тут у меня возникла мысль — страшная мысль.

— У тебя есть словесный портрет этого вампира?

— Вампиров, — поправил он.

— Прочти его мне.

Послышалось шуршание бумаги, потом Дольф прочитал:

— Низкорослый, темноволосый, очень вежливый. С этим боссом видели другого вампира. Среднего роста, индеец или мексиканец, с длинными черными волосами.

Я вцепилась в трубку так, что у меня задрожала рука.

— Вампир говорил, зачем ему нужны массовые убийства?

— Для дискредитации легального вампиризма. Правда, дурацкий мотив для вампира?

— Да, — сказала я. — Дольф, это может случиться.

— Чего?

— Если этот Мастер вампиров сможет убить Мастера города и взять власть до рассвета, он может это проделать.

— Что мы можем сделать?

Я чуть не попросила его защитить Жан-Клода, но это не было дело полиции. Им приходилось думать о законности, о жалобах на грубость полиции. А такого, как Оливер, взять живым совершенно невозможно. Что бы сегодня ночью ни случилось, это будет необратимо.

— Анита, отвечай!

— Я должна идти, Дольф.

— Анита, ты что-то знаешь. Выкладывай!

Я повесила трубку и отключила пейджер, потом позвонила в «Цирк проклятых». Приятный женский голос ответил:

— «Цирк проклятых», где сбываются все ваши кошмары.

— Мне нужен Жан-Клод. Срочно!

— Он сейчас занят. Могу я ему что-нибудь передать?

Я глубоко вздохнула, чтобы не заорать.

— Говорит Анита Блейк, человек-слуга Жан-Клода. Скажите ему, пусть тащит сюда свой труп, да поживее!

— Я...

— Если он не подойдет, погибнут люди!

— О'кей, о'кей.

Она поставила меня в режим ожидания под изуродованный вариант «Высокого полета» Тома Петти.

Пришел Ларри с бутылкой колы:

— Что там?

Я покачала головой. Как-то я могла подавить порыв подпрыгивать от нетерпения, поскольку от этого Жан-Клод быстрее не подойдет. И я стояла спокойно, обнимая себя одной рукой. Что я наделала? О Господи, пусть это будет еще не слишком поздно!

— Ma petite?

— Слава Богу!

— Что случилось?

— Слушайте и не перебивайте. К «Цирку» направляется Мастер вампиров. Я дала ему ваше имя и место вашего отдыха. Его зовут мистер Оливер, и он старше, чем само время. Он старше Алехандро. На самом деле я думаю, что для Алехандро он Мастер. Все это было подстроено, чтобы я отдала ему город, и я купилась.

Он так долго молчал, что я спросила:

— Вы меня слышите?

— Вы в самом деле пытались меня убить.

— Я вам сказала, что буду пытаться.

— Но теперь вы меня предупреждаете. Почему?

— Оливеру нужна власть над городом, чтобы послать всех вампиров убивать людей. Он хочет вернуть все к старым временам, когда вампиры были вне закона. Он сказал, что легальный вампиризм слишком быстро ширится. Я согласилась, но я не знала, что он собирается сделать.

— Итак, чтобы спасти своих драгоценных людей, сейчас вы предаете Оливера.

— Да не так все! Черт побери, Жан-Клод, поймите вы, что сейчас важно! Они уже в пути. Может, они уже там! Вам надо защищаться!

— Чтобы обезопасить людей?

— И ваших вампиров тоже. Неужели вы хотите, чтобы они попали под власть Оливера?

— Нет. Я приму меры, ma petite. По крайней мере мы дадим ему бой.

И он повесил трубку.

Ларри смотрел на меня вытаращенными глазами.

— Анита, что же это творится?

— Ларри, потом. — Я вытащила из сумки карточку Эдуарда, и тут оказалось, что у меня четвертаки кончились. — У тебя найдется четвертак?

— Да, конечно.

И он подал мне его без дальнейших вопросов. Правильный мужик.

Я набрала номер. Будь на месте, только будь на месте!

Эдуард ответил после седьмого звонка.

— Эдуард, это я, Анита.

— Что случилось?

— Как тебе идея взять двух Мастеров вампиров, оба постарше Николаос?

Было слышно, как он проглотил слюну.

— С тобой никогда не соскучишься. Где встречаемся?

— «Цирк проклятых». Есть у тебя лишний дробовик?

— Не при себе.

— А, черт. Ладно, встретимся перед «Цирком» как можно скорее. Сегодня действительно ад с цепи сорвется.

— Кажется, намечается отличный Хэллоуин.

— Там увидимся.

— Пока — и спасибо, что пригласила.

Эдуард говорил всерьез. Он начинал обыкновенным убийцей, но люди — слишком легкая дичь, и он перешел на вампиров и оборотней. Никогда еще ему не попадалось ничего, чего он не мог бы убить, а что такое жизнь, если в ней нет достойной цели?

Я посмотрела на Ларри:

— Придется мне одолжить твою машину.

— Никуда ты без меня не поедешь. Я слышал, что ты говорила, и в стороне не останусь.

Я начала было спорить, но на это не было времени.

— Ладно, тогда давай.

Он ухмылялся. Ему было приятно. Он не знал, что сегодня будет, против чего мы выходим. Я знала. И совсем не была счастлива.

46

Я стояла у входа в «Цирк проклятых» и глазела на волну маскарадных костюмов и толпу разряженных людей. Никогда я еще не видела здесь такой толпы. Эдуард стоял рядом со мной в длинном черном плаще с маской мертвой головы. Смерть, одетая смертью, — правда, забавно? Еще у него был привязанный к спине огнемет, пистолет «узи» и одно небо знает, что еще. У Ларри вид был бледный, но решительный. У него в кармане лежал мой короткоствольник. Об оружии он понятия не имел, и короткоствольник был всего лишь на всякий случай, но в машине он оставаться не стал. На следующей неделе, если будем еще живы, поведу его в тир.

Мимо нас прошла женщина в костюме птицы, обдав нас запахом духов и перьев. Мне пришлось поглядеть дважды, чтобы убедиться, что это только костюм. В сегодняшнюю ночь любой оборотень мог появиться открыто, и люди только скажут: «Классный костюм».

Была ночь Хэллоуина в «Цирке проклятых», и все было возможно.

К нам подошла стройная женщина, на которой не было ничего, кроме бикини и очень искусной маски. Ей пришлось подойти вплотную, чтобы заглушить рокот толпы.

— Жан-Клод послал меня привести вас.

— Кто вы такая?

— Рашида.

Я покачала головой:

— Рашиде два дня назад оторвали руку. — Я уставилась на нетронутую плоть ее руки. — Вы не Рашида, этого не может быть.

Она подняла маску, показав лицо, и улыбнулась.

— Мы быстро исцеляемся.

Я знала, что у ликантропов раны заживают быстро, но ведь не так быстро и не такие раны. Век живи — век учись.

Мы пошли в толпу за ее качающимися бедрами. Я левой рукой поймала руку Ларри:

— Не отходи от меня ни на шаг.

Он кивнул. И я пошла через толпу, держа его за руку, как ребенка или любовника. Мне была невыносима мысль, что он может пострадать. Нет, что он может погибнуть. Сегодня главным пугалом была смерть.

Эдуард шел за нами по пятам. Безмолвный, как его тезка, надеясь, что вскоре кого-нибудь убьет.

Рашида отвела нас к большому полосатому цирковому шатру. Как я понимаю, к кабинету Жан-Клода. Человек в соломенной шляпе и полосатом пальто заступил нам дорогу:

— Извините, все билеты проданы.

— Перри, это я. А со мной те, кого Мастер велел привести.

Она ткнула большим пальцем в нашу сторону.

Человек отошел в сторону, полог приподнялся и пропустил нас. У него над губой была полоска пота. Да, было жарко, но пот этот был не от жары. Что же творится там в шатре? Не может быть, чтобы что-то слишком плохое, иначе они не впустили бы толпу зрителей. Или... впустили бы?

Огни сияли ярко и горячо. Мне стало жарко под свитером, но я его не сняла. Терпеть не могу, когда люди пялятся на мой пистолет.

Круглые занавесы были подняты до потолка, отделив две занавешенные зоны на большой арене. Вокруг скрытых зон стояли прожектора. Занавесы играли, как призмы, и с каждым нашим шагом меняли цвет. Не знаю, была это ткань или игра света. Что бы это ни было, эффект был сильным.

Рашида остановилась перед самыми перилами, которые отделяли толпу от арены.

— Жан-Клод велел, чтобы все были в маскарадных костюмах, но у нас нет времени. — Она потянула меня за свитер. — Снимите куртку, так сойдет.

Я вытащила мой свитер из ее рук.

— О чем вы говорите? Какие костюмы?

— Вы задерживаете представление. Бросьте куртку и пойдемте.

Грациозным ленивым прыжком она перемахнула через перила и пошла босиком по белой арене, махнув нам рукой, чтобы мы шли следом.

Я осталась где была. Никуда я не собиралась идти, пока мне не объяснят, что происходит. Ларри и Эдуард остались со мной. Публика стала на нас поглядывать, ожидая, что мы сейчас покажем что-то интересное.

Мы стояли и ждали. Рашида исчезла в занавешенном круге.

— Анита!

Я обернулась, но Ларри смотрел на арену.

— Ты что-то сказал?

Он покачал головой.

Я посмотрела на Эдуарда, но это был и не его голос.

— Жан-Клод? — шепнула я.

— Да, это я, ma petite.

— Где вы?

— За занавесом, куда ушла Рашида.

Я покачала головой. Его голос отзывался резонансом, легким эхом, но в остальном был совершенно таким же, как всегда. Может, я могла говорить с ним, не двигая губами, но если так, то я не хотела об этом знать.

— Что происходит? — шепнула я.

— Мы с мистером Оливером заключили джентльменское соглашение.

— Не понимаю.

— С кем ты говоришь? — спросил Эдуард.

Я тряхнула головой:

— Потом объясню.

— Войдите в мой круг, Анита, и я объясню вам все одновременно с публикой.

— Что вы сделали?

— Все, что мог, чтобы спасти жизни, ma petite, но кто-то сегодня умрет. И это будет в круге, куда призваны лишь солдаты. Мирное население сегодня умирать не будет, кто бы ни победил. Мы оба дали слово.

— Вы будете драться здесь на ринге? Как гладиаторы?

— Это было лучшее, чего я мог добиться за такой короткий срок. Если бы вы предупредили меня за несколько дней, может быть, я бы устроил все по-другому.

Я оставила это без внимания. И так я чувствовала свою вину.

Я сняла свитер и положила его на перила. Поблизости заахали люди — те, кто увидел пистолет.

— Драка будет здесь, на ринге.

— Перед публикой? — спросил Эдуард.

— Ага.

— Не понял, — сказал Ларри.

— Ларри, я хочу, чтобы ты остался здесь.

— Ни за что.

Я сделала глубокий вдох и медленный выдох.

— Ларри, у тебя нет оружия. Ты не умеешь стрелять из пистолета. Пока ты не научишься, ты просто пушечное мясо. Останься здесь.

Он помотал головой.

Я взяла его за руку:

— Ларри, я тебя очень прошу.

То ли просьба, то ли мой проникновенный взгляд — но он кивнул.

Мне стало легче дышать. Что бы ни случилось, Ларри не погибнет потому, что я его в это втянула. Это не будет на моей совести.

Я перелезла через ограждение на ринг. С шорохом черной пелерины Эдуард последовал за мной. Ларри остался, вцепившись руками в перила. У него был вид, будто его бросили, но он был вне опасности. Это было главное.

Я коснулась переливающегося занавеса, и это оказалась игра света. Вблизи материя была белой. Отведя ее в сторону, я вошла, Эдуард за мной.

Там в несколько ярусов шел кольцевой помост, а в центре круга стоял трон. Рашида и Стивен стояли у подножия помоста. Я узнала обнаженную грудь и волосы Ричарда раньше, чем он успел поднять маску. Белую маску с голубой звездой на щеке. На нем были переливающиеся шаровары с курткой и туфлями им под стать. Все были в маскарадных костюмах, кроме меня.

— Я надеялся, что ты не успеешь, — сказал Ричард.

— Как, пропустить хэллоуиновское представление всех времен?

— Кто там с тобой? — спросил Стивен.

— Смерть, — ответила я.

Эдуард поклонился.

— Верю вам настолько, что позволяю привести на бал смерть, ma petite.

Я подняла глаза к самому верху помоста. Перед троном стоял Жан-Клод. Наконец-то он был одет в то, на что намекали его сорочки, и это было настоящим. Настоящий французский придворный. Половину деталей его костюма я даже не знала, как назвать. Черный камзол, со вкусом инкрустированный серебром. Короткий полуплащ, наброшенный на одно плечо. Облегающие брюки, заправленные в сапоги до икр. Широкий белый воротник у горла. Кружева, рассыпанные по рукавам камзола. И сверху широкая, почти плоская мягкая шляпа с изогнутыми дугами белых и черных перьев.

Костюмированная шеренга раздвинулась в стороны, открывая мне дорогу к ступеням трона. Почему-то мне не хотелось идти. За занавесом слышались характерные звуки — там передвигали декорации и реквизит.

Я глянула на Эдуарда. Он смотрел на толпу, замечая все. Искал жертв или знакомые лица?

Все были в маскарадных костюмах, но очень немногие — в масках. На половине высоты лестницы стояли Ясмин и Маргарита. Ясмин была одета в алое сари, все в вуалях и блестках. При ее темном лице красный шелк смотрелся очень естественно. На Маргарите было длинное платье с рукавами-«фонариками» и широким кружевным воротником. Платье из какой-то темно-синей ткани, простое, без украшений. Светлые волосы висели сложной массой кудрей над каждым ухом и небольшим пучком на голове. Ее наряд, как наряд Жан-Клода, смотрелся не маскарадным костюмом, а древней одеждой.

Я стала подниматься к ним. Ясмин откинула вуали, обнажив крестообразный шрам, который я ей оставила.

— Кто-то тебе за это сегодня отплатит.
— Не ты лично?
— Пока нет.
— Тебе все равно, кто победит?

Она улыбнулась:

— Я, конечно же, лояльна к Жан-Клоду.
— Черта с два.
— Не менее лояльна, чем ты, ma petite, — четко произнесла она, откусывая каждый слог.

Я оставила ее смеяться мне в спину. Кому-кому, а не мне упрекать других в нелояльности.

У ног Жан-Клода сидела пара волков. Они смотрели на меня до странности светлыми глазами. И ничего человеческого в их глазах не было. Настоящие волки. Где он достал настоящих?

В двух шагах от него и его ручных волков я остановилась. Его лицо было непроницаемым, пустым и прекрасным.

— Вы как будто из «Трех мушкетеров», — сказала я.

— Совершенно точно, ma petite.
— Это ваше родное столетие?

Он улыбнулся улыбкой, которая могла означать все что угодно — или ничего.

— Что сегодня будет, Жан-Клод?
— Подойдите и встаньте возле меня, как должно моему слуге-человеку.

Он протянул бледную руку.

Я не приняла руки и подошла. Он говорил прямо у меня в голове, и спорить было глупо. От спора это не перестанет быть правдой.

Один из волков издал низкое грудное рычание. Я остановилась.

— Они вас не тронут. Они принадлежат мне.

«Как и я», — мелькнула у меня мысль.

Жан-Клод опустил руку к рычащему волку. Тот съежился и лизнул руку. Я аккуратно его обошла. Но он не обращал на меня внимания, глядя только на Жан-Клода. Жаль, что он на меня зарычал — я ничем этого не заслужила. Он лебезил, как собака.

Я встала справа, чуть позади волка.

— Я вам выбрал чудесный маскарадный костюм.
— Если это что-то под стать вашему, я бы предпочла его не надевать.

Он рассмеялся тихим и низким смехом, и этот смех резонировал у меня в животе.

— Стойте здесь возле трона, пока я буду говорить речь.
— Мы в самом деле будем биться на глазах у толпы?

Он встал.

— Конечно. Это — «Цирк проклятых», и сегодня Хэллоуин. Мы покажем им такой спектакль, подобного которому они не видели.

— Это безумие!
— Вероятно, но это не даст Оливеру обрушить здание на нас.
— Он это может?

— Он мог бы и гораздо больше, ma petite, если бы мы не договорились об ограничении нашей силы.

— Вы тоже можете обрушить здание?

Он улыбнулся и впервые в жизни дал мне прямой ответ:

— Нет, но Оливер этого не знает.

Я не могла сдержать улыбку.

Он опустился на трон, перебросив ногу через подлокотник. Надвинул шляпу на лицо, так что остался виден только рот.

— Я до сих пор не могу поверить, что вы меня предали, Анита.

— Вы не оставили мне выбора.

— Вы в самом деле предпочли бы видеть меня мертвым, чем получить четвертую метку?

— Да.

И тут он шепнул:

— Анита, представление начинается!

Свет внезапно погас. Из оказавшейся вдруг в темноте публики послышались испуганные крики. Занавес поехал в стороны, и вдруг я оказалась на краю прожекторного пятна. Свет был как звезда в темноте. Мне пришлось признать, что мой простецкий свитер не соответствовал антуражу.

Жан-Клод встал одним текучим движением. Сорвав с себя шляпу, он отвесил низкий размашистый поклон.

— Леди и джентльмены, сегодня вы увидите великую битву. — Он медленно пошел вниз по ступеням. Прожектор шел за ним. Он по-прежнему держал шляпу в руке, подчеркивая ею свои слова. — Битву за душу этого города.

Он остановился, и прожектор стал шире, выхватив из тьмы двух вампирш рядом с ним, одетых в широкие платья двадцатых годов — синее и красное. Они сверкнули клыками, и в публике раздались ахи и охи.

— Сегодня вы увидите вампиров, вервольфов, богов и дьяволов. — Каждое слово он наполнял особым смыслом. Когда он сказал «вампиров», у меня по шее пробежали мурашки. Слово «вервольфов» полоснуло из темноты, и в толпе раздались вскрики. «Богов» пробежало по коже. «Дьяволов» прозвучало горячим ветром, обжигающим лицо.

Тьму заполнили судорожные вздохи и подавленные вскрики.

— Что-то из этого будет настоящим, что-то — иллюзией. Что есть что — решать вам.

Слово «иллюзия» отозвалось в мозгу, как видение в стекле, повторяющееся снова и снова. Последний звук замер вдали шепотом, который звучал как совсем иное слово. «Настоящее», — шепнул голос.

— В этот Хэллоуин монстры города схватятся за власть над ним. Если победим мы, все будет мирно, как было прежде. Если победят наши враги...

И второй прожектор выхватил из тьмы вершину другого помоста. Там не было трона. Там стоял Оливер и ламия во всей ее змеиной красе. На Оливере был мешковатый белый спортивный костюм в крупный горошек. На его белом лице была печальная улыбка. Из запавшего глаза упала блестящая слеза. А на голове у него была остроконечная шапочка с помпоном.

Клоун? Он решил предстать клоуном? Этого я не могла бы себе представить. Зато ламия впечатляла — ее полосатые кольца обвивались вокруг него, и рука в перчатке касалась ее обнаженных грудей.

— Если победят наши враги, завтра ночью город ждет кровавая баня, которой не видал ни один город в мире. Они будут пировать на плоти и крови города, пока не останется в нем ни крови, ни жизни. — Он остановился на полпути вниз и начал подниматься наверх. — Мы сражаемся за ваши жизни, за самые души ваши. Молитесь о нашей победе, милые мои люди, крепко, крепко молитесь.

Он сел на трон. Один из волков положил лапу ему на колени, и Жан-Клод с отсутствующим видом потрепал его по голове.

— Ко всем людям приходит смерть, — сказал Оливер.

Прожектор медленно погас на лице Жан-Клода, и единственным пятном света остался Оливер. Символизм в лучшем виде.

— И все вы когда-нибудь умрете. Быстро — от несчастного случая, или медленно — от долгой болезни. Боль и агония ждут каждого из вас.

Публика беспокойно зашевелилась.

— Вы защитили меня от его голоса? — спросила я.

— Вас защищают метки, — ответил Жан-Клод.

— А что чувствует публика?

— Резкую боль в сердце. Старение своего тела. Резкий ужас при воспоминаниях о несчастных случаях.

Воздух наполнили вздохи, вскрики, вопли — это слова Оливера дошли до каждого и заставили его вспомнить о том, что он смертен.

Это было мерзко. Кто-то, помнящий миллион лет, напоминал людям о том, как хрупка жизнь.

— Если вам предстоит умереть, не лучше ли умереть в наших радостных объятиях? — По ступеням помоста поползла ламия, показывая себя всей публике. — Она возьмет вас нежно, о, как нежно и ласково в эту темную ночь! Мы превращаем смерть в праздник, в радостный переход. Не надо мучительных сомнений! И в конце своем вы возжелаете, чтобы руки ее легли на вас. Она даст вам радость, которая никогда не снилась смертному. И разве дорого заплатить за это смертью, если вам все равно умирать? Не лучше ли умереть, ощущая на коже наши губы, а не острый маятник времени?

Раздались крики «Да!», «Скорей!», и их было немало.

— Остановите его! — сказала я.

— Это его минута, ma petite. Я не могу его остановить.

— Друзья мои, я предлагаю вам воплотить в наших объятиях самые черные ваши мечты! Придите к нам!

Темнота зашелестела движением, и вспыхнул свет. Люди лезли на ограждение, они стремились обнять смерть.

И все они застыли в свете и глядели взглядом лунатиков, разбуженных на ходу. У некоторых был озадаченный вид, но человек у самых перил чуть не плакал, будто у него грубо вырвали какое-то яркое видение. Он рухнул на колени, плечи его затряслись, и он зарыдал. Что увидел он в словах Оливера? Что он почувствовал в воздухе? Сохрани нас Боже от этого.

Во вновь загоревшемся свете я увидела, что внесли внутрь, пока мы ждали за занавесом. Это было что-то вроде мраморного алтаря и ведущих к нему ступеней. Он стоял между двумя помостами, ожидая... чего? Я повернулась к Жан-Клоду, но уже что-то происходило на арене.

Рашида отошла от помостов, приблизившись к ограждению и к публике. Стивен, одетый во что-то вроде купального костюма из ремней, подошел крадучись к другой стороне ограждения. Его почти обнаженное тело было таким же гладким, без шрамов, как у Рашиды. «Мы быстро исцеляемся», — сказала она.

— Леди и джентльмены, мы даем вам несколько минут, чтобы оправиться от первого потока волшебства этого вечера. Потом мы вам покажем кое-какие из наших секретов.

Толпа разошлась по местам. Служитель помог вернуться на место плачущему мужчине. На зал упала тишина. Никогда я не видела такой безмолвной толпы. Слышно было бы, как муха пролетит.

— Вампиры могут призывать зверей себе на помощь. Мой зверь — волк.

Он обошел вершину помоста, демонстрируя своих волков. Я стояла в луче прожектора и не знала, что делать. Я не была в фокусе — просто была видимой.

— Но я могу призвать и волчьих кузенов-людей.

Он сделал широкий жест рукой, и возникла музыка, сперва тихо, но тут же стала нарастать сверкающим крещендо.

Стивен упал на колени. Я обернулась — Рашида тоже упала на землю. Они меняли форму прямо на глазах у публики. Никогда я не видела раньше, как перекидывается оборотень. Должна признать, что испытывала... да, любопытство.

Стивен уже стоял на четвереньках. Его спина выгнулась судорогой боли. Длинные желтые волосы мели по полу. Кожа на спине покрылась рябью, как вода, и позвоночник выступил каменной грядой. Он вытянул руки, как в поклоне, прижимаясь лицом к полу, и застонал. Под его кожей что-то перемещалось, как ползущие звери. Позвоночник выгнулся вверх, поднимаясь, как остов шатра. По коже спины побежал мех, проступая до невозможности быстро, как на ускоренной киноленте. Из кожи выступили кости и какая-то тяжелая прозрачная жидкость. Форма его менялась напряженно и резко. Мышцы извивались змеями. Кости выходили из плоти и возвращались обратно с тяжелым и влажным звуком. Как будто волчий облик пробивал себе дорогу сквозь тело человека. Еще быстрее растекся мех цвета темного меда. Изменения стали под ним не так видны, и я была этому рада.

Из его глотки вырвался звук, средний между воплем и воем. И наконец я увидела тот же облик человека-волка, который был в ночь битвы со змеей. Волколак задрал морду к небу и завыл. От этого звука зашевелились волосы на теле.

И второй вой отозвался эхом с противоположной стороны ринга. Я резко обернулась и увидела второго волколака, но этот был черный как уголь. Рашида?

Публика бешено хлопала, воля и топая ногами.

Вервольфы подползли к помосту и легли по обе стороны от него.

— Я не могу предложить вам ничего столь же зрелищного. — Свет снова упал на Оливера. — Мои создания — змеи.

Ламия дважды обернулась вокруг него, зашипев так громко, чтобы слышала публика. И раздвоенным языком лизнула его набеленное ухо.

Он показал рукой на подножие своего помоста. Там стояли две фигуры в черных плащах, закрыв лица капюшонами.

— Это тоже мои создания, но побережем их для сюрприза. — Он посмотрел на нас. — Давайте начнем.

Свет снова медленно погас. Я подавила порыв дотронуться в темноте до Жан-Клода.

— Что это?
— Начинается битва, — сказал он.
— Как именно?
— Дальше мы программу вечера не планировали, Анита. Как всякая битва, она будет хаотичной, жестокой и кровавой.

Свет медленно загорался, и весь шатер был залит тусклым сиянием, как в сумерки или на рассвете.

— Начинается, — шепнул Жан-Клод.

Ламия скользнула по ступеням, и стороны бросились друг на друга. Это не была битва. Это была свалка, больше похожая на драку в баре, чем на войну.

Фигуры в плащах побежали вперед. Я увидела промельк чего-то вроде змеи, но нет. Плевок автоматной очереди — и фигура отшатнулась назад. Эдуард.

Я смотрела вниз, держа в руке пистолет. Жан-Клод не шевелился.

— Вы не спуститесь?
— Настоящая битва будет здесь, ma petite. Делайте что хотите, но все решится противостоянием силы Оливера и моей.
— Ему же миллион лет! Вам его не победить.
— Я знаю.

Минуту мы смотрели друг на друга.

— Простите меня, Жан-Клод. Мне жаль, что так вышло.
— Мне тоже, Анита, ma petite, мне тоже.

Я сбежала вниз, чтобы вступить в битву. Змеевидная тварь свалилась, рассеченная пополам автоматной очередью. Эдуард стоял спиной к спине с Ричардом, у которого в руке был револьвер. Он стрелял по одной из фигур в плаще, но та даже не замедлилась. Я вытянула руку и выстрелила в закрытую капюшоном голову. Фигура споткнулась и повернулась ко мне. Капюшон упал назад, открыв голову кобры размером с лошадиную. Ниже шеи это была женщина, но выше... Выстрелы мои и Ричарда не оставили на ней даже царапины. Она летела по ступеням ко мне, и я не знала, ни кто она, ни как ее остановить. Веселого вам Хэллоуина!

47

Тварь летела ко мне. Я бросила браунинг и успела до половины выхватить нож, как она была уже рядом, и я оказалась на ступенях, а она сверху и откинулась для удара. Я успела выхватить нож, а она всадила зубы мне плечо. Я вскрикнула и ткнула ножом. Он вошел, но не было ни крови, ни боли. Она грызла мое плечо, накачивая в него яд, и нож не помогал.

Я снова вскрикнула, и в голове у меня прозвучал голос Жан-Клода:

— Теперь яд вам не опасен.

Болело дьявольски, но я от этого не умру. И я с воплем всадила нож ей в горло, не зная, что еще делать. Она поперхнулась, и по моей руке побежала кровь. Я ударила снова, и она отпрянула с обагренными кровью клыками. Дико зашипев, она слезла с меня, но я уже поняла. Уязвимое место — там, где стыкуются тело змеи и человека.

Левой рукой я подхватила браунинг — правое плечо у меня было распорото. Я спустила курок и увидела, как из горла твари хлынула кровь. Она повернулась и побежала, и я не стала ее преследовать.

Лежа на ступенях, я прижимала правую руку к телу. Вряд ли что-нибудь сломано, но боль нестерпимая. Но кровь не текла так сильно, как должна была бы. Я глянула вверх на Жан-Клода — он стоял неподвижно, но какое-то движение ощущалось вокруг, как от нагретого воздуха. И так же недвижен был на своем помосте Оливер. Здесь и шла настоящая битва; все происходящие внизу смерти мало что значили — кроме как для тех, кто умирал.

Прижимая правую руку к животу, я спустилась к Эдуарду и Ричарду. Пока я дошла до низа, рука стала лучше. Настолько, что можно было переложить пистолет в правую. Я смотрела на рану от укуса, и будь я проклята, если она не зарастала! Третья метка. Я исцелялась, как оборотень.

— Как ты? — спросил Ричард.

— Кажется, ничего.

Эдуард таращил на меня глаза:

— Такая рана должна быть смертельной!

— Объяснения потом, — сказала я.

Похожая на кобру тварь лежала у подножия помоста с отсеченной автоматной очередью головой. У Эдуарда быстрая реакция.

Раздался высокий, пронзительный крик. Ясмин извивалась в руках у Алехандро. Одну руку он заломил ей за спину, а другой прижимал ее плечи к своей груди. А кричала Маргарита, вырываясь из рук Карла Ингера. Но противник был куда сильнее. И у Ясмин, очевидно, тоже.

Алехандро рванул ей горло зубами, и она вскрикнула. Он рванул зубами позвоночник, лицо его залило кровью, и Ясмин обвисла у него в руках. Еще одно движение — и его рука прошла насквозь через ее грудь, раздавив сердце в кашу.

Маргарита визжала пронзительно, на одной ноте. Карл Ингер ее отпустил, но она не заметила. Упав на колени, она вцепилась ногтями себе в лицо.

— Господи! — ахнула я. — Остановите ее!

Карл смотрел на меня через арену. Я подняла браунинг, но он нырнул за помост Оливера. Я направилась к Маргарите, но между нами встал Алехандро.

— Ты хочешь ей помочь?

— Да.

— Дай мне на тебя поставить оставшиеся две метки, и я отойду с твоей дороги.

Я покачала головой:

— Весь город за одного человека-слугу? Слишком дорого.

— Анита, ложись!

Я бросилась на пол, и Эдуард пустил надо мной струю из огнемета. Я почувствовала кипящий жар.

Алехандро завизжал. Я подняла глаза как раз вовремя, чтобы увидеть, как он горит. Пылающей рукой он махнул наружу, и я ощутила, как что-то пронеслось у меня над головой... к Эдуарду.

Я перекатилась и увидела, что Эдуард лежит на спине, пытаясь подняться, а сопло огнемета снова смотрит в мою сторону. Я упала, не ожидая команды.

Алехандро сделал еще одно движение рукой, и пламя рванулось обратно к Эдуарду.

Он бешено покатился по полу, сбивая огонь с плаща. Горящую маску смерти он сбросил. Бак огнемета был охвачен пламенем. Ричард помог Эдуарду его сбросить, и они побежали прочь. Я припала к земле, охватив голову руками. От взрыва затряслась земля. Когда я снова взглянула вверх, падал огненный дождь горящих мелких осколков, но и все. Ричард с Эдуардом выглядывали из-за помоста.

Алехандро в обугленной одежде, покрытый волдырями, шел ко мне.

Я поднялась на ноги, направив на него пистолет. Конечно, этот пистолет и раньше не мог проделать в нем хорошей дыры. Я попятилась, пока не уперлась спиной в ступени, и стала стрелять. Пули входили в тело, и даже шла кровь, но он не остановился. Щелкнула опустевшая обойма. Я повернулась и побежала.

Что-то ударило меня в спину, бросив наземь. Алехандро оказался у меня на спине, вцепившись мне в волосы и оттягивая голову назад.

— Брось автомат, а то я ей шею сломаю!

— Стреляй! — крикнула я.

Но Эдуард бросил автомат на пол. Проклятие!

Он выхватил пистолет и тщательно прицелился. Тело Алехандро дернулось, но он засмеялся.

— Серебряными пулями тебе меня не убить!

Он прижал меня к земле коленом, и в его руке сверкнул нож.

— Нет, — сказал Ричард, — он ее не убьет.

— Я ей перережу глотку, если будете лезть, а если оставите нас в покое, я ей ничего не сделаю.

— Эдуард, убей его!

На Эдуарда прыгнула вампирша, сбив его на землю. Ричард попытался ее отодрать от Эдуарда, но ему на спину прыгнул крошечный вампир. Женщина и маленький мальчик, что были в ту ночь.

— Теперь, когда твои друзья заняты, мы закончим наше дело.

— НЕТ!

Нож только пробил кожу — острой и резкой болью, но порез был крошечный.

— Обещаю, это не больно.

Я кричала.

Его губы сомкнулись на порезе и присосались. Он солгал — это было больно. Меня окружил запах цветов, я тонула в нем. Я ничего не видела, и мир стал теплым и сладким.

Когда я снова могла видеть и думать, я лежала на спине, глядя в потолок шатра. Чьи-то руки подняли меня с пола. Алехандро прижимал меня к себе. Он провел ножом полоску у себя на груди чуть выше соска.

— Пей!

Я уперлась в него руками, сопротивляясь. Его руки легли мне на затылок, прижимая лицом к ране.

— НЕТ!

Я выхватила второй нож и всадила ему в грудь, пытаясь попасть в сердце. Он ухнул, схватил меня за руку и сжал так, что я выронила нож.

— Серебро не поможет. Я уже неуязвим для него.

Он прижал мое лицо к своей ране, и я ничего не могла сделать. Просто не хватало сил. Он мог бы одной рукой раздавить мне череп, но он только прижимал мое лицо к порезу на груди.

Я отбивалась, но он прижимал все сильнее. Кровь была солоновато-сладкой, слегка металлической. Всего лишь кровь.

— Анита! — вскрикнул Жан-Клод. Не знаю, вслух или только у меня в голове.

— Кровь от крови моей, плоть от плоти моей, да будут эти двое одним. Одна плоть, одна кровь, одна душа.

Что-то сломалось у меня где-то глубоко внутри. Волна жидкого тепла окатила меня с головы до ног. Она заплясала по коже, заколола в пальцах. Спину свело судорогой, я дернулась вверх. Меня подхватили сильные руки, поддерживая, укачивая.

Чья-то рука отвела у меня волосы с лица. Я открыла глаза посмотреть на Алехандро. Больше я его не боялась. Я спокойно плыла в потоке.

— Анита!

Голос Эдуарда. Я медленно повернулась на звук.

— Эдуард.

— Что он с тобой сделал?

Я попыталась объяснить, но не могла найти слов. Я села, мягко оттолкнувшись от Алехандро.

У ног Эдуарда валялась куча мертвых вампиров. Пусть серебро и не могло поразить Алехандро, но его подручных оно убило.

— Мы сделаем других, — сказал Алехандро. — Ты читаешь это в моем сознании?

И — да, когда я об этом подумала, то поняла, что да. Это не было телепатией. Не слова. Я знала, что он думает о силе, которую я ему дала. У него не было сожаления о погибших вампирах.

Толпа вскрикнула.

Алехандро посмотрел вверх, и я проследила за его взглядом. Жан-Клод стоял на коленях, и по его боку текла кровь. Алехандро завидовал умению Оливера пускать кровь на расстоянии. Когда я стала слугой Алехандро, Жан-Клод ослабел. И Оливер его одолел.

Это и был его план с самого начала.

Алехандро крепко меня к себе прижимал, и я не пыталась ему помешать. Он шепнул мне в щеку:

— Анита, ты некромант. У тебя есть власть над мертвыми. Вот почему Жан-Клод хотел, чтобы ты стала его слугой. Оливер хочет управлять тобой, управляя мной, но я знаю, что ты некромант. Даже став слугой, ты сохранила свободную волю. Ты не должна повиноваться, как другие. И ты — слуга, а потому сама по себе оружие. Ты можешь ударить одного из нас и пустить кровь.

— О чем ты говоришь?

— Они договорились, что проигравший будет распростерт на алтаре и пронзен тобой.

— Что за...

— Жан-Клод — в подтверждение своей силы. Оливер — как жест, показывающий, как он управляет тем, что принадлежало когда-то Жан-Клоду.

Толпа ахнула. Оливер медленно левитировал. Он спустился на пол. Потом он поднял руки, и Жан-Клод медленно взмыл в воздух.

— Твою мать! — выдохнула я.

Жан-Клод почти без сознания висел в пустом сияющем воздухе. Оливер мягко положил его на пол, и по белому полу расплескалась свежая кровь.

Появился Карл Ингер и взял Жан-Клода под руки.

Где же все? Я огляделась в поисках помощи. Черный вервольф был разорван на куски, и куски эти еще дергались. Вряд ли даже ликантроп сможет такое залечить. Светлый вервольф был немногим лучше, но Стивен полз к алтарю. С полностью оторванной ногой, он все же пытался.

Карл положил Жан-Клода на мраморный алтарь. По алтарю потекла кровь. Карл легко прижимал его плечи к камню. Жан-Клод мог поднять автомобиль. Как это Карл его держит?

— Он пользуется силой Оливера.

— Прекрати.

— Что?

— Отвечать на вопросы, которых я не задавала.

Он улыбнулся:

— Экономит много времени.

Оливер взял белый отшлифованный кол и деревянный молот. Протянув их мне, он сказал:

— Настало время.

Алехандро попытался помочь мне встать, но я его оттолкнула. Четвертая метка там или что, а я могу стоять самостоятельно.

— Нет! — вскрикнул Ричард и рванулся мимо нас к алтарю.

Дальше все было как в замедленной съемке. Он прыгнул на Оливера, и маленький человечек схватил его за горло и вырвал трахею.

— Ричард!

Я бежала к нему, но было уже поздно. Он лежал, истекая кровью, пытаясь дышать, когда дышать уже было нечем.

Я упала возле него на колени, пытаясь остановить кровь. Глаза его были расширены и полны страхом. Со мной рядом был Эдуард.

— Уже ничего нельзя сделать, Анита. Ему ничем не поможешь.

— Нет!

— Анита! — Он оттянул меня от Ричарда. — Слишком поздно.

Я плакала, сама того не зная.

— Иди, Анита! Уничтожь своего бывшего Мастера, как хотела уничтожить меня.

Оливер протягивал мне кол и молоток.

Я мотала головой.

Алехандро помог мне встать. Я потянулась к Эдуарду, но он уже не мог помочь. Никто не мог помочь. Нет способа снять четвертую метку, или вернуть Ричарда, или спасти Жан-Клода. Но я хотя бы не буду пронзать Жан-Клода. Это я могу остановить. И это я сделаю.

Алехандро вел меня к алтарю.

У помоста ползла Маргарита. Она стояла на коленях, раскачиваясь взад и вперед, и лицо ее было кровавой маской. Она вырвала себе глаза.

Оливер протягивал мне молот и кол руками в белых перчатках, забрызганных кровью Ричарда. Я затрясла головой.

— Ты возьмешь. Ты сделаешь, как я сказал.

И клоунское личико нахмурилось.

— Пошел ты на...

— Алехандро, она теперь в твоей власти.

— Да, Мастер, она мой слуга.

Оливер все еще протягивал мне кол.

— Тогда пусть она его прикончит.

— Я не могу ее заставить, Мастер.

Алехандро улыбался, произнося эти слова.

— Почему?

— Она некромант. Я говорил вам, что она сохранит свободу воли.

— Я не позволю упрямой женщине испортить момент моего торжества!

Он попытался подмять мое сознание; и я ощутила его вторжение, как ветер в голове, но он прошумел и затих. Я стала человеком-слугой, и фокусы вампира на меня не действовали — даже фокусы Оливера.

Я рассмеялась, и он хлестнул меня рукой по лицу. Вкус крови во рту. Он стоял рядом, и я чувствовала, как он трясется от злости. Я лишала его величайшего момента!

Алехандро был доволен. Его радость я ощущала как теплую волну у себя внутри.

— Кончай его, или, обещаю тебе, я тебя изобью в кровавую кашу. Тебе теперь нелегко умереть. Я тебя изуродую, как ты себе и представить не можешь, и ты исцелишься. Но больно все равно будет. Ты меня поняла?

Я смотрела на Жан-Клода, а он на меня. И его темно-синие глаза были так же прекрасны.

— Я этого не сделаю, — сказала я.

— Он все еще тебе дорог? После всего, что он с тобой сделал?

Я кивнула.

— Убей его, или я убью его медленно. Я выну из него кости по кусочкам, но не убью. Пока его голова и сердце целы, он не умрет, что бы я с ним ни делал.

Я глядела на Жан-Клода. Нет, я не стану смотреть, как Оливер его пытает, если могу этому помешать. Разве не лучше быстрая смерть? Не лучше?

Я взяла у Оливера кол.

— Я это сделаю.

Оливер улыбнулся.

— Мудрое решение. Жан-Клод поблагодарил бы вас, если бы мог.

Я глядела на Жан-Клода, держа в руке кол. Коснулась его груди там, где был ожог. И отняла измазанную кровью руку.

— Делай! — велел Оливер.

Я повернулась к нему, протягивая руку за молотом. Когда он мне его протянул, я вонзила обугленный кол ему в грудь насквозь.

Вскрикнул Карл. Изо рта Оливера хлынула кровь. Он застыл, будто не мог шевельнуться с колом в груди, но он еще не был мертв. Еще нет. Мои пальцы вцепились в мясо его горла и потянули, вырывая куски плоти, пока я не увидела хребет, блестящий и мокрый. Ухватив его рукой, я выдернула кость из тела. Голова Оливера упала набок, повиснув на кусках мяса. Я оторвала ее и бросила через ринг.

Карл Ингер лежал у алтаря. Я нагнулась и попыталась нащупать пульс, но его не было. Смерть Оливера убила и его.

— Ты это сделала, Анита! — подскочил ко мне Алехандро. — Я знал, что ты можешь его убить! Знал! — Я подняла на него глаза. — Теперь убей Жан-Клода, и мы будем вместе править в этом городе!

— Да.

И я ударила вверх раньше, чем успела об этом подумать, раньше, чем он прочел бы мою мысль. Всадила руки ему в грудь. Треснувшие ребра заскребли по коже рук. Я схватила его бьющееся сердце и раздавила.

Дышать было невозможно. Грудь сдавило обручем со страшной болью. Я вырвала его сердце из дыры в груди. Он упал с расширенными от изумления глазами, и я упала вместе с ним.

Я ловила ртом воздух. Не могу дышать, не могу дышать!

Лежа на трупе своего Мастера, я чувствовала, как бьется мое сердце за нас обоих. Нет, так он не умрет. Я ухватила его пальцами за горло, вдавила. Обеими ладонями я сжимала его горло. И они вдавились в его плоть, но боль была оглушающей. Я харкала кровью — нашей кровью.

Руки онемели. Я уже не знала, давлю я или нет. И ничего не чувствовала, только боль. Потом все скользнуло прочь, и я стала падать, падать в темноту, где никогда не было света и никогда не будет.

48

Я очнулась, глядя в желтоватый потолок. Минуту я просто моргала. Теплыми квадратами лежало на одеяле солнце. У кровати были металлические перила. А на руке у меня стояла капельница.

Больница. Значит, я не умерла.

На столике у кровати стояли цветы и связка воздушных шариков. Минуту я лежала, радуясь тому факту, что еще жива.

Открылась дверь, и показался большой букет цветов. Они опустились, и за ними показался Ричард.

Кажется, я перестала дышать. Всей кожей я ощущала ток своей крови. В голове шумело. Нет. Я не упаду в обморок. Никогда не падала и не буду! Наконец я смогла сказать:

— Ты мертвец.

Его улыбка исчезла.

— Нет, я не мертвец.

— Я видела, как Оливер вырвал тебе горло.

Я и сейчас это видела в каком-то слое сознания. Я видела, как он ловит ртом воздух в предсмертных судорогах.

Оказалось, что могу сесть. Я охватила себя руками, и игла капельницы шевельнулась под кожей, натянув пластырь. Это было реально. Больше ничего реальным не казалось.

Он поднял руку к горлу и остановился. Было слышно, как он нервно сглотнул слюну.

— Ты видела, как Оливер разорвал мне горло, но это меня не убило.

Я вглядывалась в него. Пластыря на щеке не было. Порез зажил.

— Ни один человек не выжил бы, — тихо сказала я.

— Я знаю.

И вид у него был неимоверно печальный.

Страх передавил мне горло, почти не давая дышать.

— Кто ты такой?

— Я ликантроп.

Я покачала головой:

— Я знаю, как движется ликантроп, какой он на ощупь. Ты не из них.

— Нет, я ликантроп.

Я все качала головой:

— Не может быть.

Он подошел к кровати. Цветы он держал неуклюже, будто не знал, куда их девать.

— Я второй после вожака стаи. И могу сойти за человека, Анита. Я это очень хорошо умею.

— Ты мне лгал.

Он покачал головой:

— Я не хотел этого делать.

— Зачем же делал?

— Жан-Клод приказал мне тебе не говорить.

— Почему?

Он пожал плечами:

— Думаю, потому, что знал, как ты их терпеть не можешь. И что ты не прощаешь обмана, он тоже знает.

Неужели Жан-Клод намеренно пытался помешать нашим отношениям? Наверняка.

— Ты спрашивала, что держит меня при Жан-Клоде. Это оно и есть. Вожак моей стаи одолжил меня Жан-Клоду с условием, что никто не узнает, кто я.

— Почему с тобой такой особый случай?

— Люди не любят, когда ликантропы учат детей, да и кого угодно, если на то пошло.

— Ты вервольф.

— Разве это не лучше, чем быть мертвецом?

Я смотрела на него в упор. Все те же безупречно-карие глаза. Падающие вокруг лица волосы. Я хотела попросить его сесть, провести пальцами по волосам, чтобы отвести их с этого чудесного лица.

— Да, это лучше, чем быть мертвецом.

Он выдохнул, будто до того задерживал дыхание. Улыбнувшись, он протянул мне цветы.

Я взяла их, потому что не знала, что еще с ними делать. Это были красные гвоздики и туманом лежащие на них матиолы. Гвоздики пахли, как пряность. Ричард — вервольф. Второй в стае после вожака. Может сойти за человека. Глядя на него в упор, я протянула руку. Он взял ее, и ладонь его была теплой, твердой, живой.

— Ладно, понятно, почему ты не умер. Почему жива я?

— Эдуард делал тебе массаж сердца и искусственное дыхание, пока не прибыла «скорая». Врачи не знают, отчего произошла остановка сердца, но непоправимых повреждений не было.

— Что вы сказали полиции о телах?

— Каких телах?

— Брось, Ричард.

— Когда полиция приехала, лишних тел не было.

— Публика все видела.

— А что было правдой, а что иллюзией? От публики полиция услышала тысячи разных версий. Они подозревают, но доказать ничего не могут. Цирк закрыт, пока власти не убедятся, что он безопасен.

— Безопасен?

Он пожал плечами:

— Или опасен не более обычного.

Я высвободила руку и снова двумя руками поднесла букет к лицу.

— А Жан-Клод... жив?
— Да.
Меня охватило чувство огромного облегчения. Я не хотела его гибели. А, черт!
— Значит, он все еще Мастер города. И я связана с ним.
— Нет, — сказал Ричард. — Ты свободна. Жан-Клод велел тебе это сказать. Метки Алехандро вроде как отменили его собственные. Как он сказал, ты не можешь служить двум Мастерам.
Свободна? Я свободна? Я уставилась на Ричарда:
— Не может быть, чтобы это было так легко.
— Это ты называешь легко? — рассмеялся Ричард.
Я подняла глаза и не сдержала улыбки.
— Ладно, это не было легко, но я не думала, что хоть что-то, кроме смерти, может избавить меня от Жан-Клода.
— Ты довольна, что этих меток больше нет?
Я открыла рот, чтобы сказать «конечно», но остановилась. Что-то было очень серьезное в лице Ричарда. Он знал, что значит, когда тебе предлагают силу. Что значит быть с монстрами. Страшно и чудесно.
И все же я сказала:
— Да.
— В самом деле?
Я кивнула.
— Энтузиазма не замечаю, — сказал он.
— Я знаю, что должна прыгать от радости, но сейчас я просто опустошена.
— Ты много пережила за последние дни. Некоторая оглушенность вполне естественна.
И почему я не была счастлива избавиться от Жан-Клода? Почему не испытывала облегчения, узнав, что я не его слуга? Потому что мне будет его не хватать? Глупо! Смешно! Истинно.
Когда о чем-то думать трудно, думай о чем-нибудь другом.
— Итак, теперь все знают, что ты вервольф.
— Нет.

— Тебя положили в больницу, и ты уже выздоровел. Они, я думаю, догадались.

— Жан-Клод спрятал меня, пока я не выздоровел. Сегодня я первый день как вышел.

— Долго я была без сознания?

— Неделю.

— Ты шутишь!

— Три дня ты была в коме. Врачи все еще не знают, почему к тебе вернулось самостоятельное дыхание.

Я подходила к краю великого Вовне. Но не помню туннеля света или голосов. Вроде как меня обдурили.

— Я ничего не помню.

— Ты была без сознания, тебе и не полагается ничего помнить.

— Слушай, сядь, пока у меня шея не заболела на тебя смотреть!

Он подтянул кресло и сел возле кровати, улыбаясь мне. Хорошая у него улыбка.

— Значит, ты вервольф.

Он кивнул.

— Как это случилось?

Он уставился в пол, потом поднял глаза. И лицо у него было такое грустное, что я пожалела о своем вопросе. Я ожидала красочного рассказа о пережитом страшном нападении.

— Попалась плохая сыворотка на прививке от ликантропии.

— Попалась — что?

— Ты слышала.

У него был озадаченный вид.

— Укол плохой сыворотки?

— Да.

У меня физиономия стала разъезжаться в улыбке.

— Это не смешно, — сказал он.

Я затрясла головой:

— Совсем не смешно. — Я знала, что глаза у меня искрятся, но я еле могла не расхохотаться во всю глотку. — Но признай, что тонкая ирония здесь есть.

Он вздохнул:

— Ты сейчас лопнешь. Давай смейся на здоровье.

Я так и сделала. И смеялась, пока грудь не заболела, а Ричард не стал хохотать вместе со мной. Смех тоже заразителен.

49

В тот же день позже доставили дюжину белых роз с запиской от Жан-Клода. В ней говорилось: «Вы от меня свободны. Но я надеюсь, что вы так же хотите видеть меня, как я вас. Ваш свободный выбор. Жан-Клод».

Я долго смотрела на эти цветы. Наконец я попросила сестру отдать их кому-нибудь другому, или выбросить, или вообще сделать с ними, что ей захочется. Мне же хотелось убрать их с глаз долой. Значит, меня все еще тянет к Жан-Клоду. Может быть, в темных уголках души я его даже люблю немного. Не имеет значения. Любовь к монстру людей до добра не доводит. Это правило.

Естественно, мои мысли вернулись к Ричарду. Он тоже из монстров, но он живой. Преимущество по сравнению с Жан-Клодом. И разве он меньше человек, чем я — владычица зомби, вампироборец, некромант? Мне ли капризничать?

Не знаю, куда они девали все остатки тел, но полиция так и не спросила. Спасла я там город или что, все равно это было убийство. С точки зрения закона, Оливер ничем смерти не заслужил.

Я вышла из больницы и вернулась на работу. Ларри остался. Он сейчас учится охоте на вампиров. Храни его Бог.

Ламия действительно оказалась бессмертной. Что, как я понимаю, означает, что они не могли вымереть. Просто они всегда, очевидно, были редки. Жан-Клод добыл для нее грин-кард и взял на работу в «Цирк проклятых». Не знаю, позволил ли он ей размножаться — я после выхода из больницы в «Цирке» не была.

Мы с Ричардом наконец устроили свое первое свидание. Оформили его очень традиционно: ужин и кино. На следующей неделе собираемся в пещеры. Он обещал, что подводных туннелей не будет. И губы у него самые мягкие из всех, что мне случалось целовать. Да, он раз в месяц покрывается шерстью. У каждого свои недостатки.

Жан-Клод не отстал. Он посылает мне подарки, я их отсылаю обратно. Мне придется говорить «нет», пока он не отстанет или пока ад не замерзнет — что раньше.

Женщины жалуются, что не осталось одиноких мужчин с нормальной ориентацией. А мне, понимаешь, еще зачем-то надо, чтобы он был человеком.

Кафе лунатиков

1

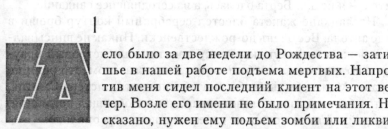

ело было за две недели до Рождества — затишье в нашей работе подъема мертвых. Напротив меня сидел последний клиент на этот вечер. Возле его имени не было примечания. Не сказано, нужен ему подъем зомби или ликвидация вампира. Ничего. А это могло значить, что то, чего он хочет, я не смогу сделать или не захочу. Предрождественское время — мертвое в нашем бизнесе, простите за каламбур. И мой босс Берт хватается за любую работу, до которой сумеет дотянуться.

Джордж Смитц был мужчина высокий, шесть футов с хорошим запасом. И еще он был широкоплеч и мускулист. Не такие мускулы, которые накачиваются подъемом тяжестей и бегом по тренажерной дорожке в залах, а такие, которые наращиваются физическим трудом. Я бы поставила свои деньги на то, что мистер Смитц — строитель, фермер или что-то в этом роде. Крупный, квадратный, а под ногтями — ни разу в жизни не тронутый мылом траур.

Он сидел передо мной, сминая в больших руках вязаную шапку. Кофе, который он согласился выпить, остывал в чашке на столе. Он из нее едва отхлебнул.

А я пила кофе из рождественской кружки — такой, которую каждый из нас принес на работу по настоянию Берта, нашего босса. Чтобы придать офису уют. На моей был нарисован олень в купальном халате и шлепанцах с елочной гирляндой на рогах. Он поднимал бокал шампанского в честь праздника и произносил «Динь-дон!».

Берту моя кружка не очень понравилась, но он промолчал — наверное, подумал, что я могла бы принести взамен. Мой вечерний наряд его тоже в восторг не приводил. Блузка с воротником-стоечкой, настолько красная, что мне приходилось накладывать косметику, чтобы не казаться бледной. Юбка и жакет ей под стать — глубокой лесной зелени. Ну и пусть ему не нравится — я не для Берта оделась, а на сегодняшнее свидание.

На лацкане жакета блестел серебряный контур броши в виде ангела. Все очень по-рождественски. Никак не вписывался в рождественскую картинку девятимиллиметровый браунинг, но поскольку он был спрятан под жакетом, это роли не играло. Может быть, он бы мог обеспокоить мистера Смитца, но тот был настолько взволнован, что не обращал внимания. По крайней мере пока я не стреляю в него персонально.

— Итак, мистер Смитц, чем я могла бы быть вам полезна? — спросила я.

Он все сидел, опустив взгляд, а потом вдруг посмотрел на меня одним глазом. Детская неуверенная мимика, странная на лице взрослого мужчины.

— Мне нужна помощь, а к кому еще пойти, я не знаю.
— А какой именно вид помощи вам нужен, мистер Смитц?
— Тут дело в моей жене.

Я ждала продолжения, но он все смотрел на свои руки. Шапку он уже скатал в тугой ком.

— Вы хотите поднять свою жену из мертвых? — уточнила я.

Тут он глянул на меня расширенными в тревоге глазами.

— Она не мертвая! Я точно знаю.
— Тогда что я могу для вас сделать, мистер Смитц? — спросила я. — Я поднимаю мертвых; кроме того, я легальный истребитель вампиров. Что из моих должностных обязанностей может быть полезно вашей жене?
— Мистер Вон мне сказал, что вы все знаете про ликантропию.

Он произнес это так, будто это все объясняло. Может быть, но не мне.

— Мой босс многое может сказать, мистер Смитц. Но какое отношение имеет ликантропия к вашей жене?

Я уже второй раз спрашивала о его жене и думала, что говорю по-английски, но, наверное, мои вопросы звучали на суахили, просто я этого не осознала. А может быть, то, что случилось, было слишком ужасно, чтобы выразить словами. В моем бизнесе это сплошь и рядом.

Он наклонился к столу, всматриваясь мне в лицо. Я тоже наклонилась — не сдержалась.

— Пегги — моя жена — она ликантроп.

— И? — моргнула я.

— Если об этом узнают, она потеряет работу.

Я не стала спорить. По закону дискриминация ликантропов запрещена, но встречается достаточно часто.

— Какая у Пегги работа?

— Она мясник.

Ликантроп-мясник. Слишком идеальное сочетание. Но я понимала, как она может потерять работу. Обработка продуктов питания при наличии потенциально смертельной болезни. Чушь, конечно. Я знаю, и весь департамент здравоохранения знает, что ликантропия передается только при нападении больного в животной форме. Но люди в это не верят, и я не могу поставить им это в вину. Сама не хотела бы быть мохнатой.

— У нее своя мясная лавка. Хороший бизнес. Она его от отца получила.

— Он тоже был ликантропом? — спросила я.

Смитц покачал головой:

— Нет, Пегги покусали несколько лет назад. Она выжила, но... Сами понимаете

Я понимала.

— Итак, ваша жена ликантроп, и она потеряет свое дело, если об этом узнают. Понимаю. Но чем я могу вам помочь? — Я подавила желание поглядеть на часы. Билеты у меня, и Ричард будет ждать.

— Пегги пропала.

Ага.

— Мистер Смитц, я не частный детектив. Пропавшими людьми я не занимаюсь.

— Но я не могу идти в полицию. Они могут узнать.

— Давно она пропала?

— Два дня.

— Мой совет — пойти в полицию.

Он упрямо мотнул головой:

— Не пойду.

Я вздохнула:

— Я ничего не знаю о розыске пропавших. Я поднимаю мертвых и истребляю вампиров — это все.

— Мистер Вон сказал, что вы мне можете помочь.

— Вы ему рассказали, в чем дело?

Он кивнул.

Блин! У меня с Бертом будет долгий разговор.

— Полиция свое дело знает, мистер Смитц. Вы им просто скажите, что у вас пропала жена. Про ликантропию не говорите. И посмотрим, что они найдут.

Не люблю советовать клиенту скрывать информацию от полиции, но это куда как лучше, чем вообще туда не ходить.

— Прошу вас, миз Блейк. Я в тревоге. У нас двое детишек.

Я начала было перечислять все причины, по которым не могу ему помочь, но тут меня осенило.

— «Аниматорз инкорпорейтед» пользуется услугами одного частного детектива. Вероника Симс, она принимала участие во многих случаях, связанных с противоестественными явлениями. Она может вам помочь.

— А ей можно доверять?

— Я доверяю.

Он посмотрел на меня долгим взглядом, потом кивнул:

— Ладно. Как мне с ней связаться?

— Давайте я ей позвоню и спрошу, может ли она вас принять.

— Спасибо, это будет отлично.

— Я хотела бы вам помочь, мистер Смитц. Просто поиск пропавших супруг — не моя специальность.

Попутно я набирала номер. Уж этот-то номер я знала наизусть. Мы с Ронни ходили вместе тренироваться не реже двух раз в неделю, не говоря уже о том, чтобы время от времени заглянуть в кино, пообедать или еще куда-нибудь. Лучшие подруги — почти все женщины никогда не перерастают этого понятия. Спросите у мужчины, кто его лучший друг, — и он задумается. Навскидку не скажет. А женщина ответит сразу. Мужчина сначала даже не имя будет вспоминать, а вдумываться, о чем вообще речь. Для женщин это понятие естественное. Не знаю почему.

У Ронни включился автоответчик. Я его перебила.

— Ронни, это Анита. Если ты дома, возьми трубку.

Телефон щелкнул, и я услышала настоящий голос.

— Привет, Анита! Я думала, у тебя сегодня свидание с Ричардом. Что-нибудь случилось?

Что значит лучшая подруга!

— Нет, все в порядке. Но тут у меня клиент, который, мне кажется, больше по твоей части.

— Рассказывай.

Я рассказала.

— Ты ему советовала обратиться в полицию?

— Ага.

— А он не хочет?

— Угу.

Она вздохнула.

— Ну, мне приходилось заниматься розыском пропавших, но уже после того, как полиция сделает все что может. У них есть ресурсы, к которым мне не добраться.

— Знаю.

— Его не сдвинуть?

— Думаю, что нет.

— Так что либо я...

— Берт согласился взяться, зная, что это розыск пропавшего. Может быть, откинет эту работу Джеймисону.

— Джеймисон умеет поднимать мертвых, а во всем остальном он не отличит собственной задницы от дырки в земле.

— Да, но он всегда рад расширить свой репертуар.

— Спроси клиента, может ли он быть у меня в офисе... — Раздалось шуршание записной книжки. Наверное, дела идут хорошо. — Завтра в девять утра.

— О Господи, и рано же ты встаешь!

— Один из немногих моих недостатков.

Я спросила Джорджа Смитца, годится ли ему в девять утра.

— А сегодня вечером нельзя?

— Он хочет сегодня вечером.

Ронни задумалась.

— А почему бы и нет? Я на свидания не бегаю, как некоторые. Ладно, присылай. Я подожду. Клиент в пятницу вечером лучше, чем одинокий вечер пятницы — я так думаю.

— Что-то ты суховато шутишь.

— Зато ты мокровато.

— Очень смешно.

Она рассмеялась.

— Жду не дождусь прихода мистера Смитца. А ты иди, наслаждайся «Парнями и девушками».

— Так и сделаю. Жду тебя завтра утром, поедем на пробежку.

— Ты уверена, что хочешь? А вдруг корабль мечты захочет у тебя зачалиться?

— Не надо, ты меня знаешь.

— Знаю, знаю. Шучу. До завтра.

Я повесила трубку, дала мистеру Смитцу визитную карточку Ронни, рассказала, как проехать, и отослала. Ронни — лучшее, что я могла для него сделать. Все равно мне не нравилось, что он не хочет идти в полицию, но это ведь в конце концов не моя жена.

Двое детишек, он сказал. Тоже не мои проблемы. Точно не мои.

Наш ночной секретарь Крейг сидел за своим столом, а это значит, что уже было больше шести. Я опаздывала. Решительно нет времени спорить с Бертом насчет этого Смитца, но...

Я заглянула в кабинет Берта. Темно.

— Большой босс изволили отбыть домой?

Крейг поднял глаза от компьютера. У него были короткие и по-детски тонкие каштановые волосы. На круглом лице — круглые очки. Он был худее меня и выше — последнее нетрудно. В свои двадцать с чем-то он был женат и имел двоих детей.

— Мистер Вон ушел около тридцати минут назад.
— Совпадает.
— Что-нибудь случилось?

Я покачала головой.

— Найди мне на завтра время для разговора с боссом.
— Не знаю, получится ли, Анита. У него весь день жестко расписан.
— Найди мне время, Крейг. А то я вломлюсь во время другого разговора.
— Ты сумасшедшая.
— Это уж точно. Так что найди время. Если он развопится, скажи, что я наставила на тебя пистолет.
— Анита! — ухмыльнулся он, будто я пошутила.

Я оставила его копаться в блокноте, пытаясь меня куда-нибудь втиснуть. Я говорила всерьез. Берт будет завтра со мной разговаривать. Декабрь — самое затишье насчет подъема зомби. Люди считают, что близко к Рождеству это не делается — будто это черная магия или сатанизм. Так что Берт мне другую нагрузку придумывал, чтобы не расслаблялась. А мне надоели клиенты, которым я ничем не могу помочь. Смитц в этом месяце не первый, зато он будет последним.

С этой радостной мыслью я влезла в пальто и ушла. Ричард ждет. Может, успею еще до первого номера, если не застряну в пробках. Это в пятницу-то вечером? Ой, вряд ли.

2

«Нова» 1978 года, на которой я раньше ездила, погибла печально и трагически. Теперь я езжу на джипе «чероки». Такой темно-темно-зеленый, что ночью кажется черным. Зато у него привод на четыре колеса для зимней дороги, а места в салоне столько, что коз возить можно. Вообще я для подъема зомби использую цыплят, но иногда приходится брать что-нибудь покрупнее. Возить козу в «нове» — это было мучение.

Я поставила «чероки» на последнее свободное место на Грант-стрит. Длинное черное зимнее пальто вздувалось вокруг меня пузырем, потому что было застегнуто только на две нижние пуговицы. А иначе до пистолета не дотянуться.

Руки я сунула в карманы, придерживая вокруг себя ткань пальто. Перчаток у меня не было. Я их не ношу — терпеть не могу стрелять в перчатке. Оружие — часть моей руки, и между нами не должно быть тряпок.

Сейчас я бежала по улице на высоких каблуках, стараясь не оскользнуться на заиндевевшей мостовой. Тротуар был разбит, будто кто-то взял кувалду и выколотил целые куски. Поскольку я опаздывала, толпа уже схлынула, и вся разбитая дорога принадлежала мне. Короткая, но одинокая прогулка декабрьским вечером. Тротуар был усыпан битым стеклом, и мне на каблуках приходилось выбирать дорогу очень аккуратно.

Улицу пересекал переулок, и он был похож на эндемичный ареал обитания *бандитус американус*. Я тщательно всмотрелась — в темноте ничего не шевелилось. С браунингом я особо не беспокоилась, но все же... Чтобы застрелить человека в спину, много ума не надо.

Когда я добралась до угла и относительной безопасности, от порывов холодного ветра у меня захватывало дыхание. Вообще я зимой натягиваю побольше свитеров, но сегодня хотела чего-то более стильного и сейчас отмораживала себе свои девичьи прелести и надеялась, что Ричарду красная блузка понравится.

На углу были огни, машины и полисмен, регулирующий движение посреди улицы. В этой части Сент-Луиса никогда не бывает столько полиции, только когда у «Фокса» шоу. Приехала целая толпа богатого народу в мехах, бриллиантах, «роллексах». Нельзя же, чтобы ограбили лучших друзей городского совета. Когда приезжал Тополь выступать в «Скрипаче на крыше», публика была — сливки сливок, а вокруг полисмен на полисмене сидел и полисменом погонял. Сегодня их было как обычно. Перед театром стояли, движение регулировали, а в основном поглядывали вокруг, как бы кто с толстым кошельком не забрел в темное место.

Я вошла в стеклянные двери и оказалась в длинном и узком вестибюле, ярко освещенном, почти сияющем. Рядом была комнатушка с кассой, где продавали билеты. Оттуда потоком шел народ, торопясь к внутренним дверям. Не настолько уж я опоздала, раз столько народу еще покупает билеты. А может, все они тоже опоздали.

Ричарда я заметила в дальнем правом углу. Человека шести футов ростом легче заметить в толпе, чем меня с моими пятью футами тремя дюймами. Он стоял спокойно, глядя на идущую толпу. Ни скуки, ни нетерпения в нем заметно не было — казалось, ему нравится смотреть на людей. Сейчас он следил за пожилой парой, как раз проходящей во внутренние двери. У женщины была трость, и шла эта пара мучительно медленно. Я оглядела толпу. Все остальные были моложе, шли уверенным или торопливым шагом. Ричард высматривает жертв? Добычу? В конце концов он же вервольф. Получил когда-то укол неудачной вакцины от ликантропии. Вот почему я никогда себе этих прививок не делала. Одно дело если боком выйдет прививка от гриппа, но раз в месяц покрываться шерстью... Спасибо, не надо.

А он сам понимает, что смотрит на толпу, как лев на стадо газелей? А может, пожилая пара просто напомнила ему собственных бабушку с дедушкой? Черт побери, я ему приписываю мотивы, которые только в моей подозрительной черепушке и существуют. По крайней мере так мне хотелось бы думать.

Волосы у него каштановые. На солнце они блестят золотыми прядями с легким медным оттенком. Я знаю, что у него они до плеч, но он что-то с ними сделал, как-то зачесал назад, и они кажутся очень короткими и плотно уложенными. При таких волнистых волосах это непросто.

Костюм у него был какого-то сочного оттенка зеленого. Почти любой мужчина в зеленом костюме будет похож на Питера Пэна, но на Ричарде костюм смотрелся как надо. Подойдя ближе, я разглядела, что рубашка у него очень бледно-золотистая, а галстук зеленый, но темнее костюма, с красными рождественскими елками. Я могла бы съязвить насчет галстука, но сама в красном и зеленом и с серебряным ангелом на лацкане... Нет уж, лучше промолчать.

Он увидел меня и улыбнулся — улыбка светлая и яркая на фоне непроходящего загара. Фамилия у него голландская — Зееман, но что-то в его генеалогии есть неевропейское. Не белобрысое, не светлое, не холодное. А глаза у него карие-карие, шоколадные.

Он взял меня за руки, мягко притянул к себе. Губы его нежно коснулись моего рта — короткий, почти целомудренный поцелуй.

Я шагнула назад, перевела дыхание. Он держал меня за руку, и я ничего не имела против. Рука у меня замерзла, а у него была очень теплая. Думала я у него спросить, не собирается ли он съесть пожилую пару, но не стала. Обвинить его в кровожадных намерениях — так можно и вечер испортить. Кроме того, ликантропы обычно не осознают, когда действуют не по-человечески. Если им на это указать, они обижаются. Обижать Ричарда я не хотела.

Проходя через внутренние стеклянные двери, я его спросила:

— А где твое пальто?

— В машине. Не хотелось таскать, и я там его бросил.

Я кивнула. Типично для Ричарда. А может быть, ликантропы не простужаются.

Сзади мне было видно, что он туго заплел волосы, так что они прилегали к голове. Понятия не имею, как он это сделал. Мое понятие о прическе — это вымыть голову, размазать по волосам немножко фиксатора и дать высохнуть. Насчет технологии укладки волос я полный профан. Хотя разобраться в этом плетении узлов после спектакля может быть интересно. Я всегда готова изучить новое умение.

Главный вестибюль театра «Фокс» — это гибрид по-настоящему уютного китайского ресторана с индуистским храмом, и для вкуса еще добавили малость арт-деко. Цвета настолько головокружительные, будто художник загрунтовал цветные стекла кусочками света. Китайские львы размером с питбуля, сверкая красными глазами, охраняли вход на лестницу к балкону «Фокс-клуба», где всего за пятнадцать тысяч долларов в год можно чудесно покушать и пройти в собственную ложу. Мы же, плебеи, толпились плечом к плечу на синтетическом ковре вестибюля, имея возможность наслаждаться попкорном, крендельками, пепси-колой, а в некоторые вечера — даже хот-догами. Не совсем то, что цыплята «кордон блу» или что там подают наверху.

«Фокс» очень точно умеет держаться тонкой грани между безвкусицей и фантазией. Мне это здание понравилось когда-то с первого взгляда. И каждый раз, когда я сюда прихожу, обнаруживаю новое диво. Какой-нибудь цвет, контур, статую, которых раньше не замечала. Если вспомнить, что его построили как кинотеатр, понимаешь, как многое в нем изменилось. Кинотеатры теперь — мертвые гробы для мертвецов. А «Фокс» жив, как живут только самые лучшие здания.

Мне пришлось выпустить руку Ричарда, чтобы расстегнуть пальто, и я стояла к нему близко, но не касаясь, и все равно ощущала его, как обливающее тело тепло.

— Когда я сниму пальто, мы будем как близнецы Бобси, — сказала я ему.

Ричард вопросительно поднял брови.

Я распахнула пальто, как эксгибиционист, и он расхохотался. Хороший был смех, теплый и густой, как рождественский пудинг.

— Сезон такой, — сказал он. И обнял меня одной рукой за плечи — быстрым движением, как обнимают друга, но его рука осталась у меня на плечах. Наши свидания были еще на той ранней стадии, когда прикосновение ново, неожиданно, захватывающе. Мы все еще искали поводов коснуться друг друга. Чтобы не быть назойливыми. Чтобы не обмануть друг друга. Я обняла его за талию и прильнула. Обняла правой рукой. Если сейчас на нас нападут, мне ни за что не вытащить оружие вовремя. Минуту я еще постояла, решая, стоит ли оно того. Потом обошла вокруг, чтобы к нему была ближе моя левая рука.

Не знаю, заметил он пистолет или догадался, но у него глаза стали шире. Ричард наклонился ко мне и шепнул мне в волосы:

— Пистолет здесь, в «Фоксе»? Ты думаешь, билетеры тебя пропустят?

— В прошлый раз пропустили.

У него на лице появилось странное выражение.

— Ты всегда ходишь с оружием?

Я пожала плечами:

— После наступления темноты — всегда.

Вид у Ричарда был озадаченный, но он не стал развивать тему. Еще год назад я иногда выходила после темноты безоружной, но последний год выдался тяжелый. Много разных людей пытались меня убить. Я даже для женщины небольшая. Бегаю, поднимаю тяжести, имею черный пояс по дзюдо, но все равно уступаю по классу профессиональному противнику. Они, понимаешь, тоже поднимают тяжести, знают боевые искусства, а по весу превосходят меня на сто или больше фунтов. Бороться с ними мне не по плечу, но пристрелить их я могу.

И еще я почти весь этот год дралась с вампирами и прочими противоестественными ужастиками. Серебряная пуля вампира, может, и не убьет, зато сильно затормозит. Чтобы хватило времени бежать со всех ног. Удрать. Выжить.

Ричард знал, чем я зарабатываю себе на жизнь. Даже видел кое-какие неприятные моменты. Но я все еще ожидала, что его прорвет. Что он станет изображать мужчину-защитника и ругаться из-за моего пистолета и всего прочего. Все время я сжималась, как пружина, ожидая, пока он что-нибудь такое скажет. Такое, что все разрушит, испортит, поломает.

Пока что все шло хорошо.

Толпа потекла к лестнице, разбиваясь на два потока в коридоры, ведущие в главный зал. Мы шаркали вместе с нею, держась за руки — чтобы нас не разлучили в толпе. А зачем бы еще?

Выйдя из вестибюля, толпа стала растекаться по проходам, как вода, ищущая самый быстрый путь вниз. И этот самый быстрый путь тоже был чертовски медленным. Из кармана жакета я вытащила билеты — сумочки у меня не было, а потому по карманам у меня были рассованы расческа, помада, карандаш для бровей, тени, удостоверение и ключи от машины. Пейджер я заткнула под пояс юбки сбоку. А обычно, когда не надо одеваться для театра, я таскала с собой что-то вроде раскладной сумки.

Билетерша, старуха в очках, посветила фонариком на билеты и отвела нас к креслам. Показав нам, куда садиться, она поспешила к следующей группе беспомощных людей. Места у нас были хорошие, в середине, близко к сцене. Достаточно близко.

Ричард протиснулся и сел слева от меня, не ожидая моей просьбы. Он быстро усваивал. И это одна из причин, почему мы все еще встречаемся. Другая — что меня страшно тянет к его телу.

Пальто я раскинула по креслу, расправила, чтобы удобно было сидеть. Рука Ричарда скользнула вдоль спинки кресла, и его пальцы коснулись моего плеча. Я подавила желание прильнуть к его плечу. Слишком вульгарно — но тут же подумала: и черт с ним, и уткнулась в сгиб его шеи, вдыхая аромат его кожи. От него приятно пахло сладковатым лосьоном после бритья, но под этим запахом был аромат его кожи, его плоти. Ни на ком другом этот лосьон так бы не пах. Честно говоря, даже и без лосьона мне бы нравился запах шеи Ричарда.

Потом я выпрямилась, чуть от него отодвинулась. Он вопросительно посмотрел на меня:

— Что-нибудь не так?

— Отличный лосьон, — ответила я. Нет смысла сознаваться, что это был почти непреодолимый порыв ткнуться к нему в шею. Слишком это меня самое смущало.

Свет стал меркнуть, и заиграла музыка. Я раньше не видела «Парней и девушек» — только в кино, в котором Марлон Брандо и Жан Симмонс. Ричард под свиданиями понимал лазанье по пещерам, походы — то есть мероприятия, на которые надо надевать самую старую одежду и спортивную обувь. Ничего в этом плохого нет — я сама люблю вылазки на природу, но хотелось мне попробовать, как это будет — свидание в костюмах. Хотела посмотреть на Ричарда в галстуке, и чтобы он на меня посмотрел в чем-то поизящнее джинсов. В конце концов я женщина, нравится мне это или нет.

Но такое свидание мне не хотелось разменивать на стандартный «ужин-и-кино». Поэтому я позвонила в «Фокс», узнала, что там идет, и спросила Ричарда, любит ли он мюзиклы. Оказалось, что да. Еще одно очко в его пользу. Поскольку идея была моя, билеты тоже купила я. Ричард не стал спорить, даже насчет платить пополам. Я же не стала предлагать платить за наш последний ужин. Мне это и в голову не пришло. Конечно, спорить могу, Ричарду пришло в голову насчет платить за билеты, но он сумел промолчать. Правильный мужик.

Занавес поднялся, и перед нами стала разворачиваться вступительная сцена на улице — светлая, стилизованная, точная и радостная, как раз то, что надо. «Фуга для жестяных фанфар» заполнила ярко освещенную сцену и стекла в счастливую тьму. Отличная музыка и отличное настроение, а скоро будут и танцовщики, рядом со мной Ричард, и пистолет под рукой. Чего еще девушке желать?

3

Струйка народу потянулась наружу перед самым финалом, чтобы опередить толпу. Я всегда остаюсь до самого конца. Это нечестно — удрать, не поаплодировав. И вообще не люблю, когда не вижу, чем кончилось. Мне всегда казалось, что вот то, чего я не увидела, и есть самое лучшее.

Мы с Ричардом радостно присоединились к овации стоя. Никогда я не видела другого города, где так часто зрители награждают актеров овацией стоя. Надо признать, сегодня спектакль был потрясающий, но я часто видела, как люди вставали на представлениях, которые того не стоили. Я так не делаю.

Когда зажегся свет, Ричард снова сел.

— Я бы предпочел переждать, пока толпа схлынет, — если ты не возражаешь.

В его карих глазах я прочла, что он не ожидает возражений.

Я и не возражала. Мы приехали каждый на своей машине. Как только мы уйдем из театра, вечер кончится. И, кажется, никто из нас не хотел уходить.

Я оперлась локтями на спинку переднего кресла, глядя на Ричарда. Он улыбнулся мне, и глаза его блестели желанием, если не любовью. Я тоже улыбнулась — не могла не улыбнуться.

— А ты знаешь, эта музыка очень сексистская, — сказал он.

Я задумалась, потом кивнула:

— Угу.

— А тебе все равно нравится?

Я кивнула.

Он чуть прищурился:

— Я считал, что тебе это может показаться оскорбительным.

— Мне есть из-за чего переживать кроме того, отражают ли «Парни и девушки» достаточно сбалансированное мировоззрение.

Он рассмеялся коротко и счастливо:

— Вот и хорошо. А то я думал, что мне придется выбрасывать коллекцию Роджерса и Хаммерштейна.

Я всмотрелась ему в лицо, пытаясь понять, не дразнит ли он меня. Кажется, нет.

— Ты в самом деле собираешь записи Роджерса и Хаммерштейна?

Он кивнул, и глаза у него стали еще ярче.

— Только Роджерса и Хаммерштейна или все мюзиклы?

— Всех у меня еще нет, но вообще-то все.

Я помотала головой.

— А что такое?

— Ты романтик.

— Ты так говоришь, будто это плохо.

— Вся эта фигня насчет «долго и счастливо» хороша на сцене, но к жизни мало имеет отношения.

Теперь пришла его очередь всматриваться мне в лицо. Наверное, увиденное ему не понравилось, и поэтому он нахмурился.

— Ты предложила идти в театр. Если ты все это не любишь, зачем мы сюда пришли?

Я пожала плечами:

— Когда я попросила тебя о свидании в цивильной одежде, я не знала, куда тебя повести. Хотела, чтобы было необычное. А к тому же я люблю мюзиклы. Просто я не думаю, что они отражают реальную жизнь.

— А ты не такая крутая, как хочешь изобразить.

— Такая, такая.

— Не верю. Я думаю, ты эту фигню насчет «долго и счастливо» любишь не меньше меня. Ты просто боишься ей верить.

— Не боюсь, просто проявляю осторожность.

— Слишком часто разочаровывалась?

— Может быть. — Я скрестила руки на груди. Психолог сказал бы, что я замкнулась и прервала общение. Ну и пошел бы он на фиг, этот психолог.

— О чем ты думаешь?

Я пожала плечами.

— Расскажи мне, пожалуйста.

Я поглядела в эти искренние карие глаза и захотела поехать домой одна. Но вместо этого сказала:

— «Долго и счастливо» — это ложь, Ричард. И стало ложью еще тогда, когда мне было восемь.

— Когда погибла твоя мать.

Я только молча посмотрела на него. В мои двадцать четыре рана этой первой потери еще кровоточила. С ней можно свыкнуться, терпеть, выносить, но избавиться — никогда. И никогда уже не поверишь по-настоящему, что на свете есть добро и счастье. Не поверишь, что не спикирует с неба какая-нибудь мерзость и не унесет его прочь. По мне лучше дюжина вампиров, чем бессмысленный несчастный случай.

Он взял мою руку, которой я сжимала его плечо.

— Обещаю тебе, Анита, — я не погибну по твоей вине.

Кто-то засмеялся — низкий хохоток, пробегающий по коже, как прикосновение пальцев. Такой ощутимый смех мог быть только у единственного существа в мире — у Жан-Клода. Я обернулась — и увидела его посреди прохода. Как он подошел, я не слышала. Движения не ощутила. Просто он появился как по волшебству.

— Не давай обещаний, которые не сможешь сдержать, Ричард.

4

Я оттолкнулась от кресла, шагнув вперед, чтобы дать место Ричарду встать. Я чувствовала его спиной, и это чувство было бы приятно, если бы я не беспокоилась за него больше, чем за себя.

Жан-Клод был одет в блестящий черный смокинг с фалдами. Белый жилет с мельчайшими черными точками обрамлял блестящую белизну его сорочки. Высокий жесткий воротник с мягким черным шейным платком, завязанным вокруг и заткнутым под жилет, будто галстуков еще не изобрели. Булавка в жилете из серебристого и черного оникса. Черные туфли с нашлепками, как те, что носил Фред Астор, хотя я подозреваю, что весь наряд — куда более раннего стиля.

Длинные волны ухоженных волос спадали до воротника. Я знала, какого цвета у него глаза, хотя сейчас в них не смотрела. Синие, как полночь, цвет настоящего сапфира. В глаза вампиру не гляди. Это правило.

В присутствии Мастера вампиров всего города я вдруг поняла, как пусто стало в театре. Да, мы хорошо переждали толпу и сейчас стояли одни в гулкой тишине, а далекие звуки удаляющейся толпы были как белый шум, ничего для нас не значащий. Смотрела я на жемчужную белизну пуговиц жилета Жан-Клода. Трудно вести себя круто, когда не можешь поглядеть собеседнику в глаза. Но я справлюсь.

— Боже мой, Жан-Клод, вы всегда одеваетесь в черно-белое?
— А вам не нравится, ma petite?

Он чуть повернулся, чтобы я могла оценить весь эффект. Наряд был ему очень к лицу. Конечно, все, что на нем было надето, казалось четким, совершенным, прекрасным — как он сам.

— Я почему-то не думала, что вы поклонник «Парней и девушек», Жан-Клод.

— Или вы, ma petite. — Голос гуще сливок, с такой теплотой, которую могут дать только две вещи: гнев или вожделение. Я могла ручаться, что это не вожделение.

У меня был пистолет, и серебряные пули задержали бы вампира, но не убили. Конечно, Жан-Клод не напал бы на нас при людях. Он слишком для этого цивилизован. Бизнес-вампир, антрепренер. Антрепренеры, будь они живые или мертвые, не вырывают людям глотки. Как правило.

— Ричард, ты ведешь себя необычно тихо.

Он глядел мне за спину. Я не стала оборачиваться и смотреть, что делает Ричард. Никогда не отворачивайся от стоящего перед тобой вампира, чтобы взглянуть на стоящего за спиной вервольфа. Не гоняйся за двумя зайцами.

— Анита может сама за себя сказать, — ответил Ричард.

Внимание Жан-Клода снова переключилось на меня.

— Это, конечно, правда. Но я пришел посмотреть, как вам понравилась пьеса.

— А свиньи летают, — добавила я.

— Вы мне не верите?

— Легко.

— Нет, правда, Ричард, как тебе понравился спектакль?

В голосе Жан-Клода слышался оттенок смеха, но под ним все еще гудел гнев. Мастера вампиров — не тот народ, с которым полезно быть рядом в минуты гнева.

— Все было прекрасно, пока ты не появился.

В голосе Ричарда послышалась теплая нота — нарождающаяся злость. Я никогда не видела, чтобы он злился.

— Каким образом одно мое присутствие может испортить ваше... свидание? — Последнее слово он выплюнул, как раскаленное.

— А что вас сегодня так достало, Жан-Клод? — спросила я.

— Что вы, ma petite, меня никогда ничего не... достает.

— Чушь.

— Он ревнует тебя ко мне, — сказал Ричард.

— Я не ревную.

— Ты всегда говорил, что чуешь желание Аниты к тебе. Так вот, я чую твое к ней. Ты ее хочешь так сильно, что это, — Ричард скривился, как от горечи, — ощущается почти на вкус.

— А вы, мосье Зееман? Вы к ней не вожделеете?

— Перестаньте говорить так, будто меня здесь нет! — возмутилась я.

— Анита пригласила меня на свидание. Я согласился.

— Это правда, ma petite?

Голос его стал очень спокоен. И это спокойствие было страшнее гнева.

Я хотела сказать «нет», но он бы учуял ложь.

— Правда. И что?

Молчание. Он стоял совершенно неподвижно. Если бы я не смотрела прямо на него, то и не знала бы, что он здесь. Мертвые не шумят.

У меня запищал пейджер. Мы с Ричардом подпрыгнули, как от выстрела. Жан-Клод не шевельнулся, будто и не услышал.

Я нажала кнопку и застонала, увидев замигавший номер.

— Кто это? — спросил Ричард, кладя руку мне на плечо.

— Полиция. Мне нужно найти телефон.

Я прислонилась к груди Ричарда, он сжал мое плечо. Я глядела на стоящего передо мной вампира. Нападет на него Жан-Клод, когда я уйду? Я не знала.

— На тебе крест есть? — Шептать я не стала. Жан-Клод все равно услышал бы.

— Нет.

Я полуобернулась:

— Нет? Ты выходишь после темноты без креста?

Он пожал плечами:

— Я — оборотень. Могу за себя постоять.

Я покачала головой:

— Один раз тебе порвали горло. Мало?

— Я же еще жив.

— Я знаю, что ты почти любую рану можешь залечить, но ведь не всякую, Ричард, Бог свидетель! — Я потащила из-под блузки серебряную цепочку с распятием. — Можешь взять мой.

— Это настоящее серебро? — спросил Ричард.

— Да.

— Не могу. Ты же знаешь, у меня на серебро аллергия.

Ага, дура я. Ничего себе эксперт по противоестественным явлениям, который предлагает серебро ликантропу! Я заправила крест под блузку.

— Он не больше человек, чем я, ma petite.

— По крайней мере я не мертвец.

— Это можно исправить.

— Прекратите оба!

— Ты видел ее спальню, Ричард? Коллекцию игрушечных пингвинов?

Я набрала побольше воздуху — и медленно его выпустила. Не собираюсь я тут стоять и объяснять, каким образом Жан-Клоду удалось увидеть мою спальню. Мне что, надо вслух заявить, что я не спала с этим ходячим мертвецом?

— Ты пытаешься заставить меня ревновать, и это не получается, — сказал Ричард.

— Но в тебе есть червь сомнения, Ричард. Я знаю. Ты мое творение, мой волк, и я знаю: ты в ней сомневаешься.

— Я не сомневаюсь в Аните!

Но в его голосе прозвучала задиристость, которая мне совсем не понравилась.

— Я тебе не принадлежу, Жан-Клод, — сказал Ричард. — Я второй в иерархии стаи. Прихожу и ухожу, когда хочу. Вожак аннулировал свой приказ о подчинении тебе, когда из-за тебя я чуть не погиб.

— Вожак вашей стаи был очень огорчен, что ты выжил, — любезным тоном отозвался Жан-Клод.

— А зачем вожаку смерть Ричарда? — спросила я.

Жан-Клод посмотрел на Ричарда, стоявшего позади меня.

— Ты не сказал ей, что участвуешь в битве за власть?

— Я не буду драться с Маркусом.

— Тогда ты умрешь.

В устах Жан-Клода это прозвучало очень обыкновенно.

Снова запищал пейджер. Тот же номер.

— Иду, Дольф! — буркнула я вполголоса.

Я оглянулась на Ричарда. В его глазах мерцала злость. Руки сжались в кулаки. Я стояла достаточно близко, чтобы ощутить напряжение, исходящее от него волнами.

— О чем речь, Ричард?

Он резко тряхнул головой.

— Это мое дело, а не твое.

— Если тебе кто-то угрожает, это мое дело.

Он поглядел на меня сверху вниз.

— Нет, ты не из нас. Я не хочу тебя втягивать.

— Я могу за себя постоять, Ричард.

Он только покачал головой.

— Маркус хочет вас втянуть, ma petite. Ричард отказывается. Это между ними... кость раздора. Одна из многих.

— Почему вы так много об этом знаете? — спросила я.

— Мы, предводители противоестественных общин города, должны взаимодействовать. Ради общего блага.

Ричард просто стоял и смотрел на него. До меня впервые дошло, что он смотрит Жан-Клоду в глаза — и без вредных последствий.

— Ричард, ты можешь смотреть ему в глаза?

Взгляд Ричарда на миг обратился ко мне и тут же вернулся к Жан-Клоду.

— Да. Я же тоже монстр. И могу смотреть ему в глаза.

Я покачала головой.

— Ирвинг не мог смотреть ему в глаза. Тут еще что-то, кроме того, что ты вервольф.

— Как я — Мастер вампиров, так и наш красавец-друг — Мастер вервольфов. Хотя у них это так не называется. Самцы альфа, кажется? Вожаки стаи.

— Последнее название мне нравится больше.

— Я так и думала, — сказала я.

Ричард был задет, и лицо его скривилось, как у ребенка.

— Ты на меня сердишься? За что?

— Ты встрял в крутые разборки с вожаком стаи и ничего мне не сказал. Жан-Клод намекает, что вожак хочет твоей смерти. Это правда?

— Маркус не будет меня убивать, — сказал Ричард.

Жан-Клод рассмеялся. И так желчно, что это будто даже и не был смех.

— Ричард, ты дурак.

Снова запищал мой пейджер. Я посмотрела на номер и отключила пейджер. Не похоже на Дольфа звонить столько раз и так подряд. Случилось что-то очень плохое. Мне надо идти. Но...

— У меня нет времени на всю историю прямо сейчас. — Я ткнула Ричарда пальцем в грудь, повернувшись спиной к Жан-Клоду. Он уже причинил мне то зло, которое хотел. — Но ты мне все расскажешь, до последней подробности.

— Я не собираюсь...

— Помолчи. Либо ты поделишься со мной, либо это было последнее свидание.

— Почему? — спросил он ошеломленно.

— Либо ты держишь меня в стороне, чтобы меня защитить, либо у тебя есть другие причины. И хорошо, если это будут очень веские причины, а не дурацкое мужское самолюбие.

Жан-Клод снова засмеялся. На сей раз звук обертывал меня, как фланель, теплый и уютный, мохнатый и мягкий по обнаженной коже. Я встряхнула головой. Один уже смех Жан-Клода был вторжением в мой внутренний мир.

Я повернулась к нему, и что-то, наверное, было в моем лице, потому что смех Жан-Клода оборвался, как не бывало.

— А вы можете проваливать отсюда ко всем чертям. Вы уже достаточно сегодня развлеклись.

— Что вы имеете в виду, ma petite? — Его красивое лицо было чисто и непроницаемо, как маска.

Я вновь встряхнула головой и шагнула вперед. Все, ухожу. У меня есть работа. Ричард взял меня за плечо.

— Ричард, пусти. Я на тебя сейчас сильно зла.

Я не глядела на него — не хотела видеть его лица. Потому что если бы на нем было огорчение, я могла бы ему все простить.

— Ричард, ты ее слышал. Она не хочет, чтобы ты ее трогал. — Жан-Клод скользнул ближе.

— Жан-Клод, не вмешивайтесь!

Рука Ричарда мягко сжала мое плечо.

— Она не хочет тебя, Жан-Клод.

И в его голосе был гнев, больше гнева, чем должно бы. Будто он убеждал себя, а не Жан-Клода.

Я шагнула вперед, стряхнув его руку. Хотела взять ее, но не стала. Он скрывал от меня какую-то дрянь. Опасную дрянь. А это недопустимо. Хуже того, он где-то в глубине души думал, что могу поддаться Жан-Клоду. Что за бардак!

— Имела я вас обоих, — сказала я.

— Значит, вы еще не получали этого удовольствия? — спросил Жан-Клод.

— Это надо спрашивать у Аниты, не у меня, — ответил Ричард.

— Я бы знал, если бы это было.

— Врете, — сказала я.

— Нет, ma petite. Я бы учуял его запах на вашей коже.

Мне захотелось ему врезать. Желание расквасить эту смазливую морду было просто физическим. У меня плечи свело и руки заболели. Но я знала, что не надо. На кулачный бой с вампирами не следует напрашиваться. Это сильно сокращает среднюю продолжительность жизни.

Я прошла так близко от Жан-Клода, что наши тела почти соприкоснулись. Смотрела я ему точно на нос, что несколько портило эффект, но глаза его — бездонные озера, и туда смотреть нельзя.

— Я вас ненавижу. — Голос у меня подсел от усилия не заплакать. Я говорила искренне. И знала, что Жан-Клод это почувствует. Я хотела, чтобы он знал.

— Ma petite...

— Хватит, вы достаточно говорили. Теперь моя очередь. Если вы тронете Ричарда Зеемана, я вас убью.

— Он так много для вас значит?

Удивление в голосе вампира? Класс!

— Нет, так мало значите вы.

Я отступила от него, обошла вокруг, повернулась к нему спиной и удалилась. Пусть погрызет своими клыками этот кусок правды. Сегодня вечером я была искренна в каждом слове.

5

На пейджере был телефон в автомобиле сержанта Рудольфа Сторра, детектива. Подарок от жены на прошлое Рождество. Мне бы надо послать ей записку с благодарностью. По полицейскому радио все звучит, как на иностранном языке.

Дольф снял трубку на пятом звонке. Я знала, что он в конце концов подойдет.

— Анита, привет.
— А если бы это твоя жена звонила?
— Она знает, что я на работе.

Я сменила тему. Не каждой жене понравится, если ее муж ответит по телефону именем другой женщины. Может быть, Люсиль отличается от других.

— Что случилось, Дольф? У меня же сегодня вроде выходной?
— Извини, убийце об этом не сказали. Если ты очень занята, перетопчемся без тебя.
— Чего ты на людей бросаешься?

В ответ раздался короткий звук, который мог бы сойти за смех.

— Ладно, не твоя вина. Мы по дороге к Шести Флагам на сорок четвертом.
— Где именно на сорок четвертом?
— Возле природного центра Одубон. Когда ты сможешь добраться?
— Проблема в том, что я понятия не имею, где это. Как туда доехать?
— Через дорогу от монастыря св. Амвросия.
— И его не знаю.

Он вздохнул.

— Черт побери, мы в самой середине хрен-его-знает-где. Здесь только межевые столбы.

— Ты мне расскажи дорогу, я найду.

Он рассказал. Подробно, а у меня не было ни карандаша, ни бумаги.

— Погоди, я возьму на чем записать.

Положив трубку на стол, я выдернула салфетку из держателя на буфете. Ручку я выпросила у пожилой пары. Мужчина был в кашемировом пальто, женщина — с настоящими бриллиантами. Ручка была с гравировкой и наверняка с настоящим золотым пером. Мужчина даже не взял с меня обещания ее вернуть. Доверяет или просто не беспокоится о таких мелочах. Надо начать носить письменные принадлежности с собой. А то это становится утомительным.

— Слушаю, Дольф. Давай говори.

Дольф не спросил, отчего так долго. Он совсем не мастер задавать посторонние вопросы. Он снова повторил указания. Я их записала и прочла ему, проверяя, что все записано правильно. Так и оказалось.

— Дольф, мне ехать минут сорок пять, не меньше.

Обычно меня как эксперта вызывают последней. Когда жертва заснята на фотопленку, видеокамеру, ощупана, осмотрена и так далее. Когда я приезжаю, все уже рвутся домой или хотя бы подальше от места преступления. Никому не хочется еще два часа мерзнуть.

— Я тебе позвонил, как только понял, что ничто человеческое к этому делу отношения не имеет. У нас еще сорок пять минут уйдет на всю нашу работу, пока мы будем готовы.

Надо было помнить, что Дольф рассчитывает наперед.

— Ладно, постараюсь добраться побыстрее.

Он повесил трубку. Я тоже. Слова «до свидания» я от Дольфа еще не слышала.

Перо я отдала владельцу. Он принял его с таким видом, будто никогда не сомневался в его возврате. Что значит хорошее воспитание!

Я направилась к двери. Ни Ричард, ни Жан-Клод в вестибюль не вышли. Они были в общественном месте, так что я не думала, что дело всерьез дойдет до кулаков. Будут ругаться, но без рук. И вообще вампир и вервольф могут сами о себе позаботиться. К тому же раз Ричарду не разрешалось беспокоиться обо мне, когда я предоставлена самой себе, самое меньшее, что я могла сделать, — ответить взаимностью. Я не думала, что Жан-Клод действительно хочет меня на это подтолкнуть. Нет. Кто-то из нас умрет, и я начинала думать, что, может быть — только может быть, — это буду не я.

6

За дверью меня охватил мороз. Я ссутулилась, спрятав подбородок в воротник. Передо мной шли две смеющиеся пары, повисая друг на друге, обнимаясь для защиты от холода. Театрально постукивали высокие каблучки женщин. Смех у женщин был слишком высокий, пронзительный. Пока что двойное свидание проходит отлично. А может, они все нежно и чисто влюблены, а я злобствую. Может быть.

Четверка раздалась, как вода возле камня, и появилась женщина. Пары сомкнулись по ту сторону от нее, смеясь, будто ее и не видели. Как оно, наверное, и было.

Теперь я это почувствовала — еле уловимое дрожание холодного воздуха. Ощущение, ничего общего с ветром не имеющее. Она притворялась невидимой, и пока эти пары ее не заметили, из-за них я тоже ее не заметила. А это значит, что она свое дело знает. И отлично знает.

Она стояла под последним фонарем. Волосы у нее были желтые, как масло, густые, волнистые. Длиннее моих, почти до пояса. Черное пальто застегнуто на все пуговицы. Слишком резкий для нее цвет. По контрасту ее кожа даже в гриме казалась бледной.

Она надменно стояла посередине тротуара. Примерно моего роста, физически не впечатляет. Так чего же она там стоит, будто ничего на свете не боится? Только три вещи могут дать такую уверенность: автомат в руках, собственная глупость или если ты — вампир. Автомата я не видела, и на дуру она тоже не похожа. Теперь, когда я поняла, что́ передо мной, она была похожа на вампира. Грим у нее был хорош — в нем она выглядела почти живой. Почти.

Она заметила мой взгляд. И ответила мне взглядом, пытаясь поймать мои глаза, но я в этом маленьком танце давно поднаторела. Смотреть в лицо, не попадая глазами в глаза, — фокус, который дается тренировкой. Она нахмурилась — ей не понравилось, что с глазами не получилось.

Я стояла от нее ярдах в двух. Расставив ноги, балансируя, насколько это возможно, на высоких каблуках. Руки уже были на холоде, готовые, если понадобится, достать пистолет.

Ее сила ползла у меня по коже, как ищущие пальцы, касающиеся то здесь, то там, нащупывающие слабость. Она была очень талантлива, но ей было только чуть больше ста лет. Этого мало, чтобы замутить мой разум. У всех аниматоров есть частичный природный иммунитет к вампирам. У меня, кажется, больше, чем у других.

Симпатичное личико сосредоточилось и стало пустым, как у фарфоровой куклы. Она выбросила руку вперед, будто швыряя в меня какой-то предмет. Я вздрогнула, когда ее сила ударила по моему телу, и покачнулась.

И вытащила пистолет. Она не попыталась на меня наброситься. Она пыталась меня загипнотизировать. Я недооценила ее возраст — ей было не меньше двухсот. Такие ошибки случаются у меня не часто. Сила ее била по моему телу, как барабанные палки, но до разума не доставала. Я почти так же удивилась, как и она, когда направила на нее пистолет. Слишком просто.

— Эй! — раздался голос позади. — Брось пистолет!

Полисмен. Как раз, когда он нужен. Я опустила пистолет.

— Положи пистолет на тротуар, я сказал! — рявкнул тот же голос, и я, даже не поворачиваясь, знала, что его собственный пистолет уже смотрит на меня. Копы очень серьезно относятся к оружию. Я присела — браунинг в правой руке, левая в воздухе, — чтобы положить пистолет на тротуар.

— Мне его вмешательство не нужно, — произнесла вампирша.

Я медленно встала, не отводя от нее глаз, закладывая руки на затылок и переплетая пальцы. Может быть, правильное выполнение процедуры зачтется в мою пользу. А вампирша глядела мимо меня на приближающегося копа. Не слишком дружелюбным взглядом.

— Не трогай его, — сказала я.

Она мельком глянула на меня.

— Нам не разрешается нападать на полицейских. — Голос ее сочился презрением. — Правила я знаю.

«Какие правила?» — хотела спросить я, но промолчала. При таких правилах этот полисмен может остаться в живых. Конечно, я-то не коп, и уж точно эти правила ко мне не относятся.

А коп показался на краю моего поля зрения. Действительно, он навел на меня пистолет. Ногой он откинул мой браунинг так, чтобы я не могла дотянуться. Я видела, как пистолет ударился о стену дома. Хлопок руки по спине отвлек мое внимание.

— Куда девался пистолет, вам знать не надо.

На данный момент он был прав.

Коп обыскал меня одной рукой — не очень тщательно, и я подумала, где может быть его напарник.

— Хватит, — сказала вампирша.

— Что тут происходит? — Я почувствовала, как коп отступил от меня на шаг.

Ее сила прокатилась надо мной, будто огромный зверь, прыгнувший из темноты. Я услышала, как полисмен ахнул.

— Ничего тут не происходит, — сказала вампирша. В ее голосе слышался акцент — то ли немецкий, то ли австрийский.

— Ничего тут не происходит, — повторил голос копа.

— Иди регулируй движение, — сказала она.

Я медленно повернулась, не снимая руки с головы. Коп стоял с пустым лицом и чуть вытаращенными глазами, пистолет его смотрел в землю, будто полисмен вообще о нем забыл.

— Пошел вон, — велела вампирша.

Коп стоял, будто застыл. Крест у него был засунут под галстук. Он был с крестом, как положено, и толку ему в этом было чуть.

Я попятилась от них обоих. Если она отвлечется от копа, я хотела бы быть в этот момент вооружена. Я медленно опустила руки, глядя на полицейского. Если она снимет с него контроль, и он не обнаружит меня там, где мне положено быть, он может меня застрелить. Вряд ли, но может. А если он второй раз увидит у меня в руке пистолет — почти наверняка.

— Ты вряд ли снимешь с него крест, чтобы я могла ему приказывать?

Я глянула на вампиршу. Она посмотрела на меня. Коп зашевелился, как спящий, борясь с кошмаром. Она снова перевела глаза на него, и шевеление затихло.

— Вряд ли, — согласилась я, опускаясь на колени и не сводя глаз с них обоих. Я нашла браунинг и охватила пальцами его рукоятку. Пальцы застыли от холода. Сейчас я не знала, насколько быстро я могла бы его выхватить. Может быть, стоит все же завести перчатки. Хотя бы такие, без пальцев.

Не выпуская браунинг, я сунула руку в карман. Там она скоро согреется, а при необходимости можно стрелять и сквозь пальто.

— Не будь на нем креста, я бы его заставила убраться. Почему я не могу тобой управлять?

— Чистое везение, как я думаю.

Она снова глянула на меня, и коп опять зашевелился. Ей приходилось говорить со мной, а смотреть на него. Интересно, сколько для этого нужно сосредоточенности? Да, она сильна, но у ее силы есть границы.

— Ты — Истребительница, — сказала она.

— И что из этого?

— Я в рассказы о тебе не верила. Теперь верю — в некоторые.

— Рада за тебя. Так чего ты от меня хочешь?

Напомаженный рот изогнулся в полуулыбке.

— Хочу, чтобы ты оставила в покое Жан-Клода.

Я моргнула, не уверенная, что расслышала.

— В каком смысле — оставила в покое?

— Не встречайся с ним. Не заигрывай. Не разговаривай с ним. Оставь его в покое.

— Рада бы, — ответила я.

Она удивленно обернулась ко мне. Не часто удается поразить двухсотлетнего вампа. Лицо у нее стало почти человеческим — с широко раскрытыми глазами и отвисшей в удивлении челюстью.

Коп фыркнул и огляделся.

— Какого черта? — недоуменно спросил он. Мы обе были больше всего похожи на двух женщин, выбравшихся в город с удовольствием провести вечер. Коп посмотрел на свой пистолет, как баран на новые ворота. Зачем он вытаскивал оружие, он понятия не имел. Он сунул пистолет в кобуру, пробормотал какие-то извинения и отступил. Вампирша не стала его удерживать.

— Ты бы хотела оставить Жан-Клода в покое, так? — спросила она.

— Еще бы.

Она покачала головой:

— Я тебе не верю.

— Послушай, мне плевать, веришь ты или не веришь. Если ты неравнодушна к Жан-Клоду, флаг тебе в руки. Я пытаюсь от него отделаться уже много лет.

Снова упрямый взмах головы, от которого желтые волосы разлетелись вокруг лица. Очень по-девичьи. Это выглядело бы даже мило, не будь она трупом.

— Ты лжешь. Ты желаешь его. Любая желала бы.

С этим спорить не приходилось.

— Слушай, имя у тебя есть?

— Я Гретхен.

— Так вот что, Гретхен, я тебе желаю насладиться Мастером. Если я смогу чем-нибудь помочь тебе запустить в него клыки, дай мне знать. Я была бы рада найти ему симпатичную вампиршу, чтобы он успокоился.

— Ты смеешься?

Я пожала плечами:

— Самую малость. Ничего личного, это просто привычка. А говорила я всерьез. Жан-Клод мне не нужен.

— Разве он не красив, по-твоему? — От изумления голос ее сделался тише.

— Красив, но тигры тоже красивы. Однако с тигром я бы спать не хотела.

— Ни одна смертная не могла бы перед ним устоять.

— Одна может, — ответила я.

— Держись от него подальше, или я тебя убью.

Эта Гретхен меня не слышала. То есть слова она слышала, а смысл до нее не доходил. Очень похоже на Жан-Клода.

— Слушай, это он меня преследует. Я буду держаться от него подальше, если он мне даст такую возможность. Но угрожать мне не надо.

— Он мой, Анита Блейк! Пойдешь против меня — погибнешь.

Теперь была моя очередь качать головой. Может быть, она не знает, что я наставила на нее пистолет. Может быть, не знает, что в пистолете пули с серебряной оболочкой. А может, она просто прожила два столетия и стала слишком самоуверенной. Да, скорее всего именно так.

— Слушай, у меня сейчас нет времени. Жан-Клод — твой, ну и отлично. Я в восторге. Держи его от меня подальше, и я буду счастливейшей женщиной среди живых и мертвых.

Поворачиваться к ней спиной мне не хотелось, но надо было идти. Если она не собирается нападать здесь и сейчас, то меня ждет Дольф на месте преступления. Пора идти.

— Гретхен, о чем это вы тут беседуете с Анитой?

Это к нам подкрался Жан-Клод. Одет он был — я не шучу! — в черный плащ. Викторианского стиля плащ, с воротником. И цилиндр с шелковой лентой для полноты картины.

Гретхен на него... воззрилась? Другого слова я не подберу. В этом взгляде было такое неприкрытое обожание, такое жалкое и такое человеческое.

— Я хотела видеть мою соперницу.

Я ей не соперница, но вряд ли она в это поверит.

— Я тебе велел ждать снаружи, чтобы ты с ней не встретилась. Ты это знала. — Последние три слова он произнес тяжело, с расстановкой, и они придавили Гретхен, как камни.

Она сжалась:

— Я ничего плохого не хотела ей сделать.

Это была почти ложь, но я ничего не сказала. Можно было бы ему сказать, что Гретхен мне угрожала, но это было как нaябедничать. Ей и так многого стоило поймать меня одну. Предупредить меня. Ее любовь к нему была такой откровенной, и я не могла просить его помощи против нее. Глупо, но правда. К тому же я не хотела быть в долгу у Жан-Клода.

— Я вас оставлю, голубки.

— Что она наврала вам о нас? — Его слова прожгли воздух. Я чувствовала, что сама задыхаюсь его гневом. Ну и ну.

Гретхен упала на колени, воздев руки — не чтобы отвести удар, а умоляя, тянясь к нему.

— Прошу тебя, Жан-Клод, я только хотела на нее посмотреть! Увидеть смертную, которая крадет тебя у меня!

Я не хотела этого видеть, но зрелище было — как столкновение машин. Я не могла заставить себя уйти.

— Она ничего не крадет. Я тебя никогда не любил.

Неприкрытая боль поразила ее лицо, и даже под слоем грима оно стало совсем не человеческим. Оно утончилось, кости выступили резче, будто кожа села.

Он схватил ее за руку и грубо поднял на ноги. Пальцы в белых перчатках впились в ее руку выше локтя. Будь она человеком, остались бы синяки.

— Держи себя в руках, женщина! Ты забываешься.

Утончившиеся губы отступили, обнажив клыки. Она зашипела, выдернула руку и закрыла лицо ладонями — почти клешнями. Я видела, как вампиры показывают свою истинную форму, но никогда — случайно, никогда — при всех, где их может увидеть кто угодно.

— Я люблю тебя! — вырвались у нее искаженные и заглушенные слова, но чувство за этими словами было настоящее. Очень... человеческое.

— Скройся с глаз, пока ты нас всех не выдала, — сказал ей Жан-Клод.

Она подняла к свету лицо — уже совсем не человеческое. Бледная кожа светилась внутренним светом, и грим — тон, тени у глаз, помада — плавал над этим светом, будто его больше не принимала кожа. Когда она повернулась, стали заметны кости челюстей под кожей, как тени.

— Мы еще не закончили с тобой, Анита Блейк, — выпали слова из ее клыков.

— Вон отсюда! — эхом раздалось шипение Жан-Клода.

Она бросилась в небо — не прыгнула, не взлетела, — просто ушла вверх. И исчезла в темноте с дуновением ветра.

— Я прошу прощения, ma petite. Я ее услал сюда, чтобы этого не случилось. — Он приблизился в своей элегантной пелерине. Из-за угла вырвался порыв ледяного ветра, и Жан-Клоду пришлось вцепиться в цилиндр, чтобы его не сдуло. Приятно знать, что хотя бы одежда не подчиняется его малейшим капризам.

— Мне пора идти, Жан-Клод. Меня ждет полиция.

— Я не хотел, чтобы это сегодня случилось.

— Вы всегда не хотите, чтобы что-то случилось, Жан-Клод, а оно случается. — Я подняла руку, чтобы предупредить его слова. Они мне сегодня уже надоели. — Мне пора.

Я повернулась и пошла к своей машине. Перейдя обледенелую улицу, я переложила пистолет в кобуру.

— Еще раз прошу прощения, ma petite.

Я обернулась послать его ко всем чертям, но его не было. Фонари отсвечивали на пустом тротуаре. Наверное, Жан-Клоду, как и Гретхен, машина была не нужна.

7

Как раз перед поворотом на сорок четвертое шоссе справа мелькнули величественно старые дома. Они прячутся за коваными решетками и воротами с охраной. Когда их строили, это был верх элегантности, как и вся округа. Теперь дома стали островком в поднимающемся потопе типовых домов и пацанов с пустыми глазами, стреляющих друг в друга из-за старых кроссовок. Но старые богатства решительно отстаивают свою элегантность, пусть она даже их убьет.

В Фентоне завод Крайслера по-прежнему самый крупный работодатель. Боковая дорога вьется мимо ресторанов быстрой еды и местных мелких предприятий, но шоссе обходит их стороной. Прямое, уходящее вперед и назад не оглядывающееся. Здания Маритца тянутся вдоль хайвея, и крытые переходы там такого размера, что в них можно разместить деловые офисы. Они привлекают внимание, как излишне назойливый кавалер на свидании, но зато мне знакомы названия этих контор, а только о немногих зданиях на сорок четвертом я могу это сказать. Иногда назойливость приносит плоды.

Горы Озарк поднимаются по обеим сторонам дороги, пологие и закругленные. Ласковые горы. В солнечный осенний день, когда разными цветами горят деревья, они поражают своей красотой. В холодную декабрьскую ночь, освещаемую только луной и огнями моих фар, они как спящие великаны, пододвинувшиеся к дороге. Снегу было как раз столько, чтобы он блестел между облетевшими деревьями, и черные силуэты вечнозеленых отбрасывали лунные тени. В карьере по добыче гравия бело светились известняковые обрывы.

У подножия гор теснились дома. Аккуратные фермерские домики с террасами — небольшими, только чтобы посидеть. Не столь аккуратные домики из некрашеного дерева с ржавеющей железной кровлей. Корралли в пустых полях, и поблизости не видно ферм. Одинокая лошадь посреди ледяного холода, с опущенной головой, выискивает верхушки замерзших трав. За Эврикой многие держат лошадей — те, кто не может себе позволить жить в Ледью или в Честерфилде, где дома по полмиллиона, зато у тебя там амбары, тренировочные конюшни и корраль на заднем дворе. Здесь у тебя только сараюшка, корраль и мили, которые надо проехать, чтобы навестить свою лошадь. Зато она у тебя есть. Да, держать лошадь — хлопоты немалые.

В свете фар вспыхнула верхушка дорожного знака. Я сбавила скорость. В этот знак когда-то въехала машина и сковырнула его, как сломанный стебель цветка. Под углом шестьдесят градусов знак трудно было прочесть. Наверное, поэтому Дольф и велел мне искать сломанный знак, а не название улицы.

Я свернула на узкую дорогу. В Сент-Луисе, бывает, выпадает три дюйма снега. Здесь, кажется, было все шесть. Дорогу не чистили. Она уходила круто вверх, забираясь в холмы. В снегу были две колеи от машин, как от колес фургона. Полицейские машины забрались наверх — значит, и мой джип сможет. Будь я сейчас на старой «нове», пришлось бы идти вверх по свежему снегу на высоких каблуках. Хотя в багажнике у меня лежала пара найковских кроссовок. Правда, они в такую погоду немногим лучше. Наверное, стоит купить пару сапог.

В Сент-Луисе снег выпадает не часто. Таких глубоких сугробов я уже четыре года не видела. Так что сапоги казались излишней роскошью. Но не сейчас.

Дорогу обступили деревья, размахивая в свете фар голыми ветвями. Мокрые обледенелые стволы наклонялись к шоссе. Летом эта дорога должна быть просто туннелем из листьев, а теперь — черные кости, выступающие из белого снега.

На гребне холма стояла высокая каменная стена — футов десять, — и она скрывала все, что было слева от дороги. Наверное, монастырь.

Еще через сто ярдов мне встретилась табличка, закрепленная на стене возле украшенных шпилями ворот. Выпуклыми буквами — металл на металле — она извещала меня, что это и есть монастырь св. Амвросия. Вверх и в сторону за холм уходила подъездная дорожка, а как раз напротив въезда была гравийная дорога поменьше. Следы колес поднимались в темноту передо мной и уходили за следующий холм. Если бы не ворота в качестве ориентира, я бы эту дорогу проглядела. Только когда я повернула джип, фары осветили следы, уходящие вправо.

Я подумала, какое там может быть интенсивное движение впереди... Не мои проблемы. И свернула на малую дорогу. Ветви заскрежетали по джипу, соскребая блестящую краску, как ногти с классной доски. Отлично. Лучше не придумаешь.

У меня никогда раньше не было новой, с конвейера, машины. Первый стук, когда я наехала на скрытый снегом могильный камень, был хуже всего. После первой царапины остальные переносятся куда легче. А как же!

По обеим сторонам узкой дороги открылся ландшафт — обширный луг с замерзшей травой по пояс. На снегу мелькали отсветы красно-синей мигалки, пытаясь отогнать тьму. Луг обрывался идеальной прямой линией — там прошла сенокосилка. У конца дороги виднелся белый фермерский дом с крытым крыльцом. Повсюду стояли машины, как будто их ребенок разбросал. Я надеялась, что дорога поворачивает там вокруг — иначе все эти машины стоят на траве. Моя бабушка Блейк ненавидела людей, которые ставят машины на траве.

У многих машин были включены моторы, в том числе у «скорой помощи». В машинах сидели люди и ждали. Чего? Обычно к моему прибытию на место преступления уже все бывало сделано, только кто-нибудь ждал, чтобы увезти тело, когда я его осмотрю. Но все эксперты уже давно должны были закончить и уехать. Значит, что-то случилось.

Я остановилась возле машины шерифа округа Сент-Джерард. Возле водительской дверцы стоял полисмен, опираясь на крышу. Он разглядывал группу людей, стоящих возле дома, но повернулся поглядеть на меня. То, что он увидел, ему явно не понравилось. Форменная шляпа с медведем Смоки закрывала его лицо, но открывала морозу уши и затылок. Был он бледен, с веснушками и не ниже шести футов двух дюймов. Плечи в темной зимней куртке были очень широкими. Выглядел он как крупный мужчина, который всегда был крупным и считал, что от этого круче всех. Волосы у него были какого-то бледного оттенка, но отражали цвета мигалок и потому казались то синими, то красными. Как и его лицо, и снег, и вообще все вокруг.

Я очень осторожно вышла из машины. Нога ушла в снег, он стал пропитывать чулок, набиваться в туфлю. Было холодно и мокро, и я изо всех сил держалась за дверцу автомобиля. Туфли на высоких каблуках не очень сочетаются со снегом. И меньше всего мне хотелось бы сесть на задницу на глазах у помощника шерифа округа Сент-Джерард. Надо было попросту взять в джипе кроссовки и переобуться, но теперь поздно. Помощник шерифа направлялся ко мне очень решительно. Он был обут в сапоги, и потому снег ему нисколько не мешал.

Остановился он на расстоянии вытянутой руки от меня. Обычно я незнакомых людей так близко не подпускаю, но сейчас мне, чтобы отступить, пришлось бы отпустить дверцу автомобиля. К тому же он полицейский, а полиции мне бояться не следует. Так вроде бы?

— Здесь работает полиция, мэм. Я вынужден просить вас уехать.

— Я Анита Блейк. Я работаю с сержантом Рудольфом Сторром.

— Вы не коп.

Судя по голосу, он был очень в этом уверен. Я даже несколько обиделась на его тон.

— Нет.

— Тогда вам придется уехать.

— Вы не могли бы сказать сержанту Сторру, что я здесь? Пожалуйста, если не трудно.

Вежливость никогда не помешает.

— Я два раза по-хорошему просил вас уехать. Не заставляйте меня просить в третий раз.

Ему только и надо было сделать, что протянуть руку, впихнуть меня в джип — и готово. Я уж точно не собиралась наставлять пистолет на копа, когда столько еще копов на расстоянии оклика. Не надо мне, чтобы меня пристрелили.

Что же я могла сделать? Я очень тщательно закрыла дверцу и прислонилась к ней. Если я буду осторожна и не особенно стану шевелиться, может быть, и не упаду. А если упаду, смогу подать жалобу на грубость полиции — если выйдет.

— Это вы зачем?

— Я проехала сорок пять миль и ушла со свидания, чтобы добраться сюда. — Обратимся к лучшим сторонам его характера. — Дайте мне поговорить с сержантом Сторром, и если он скажет, что я должна уехать, я уеду.

В его характере лучших сторон не оказалось.

— Мне плевать, хоть бы вы из другого штата приехали. Я сказал — уезжайте, и немедленно!

Он протянул ко мне руку, я отступила. Левая нога попала на лед, и я все же села на задницу.

Помощник шерифа вроде как удивился. Он протянул мне руку, не подумав. Я встала на ноги, опираясь на бампер джипа, в то же время отодвигаясь от мрачного помощника. Он это понял и нахмурился еще сильнее.

Снег набился в пальто мокрыми комьями и стал стекать ручьями по ногам. Я начинала злиться.

Помощник шерифа стал обходить джип вокруг.

Я попятилась, держась за машину, чтобы не упасть.

— Можем играть в догонялочки на карусели, шериф, если вам хочется, но пока я не поговорю с Дольфом, я никуда не уеду.

— Ваш сержант здесь не командует.

Он шагнул чуть ближе. Я отодвинулась.

— Тогда найдите того, кто здесь командует.

— Вам тут ни с кем, кроме меня, разговаривать не надо, — сказал он и сделал три быстрых шага ко мне. Я попятилась еще быстрее. Если так пойдет дальше, то скоро мы забегаем, как в фильме братьев Маркс — или это из «Копов Кейстоуна»?

— Вы удираете!

— В таких туфлях? Вы шутите.

Я уже почти обошла джип вокруг, и мы оказались на том месте, с которого начали. За треском полицейских раций были слышны сердитые голоса. Среди них один был похож на голос Дольфа. Не у меня одной были неприятности с местными копами. Хотя только мне пришлось бегать вокруг машины.

— Стой где стоишь! — крикнул он.

— А если не буду?

Он щелкнул застежкой кобуры и положил руку на рукоятку револьвера. Слов не надо было.

Этот тип просто псих.

Я могла бы вытащить пистолет раньше, чем он, но ведь он — коп. То есть он из хороших. А я стараюсь не стрелять в хороших парней. Кроме того, попробуй объяснить копам, зачем ты пристрелила копа. Они в таких случаях очень придирчивы.

Пистолет я вытащить не могла. Удрать от него тоже не могла. Рукопашную даже рассматривать не приходилось. И я сделала единственное, что могла придумать, — завопила изо всех сил:

— Дольф, Зебровски, мотайте сюда быстро!

Перебранка прекратилась, будто кто-то повернул выключатель. Только рации потрескивали в тишине. Я посмотрела на копов. Дольф смотрел в мою сторону. Со своим ростом в шесть футов восемь дюймов он навис, как башня. Я махнула ему рукой. Не резко, но так, чтобы он меня заметил.

Помощник шерифа вытащил револьвер. Все мои силы ушли на то, чтобы не сделать того же. Этот псих ищет повода, и я ему этого повода не дам. Если он все равно меня пристрелит, значит, я пролетела.

У него был «магнум» калибра 357 — отличная штука для охоты на китов. Для любого двуногого это сверхуничтожение с гарантией. То есть для человека. А я чувствовала себя очень по-человечески, глядя на этот ствол. Потом посмотрела в лицо этому типу. Он больше не хмурился. Вид у него был очень решительный и очень уверенный, будто он может спустить курок, и ничего ему за это не будет.

Хотела я снова крикнуть Дольфу, но не стала. С этого дурака станется спустить курок. На такой дистанции и при таком калибре труп гарантирован. Мне только и оставалось, что стоять в снегу, чувствуя, как немеют ноги, и цепляться руками за машину. Он хотя бы не потребовал, чтобы я подняла руки. Наверное, не хотел, чтобы я упала раньше, чем мои мозги расплещутся по свежей покраске.

А к нам шел детектив Клайв Перри. Его темное лицо отражало мелькающие огни, как полированное дерево. Он был высок, но не так, как этот помощник шерифа из ада. Вокруг его худощавой фигуры болталось пальто из верблюжьей шерсти. В точности подходящая к нему шляпа торчала на голове. Отличная шляпа, которую можно натянуть на уши и прикрыть их от холода. Вообще-то со шляпой такого не сделаешь. Приходится носить вязаные шапки, от которых начисто портится прическа. Очень не стильно. Я-то, конечно, была вообще без шляпы. Не люблю сминать волосы.

Дольф снова вернулся к перебранке с кем-то. Я не могла точно сказать, какого цвета мундир у его оппонента — можно было выбирать одно из двух. Мне удалось заметить размахивающую руку, а все остальное терялось в тесной группе людей. Никогда я не видела, чтобы кто-то махал кулаками перед лицом Дольфа. Если у тебя рост шесть футов восемь дюймов, а сложение как у борца, люди слегка тебя побаиваются. И правильно делают.

— Миз Блейк, мы еще не совсем готовы к вашему прибытию, — сказал Перри.

Он всегда называл всех по должности и фамилии. Один из самых вежливых людей, которых мне приходилось видеть. С мягкой манерой речи, умелый работник, учтивый — что он такое сделал, что его загнали в команду призраков?

Полное название этой команды — Региональная Группа Расследования Противоестественных Событий. Она занимается всеми преступлениями в нашей округе, имеющими противоестественную подоплеку. Нечто вроде постоянной группы со специальным заданием. По-моему, никто не рассчитывал, что эта группа в самом деле будет раскрывать дела. А у них оказался такой процент успеха, что Дольфа пригласили читать лекции в Квантико. Лекции для отдела противоестественных исследований ФБР — это не хило.

А я все смотрела на помощника шерифа и его револьвер. Второй раз отводить глаза в сторону я не собиралась. На самом деле я не верила, что он меня застрелит, но все-таки... Что-то в его лице говорило, что он может это сделать и даже, кажется, хочет. Некоторым людям дай в руки оружие — и получается хулиган. Законно вооруженный хулиган.

— Здравствуйте, детектив Перри. Кажется, у нас тут с помощником шерифа проблемы.

— Помощник шерифа Айкенсен, вы достали оружие? — У Перри был тихий и спокойный голос — такой, которым отговаривают самоубийц прыгать с крыш или уговаривают маньяка отпустить заложников.

Айкенсен чуть повернулся, бросая взгляд на Перри.

— Штатским сюда нельзя. Приказ шерифа.

— Вряд ли шериф Титус имел в виду, чтобы вы стреляли в гражданских, помощник шерифа.

Айкенсен снова глянул на Перри:

— Ты что, насмехаешься?

Времени у меня было достаточно. Я могла бы вытащить револьвер. Очень мне хотелось ткнуть стволом ему в ребра. Очень подмывало его разоружить, но я вела себя прилично. На это потребовалось больше силы воли, чем хотелось бы, но револьвер я не вытащила. Не готова я была убивать этого сукина сына. Если хвататься за оружие, всегда есть шанс, что кто-то останется после этого мертвым. Если не хочешь никого убивать, не вытаскивай ствол — это проще простого. Но где-то в глубине души мне было очень неприятно, что, когда помощник повернулся ко мне, его револьвер все еще не был в кобуре. Ладно, пусть меня бьют по самолюбию — переживу. И помощник шерифа Айкенсен тоже останется в живых.

— Шериф сказал, чтобы я никого, кроме полиции, внутрь периметра не пускал.

«Периметр» — очень уж неожиданное умное слово в устах подобного дурака. Конечно, военный термин. И этот тип уже много лет искал случая вставить его в разговор.

— Помощник шерифа Айкенсен, это Анита Блейк, наш эксперт по противоестественным случаям.

Он упрямо мотнул головой.

— Никаких штатских, если шериф не даст разрешения.

Перри посмотрел назад в сторону Дольфа и, как я теперь предположила, шерифа.

— Он даже нас не допустил к телу, помощник шерифа. Как вы думаете, каковы шансы, что шериф Титус разрешит штатскому осмотреть тело?

Айкенсен улыбнулся исключительно неприятной улыбкой.

— Хилые и хреновые. — Он держал револьвер, направив его мне в середину живота, и был очень сам собой доволен.

— Уберите оружие, и миз Блейк уедет, — сказал Перри.

Я открыла было рот произнести «черта с два я уеду!», но Перри чуть качнул головой. Я промолчала. У него был план — а это лучше, чем то, что было у меня.

— Я не подчиняюсь приказам ниггеров-сыщиков.

— Завидуешь, — сказала я.

— Что?

— Он — детектив из города, а ты — нет.

— И от таких, как ты, стерв я тоже не обязан всякое выслушивать!

— Миз Блейк, позвольте мне здесь разобраться.

— Тебе только в дерьме разбираться, — сказал Айкенсен.

— Вы с вашим шерифом проявили грубость и полнейшее нежелание сотрудничать. Можете оскорблять меня как угодно, если вам это приятно, но наставлять оружие на наших людей я вам позволить не могу.

Какое-то выражение пробежало по лицу Айкенсена. Как будто включилась мысль. Перри же тоже коп. И наверняка у него есть пистолет, а Айкенсен стоит к нему спиной! Помощник шерифа резко повернулся, перенося револьвер в согнутой руке.

Я полезла за своим.

Перри развел руки в стороны, показывая, что он не вооружен. Айкенсен, тяжело дыша, поднял пистолет на уровне головы — твердо, двумя руками, без спешки.

Наставив браунинг в спину Айкенсена, я крикнула:

— Ни с места, Айкенсен, а то я тебе мозги вышибу!

— У тебя нет оружия.

Я щелкнула взводимым курком. Вообще это не нужно перед выстрелом, но отличный такой театральный звук получается.

— Ты бы меня хоть обыскал, мудак!

К нам бежали люди, что-то крича. Но они не успели бы. Нас было только трое на этом психоделическом снегу.

— Опусти оружие, Айкенсен! Ну?
— Не опущу!
— Опусти, или я тебя убью!
— Анита, тебе не надо стрелять, — сказал Перри. Впервые он назвал меня по имени. — Он не собирается меня убивать.
— Будет тут меня еще защищать всякий ниггер!

Плечи Айкенсена напряглись. Рук его я не видела, но мне показалось, что он собирается спустить курок. Я потянула спусковой крючок браунинга.

Громовой голос разнесся над нами:
— Айкенсен, убери этот револьвер к чертовой матери!

Айкенсен поднял пистолет к небу — ничего больше. Он вообще не собирался спускать курок — просто он дернулся. Я подавила истерический смешок в глотке. Чуть не пристрелила этого идиота за излишнюю нервность. Проглотив смех, я сняла браунинг с боевого взвода. Понимает ли этот долбоюноша, как близко был к последней черте? Единственное, что его спасло, — курок браунинга. Потому что он тугой. А есть масса пистолетов и револьверов, где на спусковой крючок достаточно чуть нажать.

Он повернулся ко мне, все еще с револьвером в руке, но уже не наставленным на меня. И начал опускать оружие снова в мою сторону.
— Опусти ствол еще на дюйм, и я тебя убью.
— Айкенсен, я ж тебе сказал убрать этот револьвер, пока тут из-за тебя никого не убили!

К этому голосу придавался человек ростом в пять футов шесть дюймов и весом более двухсот фунтов. Ну совершенно круглый, как колбаса с руками и ногами. Зимняя куртка туго натянулась на круглом пузе. Двойной подбородок утыкан серой щетиной. Глазки маленькие, почти утопающие в пухлости лица. На куртке спереди блестела табличка. Чем оставлять ее на рубашке, он вытащил ее на куртку, чтобы эти детективы из большого города ее не дай бог не пропустили. Вроде как не застегнуть ширинку, чтобы все видели, какое у тебя классное снаряжение.

— Этот вот ниггер...

— Помощник шерифа, мы таких слов не употребляем, и вы это знаете!

У Айкенсена стало такое лицо, будто шериф ему сказал, что Санта-Клауса не бывает. Я бы спорить могла, что шериф — отличный мужик в самом худшем смысле слова. Но в бусинках его глаз светился ум, чего про Айкенсена уж никак не скажешь.

— Убери оружие, мальчик. Это приказ. — Южный акцент шерифа стал сильнее — либо напоказ, либо из-за ситуации, которую создал Айкенсен. У многих акцент становится сильнее в напряженные минуты. Акцент у шерифа был не миссурийский — куда как южнее.

Айкенсен наконец неохотно убрал оружие. Но кобуру не застегнул. Напрашивался он на хорошую головомойку, но я была рада, что не мне ее ему давать. Конечно, если бы я пристрелила Айкенсена, когда он поднимал револьвер вверх, я бы никогда и не узнала, что он не давил на курок. Будь мы все копами, а Айкенсен — подозреваемым, это был бы чистый и бесспорный выстрел. Ну и ну!

Шериф Титус заложил руки в карманы куртки и поглядел на меня.

— А вы, мисс, тоже убрали бы теперь свою пушку. Айкенсен уже никого убивать не собирается.

Я продолжала на него смотреть, подняв ствол в небо. Вообще я уже была готова убрать пистолет, пока он не стал командовать. Не люблю, когда мне говорят, что я должна делать, а что нет. И потому я просто смотрела на него.

Лицо у него все еще оставалось дружелюбным, но блеск в глазах погас. Они стали сердитыми. Он не любил, когда ему бросали вызов. Ну и отлично. Пусть доставит мне удовольствие.

Остальные помощники сгрудились за спиной шерифа Титуса. У всех был угрюмый вид, и они были готовы сделать все, что прикажет их начальник. Айкенсен подошел к ним, держа руку возле только что засунутого в кобуру револьвера. Есть люди, которым никакие уроки не впрок.

— Анита, убери оружие.

Обычно приятный тенор Дольфа скрежетал от злости. Будто он хотел сказать «пристрели этого гада», но потом трудно было бы объяснить это начальству.

Формально он мне не начальник, но Дольфа я слушаюсь. Он это заслужил.

Я убрала револьвер.

Дольф весь сделан из тупых углов. Черные волосы подстрижены очень коротко, и открытые уши торчат на холоде. Руки засунуты в глубокие карманы длинного черного тренча. Слишком легким казался этот тренч для такой погоды; правда, может быть, он был с подкладкой. Хотя трудно в одном тренче найти место и для Дольфа, и для подбивки.

Дольф отозвал в сторону Перри и меня и тихо сказал:

— Расскажите, что произошло.

Мы рассказали.

— Вы действительно думаете, он собирался вас застрелить?

Перри на миг уставился на утоптанный снег, потом поднял глаза:

— Я не уверен, сержант.

— Анита?

— Я тогда думала, что да, Дольф.

— Сейчас я не слышу у тебя уверенности.

— Уверена я только в том, что собиралась застрелить его. Я уже потянула крючок, Дольф. Слушай, что тут за чертовщина? Если уж мне придется сегодня убить копа, я хочу хотя бы знать почему.

— Я не думал, что у кого-нибудь тут хватит дури хвататься за оружие, — сказал Дольф, ссутулившись, и ткань его тренча напряглась, сковывая движение.

— Ты не оборачивайся, — сказала я, — но этот помощник Айкенсен все еще держит руку возле оружия. У него свербит вытащить его снова.

Дольф сделал глубокий вдох через нос и шумно выдохнул сквозь зубы.

— Пойдем к шерифу Титусу.

— Мы уже с ним битый час говорили, сержант, — заметил Перри. — Он не хочет слушать.

— Знаю, детектив, знаю.

Дольф продолжал идти к поджидающему шерифу с помощниками. Мы с Перри шли следом. А что еще нам было делать? Мне, кроме того, было интересно, почему это вся выездная бригада сидит, сложа руки, будто и не на место преступления приехала.

Мы с Перри заняли места по обе стороны Дольфа как часовые. Не сговариваясь, отступили на шаг назад. В конце концов он в нашей группе лидер. Но это автоматическое построение было мне неприятно. Я бы шагнула вперед, как равная, но я ведь штатская. Я не равная. Сколько бы я с ними ни ездила, сколько бы ни сделала, я не коп. И в этом вся разница.

Рука Айкенсена туго сжимала рукоятку револьвера. Действительно он готов его на нас наставить? Да нет, даже он не может быть настолько глуп. А он пялился на меня злобными глазами, и ничего, кроме злости, в этих глазах не было. Может, он все-таки настолько глуп?

— Титус, прикажите своему человеку убрать руку от оружия, — сказал Дольф.

Титус обернулся на Айкенсена и вздохнул:

— Айкенсен, убери свою дурацкую руку от этого дурацкого револьвера!

— Она штатская. Она угрожала оружием полисмену.

— Повезло тебе, что она тебя не застрелила ко всем чертям, — заметил Титус. — А теперь застегни кобуру и сбавь тон на одно деление, а то я тебя домой отправлю.

Лицо Айкенсена помрачнело еще сильнее, но он застегнул кобуру и сунул руки в карманы пальто. Если у него там нет короткоствольника, то слава Богу, он сейчас не опасен. Хотя он из тех йэху, которые должны таскать с собой запасное оружие. На самом деле я тоже так делаю, но лишь при высоком уровне аллигаторов. Когда они не по пояс, а по шею.

Сзади нас послышались шаги по снегу. Я чуть повернула голову, чтобы, не выпуская из виду Айкенсена, посмотреть, кто там подходит.

Это были трое в темно-синих мундирах. У идущего впереди высокого человека была табличка — начальник полиции. Один из его помощников тоже был высок, худ до истощения и слишком молод для бритвы. Вторым помощником была женщина. Сюрприз. Обычно единственной женщиной на месте преступления бывала я. Эта женщина была низенькой, только чуть выше меня, худощавой, с коротко стриженными волосами под шляпой с медведем Смоки. Единственное, что я могла рассмотреть из ее внешности в свете мигалок, — бледность, бледность от глаз и до волос. Она была хорошенькой, как маленький эльф, этакая милочка. Стояла она, расставив ноги, положив руки на форменный ремень. При ней был пистолет, чуть великоватый для ее руки. Я могла бы поручиться, что ей не нравится, когда ее называют милочкой.

Она окажется либо еще одним геморроем вроде Айкенсена, либо родной душой.

Начальник полиции был лет на двадцать старше любого из своих помощников. Был он высок — не так высок, как Дольф, но где ж найти еще одного такого? У него были усы цвета соли с перцем, светлые глаза и какая-то грубоватая красота. Как у человека, который был в молодости смазлив, но возраст придал его лицу глубину и характер. Вроде Шона Коннери, который в шестьдесят лет выглядел лучше, чем в двадцать.

— Титус, почему вы не даете этим людям работать? Мы все устали, замерзли и хотим по домам.

Маленькие глазки Титуса ожили — засветились злостью. Немалой злостью.

— Это дело округа, Гарровей, а не города. Вы с вашими людьми вышли за пределы своей юрисдикции.

— Холмс и Линд были в пути, когда по радио пришло сообщение о находке тела. Ваш человек, вот этот Айкенсен, заявил, что занят и еще не меньше часа к телу прибыть не сможет. Холмс предложила, что побудет возле тела, чтобы место преступления осталось нетронутым. Мои помощники ничего не трогали и ничего не делали. Они просто сторожили место преступления для ваших людей. Что вас не устраивает? — спросил Гарровей.

— Вот что, Гарровей, преступление обнаружено на нашей земле. И нам заниматься этим телом. Помощь нам не нужна. И вы не имели права вызывать команду призраков, не согласовав сперва со мной.

Начальник полиции Гарровей развел руками, будто отмахиваясь от этой ерунды.

— Холмс видела тело. И она вызвала команду. Она решила, что люди не имеют отношения к убийству этого человека. Согласно протоколу, мы вызываем Региональную Группу Расследования Противоестественных Событий при всяком подозрении на сверхъестественное явление.

— Ну так вот, наши Айкенсен и Трой не считают, что случилось что-нибудь сверхъестественное. Медведь съел охотника, а ваша малышка подняла липовую тревогу.

Холмс открыла было рот, но начальник поднял руку.

— Спокойно, Холмс. — Она промолчала, но ей это не понравилось.

— А почему не спросить у сержанта Сторра, что думает по этому поводу он? — спросил Гарровей.

Я стояла достаточно близко, чтобы расслышать вздох Дольфа.

— У нее не было права допускать к телу кого бы то ни было без нашего наблюдения, — заявил Титус.

— Джентльмены, у нас там в лесу мертвое тело. Место преступления не становится свежее. Пока мы тут стоим и спорим, теряются ценные следы.

— Место нападения медведя — это не место преступления, сержант, — заметил Титус.

— Миз Блейк — наш эксперт по противоестественным явлениям. Если она скажет, что это нападение медведя, мы разойдемся по домам. Если она скажет, что это противоестественное явление, вы дадите нам спокойно работать. Договорились?

— Миз Блейк? Миз Анита Блейк?

Дольф кивнул.

Титус прищурился на меня, будто наводя глаза на резкость.

— Вы — Истребительница?

— Да, некоторые меня так называют.

— У этой пигалицы за спиной больше десятка ликвидаций вампиров? — В голосе шерифа были издевка и недоверие.

Я пожала плечами. На самом деле даже больше, но среди них много несанкционированных. И извещать об этом полицию мне было бы ни к чему. У вампиров есть права, и ликвидация их без ордера считается убийством.

— Я — законный ликвидатор вампиров в этом регионе. Вас это чем-то не устраивает?

— Анита! — предупредил Дольф.

Я глянула на него и снова на шерифа. Больше я ничего говорить не собиралась, но заговорил он:

— Я просто не верю, что малышка вроде вас могла сотворить то, о чем я слышал.

— Слушайте, здесь холодно и сейчас поздно. Дайте мне осмотреть тело, и мы разойдемся по домам.

— Нечего всяким штатским учить меня моей работе!

— Ну ладно, — сказала я.

— Анита! — произнес Дольф. В этом одном слове было все: не говори этого, не делай этого — в общем, понятно.

— Дольф, для одной ночи мы уже достаточно полизали юридическую задницу.

Тут появился человек, принесший дымящиеся кружки на подносе. К запаху снега примешался аромат кофе. Человек был высоким — что-то очень много сегодня тут таких собралось. Выбившийся белокурый вихор закрывал ему один глаз. У него были круглые очки с металлической оправой, от которых лицо казалось еще моложе. Темная вязаная шапка натянута на уши. Теплые перчатки, разноцветная парка, джинсы и сапоги. Не модно, зато по погоде. У меня уже ноги онемели в снегу.

Я приняла кофе с благодарностью. Уж если предстоит здесь стоять и ругаться, то что-нибудь горячее будет очень к месту.

— Спасибо.

— Всегда пожалуйста, — улыбнулся этот человек. Кофе взяли все, но «спасибо» сказал не каждый. Что за манеры у людей?

— Я, миз Блейк, был тут шерифом, когда вас еще на свете не было. Это мой округ. И мне помощь не нужна от таких, как вы, — произнес Титус, отхлебывая кофе. Он был из тех, кто сказал «спасибо».

— Что значит — «от таких, как я»?

— Анита, оставь.

Я посмотрела на Дольфа. Нет, «оставлять» я не хотела. И отпила кофе. Уже один его запах чуть приглушил мою злость, дал расслабиться. Я поглядела в свиные глазки Титуса и улыбнулась.

— А что смешного? — спросил он.

Я открыла было рот, чтобы ему объяснить, но меня перебил тот, кто принес кофе.

— Я — Сэмюэл Уильямс, здешний смотритель. Живу в домике за природоохранным центром. Это я нашел тело.

Он опустил опустевший поднос, держа его одной рукой.

— Я сержант Сторр, мистер Уильямс. Это мои помощники — детектив Перри и миз Блейк.

Уильямс вежливо наклонил голову.

— Нас ты всех знаешь, Сэмюэл, — сказал Титус.

— Да-да, — ответил Уильямс. Явно у него не вызывало повышенного восторга знакомство с ними со всеми. Он кивнул начальнику полиции Гарровею и его помощникам.

— Я сказал вашему помощнику Холмс, что это, по моему мнению, не обычное животное. Я по-прежнему так считаю, но если это был медведь, он растерзал этого человека. Любой зверь, который сделал это однажды, сделает это еще раз. — Он поглядел вниз, потом вверх, как человек, выныривающий из глубокой воды. — Этот зверь частично сожрал человека. Он выслеживал его, как добычу. Если это в самом деле медведь, его надо поймать, пока он еще кого-нибудь не убил.

— У Сэмюэла диплом по биологии, — пояснил Титус.

— У меня тоже, — сказала я. Конечно, у меня-то диплом по противоестественной биологии, но ведь биология — всегда биология, или как?

— Я работаю над докторской, — сказал Уильямс.

— Ага, изучает совиное говно, — бросил Айкенсен.

Трудно было сказать, но Уильямс, кажется, вспыхнул:

— Я изучаю пищевые привычки пятнистых сов.

У меня был диплом по биологии, и я знала, о чем он говорит. Он собирал совиные экскременты и отрыжки для исследования. Так что Айкенсен прав — в каком-то смысле.

— У вас докторская будет по орнитологии или стригиологии? — спросила я, гордая сама собой, что помню латинское название сов.

Уильямс посмотрел на меня как на свою.

— По орнитологии.

А у Титуса был такой вид, будто он червяка проглотил.

— Мне не нужен диплом колледжа, чтобы распознать нападение медведя.

— Последний раз медведя видели в округе Сент-Джерард в 1941 году, — сообщил Уильямс. — О нападениях медведей на людей не сообщали никогда, насколько я помню.

Вывод напрашивался сам собой. Как Титус может узнать следы нападения медведя, если он его никогда не видел?

Шериф выплеснул кофе на снег.

— Слушай, ты, умник из колледжа...

— Может, это и был медведь, — сказал Дольф.

Мы все уставились на него.

— Так это ж я и говорил, — кивнул Титус.

— Тогда вам лучше бы вызвать вертолет и собак, — посоветовал Дольф.

— О чем это вы?

— Зверь, который способен располосовать и сожрать человека, может вломиться в дом. Трудно сказать, сколько еще людей он может убить. — Лицо у Дольфа было непроницаемо и настолько серьезно, будто он сам верит в то, что говорит.

— Ладно, не хочу я звать сюда собак. Услышь люди, что на свободе бродит бешеный медведь, начнется паника. Помните, что творилось, когда лет пять назад сбежал ручной кугуар? Люди стреляли по каждой тени.

Дольф смотрел на него, ничего не говоря. Мы все на него смотрели. Если это медведь, то придется действовать так, будто это медведь. Если нет...

Титус неловко переступил на снегу тяжелыми сапогами.

— Может, миз Блейк следует глянуть на это. — Он потер замерзший кончик носа. — Не хотелось бы поднимать панику зазря.

Он, значит, не хотел, чтобы люди думали, будто на свободе бродит медведь-шатун. Но ничего не имел против, чтобы они думали, будто на свободе бродит монстр. А может, шериф Титус в монстров не верит. Может быть.

Как бы там ни было, а мы направились к месту преступления. Возможному месту преступления. Мне пришлось заставить всех ждать, пока я надевала кроссовки и комбинезон, которые использую на осмотрах и закалывании вампиров. К тому же штаны комбинезона теплее, чем колготки.

Титус оставил Айкенсена у машин. Только бы он никого не пристрелил, пока нас не будет.

8

Сперва я тела не увидела — видела только снег. Он набился в глубокую расселину, которые попадаются в лесах. Весной такие расселины наполняются водой и грязью. Осенью в них наметает палую листву. Зимой в них лежит самый глубокий снег. Лунный свет очертил каждый след, каждая царапина на снегу выдавалась рельефно. Каждый отпечаток был как чаша, полная синих теней.

Я стояла на краю поляны, вглядываясь в переплетение следов. Где-то в этой мешанине были следы убийцы или следы медведя, но если это не был зверь, я понятия не имела, как выделить важные следы. Может быть, место преступления всегда бывает так истоптано, и на снегу это просто хорошо заметно. А может, это место преступления просто затоптали. Где-то так.

Каждый след, будь то след полицейского или иной, вел к одному — к телу. Дольф сказал, что человек был исполосован и съеден. Я не хотела этого видеть. У меня сегодня выдался такой хороший вечер — с Ричардом. Очень приятный вечер. И нечестно после этого заставлять меня в ту же ночь смотреть на обглоданные тела. Конечно, покойник тоже не считал, что быть съеденным — это приятное времяпрепровождение.

Я глубоко набрала в легкие холодного воздуху. При выдохе заклубился пар. Запах тела я не чувствовала. Будь это летом, покойник бы уже созрел. Да здравствует мороз!

— Вы собираетесь осматривать тело отсюда? — спросил Титус.

— Нет.

— Кажется, у вашего эксперта духу не хватает, сержант.

Я повернулась к Титусу. На этой круглой морде с двойным подбородком сияла полная и наглая самодовольность.

Тело мне видеть не хотелось, но присутствие духа я не теряла. Никогда.

— Для вас будет лучше, если это не место преступления... шериф, потому что его тут обосрали, как деревенский сортир.

— Анита, это ни к чему, — тихо заметил Дольф.

Он был прав, но мне, кажется, было на это наплевать.

— У вас есть предложения по сохранению обстановки на месте преступления, или мне просто топать туда, как до меня уже протопали пятьдесят миллиардов человек?

— Когда мне приказали покинуть место преступления, здесь было только четыре пары следов, — сообщила офицер полиции Холмс.

Титус обернулся к ней хмурой рожей.

— Когда я решил, что это нападение зверя, не было причины сохранять обстановку. — Южный акцент в его голосе стал еще сильнее.

— Ну конечно, — сказала я. И посмотрела на Дольфа. — Есть предложения?

— Иди туда спокойно. Я не думаю, что там еще осталось, что сохранять.

— Вы недовольны действиями моих людей? — спросил Титус.

— Нет, — ответил Дольф. — Я недоволен вашими действиями.

Я отвернулась, и Титус моей улыбки не увидел. Дольф переносит дураков без восторга. Он имеет с ними дело чуть дольше, чем я, но если его довести — спасайся кто может. И ни одной бюрократической заднице мало не покажется.

Я вошла в расселину. Дольф и без моей помощи сможет поднести Титусу его собственную голову на блюде.

Снег у края расселины провалился, моя нога поехала по скользким листьям, и я села на задницу второй раз за ночь. Но на этот раз — на склоне, и проехала на ней, на родимой, до самого трупа. У меня за спиной забулькал хохот.

Я сидела в снегу на заднице и смотрела на тело. Пусть себе смеются, если им хочется, — это действительно смешно. А труп — нет.

Он лежал на спине. На него светила луна, отражаясь от снега, и все предметы были освещены, как днем. В кармане комбинезона у меня был фонарик, но здесь он не был нужен. Или мне не хотелось им пользоваться. Я уже достаточно видела — пока что.

По правой стороне лица шли рваные борозды. Коготь полоснул его через глаз, расплескав по щеке кровь и сгустки глазного яблока. Нижняя челюсть раздроблена, будто ее схватила и сжала гигантская рука. От этого лицо казалось незаконченным, будто половинным. Это было невероятно больно, но умер он не от этого. Тем хуже для него.

Горло вырвано — это, наверное, и было смертельной раной. Кожи, мяса и прочего просто не было — торчал тусклобелый позвоночник, будто человек проглотил призрака, и тот не вышел обратно. Камуфляжный комбинезон на животе был сорван, и лунный свет бросал глубокую тень на разорванную ткань. Повреждений под ним мне не было видно. А смотреть придется.

Я предпочитаю ночные убийства. Темнота скрадывает цвета. Ночью все кажется не таким реальным. А посвети — и цвета вспыхнут: кровь алая, кость искрится, жидкости не темные, а зеленые, желтые, коричневые. Освещение позволяет их различать. Сомнительное, в лучшем случае, преимущество.

Я натянула хирургические перчатки — прохладную вторую кожу. Хоть я и несла перчатки в кармане, они были холоднее рук. Щелкнул фонарик. Узкий желтоватый луч казался тусклым в свете луны, но в тени врезáлся, как нож. Одежда человека была содрана, как слои луковицы: комбинезон, штаны и рубашка, теплое белье. Ткани разорваны. Свет блеснул на замерзшей крови и ледышках тканей. Внутренние органы отсутствовали почти полностью. Я посветила вокруг, но искать было нечего. Действительно отсутствовали.

Кишечник выпустил темную жидкость, заполнившую почти всю полость, но она замерзла полностью. Наклонившись, я не учуяла запаха. Чудесная вещь — холод. Края раны рваные. Такого не сделаешь никаким ножом. Или ножом с таким лезвием, которого я в жизни не видела. Это сможет сказать судебный медик. Сломанное ребро, торчащее вверх, как восклицательный знак. Я посветила на кость. Обломана, но не клещами, не руками... зубами. Недельное жалованье я была готова поставить на то, что передо мною следы зубов.

Рана на горле покрылась коростой замерзшего снега. Красноватые сгустки льда намерзли на лице. Оставшийся глаз был намертво запечатан окровавленным льдом. И по краям раны тоже были следы зубов, не когтей. На раздробленной челюсти — четкие отпечатки зубов. И уж точно не человеческих. А это значит — исключаются гули, зомби, вампиры и прочая человеческого происхождения нежить. Чтобы достать мерную ленту из кармана комбинезона, мне пришлось задрать подол пальто. Приличнее, наверное, было бы потратить время и пальто расстегнуть, но ведь холодно же!

Следы когтей на лице широкие и рваные. Шире когтей медведя, шире, чем у любого естественного существа. Какие-то чудовищно огромные. Почти идеальные отпечатки зубов по обе стороны челюсти. Будто эта тварь сильно вцепилась, но не собиралась драть. Вцепилась, чтобы раздавить, чтобы... остановить вопли. С раздробленной нижней половиной рта особо не покричишь. В этом конкретном укусе чувствовалось что-то очень намеренное. Вырвано горло — и опять-таки не так сильно, как могло бы быть. Ровно настолько, чтобы убить. И только добравшись до живота, эта тварь перестала владеть собой. Человек уже был мертв, когда ему вскрыли живот — за это я могла ручаться. Но эта тварь потратила время, чтобы съесть внутренности. Сожрать. Зачем?

Возле тела в снегу был отпечаток. По нему было видно, что здесь склонялись люди, в том числе я, но свет показал вытекшую в снег кровь. Труп лежал лицом вниз, а потом его кто-то перевернул.

Следы ног были на снегу почти на каждом дюйме, кроме как на кровавых пятнах. Если есть выбор, человек не пойдет по крови — на месте преступления или где еще. Но крови было куда меньше, чем следовало ожидать. Разорвать горло — работа грязная. Но это вот горло было разорвано. Разодрано зубами. И кровь ушла не на снег, а в пасть.

Кровь впиталась в одежду. Если бы найти эту тварь, она тоже будет вся окровавлена. Снег на удивление чист для такой бойни. Густая лужа крови была сбоку, не ближе ярда от тела, но точно рядом с отпечатком размером с тело. Покойник лежал рядом с этим пятном достаточно долго, чтобы какое-то время истекать кровью, потом его перевернули на живот, и так он пролежал, пока кожа не примерзла к снегу. Еще лужица натекла под лежащим ничком телом. Теперь он лежал лицом вверх, но без свежей крови. В последний раз тело перевернули, когда оно уже было давно мертвым.

Я спросила через поляну:

— Кто перевернул тело?

— Оно так лежало, когда я сюда пришел, — ответил Титус.

— Холмс? — спросил Гарровей.

— Когда мы прибыли, он лежал навзничь.

— Уильямс не трогал тело?

— Я не спросила.

Ничего себе!

— Кто-то его передвинул. Если это Уильямс, хорошо бы нам про это знать.

— Пойду его спрошу, — сказала Холмс.
— Паттерсон, пойдешь с ней, — приказал Титус.
— Мне не надо...
— Идите, Холмс, — сказал ей Гарровей.
Помощники ушли.

Я вернулась к осмотру тела. Именно тела, а не «его». Если начать о нем думать как о «нем», сразу заползут мысли, были ли у него жена, дети... Мне не хотелось этого знать. Тело и тело, то есть труп. Не хочу.

Я посветила на истоптанный снег. Ползаю на коленях, рассматривая следы. Шерлок этакий Холмс. Если эта тварь напала сзади, должны быть следы на снегу. Пусть не целый след, но хоть что-то. Пока что каждая нога, оставившая след, оказывалась обутой. Даже учитывая стадо протопавших копов, должны остаться отпечатки когтей или звериных лап. Но я ничего не нашла. Может быть, криминалистам больше повезет. Дай Бог.

Если следов нет, не могла ли эта тварь прилететь? Может, горгулья? Единственный из больших крылатых хищников, который может напасть на человека. Если не считать драконов, но они в этих краях не водятся, и грязи было бы куда больше. Или куда меньше — дракон просто проглотил бы человека целиком.

Горгульи нападают на людей, и со смертельным исходом, но очень редко. К тому же ближайшая их стая живет в Келли, штат Кентукки. Келлийские горгульи — небольшой подвид, который нападает на человека, но никогда не убивает. Они питаются в основном падалью. Во Франции есть три вида горгулий размером с человека или больше. Эти могут сожрать. Но в Америке таких больших никогда не водилось.

Что еще это может быть? Есть несколько малых восточных троллей в горах Озарка, но не так близко к Сент-Луису. К тому же я видела снимки нападений троллей, и это было не то. Когти слишком кривые, слишком длинные. Живот, похоже, выеден длинной пастью. Тролли же до ужаса похожи на людей, и неудивительно — они приматы.

Малый тролль на человека не нападет, если у него есть выбор. Большой горный тролль мог бы, но они вымерли уже лет двадцать как. К тому же у них была привычка обламывать деревья и забивать человека до смерти, а потом пожирать.

Нет, я не думала, что это какая-то экзотика вроде тролля или горгульи. Если бы остались ведущие к телу следы, я была бы уверена, что передо мной жертва ликантропа. Тролли, как известно, одевались, хотя и в отрепья. Так что тролль мог бы протопать по снегу, а горгулья — прилететь, но ликантроп? Им приходится ходить на звериных ногах, на которые человеческая обувь не налезет. Так как же?

Тут бы мне хлопнуть себя по лбу, но я этого не сделала. При осмотре места убийства от такого жеста останется кровь на волосах. Я просто посмотрела вверх.

Обычно люди вверх не смотрят. Миллионы лет эволюции приучили нас на небо не обращать внимания. Там нет таких тварей, что могли бы напасть на нас. Но это же не значит, что никто не может спрыгнуть на нас сверху.

Над расселиной простиралась ветка дерева. Луч фонарика показал на коре свежие царапины. Оборотень взобрался по коре и поджидал проходящего человека. Засада, ожидание, убийство.

— Дольф, можешь подойти на минутку?

Дольф осторожно спустился по склону. Наверное, не хотел повторять мой номер на бис.

— Ты знаешь, что это? — спросил он.

— Оборотень.

— Объясни. — У него был уже наготове верный блокнот с авторучкой.

Я объяснила, что нашла и что думаю.

— У нас не было случая с диким ликантропом с момента образования нашей группы. Ты уверена?

— Уверена, что это оборотень, но я не говорила, что это ликантроп.

— Объясни.

— Все ликантропы — оборотни по определению, но не все оборотни — ликантропы. Ликантропия — это болезнь, которой можно заразиться после нападения или после прививки неудачной вакциной.

Он поднял на меня глаза:

— Этой штукой можно заразиться от вакцины?

— Случается.

— Полезно будет знать, — сказал он. — А как это можно быть оборотнем и не быть ликантропом?

— Обычно это передается по наследству. Сторожевые псы семьи, дикие звери, гигантские коты. Кто-то один в поколении несет в себе эти гены и перекидывается.

— Это связано с фазами луны, как обычная ликантропия?

— Нет. Сторожевой пес появляется, когда он нужен семье. Война там или какая-то физическая опасность. Есть люди-лебеди — эти связаны с луной, но все равно это наследственное.

— А что еще бывает?

— Бывает проклятие, но это уже по-настоящему редко.

— Почему?

Я пожала плечами.

— Надо найти ведьму или кого-нибудь с достаточной волшебной силой, чтобы проклясть кого-то оборотнем. Я читала заклинания для личного превращения. Зелья настолько насыщены наркотиками, что можешь поверить, будто обратился в зверя. Можешь поверить, что ты — башня Крайслер-билдинга, а можешь и просто умереть. Настоящие заклинания куда более сложные и часто требуют человеческих жертв. Проклятие — это шаг вверх по сравнению с заклинанием. Это даже вообще не заклинание.

Я попыталась подумать, как это объяснить. В этой области Дольф — штафирка. Он этой фени не знает.

— Проклятие — это вроде крайнего акта воли. Собираешь всю свою силу, магию — назови как хочешь — и фокусируешь все на одном человеке. Своей волей обрекаешь его на проклятие. Это всегда надо делать лицом к лицу, и потому он знает, что произошло. Некоторые теории считают, что жертва должна верить, иначе проклятие не подействует. Я в этом не уверена.

— И проклясть человека может только ведьма?

— Иногда бывает, что человек не поладит с феей или эльфом. С кем-нибудь из сидхи Даоина, но для этого надо находиться в Европе. Англия, Ирландия, некоторые места в Шотландии. А в этой стране — только ведьмы.

— Значит, оборотень, но мы не знаем, какого рода и даже как он стал оборотнем.

— По отметинам и следам — нет.

— Если бы ты его увидела лицом к лицу, могла бы сказать, какого он рода?

— То есть какое животное?

— Да.

— Нет.

— А сказать, проклятие это или болезнь?

— Нет.

Дольф посмотрел на меня вопросительно:

— Обычно ты лучше работаешь.

— Я лучше работаю с мертвецами, Дольф. Дай мне вампа или зомби, и я тебе скажу его номер карточки социального страхования. Что-то в этом от природных способностей, но больше от практики. С оборотнями у меня опыта куда меньше.

— А на какие вопросы ты можешь ответить?

— Спроси и узнаешь.

— Ты думаешь, это новенький оборотень? — спросил Дольф.

— Нет.

— Почему?

— Впервые новичок перекидывается в ночь полнолуния. Сейчас для него слишком рано. Это мог быть второй или третий месяц, но...

— Но что «но»?

— Если это все еще ликантроп, который собой не владеет, который убивает без разбора, то он должен быть еще здесь. И охотиться за нами.

Дольф огляделся, перехватив блокнот и ручку левой рукой, а правой потянулся к пистолету. Автоматическим движением.

— Не дрейфь, Дольф. Если он собирается еще кого-то съесть, это будет Уильямс или помощники шерифа.

Он еще раз оглядел темный лес, потом снова посмотрел на меня.

— Значит, этот оборотень собой владеет?

— Я так думаю.

— Тогда зачем было убивать вот этого?

Я пожала плечами:

— Зачем вообще убивают? Вожделение, жадность, гнев.

— Значит, животная форма используется как оружие, — сказал Дольф.

— Ага.

— Он все еще в животной форме?

— Это вот сделано в форме половина на половину, что-то вроде человека-волка.

— Вервольфа.

Я покачала головой:

— Я не знаю, что это за зверь. Человек-волк — это всего лишь пример. Это может быть любое млекопитающее.

— Только млекопитающее?

— Судя по этим ранам. Я знаю, что здесь есть и птицы-оборотни, но они оставляют не такие раны.

— Птицы?

— Да, но это не их работа.

— Предположения есть?

Я присела возле трупа, присмотрелась. Будто заставляла его рассказать мне свои тайны. Через три ночи эта душа отлетит, и я могла бы поднять этого человека и спросить. Но у него не было глотки. Даже мертвый не сможет говорить без нужных органов.

— А почему Титус думает, что это работа медведя? — спросила я.

— Не знаю, — ответил Дольф, минуту подумав.

— Давай его спросим.

— С нашим удовольствием, — кивнул головой Дольф. В его голосе звучал легкий сарказм. Если бы я спорила с этим шерифом долгие часы, у меня этого сарказма было бы хоть лопатой греби.

— Давай, Дольф. Меньше, чем мы знаем, мы уже знать не можем.

— Если Титусу есть что сказать, он давно уже мог бы.

— Ты хочешь, чтобы я его спросила, или нет?

— Спрашивай.

— Шериф Титус! — обратилась я к ожидающей группе.

Он поглядел на меня сверху. Во рту у него была сигарета, но он еще не закурил, и зажигалка остановилась на полпути.

— Вам что-нибудь нужно, миз Блейк? — спросил он, и сигарета заходила вверх-вниз.

— Почему вы думаете, что это был медведь?

Он захлопнул крышку зажигалки, одновременно вынув сигарету изо рта той же рукой.

— А почему вы спрашиваете?

«Да какое тебе дело, ты отвечай!» — хотела я рявкнуть, но не рявкнула. Очко в мою пользу.

— Просто интересуюсь.

— Это не горный лев. Кошачьи больше работают когтями. Сильнее бы разодрал.

— А почему не волк?

— Стайное животное. А мне показалось, что этот был один.

Со всем этим я вынуждена была согласиться.

— Мне кажется, вы что-то от нас скрываете, шериф. Вы много знаете про зверей, которые здесь не водятся.

— Охочусь малость, миз Блейк. Надо знать привычки своей дичи, если хочешь приходить не пустым.

— Значит, методом исключения — медведь? — спросила я.

— Можно и так сказать. — Сигарета вновь оказалась у него во рту, около лица затрепетало пламя зажигалки. Когда он захлопнул крышку, стало еще темнее. — А вы что думаете, госпожа эксперт?

В холодном воздухе повис запах сигареты.

— Оборотень.

Даже в темноте я почувствовала тяжесть его взгляда. Шериф выпустил густой клуб дыма в сторону луны.

— Это вы так думаете.

— Это я знаю наверняка.

Он очень презрительно хмыкнул.

— Вы чертовски в себе уверены, да?

— Спускайтесь сюда, шериф. Я вам покажу, что нашла.

Он подумал, потом пожал плечами:

— А что? — и спустился по склону, как бульдозер, пропахав снег тяжелыми сапогами. — Ладно, госпожа эксперт, ослепите меня вашим знанием.

— Ну и геморрой же вы, Титус!

Дольф вздохнул, выпустив большой клуб пара.

Титусу это показалось настолько смешным, что он согнулся пополам от хохота, похлопывая себя по ляжке.

— А вы просто юморист, миз Блейк. Сейчас, отсмеюсь. Ну, рассказывайте, что у вас.

Я рассказала.

Он глубоко затянулся. Кончик сигареты ярко вспыхнул в темноте.

— Кажется, это действительно не медведь.

Он не стал спорить! Чудо.

— Нет, не медведь.

— Кугуар? — спросил он вроде как с надеждой.

Я осторожно встала.

— Вы сами знаете, что нет.

— Оборотень, — сказал он.

— Именно.

— В округе не было диких оборотней уже десять лет.

— А тот скольких убил? — спросила я.

Он глубоко затянулся и медленно выдохнул.

— Тот? Пятерых.

Я кивнула:

— Не знала про него. Это еще до меня было.

— Вы тогда еще в школу ходили?

— Ага.

Он бросил окурок в снег и затоптал тяжелым сапогом.
— Жаль, что это не медведь.
— И мне жаль, — согласилась я.

9

Ночь была тяжелой холодной тьмой. Два часа ночи — про́клятое время суток в любое время года. В середине декабря два часа — это застывшее сердце вечной ночи. А может, просто я уже устала. Свет на лестнице, ведущей к моей квартире, горел, как пойманная луна. Он был какой-то замерзший, переливался и был слегка нереален. В воздухе плавала легкая дымка, этакий малыш-туман.

Титус меня попросил быть в контакте на случай, если они найдут кого-нибудь подозрительного. Я для них была лучшей возможностью выяснить, ликантроп это или какой-то левый хмырь. Что ж, куда лучше вариант, чем отрезать ему руку и смотреть, не растет ли мех внутри тела. Если ошибешься, что тогда делать — извиняться?

Несколько следов ликантропа, ведущих к месту преступления, все-таки нашли. По ним сделали гипсовые слепки и, по моему предложению, послали копии на факультет биологии Вашингтонского университета. Я чуть не отправила их на имя доктора Луиса Фейна. Он преподавал в Ваш-уне биологию. Один из лучших друзей Ричарда. Отличный мужик. Крысолюд. И эта мрачная глубокая тайна оказалась бы под угрозой раскрытия, начни я ему посылать слепки следов ликантропов. А если послать на имя факультета, Луи их наверняка увидит.

Это был мой самый большой вклад в дело за всю ночь. Они все еще вели поиски, когда я уехала. Пейджер я оставила включенным — если найдут на снегу голого человека, могут позвонить. Хотя если пейджер заверещит раньше, чем я малость посплю, я и озвереть могу.

Когда я захлопнула дверцу машины, мне отозвалось эхо. Захлопнулась еще одна дверца. Как я ни устала, а сработал автоматизм — осмотреть парковку и обнаружить эту вторую машину. За четыре места от меня стоял Ирвинг Гризволд, завернувшись в ядовито-оранжевую парку и полосатый шарф вокруг шеи. Вокруг лысины торчал пушистый ореол волос. На кнопочном носу — маленькие круглые очечки. Очень такой жизнерадостный и безвредный с виду, и тоже вервольф. Ночь, наверное, такая выдалась.

Ирвинг работал репортером в «Сент-Луис пост диспетч». Любая статья обо мне или «Аниматорз инкорпорейтед» обычно шла за его подписью. Он улыбнулся и направился ко мне. Просто твой дружелюбный сосед-репортер. А что?

— Чего тебе надо, Ирвинг?

— Что это за приветствие для человека, который уже три часа ждет тебя в машине?

— Чего тебе надо, Ирвинг? — Если повторять этот вопрос снова и снова, может быть, он утомится.

С круглой физиономии сползла улыбка.

— Надо с тобой поговорить, Анита.

— А разговор долгий?

Он минуту подумал, потом кивнул:

— Может быть.

— Тогда пошли наверх. Я сварю настоящий кофе.

— Настоящий — то есть не поддельный?

Я направилась к лестнице:

— Сварю тебя такую «яву», что у тебя волосы на груди вырастут.

Он рассмеялся.

До меня дошло, что я скаламбурила, хотя и не имела этого в виду. Я знаю, что Ирвинг — оборотень, даже видела его в волчьей форме, но забыла. Он мой друг, и в человеческом виде ни капли противоестественного в нем нет.

Мы сидели у кухонного стола, попивая ванильный кофе. Жакет я сбросила на спинку стула, и кобура с револьвером выставилась напоказ.

— Блейк, я думал, у тебя сегодня было свидание.

— Было.

— Ничего себе свидание!

— Излишняя осторожность девушке не помешает.

Ирвинг подул на чашку, осторожно отпил. Заводил глазами из стороны в сторону, отмечая все, что видит. Через много дней он сможет описать эту комнату в деталях, вплоть до кроссовок и спортивных носков перед диваном.

— Что случилось, Ирвинг?
— Отличный кофе.

Он избегал смотреть мне в глаза. Плохой признак.

— Что случилось?
— Ричард тебе говорил про Маркуса?
— Это вожак вашей стаи?

Ирвинг удивился:

— Он тебе сказал?
— Я сегодня узнала, что вашего альфа-самца зовут Маркус. Что идет борьба за главенство. Маркус хочет смерти Ричарда. Ричард говорит, что драться с ним не будет.
— Он с ним уже дрался, и еще как, — сказал Ирвинг.

Пришел мой черед удивляться.

— Почему же тогда Ричард — не вожак стаи?
— Ричард сильно щепетилен. Он его уделал, Маркуса, клыки на глотке. — Ирвинг покачал головой. — Он думал, что когда Маркус поправится, они поговорят. Найдут компромисс. — Ирвинг грубо хмыкнул. — Идеалист он, твой кавалер.

Идеалист — это что-то вроде дурака, по мнению Ирвинга и Жан-Клода. Не часто у них общее мнение.

— Объясни.
— Вверх по лестнице стаи можно подняться только битвой. Выигрываешь — поднимаешься на ступеньку. Проигрываешь — остаешься где был. — Он отпил долгий глоток кофе и закрыл глаза, будто впитывая его тепло. — Пока не влезешь в драку за место вожака.
— Поняла, кажется. Это битва насмерть.
— Нет убитого — нет нового вожака, — сказал он.

Я замотала головой. К кофе я так и не прикоснулась.

— А зачем ты мне все это рассказываешь, Ирвинг? И почему сейчас?

— Маркус хочет с тобой увидеться.
— А почему Ричард мне этого сам не сказал?
— Ричард не хочет тебя в это втягивать.
— Почему?

Ирвинг отвечал на мои вопросы, но толку в этом было чуть. Сейчас он пожал плечами.

— Ричард не уступает Маркусу ни на волос. Если Маркус скажет «белое», Ричард скажет «черное».
— Зачем я нужна Маркусу?
— Не знаю.
— Ври больше!
— Честно, Блейк. Я не знаю, что происходит. Творится что-то серьезное, а мне никто ничего не говорит.
— А почему? Ты же оборотень?
— Я еще и репортер. Когда-то много лет назад я совершил ошибку — напечатал статью. Ликантроп, с которым я говорил, солгал и сказал, что никогда не давал мне разрешения его цитировать. Он потерял работу. Кое-кто хотел тогда, чтобы я тоже ушел и остался без работы. — Он сгорбился над чашкой. — Маркус сказал «нет». Он сказал, что как репортер я для них ценнее. Но с тех пор мне никто не доверяет.
— Не очень отходчивый народ, — сказала я и отпила кофе.

Он уже остывал. Если пить быстро, еще можно будет как-то проглотить. Едва-едва.

— Они никогда не прощают и никогда не забывают, — сказал Ирвинг.

Вообще похоже на описание плохой черты характера, но поскольку это один из моих главных принципов, то не мне жаловаться.

— Значит, это Маркус послал тебя говорить со мной. О чем?
— Он хочет с тобой увидеться. Обсудить какие-то дела.

Я встала и налила себе вторую чашку. На этот раз сахару чуть поменьше. От злости мне уже почти расхотелось спать.

— Назначим время, и пусть приходит ко мне на работу.

Ирвинг покачал головой.

— Маркус — известный хирург. Ты понимаешь, что будет, если даже слухи пойдут, кто он такой?

Это я понимала. На некоторых работах можно удержаться, будучи оборотнем. Медицина в их число не входит. До сих пор в Техасе одна пациентка судится с дантистом — утверждает, что подхватила от него ликантропию. Чушь, конечно. От человеческих рук во рту ликантропией не заразишься. Но дело не было закрыто. Людям не нравится, если сверкающие зубки их деток лечат мохнатые чудовища.

— Ладно, пусть пришлет кого-нибудь. Наверняка у Маркуса есть кто-то доверенный.

— Ричард запретил кому бы то ни было к тебе обращаться.

Я только вытаращилась:

— Запретил?

Ирвинг кивнул.

— Всем низшим членам стаи — под угрозой кары.

Я начала было улыбаться — и остановилась. Он говорил серьезно.

— Значит, ты не шутишь?

Он поднял три пальца в салюте:

— Честное скаутское.

— Так как же ты тогда пришел? Или ищешь случая продвинуться в стае вверх?

Он побледнел. Вот как перед Богом, он побледнел.

— Я? Драться с Ричардом? Ну уж нет.

— Значит, Ричард не будет против, что ты говорил со мной?

— Будет, еще как будет.

Я нахмурилась:

— А Маркус тебя не защитит?

— Ричард отдал конкретный приказ. Маркус не может вмешиваться.

— Но ведь он велел тебе пойти ко мне, — сказала я.

— Велел.

— И он же позволит Ричарду сделать из тебя за это отбивную?

Ирвинг ухмыльнулся:

— А я рассчитываю на твою защиту.

— Сукин ты сын! — рассмеялась я.

— Может, и так, но я тебя знаю, Блейк. Тебе не понравится, что Ричард от тебя что-то скрывает. Тебе точно не понравится, что он пытается тебя уберечь. А кроме того, я тебя много лет знаю. Вряд ли ты будешь стоять и смотреть, как твой друг выбивает мне бубну.

Ирвинг знал меня лучше Ричарда. И от этой мысли не становилось приятнее. Меня что, обмануло красивое лицо, обаятельное чувство юмора? А настоящего Ричарда я не разглядела? Я покачала головой. Неужели я обманулась полностью? Оставалась надежда, что это не так.

— Так ты мне даешь свою защиту?

Он улыбался, но было что-то еще у него в глазах. Страх, может быть.

— Тебе надо, чтобы я это сказала вслух официально?
— Да.
— Такое правило в подполье у ликантропов?
— Одно из правил.
— Я даю тебе свою защиту, но взамен требую информации.
— Я же тебе сказал, Блейк, я ничего не знаю.
— Расскажи, каково это — быть ликантропом. Ричард, кажется, намерен держать меня в темноте. А я этого не люблю.
— Об этом я слышал, — улыбнулся Ирвинг.
— Ты будешь моим гидом в мир лохматых, а я избавлю тебя от Ричарда.
— Договорились.
— Когда Маркус хочет встретиться?
— Сегодня ночью. — У Ирвинга хватило такта хотя бы смутиться.

Я покачала головой:

— Не выйдет. Я иду спать. Завтра я готова встретиться с Маркусом, но не сегодня.

Ирвинг глядел в чашку, постукивая по ней пальцами.

— Он хочет сегодня. — Ирвинг поднял взгляд. — Почему, ты думаешь, я ночевал в машине?

— Я не состою на побегушках у каждого монстра в этом городе. Я даже не знаю, о чем этому мохнатому понадобилось говорить. — Откинувшись в кресле, я скрестила руки на груди. — И ни за что не пойду сегодня ночью играть в игры с оборотнями.

Ирвинг заерзал на стуле, медленно вращая чашку. И снова не стал встречаться со мной глазами.

— Что еще?

— Маркус велел мне организовать с тобой встречу. Если бы я отказался, он бы меня... наказал. Если бы я пришел, разозлился бы Ричард. Я попал между двумя самцами альфа, и не по своей воле.

— И ты просишь защитить тебя от Маркуса, а не только от Ричарда?

— Нет, — сказал он, мотнув головой, — нет. Ты отличный игрок, Блейк, но вы с Маркусом в разных лигах.

— Рада это слышать.

— Так ты встретишься с ним сегодня?

— Если я скажу «нет», тебе придется плохо?

Он уставился в чашку.

— Если я отвечу «нет», ты мне поверишь?

— Нет.

Ирвинг поднял очень серьезные карие глаза.

— Он выйдет из себя, но я останусь в живых.

— Но тебе он сделает очень больно.

Это не был вопрос.

— Да. — Очень тихое слово, очень робкое. Совсем не похоже на Ирвинга.

— Я с ним увижусь при одном условии. Что на встрече будешь присутствовать ты.

Лицо его расцвело улыбкой от Северного полюса до Южного.

— Блейк, ты настоящий друг.

Ушла вся его печаль, когда возникла возможность выяснить, что же все-таки происходит. Стоя по шею в аллигаторах, Ирвинг оставался репортером. Прежде всего репортером, а потом уже ликантропом.

Одна эта улыбка стоила того, чтобы согласиться. Да и потом, я хотела знать, действительно ли Ричарду грозит опасность. Единственный способ это узнать — встретиться с человеком, который ему угрожает. К тому же я не очень дорожу здоровьем тех, кто угрожает моим друзьям. Пули с серебряной оболочкой вампира только притормозят, если не попасть в сердце или в голову. Но серебряная пуля убивает вервольфа — никаких вторых попыток, никаких исцелений — наповал.

Маркус, быть может, это помнит. Если он меня заставит, я даже могу освежить его память.

10

Ирвинг позвонил от меня Маркусу. Снова он не знал зачем, но Маркус велел ему позвонить перед тем, как мы явимся. Я пошла в спальню, повесила свой костюм («только сухая чистка») и переоделась. Черные джинсы, красная водолазка, черные найковские кроссовки с синей оторочкой и настоящие носки. Спортивные носки как обыденная одежда зимой не годятся.

Потом я потянулась за пухлым зеленым свитером, выложенным на кровать, и задумалась. Дело было не в том, что на свитере стилизованные рождественские елки, и это не самая крутая из моих шмоток. На это мне было наплевать. Сомнения были, брать ли второй пистолет. Модный аксессуар, который дороже и ближе моему сердцу, чем любая шмотка.

Ликантропы мне пока что не угрожали, но лапушка Гретхен из вампов — вполне. Может быть, она и не Мастер вампиров, но близка к нему по классу. Кроме того, воспоминание, как тот коп отобрал у меня браунинг, было еще свежо. Слишком у меня много врагов в противоестественном мире, чтобы ходить безоружной. И я сунула своего приятеля во внутреннюю кобуру в штанах. Удобная штука, и линию джинсов не нарушает — если не смотреть по-настоящему.

Из резервных у меня главным был «файрстар» калибра девять миллиметров. Маленький, легкий, приятный на вид, и я его могу носить у талии и при этом еще и сесть. Свитер у меня до середины бедер. Пистолет не виден, если меня не обыскать.

Он спереди, чтобы выхватить его любой рукой. Даст Бог, не понадобится. Даст Бог.

Под свитером выступили ремни наплечной кобуры. Я видела людей, которые носили наплечные кобуры под толстыми свитерами, но драгоценные мгновения уходят, чтобы нашарить оружие под тканью. Лучше выглядеть не слишком модной, но быть живой.

Свитер был слишком длинным для кожаного жакета, и потому я снова надела свое черное пальто. Как у Филиппа Марлоу — один к одному. Запасных обойм я брать не стала. Решила, что двадцати одного патрона на одну ночь должно хватить. Даже ножи я оставила дома и почти уговорила себя оставить дома и «файрстар». Обычно я начинаю носить два пистолета лишь тогда, когда кто-то пытался меня убить. Я пожала плечами. А зачем этого ждать? Если он мне не понадобится, буду завтра чувствовать себя дурой. А если он понадобится, а его не будет, совсем не буду себя чувствовать.

Ирвинг ждал. Сидел на диване, как хороший мальчик. Как ученик, которому учитель велел стоять в углу.

— Что такое?

— Маркус велел мне просто рассказать тебе дорогу. Он не хочет, чтобы я присутствовал. Я ему сказал, что без меня ты не поедешь. Что ты ему не доверяешь. — Ирвинг посмотрел мне в глаза. — Он здорово разозлился.

— Но ты настоял на своем.

— Ага.

— Так почему я не слышу радости в твоем голосе?

Он пожал плечами:

— Маркус в плохом настроении — это не очень приятно, Блейк.

— Я поведу, а ты будешь показывать дорогу.

— Маркус велел, чтобы мы ехали отдельно. Он сказал, что после встречи мне придется остаться для небольшого разговора.

— Да ладно, Ирвинг! Давай я поведу, ты покажешь дорогу, а когда я уеду, ты уедешь со мной.

— Я тебе благодарен за это предложение, Блейк, но не хочу, чтобы Маркус на тебя злился.

— Если я защищаю тебя от Ричарда, я могу с тем же успехом защитить тебя от Маркуса.

Он покачал головой:

— Нет, ты езжай за мной. — Он поднял руку. — И хватит споров, Блейк. Я — вервольф. Мне жить в этом обществе. Я не могу позволить себе выступить против Маркуса — уж тем более из-за одного короткого разговора.

Я хотела еще поспорить, но не стала. Ирвинг знает свои проблемы лучше меня. Если драка с Маркусом ухудшит его положение, то я не настаиваю. Все равно мне это не нравилось.

«Кафе лунатиков» находилось в университетском городке. На вывеске был полумесяц и голубым неоном — название. Если не считать названия и остроумной эмблемы, оно ничем не отличалось с виду от прочих магазинов и ресторанов округи.

Сейчас, в пятницу вечером, парковаться было негде. Я уже думала, что Маркусу придется выйти к моей машине, как отъехала темно-вишневая «импала», освободив сразу два места, которые она нахально занимала. Мой джип тут же скользнул на одно из них, оставив другое для второй машины.

Ирвинг ждал у входа, засунув руки в карманы. Смешной шарф размотался и висел почти до земли. Вид у Ирвинга был задумчивый и уж никак не праздничный.

Я подошла в своем пальто, болтавшемся, как балахон. И даже при этом люди пистолета не видели. Они видели маленькую женщину в ярком рождественском свитере. Как правило, человек видит то, что хочет увидеть. Те, ради кого я взяла револьвер, его заметят и будут знать, что я вооружена.

Ирвинг, ни слова не говоря, толкнул дверь.

Ирвинг — ни слова не говоря? Мне было неприятно видеть его подавленным, угнетенным — как побитая собака. Я еще не видела Маркуса, но он мне уже не нравился.

Мы вошли прямо в волны шума. Накатывал океанским прибоем рокот голосов, звякали столовые приборы; как поднятая над волнами рука, взлетал чей-то радостный смех, чтобы тут же упасть в те же волны. Вдоль стены шла стойка бара — старая, деревянная, ее любили и за ней ухаживали. А остальная часть зала была заполнена круглыми столиками на четверых. Свободных мест не было. Из зала вели три двери: одна рядом с баром, другая справа, третья посередине. И в комнатах поменьше тоже были поставлены столы.

Прежде кафе было чьим-то домом, и мы сейчас стояли в гостиной. Ведущие в другие комнаты двери были сводчатыми проемами, будто кто-то выбил куски стен. И даже при этом тебя охватывала клаустрофобия. Люди толпились у бара в три шеренги, ожидая свободного столика. Веселый и улыбчивый народ забил помещение под завязку.

Из-за стойки вышла женщина, вытирая руки о полотенце, заткнутое под завязку передника. Она широко и приветливо улыбалась. И в руке несла пару меню.

Я хотела сказать, что нам не надо... но Ирвинг сжал мне руку выше локтя. Его пальцы дрожали от напряжения. Он держал меня за правую руку. Я повернулась ему сказать, чтобы он этого не делал, но меня остановило выражение его лица. Он смотрел на подходившую женщину так, будто у нее вторая голова выросла. Я повернулась и тоже посмотрела на нее. Посмотрела по-настоящему.

Она была высокая, грациозная, с длинными прямыми волосами густого рыжевато-осеннего цвета, отсвечивающими в свете ламп. Лицо слегка треугольное, подбородок, быть может, слишком острый, но лицо красивое. Глаза странного янтарно-карего цвета, точно под цвет волос.

А улыбка ее стала шире — просто губы раздвинулись. Я знала, кто передо мной. Ликантроп. Такой, который может сойти за человека, — вроде Ричарда.

Оглядев комнату, я поняла, откуда такое напряжение. Почти все веселые и радостные люди здесь — оборотни. Их энергия плыла в воздухе, как предгрозье. Я и раньше заметила, что толпа чуть слишком ребячливая, слишком громкая — но нет, это все оборотни. Их энергия бурлила и заполняла зал, маскируясь под энергию толпы. Я стояла у двери, и то одно, то другое лицо оборачивалось ко мне. На меня смотрели человеческие глаза, но взгляд их не был человеческим.

Это был изучающий, испытующий взгляд. Насколько я опасна? Какова я на вкус? Похоже на тот взгляд, которым Ричард изучал толпу в «Фоксе». Я почувствовала себя цыпленком на сборе койотов. И мне стало вдруг приятно от мысли, что я прихватила второй пистолет.

— Добро пожаловать в «Кафе лунатиков», миз Блейк, — сказала женщина. — Я Райна Уоллис, владелица. Не пройдете ли вы за мной? Вас ждут.

Это все она сказала с улыбкой и теплым светом в глазах. Хватка Ирвинга на моей руке была почти болезненной.

Я наклонилась к нему и шепнула:

— Это у меня правая рука.

Он моргнул, глянул на браунинг и отпустил руку, тихо пробормотав:

— Ой, прости.

Райна подалась ближе, и Ирвинг вздрогнул.

— Ирвинг, я не кусаюсь. Пока не кусаюсь. — Она рассмеялась низким искристым смехом. Такой смех вообще-то для спальни или для шуток, понятных только своим. И от этого смеха изменились ее глаза и лицо. Она вдруг показалась сладострастнее, чувственнее, чем секунду назад. Экзотически заманчивой. — Маркуса не следует заставлять ждать.

Она повернулась и пошла между столов.

Я глянула на Ирвинга.

— Ты мне что-то хочешь сказать?

— Райна у нас самка альфа. Если надо кого-то по-настоящему больно наказать, это делает она. У нее воображения куда больше, чем у Маркуса.

Райна манила нас от дверного проема возле бара. Ее прекрасное лицо нахмурилось, став чуть менее прекрасным и куда более стервозным.

Я потрепала Ирвинга по плечу.

— Я не дам ей тебя тронуть.

— Не в твоих силах этому помешать.

— Там посмотрим.

Он кивнул — но не потому, что поверил — и пошел между столами. Я за ним. Какая-то женщина тронула его за руку, когда он шел мимо, улыбнулась. Она была примерно моего размера, очень элегантная, с короткими черными волосами, черным кружевом обрамлявшими тонкое лицо. Ирвинг пожал ее пальцы и пошел дальше. Ее большие и темные глаза встретились с моими — и ничего мне не сказали. Они улыбались Ирвингу, а ко мне были безразличны. Как глаза волка, с которым я столкнулась однажды в Калифорнии. Я обошла дерево — и увидела *его*. До тех пор я не понимала, что значит «безразличный взгляд». Светлые глаза смотрели на меня и ждали. Если я буду угрожать, он нападет. Если оставлю его в покое, он уйдет. Мне выбирать. А волку было абсолютно плевать, как обернется дело.

Я шла мимо столов, но у меня зачесалась спина между лопатками. Я знала, что если обернусь, увижу направленные на меня глаза почти всего зала. Их тяжесть ощущалась почти физически.

Подмывало повернуться и сказать «У-у!», но я этого не сделала. Было у меня чувство, что все они смотрят на меня безразличными нечеловеческими глазами, и видеть это мне не хотелось.

Райна привела нас к закрытой двери позади обеденного зала. Она распахнула ее и театральным движением руки пригласила нас войти. Ирвинг просто прошел. Я тоже прошла, но не сводя глаз с Райны. Я прошла так близко, что она могла бы меня обнять. Так близко, что при ее рефлексах она могла бы сделать со мной что хочет. Может быть.

Ликантропы — они быстрее обыкновенных людей. Это не фокусы с гипнозом, как у вампиров. Они просто лучше устроены. Я не знала точно, насколько это сказывается в человеческом виде, но, глядя в улыбающиеся глаза Райны, не была уверена, что хочу это узнать.

Мы оказались в узком коридоре. По обе стороны его были двери; сквозь стеклянное окно одной из них была видна морозная ночь, другая была закрыта.

Райна закрыла за нами дверь, прислонилась к ней. Даже не прислонилась, а привалилась, уронив голову и рассыпав волосы.

— Вам нехорошо? — спросила я.

Она сделала глубокий прерывистый вдох — и посмотрела на меня.

Я ахнула. Не смогла сдержаться.

Она была великолепна. Высокие лепные скулы. Глаза стали больше и сошлись ближе. Это была как будто ее собственная сестра — семейное сходство, но человек другой.

— Что это вы сделали?

Она снова рассмеялась тем же густым постельным смехом.

— Я — альфа, миз Блейк. Я очень много могу делать такого, чего не может обычный оборотень.

Да, за это я могла ручаться.

— Вы передвинули собственные кости, намеренно — как самодельная косметическая хирургия.

— Молодец, миз Блейк, вы правильно угадали. — Янтарно-карие глаза вспыхнули в сторону Ирвинга. — Вы все еще настаиваете, чтобы вот этот присутствовал на встрече?

— Да, настаиваю.

Она поджала губы, будто съела что-то кислое.

— Маркус велел спросить, а потом привести вас.

Она пожала плечами и отступила от двери. И была она на три дюйма выше. Надо было бы обратить больше внимания на ее руки. Они тоже переменились?

— А зачем эти скульптурные упражнения с телом? — спросила я.

— Та форма — моя дневная форма. Эта — настоящая.

— А зачем нужна эта маскировка?

— На случай, если придется делать что-нибудь... некрасивое.

Некрасивое?

Она упругими шагами прошла к закрытой двери. Скользящей, спортивной походкой, как большая кошка. Или большая волчица?

Она постучалась. Я ничего не услышала, но она открыла дверь. И остановилась в проеме, скрестив руки под грудью и улыбаясь нам. Улыбки Райны начинали мне не нравиться.

За дверью оказался банкетный зал с накрытыми скатертью столами. Напротив перекладины возвышалась платформа с четырьмя креслами и кафедрой. На платформе стояли двое мужчин. Один — шести футов ростом, поджарый, но мускулистый, как баскетболист. Волосы у него были черные, коротко подстриженные, и под стать им — усы толщиной с палец и бородка. Он стоял, держась одной рукой за запястье другой. Поза спортсмена. Поза телохранителя.

Одет он был в обтягивающие джинсы и свитер грубой вязки. В вырезе под шеей выбивались волосы. Черные ковбойские сапоги и здоровенные угловатые часы завершали облик кинематографического злодея.

Второй был не выше пяти футов семи дюймов. Волосы у него были того интересного белокурого оттенка, в котором есть намек на каштановый, но все равно человек остается не шатеном, а блондином. Волосы короткие, но модно подстрижены и уложены феном, и на них было бы приятно смотреть, будь они чуть длиннее. Лицо чисто выбритое, с квадратной челюстью и с ямочкой на подбородке. От этой ямочки оно должно было бы казаться смешным, но не казалось. Лицо для указания правил. Эти тонкие губы созданы для высказывания единственно правильной точки зрения.

На нем был синий полотняный пиджак поверх черных брюк. Бледно-голубой свитер с высоким воротником, идеально подходивший к пиджаку, завершал наряд. Ботинки черные, начищенные до блеска.

Это наверняка Маркус.

— Альфред.

Всего одно слово, но это был приказ. Человек повыше сошел-спрыгнул с платформы грациозным целеустремленным движением. Он двигался в облаке собственной жизненной силы. Она клубилась и кипела вокруг него, как поднимающийся от мостовой жар. Невооруженным взглядом это трудно было увидеть, но это определенно чувствовалось.

Альфред направился ко мне, будто с какой-то целью. Я отступила спиной к стене, так, чтобы видеть Райну и всех остальных. Ирвинг отступил вместе со мной. Он стоял чуть поодаль от всех, но ближе ко мне, чем остальные.

Я откинула полу пальто, чтобы был виден револьвер.

— Надеюсь, Альфред, у вас нет враждебных намерений.

— Альфред, — сказал второй мужчина. Одно слово и с той же интонацией, но на этот раз Альфи остановился на полпути. И стоял, глядя на меня в упор. Взгляд его не был безразличным — он был враждебным. Обычно я не вызываю у людей неприязни с первого взгляда. Ладно, я тоже от него не в диком восторге.

— Мы не собираемся применять к вам насилие, миз Блейк, — сказал Маркус.

— Ага, как же! У вашего Альфи насилие в каждом движении. Прежде чем подпустить его ближе, я хочу знать, что у него на уме.

Маркус поглядел на меня, будто я сделала что-то интересное.

— Очень точное описание, миз Блейк. Вы, значит, видите нашу ауру?

— Если вы так это называете.

— У Альфреда нет враждебных намерений. Он просто обыщет вас и убедится, что при вас нет оружия. Для не-оборотней это стандартная процедура. Уверяю вас, в этом нет ничего личного.

Уже само их желание видеть меня безоружной вызвало у меня не менее сильное желание оставить оружие при себе. Зовите это упрямством или сильным инстинктом выживания.

— Может быть, я и соглашусь на обыск, если вы мне сначала объясните, зачем я здесь.

Потянуть время, пока я решу, что делать.

— Мы не обсуждаем дела в присутствии прессы, миз Блейк.

— А я не буду разговаривать с вами без него.

— Я не стану подвергать нас всех риску ради удовлетворения праздного любопытства. — Маркус продолжал сидеть на платформе, как генерал, делающий смотр войскам.

— Единственная причина, по которой я здесь оказалась, это что Ирвинг — мой друг. Оскорбляя его, вы не завоюете моей симпатии.

— Мне не нужна ваша симпатия, миз Блейк. Мне нужна ваша помощь.

— Вам нужна моя помощь? — Я даже не пыталась скрыть удивление.

Он коротко кивнул.

— Какого рода помощь?

— Сначала он уйдет.

— Нет, — ответила я.

Райна оттолкнулась от стены и пошла вокруг нас мягким шагом — на расстоянии, но кружа, как акула.

— Наказание Ирвинга можно бы уже начать, — прозвучал ее низкий и мурлыкающий на переходах голос.

— Не знала, что волки мурлычут, — сказала я.

Она рассмеялась:

— Волки много что делают, что вы, как я уверена, знаете.

— Не понимаю, о чем вы.

— Ну, бросьте, бросьте! Между нами, женщинами. — Она привалилась плечом к стене, скрестив руки, с очень дружелюбным лицом. Ручаюсь, она могла бы откусить мне палец и при этом все время вот так улыбаться.

Райна наклонилась ниже, будто хотела посекретничать.

— А Ричард — он действительно так хорош в деле, как с виду?

Я поглядела в ее смеющиеся глаза.

— Я об этих делах не рассказываю.

— Я тебе расскажу свои маленькие секреты, а ты мне — свои.

— Хватит, Райна! — Маркус пододвинулся к краю платформы, и вид у него был далеко не довольный.

Она выдала ему ленивую улыбку. Она подначивала больше его, чем меня, и получала от этого огромное удовольствие.

— Ирвинг должен уйти, а Альфред должен обыскать вас на предмет оружия. Эти два пункта не обсуждаются.

— Я вам предлагаю компромисс: Ирвинг уходит, но он едет домой. Никаких наказаний.

Маркус покачал головой:

— Я распорядился, чтобы он был наказан. Мое слово — закон.

— И кто это умер, что вы стали королем?

— Саймон, — сказала Райна.

Я заморгала.

— Он убил Саймона в бою. Вот кто умер и сделал его королем.

Задай глупый вопрос...

— Если вам нужна моя помощь, Ирвинг уходит целым и невредимым. Без наказания.

— Не надо, Анита, — сказал Ирвинг. — Ты только хуже делаешь.

Райна так и осталась стоять, наклонившись ко мне. «Наши девичьи разговоры».

— А знаешь, он прав. Сейчас с ним предстоит поиграть мне, но если ты разозлишь Маркуса, он отдаст его Альфреду. Я буду мучить его ум и тело, Альфред его сломает.

— Ирвинг свободно уходит, и никаких наказаний. Я остаюсь, и Альфред меня обыскивает. Иначе мы уходим.

— Не «мы», миз Блейк. Вы можете свободно уйти, но Ирвинг — мой. Он останется, и с вами или без вас получит свой урок.

— А что он такого сделал?

— Это наше дело, а не ваше.

— Я не стану вам помогать.

— Тогда идите, — сказал он, ловко спрыгивая с платформы, — но Ирвинг останется. Вы с нами только в эту ночь. А ему с нами жить, миз Блейк. Вашей бравады он себе позволить не может.

При этих словах он оказался чуть позади Альфреда. Достаточно близко, чтобы можно было разглядеть морщины у глаз и вокруг рта, обвисшую кожу на шее и возле челюстей. Я добавила к его возрасту еще десять лет. За пятьдесят.

— Я не могу оставить здесь Ирвинга, зная, что вы хотите с ним сделать.

— О, вы понятия не имеете, что мы с ним сделаем, — сказала Райна. — Мы очень хорошо исцеляемся. — Она оттолкнулась от стены и пошла к Ирвингу. Обошла его близко-близко, коснувшись плечом, бедром, там, здесь. — Даже самые слабые у нас могут вынести очень серьезные раны.

— Что вы хотите, чтобы гарантировать безопасность Ирвинга? — спросила я.

Маркус посмотрел на меня — пристально и безразлично.

— Вы обещаете нам помочь и позволите Альфреду вас обыскать. Он мой телохранитель, и вы должны дать ему выполнить его работу.

— Я не могу обещать вам помощь, не зная, о чем речь.

— Тогда мы не договорились.

— Анита, я вполне выдержу все, что они там мне приготовили. Я могу. Это уже бывало.

— Ты просил моей защиты от Ричарда? Ну так считай, что получил ее в пакете услуг.

— Ты просил ее защиты? — Райна удивленно шагнула от него прочь.

— Только от Ричарда, — сказал Ирвинг.

— Умно, — заметила Райна. — Но это имеет определенные последствия.

— Она не член стаи. Это только насчет Ричарда, потому что они встречаются, — ответил Ирвинг, несколько встревоженный.

— Какие последствия? — спросила я.

Ответил Маркус:

— Просить члена стаи о защите — значит признать его более высокий ранг без схватки. Если он такую защиту даст, то вы согласны помогать ему в схватках. Если ему бросают вызов, ваша честь обязывает вас помочь.

Я поглядела на Ирвинга. У него был больной вид.

— Она не из наших. Вы не можете распространить на нее закон.

— Какой закон? — спросила я.
— Закон стаи, — ответил Маркус.
— Я отказываюсь от ее защиты, — заявил Ирвинг.
— Поздно, — ответила ему Райна.
— Вы ставите нас в затруднительное положение, миз Блейк. Член стаи признал за вами более высокий ранг, чем за собой. Признал вас как доминанта. По нашим законам, мы должны учесть эти обязательства.
— Я не член стаи, — ответила я.
— Нет, но доминантом вы быть можете.

Я знала, что означает это слово в реальном мире. Маркус произносил его так, будто оно значит нечто большее.

— Что значит быть доминантом?
— Это значит, что вы можете встать на защиту Ирвинга против любого, кто на него нападет.
— Нет! — крикнул Ирвинг. Он протиснулся мимо Райны и встал перед Маркусом. Встал прямо, глядя ему в глаза. Не в позе подчинения.
— Я тебе не дам так себя использовать! Это же ты с самого начала хотел? Ты знал, что я попрошу у нее защиты от Ричарда? И рассчитывал на это, самодовольная сволочь!

Безупречно белые зубы Маркуса раздвинулись, оттуда донеслось низкое рычание.

— Я бы на твоем месте придержал язык, переярок!
— Если он вас оскорбил, я это прекращу. — Первые слова, произнесенные Альфредом, были не очень приятны.

Ситуация выходила из-под контроля.

— Ирвинг под моей защитой, Альфред. Если я поняла закон. Чтобы его наказать, ты должен сначала победить меня, так?

Темные холодные глаза Альфреда повернулись ко мне, и он кивнул.

— Если ты меня убьешь, я не смогу помочь Маркусу.

Кажется, этот дылда озадачен. Отлично! Смятение в стане врага.

Маркус улыбнулся:

— Вы нашли брешь в моей логике, миз Блейк. Если вы действительно собираетесь защищать Ирвинга согласно букве закона, вы, несомненно, погибнете. Ни один человек против наших не выстоит. Даже самый низший в иерархии вас бы убил.

Я не стала комментировать. Зачем спорить, если победа все равно за мной?

— Поскольку вы не можете принять вызов и не даете нам причинить Ирвингу вред, он в безопасности.

— Отлично. И что дальше?

— Ирвинг может уйти целым и невредимым. Вы останетесь и выслушаете нашу просьбу. Вы можете принять решение помогать нам или нет, но Ирвинг от вашего выбора не пострадает.

— С вашей стороны очень благородно.

— Да, миз Блейк, так оно и есть.

Глаза Маркуса смотрели абсолютно серьезно. Райна может играть в садистские игры, Альфред — с удовольствием убивать и ранить, но Маркус — для него все это чистейший бизнес. Главарь мафии с меховой шкурой.

— Ирвинг, оставь нас.

— Я ее здесь не оставлю.

Маркус повернулся и зарычал:

— Мое терпение не безгранично!

Ирвинг упал на колени, склонил голову и низко согнул спину. Это уже была поза подчинения. Я схватила его за рукав и подняла на ноги.

— Встань, Ирвинг. Этот милый вервольф тебе ничего плохого не сделает.

— Это почему, миз Блейк?

— Ирвинг под моей защитой. Если Альфред не может со мной драться, то уж вы точно не можете.

Маркус задрал голову и коротко рассмеялся резким лающим смехом.

— Вы умны и храбры. Качества, которые нас восхищают. — Улыбка сошла с его лица, оставшись только в глазах, как приятный сон. — Не провоцируйте меня слишком открыто, миз Блейк. Это не полезно для здоровья.

И последние искры смеха погасли в его глазах. Я все еще смотрела в глаза человека, но за ними никого не было, с кем можно говорить. Выглядит, как человек, говорит, как человек, но это не человек.

Я сжала пальцами плечо Ирвинга:

— Давай, Ирвинг. Подальше отсюда.

Он коснулся моей руки:

— Я тебя не оставлю в трудной ситуации.

— Мне сегодня ничего не грозит, а тебе грозит. Ирвинг, прошу тебя, уходи.

На его лице отразилась видимая борьба, но после еще одного неприятного взгляда со стороны Маркуса он все-таки ушел. Дверь закрылась, и я осталась наедине с тремя вервольфами. А не с четырьмя. Жизнь потихоньку налаживалась.

— Теперь Альфред должен вас обыскать.

Вот так она и налаживается.

— Тогда пусть обыщет, — сказала я и осталась стоять, где стояла. Руки не развела в стороны, на стену не оперлась. Помогать им я не собиралась — разве что если попросят.

Альфред забрал мой браунинг, охлопал руки, ноги, даже поясницу. А середину тела спереди не охлопал. Может быть, он джентльмен или просто проявил халатность. В общем, «файрстар» он не заметил. У меня восемь серебряных пуль, а они об этом не знают.

Все-таки налаживается.

11

Маркус снова сел в кресло на платформе. Альфред встал за ним, как хороший телохранитель.

— Садитесь и вы, миз Блейк. Разговор будет не такой короткий, чтобы вести его стоя.

Я не хотела сидеть спиной к Альфреду и потому выбрала последний стул. Пустой стул между нами как-то не способствовал общению, зато Альфреду было до меня не дотянуться. Сначала — безопасность, а хорошие манеры потом.

Райна села справа от Маркуса и положила ему руку на колено. Маркус сидел, как всегда, прямо, будто аршин проглотил, — поза, которой гордилась бы моя тетя Мэтти. Но руку Райны он не убрал. На самом деле он даже свою сверху положил. Любовь? Солидарность? На меня они не произвели впечатление очень уж подходящей пары.

В дверь вошла женщина. Короткие светлые волосы уложены и зафиксированы гелем. Делового покроя костюм, красный с розовыми тонами, как лепестки роз. Белая блузка с бантом — из тех, что делает даже деловые костюмы женственными и чуть глуповатыми.

— Как хорошо, что ты пришла, Кристина, — сказал Маркус.

Женщина кивнула и села у стола, ближайшего к сцене.

— А какой у меня был выбор? Какой выбор ты оставил нам всем, Маркус?

— Мы в этом деле должны быть едины, Кристина.

— И объединяться под твоим руководством?

Маркус начал что-то говорить, но тут стала прибывать публика. Народ входил в двери поодиночке, парами и тройками. Маркус оставил спор. Можно будет доспорить потом, и я готова была поставить что угодно, что так оно и будет. Судя по интонациям женщины, разговор этот был не в первый и уж точно не в последний раз.

Одного мужчину я узнала. Рафаэль, Крысиный Король. Высокий, смуглый и красивый, с коротко стриженными черными волосами, с резкими мексиканскими чертами и надменным выражением лица. У него был такой же непреклонный вид, как у Маркуса, только губы несколько мешали. У Рафаэля они были мягкие и чувственные, а это портило эффект.

Рафаэль кивнул мне, я ему. С ним были еще два крысолюда, оба в человеческом обличье. Ни одного из них я не узнала.

За столами набралась примерно дюжина народу, когда Маркус встал и подошел к кафедре.

— Друзья мои, я просил вас прийти сегодня на встречу с Анитой Блейк. Вампиры называют ее Истребительницей. Я думаю, что она может нам помочь.

— Чем нам может помочь охотник на вампиров?

Это сказал одиноко сидевший мужчина, отгородившийся с двух сторон пустыми стульями. Волосы у него были белые и короткие, со странноватой стрижкой шестидесятых годов в стиле Миа Фэрроу, только мягче. Белая дорогая рубашка, бледно-розовый галстук, белый спортивный пиджак и сливочного цвета брюки. Добродушный богатый джентльмен. Но в его словах был смысл.

— Нам не нужна помощь человека.

Это уже другой, сидевший в паре с кем-то. У него волосы были до плеч, такие волнистые, как мех, или, может... Нет. И еще у него были густые брови над темными глазами и тяжелые, чувственные черты лица. Может, у Крысиного Короля губы вполне подходят для поцелуев, а этому скорее годились непристойности, совершаемые в темных углах.

Одежда была под стать лицу. Ноги закинуты на стол, сапоги из мягкой бархатистой кожи. Штаны кожаные, черные и блестящие. Рубашка, в которую он не так чтобы был одет, висела как топ на мускулистом теле, оставляя обнаженным почти весь торс. Правая рука от локтя до пальцев покрыта кожаными полосами, из них торчали костяшки пальцев с шипами. Волосы на груди такие же волнистые и темные, как на голове. Рядом с собой на стол он бросил черный пыльник.

Женщина справа от него потерлась щекой об его плечо, как кошка, оставляющая пахучую метку. Длинные черные волосы извивались у нее на плечах волнами. То, что было видно из ее наряда, было в обтяжку, черное и почти все кожаное.

— Здесь мы люди, Габриэль, — сказал Маркус.

Габриэль грубо хмыкнул:

— Ты можешь верить во что хочешь, Маркус. А я знаю, кто мы такие, и что она, — он ткнул в мою сторону своей рыцарской перчаткой, — не из наших.

Жест нельзя было назвать дружелюбным.

Рафаэль встал, и спор прекратился. Что-то было в том, как он стоял в самом обыкновенном дешевом костюме, что заставляло смотреть на него так, будто он был в короне. Сам его вид внушал больше почтения, чем тонны черной кожаной рухляди. Маркус испустил самое низкое свое рычание. Слишком много коронованных особ для одного помещения.

— Говорит ли Маркус за Аниту Блейк, как говорит он за волков?

— Да, — ответил Маркус. — Я говорю за миз Блейк.

Тут встала я.

— Не знаю, что здесь происходит, но я могу сама за себя сказать.

Маркус повернулся, как белокурый смерч.

— Вожак стаи — я! Я — закон.

Альфред пошел ко мне, согнув руки в локтях.

— Остынь, мохнатый, — бросила я. — Мне ты не вожак, и я не из твоей стаи.

Альфред шел крадучись, и я спрыгнула со сцены. У меня был пистолет, но он может мне понадобиться потом. Если я сейчас его вытащу, потом у меня его может не оказаться. Альфред спрыгнул со сцены, высоко подскочив, будто с трамплина. Я бросилась на пол и перекатилась. Меня обдало воздухом на его пролете, и я оказалась у сцены. Полезла за «файрстаром», но Альфред уже напал. Быстрее летящей пули, быстрее всего, что я в жизни видела.

Рука схватила меня за горло и сжала. Губы оттянулись назад от зубов, раздался низкий перекатывающийся рык, как будто рычал ротвейлер.

Моя рука уже лежала на пистолете, но его еще надо было поднять, наставить и спустить курок. Мне ни за что не успеть. Он раньше перервет мне горло.

Он вздернул меня на ноги, держа за горло, как за рукоятку. Пальцы его впились как раз настолько, чтобы я чувствовала силу его рук. Ему оставалось только сжать кулак, и у меня горла уже не будет. А я держалась за «файрстар». Так и буду за него цепляться, пока буду умирать.

— Это теперь Альфред за тебя дерется? — Голос Кристины с бантом на блузке. — Вожак стаи должен драться сам в ответ на любой вызов своему господству — или оставить место вожака. Один из твоих собственных законов, Маркус.

— Ты мне мои законы не цитируй, женщина!

— Она бросила вызов твоей власти над ней, а не власти Альфреда. Если он ее убьет, он и будет вожаком стаи?

В ее голосе звучало легкое презрение.

— Отпусти ее, Альфред.

Альфред стрельнул глазами в сторону Маркуса, потом снова на меня. Пальцы его напряглись, поднимая меня на цыпочки.

— Я сказал «отпусти»!

Он разжал хватку. Я качнулась назад, прислоняясь к сцене и наводя «файрстар» одним движением. Не слишком изящно, но пистолет был вытащен и глядел на Альфреда. Если он еще раз попробует на меня напасть, я его убью — и с удовольствием.

— Я думал, ты ее обыскал, — сказал Маркус.

— Я обыскал!

Альфред отступал назад, выставив руки, будто защищаясь от удара.

Я переместилась, чтобы присматривать и за Маркусом. Краем глаза я заметила Райну. Она все еще сидела и глядела на все это, явно забавляясь.

Я отступила задом наперед подальше от всех, прислонилась спиной к стене. Если Маркус быстрее Альфреда, мне нужна дистанция, лучше бы сотня миль, но придется удовлетвориться стеной.

— Пусть обезоружит ее, — предложила Райна. Она сидела, положив ногу на ногу, свободно опустив руки на колени. И улыбалась. — Это он проглядел. Пусть исправит свою ошибку.

Маркус кивнул. Альфред снова повернулся ко мне.

Я сильнее прижалась к стене, будто могла продавить в ней дверь, если как следует нажать. Альфред, крадучись, медленно приближался ко мне, как маньяк из фильма. Я навела ствол ему в грудь.

— Я его убью, — предупредила я.

— Твои пульки мне ничего не сделают, — сказал Альфред.

— Утяжеленные с серебряной оболочкой, — сообщила я ему. — Пробьют у тебя в груди дыру такую, что кулак войдет.

Он замялся в нерешительности.

— Я могу залечить любую рану. Даже от серебра.

— Только не смертельную, — сказала я. — Я у тебя вырву сердце, и ты умрешь.

Он обернулся и увидел, что лицо Маркуса искривилось от гнева.

— Это ты дал ей пронести к нам пистолет!

— Если ты боишься пистолета, Маркус, забери его сам.

Опять Кристина. На этот раз я не была уверена, что она играет на моей стороне.

— Миз Блейк, мы не причиним вам вреда. Но я обещал всем остальным, что вы не будете среди нас с оружием. Я дал слово. Если вы отдадите свой пистолет Альфреду, вопрос будет исчерпан.

— Не выйдет.

— Вы бросаете мне вызов, миз Блейк. Я не могу допустить подрыва моей власти.

Он подошел к краю сцены, ближайшему ко мне, и был теперь ближе, чем Альфред. Я не была уверена, что это улучшение ситуации.

— Шаг со сцены — и я стреляю.

— Альфред.

Снова единственное слово, но его хватило. Альфред стал рядом с ним, заглядывая в глаза.

— Да, хозяин?

— Забери у нее это. Она не имеет права бросать нам вызов.

— Вы его посылаете на смерть, Маркус.

— Не думаю.

Альфред сделал шаг, встав перед Маркусом. Лицо его было безразличным, глаза непроницаемыми.

— Глупо за это умирать, Альфред.

— Он приказывает, я подчиняюсь. Таково положение вещей.

— Не надо, — сказала я.

Он шагнул вперед.

Я сделала медленный вдох, успокаиваясь. Какой-то периферией я ощущала их всех, но смотрела только на Альфреда. И на точку в середине его груди.

— Я не блефую.

Он напрягся. Я поняла, что он сейчас это сделает. Он был уверен, что может двигаться быстрее, чем я нажму на курок. А так быстро двигаться не может никто. Я на это надеялась.

Он прыгнул тем же широким выгнутым перекатом, что и в прошлый раз. Я припала на колено, целясь во время его движения. Пуля ударила его в вершине дуги, он дернулся и рухнул на пол.

Тишину разорвал выстрел. Я встала, все еще не отводя от него дула. Подалась вперед. Он не шевелился. Если он и дышал, я этого не видела. Нагнувшись к нему, я почти уперла пистолет ему в позвоночник. Он не двинулся. Я пощупала пульс на шее. Нет пульса. Левой рукой я вытащила у него из-за пояса мой браунинг, держа всю публику под прицелом «файрстара». Левой я не так хорошо действую, но не хотела терять время, перехватывая оружие.

Маркус сошел со сцены.

— Не надо, — сказала я. Он застыл, уставясь на меня. Вид у него был ошеломленный, будто он думал, что я этого не сделаю.

Пробираясь между столами, подошел Рафаэль.

— Можно мне его осмотреть?

— Конечно.

Но на всякий случай я отодвинулась. За пределы его досягаемости — теоретически.

Рафаэль перевернул тело. На полу под дырой в груди собралась лужа крови. Стекая по бороде, застыли яркие багряные сгустки. Да, не был он быстрее пули.

Маркус посмотрел на меня поверх трупа. Я ожидала увидеть гнев, но видела только боль. Он оплакивал уход Альфреда. Может, я и спустила курок, но толкнул Альфреда к этому он. Он это знал, и я знала. Все знали.

— Вам не обязательно было его убивать, — тихо произнес он.

— Вы не оставили мне выбора.

Он посмотрел на тело Альфреда, потом на меня.

— Да, наверное, не оставил. Мы убили его вдвоем, вы и я.

— На будущее, чтобы между нами больше не было недоразумений, Маркус. Я никогда не блефую.

— Вы так сказали.

— Но вы мне не поверили.

Он глядел, как растекается по полу кровь.

— Теперь я вам верю.

12

У нас было на полу мертвое тело и извечный вопрос: что делать с трупом? Существует традиционный подход.

— Я позову копов, — сказала я.

— Нет, — ответил Маркус. В этом одном слове было больше силы, чем во всем, что он сказал с момента гибели Альфреда.

— Слушайте, он же мертв. Если бы я попала в него обычной пулей, он бы вылечился, но это было серебро. Надо позвать копов.

— Вы так хотите в тюрьму?

Это спросил Рафаэль.

— В тюрьму я не хочу, но это я его убила.

— Я думаю, тебе в этом помогли.

Кристина подошла и встала рядом. Стояла в своем костюме цвета розовых лепестков и изящных туфельках, глядя на тело. Струйка крови пробиралась к ее ногам. Кристина не могла ее не видеть, извивающуюся змейкой в ее сторону. Но не отодвинулась с дороги. Кровь обтекла носок ее туфли и побежала дальше.

Подошла Райна и встала за Маркусом. Она обняла его за плечи, прильнула лицом к шее, так близко, будто в ухо шептала. Губы ее не двинулись, но именно с ее колкого замечания все и началось. Несколько небрежных слов.

Маркус с силой погладил ее руку, опустив лицо, чтобы поцеловать ее выше кисти.

Я оглянулась. Рафаэль все еще стоял, согнувшись над телом. Струйка крови подбиралась к его колену. Он быстро встал, зацепив пальцами окровавленный пол. Поднял пальцы ко рту. Я хотела сказать «не надо», но не сказала. Он засунул пальцы в рот и обсосал дочиста.

Темные глаза глянули на меня. Он опустил руку, словно смутился, что я его застала за каким-то интимным занятием. Может быть, так и было.

Два одетых в кожу оборотня неспешно подошли сзади из-за столов, будто окружая меня. Я отступила. У меня в руках все еще было по пистолету. Тот, который в перчатках с шипами, глянул на меня, и в уголках губ у него играла улыбка. Глаза у него были серые, какие-то странно текучие. Прядь волнистых серых волос упала на лоб, прикрывая глаза, и те будто сверлящим светом пробивались сквозь нее. Он не шевельнулся, чтобы откинуть ее с глаз. Меня бы это дико злило, но я, наверное, не привыкла смотреть сквозь мех.

Он подступил к телу, то есть ближе ко мне. Я подняла пистолеты. На таком расстоянии даже не надо целиться. С пистолетом в каждой руке я не чувствовала себя увереннее. На самом деле я чувствовала себя глупо, но не хотела терять времени, засовывая один из них в кобуру. Чтобы засунуть в кобуру «файрстар», мне надо было задрать свитер и засунуть пистолет в кобуру внутри брюк. Может, я могла бы это сделать, не глядя вниз, но я не была в этом уверена. Тут может сработать привычка — как когда автомобиль ведешь. Ведь сама не знаешь, сколько раз ты смотрела вниз, пока этот грузовик перед тобой не появился. Если Габриэль так же быстр, как Альфред, доли секунды будет достаточно.

Он улыбнулся шире, провел кончиком языка по полным губам. В его взгляде был жар. Ничего магического, тот жар, который бывает в глазах у каждого. Таким взглядом мужчина говорит, что ему интересно, какая ты в голом виде и хорошо ли ты умеешь отсасывать. Грубо, но точно. Этот взгляд не предлагает любви — чистый трах. Секс — это тоже слишком слабое слово.

Я подавила желание отвернуться. Не решалась отвести от него глаз. Но хотела. У меня мурашки бежали по коже от такого взгляда и щеки начинали гореть. Я не могла бы посмотреть ему в глаза и не покраснеть. Мой папочка меня слишком хорошо воспитал.

Он шагнул вперед — едва заметным движением, но оказался почти на расстоянии вытянутой руки. Я чуть тверже подняла пистолеты, наведенные на него.

— Больше так не делай, — сказала я.

— Габриэль, оставь ее в покое! — обратилась к нему Кристина.

Он обернулся к ней.

> Тигр, о тигр, светло горящий
> В глубине полночной чащи!
> Чьей бессмертною рукой
> Создан грозный образ твой?

— Хватит, Габриэль!

Она покраснела. Одна строфа из Блейка, и она уже смутилась? При чем тут этот стих? Может быть, тигр-оборотень? А кто тогда котенок? Оба они, наверное.

Он снова повернулся ко мне. Что-то мелькнуло у него в глазах. Какая-то извращенность, подталкивающая его сделать еще шаг.

— Попробуй — и составишь компанию своему другу на полу.

Он расхохотался во всю пасть, обнажив острые клыки сверху и снизу, как кот. Не вампирьи клыки, но и не человеческие.

— Миз Блейк под моей защитой, — предупредил Маркус. — Ты ее не тронешь.

— Вы чуть не дали Альфреду задушить меня, а потом на меня натравили. Мало чего стоит ваша защита, Маркус, — я лучше сама справлюсь.

— А ты без этих штучек не была бы такая крутая. — Голос брюнетки в байкерском прикиде. Смелые слова, но стояла она на том краю толпы.

— Я не собираюсь с тобой схватываться врукопашную — без оружия у меня нет шансов. Потому я его и взяла.

— Вы отказываетесь от моей защиты? — спросил Маркус.

— Именно так.

— Дура же ты, — заметила Райна.

— Дура не дура, а пистолеты у меня.

Габриэль снова расхохотался.

— Она не верит, что ты ее можешь защитить, Маркус, и она права.

— Ты оспариваешь мое главенство?

Габриэль повернулся к Маркусу, подставив мне спину.

— А я никогда его не признавал.

Маркус шагнул вперед, но Райна стиснула его руку сильнее.

— А не хватит ли нам ворошить грязное белье на глазах миз Блейк? Как ты думаешь?

Маркус остановился, заколебался. Габриэль стоял и смотрел на него, не двигаясь. Наконец Маркус кивнул.

Габриэль рассмеялся мурлыкающим смехом и опустился на колени рядом с телом. Провел пальцами по кровавым пятнам.

— Быстро остывает.

Он обтер руку о свитер Альфреда и дотронулся до открытой раны на груди. Провел рукой вокруг нее, будто откалывая лед от краев чашки, и отнял руку обагренной.

— Прекрати! — велел Маркус.

Мотоциклистка припала с другой стороны тела, нагнулась, отставив задницу, как львица на водопое, и стала лакать из лужи на полу быстрыми и уверенными движениями языка.

— О Господи, — прошептала я.

По комнате пронеслось движение, как ветер над полем пшеницы. Все поднялись с мест. Все двинулись к телу.

Я отступила, прижимаясь спиной к стене, и стала пробираться к двери. Если сейчас начнется безумие жора, мне не хочется быть единственным в комнате не-оборотнем. Может оказаться вредно для здоровья.

— Нет! — пронесся над головами рык Маркуса. Он оказался возле тела, мгновенно растолкав всех. Даже Габриэль покатился набок, вскочил и остался сидеть в луже крови. Женщина отползла подальше. Габриэль сидел в пределах досягаемости главного вервольфа, смотрел на него снизу вверх, но страха в его глазах не было.

— Мы не звери, чтобы жрать своих мертвых!

— Звери, звери, — отозвался Габриэль. Он протянул Маркусу кровавую руку. — Понюхай кровь и не говори, что ты ее не жаждешь.

Маркус отдернул голову, с шумом — даже мне было слышно — проглотив слюну. Габриэль встал на колени, тыча кровью в лицо Маркусу.

Тот отбил руку, но от тела отступил.

— Я чую кровь. — Он говорил с трудом, выжимая каждое слово сквозь низкое рычание. — Но я — человек. Это значит, что я не обязан уступать инстинктам.

Он развернулся, протолкался через толпу — чтобы найти себе место, ему пришлось залезть на сцену. Дышал он тяжело и часто, будто только что бежал изо всех сил.

Я уже обошла сцену до половины и теперь видела его лицо. Оно покрылось испариной. Надо мне уносить ноги.

Беловолосый, который говорил первым и спросил, какая им польза от истребителя вампиров, стоял поодаль от других, скрестив руки и привалившись к столу. Он смотрел на меня. С той стороны комнаты пусть себе смотрит куда хочет. Я держала пистолеты, направленные на всех. В этой комнате не было никого, с кем бы я хотела оказаться рядом без оружия.

Я уже почти добралась до двери, и теперь надо было освободить руку, чтобы ее открыть. Тогда я сунула «файрстар» в кобуру и взяла браунинг в правую руку. Левой пошарила по стене позади себя, нащупала ручку двери. Повернула ее и чуть приоткрыла дверь. Потом, повернувшись к комнате спиной —

я отошла уже достаточно далеко для этого, — распахнула дверь. И остановилась.

Коридор был набит ликантропами — аж четверо. Они все смотрели на меня, смотрели расширенными безумными глазами. Ткнув ближайшего браунингом в грудь, я скомандовала:

— Назад!

Он продолжал таращиться, будто не понял. Глаза у него были карие и совершенно человеческие, но очень напоминали глаза собаки, которая пытается понять, когда к ней обращается человек. Хочет понять, но никак не может.

Что-то шевельнулось у меня за спиной. Я захлопнула дверь, придавив ее спиной и обводя комнату стволом. Если оборотни полезут, мне конец. Некоторых я смогу подстрелить, но не всех.

Сзади подошел человек, который стоял, привалившись к столу. Он поднял руки, показывая, что не вооружен, но это была ерунда. А не ерунда состояла в том, что у него на лице не было испарины. Глаза не остекленели, как у тех, кто в коридоре. Вообще выглядел он... по-человечески.

— Меня зовут Каспар Гундерсон. Вам нужна помощь?

Я глянула на поджидающую орду и снова на него.

— Еще бы.

Каспар улыбнулся:

— Вы принимаете помощь от меня, но не хотите принять ее от Маркуса?

— Маркус не предлагает помощь. Он отдает приказы.

— Что верно, то верно.

Рядом с ним появился Рафаэль.

— Никто из нас не подчиняется приказам Маркуса. Хотя ему бы хотелось.

Из толпы в коридоре раздался звук, средний между воем и стоном. Я сделала еще шаг вдоль стены, продолжая держать толпу под прицелом. Слишком много потенциальных угроз — надо выбрать, кому можно верить. Рафаэль и беловолосый казались лучшим выбором, чем эта толпа.

По комнате разнесся прерывистый высокий вопль. Прижавшись спиной к стене, я повернулась к комнате. Что там еще?

Сквозь толпу ликантропов мелькали дергающиеся руки и ноги. Черноволосая закинула голову и взвыла.

— Она борется с собой, — сказал беловолосый.

— Да, но не победит, если ей не поможет кто-нибудь из доминантов.

— Габриэль не станет.

— Нет, — согласился Рафаэль. — Ему это зрелище нравится.

— Еще же не полная луна, что же такое стряслось? — спросила я.

— Началось с запаха крови, — пояснил Рафаэль. — Габриэль это подогрел — вместе с Элизабет. Теперь, если Маркус не возьмет их в руки, они могут все перекинуться и начать жор.

— А это плохо? — спросила я.

Рафаэль смотрел на меня, вцепившись руками в собственные предплечья — аж кожа побелела под пальцами. Коротко обрезанные ногти впились в мышцы, и под ними появились кровавые кружочки. Он резко и глубоко вдохнул и кивнул, убрав пальцы от предплечий. Порезы заполнились кровью, но упало только несколько капель. Малые порезы — малая боль. Иногда боль помогает не поддаться гипнозу вампа.

Голос его звучал напряженно, но ясно, он отчетливо произносил слова, будто говорить ему было очень трудно.

— Среди бабьих сказок о нас есть правдивые, и одна из них — что ликантроп должен после превращения жрать.

Его расширенные зрачки скрыли белки глаз и глядели на меня, затягивая. Они сверкали, как черные пуговицы.

— И вы тоже собираетесь на меня наброситься?

Он покачал головой.

— Зверь не владеет мной. Я владею зверем.

Второй стоял спокойно.

— А вас почему это не волнует?

— Я не хищник. Кровь меня не зовет.

Из коридора донеслось хныканье. Юноша не старше двадцати лет вползал в комнату на четвереньках. И хныкал, будто произносил мантру.

Он поднял голову, понюхал воздух. Голова его дернулась ко мне, глаза поймали меня в фокус, и он пополз в мою сторону. Глаза у него были синие, как весеннее небо, невинные, как апрельское утро. Только взгляд их не был невинным. Он глядел на меня, будто прикидывая, какова я на вкус. Будь он человеком, я бы решила, что у него на уме секс, а сейчас... наверное, еда.

Я навела пистолет ему в лоб. Он глядел мимо дула, на меня. Вряд ли он вообще его увидел. Он коснулся моей ноги, и я его не застрелила. Он вроде бы вреда не причинял. Я не могла взять в толк, что происходит, но застрелить его за то, что он меня коснулся, я не могла. Не могла — и все. Надо что-то сделать, чтобы заслужить пулю в лоб. Даже от меня.

Я осторожно повела пистолетом у него перед глазами. Они не следили за движением.

Руки его схватились за мои джинсы, он подтянулся и встал на колени. Голова его оказалась у меня чуть выше пояса, синие глаза смотрели мне в лицо. Он погрузил лицо мне в живот — ткнулся, как щенок.

Я постучала его стволом по голове.

— Слушай, друг, мы с тобой недостаточно для этого знакомы. Встань-ка!

Он зарылся головой мне под свитер. Чуть-чуть прикусил бок. Напрягся, и руки у него застыли, он задышал тяжело и прерывисто.

А я внезапно перепугалась. Что для одного — любовная игра, для другого — закуска перед обедом.

— Уберите его от меня, пока я ему ничего не сделала!

Рафаэль крикнул, перекрывая хаос:

— Маркус!

Это слово осталось звенеть в наступившей тишине. Все лица повернулись к нему. Окровавленные лица. Элизабет, черноволосой, нигде не было видно. Только Маркус был чист. Он стоял на сцене, напряженно выпрямившись, но вибрировал как камертон, если по нему ударить. Щеки у него ввалились, глаза горели от неимоверного усилия. Он глядел на нас, как утопающий, который твердо решил, что не будет звать на помощь.

— Джейсону трудно себя контролировать, — сказал Рафаэль. — Он из твоих волков. Отзови его.

Габриэль поднялся с покрытым кровью лицом и обнажил в смехе блеснувшие клыки.

— Странно мне, что миз Блейк его до сих пор не убила.

Райна оторвалась от жертвы; на подбородке ее краснело пятно крови.

— Миз Блейк отказалась от защиты Маркуса. Она — доминант. Пусть теперь узнает, что значит отвергать нашу помощь.

Джейсон судорожно прижимался ко мне. Руки его свело, лицо прильнуло к моему животу. Кожей я ощущала его дыхание — горячее и слишком тяжелое для происходящего.

— Вы меня сюда позвали вам помочь, Маркус. Хреновое у вас гостеприимство.

Он глянул на меня гневно, но даже на таком расстоянии было видно, как лицо его дернулось в нервном тике. Будто что-то живое пыталось вылезти наружу.

— Слишком поздно уже для делового разговора, миз Блейк. Ситуация вышла из-под контроля.

— Я не шучу. Уберите его от меня. Одного трупа за ночь достаточно.

Райна подошла к нему, протягивая окровавленную руку.

— Пусть признает твое главенство над собой. Признает, что ей нужна твоя помощь.

Маркус посмотрел на меня.

— Признайте мое главенство, миз Блейк, и я отзову Джейсона.

— Да пошел ты, Маркус! Я не прошу спасти меня, я вам говорю — спасите его. Или вам плевать на членов своей стаи?

— Рафаэль — король, — сказала Райна, — пусть он тебя спасает.

Мальчишка задрожал. Его хватка усилилась до боли. Если он прижмет меня еще сильнее, я перервусь пополам. Он встал, все еще сцепив руки у меня за спиной, и оказался примерно моего роста. Наши лица сошлись вплотную. Он склонил голову, будто собираясь меня поцеловать, но его снова пробрала дрожь. Губы его ткнулись мне в волосы, в шею.

Я прижала дуло браунинга к его груди. Если только попробует укусить, он труп.

Но покойный Альфред был насильником, а этот, кажется, просто не может себя контролировать — непреодолимый импульс. Если я подожду достаточно долго, моя смерть неминуема. И все же, пока он мне ничего плохого не сделал, я не хотела его убивать. И к тому же у меня появилось ощущение радости пистолета, когда я убила Альфреда. Маленькое, но появилось. И это тоже дало Джейсону некоторую слабину.

Его зубы скользнули вдоль моей шеи, вобрав краешек кожи. Мое терпение уже кончалось — даже если он не перекинется.

Кожа у меня завибрировала от его глухого рычания, и сердце забилось в горле. Я стала нажимать на спуск — нет смысла ждать, когда тебе перервут горло.

— Рафаэль, не надо! — услышала я голос Каспара.

У Джейсона дернулась голова, глянули дикие глаза. Рядом с нами стоял Рафаэль, протянув руку к лицу Джейсона. Из глубоких царапин текла кровь.

— Свежая кровь, волк!

Джейсон метнулся так быстро, что меня впечатало в стену. Когда я стукнулась головой, плечи уже смягчили удар, и только потому я не потеряла сознание. Потом я оказалась сидящей на полу, только по инстинкту не выпустив пистолета. Сила этого одного движения перепугала меня до тошноты. А я ему позволила тыкаться мордой мне в живот, будто он человек. Да он же мог меня разорвать пополам голыми руками! Может, я бы его сначала убила, но сама бы точно оказалась на том свете.

Рафаэль стоял над ним, капая кровью на пол.

— Надеюсь, вы понимаете, что я для вас сделал.

Ко мне вернулось дыхание, и я смогла заговорить.

— Хотите, чтобы я его застрелила?

По его лицу пробежало странное выражение, но черные пуговицы глаз остались мертвыми.

— Вы предлагаете мне вашу защиту.

— Защиту, шмащиту! Вы мне помогли, я помогу вам.

— Спасибо, но я это начал, я и должен закончить. А вам, наверное, стоит уйти, пока у вас не кончились серебряные пули.

Каспар протянул мне руку, чтобы помочь встать, я ее приняла. Кожа у него казалась слишком горячей — но это все. Кажется, его не тянуло меня коснуться или сожрать. Приятно для разнообразия.

В дверь валила толпа — двойками, тройками, десятками. Кто-то из вошедших шел, как сомнамбула, к телу в другом конце зала — это бросалось в глаза. Другие шли к Рафаэлю и дергающемуся в судорогах Джейсону. Ладно, он сказал, что справится. Но с полдюжины повернулись ко мне и Каспару.

И глядели на нас голодными глазами. Одна девушка упала на колени и поползла ко мне.

— Вы можете что-нибудь сделать? — спросила я.

— Я — лебедь, они меня считают едой, — сказал он.

Все мое самообладание ушло на то, чтобы не уставиться на него.

— Лебедь — это прекрасно. Есть у вас какие-нибудь предложения?

— Раньте кого-нибудь из них. Они уважают боль.

Девушка потянулась ко мне, я посмотрела на тонкую руку — и не выстрелила. Пули с мягкой оболочкой могут оторвать руку напрочь, а я не знала, могут ли ликантропы залечить ампутацию. Прицелившись поверх ее головы в здоровенного самца, я стрельнула ему в брюхо. Он с воплем свалился на пол, зажимая пальцами кровавую рану. Девушка повернулась к нему, зарываясь лицом ему в живот.

Он отшвырнул ее взмахом руки, и остальные бросились к нему.

— Давайте выбираться, пока есть возможность, — предложил Каспар, показывая на дверь.

Меня не надо было просить дважды. Вдруг рядом со мной оказался Маркус — я не видела, как он подходит, слишком занятая непосредственными угрозами. Отбросив от раненого двоих (легко, как щенят), он протянул мне конверт из плотной бумаги. Голосом, больше всего похожим на рычание, он произнес:

— Каспар сможет ответить на все ваши вопросы.

И повернулся с рычанием к ликантропам, защищая того, которого я ранила. Каспар вытолкнул меня в дверь, и ему это позволили.

Я успела глянуть на Джейсона. Он превратился в массу текучего меха и обнаженных капающих костей. Рафаэль снова стал скользким и черным крысолюдом, каким я увидела его впервые с полгода назад. На предплечье у него было тавро в виде короны — знак власти над крысами. И кровь больше не шла — перемена его исцелила.

Дверь захлопнулась — кто это сделал, я толком не знаю. Мы с Каспаром стояли в коридоре, и больше никого там не было. Из-за двери не доносилось ни звука — такая тяжелая тишина, что она стучала в голове.

— Почему я их не слышу? — спросила я.

— Звукоизоляция, — ответил Каспар.

Логично. Я посмотрела на конверт — на нем был кровавый отпечаток пальца. Я осторожно взяла его за уголок, чтобы кровь стекла.

— А нам сейчас полагается сесть и провести деловое совещание? — спросила я.

— Зная Маркуса, я думаю, что информация полная. Он очень хороший организатор.

— Но не очень хороший вожак стаи.

Каспар бросил взгляд на дверь:

— Я бы на вашем месте говорил такие вещи где-нибудь подальше отсюда.

Он был прав. Я подняла на него взгляд. По-детски тонкие волосики, почти белые, почти пуховые. Я покачала головой. Не может этого быть.

Он ухмыльнулся:

— Давайте, потрогайте.

Я потрогала. Провела ему пальцами по волосам, и они были мягкие и гладкие, как птичьи перья. От головы Каспара поднимался лихорадочный жар.

— Ну и ну!

Что-то тяжело стукнуло в дверь, пол задрожал. Я попятилась, думая, прятать ли браунинг, и приняла компромиссное решение — сунула его в карман пальто. Единственное из моих пальто с достаточно глубокими карманами, чтобы спрятать пистолет.

Каспар открыл дверь в обеденные залы — там все еще сидел народ и ел. Резал бифштексы, заедал гарниром, понятия не имея о хаосе, происходящем через две двери.

Меня подмывало заорать: «Бегите! Спасайся кто может!» Но вряд ли меня бы поняли. Кроме того, «Кафе лунатиков» работало уже много лет, и я ни разу не слышала, чтобы здесь что-нибудь случалось. Конечно, я сегодня убила человека — или вервольфа, или кто он там. Но вряд ли для полиции останется много улик — разве что пара хорошо обглоданных костей.

Кто знает, какие еще ужасы здесь скрываются?

Каспар протянул мне визитную карточку. Белая, с готическим шрифтом, гласившим:

**КАСПАР ГУНДЕРСОН,
АНТИКВАРИАТ И
КОЛЛЕКЦИИ**

— Если у вас будут вопросы, я постараюсь на них ответить.

— Даже на вопрос «Кто вы такой, черт вас побери?».

— Даже на этот, — ответил он.

Мы разговаривали на ходу. Возле бара он предложил мне руку. Уже была видна входная дверь — слава Богу, развлечения на сегодня заканчивались. Слава Богу.

И тут улыбка застыла у меня на лице. Одного из сидящих за баром я знала. Эдуард спокойно потягивал из высокого бокала что-то холодное. На меня он даже не глянул, но я знала, что он меня видел. Каспар склонил голову набок и посмотрел на меня:

— Что-нибудь случилось?

— Нет, — ответила я. — Нет, ничего. — Я произнесла это слишком быстро, сама себе не веря, и попробовала улыбнуться профессиональной улыбкой. — Просто ночь выдалась трудная.

Он мне не поверил, и мне это было безразлично. Врать на ходу я никогда толком не умела. Каспар не стал спорить, но осмотрел на ходу толпу, ища, что меня взволновало — или кто.

У Эдуарда был обыкновенный вид приятного парня, рост пять футов шесть дюймов, худощавый, с короткими светлыми волосами. Одет он был в незапоминающуюся черную зимнюю куртку, джинсы, ботинки на мягкой подошве. Слегка напоминал Маркуса и был столь же опасен — по-своему.

Меня он не замечал без всяких усилий, а это значило, что он тоже не хочет быть замеченным. Я прошла мимо, желая спросить, какого дьявола ему здесь понадобилось, но не захотела разрушать его прикрытие. Эдуард был наемным убийцей со специализацией по вампирам, ликантропам и прочим противоестественным гуманоидам. Начинал он с людей, но это оказалось слишком легко. А Эдуард любил трудности.

На темной холодной улице я остановилась и задумалась, что дальше. В одной руке у меня был окровавленный конверт, в другой все еще был зажат браунинг. Адреналин уже выветрился, и пальцы на рукоятке сводило судорогой. Слишком долго я держала его, не стреляя. Конверт я сунула под мышку и убрала пистолет. Наверное, можно будет дойти до машины без пистолета в руке.

Эдуард не вышел, хотя я наполовину этого ожидала. Он за кем-то охотится, но за кем? После того что я сегодня видела, охота не казалась мне такой уж плохой мыслью.

Конечно, Ричард тоже из них, и я не хотела, чтобы за ним кто-нибудь охотился. Надо будет спросить Эдуарда, что это он делает, но не сегодня. Ричарда внутри не было. Остальные пусть рискуют. На секунду я подумала о Рафаэле, но пожала плечами. Рафаэль знает Эдуарда в лицо, если даже не знает точно его профессии.

На полпути к машине я остановилась. Не надо ли предупредить Эдуарда, что Рафаэль может его узнать и сказать остальным? Но голова раскалывалась, и я решила, что в эту ночь Смерть как-нибудь сам о себе позаботится. Меня вампиры называли Истребительницей, но Эдуарда они звали Смертью. Я хотя бы никогда не применяла против них огнемет.

И я пошла дальше. Эдуард уже большой мальчик и сам кого хочешь может напугать. Тем же, кто в задней комнате, моя помощь тоже не нужна.

А если даже и нужна, я не была уверена, что готова ее оказать, и это снова вернуло мои мысли к конверту. Зачем им может быть нужна моя помощь? Что я могу сделать такого, чего не могут они? Мне почти что не хотелось этого знать, но я не выбросила конверт в ближайший мусорный ящик. Честно говоря, если я его не прочту, это потом не даст мне покоя. Любопытство сгубило кошку — оставалось надеяться, что с аниматорами такого не происходит.

13

В пять тридцать пять утра я завалилась в кровать с папкой в руках. Рядом со мной был Зигмунд, мой любимый игрушечный пингвин. Раньше я брала Зигмунда только после того, как меня пытались убить. Последнее время я сплю с ним почти всегда. Тяжелый год выдался.

Браунинг отправился в свой второй дом — кобура на ночном столике. Иногда я сплю без пингвина, но никогда — без пистолета.

В папке оказалось с полдюжины листов бумаги. Аккуратно отпечатанных, через два интервала. Первый содержал список из восьми имен с указанием животного возле каждого из них. Следующие две страницы давали объяснения по каждому имени. Исчезли восемь ликантропов. Пропали бесследно. Ни тел, ни следов насилия — ничего. Семьи ничего не знают. Никто из ликантропов тоже ничего не знает.

Я вернулась к именам. Под номером семь значилась Маргарет Смитц. Жена Джорджа Смитца? Пегги — уменьшительное от Маргарет. Как из Маргарет получается Пегги — понятия не имею, но это так.

Последние страницы содержали предложения Маркуса о том, с кем мне следует говорить. Все бы этому типу командовать! Еще он дал объяснения, почему попросил меня о помощи. Он считал, что другие оборотни будут свободнее говорить со мной, чем с его волками. Без шуток — я была вроде компромисса. Полиции они не доверяли. А к кому еще обратиться лунарно ограниченным за помощью, как не к соседу-аниматору?

Я не очень понимала, что могу для них сделать. Я же не без причины послала Джорджа к Ронни: я не детектив. Никогда в жизни я не занималась поиском пропавших. Когда завтра — прошу прощения, сегодня утром — я увижусь с Ронни, ее надо будет проинформировать. Пропавшая жена Джорджа — случай, восемь пропавших ликантропов — уже картина. Им бы надо пойти в полицию, но они ей не доверяют. Еще в шестидесятых ликантропов линчевали и сжигали на кострах. Так что я не могу поставить им в вину излишнюю недоверчивость.

Папку я положила на ночной столик и заметила на нем белую визитную карточку, на которой был только номер телефона. Эдуард дал ее мне всего два месяца назад. Впервые у меня появилась возможность с ним связаться — до того он просто появлялся сам. Обычно тогда, когда мне это было никак не нужно.

Отозвался автоответчик: «Оставьте сообщение после сигнала». Пискнул длинный гудок.

— Это Анита. Какого черта ты делаешь в городе? Перезвони, как только сможешь.

Обычно я не грублю автоответчику, но черт побери, это же был Эдуард! Он меня знает, и к тому же не ценит галантерейностей обращения.

Я поставила будильник, выключила свет и завернулась в одеяло, сунув под бок своего верного пингвина. Не успела я согреться, как телефон уже зазвонил. Я ждала, чтобы автоответчик снял трубку, но на восьмом звонке сдалась. Я же его забыла включить, дуреха!

— Не дай Бог вы звоните по пустякам, — сказала я в трубку.
— Ты велела перезвонить поскорее. — Эдуард.

Я втянула трубку под одеяло.
— Привет, Эдуард.
— Привет.
— Зачем ты в городе? И что тебе было нужно в «Кафе лунатиков»?
— А тебе?
— Блин, сейчас почти шесть утра, а я еще глаз не сомкнула. Нет у меня времени в игрушки играть!
— А что было в той папке? На ней была кровь — чья она?

Я вздохнула. Непонятно, что ему рассказать. От него может быть огромная помощь — а может выйти так, что он поубивает тех, кому я собралась помогать. Тяжелый выбор.

— Ни хрена не могу тебе сказать, пока не будут точно знать, что не подвергаю людей опасности.
— Ты же знаешь, я на людей не охочусь.
— Значит, ты на охоте.
— Да.
— Кто на этот раз?
— Оборотни.

Этого и следовало ожидать.
— Кто именно?
— Я еще не знаю имен.
— Откуда же ты знаешь, кого убивать?
— У меня есть пленка.
— Пленка?

— Приезжай завтра ко мне в гостиницу, и я тебе ее покажу. И расскажу все, что знаю.

— Обычно ты не столь обязателен. В чем подвох?

— Подвоха нет. Просто ты можешь их узнать, в этом все дело.

— Я не многих оборотней знаю, — сказала я.

— Ладно, ты приезжай, я тебе покажу, что у меня есть.

Голос у него был очень уверенный в себе, но Эдуард — он всегда такой.

— Ладно, где ты остановился?

— «Адамс Марк». Рассказать, как проехать?

— Не надо, найду. Когда?

— Ты завтра работаешь?

— Да.

— Тогда — как тебе удобно.

Что-то он чертовски вежлив.

— Сколько времени займет твоя презентация?

— Часа два, может быть, чуть меньше.

Я покачала головой, сообразила, что он этого не видит, и сказала вслух:

— Получается только после последнего зомби. До того времени у меня все расписано.

— Назови время.

— Могу подъехать между полпервого и часом.

Даже произнести это было трудно из-за предчувствия усталости. Опять я не высплюсь.

— Буду ждать.

— Постой! Ты под какой фамилией зарегистрировался?

— Номер 212, ты просто постучи.

— А фамилия-то у тебя есть?

— А как же. Спокойной ночи, Анита.

Трубка смолкла, жужжа у меня в руке, как неспокойный дух. Положив трубку в гнездо, я включила автоответчик, вывела звук до отказа и залезла под одеяло.

Эдуард никогда не делился информацией, если не был вынужден. Слишком он сейчас предупредителен — что-то стряслось. Зная Эдуарда, можно точно сказать: стряслось что-то неприятное. Ликантропы исчезают без следа — такая игра вполне во вкусе Эдуарда. Но я почему-то не думала, что это он. Он любил, чтобы о его заслугах знали — до тех пор, пока полиция не может их на него повесить.

Но кто-то же это делает? Свободные охотники, работающие ради премий, специализирующиеся на одичавших ликантропах. Эдуард может знать, кто они, и потворствуют ли они убийцам. Поскольку, если все восемь мертвы, то это убийство. Насколько я пока знаю, никто из них не был преследуем законом. Полиция должна это знать, но я не собиралась ее вмешивать. Дольф должен знать, если ликантропы исчезают на его территории.

Меня засосало в сон на краю мира, и я оказалась рядом с жертвой убийства. Я видела замерзшее в снегу лицо, разорванный, как виноградина, глаз. Раздавленная челюсть пыталась шевельнуться, заговорить, и из раздробленного рта донеслось одно слово:

— Анита.

Снова и снова он повторял мое имя. Я проснулась настолько, чтобы повернуться на бок, и сон окатил меня тяжелой черной волной. Если мне что и снилось потом, то я не помню.

14

Каждый год я ломаю себе голову, что подарить на Рождество моей мачехе Джудит. Вы скажете, быть может, что за четырнадцать лет я могла бы и научиться. Конечно, можно бы подумать, что и она за это время могла бы научиться выбирать подарки для меня. А кончалось всегда тем, что мы с Джудит смотрим друг на друга через бездонную пропасть непонимания. Она хочет, чтобы я была этакой безупречно женственной дочерью, а я хочу, чтобы она была моей покойной матерью. Поскольку я своего не получаю, то стараюсь, чтобы и Джудит не получила того, что хочет. А к тому же у нее есть Андриа — полное совершенство. Одного безупречного ребенка на семью вполне достаточно.

Так вот, мы с Ронни занимались покупкой рождественских подарков. Перед этим мы сделали обычную пробежку по скользким зимним улицам, а я успела часа три поспать. Пробежка помогла, а пощечины от зимнего морозца помогли еще больше. Оказавшись в районе магазинов с еще влажными от душа волосами, я совсем проснулась.

У Ронни рост пять футов девять дюймов, и свои короткие светлые волосы она стрижет под мальчика. Стрижка ее не изменилась со времени нашего знакомства, но и моя тоже. Она была одета в джинсы, ковбойские сапожки с лиловым тиснением, короткое зимнее пальто и сиреневый свитер под горло. Пистолета у нее с собой не было. Она не думала, что он нужен для общения с магазинными рождественскими эльфами.

Я оделась как на работу, поскольку именно туда мне идти после покупок. Юбка — стандартная темно-синяя и с черным ремнем, под который пропущена наплечная кобура. Эта юбка была на два дюйма короче, чем мне было бы удобно, но так настояла Ронни. Она куда лучше меня разбирается в модах. Впрочем, вряд ли кто разбирается в них хуже. Жакет был густого полночно-синего цвета, как глаза Жан-Клода. Еще более темный, почти черный орнамент складывался на нем в слегка восточный узор. Блузка с открытым воротом тоже была синяя, под цвет жакета. Довольно броско я выглядела в этом костюме и в черных туфлях на высоких каблуках. Этот жакет тоже для меня выбирала Ронни. Единственным его недостатком было то, что он не слишком хорошо скрывал браунинг — на ходу иногда выглядывала кобура. Пока что никто не завопил, призывая полицию. Знали бы люди, что у меня еще по ножу в каждом рукаве, тогда кто-нибудь завопил бы наверняка.

Ронни рассматривала витрину украшений в магазине Кригла, а я смотрела в ее глаза. Серые, того же цвета, что были ночью у Габриэля, но по-другому. У нее глаза человеческие, а у Габриэля — нет, даже в человеческом виде.

— Что смотришь?

Я покачала головой.

— Ничего. Думаю про минувшую ночь.

— И как тебе твой возлюбленный после этой ночи?

У прилавков толпился народ в три ряда. Мы пробились к ним, но я знала, что ничего я здесь покупать не буду, и потому стояла рядом с Ронни, разглядывая толпу. На всех лицах была враждебность, но в ней не было ничего личного — предрождественская магазинная лихорадка за две недели до Главного Дня. Ну-ну.

Магазин был заполнен проталкивающимся и целеустремленным народом, и мне захотелось на воздух.

— Ты что-нибудь покупать собираешься?

— Ты мне не ответила.

— Выберемся из этой каши, и я отвечу.

Она выпрямилась и жестом пригласила меня вперед. Я проложила нам путь наружу. Рост у меня маленький, и одета я была слишком прилично, чтобы кого-нибудь напугать, но люди с нашей дороги отступили. Может быть, видели кобуру. Оказавшись на открытой площади, я сделала глубокий вдох. Здесь, конечно, тоже была толпа, но совсем не такая, как в магазинах. По крайней мере здесь люди об меня не терлись. Если бы попробовали, я могла бы в ответ заорать.

— Хочешь сесть?

Каким-то чудом на скамейке оказались два свободных места. Ронни предложила сесть, поскольку я была одета для работы — то есть на каблуках. Но у меня пока еще ноги не болели. Может, я начинаю привыкать носить каблуки. Бр-р-р!

Я покачала головой.

— Давай зайдем в «Нейчер компани». Может, я там найду что-нибудь для Джоша.

— Сколько ему сейчас, тринадцать? — спросила Ронни.

— Пятнадцать. Мой маленький братец в прошлом году был моего роста, а в этом году будет вообще гигантом. Джудит говорит, он вырастает из джинсов быстрее, чем она их успевает покупать.

— Намек, чтобы купить ему джинсы?

— Если и так, то я его не поняла. Джошу я покупаю что-нибудь смешное, а не шмотки.

— Из теперешних подростков многие предпочли бы шмотки.

— Только не Джош. Пока что — по крайней мере. Он, кажется, пошел в меня.

— Так что ты будешь делать с Ричардом? — спросила Ронни.

— Слушай, ты твердо решила не отцепляться?

— И не мечтай.

— Не знаю, что я буду с ним делать — после того, что видела этой ночью. После того, что рассказал Жан-Клод. Не знаю.

— Ты же знаешь, что Жан-Клод это сделал нарочно, — сказала Ронни. — Чтобы вбить между вами клин.

— Знаю, и у него это получилось. У меня возникло такое чувство, будто я с Ричардом не знакома. Будто целую чужого человека.

— Слушай, не позволяй этому клыконосцу ломать твою жизнь!

Я улыбнулась. Жан-Клоду очень бы понравилась кличка «клыконосец».

— Это не Жан-Клод ее ломает, Ронни. Если выходит, что Ричард мне лгал несколько месяцев подряд...

Я не закончила фразу — и так все было ясно.

Мы уже подошли к магазинам «Нейчер компани». Они кишели людьми, как полный кувшин потревоженных светлячков, только и вполовину не так ярко.

— А о чем именно лгал тебе Ричард?

— Он мне не рассказал о битве, которая идет у него с Маркусом.

— А ты ему все-все рассказываешь.

— Ну, тоже нет.

— Он тебе не лгал, Анита. Он просто тебе не рассказал. Позволь ему объясниться, может быть, у него есть уважительная причина.

Я повернулась и посмотрела на нее внимательно. Лицо Ронни настолько светилось участием, что я отвернулась.

— Он несколько месяцев подряд был в опасности, а мне не сказал. Я должна была знать.

— Может быть, он не мог. Нельзя судить, пока ты его не спросишь.

— Я в эту ночь видела ликантропов, Ронни. — Я встряхнула головой. — И в них не было ничего человеческого. Даже близко.

— Значит, он не человек. У каждого свои недостатки.

Тут я посмотрела на нее и встретила ее взгляд. Она улыбалась, и я не могла не улыбнуться в ответ.

— Я с ним поговорю.

— Позвони ему отсюда и договорись сегодня поужинать.

— Какая ты настырная!

— Есть с кого брать пример.

— Спасибо на добром слове, — сказала я. — А по делу Джорджа Смитца ты что-нибудь узнала?

— Ничего нового, что можно было бы добавить к той папке, что ты мне показала. Только он, кажется, не знает, что, кроме его жены, пропали еще восемь оборотней — он думает, что она единственная. У меня есть ее фотография, но нужны фотографии остальных. Первым делом при розыске пропавших нужны фотографии, иначе можно пройти мимо них на улице и не узнать.

— Я попрошу фотографии у Каспара.

— Не у Ричарда?

— Я на него злюсь. И не хочу просить его о помощи.

— Мелочная ты стала.

— Одна из лучших черт моего характера.

— Я проверю по обычным каналам, по которым ищут пропавших, но раз это оборотни, я спорить готова, что они не пропали.

— Думаешь, они убиты?

— А ты как думаешь?

— Именно так.

— Но кто или что может убрать восемь оборотней без следа?

— Меня это тоже беспокоит. — Я тронула ее за руку. — Ты все-таки теперь носи с собой пистолет.

— Обещаю, мамочка, — улыбнулась она.

Я мотнула головой:

— Что, рискнем зайти еще в один магазин? Если я куплю подарок Джошу, половина работы уже будет сделана.

— Тебе ведь надо еще купить подарок Ричарду.

— Что?

— Постоянному кавалеру полагается покупать подарок. Традиция.

— Блин!

Я на него злилась невероятно, но Ронни была права. Ссора там или что, а рождественский подарок вынь да положь. Что, если он сделает мне подарок, а я ему нет? Я со стыда сгорю. А если я ему куплю подарок, а он мне нет, я буду чувствовать собственное превосходство. Или разозлюсь. Я почти надеялась, что он не станет мне ничего покупать.

Я что, ищу повода бросить Ричарда? Может быть. Конечно, может быть, после нашего разговора он поднесет мне этот повод на тарелочке — извините, на блюдечке с голубой каемочкой. Я уже была готова к окончательной, решительной схватке и ничего приятного не предвидела.

15

На час у меня была назначена встреча с Эльвирой Дрю. Она пила кофе, охватив чашку изящными пальцами. Ногти у нее были со светлым лаком, блестящие, как раковины абелонов — бесцветные, пока на них не падает прямой свет. Все остальное было выдержано с тем же вкусом. Платье такого причудливого цвета — то оно синее, то оно зеленое. Его называют сине-зеленым, но это не точно. Оно было почти зеленым. Такая ткань, которая вот так живет своей жизнью и переливается, как мех, должна быть дорогой. Наверное, это платье стоит больше, чем весь мой гардероб.

Длинные желтые волосы элегантно спадали вдоль спины, и это было единственное, что выбивалось из ансамбля. Платье, маникюр, идеальные по подбору цвета туфли, почти невидимая косметика должны были бы сочетаться со сложной, хотя и безупречного вкуса, укладкой. Из-за своих свободно висящих и почти нетронутых волос она мне нравилась больше.

Когда она встретилась со мной взглядом, я поняла, зачем она столько потратила на свое платье. Глаза у нее были того же поразительного сине-зеленого цвета — сочетание, от которого захватывало дух.

Я сидела напротив, попивая кофе, и радовалась, что сегодня приоделась. В обычном своем наряде я бы чувствовала себя бедной родственницей, зато сегодня — вполне соответствовала.

— Что я могу для вас сделать, миз Дрю?

Она улыбнулась, и улыбка была точно такая, какая должна была бы быть. Как будто она знала, как эта улыбка действует почти на любого. Мне было бы почти страшно увидеть, как она улыбается мужчине. Если она так светится рядом со мной, то что было бы в присутствии Джеймисона или Мэнни — и думать боюсь.

— Я писательница, и сейчас работаю над книгой об оборотнях.

Моя улыбка чуть скукожилась.

— Правда? Это интересно. А что привело вас в «Аниматорз инкорпорейтед»?

— Книга построена по главам, каждая из которых посвящена отдельной форме животного. Я даю исторические сведения, рассказываю об известных в истории оборотнях этой формы, а потом описываю личность современного оборотня.

У меня заболели мышцы лица, и улыбка ощущалась скорее как оскал, чем что-либо другое.

— Судя по описанию, очень интересная книга. А чем я могу вам помочь?

Она моргнула великолепными ресницами и поглядела недоуменно. У нее это хорошо получалось. Я только что видела в ее глазах интеллект, и этот вид глупенькой блондинки был всего лишь игрой. А подействовало бы это на меня, будь я мужчиной? Хочется думать, что нет.

— Мне не хватает одного интервью. Нужно отыскать какого-нибудь крысолюда. Интервью может быть строго конфиденциальным.

Глупенькая блондинка исчезла так же быстро, как появилась. Она поняла, что я не поверила.

«Интервью *может* быть — *не обязано* быть — строго конфиденциальным». Я вздохнула и бросила изображать улыбку.

— Почему вы решили, что я могу найти вам крысолюда?

— Мистер Вон меня заверил, что если кто-нибудь в этом городе может мне помочь, то это вы.

— Он действительно так сказал?

Она улыбнулась, ресницы ее чуть вздрогнули.

— Он был вполне уверен, что вы можете мне помочь.

— Мой босс легко раздает обещания, миз Дрю. В основном такие, которые не ему выполнять. — Я встала. — Если вы можете буквально минутку подождать, я пойду посоветуюсь с мистером Воном.

— Я вас подожду прямо здесь.

Улыбка ее осталась такой же приятной, но что-то в ее глазах сказало мне, что она точно знает, каков будет характер этого совещания.

Приемная у нас была отделана светло-зеленым — от обоев с тонким восточным орнаментом до пенного ковра на полу. По всем углам раскинулись комнатные растения. Берт считал, что это придает офису оттенок домашнего уюта. По мне, это скорее было похоже на дешевый павильон для съемок джунглей.

Мэри, наш дневной секретарь, подняла голову от компьютера и улыбнулась. Ей было за пятьдесят, и светлые волосы были чуть слишком желты для естественного цвета.

— Тебе что-нибудь нужно, Анита?

У нее была приветливая улыбка, и я почти ни разу не видела ее в плохом настроении. Незаменимая черта характера для секретарши, принимающей клиентов.

— Ага. Видеть босса.

Она склонила голову набок, и глаза ее вдруг стали тревожными.

— Зачем?

— Мне все равно должна была быть назначена на сегодня встреча с Бертом. Я велела Крейгу ее записать.

Она проглядела блокнот.

— Крейг записал, но Берт ее отменил. — Улыбка исчезла. — Он сегодня и в самом деле очень занят.

Ну хватит. Я пошла к двери Берта.

— У него клиент! — сказала мне в след Мэри.

— Лучше не придумаешь, — ответила я, постучала в дверь и вошла, не дожидаясь ответа.

Большую часть бледно-голубого кабинета Берта занимал стол. Из трех наших кабинетов это был самый маленький, зато он был постоянно закреплен за Бертом, остальным приходилось перемещаться. Берт в колледже играл в футбол, и это было до сих пор заметно. Широкие плечи, мускулистые руки, рост шесть футов четыре дюйма, и каждый дюйм вполне ощущается. Лодочный загар к зиме исчез, и по-военному коротко стриженные светлые волосы на белой коже смотрелись уже не так эффектно.

Глаза у него были как немытые окна — сероватые. И сейчас они уставились на меня.

— Анита, у меня клиент.

Я глянула на сидевшего напротив человека. Это был Каспар Гундерсон, одетый сегодня полностью в белое, и это еще резче подчеркивало его суть. Как я могла принять его за человека — ума не приложу. Он улыбнулся:

— Миз Блейк, я полагаю. — Он протянул руку.

Я ее пожала.

— Если вы не против подождать снаружи буквально несколько секунд, мистер...

— Гундерсон.

— ...мистер Гундерсон, мне бы надо поговорить с мистером Воном.

— Я думаю, это может подождать, Анита, — сказал Берт.

— Нет, не может.

— А я говорю, может!

— Берт, ты хочешь, чтобы наш разговор произошел в присутствии клиента?

Он уставился на меня, и эти серые глазки стали еще меньше от прищура. Зловещий взгляд, который на меня никогда не действовал. Он выдавил улыбку.

— Ты настаиваешь?

— Ты нашел точное слово.

Берт сделал глубокий вдох и медленный выдох, будто считая до десяти, потом сверкнул Каспару лучшей из своих профессиональных улыбок.

— Извините нас буквально на минуту, мистер Гундерсон. Это не займет много времени.

Каспар встал, вежливо кивнул мне и вышел. Я закрыла за ним дверь.

— Что ты вытворяешь? Вламываешься ко мне во время переговоров с клиентом? Ты что, спятила? — Он встал, и его плечи почти задевали стены комнаты.

Пора бы ему знать, что меня пугать размерами без толку. Сколько я себя помню, всегда была меньше всех в нашем квартале. И размеры меня давно уже не впечатляют.

— Я тебе говорила: никаких клиентов вне моих должностных обязанностей.

— Твои должностные обязанности определяю я. Я твой босс, ты не запамятовала? — Он оперся на стол раскрытыми ладонями.

Я оперлась на стол с другой стороны.

— Вчера вечером ты мне послал клиента с пропавшим родственником. Какое, черт побери, я имею отношение к розыску пропавших?

— Его жена — ликантроп.

— А это значит, что нам надо брать у него деньги?
— Если ты можешь ему помочь, то да.
— Ну так вот, я отдала это дело Ронни.
Берт выпрямился.
— Видишь, ты ему помогла. Без твоей помощи он бы не вышел на миз Симс.
Берт снова был сама рассудительность, а мне это было не надо.
— А теперь у меня в кабинете сидит эта Эльвира Дрю. Какого черта мне с ней делать?
— Ты кого-нибудь из крысолюдов знаешь? — Он уже сел в кресло, сложив руки на чуть выпирающем животе.
— Это к делу не относится.
— Знаешь, нет?
— А если да?
— Устрой ей интервью. Наверняка кто-нибудь из них хочет прославиться.
— Почти все ликантропы изо всех сил скрывают, кто они такие. Если это обнаружится, они могут потерять работу, семью. В Индиане в прошлом году рассматривалось дело, и человек по иску своей жены после пяти лет брака был лишен права на своих детей, потому что обнаружилось, что он оборотень. Никто не станет так рисковать.
— Я видал интервью с оборотнями в прямом эфире.
— Это исключения, Берт, а не правило.
— Так ты не станешь помогать миз Дрю?
— Не стану.
— Я не буду взывать к твоей жадности, хотя она предложила кучу денег. Но подумай, насколько благожелательная книга о ликантропии поможет твоим друзьям-оборотням. Ты перед тем, как ей отказать, поговори с ними. Послушай, что они скажут.
— Тебе плевать на положительную рекламу для оборотней. Тебя манят только деньги.
— Верно.

Берт — абсолютно лишенный щепетильности подонок, и ему плевать, сколько народу об этом знает. Тяжело победить в перебранке, когда не можешь оскорбить противника.

Я села напротив него. У него был самодовольный вид, будто он думал, что уже победил. Ему следовало бы знать меня лучше.

— Мне не нравится, когда я сижу напротив клиента и понятия не имею, что ему нужно. Хватит сюрпризов. Теперь ты будешь заранее согласовывать клиентов со мной.

— Как скажешь.

— Рассудительный ты сегодня. Выкладывай, что случилось.

Он улыбнулся шире, глазки его блеснули.

— Мистер Гундерсон предложил за твои услуги отличные бабки. Вдвое против обычного.

— Это куча денег. Чего он от меня хочет?

— Поднять предка из мертвых. На нем лежит семейное проклятие. Одна колдунья ему сказала, что если поговорить с предком, с которого проклятие началось, ей, быть может, удастся его снять.

— Почему двойной гонорар?

— Проклятие началось с одного из двух братьев. С какого именно — он не знает.

— Так что мне придется поднимать обоих.

— Если повезет — только одного.

— Но второй гонорар ты все равно от него отожмешь.

Берт радостно кивнул, улыбаясь как-то корыстолюбиво.

— Это даже входит в твои должностные обязанности, а кроме того, если ты можешь помочь кому-то не жить всю жизнь с перьями на голове, разве ты этого не сделаешь?

— Ты наглый паразит, — сказала я, но даже для меня самой мой голос прозвучал беспомощно.

Берт только улыбнулся шире. Он победил, и он это знал.

— Значит, ты будешь согласовывать клиентов со мной, если им нужен не подъем зомби или ликвидация вампира?

— Если у тебя есть время читать о каждом клиенте, который ко мне приходит, я найду время написать.

— О каждом мне не надо — только о тех, которых ты посылаешь ко мне.

— Но ты же знаешь, Анита, — это чистая случайность, кто из вас когда на дежурстве.

— Чтоб ты провалился, Берт!

— Ты не считаешь, что слишком долго заставляешь ждать миз Дрю?

Я встала. Без толку, он меня переиграл. Он это знал, и я знала. Оставалось только с достоинством отступить.

— Твоя встреча на два часа отменяется. Я велю Мэри послать к тебе Гундерсона.

— Берт, есть на свете кто-нибудь или что-нибудь, что ты не мог бы сделать своим клиентом?

Он на минуту задумался, потом покачал головой:

— Если оно может заплатить гонорар, то нет.

— Ты самый жадный сукин сын на свете.

— Это я знаю.

Бесполезно. Этот спор мне не выиграть. Я пошла к двери.

— У тебя пистолет! — В голосе Берта слышалось негодование.

— Да, ну и что?

— Я думаю, что при свете дня и в нашем офисе ты должна принимать клиентов без оружия.

— Я так не думаю.

— Ты просто положи пистолет в стол, как раньше делала.

— Не положу. — Я открыла дверь.

— Анита, я не хочу, чтобы ты принимала клиентов вооруженной.

— Это твои проблемы.

— Я могу их сделать твоими, — сказал он, покраснев, и голос его сдавило от злости. Может быть, нам все же суждена сегодня перебранка.

Я закрыла дверь.

— Ты меня уволишь?

— Я твой босс.

— О клиентах мы можем спорить, но вопрос о пистолете не дебатируется.

— Пистолет их пугает.

— А ты посылай пугливых к Джеймисону.

— Анита! — Он встал, как буря гнева. — Я не хочу, чтобы ты носила пистолет в нашем офисе!

— Ну и... с тобой, Берт, — мило улыбнулась я и закрыла дверь. Отступила, так сказать, с достоинством.

16

Закрыв за собой дверь, я поняла, что не добилась ничего, только вывела Берта из себя. Вполне приличный результат часовой работы, но не слишком большое достижение. Сейчас я собиралась сказать миз Дрю, чем я могу ей помочь. Берт был прав насчет хорошей прессы. Проходя мимо Гундерсона, я ему кивнула. Он улыбнулся мне в ответ. Почему-то мне казалось, что на самом деле ему нужен не подъем мертвых. Что ж, вскоре выясним.

Миз Дрю сидела, положив ногу на ногу и сложив руки на коленях. Воплощение элегантного терпения.

— Может быть, я смогу вам помочь, миз Дрю, — сказала я. — Не уверена, но среди моих знакомых может найтись тот, кто вам будет полезен.

Она встала, протянув мне наманикюренную руку.

— Это было бы чудесно, миз Блейк. Я очень буду вам благодарна.

— У Мэри есть телефон, по которому с вами можно связаться?

— Есть, — улыбнулась она.

И я улыбнулась, открыла дверь, и женщина прошла мимо меня в облаке дорогих духов.

— Мистер Гундерсон, я к вашим услугам.

Он встал, отложив журнал на столик рядом с фикусом. Двигался он без той танцующей грации, как другие оборотни, но ведь лебеди на суше не особенно грациозны.

— Присядьте, мистер Гундерсон.

— Каспар, если можно.

Я прислонилась к краю стола, разглядывая Гундерсона сверху вниз.

— Зачем вы сюда пришли, Каспар?

Он улыбнулся:

— Маркус хочет извиниться за эту ночь.

— Тогда ему надо было бы прийти лично.

Каспар улыбнулся шире:

— Он считает, что предложение значительного денежного вознаграждения может возместить недостаток нашего гостеприимства.

— Он ошибается.

— И вы ни на дюйм не уступите?

— Нет.

— И вы не станете нам помогать?

Я вздохнула:

— Над этим я работаю. Но не знаю, что смогу сделать. Кто или что может устранить восемь оборотней без борьбы?

— Я понятия не имею. И никто из нас не имеет понятия. Вот почему мы обратились к вам.

Ничего себе, они еще меньше меня знают! Это не слишком успокаивает.

— Маркус дал мне список людей, которых следует расспросить. — Я протянула ему лист. — Есть мысли или дополнения?

Он нахмурился, сведя брови. Белые брови, не из волос. Я моргнула, стараясь сосредоточиться. Кажется, меня тот факт, что Каспар покрыт перьями, беспокоит больше, чем нужно.

— Все это соперники Маркуса в борьбе за власть. В кафе вы их почти всех видели.

— Вы думаете, он действительно их подозревает или просто хочет осложнить соперникам жизнь?

— Не знаю.

— Маркус сказал, что вы сможете ответить на мои вопросы. Вы знаете что-нибудь такое, чего я не знаю?

— Я бы сказал, что знаю об обществе оборотней куда больше, чем можете знать вы, — ответил он, несколько обиженный.

— Извините. Наверное, предположение Маркуса, что его соперники имеют к этому отношение, — это всего лишь принятие желаемого за действительное. Это не ваша вина, что он плетет интриги.

— Маркус часто старается взять все под свое управление. Вы это видели прошлой ночью.

— Пока что его искусство управленца не произвело на меня особого впечатления.

— Он считает, что, если у оборотней будет единый правитель, мы станем силой, способной соперничать с вампирами.

Может быть, он в этом и прав.

— И этим правителем хочет быть он, — заметила я.

— Конечно.

Зажужжал интерком.

— Прошу прощения. — Я нажала кнопку. — Мэри, кто там?

— Ричард Зееман на второй линии. Говорит, что отвечает на ваше сообщение.

Я задумалась, потом сказала:

— Соедини меня с ним.

И взяла трубку, ни на миг не забывая, что Каспар сидит и слушает. Можно было бы попросить его выйти, но мне уже надоело обращаться с клиентами, как адвокат в водевиле.

— Привет, Ричард!

— Я нашел твое послание на автоответчике, — сказал он, и голос его был очень осторожен, будто он балансировал бокалом, до краев наполненным водой.

— Кажется, нам надо поговорить, — сказала я.

— Согласен.

Ну и ну, до чего же мы сегодня деликатные.

— Я думала, это мне полагается беситься. Отчего же у тебя такой голос?

— Я узнал о том, что было ночью.

Я ждала, чтобы он сказал еще что-нибудь, но молчание тянулось до бесконечности. Заполнить его пришлось мне.

— Послушай, у меня сейчас клиент. Хочешь встретиться и поговорить?
— Даже очень.
— У меня перерыв на ужин около шести. Встретимся в китайском ресторане на Олив?
— Как-то не очень уединенно.
— А что бы ты предложил?
— У меня.
— У меня будет только час, Ричард. Не хватит времени так далеко ехать.
— Тогда у тебя.
— Нет.
— Почему?
— Просто нет, и все.
— То, что нам надо друг другу сказать, не очень подходит для общественного места. Ты и сама знаешь.
Я знала. А, черт с ним.
— Ладно, встречаемся у меня в начале седьмого. Мне что-нибудь привезти?
— Ты на работе, проще будет мне что-нибудь привезти. Свинину с грибами и крабовый суп?
Мы достаточно давно встречались, чтобы он мог заказать для меня еду, не спрашивая. Но он все равно спросил. Очко в его пользу.
— Значит, в шесть пятнадцать, — сказал он.
— До встречи.
— До встречи, Анита.
Мы оба повесили трубку. У меня живот свело узлом от напряжения. Если нам предстоит «то самое» выяснение отношений, последнее перед разрывом, то мне никак не надо, чтобы оно было у меня дома, но Ричард прав. Не стоит вопить про ликантропов и убийства людей в ресторане. И все равно такая перспектива восторга не вызывала.
— Ричард злится на вас за эту ночь? — спросил Каспар.
— Да.
— Я могу чем-нибудь помочь?

— Мне нужны подробные рассказы обо всех исчезновениях: следы борьбы, кто последний видел пропавших — в этом роде.

— Маркус сказал, что на все вопросы об исчезновениях должен отвечать только он.

— Вы всегда поступаете, как он говорит?

— Не всегда, но здесь он твёрд как скала, Анита. Я не хищник, я не могу защитить себя от Маркуса и его присных.

— Он в самом деле вас убьёт, если вы поступите против его желания?

— Наверное, не убьёт, но больно будет очень, очень долго.

Я покачала головой.

— Как я погляжу, он ничуть не лучше знакомых мне Мастеров вампиров.

— Я лично ни с одним Мастером вампиров не знаком и потому вынужден поверить вам на слово.

Я не сдержала улыбки. Оказывается, я знаю монстров лучше, чем сами монстры.

— Ричард может что-то знать?

— Вполне; а если нет, он может вам помочь выяснить.

Я хотела спросить его, такой же Ричард злой, как Маркус, или нет. Мне хотелось знать, действительно ли мой возлюбленный в душе зверь. Но я не спросила. Если я хочу что-то узнать о Ричарде, надо спрашивать Ричарда.

— Если у вас нет другой информации, Каспар, то меня ждёт работа.

Прозвучало это грубо даже для меня. Я попыталась улыбнуться, чтобы смягчить резкость, но не стала брать свои слова обратно. Мне хотелось избавиться от всего этого хаоса, а он был напоминанием о нём.

Он встал.

— Если вам нужна будет моя помощь, звоните.

— А помощь вы мне сможете оказать только ту, которую позволит Маркус?

Он слегка покраснел — до цвета подкрашенного сахара.

— Боюсь, что да.

— Тогда я вряд ли позвоню, — сказала я.
— Вы ему не доверяете?
Я рассмеялась — смехом резким, а не веселым.
— А вы?
Он улыбнулся и слегка кивнул головой.
— Наверное, нет. — Он направился к двери.
Я уже взялась за ручку двери, когда вдруг спросила, повернувшись к нему:
— А это действительно фамильное проклятие?
— Мое состояние?
— Да.
— Не фамильное, но проклятие.
— Как в волшебной сказке?
— Волшебная сказка — это очень смягченный вариант. Исходные предания часто очень грубы.
— Я некоторые из них читала.
— Вы читали «Принцессу-лебедь» в оригинале, на норвежском?
— Не могу такого о себе сказать.
— На языке оригинала это еще хуже.
— Огорчительно это слышать.
— Мне тоже.

Он шагнул к двери, и мне пришлось открыть ее перед ним. Мне страшно хотелось бы услышать эту историю из его уст, но в его глазах была такая острая боль, что от нее на коже могли остаться порезы. Против такого страдания я переть не могу.

Он шагнул мимо меня, и я его выпустила. В результате этой литературной беседы я решила достать свою старую хрестоматию по волшебным сказкам. Много времени прошло с тех пор, как последний раз перечитывала «Принцессу-лебедь».

17

Когда я шла к своему дому, было уже больше половины седьмого. Я почти ждала, что Ричард будет сидеть в холле, но там никого не было. Узел в животе у меня чуть ослаб. Отсрочка приговора даже на несколько минут — все равно отсрочка.

Когда я уже вставила ключ в скважину, у меня за спиной открылась дверь. Выпустив зазвеневшие ключи, я дернулась к браунингу. Это было действие инстинктивное, а не обдуманное. Рука уже легла на рукоятку, но пистолет я не вытащила, когда в дверях появилась миссис Прингл. Убрав руку от пистолета, я улыбнулась. По-моему, она не заметила моих действий, потому что ее улыбка не изменилась.

Она была высокая, к старости несколько высохшая. Седые волосы стянуты в пучок на затылке. Миссис Прингл никогда не пользовалась косметикой и не считала нужным извиняться за то, что она уже старше шестидесяти. Кажется, ей нравилось быть старой.

— Ты что-то сегодня поздновато, Анита, — сказала она. Крем, ее шпиц, создавал фон из скулежа и ворчания, как заевшая пластинка.

Я нахмурилась. Для меня шесть тридцать — это рано. Но я не успела слова сказать, как за ее спиной в дверях появился Ричард, и волосы его спадали по сторонам лица густой каштановой волной. И одет он был в мой любимый свитер, зеленый, как листва, и пушисто-мягкий на ощупь. Крем гавкал в нескольких дюймах от его ноги, будто набираясь храбрости, чтобы тяпнуть.

— Крем, перестань! — велела миссис Прингл и подняла глаза на Ричарда. — Никогда не видела, чтобы он так себя вел. Вот и Анита вам скажет, что он со всеми ласков.

Она обернулась ко мне, чувствуя неловкость, что ее пес грубо ведет себя с гостем.

Я кивнула:

— Вы правы, впервые вижу, чтобы он так себя вел.

При этих словах я смотрела на Ричарда, но его лицо было тщательно замкнуто — и это я тоже видела впервые.

— Иногда он так поступает, когда видит других собак, чтобы показать, что он тут главный, — сказала миссис Прингл. — У вас есть собака, мистер Зееман? Может быть, Крем ее чует.

— Нет, — ответил Ричард. — Собаки у меня нет.

— Я увидела вашего жениха в холле с мешком еды и предложила ему подождать у меня. Мне жаль, что Крем сделал его визит таким неприятным.

— Что вы, мне всегда приятно поговорить с коллегой на профессиональные темы, — ответил Ричард.

— Как вежливо сказано, — заметила она, и лицо ее озарилось чудесной улыбкой. Ричарда она видела только раз или два, но он ей понравился еще даже до того, как она узнала, что он учитель. Сразу оценила.

Ричард обогнул ее, выходя в холл. Крем не отставал, яростно тявкая. Этот пес был похож на одуванчик-переросток, только этот одуванчик выходил из себя. Он подпрыгивал на тоненьких ножках в такт собственному тявканью.

— Крем, домой!

Я придержала дверь для Ричарда. В руках у него были пакет с едой навынос и пальто. Пес рванулся вперед, решившись наконец вцепиться ему в лодыжку. Ричард посмотрел на него. Крем остановился в миллиметре от его штанины и закатил глаза, и в этих собачьих глазах было выражение, которого я в жизни не видела. Раздумье — а не съест ли его Ричард на самом деле.

Ричард шагнул в дверь, а Крем остался стоять на месте в такой позе подчинения, какой у него не было никогда.

— Спасибо, что присмотрели за Ричардом, миссис Прингл.

— Не за что. Очень приятный молодой человек. — В ее тоне было больше, чем в словах. «Очень приятный молодой человек» — это значит «выходи за него замуж». Моя мачеха Джудит была бы вполне согласна. Только она сказала бы это вслух и без всяких намеков.

Ричард бросил свое кожаное пальто на спинку дивана, пакет с едой расположился на кухонном столе. Он вынул оттуда упаковки, я тоже сбросила пальто на спинку дивана и вылезла из туфель на высоких каблуках, потеряв два дюйма роста и чувствуя себя намного лучше.

— Очень симпатичный жакет, — сказал он все еще нейтральным тоном.

— Спасибо. — Я собиралась снять жакет, но если ему нравится, пусть будет. Глупо, но правда. Как мы оба осторожничаем! Повисшее в комнате напряжение просто не давало дышать.

Я достала из шкафа тарелки, из холодильника — колу и налила ее себе, а Ричарду — стакан холодной воды. Он газированных напитков не пьет, и я держу в холодильнике кувшин с водой специально для него. Когда я ставила стаканы на стол, у меня перехватило горло.

Он положил приборы. Мы двигались в тесноте кухни как танцоры, зная, где находится партнер, и не сталкиваясь иначе, как намеренно. Сегодня мы не соприкасались. Свет зажигать не стали, кухня была освещена только лампой из гостиной, погружена в полумрак. Как пещера. Будто никому из нас не нужно было смотреть.

Наконец мы сели и стали глядеть друг на друга поверх тарелок: свинина для меня, цыплята для Ричарда. Квартиру наполнил запах горячей китайской еды, как правило — теплый и успокаивающий. Сегодня меня от него подташнивало. На тарелке передо мной лежала двойная порция крабового мяса, а блюдце Ричард наполнил кисло-сладким соусом. Мы так всегда ели китайскую еду — макая в общую тарелку с соусом. А, черт!

Шоколадно-карие глаза глядели на меня. Мне предстояло начинать первой, а мне не хотелось.

— А это все собаки на тебя так реагируют?
— Нет, только доминанты.
Тут я вытаращила глаза:
— Крем для тебя доминант?
— Он так считает.
— Рискованно, — заметила я.
Он улыбнулся:
— Я собак не ем.
— Да нет, я не в том смы... а, ладно. — Раз это все равно предстоит, начнем сейчас. — Почему ты мне не рассказал про Маркуса?

— Не хотел тебя втягивать.

— Почему?

— Жан-Клод втянул тебя в свои разборки с Николаос. Ты мне говорила, как это было тебе неприятно. Если я тебя втравлю помогать мне против Маркуса, в чем разница?

— Это не одно и то же, — возразила я.

— Каким образом? Я не хочу тебя эксплуатировать, как Жан-Клод. И никогда не буду.

— Если я иду добровольно, это не эксплуатация.

— И что ты собираешься сделать? Убить его?

В голосе Ричарда слышалась горечь, злость.

— Что ты имеешь в виду?

— Ты можешь снять жакет, я все равно видел пистолет.

Я открыла рот, чтобы возразить, — и закрыла. Посреди перепалки объяснять, что я хотела для него хорошо выглядеть, было бы просто глупо. Я встала и сняла жакет, потом тщательно повесила его на спинку стула. Это заняло много времени.

— Так, теперь ты доволен?

— У тебя пистолет — это ответ на все?

— С чего вдруг тебя стало напрягать, что я ношу пистолет?

— Альфред был моим другом.

Это меня остановило. Мне даже в голову не приходило, что Ричард может любить Альфреда.

— Я не знала, что он твой друг.

— А что, вышло бы по-другому?

Я обдумала вопрос.

— Быть может.

— Не было нужды его убивать.

— Этот разговор у меня уже был ночью с Маркусом. Ричард, они не оставили мне выбора. Я его предупредила, и не раз.

— Я об этом слышал. Вся стая только об этом и гудит. Как ты не уступила, как отвергла протекцию Маркуса, как застрелила одного из нас. — Он покачал головой. — Да, это на всех произвело впечатление.

— Я это сделала не ради впечатления.

Он глубоко вздохнул:

— Знаю, и это меня и пугает.
— Ты боишься меня?
— За тебя, — ответил он. Злость в его глазах исчезла, а то, что ее сменило, — это был страх.
— Я могу за себя постоять, Ричард.
— Ты не понимаешь, что ты сделала этой ночью.
— Мне жаль, что Альфред оказался твоим другом. Честно говоря, он не показался мне тем, кого ты выбрал бы в друзья.
— Я знаю, что он был хулиган и бойцовый пес Маркуса, но был из моих, которых я защищаю.
— Маркус очень мало занимался этой ночью защитой, Ричард. Он куда больше интересовался своей мелочной борьбой за власть, чем жизнью Альфреда.
— Я сегодня утром заехал к Ирвингу.
Эти слова повисли между нами в воздухе. Настал мой черед разозлиться.
— Ты его тронул?
— Если и да, то это мое право самца бета.
Я встала, упираясь ладонями в стол.
— Если да, то у нас дело словами не ограничится.
— Ты и в меня станешь стрелять?
Я посмотрела на него, на эти чудные волосы, уперлась глазами в свитер — и кивнула.
— Если буду вынуждена.
— Ты готова меня убить.
— Нет, убить — нет. Но ранить — да.
— Чтобы оберечь Ирвинга, ты готова навести на меня пистолет. — Он откинулся в кресле, скрестив руки на груди, и лицо у него было и злобное — и заинтересованное.
— Ирвинг просил моей защиты. Я ее предоставила.
— Так он мне и сказал сегодня утром.
— Ты его наказал?
Он долго смотрел на меня, потом произнес:
— Нет, я его не трогал.
Я шумно выдохнула — оказывается, я задерживала дыхание — и опустилась на стул.

— Ты и в самом деле пошла бы против меня, чтобы его защитить! Вот уж не ожидал.

— Ничего смешного тут нет. Ирвинг оказался меж двух огней: Маркус ему сказал, что ему будет плохо, если он меня не позовет, а ты сказал, что ему будет плохо, если только попробует меня позвать. Не очень справедливо.

— В стае очень много несправедливого, Анита.

— В жизни тоже. Так что из этого?

— Когда Ирвинг мне сказал, что он под твоей защитой, я его не тронул. Но я не верил, что ты в самом деле можешь в меня стрелять.

— Я знаю Ирвинга гораздо дольше, чем тебя.

Он наклонился, опираясь руками на стол.

— Но ведь встречаешься ты не с ним?

Я пожала плечами. А что тут скажешь?

— Я все еще твой жених, или ночное крещение огнем отбило у тебя охоту со мной встречаться?

— Ты участвуешь в борьбе не на жизнь, а на смерть, и ничего мне не сказал. Если ты от меня скрываешь такие вещи, что же это за отношения?

— Маркус меня не убьет.

Я поглядела на него в упор. Кажется, он говорит искренне.

— Ты в это действительно веришь?

— Верю.

Я чуть не обозвала его дураком, но закрыла рот и стала думать, что сказать вместо этого. Ничего не приходило на ум.

— Я видела Маркуса. Видела Райну. — Я покачала головой. — Если ты думаешь, что Маркус не хочет твоей смерти, ты очень ошибаешься.

— Одна ночь, и ты уже стала экспертом, — заметил он.

— В этом вопросе — да.

— Вот почему я тебе и не говорил. Ты бы его убила, правда? Просто убила бы.

— Если бы он попытался меня убить — да.

— Я в состоянии справиться сам, Анита.

— Тогда справься, Ричард. Убей его.

— Иначе это сделаешь за меня ты.

Я выпрямилась.

— Слушай, Ричард, чего ты от меня хочешь?

— Хочу знать, считаешь ли ты меня монстром.

Слишком быстро для моих слабых мозгов шел разговор.

— Не я ли должна тебе задать этот вопрос, если ты обзываешь меня убийцей?

— Кто ты — я знал с самого начала. Ты считала меня человеком. Ты все еще считаешь меня человеком?

Я глядела на него и видела, насколько он в себе не уверен. Умом я понимала, что он — не человек. Но я еще ни разу не видела от него ничего такого... потустороннего. И глядя на него, сидящего в моей кухне, с карими глазами, до краев полными искренностью, я не видела в нем большой опасности. Он верил, что Маркус не собирается его убить, — наивность такая, что словами не передашь. Я хотела его защитить. Оберечь.

— Ты не монстр, Ричард.

— Тогда почему ты ко мне сегодня не притронулась, даже не поцеловала, когда вошла?

— Я думала, мы друг на друга злимся, — ответила я. — С людьми, на которых я злюсь, я не целуюсь.

— А мы еще друг на друга злимся? — спросил он тихо и неуверенно.

— Не знаю. Обещай мне кое-что.

— Что именно?

— Не скрываться. Не лгать, даже умолчанием. Ты мне будешь говорить правду, и я тебе тоже.

— Согласен, если ты мне пообещаешь не убивать Маркуса.

Я только вытаращилась. Как это можно быть одновременно Мастером вервольфов и таким чистоплюем? Сочетание очаровательное и вполне самоубийственное.

— Этого я обещать не могу.

— Анита...

Я подняла руку:

— Я могу обещать, что не буду его убивать, если он не нападет на меня, на тебя или на кого-то постороннего.

Тут настал черед Ричарда на меня таращиться.

— Ты могла бы его убить, вот так просто?

— Вот так просто.

Он покачал головой:

— Я этого не понимаю.

— Как тебе удалось быть ликантропом и ни разу никого не убить?

— Я осторожен.

— А я нет?

— Ты почти небрежна насчет этого. Ты этой ночью убила Альфреда и даже не сожалеешь.

— А я должна сожалеть?

— Я бы сожалел.

Я пожала плечами. Честно сказать, меня это несколько мучило. Может быть, можно было найти выход, при котором Альфред не оказался бы в гробу — или в желудках своих друзей. Но я его убила — так вышло. Возврата нет, переменить ничего нельзя. И извинения бесполезны.

— Вот я такая, Ричард. Прими это или уходи — меняться я не собираюсь.

— Одна из причин, по которой я с самого начала хотел с тобой встречаться, — я думал, что ты можешь сама о себе позаботиться. Теперь ты их видела. Я думаю, что могу выбраться из этой каши живым, но нормальный человек — обыкновенный человек, — разве у него есть шансы?

Я смотрела на него и видела его с разорванным горлом — мертвого. Но он не был мертв, он исцелился. Выжил. А был когда-то другой человек. Человек, который не выжил. Никогда больше я не хочу так терять любимых. Никогда.

— Ну, так ты получил, что было обещано рекламой. В чем же проблема?

— В том, что я по-прежнему хочу тебя. Держать тебя в объятиях. Касаться тебя. А ты — вытерпишь мое прикосновение после того, что видела этой ночью?

Он отвел глаза, и их скрыли упавшие на лицо волосы.

Я встала и сделала разделявший нас шаг. Он поднял мне навстречу наполненные непролитыми слезами глаза, и страх прямо исходил от его лица. Я думала, что виденное этой ночью положит между нами раздел. Передо мной мелькали образы: сверхъестественная сила Джейсона, испарина на лице Маркуса, окровавленная пасть Габриэля — но теперь, когда я глядела Ричарду в лицо, совсем рядом с ним, все это казалось нереальным. Ричарду я доверяла. К тому же со мной был пистолет.

Я наклонилась, чтобы поцеловать его в губы, и первый поцелуй был легким, целомудренным. Он не шевельнулся, не коснулся меня, держа руки на коленях. Я поцеловала его в лоб, запустив пальцы в волосы, ощутив кожей его тепло. Поцеловала в брови, в кончик носа, в обе щеки и снова в губы. Он вздохнул, его дыхание вливалось мне в рот, и я прижалась к нему губами, будто хотела съесть его, начиная от рта и дальше.

Его руки обняли меня, застыли на талии, пальцы чуть ниже, потом оказались у меня на бедрах, миновав все двусмысленные зоны. Я поставила ноги по сторонам от его коленей — оказалось, что у короткой юбки есть свои достоинства: можно было сесть верхом к нему на колени, не приподняв ее ни на дюйм. Ричард тихо пискнул от удивления. Он смотрел на меня, и глаза его затягивали.

Я вытащила свитер у него из-под ремня, касаясь руками голой кожи.

— Сними.

Он одним движением стащил свитер через голову и бросил на пол. Я сидела на нем верхом, глядя на его обнаженную грудь. На этом надо было бы остановиться, но мне не хотелось.

И я прижалась губами к его шее, вдыхая аромат его тела, и волосы его закрыли мое лицо, как вуаль. Мой язык прошелся по тоненькой линии сгиба его шеи, по ключице.

Его руки сомкнулись у меня на пояснице, скользнули вниз. Пальцы коснулись ягодиц и вновь вернулись к спине. Очко в его пользу — он не стал меня лапать.

— Пистолет... Ты его можешь снять? — спросил он, уткнувшись лицом мне в волосы.

Я кивнула, выскальзывая из плечевого ремня кобуры. Чтобы снять все остальное, надо было снять ремень юбки. А руки не хотели действовать.

Ричард взял мои руки в свои и бережно положил их по обе стороны от пряжки, расстегнул ее и начал потихоньку вытягивать ремень из петель — по одной. Я кожей ощущала каждое такое движение. Пока он вытаскивал ремень, я держала в руке кобуру с пистолетом. Ремень он бросил на пол, а я аккуратно свернула ремни кобуры и положила ее на стол позади.

Потом повернулась снова к Ричарду. Его лицо было пугающе близко к моему, и губы полные и мягкие. Я лизнула их края, поцелуй оказался быстрым, беспорядочным. Я хотела пройти ртом вниз от его губ. По груди. Так далеко мы еще не заходили — даже близко не подходили.

Он вытащил у меня блузку из юбки, проводя руками по голой спине. От ощущения его кожи в тех местах, которых он не касался никогда, я вздрагивала.

— Нам надо остановиться, — шепнула я, уткнувшись в его шею. Может быть, поэтому фраза прозвучала не до конца убедительно.

— Что?

— Остановиться. — Я чуть оттолкнулась от него, чтобы заглянуть в лицо. Чтобы можно было дышать. Руки у меня все еще играли с его волосами, касались плеч. Я опустила их. Заставила себя перестать. Он был такой теплый! Подняв руки к лицу, я ощутила запах его кожи. Я не хотела останавливаться. Судя по выражению его лица и ощущению тела, он тоже. — Мы должны остановиться.

— Зачем? — Это был почти шепот.

— Потому что если не остановимся сейчас, то вообще не остановимся.

— Разве это будет так уж плохо?

Глядя в эти прекрасные глаза в дюйме от моих, я чуть не сказала «нет».

— Наверное, да.
— Почему?
— Потому что одной ночи всегда мало. Это нужно либо регулярно, либо совсем без этого обходись.
— Ты это можешь иметь каждую ночь, — сказал он.
— Это предложение? — спросила я.

Он моргнул, пытаясь собраться с мыслями. Подумать. Я смотрела на его усилия и сама боролась с собой. Только сидя у него на коленях, думать было трудно, и я встала. Его руки остались у меня под блузкой, на голой спине.

— В чем дело, Анита?

Я стояла, глядя на него, держа руки у него на плечах для равновесия, слишком близко к нему, чтобы ясно соображать. Я шагнула назад, и он отпустил меня. Опершись руками о кухонный стол, я пыталась придумать что-то осмысленное. Мне надо было пару лет боли вложить в несколько слов.

— Я всегда была хорошей девочкой. Ни с кем не спала. В колледже я встретила одного человека. Мы были помолвлены, ходили на свидания, занимались любовью. Он меня бросил.

— Он все это проделал, только чтобы залучить тебя в кровать?

Я покачала головой и повернулась к Ричарду. Он так и сидел с незаправленной рубашкой, и вид у него был великолепный.

— Его семья меня не одобрила.
— Почему?
— Его матери не понравилось, что у меня мать мексиканка. — Я прислонилась к шкафу, охватив себя руками за плечи. — Он не настолько меня любил, чтобы пойти против своей семьи. Мне его очень по-всякому недоставало, но мое тело тоже тосковало без него. Я себе обещала, что это больше не повторится.

— Значит, ты ждешь свадьбы, — сказал он.

Я кивнула:

— Я ужасно хочу тебя, Ричард, но не могу. Я себе дала слово, что больше никогда не подставлю себя под такой удар.

Он поднялся, подошел и встал передо мной. Очень близко, но не касаясь и не пытаясь коснуться.

— Тогда выходи за меня.

Я подняла глаза:

— Ага, прямо сейчас.

— Я серьезно. — Он ласково опустил руки мне на плечи. — Я хотел попросить раньше, но боялся. Ты тогда не видела, что могут сделать ликантропы, во что превратиться. Я знал, что надо будет тебе это увидеть до того, как я сделаю предложение, но я боялся и не хотел, чтобы ты увидела.

— Я все еще не видела, как ты меняешься, — сказала я.

— А тебе это нужно?

— Когда мы стоим вот так, как сейчас, я бы сказала «нет», но если подходить реалистично, если мы всерьез — то да, наверное.

— Сейчас?

Я поглядела на него в сгустившейся темноте и обняла. Припала к нему, потрясла головой, скользя щекой по обнаженной груди.

— Нет, не сейчас.

Он поцеловал меня в макушку.

— Так это значит — «да»?

Я поглядела ему в глаза:

— Мне следовало бы сказать «нет».

— Почему?

— Потому что жизнь слишком сложна для этого, Ричард.

— Жизнь всегда сложна, Анита. Скажи «да».

— Да, — сказала я и тут же захотела вернуть это слово. Я его сильно хочу. Может быть, я даже люблю его больше, чем сама думаю. Я что, подозреваю его в съедении Красной Шапочки? Черт побери, он даже не может заставить себя убить Страшного Серого Волка! Из нас двоих скорее я могу кого-нибудь зарезать.

Он поцеловал меня, крепко обняв. Я чуть отодвинулась, чтобы можно было дышать, и сказала:

— Сегодня — никакого секса. Правило остается в силе.

Он наклонился и сказал, почти касаясь губами моих губ:
— Знаю.

18

На первый свой подъем зомби я опоздала. Как странно, не правда ли? Из-за этого я опоздала и на два других. Когда я добралась до номера Эдуарда, было уже 2.03.

Я постучала, он открыл дверь и отступил в сторону.
— Опаздываешь.
— Ага, — ответила я.

Комната была приятная, но стандартная. Полутораспальная кровать, ночной столик, две лампы, письменный стол у дальней стены. Окна почти от стены до стены закрыты шторами. Свет в ванной включен, дверь открыта. Шкаф полуоткрыт, показывая, что Эдуард повесил туда свои вещи. Значит, он здесь на какое-то время останется.

Телевизор работает, звук выключен. Это меня удивило — Эдуард телевизор не смотрит. На телевизоре стоял видеомагнитофон. Это уже отклонение от стандартной гостиничной меблировки.

— Заказать чего-нибудь в номер перед началом?
— Кола — это будет отлично.

Он улыбнулся:
— Ну ты и размахнулась!

Он подошел к телефону и заказал бифштекс, слегка прожаренный, и бутылку бургундского.

Сняв пальто, я положила его на стул возле стола.
— Я ведь не пью.
— Я знаю. Хочешь освежиться, пока ждем еду?

Подняв глаза, я увидела промельк своего отражения в зеркале ванной. Куриная кровь присохла к лицу кирпичной коркой.
— Намек поняла.

Я закрыла дверь ванной и оглядела себя в зеркале. Свет был резким, белым, как, очевидно, полагается в ванных комнатах гостиничных номеров. Настолько нелицеприятный свет, что даже мисс Америка в нем бы себе не понравилась.

Кровь выступала на моей бледной коже, как следы красноватых мелков. Я была одета в трикотажную рубашку с изображением Максины из рекламного ролика. Она пила кофе, держа в руке палочку печенья, и говорила: «Такая же кайфовая штучка, как я сама». Берт нас всех просил надевать на работу что-нибудь этакое рождественское еще за месяц до праздника. Может быть, моя рубашка была не совсем такая, как он имел в виду, но — ладно — она была еще ничего по сравнению с другими, что лежат у меня дома. На белой ткани краснели пятна крови. Отлично смотрится.

Я сняла рубашку и повесила ее на край ванны. Над сердцем у меня оказались мазки крови, мазки были даже на серебряном кресте — попали с рук и лица. Сегодня пришлось убить трех цыплят: подъем зомби — работа не слишком чистая.

Я сняла с вешалки полотенце. Интересно, как Эдуард объяснит горничной пятна крови? Не мои проблемы, но все равно интересно.

Пустив воду в рукомойник, я начала отскребать кровь. В зеркале отразилось мое лицо и стекающие по нему окровавленные струйки. Я вгляделась — лицо было свежеотмытым и несколько удивленным.

Что, Ричард в самом деле сделал предложение? И я согласилась? Да нет, не может быть. Нет, я согласилась. А, черт!

Я стерла кровь с груди. Так, я всю жизнь водилась с монстрами, и теперь с одним из них помолвлена.

При этой мысли я остановилась и села на закрытую крышку унитаза. Я помолвлена. Снова.

Первый был таким безупречным, что даже Джудит понравился. Такой мистер Стопроцентный Американец, что я для него была недостаточно хороша, как решила его семья. Больше всего меня задело, что он недостаточно меня любил. И близко не так, как я его любила. Я бы для него бросила все что угодно. И это не та ошибка, которую стоит повторять второй раз.

Ричард был не такой, я это понимала. И все же оставался червь сомнения. Страх, что он разорвет помолвку. Страх, что он *не* разорвет помолвку. «Проклят ты будешь, если сделаешь, и если не сделаешь — тоже проклят».

Глянув вниз, я заметила, что капаю кровавой водой на линолеум. Наклонившись, я ее вытерла. Пока что мне удалось отмыться до той степени, до которой можно было это сделать до дома и душа. Прихвати я с собой чистую одежду, можно было бы вымыться и здесь, но я об этом не подумала.

— Еду принесли, — постучал в дверь Эдуард.

Я оделась, сунула полотенце в умывальник и пустила холодную воду, проверила, что ткань не закрыла сток и открыла дверь. Мне в ноздри ударил запах бифштекса. Чудесный запах. Я уже восемь часов ничего не ела и, честно говоря, не много съела и тогда. Ричард меня отвлек.

— Как ты думаешь, обслуга нас не убьет, если мы закажем еще порцию?

Он повел рукой в сторону тележки официанта. Там стояли два заказа.

— Как ты узнал, что я буду голодна?
— Ты всегда забываешь поесть.
— Ну, ты просто мамочка года!
— Самое меньшее, что я для тебя могу сделать, — накормить.

Я посмотрела на него в упор:
— В чем дело, Эдуард? Ты что-то слишком заботлив.
— Я достаточно хорошо тебя знаю, чтобы понять: тебе это не понравится. Считай, что еда — это предложение мира.
— Что именно не понравится?
— Давай поедим, посмотрим фильм, и все станет ясно.

Эдуард финтил, и это было на него не похоже. Он вполне может тебя пристрелить, но ходить вокруг да около не станет.

— К чему ты клонишь, Эдуард?
— Давай не будем задавать вопросов до фильма.
— Почему?

— Потому что тогда у тебя появятся вопросы получше. — С этими неопровержимыми словами он сел на край кровати и налил красного вина себе в бокал. Потом отрезал кусок мяса, настолько слабо прожаренного, что в середине была кровь.

— Только не говори, что у меня бифштекс тоже с кровью.

— У тебя он не с кровью. Ты любишь мясо, зажаренное намертво.

— Ха-ха, как смешно.

Но я села. Странно было разделять трапезу с Эдуардом в его номере, как будто мы — два бизнесмена в деловой поездке, и это у нас рабочий обед. Бифштекс был хорошо прожарен. Картошка, жаренная по-домашнему, со специями, занимала на тарелке почти столько же места, сколько мясо. Еще имела место кучка брокколи, которую можно было сдвинуть на край и не обращать на нее внимания.

Кола была налита в запотевший винный бокал — он был чуть великоват, но мне понравилось.

— Фильм начнется близко концу, но вряд ли у тебя будут трудности с пониманием сюжета.

Он щелкнул пультом, экран телевизора мигнул, какая-то передача сменилась интерьером спальни.

Женщина с длинными каштановыми волосами лежала на спине посередине круглой кровати. Она была голой — по крайней мере то, что было от нее видно, было голым. Ниже талии она была заслонена яростно шевелящимися ягодицами черноволосого мужчины.

— Это же порнография! — Я даже не попыталась скрыть удивление.

— Несомненно.

Я глянула на Эдуарда. Он точными аккуратными движениями резал бифштекс. Отрезал кусок, положил в рот, прожевал, проглотил и запил вином.

Я снова стала смотреть «фильм». К паре на кровати присоединился еще один мужчина. Он был повыше первого, с более короткими волосами, но описать его подробнее было бы трудно — главным образом потому, что я старалась не смотреть.

Я сидела на краю кровати Эдуарда и впервые ощущала неловкость в его присутствии. Между нами никогда не было напряжения сексуального характера. Мы могли бы когда-нибудь убить друг друга, но не поцеловаться. А вот сейчас я была в номере у мужчины и смотрела порнофильм. Порядочные девушки так себя не ведут.

— Эдуард, за каким чертом это все надо?

Он щелкнул пультом:

— Смотри, вот лицо.

Я повернулась к экрану. На меня смотрело застывшее изображение — второй мужчина. Это был Альфред.

— О Господи!

— Ты его знаешь? — спросил Эдуард.

— Да. — Нет смысла отрицать. Альфред мертв, и Эдуард ему ничего плохого не сделает.

— Имя?

— Альфред. Фамилии не знаю.

Эдуард нажал ускоренный показ. Изображения на экране задвигались с бешеной скоростью, занимаясь интимными вещами, на любой скорости непристойными. На ускоренном показе это было еще противнее — и смешно, и глупо.

Эдуард снова нажал паузу. Женщина застыла, глядя в камеру анфас, с открытым ртом, с глазами, застланными сексуальной поволокой. Волосы искусно раскиданы по подушке. Это должно было быть возбуждающим, но не получалось.

— Ты ее знаешь?

Я покачала головой:

— Нет.

Он снова пустил пленку.

— Скоро конец.

— А второй мужчина?

— У него все время на лице маска.

Мужчина в маске взобрался на женщину сзади, бедрами охватил ее ягодицы, линии их бедер совпали. Его торс прильнул к ее туловищу, пальцы тискали ее руки возле плеч.

Больше всего это было похоже, что он на нее наваливается, и секса было в этом очень немного.

Она держала его полный вес, опираясь на руки и колени, дыша прерывисто. По комнате пронеслось низкое рычание, камера дала наплыв на спину мужчины. Кожа его пошла рябью, будто кто-то проводил под нею рукой, и разгладилась, потом еще рябь, будто оттуда проталкивалось наружу что-то небольшое.

Камера отъехала; мужчина все еще обволакивал женщину. Рябь на спине стала сильнее; что-то проталкивалось у него из-под кожи, и настолько сильно, что это было бы видно даже под одеждой. Я такое видела у Джейсона прошлой ночью.

Не могу не признать, что это завораживало. Я видела, как человек перекидывается, но не так. Не до мельчайших деталей, не под неотступным взглядом камеры.

Кожа на спине мужчины лопнула вдоль, он взвился на дыбы, охватив руками талию женщины и вопя. По спине его потоком хлынула светлая жидкость, заливая женщину и кровать.

Женщина чуть подстегнула его, пошевелив ягодицами, склонив голову к простыне.

Из спины мужчины вырвался мех, руки судорожно прижались к бокам. Он снова наклонился к женщине, упираясь руками в простыню, разрывая белую ткань мохнатыми когтями.

Он съежился, мех расходился по его коже все быстрее, почти как растекающаяся жидкость. Маска спала с него — лицо уже не подходило к ней по форме. Камера дала маску крупным планом. Что-то в этом было от искусства... Черт, не могу найти слово.

Человека больше не было. На женщине сидел черный леопард, и был этим очень доволен. Он прижался к ней, губы раскрылись, обнажив блестящие зубы. Леопард ткнулся ей в спину, слегка пустив кровь. Женщина низко простонала, и по ее телу прошла дрожь.

Снова в объективе появился Альфред, все еще в форме человека. Он подполз к кровати и впился в женщину поцелуем.

Долгим настоящим поцелуем, с бешеной работой языков. Потом поднялся на колени, все еще не прерывая поцелуя, и все его тело раскачивалось. Он был очень возбужден ее видом.

По спине его прошла рябь, он оторвался от женщины, вцепившись руками в простыни. У него изменение произошло быстрее. Камера дала крупным планом его руку. Кости скользили под кожей с мокрыми сосущими всхлипами. Переползали, меняя положение, мышцы и сухожилия. Лопнула кожа, и хлынула та же прозрачная жидкость. Рука сменилась голой когтистой лапой и тут же покрылась мехом.

Он стоял на полусогнутых, получеловек-полуволк, но несомненный самец. Закинув голову вверх, он взвыл, и комнату наполнил глубокий резонирующий звук.

Женщина подняла на него расширенные глаза. Леопард спрыгнул с нее, покатился по кровати — ни дать ни взять огромный котенок, завернулся в шелковистую простыню, и оттуда торчала только черная морда.

Женщина легла на спину, расставив полусогнутые ноги, протянула руки к волколаку, облизывая губы кончиком языка, будто действительно испытывая наслаждение. Может быть, так оно и было.

Вервольф ворвался в нее, и это не было ласково. Она ахнула так, будто ничего лучшего в жизни не испытывала.

Женщина испускала учащающиеся стоны — либо она была очень хорошей актрисой, либо приближалась к оргазму. Не знаю, какой из этих вариантов мне больше нравится. Наверное, хорошая игра.

Она кончила, издав звук средний между стоном боли и радости, и осталась лежать на спине; тело ее будто растеклось по постели. Вервольф воткнулся в нее последний раз, весь задрожав, и провел сверху вниз когтистыми лапами по обнаженному телу.

Она вскрикнула — тут уж играть не надо было. По ее телу алыми струйками потекла кровь. Леопард испуганно мявкнул и спрыгнул с кровати. Женщина заслонила руками лицо, но когтистая лапа отбила ее руки в сторону. Потекла кровь, и там, где когти ударили по руке, блеснула обнажившаяся кость.

Женщина теперь вопила громко и непрерывно, визг за визгом, успевая только набирать воздуху. Острая морда волколака нагнулась к ее лицу. У меня перед глазами мелькнула раздробленная челюсть жертвы в лесу. Но нет, этот тянулся к горлу. Он вырвал ей глотку, расплеснув огромный сгусток крови.

Глаза женщины смотрели в камеру, не видя, расширенные, блестящие, замутненные смертью. Почему-то на лицо кровь не попала. Вервольф поднялся на дыбы, с клыков его капала кровь. Огромная капля упала на лицо, расплеснувшись меж невидящих глаз.

Леопард прыгнул обратно на кровать, облизал дочиста мертвое лицо длинными уверенными движениями языка. Вервольф лизал тело, опускаясь все ниже, к животу. Здесь он остановился, в камеру глянул желтый глаз. И начал жрать. Леопард присоединился к пиру.

Я закрыла глаза, но звуков было достаточно. Тяжелые, влажные, рвущие, они заполнили комнату. Я услышала собственный голос:

— Выключи.

Звуки смолкли, и я поняла, что Эдуард выключил ленту, но смотреть не стала. И не смотрела, пока не услышала звук перемотки пленки.

Эдуард отрезал себе кусок бифштекса.

— Если ты сейчас будешь это есть, я тебя облюю.

Эдуард улыбнулся, однако отложил нож и вилку и посмотрел на меня. Выражение его лица было нейтральным, как почти всегда. Невозможно было сказать, было ему приятно смотреть фильм или противно.

— Теперь можешь задавать вопросы, — сказал он. И голос его был совершенно обычным, приятным, не подвластным внешним раздражителям.

— Господи, где ты это взял?

— У клиента.

— Черт побери, зачем он тебе это дал?

— Эта женщина была его дочерью.

— Боже мой! Только не говори мне, ради Бога, что он это видел!

— Ты знаешь, что видел. Досмотрел до конца, иначе зачем было нанимать меня? Как правило, люди не нанимают киллеров убивать любовников своих дочерей.

— Он нанял тебя убить этих двоих?

Эдуард кивнул.

— А зачем ты показывал это мне?

— Потому что я знал, что ты мне можешь помочь.

— Эдуард, я не наемный убийца.

— Ты мне только помоги узнать, кто они, а остальное я сделаю сам. Не возражаешь, если я выпью вина?

Я кивнула.

Он отпил вина, и темная жидкость перелилась в бокале, куда более красная, чем была только что в фильме. Я сглотнула слюну и отвернулась. Меня не вырвет. Не вырвет.

— Где мне найти Альфреда?

— Нигде.

Он осторожным движением поставил бокал на поднос.

— Анита, ты меня огорчаешь. Я думал, ты мне поможешь, когда увидишь, что они сделали с этой девушкой.

— Я не отказываюсь помогать. Этот фильм хуже всего, что я в жизни видела, а видела я немало. Ты опоздал с поисками Альфреда.

— Насколько опоздал?

— Я убила его прошлой ночью.

Его лицо озарилось улыбкой — приятно посмотреть.

— Ты всегда облегчаешь мне работу.

— Ненарочно.

Он пожал плечами:

— Хочешь половину гонорара? Ты ведь сделала половину работы.

Я мотнула головой:

— Я это сделала не за деньги.

— Расскажи, как это было.

— Нет.

— Почему?

Я посмотрела ему в глаза:

— Потому что ты охотишься на ликантропов, и я не хочу тебе кого-нибудь случайно выдать.

— Этот леопард-оборотень заслуживает смерти, Анита.

— Я с этим не спорю. Хотя, строго говоря, он не убивал девушку.

— Отец хочет обоих. Ты можешь его за это осудить?

— Нет, наверное.

— Тогда ты мне поможешь выяснить, кто он?

— Может быть. — Я встала. — Мне надо позвонить. Этот фильм надо еще кое-кому показать. Он может помочь тебе лучше, чем я.

— Кто это?

Я покачала головой:

— Сначала узнаем, придет ли он.

Эдуард кивнул — это был даже не кивок, скорее глубокий поклон от шеи.

— Как скажешь.

Номер Ричарда я набрала наизусть и попала на автоответчик.

— Ричард, это я, Анита. Возьми трубку, если ты дома. Ричард, возьми трубку.

Трубку никто не взял.

— А, черт!

— Нет дома? — спросил Эдуард.

— У тебя есть телефон «Кафе лунатиков»?

— Есть.

— Дай мне.

Он медленно произнес номер, и я его набрала. К телефону подошла женщина, но не Райна, и я была этому рада.

— «Кафе лунатиков», у телефона Полли, чем могу быть полезна?

— Мне нужно говорить с Ричардом.

— Извините, у нас нет официанта с таким именем.

— Послушайте, я была гостьей Маркуса этой ночью. Мне нужно говорить с Ричардом. Это срочно.

— Я не знаю. То есть они там все очень заняты в задней комнате.

— Послушайте, просто позовите Ричарда.

— Маркус не любит, когда его беспокоят.

— Слушайте, Полли, — так вас зовут? Я уже тринадцать часов на ногах. Если вы немедленно не позовете Ричарда, я приеду сама и оторву вам голову. Я ясно выражаюсь?

— Кто говорит? — Ее голос звучал чуть раздраженно, но без малейшей примеси страха.

— Анита Блейк.

— Ой! — сказала она. — Я немедленно позову Ричарда, Анита, немедленно.

В ее голосе теперь явственно слышался страх. Она поставила меня на ожидание. У составлявшего программу музыкальной заставки явно было нездоровое чувство юмора. «Луна и розы», «Голубая луна», «Лунная соната». Все с луной. «Луна над Майами» доиграла до половины, когда телефон щелкнул и ожил.

— Анита, это я. Что случилось?

— Со мной — ничего, но мне надо, чтобы ты кое-что посмотрел.

— Ты можешь сказать, что именно?

— Не телефонный разговор, как это ни банально.

— Это точно не повод, чтобы еще раз со мной увидеться? — поддразнил он меня.

— Ты можешь приехать или нет?

— Конечно. Слушай, что случилось? У тебя ужасный голос.

— Мне нужно, чтобы меня обняли, и еще мне нужно стереть из памяти последний час моей жизни. Первое ты сделаешь, когда приедешь, со вторым мне придется жить.

— Ты дома?

— Нет. — Я глянула на Эдуарда, прикрыв микрофон ладонью. — Можно назвать ему твой адрес?

Эдуард кивнул.

Я назвала Ричарду номер гостиницы и объяснила, как проехать.

— Приеду как можно быстрее. — Он помялся, потом спросил: — Что ты сказала Полли? Она чуть ли не в истерике.

— Она не хотела звать тебя к телефону.

— Ты ей угрожала, — сказал он.

— Ага.

— Это была пустая угроза?

— Почти наверное.

— Доминанты стаи не позволяют себе пустых угроз по отношению к подчиненным.

— Я не член стаи.

— После этой ночи ты — доминант. Тебя считают доминантным ликантропом-одиночкой.

— И что это значит?

— Это значит, что если ты обещаешь кому-то оторвать голову, тебе верят.

— Тогда прошу прощения.

— Не передо мной извиняйся, перед Полли. Я приеду раньше, чем ты ее успокоишь.

— Ричард, не давай ей трубку!

— Вот что ждет человека, который любит стрелять. Тебя начинают бояться.

— Ричард...

В трубке раздались женские всхлипывания, и следующие пятнадцать минут мне пришлось уговаривать плачущую верволчицу, что я ничего ей плохого не сделаю. Странной становится моя жизнь — даже в моих глазах.

19

Ричард ошибся. Он не постучал в дверь, пока я успокаивала Полли по телефону. Она была так рада моему прощению, что мне даже стало неловко. Волны подчиненности изливались из телефона. Я наконец повесила трубку.

Эдуард смотрел на меня, скаля зубы, — он уже пересел в мягкое кресло.

— Это ты почти двадцать минут убеждала верволчицу, что не будешь ее трогать?

— Да.

Он рассмеялся широким и резким смехом. Улыбка исчезла, оставив на его лице что-то вроде дрожащего мерцания. Глаза его поблескивали чем-то более темным, чем юмор. О чем он думает, я точно не знала, но это не было приятно.

Он сполз в кресле вниз, положив затылок на спинку, сцепив руки на животе, скрестив ноги. Поза полнейшего комфорта.

— И как ты стала ужасом местных добропорядочных вервольфов?

— Наверное, они не привыкли, чтобы в них стреляли и убивали. Хотя бы не при первом знакомстве.

Его глаза засветились, как от мрачной шутки.

— Ты туда пришла и в первую же ночь кого-то убила? Черт побери, Анита, я там торчу уже три ночи, но до сих пор никого не убил.

— А давно ты в городе?

Он посмотрел на меня долгим взглядом:

— Вопрос из любопытства, или тебе нужно знать?

До меня дошло, что Эдуард вполне мог бы убрать восемь оборотней и не оставить следа. Если есть человек, который это может, то только Эдуард.

— Нужно знать.

— Завтра будет неделя. — Глаза его опустели, стали холодными и далекими, как у оборотней этой ночью. Стать хищником есть не один способ. — Конечно, тебе придется поверить мне на слово. Можешь проверить по регистрации в гостинице, но ведь я мог и менять гостиницы.

— А зачем тебе мне врать?

— Для собственного удовольствия, — ответил он.

— Тебе доставляет удовольствие не вранье.

— А что?

— Знать что-то, чего я не знаю.

Он слегка пожал плечами — это не очень легко сделать, полулежа в кресле, но у него это вышло грациозно.

— Очень эгоцентричное замечание с твоей стороны.

— А это не только со мной. Ты хранишь тайны ради самого процесса.

Тут он улыбнулся, медленно и лениво.

— Ты хорошо меня знаешь.

Я хотела было сказать, что мы друзья, но меня остановило выражение его глаз. Он смотрел на меня чуть слишком внимательно. Будто изучая, будто никогда меня раньше по-настоящему не видел.

— О чем ты думаешь, Эдуард?

— О том, что ты могла бы заставить меня поработать за мои деньги.

— Что это значит?

— Ты же знаешь, как я люблю трудные задачи.

Я уставилась на него:

— Это ты в том смысле, что мог бы выступить против меня, чтобы узнать, чей будет верх?

Я сформулировала это как вопрос, и он не дал того ответа, который мне хотелось услышать.

— Да.

— Зачем?

— Я этого не буду делать. Ты меня знаешь — бесплатно не работаю, но это было бы... интересно.

— Брось меня пугать, Эдуард.

— Понимаешь, в первый раз я подумал: а вдруг верх был бы твой?

Он меня напугал. Я была вооружена, а у него оружия не было видно, но Эдуард всегда вооружен.

— Не делай этого, Эдуард.

Он сел одним плавным и быстрым движением. Моя рука дернулась к пистолету. Он уже наполовину вылез из кобуры, когда я сообразила, что Эдуард ничего не сделал — просто сел. Судорожно дыша, я опустила пистолет обратно.

— Эдуард, кончай эти игры. Иначе одному из нас не поздоровится.

Он широко развел руками.

— Игр больше не будет. Мне хотелось бы знать, Анита, кто из нас лучше, но не настолько хотелось бы, чтобы я стал тебя убивать.

Я отпустила руку. Если Эдуард сказал, что убьет меня сегодня, он бы говорил всерьез. Если бы это было по-настоящему, он бы сперва мне сказал. Он любил в таких вещах спортивность. Захватить жертву врасплох — это слишком просто.

В дверь постучали, я вздрогнула. Нервы? У меня? Эдуард сидел, будто не услышал, все еще глядя на меня глазами призрака. Я пошла к двери.

Это был Ричард. Он обхватил меня руками, и я ему это позволила. Прижимаясь к его груди, я четко понимала, что не успею вытащить пистолет, крепко притиснутый к телу Ричарда.

Оторвавшись от него, я провела его в номер. Он посмотрел на меня вопросительно, я покачала головой.

— Ты помнишь Эдуарда?

— Анита, ты мне не сказала, что все еще встречаешься с Ричардом.

Голос у Эдуарда был приятный, нормальный, будто он и не размышлял минуту назад, каково это было бы — меня убить. Лицо открытое, дружелюбное. Он подошел к Ричарду, протягивая руку. Превосходный актер.

Ричард пожал ему руку с несколько озадаченным видом и поглядел на меня.

— Анита, что происходит?

— Эдуард, ты можешь поставить этот фильм?

— Если ты мне позволишь есть, пока он будет крутиться. Мой бифштекс уже почти ледяной.

Я проглотила слюну.

— Ты его уже видел и все равно заказал бифштексы. Зачем?

— Может быть, чтобы посмотреть, сможешь ли ты после этого есть.

— Сукин ты сын! Во всем тебе надо взять верх.

Он только улыбнулся в ответ.

— Что за фильм? — спросил Ричард.

— Жри свой бифштекс, Эдуард. Посмотрим фильм, когда ты закончишь.

— Тебе это настолько неприятно?

— Заткнись и лопай.

Он сел на край кровати и принялся резать мясо. Красное. Из него выступала кровь. Я прошла в ванную. Кажется, пока что меня не тошнит, но если я увижу, как он жует этот кусок мяса, все может быть.

— Я собираюсь спрятаться в ванной. Если тебе нужно объяснение, пойдем со мной.

Ричард поглядел на Эдуарда, потом на меня.

— Что тут творится, черт побери?

Я втянула его в ванную и закрыла дверь. Потом пустила холодную воду и сполоснула лицо.

Ричард взял меня за плечи, стал массировать.

— Ты здорова?

Я покачала головой, и с лица разлетелись капли. Схватив полотенце, я скомкала его и прижала к лицу. Эдуард меня не предупредил, потому что любит шокировать людей. А предупреждение может ослабить удар. Насколько мне хочется, чтобы Ричард этот удар перенес спокойно?

Я повернулась к нему, все еще сжимая в руках полотенце. Его лицо было полно беспокойства, нежной заботы. Мне не хотелось, чтобы он выглядел так. И это я сказала «да», еще восьми часов с тех пор не прошло? Это казалось все менее и менее реальным.

— Этот фильм — подпольная порнуха, — сказала я.

Он был поражен. Уже хорошо.

— Порнография? Ты серьезно?

— Абсолютно.

— А зачем мне его смотреть? — Тут ему, кажется, что-то стукнуло в голову. — А почему ты смотрела этот фильм с ним?

В голосе Ричарда послышалась тончайшая примесь гнева.

Тут я расхохоталась, и смеялась, и ржала, пока слезы не потекли по лицу и не перехватило дыхание.

— Что тут смешного?

Ричард был несколько шокирован.

Когда я смогла сказать два слова подряд, я ответила:

— Остерегайся Эдуарда, но никогда к нему не ревнуй.

Смех помог. Мне стало лучше, ослабло ощущение грязи, стыда, даже ужаса. Я поглядела на Ричарда. На нем был все тот же зеленый свитер, который лежал сегодня на полу у меня в кухне. И выглядел Ричард чудесно. А я, как я поняла, нет. В большой не по размеру рубашке с пятнами крови, в джинсах и кроссовках я в этой игре опустилась на несколько делений. А это важно? — подумала я, тряхнув головой. Да нет. Я просто тяну время. Мне не хочется выходить. Не хочется снова смотреть этот фильм. И уж точно не хочется сидеть в той же комнате с человеком, за которого я, быть может, выйду замуж, и глядеть, как он смотрит порнофильм. Так что, испортить ему неожиданность конца?

А он возбудится до того, как сцена станет кровавой? Я глядела на его совсем человеческое лицо и не знала.

— В этом фильме ликантропы и женщина, — сказала я.

— Их уже пустили в продажу? — спросил он.

Тут настал мой черед удивляться.

— Ты знаешь про этот фильм? Постой, ты сказал «их». Есть еще такие фильмы?

— К несчастью, — ответил он, прислонился к двери и сел на пол по-турецки. Если бы он вытянул ноги, нам бы не хватило места.

— Объясни, Ричард.

— Это была идея Райны. Она убедила Маркуса приказать некоторым из нас участвовать в съемках.

— И ты... — Я даже не могла этого произнести.

Он покачал головой, и у меня в груди растаял набрякший ком.

— Райна пыталась поставить меня перед камерами. Тем, кому приходилось скрывать свою личность, давали маски. Я не стал этого делать.

— А Маркус тебе приказал?

— Да. Эти проклятые фильмы — одна из главных причин, почему я затеял восстание в стае. Иначе любой более высокого ранга мог бы мне приказать что угодно. Если Маркус одобрит, они могут приказывать все, что не против закона.

— Погоди, эти фильмы — не против закона?

— Скотоложство противоречит законам некоторых штатов, но мы, ликантропы, кажется, в щель этого закона провалились.

— А ничего другого незаконного в этих фильмах нет? — спросила я.

Он поглядел на меня:

— Что в этом фильме тебя так напугало?

— Это фильм с убийством актера.

Выражение его лица не изменилось, будто он ждал продолжения. Его не последовало, и он сказал:

— Ты наверняка шутишь.

— Хотела бы я, чтобы это было шуткой.

Он покачал головой:

— Даже Райна на это не пойдет.

— Насколько я могла видеть, Райны в этом фильме нет.

— Но Маркус бы этого не утвердил. Ни за что.

Он встал, не помогая себе руками, заходил от стены до края ванны и обратно, мимо меня, ударил кулаком в стену. Она загудела в ответ.

— В стране есть другие стаи. Это не обязательно мы.

— Там снят Альфред.

Он прижался спиной к стене, уперся в нее ладонями.

— Не могу поверить.

— Фильм готов, — постучал в дверь Эдуард.

Ричард рванул дверь и влетел в комнату, как грозовой вихрь. В первый раз я почувствовала изливающуюся из него иномирную энергию.

У Эдуарда расширились глаза:

— Ты ему рассказала?

Я кивнула.

Комнату освещал только экран телевизора.

— Вам, голубкам, я уступлю кровать, а сам сяду здесь. — Он снова сел в кресло, прямо, глядя на нас. — Если вам передастся настроение, не стесняйтесь.

— Заткнись и включай, — сказала я.

Ричард сел на край кровати. Тележку уже убрали вместе со стоявшим на ней мясом. Отлично, меньше поводов для тошноты. Ричард, кажется, успокоился. Прилив энергии прошел так бесследно, что я подумала, уж не померещилось ли, и глянула на Эдуарда. Он смотрел на Ричарда, будто увидел что-то интересное. Нет, мне не померещилось.

Я решила было включить свет, но не стала. Для этого темнота больше подходит.

— Эдуард, — обратилась я к нему.

— Спектакль начинается! — провозгласил он, нажимая кнопку, и фильм пошел заново.

При первом же кадре Ричард застыл. Узнал он второго? Я не спросила — пока что. Сначала пусть посмотрит, вопросы потом.

Сидеть рядом со своим женихом на кровати, пока идет эта мерзость, мне не хотелось. Может быть, я еще толком не подумала, что для Ричарда значит секс. Означает ли он обязательно превращение? Я надеялась, что нет, и не знала, как выяснить это, не спрашивая, а спрашивать мне не хотелось. Если ответ будет «да скотоложству», свадьба отменяется.

В конце концов я прошла перед экраном и села в кресло рядом с Эдуардом. Второй раз смотреть этот фильм мне не хотелось. Эдуарду, очевидно, тоже, и мы оба стали смотреть, как смотрит фильм Ричард. Не знаю, что я ожидала увидеть или даже хотела увидеть. По лицу Эдуарда ничего нельзя было прочесть. Глаза его закрылись где-то на середине ролика, и он снова соскользнул вниз по креслу, будто уснул. Но я знала, что он не спит — он четко воспринимал все, что происходило в комнате. Иногда я думала, что Эдуард не спит вообще никогда.

Ричард смотрел фильм в одиночестве. Он сидел на самом краешке, сцепив руки, ссутулившись. Глаза его поблескивали, отражая свет экрана. Глядя на его лицо, я почти что могла понять, что происходит на экране. У него на верхней губе выступил пот, он смахнул его и заметил, что я за ним наблюдаю. Он смутился, потом разозлился.

— Анита, не надо на меня смотреть! — сказал он придушенным голосом, и в нем звучало что-то большее, чем эмоция. Или что-то меньшее.

Притвориться спящей, как Эдуард, я не могла. Так какого черта мне было делать? Я встала и пошла в ванную, при этом тщательно стараясь не смотреть на экран, но все же мне пришлось пройти перед ним. Я ощутила, что Ричард провожает меня взглядом, и у меня по коже пробежали мурашки. Вытерев руки о штаны, я медленно повернулась к нему.

Он смотрел на меня, а не на экран. В его лице были ярость — злость была бы слишком мягким словом — и ненависть. Я не думала, что злится он на меня. Тогда на кого? На Райну, на Маркуса... Или на себя самого?

От крика женщины его голова снова дернулась к экрану. Я смотрела на его лицо, пока он смотрел, как его друг убивает женщину. У него злобно перекосилось лицо, ярость вырвалась изо рта нечленораздельным криком. Он сполз с кровати на колени, закрыв руками лицо.

Эдуард уже стоял. Краем глаза я заметила это его движение и увидела у него в руке как по волшебству появившийся пистолет. Я тоже держала браунинг, и мы смотрели друг на друга поверх коленопреклоненного Ричарда.

А Ричард свернулся почти в позу зародыша, медленно покачиваясь на коленях взад-вперед. С экрана донесся звук разрываемой плоти. Он поднял искаженное шоком лицо, глянул один раз на экран и пополз в мою сторону. Я отступила с дороги, и он прополз мимо. В ванную.

За ним захлопнулась дверь, и раздались звуки рвоты.

Мы с Эдуардом стояли, глядя друг на друга. Все еще с пистолетами в руках.

— Ты достала пистолет так же быстро, как я. Два года назад у тебя еще так не получалось.

— Это были тяжелые два года.

Он улыбнулся:

— Вообще-то вряд ли бы кто-нибудь заметил мое движение в темноте.

— У меня отличное ночное зрение, — ответила я.

— Я это запомню.

— Эдуард, давай на сегодня заключим перемирие. Я дико устала от всего этого.

Он кивнул и заткнул пистолет сзади за пояс.

— Ты его не оттуда доставал, — сказала я.

— Нет, — согласился он, — не оттуда.

Я сунула браунинг в кобуру и постучала в дверь. Конечно, не оборачиваясь до конца. В данный момент я не чувствовала бы себя комфортно, оставив Эдуарда за спиной.

— Ричард, как ты там?

— Плохо, — ответил он голосом более низким и хриплым, чем обычно.

— Мне можно войти?

После долгой паузы донесся ответ:

— Может быть, лучше ты.

Я осторожно толкнула дверь, чтобы его не стукнуть. Он все еще стоял на коленях возле унитаза, опустив голову, и длинные волосы закрывали его лицо. В руке он сжимал ком туалетной бумаги, и в воздухе стоял острый сладковатый запах рвоты.

Я закрыла дверь и прислонилась к ней спиной.

— Тебе чем-нибудь помочь?

Он помотал головой.

Я отвела его волосы назад, но он отдернулся, будто я его обожгла, и сжался в закутке между ванной и стенкой. На его лице застыл страх.

Я опустилась на пол рядом с ним.

— Пожалуйста, не трогай меня!

— Хорошо, хорошо, не буду. Но в чем дело?

Он не смотрел на меня. Его глаза обегали комнату, нигде не останавливаясь, но меня определенно избегали.

— Ричард, скажи мне.

— Я не верю, что Маркус знает. Он не может знать. Он бы этого не допустил.

— А Райна могла это сделать без его ведома?

Он кивнул:

— Она настоящая сука.

— Я заметила.

— Я должен сказать Маркусу. Он не поверит. Может быть, надо будет показать ему фильм.

Слова были почти нормальные, но голос, которым он их произносил... С придыханием, высокий, напуганный. Если так пойдет дальше, у него будет гипервентиляция.

— Ричард, сделай медленный и глубокий вдох. Все в порядке.

Он покачал головой.

— Нет, неправда. Я думал, ты уже видела нас с худшей стороны. — Он резко, отрывисто засмеялся. — Господи, вот теперь ты ее и увидела.

Я протянула руку — утешить его, погладить, что-то сделать.

— Не трогай меня! — крикнул он. Я отпрянула и оказалась в сидячем положении у дальней стены. Настолько далеко, насколько можно было, не выходя из ванной.

— Что с тобой творится?

— Я хочу тебя, прямо здесь и сейчас, после этого фильма.

— Он тебя возбудил? — Я постаралась придать этим словам интонацию вопроса.

— Помоги мне, Господь, — шепнул он.

— Выходит, это и значит для тебя секс? Не убийство, но вот перед ним?

— Так бывает, но это небезопасно. В животной форме мы заразны, ты это знаешь.

— Но соблазн есть, — сказала я.

— Да. — Он подполз ко мне, и я почувствовала, как вся сжалась. Он снова сел на колени и поглядел на меня. — Я не просто человек, Анита. Я такой, как я есть. Я не прошу тебя радостно принять другую мою половину, но ты должна на нее посмотреть. Ты должна знать, как у нас с тобой будет или не будет. — Он всмотрелся мне в лицо: — Или ты передумала?

Я не знала, что сказать. Глаза у него уже не были дикими; они стали снова глубокими и темными. И в лице, в глазах был жар, не имеющий ничего общего с ужасом. Он встал на четвереньки, и это движение приблизило его ко мне. Лицо его оказалось в паре дюймов от моего. Он испустил долгий, прерывистый вздох, и волна энергии пробежала у меня по коже мурашками. Эта волна прижала меня к стене, как рука невидимки.

Он приник ко мне, едва не касаясь губами, но двинулся мимо. Щекой я ощутила жар его дыхания.

— Подумай, как это могло бы быть. Любовь в таком вот стиле, когда по твоей коже прокатывается энергия, пока я в тебе.

Я хотела к нему прикоснуться и боялась прикоснуться. Он отодвинулся, чтобы заглянуть мне в лицо, так близко, что мог бы поцеловать.

— Это будет так хорошо! — И губы его коснулись моих. Следующие слова он шепнул прямо мне в рот, как по секрету: — И все это вожделение было оттого, что я увидел кровь и смерть и учуял страх.

Он уже стоял прямо, будто кто-то дернул его за ниточки. Быстро, как по волшебству. Даже Альфред в прошлую ночь выглядел бы по сравнению с ним увальнем.

— Вот кто я такой, Анита. Я могу притвориться человеком. Лучше, чем Маркус, но все равно это игра.

— Нет. — Но мой голос был не громче шепота.

Он проглотил слюну так громко, что я услышала.

— Я должен идти.

Он протянул мне руку. Я поняла, что он не может открыть дверь, когда я сижу под ней, разве что стукнуть меня этой дверью.

Я знала, что если я откажусь принять его руку, это будет все. Он никогда снова не спросит, и я никогда снова не скажу «да». И я взяла эту руку.

Он выдохнул. Кожа его была горяча на ощупь, почти обжигала. От нее по моей руке прошли ударные волны. Его прикосновение в атмосфере силы, заполнившей всю тесную ванную, — это трудно передать словами.

Ричард поднес мою руку к губам и даже не поцеловал ее — скорее ткнулся в нее губами, потерся об нее щекой, кончиком языка провел по запястью. И выпустил ее так резко, что я качнулась назад.

— Мне надо отсюда выйти, и побыстрее. — У него на лице снова выступила испарина.

Он шагнул наружу. На этот раз свет в комнате был включен. Эдуард сидел в кресле, свободно положив руки на колени. Оружия видно не было. Я остановилась в дверях, ощущая вихри энергии Ричарда, заполняющие гостиную, как вырвавшаяся на свободу вода. Эдуард проявил колоссальное самообладание, не потянувшись за пистолетом.

Ричард прошел к выходу, и волны от его прохода ощущались почти физически. Взявшись за ручку двери, он остановился.

— Я скажу Маркусу, если застану его одного. Если же вмешается Райна, придется придумать что-нибудь другое.

Он глянул на меня в последний раз и вышел. Я почти ждала, что он побежит по коридору, но он этого не сделал. Самообладание в лучшем виде.

Мы с Эдуардом стояли в дверях и смотрели ему вслед, пока он не скрылся за углом.

Эдуард повернулся ко мне.

— И вот с этим ты встречаешься?

Еще несколько минут назад я бы оскорбилась, но сейчас еще ощущала кожей волны энергии Ричарда. Притворяться я больше не могла. Он просил меня выйти за него замуж, и я сказала «да». Но я тогда не понимала, не понимала по-настоящему. Он не человек. В самом деле, воистину не человек.

Вопрос был вот в чем: насколько это важно? Ответ: я понятия не имею.

20

В воскресенье утром я проспала и опоздала в церковь. Домой я попала только около семи часов утра, и о том, чтобы успеть на десятичасовую службу, и речи не было. Наверняка Господь понимает необходимость сна, даже если ему самому это не нужно.

К вечеру я оказалась в Вашингтонском университете, в кабинете доктора Луиса Фейна, для друзей — Луи. Ранний зимний вечер наполнил небеса нежным пурпуром облаков, и полоски неба, как подсвеченный фон для них, виднелись сквозь единственное в кабинете окно. У Луи было окно с хорошим видом, что у докторантов бывает редко. Они — докторанты — в университетских кампусах дешевы.

Луи сидел к окну спиной. Он включил настольную лампу, и в наступающих сумерках она отбрасывала круг золотистой теплоты. Мы с ним сидели в островке света, и это было как-то более интимно, чем должно бы. Последний оплот против наступающей тьмы.

Кабинет Луи был должным образом захламлен. Вдоль одной стены шли книжные полки от пола до потолка, забитые учебниками по биологии, специальными журналами и полным собранием сочинений Джеймса Херриота. Застекленный скелет малой летучей мыши красовался рядом с дипломом. На двери висел плакат-определитель летучих мышей — вроде тех, которые продаются для птичьих кормушек. Знаете, как «Обычные птицы Восточного Миссури». Докторская диссертация Луи была на тему о приспособлении малой летучей мыши к обжитым человеком местам.

На полках у него были выложены сувениры: раковины, кусок окаменелого дерева, сосновые шишки, кора с засохшим лишайником. Всякая ерунда, которую собирают студенты-биологи.

Ростом Луи был выше пяти футов шести дюймов, и глаза у него были такие же черные, как у меня. Волосы, прямые и тонкие, спускались чуть ниже плеч. Но это не было следование моде, как у Ричарда. Выглядело так, будто Луи просто забыл вовремя подстричься. Лицо у него было квадратное, худощавое и с виду вполне безобидное. Но на руках его, когда он в разговоре со мной сгибал пальцы, перекатывались мышцы. Даже не будь он крысолюдом, я не предложила бы ему бороться на руках.

Он специально появился на работе в воскресенье, чтобы со мной встретиться. У меня в этот день тоже был выходной. Первое воскресенье за много месяцев, когда мы с Ричардом даже не поговорили. Он позвонил и извинился, сказав, что у него дела в стае. Вопросов я задавать не могла — не станешь же выяснять отношения с собственным автоответчиком. И перезванивать ему я не стала — не была готова к разговору после вчерашнего вечера.

И утром чувствовала себя полной дурой. Я ответила «да» на предложение руки и сердца того, кого я не знаю. То есть я знала то, что Ричард мне показывал, его внешнее лицо, но изнутри — это был полностью новый мир, с которым я только начинала знакомиться.

— Так что́ ты и другие преподаватели думаете насчет следов, которые прислала полиция?

— Мы считаем, что это волк.

— Волк? Почему?

— Это определенно кто-то из больших собачьих. Это не собака, и остается только волк.

— Даже учитывая, что собачий след перемешан с человечьим?

— Даже при этом.

— Это могла быть Пегги Смитц?

— Пегги отлично себя контролирует. Зачем бы ей кого-то убивать?

— Не знаю. А почему бы ей кого-нибудь не убить?

Луи откинулся в кресле, и оно скрипнуло под его тяжестью.

— Прямой вопрос. Пегги была настолько пацифисткой, насколько это можно в стае.

— Она не дралась?

— Только если ее вынуждали.

— Каков был ее ранг в стае?

— А не лучше ли было бы тебе спросить у Ричарда? Он там второй после короля, так сказать.

Я смотрела на него, не отводя глаз. Чтобы не подумал, будто я чувствую вину или что-то в этом роде.

— Чую бурю в раю, — сказал он.

Я оставила намек без внимания. Я пришла поговорить по делу, и по делу мы и будем разговаривать.

— Ко мне приходил муж Пегги. Он хотел, чтобы я взялась за ее розыски. Об остальных пропавших ликантропах он не знал. Почему Пегги ему не сказала?

— Из нас многие сохраняют семейные отношения, изо всех сил притворяясь, что мы не такие, как мы есть. Ручаюсь, Пегги не обсуждала с мужем дела стаи.

— И насколько это тяжело — притворяться?

— Чем лучше себя контролируешь, тем легче.

— То есть это возможно.

— Ты бы хотела прожить жизнь, притворяясь, что ты не поднимаешь зомби? Никогда об этом не говорить? Никогда ни с кем не поделиться? И чтобы твоего мужа это смущало или отвращало от тебя?

У меня загорелись щеки. Я хотела возразить. Меня Ричард не смущал и не вызывал отвращения, но и нормально я себя не чувствовала из-за его ликантропии. Вот это отсутствие нормальности и помешало мне возразить.

— Звучит не очень приятно, — сказала я.

— И не только звучит.

В комнате повисло тяжелое молчание. Если он думал, что я собираюсь выложить все начистоту, то он ошибался. Когда все летит к чертям, займись своим делом.

— Полиция сегодня обшарила местность, где было обнаружено тело. Сержант Сторр сообщил, что они не нашли ничего, кроме еще нескольких следов и пятен крови. — На самом деле они нашли еще свежие винтовочные пули в деревьях возле места убийства, но я не была уверена, что имею право сообщать об этом ликантропам — это дело полиции. Я врала обеим сторонам. Не слишком хороший способ вести расследование убийства или розыск пропавшего. — Если полиция и стая будут делиться информацией друг с другом, у нас будет больше возможности раскрыть это дело.

Он пожал плечами:

— Это не ко мне, Анита. Я рядовой индеец, а не вождь.

— Ричард — вождь, — сказала я.

— Пока живы Райна и Маркус — нет.

— Я не думала, что Ричард должен сражаться за главенство в стае. Я думала, это затеял Маркус.

Луи рассмеялся:

— Если ты думаешь, что Райна даст Маркусу проиграть битву и не поможет ему, значит, ты ее не видела.

— Я ее видела. Я только думала, что помогать Маркусу — это против закона стаи.

— Насчет закона стаи я не знаю, зато я знаю Райну. Если бы Ричард с ней позаигрывал, она даже могла бы помочь ему победить Маркуса, но он ясно дал ей понять, что она ему не нравится.

— Ричард говорил, что порнофильмы с ликантропами — это ее идея?

Луи вытаращил глаза.

— Ричард тебе об этом сказал?

Я кивнула.

— Я удивлен. Ему эта идея с самого начала очень не нравилась. Райна из кожи вон лезла, чтобы он играл с ней в этих фильмах. Думаю, она пыталась его соблазнить, но тут она просчиталась. Ричард слишком стеснителен, чтобы заниматься любовью перед камерой.

— Райна играла в этих фильмах?

— Так мне говорили.

— А крысолюды в них участвовали?

Он покачал головой.

— Рафаэль запретил. Наша группа — одна из немногих, которые отказались наотрез.

— Рафаэль хороший человек, — сказала я.

— И хороший крыс, — добавил Луи.

— Именно, — улыбнулась я.

— А что у вас стряслось с Ричардом?

— Ты о чем?

— Он оставил у меня на автоответчике сообщение. Сказал, что у него насчет тебя колоссальные новости. Когда мы с ним увиделись, он сказал, что ничего особенного. Что случилось?

Я не знала, что сказать, как уже начала привыкать за последнее время.

— Наверное, это должны быть новости Ричарда.

— А он сказал, что это тебе решать и что он не может об этом говорить. Ты теперь заявляешь, что это его дело и ты не можешь об этом говорить. Мне бы хотелось, чтобы хоть кто-то из вас меня просветил.

Я открыла рот, закрыла его и вздохнула. У меня были вопросы, на которые требовались ответы, но Луи был другом Ричарда еще до того, как стал моим другом. Лояльность, верность и так далее. Но кого же мне еще спрашивать? Ирвинга? У него и так достаточно неприятностей с Ричардом.

— Я слышала, как Ричард и Рафаэль говорили о контроле над своим зверем. Это значит — над изменением?

Он кивнул:

— Да. — И посмотрел на меня, сощурив глаза. — Если ты слышала, как Ричард об этом говорит, значит, ты видела его на грани изменения. Что случилось этой ночью?

— Если Ричард тебе не сказал, Луи, я думаю, что не имею права говорить.

— Ходят слухи, что ты убила Альфреда. Это правда?

— Да.

Он поглядел на меня, будто ждал продолжения, потом пожал плечами.

— Райне это не понравится.

— Маркус тоже не выразил большого удовольствия.

— Но он не набросится на тебя в темном переулке. А она — вполне.

— Почему Ричард мне этого не сказал?

— Ричард — один из моих лучших друзей. Он верен, честен, щепетилен — вроде как самый мохнатый бойскаут в мире. Если у него и есть недостаток — так это то, что от других он ожидает верности, честности и щепетильности.

— Но ведь после того, что он видел от Маркуса и Райны, он не может считать их порядочными... людьми, или кем там еще?

— Он знает об их непорядочности, но ему трудно считать их полностью на стороне зла. Что ни говори и ни делай, а в сухом остатке Маркус для него — альфа. Ричард уважает авторитеты. Он много месяцев пытался достичь с Маркусом чего-то вроде компромисса. Убивать его он не хочет. У Маркуса по отношению к Ричарду подобных комплексов нет.

— Ирвинг мне говорил, что Ричард победил Маркуса и мог его убить, но не сделал этого. Это правда?

— Боюсь, что так.

— Вот блин!

— Именно. Я говорил Ричарду, что это надо было сделать, но он никогда никого не убивал. Он верит, что любая жизнь бесценна.

— И так оно и есть, — сказала я.

— Некоторые жизни бесценнее других, — возразил Луи.

— Ага, — кивнула я.

— Ричард этой ночью показал тебе изменение?

— Господи, до чего же ты упорен!

— Ты говорила, что это одно из лучших моих качеств.

— Ничего особенного.

Это было как допрос у Ронни. Она тоже никогда не отстает.

— Он для тебя перекидывался?

— Что-то вроде.

— И ты это не смогла выдержать. — Это была констатация факта.

— Я не знаю, Луи. Не знаю.

— Лучше это выяснить сейчас, — сказал он.

— Я тоже так думаю.

— Ты его любишь?

— Не твое собачье дело.

— Я люблю Ричарда, как брата. Если ты хочешь нарезать ему сердце ломтиками и выложить на тарелку, я хотел бы знать об этом сейчас. Если ты его бросишь, помогать собирать куски придется мне.

— Я не хочу делать Ричарду больно, — сказала я.

— Я тебе верю.

Он смотрел на меня с выражением бесконечного спокойствия, будто готов всю ночь ждать моего ответа на свой вопрос. Терпения у него было куда больше, чем у меня.

— Да, я его люблю. Доволен?

— Достаточно ли ты его любишь, чтобы воспринять и мохнатую его сущность?

Глаза его смотрели так, будто прожигали дыру мне в сердце.

— Не знаю. Будь он человеком...

— Будь он человеком, ты могла бы выйти за него замуж?

— Могла бы, — сказала я. Но на самом деле никаких «могла бы» не было. Будь Ричард человеком, я уже сейчас была бы счастливой невестой. Конечно, был один мужчина, который тоже не был человеком и который какое-то время пытался за мной ухаживать. Жан-Клод сказал, что Ричард ничуть не больше человек, чем он сам. Я ему не поверила, но сейчас начинала верить. Кажется, я должна извиниться перед Жан-Клодом. Хотя ему я никогда в этом не признаюсь.

— Ко мне на работу вчера приходила писательница, Эльвира Дрю. Она пишет книгу об оборотнях. С виду она человек честный, и это обещает хорошую прессу.

— Звучит хорошо, — сказал он. — А с какого боку здесь я?

— Догадайся.

— Ей не хватает интервью с крысолюдом.

— В точку.

— Я не могу позволить себе раскрыться, Анита. Ты это знаешь.

— Не обязательно ты. Не найдется ли среди вас кого-то, кто хотел бы с ней встретиться?

— Я поспрашиваю.

— Спасибо, Луи.

Он встал и протянул мне руку. Его пожатие было твердым, но не сильным — как раз каким надо. Мне подумалось, насколько он на самом деле быстр и насколько легко ему было бы раздавить мне руку в кашу. Наверное, это отразилось у меня на лице, потому что он сказал:

— Может быть, тебе захочется перестать встречаться с Ричардом, пока ты сама во всем не разберешься.

— Да, может быть, — кивнула я.

Секунду мы простояли в молчании. Кажется, больше говорить было нечего, и я ушла. У меня начисто кончились хорошие реплики на уход или хотя бы веселые шутки. Только-только стемнело, и я была чертовски усталой. Настолько, чтобы добраться до дома, заползти в кровать и спрятаться под одеялом. Но вместо этого я поехала в «Кафе лунатиков». Мне хотелось уговорить Маркуса разрешить мне поговорить с полицией. Восемь пропавших оборотней, один погибший человек. Это не обязательно должно было быть связано, но если убийство — работа вервольфа, то Маркус может знать, кто это, или Райна может знать. А скажут ли они мне? Может, да, а может, нет, но спросить я должна. Они охотнее скажут правду мне, чем полиции. Забавно, как все монстры хотят говорить со мной, а не с полицией. Можно даже задуматься, почему монстрам так со мной удобно.

Ладно, я сама поднимаю зомби и убиваю вампиров. Мне ли камнями бросаться?

21

По тротуару кампуса я шла к своей машине — от одного круга света до другого. Туман от моего дыхания клубился в свете фонарей. Ночь у меня была выходной, и потому я была одета во все черное. Берт запрещал надевать черное на работу: он говорил, что это создает неверное впечатление — слишком резкое, ассоциирующееся с черной злой магией. Если бы он хоть что-то читал, то знал бы, что в ритуалах зла используется красный, белый и куча других цветов. Запретить только черный — это с его стороны было очень по-англосаксонски.

Черные джинсы, черные найковские кроссовки с синей отделкой, черный свитер и черное пальто. Даже пистолеты и кобуры черные. Этой ночью я была чертовски одноцветной. Еще на мне было серебро, но оно было спрятано под свитером —

крест и ножи на каждом предплечье. И направлялась я в «Кафе лунатиков». И собиралась уговорить Маркуса позволить мне поделиться информацией с полицейскими. Восьми ликантропам, даже таким, как Пегги Смитц, опасающимся раскрытия своей тайны, плохая пресса уже не могла ничем повредить. Они мертвы — другой версии нет. Иначе быть не может — никто так долго не удержит восемь ликантропов против их воли. Живыми — нет.

И не будет вреда, если сказать копам, а других оборотней это может уберечь от исчезновения. Мне надо говорить с теми, кто видел пропавших. Почему никто из них не устроил драку? Вот где может быть ключ. Ронни такие вещи умеет делать лучше меня. Может быть, завтра у нас получится заняться этим вместе.

А Ричард там будет? Если да, то что мне ему сказать?

От этой мысли я остановилась на тротуаре между двумя фонарями. Я еще не была готова снова увидеть Ричарда. Но у нас на руках мертвое тело, а может быть, и не одно. И сыграть назад только потому, что я не хочу видеть Ричарда, было бы чистой трусостью.

А все дело в том, что мне сейчас легче встретиться лицом к лицу с шайкой вампиров, чем со своим возможным будущим женихом.

Мне в спину свистнул ветер, будто сзади летела пурга, волосы заплескались по лицу. Деревья стояли недвижно заледенелые — ветра не было. Я развернулась с браунингом в руке, и что-то врезалось мне в спину, сбив на тротуар. Я попыталась подстраховаться, подставив руки. Они онемели и заныли — я не чувствовала кистей, и тут же голова резко дернулась вперед.

После по-настоящему хорошего удара по голове есть момент, когда реагировать невозможно. Момент оцепенения, когда сомневаешься, сможешь ли вообще когда-нибудь шевельнуться.

У меня на спине кто-то сидел. Чьи-то руки дернули пальто слева, и послышался треск рвущейся ткани. К рукам вернулась чувствительность, но браунинг я потеряла. Я попыталась перекатиться на бок и достать «файрстар», и чья-то рука снова ткнула меня головой в тротуар. Под черепом вспыхнул свет, потом в глазах потемнело, а когда зрение вернулось, я увидела над собой лицо Гретхен.

Она вцепилась мне в волосы, до боли оттянув их в сторону. Свитер у меня на плече был разорван. Гретхен широко распахнула пасть, блеснув в темноте клыками. Я завопила. «Файрстар» был прижат подо мной. Я полезла за ножом, но он был под рукавом пальто, под рукавом свитера. Я не успевала.

Раздался женский визг, и не мой. Это вопила женщина, стоявшая у края тротуара. Гретхен подняла голову и зашипела. Бывший с женщиной мужчина схватил ее за плечи и столкнул с тротуара. Они побежали прочь. Разумный поступок.

Я всадила нож в горло Гретхен. Это не был смертельный удар, и я это знала, но я думала, она откинется назад и даст мне шанс выхватить «файрстар». Она этого не сделала. Я воткнула нож по рукоять, кровь хлынула у меня по руке, забрызгала лицо. Нож сделал все что мог, а за вторым лезть не было времени. Пистолет все еще лежал подо мной. Мне предстояло целую вечность смотреть на приближающуюся пасть и знать, что меня ждет смерть.

Что-то черное врезалось в Гретхен и сбило ее с меня, а я осталась лежать на тротуаре, моргая и пытаясь перевести дыхание. Но в руке у меня был «файрстар». Тренировка — она всегда тренировка.

На Гретхен сидел крысолюд, вниз метнулась темная морда, блеснули зубы. Гретхен ухватилась за эту морду, отводя щелкнувшие зубы от своего горла. Махнула мохнатая лапа, вспоров ее бледное лицо. Хлынула кровь. Гретхен вскрикнула и ударила крысолюда кулаком в живот. Его приподняло — как раз настолько, чтобы она смогла просунуть под него ноги и подкинуть в воздух. Крысолюд полетел, как брошенный мяч.

Гретхен оказалась на ногах как по волшебству. Я прицелилась в нее, все еще не поднявшись, но она метнулась в кусты за крысолюдом. Я упустила шанс.

Из темноты послышались рычание и хруст ветвей. Наверное, это Луи. Не так уж много есть крысолюдов, готовых броситься мне на выручку.

Я встала, и мир поплыл. Меня повело, и все силы ушли на то, чтобы устоять. Впервые за все время я подумала, сильно ли я ранена. Что меня поцарапало, я знала — об этом говорила резкая жалящая боль, которая бывает при снятии первого слоя кожи. Я подняла руку к глазам — она была в крови. И в моей тоже.

Попробовав сделать еще один шаг, я обнаружила, что мне это удалось. Может быть, я просто попыталась встать слишком быстро. Так я надеялась. Мне не было известно, может ли крысолюд одолеть вампира, но я не собиралась стоять на открытом месте и ждать, пока это выяснится.

Когда я подошла к кустам, они как раз оттуда выкатились — через меня. Я второй раз подряд оказалась на тротуаре, но времени переводить дыхание не было. Перекатившись на правый бок, я вытянула руку в сторону шума. От слишком резкого движения перед глазами снова поплыло. Когда картинка восстановилась, клыки Гретхен уже вонзились в шею Луи. Он дико, высоко пискнул. Лежа, я не могла в нее стрелять, и мне было видно только крысиное тело, охватившие его руки и ноги вампирши, но мишенью для смертельного выстрела мог служить лишь край ее светловолосой головы. На это я не решилась — так можно убить и Луи. Даже если бы голова была видна полностью, это был очень сомнительный шанс.

Я встала на колени. Мир покосился, к горлу подступила тошнота. Когда он встал на место, стрелять было все равно невозможно. Блик дальнего фонаря блеснул на льющейся из горла Луи крови. Будь у нее такие зубы, как у Луи, он уже был бы мертв.

Я выстрелила в землю рядом с ними, надеясь ее отпугнуть. Не помогло. Я прицелилась в дерево над ее головой. Это было настолько близко к Луи, насколько я могла решиться. Пуля выплеснула фонтан щепы. На меня глянул один синий глаз, но жрать она не перестала. Он хотела его убить у меня на глазах.

— Убей ее! — Шепот Луи был искажен крысиными челюстями, но голос был его. Глаза его остановились и закрылись. Последние слова.

Сделав глубокий медленный вдох, я прицелилась двумя руками, поддерживая одной другую. Прицелилась в этот светлый глаз. Глаза мне застилала тьма. Я ждала, стоя на коленях, чтобы зрение прояснилось. Если стрелять втемную, я попаду в Луи. Других возможностей нет.

А может, и есть!

— Ричард сделал мне предложение, и я сказала «да». Если бы я лгала, ты бы учуяла ложь. Я согласилась выйти замуж за другого. Ты зря это затеяла.

Она застыла в нерешительности. У меня прояснилось в глазах, и я стала медленно давить на спусковой крючок. Она отпустила горло Луи и спряталась в его мех. Голос ее прозвучал оттуда приглушенно, но достаточно ясно:

— Положи пистолет, и я его отпущу.

Я подняла ствол вверх.

— Отпускай.

— Сначала пистолет.

Расставаться с последним пистолетом мне не хотелось. Очень мне такая идея не нравилась. Но что было делать? На месте Гретхен я бы тоже не хотела, чтобы у меня было оружие. Второй нож у меня еще остался, но на таком расстоянии он бесполезен. Даже если бы я могла его метнуть точно ей в сердце, сила удара должна была бы быть огромной. Слишком она стара, чтобы скользящий удар ей сильно повредил. Я ей сунула нож в горло по рукоять, и это не задержало ее ни на миг. На меня это произвело впечатление.

Я положила «файрстар» на тротуар и подняла руки, показывая, что у меня нет оружия. Гретхен медленно поднялась из-за обмякшего тела Луи. Когда она его отпустила, оно перекатилось на спину, и в этом движении была расслабленность, которая меня обеспокоила. Слишком поздно? Неужели укус вампира убивает, как серебро?

Мы с вампиршей смотрели друг на друга, и мой нож торчал из ее горла, как восклицательный знак. Ну и ну! Наверное, я ткнула мимо голосовых связок, а то бы она не могла говорить. Даже вампиризм имеет свои границы. Я смотрела ей в глаза — и ничего не происходило. Как в любые другие глаза. Такого не должно было бы быть. Может быть, она прячет свою силу? Нет, вряд ли.

— Он жив?

— Подойди и посмотри.

— Нет, спасибо.

Если Луи погиб, моя смерть ему не поможет.

Она улыбнулась:

— Повтори еще раз — вот эти свои новости.

— Ричард просил меня выйти за него, и я согласилась.

— Ты любишь этого Ричарда?

— Да. — На этот раз на колебания не было времени.

Она кивнула, принимая к сведению. Значит, это правда? Вот тебе и раз.

— Скажи это Жан-Клоду, и меня это удовлетворит.

— Я собираюсь ему сказать.

— Сегодня.

— Ладно, сегодня.

— Ложь. Когда я уйду, ты займешься своими ранами — и ранами вот этого, — а не пойдешь говорить Жан-Клоду.

Черт, даже маленькое вранье не проходит.

— Чего ты хочешь?

— Он сегодня в «Запретном плоде». Пойди туда и скажи ему. Я буду там ждать.

— Сначала мне надо заняться его ранами, все остальное потом.

— Займись его ранами, но будь в «Запретном плоде» до рассвета, иначе наше перемирие кончено.

— Почему тебе самой не сказать Жан-Клоду?

— Он мне не поверит.

— Он может отличить, когда ты говоришь правду, а когда нет.

— То, что я верю в то, что говорю, еще не делает это правдой. Но от тебя он правду учтет. Если меня там не будет, жди меня. Я хочу присутствовать, когда ты ему скажешь, что любишь другого. Хочу видеть, как у него вытянется физиономия.

— Хорошо, я буду там до рассвета.

Она перешагнула через тело Луи, держа в правой руке браунинг за ствол и рукоять — не для выстрела, а чтобы не отдать мне. Осторожно подойдя, она подняла «файрстар», ни на миг не спуская с меня глаз.

С рукоятки ножа в ее горле стекала кровь, шлепаясь на асфальт с мокрым звуком. Увидев мои вытаращенные глаза, Гретхен улыбнулась. Я знала, что это их не убивает, но думала, что оно хотя бы больно. Может быть, они вынимают лезвия просто по привычке. Гретхен оно явно не беспокоило.

— Получишь их обратно, когда ему скажешь.

— Ты надеешься, что он меня убьет?

— Слез проливать не буду.

Что ж, все ясно. Гретхен сделала шаг назад, другой, остановилась перед деревьями — бледный силуэт.

— Я буду ждать тебя, Анита Блейк. Не надо меня разочаровывать.

— Я приду, — ответила я.

Она улыбнулась, блеснув кровавыми зубами, шагнула еще раз назад — и исчезла. Я подумала было, что это ментальный фокус, но послышался шум воздуха. Деревья качнулись, как под сильным ветром. Я поглядела вверх и заметила что-то. Не крылья, не летучую мышь, но... что-то. Что-то такое, чего не могли понять мои глаза.

Ветер стих, и зимняя тишина была недвижна и спокойна, как в гробнице. Вдали завыли сирены — наверное, студентки вызвали полицию. Что ж, я их не осуждаю.

22

Я осторожно встала. Мир не завертелся — уже хорошо. Я подошла к Луи. Крысолюд лежал на траве темным силуэтом, совершенно недвижно. Я встала рядом с ним на колени, и снова меня одолела тошнота. Пришлось ждать на четвереньках, пока она пройдет. Мир снова успокоился, и я положила руку на мохнатую грудь. Вздох облегчения вырвался у меня, когда грудь под моей рукой поднялась и опала. Живой и дышит. Фантастика.

Будь он в виде человека, я бы посмотрела рану у него на шее. Вообще-то я была уверена, что, коснувшись его крови в животной форме, я ликантропию не подхвачу, но уверена не на сто процентов. А у меня хватало проблем и без того, чтобы раз в месяц покрываться мехом. К тому же если уж я выбирала бы себе животное, то это была бы не крыса.

Вой сирен приближался. Я не знала, что делать. Он серьезно ранен, но я видела Ричарда в худшем виде, и он исцелился. Но нужна ли ему была для этого медицинская помощь? Неизвестно. Можно бы спрятать Луи в кустах, но не получится ли, что я бросила его умирать? А если копы увидят его в таком виде, его тайна раскроется. Жизнь его полетит к чертовой матери только за то, что он меня спас. Это будет нечестно.

Из остроконечной пасти донесся долгий вздох. По телу пробежала крупная дрожь. Мех стал отступать, как вода при отливе. Стали выпрямляться неуклюжие крысиные конечности. Я глядела на человеческую форму, возникающую из меха, как скульптура из оттаивающей глыбы льда.

Луи лежал на темной траве, бледный, голый и совершенно человеческий. Я никогда еще не видела этого процесса в обратную сторону. Это было так же захватывающе, как и прямой процесс, но менее пугающе — может быть, благодаря конечному продукту.

Рана на шее Луи была больше похожа на укус животного, чем вампира. Кожа разорвана, но два следа поглубже — клыки. Сейчас крови на ране не было. Пока я смотрела, кровь появилась. В темноте мне трудно было сказать, но похоже было, что рана начинает заживать. Я проверила пульс — он был сильным и ровным. А что это может значить? Я же не врач.

Сирена замолчала, но мигалки разгоняли тьму над деревьями, как цветные молнии. Сюда идут копы, и пора мне решить, что делать. Голова почти прошла, мне стало лучше, зрение прояснилось. Конечно, я еще не пыталась снова встать. Я смогу перетащить Луи в хватке, в которой выносят пострадавших пожарные, не слишком далеко и не слишком быстро, но смогу.

Следы укусов сокращались. Черт побери, он же к утру будет здоров. Но дать копам его увидеть я не могла и не могла его здесь оставить. Не знаю, может ли ликантроп до смерти замерзнуть, но сегодня мне что-то не везет.

Я накрыла его своим пальто, обернув вокруг, когда приподняла. Неладно будет, если он себе кое-что отморозит. Палец на ноге потерять — и то обидно.

Сделав глубокий вдох, я встала, держа Луи на плече. Моим коленям этот подъем тяжести не понравился. Но когда я вставала, перед глазами снова все поплыло, и я стояла, пытаясь справиться с вдруг сорвавшейся с цепи вселенной. Потом упала на колени, и это было больно из-за добавочной тяжести.

Полиция уже близко. Если я не уберусь немедленно, можно сразу сдаваться. А сдаваться — не самое главное из моих умений. Встав на одно колено, я сделала последний толчок. Коленные суставы вопили во все горло, но я все же стояла. По глазам прокатывались черные волны, а я ждала, когда они схлынут. Головокружение было на этот раз не очень сильным, но тошнота сильнее. Ладно, подруга, потом поблюешь.

Я пошла по тротуару — не рискнула по снегу. Кроме того, следы на снегу даже городской коп заметит.

От приближающихся огней меня прикрывала полоса деревьев. Тротуар обходил вокруг дома. За углом я смогу найти свою машину. Вести машину, когда перед глазами все качается и плывет, — не самый лучший выход, но если я не оставлю приличного расстояния между копами и собой, все усилия будут зря. Я должна добраться до машины. Я должна увезти Луи подальше от чужих глаз.

Я не оглядывалась, чтобы посмотреть, где там мигалки. Оглядываться — это не поможет, а с Луи на плече оно еще и трудно. Так что я просто переставляла ноги, одну за другой, и угол дома поворачивался вокруг меня. Теперь нас не видно, даже если они выедут из-за деревьев. Прогресс, что ни говори.

Слева от меня темным монолитом тянулась стена дома. Расстояние, казалось, только увеличивалось. Я переставляла ноги, одну за другой. Если сосредоточиться на ходьбе, ни о чем не думая, я смогу. Луи, на мой взгляд, становился легче. Это было неправильно. Может быть, я сейчас отключусь, только сама еще этого не знаю?

Подняв глаза, я увидела край дома прямо рядом. Какой-то период времени выпал из памяти — плохо. Наверняка сотрясение. Но ведь не слишком сильное, а то бы я потеряла сознание, так? Только почему я в это не верю?

Я выглянула за угол, думая только о том, чтобы не ударить Луи ногами о стену. Это потребовало больше внимания, чем должно было бы.

Темноту озаряли полицейские мигалки. Машина стояла на краю парковки, и одна дверь была открыта. Оттуда неразборчиво слышались трещащие голоса по радио. Машина вроде бы пустая. Когда я прищурилась, чтобы всмотреться получше, по глазам снова прокатилась волна черноты. Как, черт побери, мне вести машину? Ладно, все по порядку. Сначала надо запихнуть Луи в джип с глаз долой.

Я вышла из-под защиты дома — моего последнего убежища. Если сейчас, когда я тащусь через стоянку, появятся копы, все пропало.

В воскресенье вечером на гостевой парковке машин немного. Мой джип стоял под фонарем — я всегда, когда получается, ставлю машину под фонарем. Для женщин, разъезжающих после наступления темноты, это правило безопасности номер один. Джип стоял как под прожектором. Хотя, может быть, свет и не был таким ярким, но мне он таким казался, поскольку мне надо было скрываться.

Где-то на полдороги к джипу я поняла, что головная боль у меня не единственная проблема. Конечно, я могла поднять такой вес, даже нести его, но не вечно. У меня начинали дрожать колени. Каждый шаг получался все медленнее и требовал все больших усилий. Если я упаду, снова мне Луи не поднять. Я даже не была уверена, что сама смогу встать.

Переставлять ноги, одну, другую, одну, другую — я больше ни о чем не думала, пока в поле зрения не вплыли шины джипа. Ну вот, оказалось не так уж трудно.

Ключи от машины были, конечно, в кармане пальто. Я нажала кнопку, открывающую двери. Звуковой сигнал завопил так, что мертвого мог бы поднять. Придерживая Луи одной рукой, я другой открыла среднюю дверцу и плюхнула его на заднее сиденье. Пальто упало, открыв контуры голого тела. Наверное, я чувствовала себя лучше, чем мне казалось, поскольку у меня хватило сил набросить на него пальто, прикрывая пах, живот и часть груди. Осталась незакрытой рука, неуклюже свесившаяся в сторону, но с голой рукой мое чувство приличия вполне могло смириться.

Закрывая дверцу, я случайно увидела себя в боковом зеркале. С одной стороны мое лицо превратилось в кровавую маску, а на чистых местах виднелись красные царапины. Я влезла в машину, взяла в бардачке коробку детских салфеток с алоэ и ланолином. Их я возила с собой, чтобы ликвидировать следы крови после подъема зомби, — они действовали лучше, чем просто мыло с водой, которые я возила с собой раньше. Стерев достаточно крови, чтобы меня не остановил первый же коп, я села за руль и посмотрела в зеркало заднего вида.

Полицейская машина все еще стояла в полном одиночестве, как поджидающий хозяина пес. Мотор завелся, я включила передачу и дала газ. Джип вильнул к фонарному столбу, как к магниту. Ударив по тормозам, я успела порадоваться, что пристегнулась.

Ладно, значит, я слегка дезориентирована. Включив свет под солнечным щитком (этот свет сделан, чтобы поправлять макияж), я вместо этого стала рассматривать собственные зрачки. Одинаковые. Если бы один из них был раздут, это могло бы означать кровоизлияние в мозг. От таких штук человек может и умереть. Я бы тогда сдалась копам, и меня отвезли бы в больницу. Но все было не так плохо — я на это надеялась.

Выключив свет, я подала машину вперед. Если ехать очень медленно, машину, даст Бог, не потянет целоваться с фонарем. Отлично.

Я подала машину со стоянки, ожидая криков за спиной. Тихо. Улица была темна и по обеим сторонам уставлена машинами. Я поползла со скоростью миль десять в час — быстрее боялась. Впечатление было такое, будто я еду сквозь машины у тротуара. Иллюзия, конечно, но все равно нервирует.

Улица побольше — и мне в глаза ударил свет фар. Я поднесла руку к глазам козырьком и едва не въехала в припаркованный автомобиль. Вот черт! Надо где-нибудь остановиться, пока я никого не стукнула. Еще через четыре квартала я нашла заправку с телефоном-автоматом на улице. Насколько я страшно выгляжу, я точно не знала, но не хотела, чтобы после всех моих стараний удрать незамеченной какой-нибудь слишком бдительный клерк позвонил в полицию.

Я осторожно заехала на стоянку. Если бы я перестаралась и въехала в бензоколонку, кто-нибудь все равно бы вызвал копов. Джип я поставила перед телефонами, и у меня словно гора с плеч свалилась, что можно стоять, а не ехать.

В пепельнице я нашарила квотер — там никогда ничего не было, кроме мелочи. Выйдя из машины, я первый раз поняла, как холодно без пальто. Граница холода проходила по спине, где был оторван кусок свитера. Не думая, я набрала номер Ричарда. А кому еще я могла бы звонить?

Пискнул автоответчик.

«Черт возьми, Ричард, будь дома, будь дома!»

Загудел сигнал.

— Ричард, это Анита. Луи ранен. Возьми трубку, если ты дома. Ричард, возьми трубку, Ричард! — Я прислонилась головой к холодному металлу будки. — Возьми трубку, возьми трубку, черт бы все побрал!

Он схватил трубку, запыхавшись.

— Анита, это я. Что случилось?

— Луи ранен. У него рана залечивается. Как объяснить это врачам в больнице?

— Не надо, — ответил он. — У нас есть врачи, которые могут его вылечить. Я тебе скажу, куда ехать.

— Я не могу вести.

— Ты ранена?
— Да.
— Серьезно?
— Достаточно серьезно, чтобы мне не хотелось вести машину.
— Что с вами случилось?

Я ему выдала адаптированную версию. Просто нападение вампира, без особых мотивов. Мне не хотелось сообщать ему, что я должна рассказать Жан-Клоду о нашей помолвке, поскольку я еще не была уверена, что мы таковую заключили. Он предложил, я сказала «да», но сейчас я уже не была уверена. Я даже не была уверена, что Ричард по-прежнему уверен.

— Скажи, где ты. — Я рассказала. — Я знаю эту заправку. Иногда заезжал туда, когда ездил к Луи.

— Отлично. Когда ты здесь будешь?

— А ты уверена, что ничего с тобой за это время не случится?

— Полностью.

— Если нет, вызови полицию. Не рискуй жизнью, чтобы не выдавать Луи. Он бы этого не хотел.

— Я это учту.

— Не строй из себя мачо, Анита. Я просто не хочу, чтобы с тобой что-нибудь случилось.

Я улыбнулась, все еще прижимаясь головой к холодной будке.

— Не будь я мачо, сдалась бы сегодня давным-давно. Ты просто приезжай, Ричард, я буду ждать.

И я повесила трубку, пока Ричард не успел впасть в сантименты. Мне было слишком паршиво, чтобы вынести еще и сочувствие.

Я влезла в джип. В нем было холодно — я забыла включить обогрев. Сейчас я включила его на полную, потом встала на колени на сиденье и поглядела, как там Луи. Он не шевельнулся. Я взяла его за руку, проверила пульс. Пульс был сильный и ровный. Просто для проверки я приподняла его руку и выпустила. Реакции не было, но я ее на самом деле и не ожидала.

Обычно ликантроп остается в животной форме часов восемь — десять. Раннее обратное превращение забирает много сил. Даже не будь Луи ранен, он бы проспал весь остаток ночи. Хотя спать — это слишком слабое слово. Ликантропа от такого сна пробудить невозможно. Но это не слишком хороший способ выживания, как и вампирам не слишком полезна необходимость дневного сна. Так эволюция помогает нам, слабым человечкам.

Я сползла вниз по сиденью. Сколько времени займет у Ричарда дорога, я не знала. Я посмотрела на здание станции. Человек за прилавком читал журнал и сейчас на нас не обращал внимания. Если бы он смотрел, я бы отъехала подальше от света — мне не надо, чтобы он к нам присматривался, но раз он не обращает внимания, я остаюсь на месте.

Я откинулась назад, положив голову на подголовник. Мне хотелось закрыть глаза, но я этого не сделала. Я не сомневалась, что у меня сотрясение, а спать при этом не слишком полезно. Однажды у меня была куда более сильная контузия, но Жан-Клод ее вылечил. Да, но метка вампира — слишком сильное средство от простого сотрясения.

Сейчас мне впервые серьезно досталось с тех пор, как я утратила метки Жан-Клода. От них меня было труднее ранить, и я исцелялась быстрее. Для побочного эффекта неплохо. Вторым побочным эффектом была возможность смотреть в глаза вампира, и он при этом не мог меня зачаровать. Как сегодня я смотрела в глаза Гретхен.

Как я смогла это сделать безнаказанно? Жан-Клод мне солгал, и у меня еще остался какой-то след от его меток? Еще один вопрос, который надо будет ему задать, когда увидимся. Правда, после опубликования новостей ад сорвется с цепи и будет не до вопросов. Впрочем, один вопрос все же останется: попытается Жан-Клод убить Ричарда? Вполне возможно.

Я вздохнула и закрыла глаза. Вдруг навалилась усталость, и усталость такая, что глаза открывать не хотелось. Меня засасывал сон. Я заставила себя открыть глаза и села прямо. Может быть, это последствия напряжения — адреналин схлынул, или это от сотрясения. Я включила свет в салоне и снова проверила, как там Луи. Дыхание и пульс ровные. Голова его свесилась набок, открыв длинную линию шеи и рану на ней. След от укуса проходил. Когда смотришь, это незаметно, но каждый раз, когда я на него оглядывалась, рана становилась лучше. Это как смотреть, как раскрывается цветок. Эффект видишь, но процесс заметить не удается.

Луи — с ним все будет хорошо. А как с Ричардом? Я сказала «да», потому что в тот момент хотела это сказать. Я вполне могла себе представить, как мы вместе проводим жизнь. До того, как Берт меня нашел и научил, как обращать свой талант в деньги, у меня была жизнь. Я ходила в походы, путешествовала. Я была биологом-старшекурсником и думала о магистерской и докторской и собиралась изучать противоестественные создания всю оставшуюся жизнь. Как Джейн Гудолл по противоестественной биологии. Ричард мне обо всем этом напомнил, о том, какой рисовалась мне тогда моя будущая жизнь. Я не собиралась провести свою жизнь по пояс в крови и смерти. Это уж точно.

Если бы я сдалась Жан-Клоду, это значило бы признать, что ничего нет, кроме смерти, ничего нет, кроме насилия. Он сексуален, привлекателен, но он все равно смерть. Мне думалось, что с Ричардом у меня будет шанс на жизнь. На что-то лучшее. После прошлой ночи я даже в этом уже не была уверена.

Неужели это слишком много — хотеть, чтобы мужчина был человеком? Черт возьми, есть женщины моего возраста, которым вообще не с кем встречаться. И я была такая, пока не появился Ричард. Ладно, Жан-Клод хотел бы за мной ухаживать, но я его избегала. Не могла я себе представить, как это — встречаться с Жан-Клодом, как с обычным кавалером. Секс с ним я еще могла себе представить, но не ухаживания. Сама мысль, что он заедет за мной в восемь, завезет домой и удовлетворится прощальным поцелуем, была смешна.

Я стояла на коленях на сиденье, глядя на Луи. Повернуться и сесть поудобнее мне было страшновато — я боялась заснуть и не проснуться. Не то чтобы на самом деле боялась, но опасалась. Мысль поехать в больницу казалась неглупой, но сначала я должна рассказать Жан-Клоду о Ричарде. И удержать его от убийства Ричарда.

Я положила лицо на руки, и в голове у меня забилась глубокая, пульсирующая боль. Правильно, после такого мордобоя голова и должна болеть. А то я уже начала беспокоиться, что она не болит. Головную боль я переживу.

Так как мне сохранить Ричарда в живых? Я улыбнулась. Ричард — волк альфа. Почему я решила, что он не может сам за себя постоять? А потому, что я видела, на что способен Жан-Клод. Я видела его, когда он абсолютно не был человеком. Может быть, если бы я видела, как Ричард изменяется, я бы чувствовала по-другому. Может быть, я бы не так рвалась его защищать. А может быть, ад замерзнет.

Я люблю Ричарда. По-настоящему люблю. Я сказала «да» совершенно искренне. Искренне — до прошлой ночи. До того, как ощутила волны его силы на своей коже. В одном Жан-Клод был прав: Ричард — не человек. Порнофильм с настоящим убийством его возбудил. Интересно, у Жан-Клода понятие о сексе еще более диковинное? Нет, этого я никогда не позволю себе узнать.

В окно кто-то постучал, я резко дернулась, поворачиваясь. Зрение затмили черные полосы. Когда полосы исчезли, я увидела за окном лицо Ричарда.

Я отперла замок, и Ричард открыл дверь, потянулся ко мне — и остановился. На его нерешительность больно было смотреть. Он не знал, позволю ли я ему ко мне прикоснуться. Я отвернулась от этого пораженного страданием лица. Я его любила, но одной любви мало. Все эти волшебные сказки, романы, мыльные оперы — это все ложь. Любовь превозмогает не все.

Он очень старался до меня не дотронуться, и голос его прозвучал нейтрально:

— Анита, что с тобой? У тебя ужасный вид.

— Приятно знать, что мой вид соответствует самочувствию, — ответила я.

Он коснулся моей щеки — почти коснулся пальцами; призрак прикосновения, от которого у меня прошел мороз по коже. Он осторожно ощупал ссадину — это было больно, и я отдернула голову. У него на пальцах осталось пятно крови, блеснувшее в свете салона. Тень мысли мелькнула в карих глазах. Он чуть не облизал пальцы, как Рафаэль тогда. Он их вытер о свое пальто, но я видела колебание. И он знал, что я видела.

— Анита...

Распахнулась задняя дверь, и я развернулась, выхватывая последний оставшийся у меня нож. Мир поплыл в черноте и тошноте — движение оказалось слишком резким. В полуоткрытой двери стоял Стивен-вервольф и смотрел на меня. Он вроде как застыл, вытаращив синие глаза, а смотрел он на серебряный нож у меня в руке. Кажется, до него не дошел факт, что я ослепла и слишком не в форме, чтобы им воспользоваться. Смотрел он так, будто я готова была ударить вслепую, как летучая мышь, вскочив с колен, не думая, кто там может быть в дверях — свой или чужой.

— Ты мне не сказал, что будешь не один.

— Да, надо было предупредить, — признался Ричард.

Я расслабила мышцы, снова опускаясь на колени.

— Именно что надо было.

Нож блеснул в свете салона; он казался бритвенно-острым и правильно лежащим в руке. Так оно и было.

— Я только хотел осмотреть Луи, — сказал Стивен чуть дрожащим голосом. На нем был черный кожаный пиджак с серебристыми заклепками, застегнутый под самое горло. Длинные вьющиеся светлые волосы рассыпались по плечам. Был он похож на женоподобного байкера.

— Давай, — сказала я.

Стивен глянул на Ричарда, и я заметила, как Ричард кивнул.

— Давай, Стивен.

Что-то было в его голосе, что заставило меня повернуться и посмотреть. Выражение его лица было странным.

— Может, ты действительно так опасна, как притворяешься.

— Я не притворяюсь, Ричард.

Он кивнул:

— Может быть, и не притворяешься.

— Это составляет проблему?

— Нет, пока ты не стреляешь в меня или в членов моей стаи.

— Насчет стаи я тебе обещать не могу.

— Они под моей защитой, — сказал он.

— Тогда постарайся, чтобы они ко мне не лезли.

— И ты готова за это сражаться со мной?

— А ты со мной?

Он улыбнулся, но улыбка была невеселая.

— Я не могу с тобой драться, Анита. Я никогда не смог бы причинить тебе вред.

— Вот тут и разница между нами, Ричард.

Он потянулся поцеловать меня, но что-то в моем лице его остановило.

— Я тебе верю.

— Вот и хорошо. — Я сунула нож в ножны, глядя Ричарду в лицо. Мне не надо смотреть на нож, чтобы положить его в ножны. — Никогда не надо меня недооценивать, Ричард, меня и то, на что я готова, чтобы остаться в живых. И уберечь жизни других. Мне ни за что не хотелось бы схватки с тобой, никак не хотелось бы, но если ты не будешь держать свою стаю в руках, это сделаю я.

Он отодвинулся, и лицо его стало почти злым:

— Это угроза?

— Они отбились от рук, Ричард, и ты это знаешь. Я не могу обещать их не трогать, если ты не можешь гарантировать их поведение. А ты не можешь.

— Да, не могу. — Он это сказал без всякого удовольствия.

— Тогда не проси меня обещать их не трогать.

— Можешь ты хоть постараться не начинать сразу с убийства?

Я подумала.

— Не знаю. Быть может.

— Ты не можешь просто сказать: «Ладно, Ричард, я не буду убивать твоих товарищей»?

— Это была бы неправда.
— Боюсь, что так, — кивнул он.
Сзади раздался шорох кожаной одежды, и появился Стивен.
— Луи в отрубе, но он выкарабкается.
— Как ты его засунула в джип? — спросил Ричард.
Я посмотрела на него, но ничего не сказала. У него достало такта смутиться.
— Ты его несла! Я знаю. — Он осторожно коснулся пореза у меня на лбу. — Даже вот с этой штукой ты его несла.
— Оставалось либо это, либо его нашли бы копы. Что было бы, если бы они погрузили его в карету «скорой помощи», а у него стали бы вот так заживать раны?
— Они бы поняли, кто он, — сказал Ричард.
Стивен сзади положил локти на спинку сиденья и ткнулся подбородком в руки. Кажется, он забыл, что я его чуть не заколола, а может, он привык к угрозам. Все может быть. Вблизи его глаза были синими, как васильки. С этими светлыми волосами он был как фарфоровая кукла, которую покупают в дорогих магазинах, а потом не разрешают детям с ней играть.
— Я могу отвезти Луи к себе, — сказал он.
— Нет, — ответила я.
Они оба удивленно обернулись ко мне. Я не знала, что сказать, но знала, что Ричарду нельзя ехать со мной в «Запретный плод». Если есть у меня какая-то надежда сохранить нам жизнь, то Ричард точно не должен присутствовать, когда я огорошу Жан-Клода.
— Я хотел отвезти тебя домой или в ближайшую больницу, как ты распорядишься, — сказал Ричард.
Я бы тоже это предпочла, но не сегодня.
— Луи твой лучший друг. Я думала, ты захочешь сам о нем позаботиться.
Красивые карие глаза сузились в подозрительном прищуре.
— Ты хочешь меня спровадить. Зачем?
У меня болела голова. Хорошей лжи я не могла придумать. На плохую он не купится.
— Насколько ты доверяешь Стивену?

Вопрос застал его врасплох.

— Я ему доверяю.

Это была его первая реакция — «Да, я ему доверяю», но он не обдумал ответ.

— Я не о том, Ричард. Ты веришь, что он не скажет Маркусу или Жан-Клоду?

— Я не скажу Маркусу ничего, что вы не хотите говорить, — заявил Стивен.

— А Жан-Клоду? — спросила я.

Стивен неловко поежился, но ответил:

— Если он задаст прямой вопрос, я должен буду дать прямой ответ.

— Насколько больше твоя подчиненность Мастеру вампиров, чем вожаку твоей стаи?

— Я подчиняюсь Ричарду, а не Маркусу.

Я глянула на Ричарда:

— Маленький дворцовый переворот?

— Райна хотела заставить его играть в фильмах. Я вступился и не дал.

— Наверное, Маркус тебя и вправду ненавидит.

— Он меня боится, — сказал Ричард.

— Даже хуже, — отозвалась я.

Ричард ничего не сказал. Он знал ситуацию лучше меня, пусть даже и не хотел идти на крайние меры.

— Ладно. Я собиралась сказать Жан-Клоду, что ты сделал мне предложение.

— Ты сделал предложение? — В голосе Стивена прозвучало удивление. — И она сказала «да»?

Ричард кивнул.

По лицу Стивена разлилась радость.

— Ничего себе новости! — И тут же радость сменилась грустью. Как ветер по лугу: все видно на поверхности. — Жан-Клод от злости озвереет.

— Я бы не могла найти лучших слов.

— Так зачем ему говорить? — спросил Ричард. — Почему не подождать? Ты ведь уже не уверена, что выйдешь за меня замуж. Разве не так?

— Так, — ответила я. Очень не хотелось мне этого говорить, но это была правда. Я уже его любила, но дальше было бы слишком поздно. Если у меня есть сомнения, я должна разрешить их сейчас. Глядя в его лицо, ощущая запах его лосьона, я хотела бы отбросить осторожность к чертям. Упасть в его объятия. Но я не могла. Не могла — и все, пока не будет полной уверенности.

— Тогда вообще зачем ему говорить? Разве что ты хочешь меня умыкнуть и мне пока еще не сказала. А так у нас есть время.

Я вздохнула и рассказала ему, почему это надо сделать сегодня.

— Ты со мной ехать не можешь.
— Я не могу отпустить тебя одну.
— Ричард, если ты будешь там торчать, когда он узнает, он попытается тебя убить, а я попытаюсь убить его, чтобы защитить тебя. — Я покачала головой. — Если начнется заваруха, все может кончиться, как в «Гамлете».
— А как в «Гамлете»? — спросил Стивен.
— Все друг друга убивают, — объяснила я.
— А!
— Ты убила бы Жан-Клода, чтобы защитить меня, даже после того, что ты вчера видела?

Я глядела на него, пытаясь понять, есть ли кто-нибудь дома за этими карими глазами, до кого можно достучаться. Да, он все еще был Ричардом. С любовью к походам на природу, к вылазкам, где всегда перемазываешься до ушей, с улыбкой, которая согревала меня до кончиков пальцев. Я не знала, могу ли я за него выйти, но была твердо уверена, что не позволю никому его убить.

— Да.
— Ты не можешь выйти за меня, но готова ради меня убить. Не понимаю.
— Спроси меня, люблю ли я тебя еще, Ричард. Ответ все тот же — «да».
— Как я могу допустить, чтобы ты встретилась с ним одна?

— Раньше я отлично справлялась и без тебя.

Он коснулся моего лба, и я дернулась.

— Ты не очень хорошо выглядишь.

— Жан-Клод меня не тронет.

— Наверняка ты этого знать не можешь, — сказал он.

В этом он был прав.

— Ричард, ты меня не защитишь. Если ты там будешь, мы погибнем оба.

— Не могу я тебя отпустить одну.

— Ричард, не изображай из себя мужчину-предводителя — этой роскоши мы себе сейчас позволить не можем. Если согласие на брак заставляет тебя вести себя по-идиотски, его можно переменить.

— Ты уже взяла назад свое «да», — напомнил он.

— Но это еще не твердое «нет», — сказала я.

— Просто попытка тебя защитить заставит тебя сказать «нет»?

— Мне не только не нужна твоя защита, Ричард. Я даже и не хочу ее.

Он положил голову на подголовник и закрыл глаза.

— Значит, если я буду изображать из себя белого рыцаря, ты меня бросишь?

— Если ты думаешь, что должен играть белого рыцаря, значит, ты меня совсем не знаешь.

Он открыл глаза и повернулся ко мне:

— А если я хочу быть твоим белым рыцарем?

— Это твои трудности.

— Наверное, — улыбнулся он.

— Если отгонишь джип ко мне, я возьму такси.

— Тебя может отвезти Стивен, — сказал Ричард. Послал Стивена добровольцем, даже не спросив. Довольно нагло с его стороны.

— Нет, я возьму такси.

— А мне все равно, — сказал Стивен. — Мне так и так сегодня ночью ехать в «Запретный плод».

Я обернулась к Стивену:

— Чем ты зарабатываешь на жизнь, Стивен?

Он положил щеку на локоть и улыбнулся мне, одновременно сексуально и подкупающе.

— Я стриптизер.

А кто же еще? Я хотела напомнить, что он отказался сниматься в порнографическом фильме, но при этом все равно работал стриптизером. Но, знаете, снимать с себя одежду до со вкусом подобранного белья включительно — это не то, что заниматься сексом на экране. Совсем не то.

23

Лилиан была миниатюрной женщиной возраста между пятьюдесятью и шестьюдесятью. Волосы цвета соли с перцем подстрижены коротко и аккуратно, в этаком строгом деловом стиле. Пальцы быстрые и уверенные, как она сама. В прошлый раз, когда она осматривала мои раны, у нее были когти и седеющий мех.

Я сидела на смотровом столе в подвале жилого дома. Жили в доме ликантропы, и владельцем тоже был оборотень. В подвале была оборудована импровизированная клиника для местных ликантропов. Я была первым человеком, которому позволили увидеть ее. Мне полагалось быть польщенной, но я старалась этого не чувствовать.

— Ну вот, судя по рентгенограмме, переломов черепа у вас нет.

— Приятно слышать.

— Может быть, легкое сотрясение, но оно не обнаруживается при исследовании, по крайней мере на той аппаратуре, что у нас тут есть.

— Так я могу идти? — спросила я, собираясь спрыгнуть со стола. Она остановила меня, взяв за руку выше локтя.

— Я этого не говорила.

Я снова забралась на стол.

— Слушаю вас.

— Очень нехотя, — улыбнулась она.

— Если вы хотите проявлений любезности под давлением, Лилиан, то это не ко мне.

— Это меня не интересует, — сказала она. — Я прочистила порезы и заклеила вам раны на лбу. Очень повезло, что не пришлось накладывать швы.

Я не люблю швов и потому с ней согласилась.

— Я хочу, чтобы вы просыпались каждый час в течение ближайших суток. — Наверное, у меня на лице не выразилось восторга, потому что она добавила: — Я знаю, что это неудобно и, быть может, не нужно, но уж сделайте мне одолжение. Если вы травмированы серьезнее, чем я думаю, то можете и не проснуться. Так что окажите старой крысе любезность. Поставьте будильник или пусть вас кто-нибудь будит каждый час.

— Сутки с момента травмы? — спросила я.

Она рассмеялась.

— Вообще-то я бы сказала «с этой минуты», но пусть будет с момента травмы. Это просто ради осторожности.

— Осторожность — это мне нравится. — Ричард оттолкнулся от стены и подошел к нам. — Вызываюсь будить тебя каждый час.

— Ты со мной ехать не можешь, — сказала я.

— Я буду ждать у тебя дома.

— Да, и сегодня ночью машину не ведите, — сказала Лилиан. — Тоже предосторожность.

Ричард коснулся моей руки — только коснулся, не взял за руку. Приятно. Я не знала, что делать. Если я в конце концов скажу «нет», то флиртовать как-то нечестно. Уже от одного прикосновения его пальцев у меня побежало тепло вверх по руке. Вожделение, простое вожделение. А то мне не хочется.

— Я отгоню твой джип к тебе домой, если ты согласна. Стивен тебя отвезет в «Запретный плод».

— Я могу взять такси.

— Мне будет спокойнее, если тебя отвезет Стивен. Пожалуйста, — добавил он.

Это «пожалуйста» заставило меня улыбнуться.

— Ладно, пусть меня отвезет Стивен.

— Спасибо, — сказал Ричард.

— Всегда пожалуйста.

— Я бы советовала вам поехать прямо домой и отдохнуть, — сказала Лилиан.

— Не могу.

Она помрачнела.

— Хорошо, но отдохните, как только представится возможность. Если сотрясение есть, а вы его будете перехаживать, оно может дать осложнения. И вообще, даже если его нет, отдохнуть вам было бы полезнее, чем бегать высунув язык.

— Слушаюсь, доктор! — улыбнулась я.

Она чуть слышно фыркнула.

— Я знаю, насколько вам плевать на мои советы. Но знаете, что я вам скажу обоим? Если не хотите прислушиваться к здравому смыслу, так проваливайте.

Я слезла со стола, и Ричард не попытался мне помочь. Да, не зря мы смогли встречаться так долго. Минутное головокружение — и все стало, как должно быть.

У Лилиан был недовольный вид.

— Скажите, у вас головокружение уже слабее, чем было?

— Честное скаутское.

Она кивнула:

— Поверю вам на слово.

Нельзя сказать, что она была очень довольна, но она вышла, потрепав меня по плечу. Записей она не делала, не было ни карты, ни счета. Никаких следов, что я вообще здесь была, если не считать нескольких окровавленных ватных тампонов. Отличная организация.

По дороге сюда мне пришлось лечь в машине. Отсутствие необходимости суетиться вокруг голого мужчины или вести автомобиль само по себе сильно помогло. Мне действительно стало лучше, и это было отлично, поскольку мне предстояло сегодня предстать перед Жан-Клодом независимо от самочувствия. Интересно, даст ли мне Гретхен ночь отсрочки, раз уж отправила меня в больницу? Вряд ли.

Больше откладывать было нельзя. Пора ехать.

— Пора ехать, Ричард.

Он положил мне руки на плечи, и я не отодвинулась. Он повернул меня лицом к себе — я не сопротивлялась. У него стало очень серьезное лицо.

— Как бы я хотел поехать вместе с тобой!

— Мы это уже проходили.

— Да, я знаю. — Он отвернулся.

Я взяла его за подбородок и повернула к себе.

— Ричард, обещай мне: никакого героизма.

Слишком уж невинный у него был взгляд.

— Не понимаю, о чем ты говоришь.

— Врешь. Ты не можешь ждать снаружи. Тебе придется остаться здесь. Обещай мне.

Он уронил руки и шагнул назад, прислонился к столу, упираясь ладонями.

— Не могу я, чтобы ты одна ехала!

— Обещай мне, что будешь ждать здесь или у меня. Других вариантов нет, Ричард.

Он старательно отводил глаза. Я подошла к нему и тронула за руку. Она звенела от напряжения. Иномирной энергии не чувствовалось, но она пряталась где-то внутри и ждала.

— Ричард, посмотри на меня.

Он не поднял головы, и волосы его висели между нами, как шторы. Я запустила в них пальцы, ухватила горсть волос возле самой кожи и повернула его голову к себе, как за ручку. Глаза у него были темнее, чем просто карие. Что-то было за этими глазами, чего я не видела до прошлой ночи. Зверь поднимался оттуда, как морское чудовище сквозь темные воды.

Я сильнее сжала ладонь — не так, чтобы было больно, но чтобы привлечь его внимание. Он слегка охнул.

— Если ты, твою мать, начнешь проявлять свое дурацкое самцовое эго и полезешь меня спасать, я погибну! — Я притянула его лицо к себе, сжимая в горсти пряди его волос. — Если ты вмешаешься, это приведет к моей смерти. Ты понял?

Тьма в его глазах хотела сказать «нет», и я видела по его лицу, как он старается одолеть ее.

— Я понял, — сказал он наконец.

— Ты подождешь меня дома?

Он кивнул и поднял голову, высвобождая волосы из моей руки. Я хотела притянуть его к себе, поцеловать, и мы застыли оба в нерешительности. Он придвинулся, и мы соприкоснулись губами, глядя друг на друга через дюйм расстояния. Глаза его стали бездонными, и я всеми внутренностями ощутила зов его тела, как электрический удар.

Я отдернулась.

— Нет, не сейчас. Я все еще не знаю, какие у меня к тебе чувства.

— Твое тело знает, — ответил он.

— Если бы вожделение все решало, я давно была бы с Жан-Клодом.

Он вздрогнул, как от пощечины.

— Если ты действительно не собираешься больше со мной встречаться, то разговор с Жан-Клодом не нужен. Оно того не стоит.

Было видно, как я его ранила, а этого я как раз и не собиралась делать ни за что. Я положила ладонь ему на руку, на теплую, гладкую, настоящую кожу.

— Если я смогу выкрутиться и не говорить ему, я так и сделаю, но вряд ли Гретхен оставит мне такой выход. Кроме того, Жан-Клод сумеет учуять ложь. Ты сделал предложение, я сказала «да».

— Скажи ему, что ты передумала, Анита. Скажи, почему передумала, — ему это будет приятно. Скажи, что я для тебя недостаточно человек. — Он отодвинулся от моей руки. — Он это с удовольствием проглотит.

Голос у Ричарда был горестный и злой, и горечь в нем была такая твердая, хоть мосты из нее строй. Такого тона я у него никогда не слышала.

Этого я выдержать не могла. Подойдя сзади, я обвила его руками за талию, зарылась лицом ему в спину, прижалась щекой к ложбине между лопаток. Он попытался повернуться, но я сжала его крепче, и он застыл неподвижно в моих объятиях. Его руки легли мне на плечи, сперва осторожно, потом прижали их к его туловищу. По спине Ричарда прошла дрожь, из груди вырвался длинный прерывистый выдох.

Я повернула его лицом к себе. На щеках Ричарда блестели слезы. Господи ты Боже мой! Слезы — их я выдерживаю с трудом. Первое мое движение — обещать все что угодно, только перестань плакать.

— Не надо, — сказала я и тронула пальцем слезинку. Она повисла и задрожала на кончике пальца. — Не терзайся, Ричард, пожалуйста, прошу тебя.

— Я не могу снова стать человеком, Анита. — Голос его звучал очень обыденно. Если бы я не видела слез, то даже не подумала бы, что он плачет. — Ради тебя я бы стал им, если бы мог.

— Может быть, я не этого хочу, Ричард. Я не знаю. Дай мне время. Если я не смогу вынести твоей мохнатости, лучше узнать об этом сейчас.

Чувствовала я себя ужасно — злобной и мелочной. А он был великолепен. Я его люблю, он хочет на мне жениться, он преподает естественные науки в старших классах. Любит походы, путешествия, лазание по пещерам. Боже мой, он даже пластинки собирает! Да, и он второй в стае по иерархии. Вервольф альфа. Черт побери все.

— Мне нужно время, Ричард, прости меня, но это так.

Ну и пошло же это прозвучало. Никогда в жизни я не говорила так нерешительно.

Он кивнул, но непохоже было, чтобы я его убедила.

— Может выйти так, что ты мне откажешь, но готова рискнуть жизнью, представ перед Жан-Клодом. Это как-то бессмысленно.

Я вынуждена была согласиться.

— Я должна говорить с ним сегодня. Не хочу я еще одного встречного боя с Гретхен, если этого можно избежать.

Ричард обтер ладони о собственное лицо. Провел ими по волосам.

— Только не дай себя убить.

— Не дам, — сказала я.

— Обещай мне, — попросил он.

Я хотела сказать «обещаю», но не сказала.

— Я не даю обещаний, которых могу не сдержать.

— А соврать мне в утешение?

Я покачала головой:

— Нет.

Он вздохнул:

— Правду говорят, что честность ранит.

— Мне пора, — сказала я и пошла прочь, пока он снова меня не отвлек. Мне в голову закралась мысль, что он задерживал меня намеренно. Конечно, я это ему позволила.

— Анита!

Я уже была у самой двери. Я повернулась — он стоял под резким светом, опустив руки, такой... беспомощный.

— Мы поцеловались на прощание. Ты мне сказал «береги себя». Я тебя предупредила, чтобы не строил из себя героя. Все, Ричард, все уже сказано.

— Я люблю тебя.

Ладно, не все сказано.

— Я тебя тоже.

И это было правдой, черт меня возьми. Если я смогу смириться с его мохнатостью, я за него выйду. И как воспримет Жан-Клод такие новости? Как говорит старая пословица, только один способ узнать.

24

«Запретный плод» находится в самом сердце округа вампиров. Его пылающая неоновая вывеска кровавится в ночном небе, придавая темноте багровый оттенок, как зарево далекого пожара. Уже очень давно я не появлялась в этом районе после темноты безоружной. Конечно, у меня есть нож, и это лучше голых рук, но против вампира — не намного лучше.

Рядом со мной был Стивен. Вервольф — неплохой телохранитель, но почему-то Стивен не выглядит слишком внушительно. Он всего на дюйм или два меня выше, изящен, как ива, и с плечами, только обозначающими мужскую фигуру. Сказать, что кожаные штаны у него в обтяжку, значит впасть в преуменьшение. Они будто нарисованы на его настоящей коже. Трудно не заметить, что у него derriere* твердая и подтянутая. Кожаная куртка кончалась чуть ниже талии, так что ничто не закрывало вид.

Я была опять в своем кожаном пальто. На нем остались пятнышки крови, но если бы я ее смыла, оно бы промокло, а тогда мне трудно было бы согреться. Свитер, один из моих любимых, был разорван от плеча до линии лифчика — слишком холодно без пальто. Гретхен мне должна будет за свитер. Ладно, когда получу обратно свои пистолеты, мы с ней об этом потолкуем — быть может.

К закрытой двери вели три широкие ступени, и охранял их вампир по имени Базз. Худшего имени для вампира не придумать. Даже для человека оно не так чтобы очень, но вампиру никак не подходит. Это имя только для вышибалы. Базз был высок, мускулист, черные волосы коротко подстрижены под скобку. Кажется, на нем была та же футболка, что и в июле.

Я знала, что замерзнуть насмерть вампиры не могут, но не знала, чувствуют ли они холод. Как правило, вампиры стараются не отличаться от людей и зимой надевают пальто. Может, это им не нужно, как не нужно было Гретхен вытаскивать нож из горла, и все это притворство.

Базз улыбнулся, блеснув клыками. Моя реакция его несколько разочаровала.

— Стивен, ты пропустил свой выход. Босс рвет и мечет.

Стивен сразу будто усох. Базз, наоборот, стал больше, довольный собой.

— Стивен помогал мне. Я думаю, Жан-Клод ничего не будет иметь против.

Базз прищурился, впервые по-настоящему заметив мое лицо.

— Черт побери, что с тобой стряслось?

— Если Жан-Клод захочет, чтобы ты это знал, он тебе скажет, — ответила я и прошла мимо. На двери висел большой

---

* задница *(фр.)*.

плакат: «Ношение крестов, распятий и прочих освященных предметов в помещении клуба строго запрещено». Я распахнула дверь и вошла, и мой крестик надежно висел у меня на шее. Если он им сегодня нужен, пусть возьмут его из моей мертвой руки.

Стивен шел за мной хвостом, будто бы боялся Базза. Не таким уж старым вампиром был Базз — меньше, чем двадцать лет. В нем все еще было какое-то ощущение «живого». Окончательная неподвижность, свойственная старым вампирам, еще не коснулась этого вышибалы. Так чего же вервольфу бояться вампира-новичка? Хороший вопрос.

Была ночь воскресенья, и в зале было битком. Что, никому завтра на работу не надо? Шум окатил нас почти как реальная волна. Густой рокот множества народу в небольшом помещении, куда приходят с намерением как следует оттянуться. Свет был включен ярко, на полную. На маленькой сцене никого. Мы попали в перерыв между номерами.

В дверях нас встретила блондинка.

— Есть у вас с собой освященные предметы, которые вы желаете декларировать? — спросила она с профессиональной улыбкой. Гардеробщица для святынь.

— Нет, — улыбнулась я в ответ.

Она не стала задавать вопросов — просто улыбнулась еще раз и отодвинулась. Но тут раздался мужской голос:

— Минутку, Шейла!

К нам направлялся высокий вампир, такой, что приятно посмотреть. У него были высокие лепные скулы, идеально уложенные коротко подстриженные волосы. Он был слишком мужествен, чтобы быть красивым, и слишком красив, чтобы это было настоящим. В прошлый раз, когда я была здесь, Роберт был стриптизером. Кажется, он получил повышение.

Шейла ждала, переводя взгляд с Роберта на меня и обратно.

— Она мне солгала?

Роберт кивнул.

— Привет, Анита!

— Привет. Ты теперь тут менеджер?

Он снова кивнул.

Это мне не понравилось — то, что он теперь менеджер. Однажды он подвел меня, то есть скорее подвел Жан-Клода, не выполнив его приказ. Не обеспечил безопасность одного человека. Этот человек погиб. Роберт даже царапины не получил, пытаясь остановить монстров. По крайней мере ему следовало быть раненым при попытке. Я не настаиваю, что он должен был погибнуть, но пытаться надо было усерднее. Я никогда ему больше не стану доверять и никогда не прощу.

— У тебя с собой освященный предмет, Анита. Если ты здесь не по делам полиции, ты должна сдать его Шейле.

Я посмотрела на него — глаза у него синие. Я опустила глаза, подняла их снова и поняла, что могу встретиться с ним взглядом. Ему было только чуть больше ста лет и по силе он Гретхен в подметки не годился, но все равно его взгляда я выдерживать не должна бы.

Он тоже удивился, глаза его расширились.

— Ты должна его сдать. Таковы правила.

Может быть, моя способность смотреть ему в глаза придала мне храбрости или просто с меня на эту ночь уже хватило.

— Гретхен здесь?

Он удивился:

— Да, она в задней комнате с Жан-Клодом.

— Тогда ты креста не получишь.

— Я не могу тебя впустить с крестом. Жан-Клод насчет этого ясно высказался.

В его голосе была какая-то натянутость, почти что страх. Это хорошо.

— Посмотри-ка на мое лицо, Бобби! Как следует! Это работа Гретхен. Если она здесь, я креста не сниму.

Между идеальными бровями легли морщины.

— Жан-Клод сказал: никаких исключений. — Он шагнул ближе, и я не отстранилась. Наклонившись, он понизил голос, так что стал еле слышен на фоне шума. — Он сказал, что, если я хоть раз еще его подведу, в большом или в малом, он меня накажет.

Как правило, я считаю такие заявления жалкими или жестокими. Но на этот раз была полностью солидарна.

— Пойди спроси Жан-Клода, — предложила я.

Он покачал головой.

— Я не могу тебя здесь оставить. Если ты пройдешь мимо меня с крестом, это значит, я не выполнил свой долг.

Мне это начинало надоедать.

— Стивен может пойти спросить?

Роберт кивнул.

А Стивен как-то вроде за меня цеплялся. Он еще не оправился от брошенного Баззом замечания.

— Жан-Клод на меня злится за пропуск выхода?

— Если ты не успевал к выходу, должен был позвонить, — сказал Роберт. — Пришлось мне выступать вместо тебя.

— Приятно чувствовать себя полезным, — заметила я.

Роберт мрачно глянул в мою сторону:

— Стивен должен был позвонить.

— Он возил меня к врачу. У тебя есть что-нибудь против?

— У Жан-Клода может быть.

— Тогда приведи сюда главного, и спросим у него. Мне надоело толочься у двери.

— Анита, как мило с твоей стороны почтить нас своим присутствием! — Гретхен чуть не мурлыкала, предвкушая предстоящее.

— Роберт меня не хочет впускать.

Она повернулась к красавцу вампиру, и он отступил на шаг. Она даже не выпустила нисколько своей впечатляющей магии. Для столетнего трупа Роберт слишком легко пугался.

— Роберт, мы ее ждем. Жан-Клод *очень* хочет ее видеть.

Роберт сглотнул слюну.

— Мне было сказано: никто, кроме полиции, не может войти сюда с освященным предметом. Исключения не допускаются.

— Даже для невесты хозяина? — Она вложила в эти слова приличный груз иронии.

Роберт либо не понял, либо не обратил внимания.

— Пока Жан-Клод не велит иного, она не войдет сюда с крестом.

Гретхен обошла вокруг нас, крадучись. Не знаю, кто из нас волновался больше.

— Сними ты свой крестик, и закончим с этим.

Я мотнула головой:

— Не сниму.

— Тебе от него сегодня немного было пользы, — заметила она.

В ее словах был смысл. До меня впервые дошло, что у меня раньше и мысли не было доставать крест. Я обратилась к оружию, но не к вере. Весьма прискорбный факт.

— Крест я не сниму, — сказала я, стискивая пальцами серебро цепочки.

— Вы мне портите удовольствие, оба, — сказала она. Судя по ее голосу, этого делать не стоило. — Я тебе отдам один из твоих пистолетов.

Еще секунду назад я бы согласилась, но сейчас уже нет. Мне и без того было неприятно, что я раньше не стала доставать крест. От нападения это бы ее не отвратило — она слишком сильна, но могло бы отпугнуть от Луи. Все, надо перестать сачковать церковь, даже если вообще спать не придется.

— Нет.

— Это ты так пытаешься увильнуть от нашей сделки? — В ее голосе слышались первые барашки гнева, низкие и горячие.

— Я свое слово держу.

— Я ее проведу, Роберт. — Гретхен подняла руку, останавливая его протест. — Если Жан-Клод будет тебя ругать, скажи, что я собиралась вырвать тебе глотку. — Она пошла на Роберта, пока почти не уперлась в него. Только тут стало заметно, что Роберт на полторы головы выше, а до того казалось, что Гретхен больше. — И это не будет ложью, Роберт. Ты обуза и слабак. Я убила бы тебя прямо сейчас, не будь мы оба нужны нашему Мастеру. Если ты все еще боишься Жан-Клода, вспомни, что ему ты нужен живой. А мне — нет.

Роберт дернул кадыком так, что это должно было быть больно, но не отступил. Очко в его пользу. Гретхен чуть шевельнулась к нему, и он отпрыгнул, как подстреленный.

— Ладно, ладно, веди ее!

Гретхен с отвращением скривилась. В одном мы были согласны: Роберт нам не нравился. Раз у нас есть одно общее мнение, может быть, найдутся и еще. Может, даже подружками станем. А что?

Уровень шума снизился до шепота — мы привлекли всеобщее внимание. Спектакль не на сцене — самая захватывающая вещь.

— На сцене сейчас должно что-то происходить? — спросила я.

Роберт кивнул:
— Да, я должен объявить актера.
— Иди, Роберт, работай.

Эти слова сочились презрением. Гретхен великолепно умела его выражать.

Роберт немедленно покинул нас с явным облегчением.

— Слабак, — тихо сказала я ему вслед.
— Пойдем, Анита, нас ждет Жан-Клод. — И она поплыла вперед, развевая складки светлого плаща. Мы со Стивеном переглянулись, он пожал плечами. Я пошла за Гретхен, а Стивен — за мной, будто боялся от меня отстать.

Кабинет Жан-Клода выглядел, как кость домино изнутри. Голые белые стены, белый ковер, черный лакированный стол, черный кожаный диван и перед столом — два черных кресла с прямой спинкой. Стол и кресла были в восточном стиле, декорированные лаковым орнаментом с журавлями и восточными женщинами в развевающихся платьях. Этот стол мне всегда очень нравился, хотя вслух я этого не признавала никогда.

В углу стояла лаковая ширма — раньше я ее никогда не видела. Она была приличного размера и скрывала угол полностью. Поперек всей ширмы оранжевыми и красными кольцами вился дракон с огромными глазами навыкате. Ширма в комнате хорошо смотрелась. Сама комната не была уютной, зато была стильной. Как и сам Жан-Клод.

Он сидел на кожаной кушетке, одетый полностью в черное. Высокий жесткий воротник рубашки обрамлял его лицо, и трудно было сказать, где кончаются волосы и где начинается воротник. На горле воротник был заколот рубиновой подвеской размером с большой палец. Спереди рубашка была расстегнута до ремня, открывая треугольник бледной, очень бледной кожи. И только подвеска не давала рубашке раскрыться полностью.

Манжеты были такие же широкие и жесткие, как воротник, и скрывали руки почти полностью. Когда он поднял руку, стало заметно, что с одной стороны манжеты открыты, так что руками он все же пользоваться может. Завершали наряд черные джинсы и ботинки черного бархата.

Подвеску я раньше видела, но рубашка явно была новой.

— Стильно, — сказала я.

— Вам нравится? — улыбнулся он и расправил манжеты, будто они в этом нуждались.

— Приятная перемена после белого, — ответила я.

— Стивен, мы тебя ждали раньше. — Голос Жан-Клода был вполне вежлив, но можно было расслышать в нем темный и неприятный подтекст.

— Стивен возил меня к врачу.

Полночно-синие глаза повернулись снова ко мне.

— Ваше теперешнее полицейское расследование проходит с осложнениями?

— Нет, — ответила я и поглядела на Гретхен. Она смотрела на Жан-Клода.

— Скажи ему, — произнесла она.

Я так поняла, что она не имела в виду обвинить ее в попытке меня убить. Настало время для некоторой откровенности и даже драматических эффектов. И я верила, что Жан-Клод нас не разочарует.

— Пусть Стивен уйдет, — сказала я. Не надо, чтобы он погиб при попытке меня защитить: здесь он может быть в лучшем случае пушечным мясом — против Жан-Клода-то.

— Почему? — спросил Жан-Клод несколько подозрительно.

— Выкладывай, — потребовала Гретхен.

Я покачала головой:

— Стивену здесь делать нечего.

— Иди, Стивен, — сказал Жан-Клод. — Я не сержусь на тебя за опоздание. Анита для меня важнее, чем твой приход на работу вовремя.

Приятно было это знать.

Стивен как-то странно кивнул, чуть ли не поклонился Жан-Клоду, глянул на меня, но не решался уйти.

— Иди, Стивен. Ничего со мной не случится.

Уговаривать его дважды не пришлось — он исчез.

— Так что вы хотели сказать, ma petite?

Я поглядела на Гретхен, но она смотрела только на него. На ее лице читался голод, будто она долго-долго этого ждала. А я глядела в его полночно-синие глаза и понимала, что могу — без меток вампира могу — смотреть в его глаза.

Жан-Клод тоже это заметил и раскрыл глаза чуть шире:

— Вы сегодня полны сюрпризов, ma petite.

— Вы еще главных сюрпризов не видели.

— Настоятельно вас прошу, не скрывайте их. Я очень люблю сюрпризы.

Что именно этот сюрприз ему понравится, у меня были большие сомнения. Набрав побольше воздуху, я быстро, как принимают горькое лекарство произнесла:

— Ричард сделал мне предложение, и я дала согласие.

Я могла бы добавить: «но теперь я не уверена», но не стала. Слишком я сама запуталась, чтобы выдавать что-то, кроме голых фактов. Если он попытается меня убить, может быть, тогда я добавлю подробности. А пока что... подождем.

Жан-Клод сидел как сидел. Не шевельнулся. Щелкнул обогреватель, и я вздрогнула. Над кушеткой заработал вентилятор, воздух стал играть волосами Жан-Клода, тканью его рубашки, но я будто бы смотрела на манекен. Кроме волос и ткани, остальное было будто камень.

Молчание тянулось, заполняло комнату. Обогреватель отключился, и стало так тихо, что я слышала шум крови у себя в ушах. Такая тишина, как перед мигом творения. Можно было понять, что сейчас произойдет что-то очень серьезное, только совершенно неизвестно, что именно. Тишина обступала меня, и я не собиралась быть той, кто ее нарушит, потому что понятия не имела, что будет дальше. Это бесконечное спокойствие пугало больше, чем самый дикий гнев. Не зная, что делать, я не стала делать ничего — образ действий, о котором мне редко приходилось жалеть.

Первой не выдержала Гретхен:

— Ты слышал, что она сказала, Жан-Клод? Она выходит замуж за другого. Она любит другого.

Он моргнул — длинное, грациозное движение ресниц.

— Спроси ее, Гретхен, любит ли она меня.

Гретхен встала передо мной, заслонив Жан-Клода.

— Какая разница? Она выходит за другого.

— Спроси ее. — Это был приказ.

Гретхен резко обернулась ко мне. Под кожей выступили кости, губы истончились в злобной гримасе.

— Ты его не любишь.

Это, строго говоря, не был вопрос, и я не стала отвечать. Тогда раздался голос Жан-Клода, полный лени и какого-то темного смысла, который я не поняла.

— Вы любите меня, ma petite?

Глядя в искаженное яростью лицо Гретхен, я ответила:

— Если я вам скажу «нет», вы же не поверите?

— Вы не можете просто сказать «да»?

— Да, каким-то темным, извращенным уголком души я вас люблю. Вы довольны?

Он улыбнулся:

— Как же вы можете выходить за него, если любите меня?

— Его я тоже люблю, Жан-Клод.

— Точно так же?

— Нет, — ответила я.

— В чем же отличие вашей любви ко мне и к нему?

Все более и более хитрые вопросы.

— Как мне объяснить вам то, чего я сама не понимаю?

— Попытайтесь.

— Вы — это как великая шекспировская трагедия. Если бы Ромео и Джульетта не совершили самоубийства, через год они бы друг друга возненавидели. Страсть — это форма любви, но не настоящая. Она не длится долго.

— А каковы ваши чувства к Ричарду?

— Его я не просто люблю, он мне приятен. Я радуюсь его обществу. Я... — Терпеть не могу объяснять собственные чувства. — Черт побери, Жан-Клод, не могу я этого выразить словами. Я могу себе представить жизнь с Ричардом, а с вами — нет.

— Вы назначили дату?

— Нет, — ответила я.

Он склонил голову набок, внимательно меня изучая.

— Все это правда, но в ней есть щепотка лжи. Что вы придержали про себя, ma petite?

— Я вам сказала правду, — огрызнулась я.

— Но не всю правду.

Не хотелось мне ему говорить — слишком он обрадуется. И это как-то нечестно по отношению к Ричарду.

— Я не вполне уверена, что выйду за Ричарда.

— Почему?

В его лице что-то мелькнуло, очень похожее на надежду. Я не могла допустить, чтобы он попусту надеялся.

— Я видела, как он становится страшноватым. Я ощутила его... мощь.

— И?

— И теперь я не уверена.

— Значит, он для вас тоже недостаточно человек. — Жан-Клод запрокинул голову, смеясь. Радостный поток звука, обволакивающий меня, как шоколад. Тяжелый, сладкий и назойливый.

— Она любит другого! — вмешалась Гретхен. — Какая разница, что она в нем сомневается? Она отвергла тебя, Жан-Клод, разве этого мало?

— Это ты сделала такое с ее лицом?

Гретхен заходила тугими кругами, как тигр по клетке.

— Она не любит тебя так, как я люблю. — Вампирша упала перед ним на колени, хватая за ноги, заглядывая в лицо. — Жан-Клод, я люблю тебя. Я тебя всегда любила. Убей ее, или пусть выходит замуж за того человека. Она не заслуживает твоего обожания!

Жан-Клод будто не слышал.

— Вы сильно пострадали, ma petite?

— Ничего страшного.

Гретхен вцепилась в джинсы Жан-Клода:

— Молю тебя, молю тебя, Жан-Клод!

Мне она не нравилась, но это страдание, безнадежная боль в голосе — это страшно было слышать. Она пыталась меня убить, но я не могла подавить к ней жалость.

— Оставь нас, Гретхен.

— Нет! — вцепилась она в него судорожно.

— Я воспретил тебе причинять ей вред. Ты ослушалась. Мне следовало бы убить тебя.

Она так и осталась на коленях, глядя на него снизу вверх. Выражения ее лица я не видела, и слава Богу. Терпеть не могу собачьего обожания.

— Умоляю, Жан-Клод, пожалуйста! Я же это сделала только ради тебя! Она же тебя не любит!

Вдруг ее шея оказалась в руке Жан-Клода. Его движения я не видела. Это было волшебство. Не знаю, что позволяло мне глядеть в его глаза, но это не помогало против его ментальных фокусов. А может быть, он действительно настолько быстр? Нет, такого не бывает.

Она пыталась что-то сказать. Жан-Клод сомкнул пальцы, и слова вышли тихими придушенными звуками. Жан-Клод встал, вздернув Гретхен на ноги. Она ухватилась руками за его запястье, чтобы не повиснуть на шее. Он поднимал ее, пока ее ноги не заболтались в воздухе. Я знала, что она могла бы сопротивляться. Я чуяла силу в этих тонких и хрупких с виду руках. Но она не боролась, если не считать рук на его запястье. Она позволит ему себя убить? А он это сделает? А я буду стоять и смотреть?

Он стоял, элегантный и стильный в своей великолепной черной рубашке, и держал Гретхен на вытянутой руке. Потом подошел к столу, все еще держа ее и без труда сохраняя равновесие. Такого даже ликантроп не мог бы — вот так непринужденно. Я смотрела, как худощавая фигура идет по ковру, и знала, что кем бы и как бы он ни притворялся, он не человек. Не человек.

Он поставил Гретхен возле стола, ослабил руку на ее горле, но не отпустил.

— Послушай меня, прошу тебя, Жан-Клод! Кто она такая, чтобы Герцог Города вымаливал ее благосклонность?

Он держал ее за горло, уже не сжимая. Свободной рукой он отодвинул ширму, и она отъехала, открыв гроб, стоящий на задрапированном пьедестале. Дерево, почти черное, сверкало зеркальной полировкой.

Гретхен с расширенными глазами заговорила лихорадочно:

— Жан-Клод, Жан-Клод, прости меня! Я же не убила ее, я могла убить, но не убила, спроси ее, спроси! Спроси!

Ничего, кроме панического страха, не осталось в этом голосе.

— Анита?

Это единственное слово скользнуло по моей коже, до краев полное гнева. Я очень порадовалась, что он гневается не на меня.

— Она могла убить меня в первой же атаке.

— Почему, как вы думаете, она этого не сделала?

— Я считаю, что она отвлеклась, пытаясь растянуть процесс. Сильнее им насладиться.

— Нет-нет, я только грозилась! Я хотела отпугнуть ее! Я знала, что ты не хочешь, чтобы я ее убила! Я знала, иначе она уже была бы мертва!

— Ты никогда не умела врать, Гретель.

Гретель?

Жан-Клод одной рукой приподнял крышку гроба, второй подтащив к нему вампиршу.

Она вырвалась, на ее горле остались кровавые следы от ногтей Жан-Клода. Она спряталась за креслом, выставив его между собой и Жан-Клодом, будто это могло помочь. По шее ее стекали капли крови.

— Не заставляй меня применить силу, Гретель.

— Мое имя — Гретхен, и уже больше сотни лет.

Впервые на моих глазах она проявила твердость духа по отношению к Жан-Клоду. Я даже подавила желание зааплодировать — впрочем, мне это не стоило труда.

— Ты была Гретель, когда я тебя нашел, и ты и сейчас Гретель. Не заставляй меня напоминать тебе, кто ты на самом деле, Гретель.

— Я не полезу в этот ящик по доброй воле. Нет.

— Ты хочешь, чтобы Анита увидела тебя во всей красе?

Я-то думала, что уже видела.

— Я не полезу. — Голос ее был твердым. Не уверенным, но упрямым: она собралась сопротивляться всерьез.

Жан-Клод стоял совершенно неподвижно. Потом поднял руку — томным жестом, другого слова не подберу. Почти как в танце.

Гретхен качнулась, схватившись за кресло для поддержки. Лицо у нее съежилось, но это не было истечение силы, которое я видела у нее раньше. Не тот вечный труп, который может вырвать тебе горло и танцевать в крови. Она увядала. Не старела — умирала.

Рот ее открылся, она вскрикнула.

— Боже мой, что это с ней?

Гретхен стояла, держась птичьими тонкими лапами за спинку кресла, и была похожа на мумифицированный труп. Яркая помада на лице выделялась мрачной полосой, и даже пшеничные волосы сделались тонкими и ломкими, как солома.

Жан-Клод подошел к ней, такой же грациозный, такой же прекрасный, такой же чудовищный.

— Я дал тебе вечную жизнь, и я могу ее отнять. Не забывай этого никогда.

Она издала горлом жалкое хнычущее мяуканье, протягивая к нему умоляющую костистую руку.

— В ящик, — велел он, и это слово прозвучало темно и зловеще. Он мог бы сказать «в Ад».

Он выбил из нее волю к сопротивлению — или, быть может, «похитил» будет более точным словом. Ничего подобного я в жизни не видела. Новый вид вампирской силы, о котором в фольклоре даже шепота нет, черт его побери.

Гретхен, вся дрожа, шагнула в сторону гроба. Два трудных, шаркающих шага — и она выпустила опору в виде спинки кресла. Она упала, и две истонченные до костей руки подхватили ее вес, чего, казалось, не может быть. Отличный способ сломать руку, но Гретхен, казалось, о сломанных костях не думала. Я ее не осуждаю.

Она опустилась на колени, склонив голову, будто не имея сил подняться. Жан-Клод стоял, не двигаясь, и смотрел на нее. Он не пытался ей помочь. Будь это кто-то другой, а не Гретхен, я бы, наверное, попыталась бы.

Наверное, я двинулась к ней, потому что Жан-Клод вытянул руку, предупреждая мое движение.

— Если она сейчас покормится от человека, вся ее сила вернется. Она очень испугана, и я бы на вашем месте не стал сейчас ее искушать, ma petite.

Я осталась на месте. Помогать ей я не собиралась, но смотреть на это мне не нравилось.

— Ползи, — велел Жан-Клод.

Она поползла.

Все, с меня хватит.

— Жан-Клод, вы настояли на своем. Если вы хотите сунуть ее в гроб, возьмите и положите ее туда.

Он посмотрел на меня, и в лице его было что-то вроде удивленного интереса.

— Вы ее жалеете, ma petite. Она собиралась вас убить, и вы это знаете.

— Я бы ее застрелила, не задумываясь, но это... — Я не находила слова. Это не было просто унижение. Он сдирал с нее ее собственную личность. Я мотнула головой. — Это пытка. Если это для меня, я уже насмотрелась. Если вы это делаете для себя, то просто прекратите.

— Это делается для нее, ma petite. Она забыла, кто ее хозяин. Месяц-другой в гробу освежит ее память.

Гретхен доползла до пьедестала, вцепилась руками в драпировку, но встать не смогла.

— Я думаю, вы уже достаточно ей освежили память.

— Вы так суровы, ma petite, так прагматичны, но что-то вдруг, бывает, вызывает у вас жалость. И ваша жалость так же сильна, как ваша ненависть.

— Но удовольствия мне от нее гораздо меньше, — сказала я.

Он улыбнулся и приподнял крышку гроба. Внутри, конечно же, был белый шелк. Жан-Клод нагнулся и поднял Гретхен. Когда он переносил ее через край гроба, свисавший край плаща задел за дерево, и что-то звякнуло у нее в кармане, твердое и тяжелое.

Так мне не хотелось просить, что я чуть не промолчала. Чуть не.

— У нее в кармане мой пистолет. Он мне нужен.

Жан-Клод почти бережно положил ее на шелковую обивку, потом обшарил карманы. Держа в руке браунинг, он стал опускать крышку. Навстречу взметнулись скелетные руки, пытаясь удержать неотвратимый спуск.

Глядя на эти бьющие по воздуху пальцы, я чуть на все не плюнула.

— Должен быть еще один пистолет и нож.

Жан-Клод вопросительно округлил глаза, но кивнул. Он протянул мне браунинг, и я подошла его взять. При этом я оказалась так близко, что видела глаза Гретхен. Они были бледные, затуманенные, как в глубокой старости, но ужас они еще могли выразить.

И они бешено вращались, глядя на меня. В них был немой призыв, и сказать «отчаянный» значило бы сильно смягчить выражение. Она глядела на меня, не на Жан-Клода, будто зная, что я единственная здесь, кому на нее не плевать. Если Жан-Клода ее судьба волновала, то по его лицу этого сказать нельзя было.

Браунинг я ткнула под мышку — приятно было получить его обратно. Жан-Клод протянул мне «файрстар».

— Не могу найти нож. Если хотите поискать сами, не стесняйтесь.

Я поглядела на сухую сморщенную кожу, на безгубое лицо. Шея кожистая, как у курицы. Я покачала головой:

— Не настолько я его хочу получить обратно.

Он засмеялся, и даже теперь я ощутила этот звук всей кожей, как бархат. Жизнерадостный социопат.

Жан-Клод закрыл крышку, и Гретхен страшно завыла и застонала, будто пытаясь вскрикнуть, но не имея на это сил. Тонкие руки заколотили изнутри.

Жан-Клод закрыл защелки и наклонился над закрытым гробом.

— Спи, — шепнул он.

И почти сразу звуки стали тише. Он еще раз повторил это слово, и стало тихо.

— Как вы это сделали?
— Успокоил ее?

Я мотнула головой:
— Нет, все это.
— Я ее Мастер.
— Нет. Николаос была вашим Мастером, но она этого делать не умела. Она бы сделала это с вами, если бы могла.
— Очень проницательно с вашей стороны и очень верно. Я создал Гретхен, Николаос меня не создавала. Мастер вампиров, создавший кого-либо, получает над созданным определенную власть. Как вы только что видели.
— Но ведь Николаос создала большинство приближенных к ней вампиров?

Он кивнул.

— Если бы она могла делать то, что делаете вы, я бы это видела. Она не могла бы не показать.

Он снова слегка улыбнулся:

— И опять ваша проницательность. Есть различные виды силы и власти, доступные Мастерам вампиров. Призыв животных, левитация, неуязвимость к серебру.

— Так вот почему мой нож не причинил вреда Гретхен?

— Да.

— Но у каждого Мастера свой арсенал способностей?

— Арсенал — очень точное слово. Так на чем мы остановились, ma petite? Ах да! На том, что я мог бы убить Ричарда.

Так, приехали туда, где были.

25

— Вы меня слышите, ma petite? Я мог бы убить вашего Ричарда.

Жан-Клод поставил ширму на место, и гроб с его страшным содержимым скрылся с глаз.

— Вам не хочется этого делать.

— О нет, ma petite, очень даже хочется. Я бы с удовольствием вырвал у него сердце и стал смотреть, как он умирает.

Жан-Клод прошел мимо меня, и черная рубашка развевалась, открывая его живот при каждом шаге.

— Я вам сказала, я не уверена, что выйду за него замуж. Я даже не знаю, будем ли мы еще встречаться. Разве этого не достаточно?

— Нет, ma petite. Вы его любите. Я чую его запах на вашей коже. Вы его целовали сегодня. При всех ваших сомнениях вы держите его близко к себе.

— Если вы его тронете, я вас убью, вот и все. — Мой голос прозвучал очень буднично и по-деловому.

— Вы попытаетесь меня убить, но это не очень просто сделать.

Он снова сел на кушетку, рубашка распахнулась, обнажив почти весь его торс. Единственным дефектом безупречной кожи был крестообразный шрам.

Я осталась стоять. Все равно он не предлагал мне садиться.

— Может быть, мы убьем друг друга. Музыку выбираете вы, Жан-Клод, но если начнется этот танец, он не прекратится, пока один из нас не будет мертв.

— Мне не разрешается трогать Ричарда. А ему разрешается трогать меня?

Хороший вопрос.

— Я не думаю, что он это будет делать.

— Вы встречались с ним несколько месяцев, и я почти ничего не говорил. До того, как вы за него выйдете, я хочу получить такой же период.

— В каком смысле «такой же период»? — вытаращилась я, не поняв.

— Чтобы вы встречались со мной, Анита, дали бы мне возможность за вами ухаживать.

— За мной? Ухаживать?

— Да.

Я уставилась на него как баран на новые ворота, не зная, что сказать.

— Знаете, я несколько месяцев избегала встреч с вами, и не собираюсь это прекращать.

— Тогда я выберу музыку, и начнется танец. Даже если я погибну, и вы погибнете, Ричард погибнет первым, это я могу вам обещать твердо. Думаю, что встречаться со мной некоторое время — судьба не столь прискорбная.

Да, в этом был резон, но...

— Я никогда не уступаю угрозам.

— Тогда я обращаюсь к вашему чувству честной игры, ma petite. Вы позволили Ричарду завоевать ваше сердце. Если бы вы сначала встречались со мной, может быть, вам сейчас было бы так же дорого мое сердце? Если бы вы не сопротивлялись так нашему взаимному влечению, взглянули бы вы на Ричарда второй раз?

Я не могла ответить «да», сохраняя при этом честность. Потому что сама не знала. Жан-Клода я отвергла, поскольку он не человек. Он — монстр, а я с монстрами не встречаюсь. Но вчера ночью я краем глаза видела, каким может быть Ричард. Я ощутила силу вполне под стать силе Жан-Клода, от которой мурашки идут по коже. Мне стало труднее отличать людей от монстров — я даже о себе начала задумываться. К монструозности больше дорог, чем известно людям.

— У меня нет легкого отношения к сексу. С Ричардом я тоже не спала.

— Разве я пытаюсь шантажом принудить вас к сексу, ma petite? Я хочу получить равные шансы.

— Если я соглашусь, то что?

— То я заеду за вами в пятницу вечером.

— И мы куда-нибудь поедем?

Он кивнул:

— Может быть, даже попробуем узнать, как вам удается безнаказанно смотреть мне в глаза.

— Нет уж, давайте лучше это будет настолько нормальное свидание, насколько возможно.

— Как скажете.

Я глядела на него, он на меня. Он заедет за мной в пятницу вечером. У нас свидание. Интересно, что скажет на это Ричард?

— Я не могу вечно встречаться с вами обоими.

— Дайте мне те же несколько месяцев, что и Ричарду. Если я вас у него не отвоюю, я ретируюсь с поля боя.

— Оставите меня в покое и не тронете Ричарда?

Он кивнул.

— Вы даете слово?

— Слово чести.

Я согласилась. Предложение было лучше, чем я рассчитывала. Нельзя, конечно, знать, чего стоит его слово чести, но оно дает нам время. Время придумать еще что-нибудь. Что — я не знала, но что-то ведь должно быть? Что-то, кроме флирта с Герцогом, черт побери его мать, Города.

26

В дверь постучали, и я открыла, не дожидаясь разрешения Жан-Клода, — стучал кто-то назойливый. В комнату скользнула Райна. Насчет назойливости я угадала.

Она была одета в пальто с рыжим воротником, вокруг талии туго завязан пояс. Пряжка пояса болталась в воздухе. Райна развязала многоцветный шарф и встряхнула своими осенними волосами, сверкнувшими в лучах света.

За ней вошел Габриэль в черном пальто. Его волосы и странного серого цвета глаза подходили к цвету пальто не хуже, чем у Райны. От мочки до верхушки уха у него торчали кольца, и каждое было серебряным.

А за ними по пятам вошел Каспар Гундерсон. Этот был одет в белое твидовое пальто и этакую шляпу с пером. Был он похож на элегантного папочку мечты пятидесятых годов, и ему явно не очень хотелось здесь быть.

Роберт стоял у них у всех за спиной и нервно говорил:

— Жан-Клод, я им сказал, что вы заняты. Я им говорил, что вас нельзя беспокоить...

Он буквально заламывал руки от волнения. После того как я видела, что случилось с Гретхен, я не могла судить его слишком строго.

— Войди и закрой дверь, Роберт, — сказал Жан-Клод.
— Мне там надо присмотреть за действием, я...
— Роберт, войди и закрой за собой дверь.

Столетний вампир сделал, как было сказано. Закрыв дверь, он прислонился к ней, не снимая руки с дверной ручки, будто это могло его спасти. Правый рукав его белой рубашки был располосован, и из свежих царапин от когтей текла кровь. На горле тоже была кровь, как будто когтистая лапа вцепилась в него. Как Жан-Клод оставил на горле Гретхен, только настоящими когтями.

— Я тебе сказал, что будет, если ты меня еще хоть раз подведешь, хоть в любой мелочи. — Шепот Жан-Клода наполнил комнату, как ветер.

Роберт рухнул на колени.

— Мастер, смилуйтесь, смилуйтесь!

Он протянул руки к Жан-Клоду, и с одной из них упала густая капля крови. Очень красная на белом-белом ковре.

Райна улыбнулась. Я почти наверняка знала, следами чьих когтей щеголял Роберт. Каспар отошел и сел на диван, отстраняясь от этого зрелища. Габриэль смотрел на меня.

— Красивое у вас пальто.

Мы оба с ним были в черных пальто — отлично.

— Спасибо, — сказала я.

Он сверкнул в улыбке остроконечными зубами. Я хотела было его спросить, не больно ли ему от серебряных колец, но Роберт захныкал, и я повернулась к основному действию.

— Подойди, Роберт, — прозвучал голос Жан-Клода, такой горячий, что мог бы обжечь.

Роберт почти расстелился по ковру.

— Не надо, Мастер! Пожалуйста, не надо!

Жан-Клод упругими шагами подошел к нему, так быстро, что черная рубашка развевалась, словно миниатюрный плащ. Сверкнула на черном фоне белейшая кожа. Жан-Клод остановился около поверженного вампира, и рубашка взвилась вокруг замершего тела. Он стоял неподвижно, и в черной ткани было больше жизни, чем в нем.

О Господи!

— Жан-Клод, он пытался, — сказала я. — Оставьте его.

Жан-Клод посмотрел на меня глазами бездонно-синими. Я отвернулась. Может быть, я и могу встретить его взгляд безнаказанно, но все же... Он всегда полон неожиданностей.

— У меня было впечатление, ma petite, что вы недолюбливаете Роберта.

— Пусть так, но я уже сегодня видела достаточно наказаний. Они его раскровянили за то, что он не впустил их на несколько минут раньше. Почему вы на это не злитесь?

Райна подошла к Жан-Клоду. Острые каблуки медного цвета туфель оставили на ковре цепочку следов. Словно колотые раны.

Жан-Клод смотрел, как она подходит. Лицо у него было непроницаемое, но что-то было такое в том, как он себя держал. Он ее боялся? Быть может. Но во всем его теле чувствовалась настороженность, когда она подошла ближе. Все любопытнее и любопытнее.

— У нас была назначена встреча с Жан-Клодом. Если бы меня завернули у самой двери, это задело бы мои чувства.

Она переступила через Роберта, показав изрядную часть ноги. Мне трудно было сказать, надето ли на ней что-нибудь под этим пальто. Роберт не попытался подглядеть. Он застыл неподвижно, только вздрогнул, когда пола пальто задела его по спине.

Райна стояла, щеголяя безупречной формы икрами, почти касаясь Роберта. Он не отодвинулся. Застыл, будто притворяясь, что его здесь нет и все о нем забыли. Как ему хотелось бы.

Она стояла так близко к Жан-Клоду, что их тела соприкасались. Вроде как вклинилась между двумя вампирами. Я ждала, что Жан-Клод отступит, освобождая ей место. Он не отступил.

Она запустила пальцы ему под рубашку, охватив руками с двух сторон обнаженную талию. Напомаженный рот Райны раскрылся, и она потянулась и поцеловала Жан-Клода в обнаженную грудь. Он стоял, как статуя, но не послал ее к черту.

Что тут происходит?

Райна подняла голову и объяснила:

— Жан-Клод не хочет обижать Маркуса. Ему нужна поддержка стаи, чтобы держать город в руках. Правда, любимый?

Он взял ее руками за талию и шагнул назад. Ее руки тянулись за ним, пока он не отступил так, что она уже не дотягивалась. Она же глядела на него, как змея на птичку. Голодными глазами. Не надо было быть вампиром, чтобы почувствовать ее вожделение. Очевидное — это еще мягко сказано.

— У нас с Маркусом есть соглашение, — сказал Жан-Клод.

— Что за соглашение? — спросила я.

— Почему это вас интересует, ma petite? Вы собираетесь сегодня увидеться с мосье Зееманом. Мне разве не разрешается видеться с другими? Я вам предложил моногамию, и вы это предложение отвергли.

Об этом я не подумала. И мне это было неприятно.

— Меня беспокоят не верность или неверность, Жан-Клод.

Райна зашла ему за спину, провела по груди длинными крашеными ногтями. Руки ее согнулись, подбородок лег на плечо Жан-Клоду. На этот раз он расслабился в ее руках, прогнулся назад, погладил бледными руками ее плечи. И при этом смотрел на меня.

— Что же беспокоит вас, ma petite?
— Ваш выбор партнеров.
— Ревнуешь? — спросила Райна.
— Нет.
— Ну и врешь, — ответила она.

Что я могла сказать? Что меня злит, как она на нем виснет? Так это и было. И это меня злило еще больше, чем то, что она его лапает.

Я покачала головой:
— Просто мне интересно, насколько далеко ты готова зайти ради интересов стаи.
— О, до самого конца, — сказала Райна и обогнула Жан-Клода, встав перед ним. На каблуках она была выше него.
— А сейчас мы с тобой поиграем. — Она поцеловала его одним быстрым движением и встала на колени, глядя вверх.

Жан-Клод погладил ее по волосам. Бледные изящные руки охватили ее лицо, приподняли. Он нагнулся и поцеловал ее, но смотрел при этом на меня.

Чего он ждал — что я скажу «прекратите»? Поначалу он вроде бы ее чуть ли не боялся, теперь же ему было вполне нормально. Я знала, что он меня дразнит. Старается заставить ревновать. Что ж, до некоторой степени это получалось.

Поцелуй был долгим и страстным. Жан-Клод поднял лицо с мазками губной помады около губ.

— И что вы думаете, ma petite?
— Думаю, что вы упали в моем мнении, раз вы спите с Райной.

Горячим, рокочущим смехом засмеялся Габриэль.
— О нет, он с ней не спит — еще не спит. — И Габриэль пошел ко мне длинными скользящими шагами.

Я откинула полу пальто, показав браунинг.
— Давайте не сходить с ума.

Он расстегнул пояс пальто и поднял руки, сдаваясь. Рубашки на нем не было. В левом соске у него было серебряное кольцо, и в край пупа было продето такое же.

Я от этого зрелища вздрогнула.

— Я думала, что серебро раздражает ликантропа, как аллерген.

— Оно жжёт, — сказал он с какой-то хрипотцой.

— И это хорошо? — спросила я.

Габриэль медленно опустил руки и движением плеч сбросил пальто. При этом он медленно поворачивался, материя падала изящно, как в стриптизе. Когда пальто соскользнуло с рук, Габриэль резко извернулся и в конце поворота метнул пальто в меня. Я отбила его в сторону, и в этом была моя ошибка.

Он уже навалился на меня, прижимая телом к полу. У меня руки оказались прижаты к груди, спутанные тканью пальто. «Файрстар» оказался под животом Габриэля. Я потянулась за браунингом, и рука Габриэля разорвала ткань, как бумагу, и вырвала пистолет у меня прямо из-под руки. И он чуть было не оторвал мне и кобуру вместе с рукой. На секунду вся левая рука у меня превратилась в полосу боли. Когда к ней вернулась чувствительность, браунинга не было, и с высоты нескольких дюймов на меня смотрело лицо Габриэля.

Он заёрзал бёдрами, вдавливая «файрстар» в нас обоих. Ему это должно было быть больнее, чем мне.

— Больно? — спросила я, и голос у меня оказался неожиданно спокойный.

— А я люблю боль, — ответил он, высунул язык и кончиком его лизнул меня поперёк рта, потом засмеялся. — Ты сопротивляйся, толкайся ручками.

— Ты любишь боль? — спросила я.

— Да.

— Тогда тебе это понравится. — И я ткнула ножом ему под ложечку. Он издал нечто среднее между уханьем и вздохом, по всему его телу прошла дрожь. Он вскинулся, прогнувшись в талии, нижней частью тела прижимая меня к полу, будто выполнял облегчённые отжимания.

Я приподнялась за ним, вгоняя лезвие вверх сквозь рвущиеся мышцы.

Габриэль рвал пальто в клочья, но не пытался схватить нож. Он охватил меня руками с двух сторон, глядя на нож и мои окровавленные руки.

Опустив лицо мне в волосы, он чуть обмяк, и я думала, он теряет сознание. А он шепнул:

— Глубже!
— О Боже мой!

Лезвие было почти у основания грудины. Еще один рывок вверх — и оно пройдет в сердце.

Я откинулась на пол, чтобы получить более удобный угол для смертельного удара.

— Не убивай его, — сказала Райна. — Он нам нужен.

Нам?

Нож был на пути к сердцу, когда Габриэль скатился с меня неуловимо быстрым движением и оказался на спине на полу чуть поодаль. Он очень часто дышал, грудь его вздымалась и опадала. По голой коже текла кровь. Глаза были закрыты, а губы кривились в полуулыбке.

Будь он человеком, он бы умер в эту же ночь. А так — лежал на ковре и улыбался. Потом повернул голову набок и открыл глаза. Их странный взгляд был направлен на меня.

— Это было чудесно.
— Господи ты Боже мой, — произнесла я и встала, опираясь на кушетку. Меня покрывала кровь Габриэля, а на ноже она запеклась коркой.

Каспар сидел на кушетке, забившись в угол, и смотрел на меня вытаращенными от страха глазами. Мне трудно было бы его осудить.

Я вытерла лезвие и руки о черное покрывало.

— Спасибо за помощь, Жан-Клод.
— Мне сказали, что вы теперь доминант, ma petite. В борьбу за главенство среди доминантов вмешиваться не полагается. — Он улыбнулся: — Кроме того, моя помощь вам не была нужна.

Райна опустилась возле Габриэля, склонила лицо к его кровоточащей ране и стала лизать медленными, длинными проходами языка. И горло ее вздрагивало при каждом глотке.

Нет, меня не стошнит! Не стошнит. Я поглядела на Каспара:

— Вы-то что делаете с этими двумя?

Райна подняла окровавленное лицо.

— Каспар наш образец.

— В каком смысле?

— Он умеет перекидываться туда и обратно сколько хочет, не впадая в забытье. И мы используем его для проверки потенциальных актеров наших фильмов. Проверяем, как кто реагирует на изменение в разгаре процесса.

Нет, меня определенно стошнит.

— Только не говори мне, что изменение во время полового акта используется как экранная проба!

Райна склонила голову набок, провела языком по губам, пролизав чистый от крови круг.

— Ты знаешь про наш маленький кинобизнес?

— Да.

— Странно, что Ричард тебе сказал. Он наших развлечений не одобряет.

— Вы участвуете в фильмах?

— Каспар на экране не появляется, — сказала Райна, вставая и подходя к кушетке. — Маркус никого не заставляет. Но Каспар помогает нам в подборе актеров. Правда, Каспар?

Он кивнул. Глаза его не отрывались от ковра, чтобы не видеть Райны.

— А почему вы пришли сюда? — спросила я.

— Жан-Клод нам обещал несколько вампиров для следующего фильма.

— Это правда? — спросила я.

Лицо Жан-Клода было абсолютно спокойным — прекрасное, но непроницаемое.

— Роберта надо наказать.

При этом изменении темы я скривилась.

— Гроб уже занят.

— Всегда есть свободные гробы, Анита.

Роберт пополз вперед.

— Мастер, простите меня! Простите! — Он не касался Жан-Клода, но подполз вплотную. — Мастер, я не вынесу этого ящика! Умоляю вас, Мастер!

— Вы сами боитесь Райны, Жан-Клод, так чего же вы хотите от Роберта?

— Я не боюсь Райны.

— Пусть так, но Роберт ей не противник, и вы это знаете.

— Наверное, вы правы, *ma petite*.

Роберт глянул вверх, на его красивом лице мелькнула надежда.

— Спасибо вам, Мастер! — Он повернулся ко мне. — Анита, спасибо тебе.

— Возьмите Роберта для своего следующего фильма, — сказал Жан-Клод.

Роберт обхватил его ногу.

— Мастер, я прошу...

— Перестаньте, Жан-Клод, не отдавайте ей Роберта!

Райна плюхнулась на кушетку между мной и Каспаром. Я встала. Она обняла Каспара за плечи, и он сжался.

— Он достаточно красив. А вампир может выдержать очень сильное наказание. Нам более чем подходит, — сказала она.

— Вы их видели только что, — сказала я. — Вы действительно поступите так со своим подданным?

— Пусть Роберт сам решит, — сказал Жан-Клод. — Ящик или Райна?

Роберт посмотрел на ликантропшу. Она улыбнулась ему окровавленным ртом.

Опустив голову, Роберт кивнул.

— Только не ящик. Все что угодно, только не ящик.

— Я ухожу, — объявила я. Хватит с меня на сегодня межпротивоестественной политики.

— Ты не хочешь посмотреть на представление? — спросила Райна.

— Кажется, я его уже видела, — ответила я.

Райна швырнула шляпу Каспара через всю комнату.

— Раздевайся, — велела она.

Я сунула нож в ножны и подобрала браунинг с ковра, куда его отбросил Габриэль. Я была вооружена, не важно, был ли от этого какой-либо толк.

Каспар остался сидеть на кушетке. Его белая кожа вспыхнула розовыми пятнами. Глаза заблестели — злобно, загнанно.

— Еще когда ваши предки не открыли эту страну, я был принцем!

Райна уперлась подбородком ему в плечо, не снимая руки.

— Да знаем мы, какая у тебя голубая кровь. Ты был принцем, и был таким жадным и злым охотником, и таким злобным мальчишкой, что тебя заколдовала ведьма. Она тебя превратила в создание красивое и безвредное — думала, ты научишься быть добрым и мягким. — Райна лизнула его в ухо, запустила руки в пушистые волосы. — А ты не добрый и не мягкий. Сердце у тебя все такое же холодное, и гордыня неодолимая, как и была сотни лет назад. А теперь раздевайся и превратись для нас в лебедя.

— Вам не надо, чтобы я это делал для этого вампира.

— Нет, сделай это для меня. Сделай, чтобы Анита видела. И чтобы мы с Габриэлем тебя не наказали.

Голос ее стал ниже, каждое слово звучало отмеренно.

— Вы не сможете меня убить даже серебром, — сказал он.

— Но мы можем сделать так, чтобы ты мечтал о смерти, Каспар.

Он вскрикнул — долгий, прерывистый вопль бессильной злобы. Потом резко встал и рванул на себе пальто. На ковер посыпались пуговицы. Каспар метнул пальто в лицо Райне. Она рассмеялась.

Я направилась к двери.

— Не уходи, Анита! Каспар зануда, но он по-настоящему красив.

Я оглянулась.

Спортивный пиджак и галстук Каспара лежали на полу. Он быстрым и злобным движением расстегнул белую рубашку, и на его раскрытой груди мелькнули белые перья. Мягкие и пушистые, как у пасхальной уточки.

Я покачала головой и пошла дальше к двери. Не побежала. Не пошла быстрее обычного шага. И это был самый смелый мой поступок за всю эту ночь.

27

Я поймала такси и поехала домой. Стивен остался: то ли танцевать стриптиз, то ли вылизывать сапоги Жан-Клода — я не знала и не хотела знать. Я проверила, что Стивену не грозят неприятности, и это было все, что я могла для него сделать. В конце концов он креатура Жан-Клода, а на сегодня с меня хватит Герцога Города.

Убить Гретхен — одно дело, а пытать ее — совсем другое. У меня в ушах все еще стоял звук ее бешено колотящих рук. Хотелось бы мне верить, что он будет держать ее во сне, но я знала, как будет на самом деле. Он — Мастер вампиров, а они правят в том числе и с помощью страха. «Вызови мое неудовольствие, и вот что с тобой будет». На меня это подействовало.

Стоя уже возле дома, я вдруг сообразила, что у меня нет ключа. Я же отдала ключи от машины Ричарду, а ключ от квартиры был на той же связке.

Чувствуя себя по-дурацки, я стояла в холле, собираясь постучать в собственную дверь, но она открылась сама. В дверях стоял Ричард. Он улыбнулся:

— Привет!

Я тоже улыбнулась неожиданно для себя.

— Сам ты это слово.

Он отступил в сторону, давая мне пройти. Он не пытался меня поцеловать, как Оззи целует Гарриет, когда она приходит с работы. Это меня порадовало. Это слишком интимный ритуал. Если бы мы когда-нибудь сделали это всерьез, он мог бы пристать ко мне прямо в дверях, но не сегодня.

Ричард закрыл за мной дверь, и я почти ждала, что он полезет принимать у меня пальто. У него хватило ума этого не сделать.

Сняв пальто, я положила его поперек дивана, как с пальто и полагается поступать. Квартиру заполнял запах готовящейся еды.

— Ты здесь готовил? — спросила я, не так чтобы этим довольная.

— Я думал, ты проголодаешься. К тому же мне нечего было делать, только ждать, так что я решил приготовить еду. Убить время.

Это я могла понять. Хотя сама я могла готовить, только уж когда деваться некуда.

Свет горел только в кухне. Из темной гостиной она казалась освещенной пещерой. Если я не ошибаюсь, там свечи на столе.

— Это что, свечи?

Он засмеялся. Мне это чуть-чуть было не по душе.

— А что, не гармонирует?

— Там двухместный столик для завтрака. Изысканный ужин ты на нем не сервируешь.

— А я подумал, что разделочный столик мы используем как буфет, а на стол будем ставить только тарелки. Если двигаться осторожно, даже останется место, куда девать локти.

Он прошел в полосу света, в кухню, и стал что-то помешивать в кастрюльке.

Я стояла и пялилась в собственную кухню, где мой возможный жених готовил мне ужин. Руки покрылись гусиной кожей и зачесались, я не могла вздохнуть полной грудью. Мне хотелось повернуться и уйти, прямо сейчас. Это было куда более интимно, чем поцелуй в дверях, — он сюда въехал и чувствует себя как дома.

Но я не ушла, и это был самый мой мужественный поступок за всю ночь. Автоматическим жестом я проверила дверной замок. Ричард его оставил открытым — беспечность.

Что теперь делать? Я привыкла, что мой дом — моя крепость. Я сюда прихожу и отбрасываю весь внешний мир. Остаюсь одна. Я люблю быть одна. Мне надо остыть, собраться и подумать, как ему сказать, что у нас с Жан-Клодом свидание.

— Ужин не остынет, если я сначала отмоюсь?

— Я смогу все разогреть, когда ты будешь готова. Обед спланирован так, чтобы не испортился, когда бы ты ни пришла.

— Отлично. Тогда я пошла мыться.

Он повернулся ко мне, обрамленный светом. Волосы он завязал назад, но они спадали длинными волнистыми прядями. Свитер у него был темно-оранжевый, отчего кожа, казалось, подсвечена золотым солнцем. На нем был передник с надписью «Миссис Митпайз». У меня своего передника нет, а если бы и был, я бы точно не выбрала себе передник с эмблемой «Суини Тодд». Мюзикл про каннибалов для кухонного передника... Да, конечно, но все же...

— Так я пойду мыться.

— Ты уже говорила.

Я повернулась на каблуках и направилась в спальню. Не бегом, хотя меня сильно подмывало это сделать. Закрыв за собой дверь, я прислонилась к ней спиной. Спальня была нетронута. Никаких следов вторжения.

Под единственным окном стояло широкое кресло. На нем толпились игрушечные пингвины, некоторым из них не хватило места, и им пришлось разместиться на полу. Эта коллекция грозила захватить половину пола, как ползучий прилив. Схватив ближайшего, я села на край кровати. Пингвина я крепко прижала к груди, ткнувшись лбом и глазами в пушистую голову.

Я говорила, что выйду за Ричарда, почему же меня так достала эта его внезапная деятельность в смысле домашнего уюта? Мы сменили «да» на «может быть», но даже если бы оставалось «да», мне все равно было бы сейчас неуютно. Брак. До меня как-то не доходили все связанные с этим словом последствия. Было неуместно задавать такие вопросы тогда, когда он был полуголый и аппетитный. Если бы он упал на одно колено во время изысканного ужина в ресторане, я бы ответила по-другому? Может быть. Но ведь теперь уже никогда не узнать?

Будь я одна, я вообще бы не стала есть. Полезла бы в душ, натянула бы футболку на два размера больше и завалилась бы спать в компании нескольких избранных пингвинов.

А теперь мне предстояло есть изысканный ужин при дурацких свечах. Если бы я сказала, что не голодна, обиделся бы Ричард? Надулся бы? Стал бы кричать насчет наплевательского отношения к его труду и голодающих детях в Юго-Восточной Азии?

— Б-блин! — сказала я тихо и с чувством. Да, черт побери, если мы вообще собираемся как-то жить под одной крышей, он должен будет знать правду. Я необщительна, а еда — это то, что надо заглатывать, чтобы не умереть.

И я решила сделать то, что сделала бы, если бы его здесь не было — что-то вроде этого. Чувствовать неуют в собственном доме — это мне точно не понравилось. Знала бы я, что у меня будет такое чувство, я бы позвонила Ронни, чтобы она меня будила каждый час. Чувствовала я себя хорошо, помощь мне не нужна, но Ронни — это было бы куда спокойнее, без угрозы. Конечно, если Гретхен вылезет из своего ящика, я была уверена, что Ричард выживет в ее нападении, а вот Ронни — не уверена. Одно из серьезных преимуществ Ричарда — его чертовски тяжело убить.

Браунинг я переложила в кобуру, пристроенную к кровати. Содрав с себя свитер, я уронила его на пол. Все равно он порван, и вообще свитера не мнутся. «Файрстар» я переложила на унитаз, потом разделась и пошла в душ. Дверь спальни я запирать не стала. Это было бы оскорбительно — как будто, если я не запру дверь, он будет ждать меня в кровати с розой в зубах, когда я вылезу из душа.

А дверь ванной я закрыла. Так я поступала, когда бывала дома с отцом. Теперь я так делала на случай, что если кто-нибудь будет высаживать дверь, я успею схватить с крышки унитаза пистолет.

Душ я сделала такой горячий, какой только могла вытерпеть, и стояла под ним до тех пор, пока кожа на пальцах не сморщилась. Отскреблась дочиста, растягивая время, как только могла.

Потом протерла полотенцем запотевшее зеркало. На правой щеке у меня был содран верхний слой кожи. Заживет, как на собаке, но до того личико у меня будет аховое. Небольшие ссадины были на подбородке и на носу сбоку. Шишка на лбу наливалась всеми цветами радуги. Вид такой, будто я поцеловалась с поездом. Странно, что кто-то еще мог после этого хотеть меня целовать.

Я выглянула в спальню. Меня там никто не ждал. Комната была пуста и полна журчания обогревателя. Тихо, мирно, никаких звуков из кухни. Я испустила долгий вздох. Одна, хоть ненадолго одна.

У меня хватило суетности, чтобы не хотеть показываться Ричарду в обычном своем ночном уборе. Был у меня когда-то миленький черный домашний халатик под стать черной же комбинашке. Мне его подарил один слишком оптимистичный кавалер. Только он меня ни разу в нем не видел — халатик трагически погиб, покрытый кровью и другими телесными жидкостями.

Надеть комбинашку было бы несколько жестоко, поскольку секс я не планировала. Стоя перед шкафом, я пыталась придумать, что бы такое надеть. Поскольку одежда для меня имела только одну функцию — прикрывать наготу, — зрелище было печальное.

Наконец я натянула большую футболку с шаржевым портретом Мэри Шелли, пару серых тренировочных — тоже не слишком изысканных, с кое-где поползшими петлями. Такие, каким Господь Бог и повелел тренировочным быть. Еще пара носков для бега — самый лучший среди моих вещей эквивалент шлепанцев — и я была готова.

Поглядев на себя в зеркало, я не осталась довольна. Уютный наряд, но не особо мне льстящий. Зато честный. Никогда не понимала женщин, которые мажутся, стригутся и одеваются чудесно до самой свадьбы. И только тогда тут же забывают про всю косметику и тонкое белье. Нет, если мы собираемся пожениться, он должен видеть, с кем будет спать каждую ночь. Я пожала плечами и вышла из спальни.

Он тем временем расчесал волосы, и они вспенились у него вокруг лица, мягкие и зовущие. Свечей уже не было, передника тоже. Ричард стоял в проеме между гостиной и кухней, прислонившись к косяку и сложив руки на груди. Он улыбался, и вид у него был такой парадный, что хотелось пойти и переодеться. Но я не стала.

— Я прошу прощения, — сказал он.

— За что?

— Не знаю точно; наверное, за предположение, что я попытался вытеснить тебя из твоей кухни.

— Знаешь, кажется, сегодня в ней первый раз что-то готовили.

Он улыбнулся шире и оттолкнулся от двери. Потом подошел ко мне, окруженный ореолом собственной энергии. Не иномирной, своей обычной. А что значит — обычной? Может, его энергичность исходила во многом от его зверя.

Он стоял и глядел на меня — так близко, что мог бы дотронуться, но не дотрагивался.

— Я тут с ума сходил, поджидая тебя, так вот и родилась идея состряпать что-нибудь изысканное. Глупо, конечно. Тебе совсем не обязательно это есть — просто работа удержала меня, чтобы не рвануть в «Запретный плод» защищать твою честь.

Я не могла не улыбнуться.

— Ну тебя к черту — я даже надуться на тебя не могу как следует. Ты меня всегда смешишь.

— А это плохо?

Я рассмеялась:

— Ага. Я от собственной мрачности кайф ловлю, а ты его ломаешь.

Он провел руками по моим плечам, размял мне бицепсы. Я отодвинулась.

— Пожалуйста, не надо.

Вот так, обломилась милая домашняя сцена. Все из-за меня. Он уронил руки.

— Извини. — На этот раз, наверное, он извинялся не за приготовленную еду. — Тебе не обязательно вообще есть.

Кажется, мы оба будем притворяться, что за нее. Ай да я!

— Если я тебе скажу, что вообще есть не хочу, ты очень будешь злиться?

— Я стал готовить еду, чтобы отвлечься. Если тебе это не нравится, просто не ешь.

— Я выпью кофе и посмотрю, как ты будешь есть.

— Договорились, — улыбнулся он.

Он стоял, глядя на меня, и вид у него был грустный. Потерянный. Если ты человека любишь, его не надо делать несчастным. Есть где-то такое правило или должно быть.

— Ты расчесал волосы.

— Ты же любишь, когда они свободно лежат.

— Как и этот мой любимый свитер, — сказала я.

— Правда?

В его голосе слышалась тень поддразнивания. Я еще могу вернуть светлое настроение. Можем еще провести прекрасный вечер. Мне решать.

Я глядела в его большие карие глаза, и мне этого хотелось. Но врать ему я не могла. Это было бы хуже, чем жестоко.

— Просто как-то неловко получается.

— Я знаю, ты меня извини.

— Прекрати извиняться. Это моя вина, а не твоя.

Он покачал головой:

— Ты не властна над своими чувствами.

— Первый инстинкт у меня был — все бросить и бежать. Никогда больше с тобой не видеться. Не говорить. Не касаться. Ничего.

— Значит, ты этого хочешь. — Голос его звучал чуть приглушенно, будто эти слова очень дорого ему стоили.

— Чего я хочу — это тебя. Я только не знаю, могу ли я вынести тебя целиком.

— Мне не надо было делать предложение, пока ты не видела, что я собой представляю.

— Я видела Маркуса и его банду.

— Это не то ведь, что видеть, как я сам превращаюсь при тебе в зверя?

— Нет, — ответила я после паузы. — Не то.

— Если ты можешь позвать кого-нибудь с тобой посидеть, я уеду. А то ты сказала, что тебе нужно время, а я практически въехал в твою квартиру. Я слишком напорист.

— Это да.

— Я боялся, что тебя теряю.

— Напором здесь не поможешь, — сказала я.

— Согласен.

Я глядела на него в темной квартире. Свет падал только из кухни. Обстановка могла быть — должна была бы быть — очень интимной. Я всем всегда говорила, что ликантропия — это просто болезнь. Дискриминация ликантропов незаконна и безнравственна. Во мне этих предрассудков нет, как я всем говорила. Глядя в мужественное, красивое лицо Ричарда, я знала, что это неправда. Есть у меня предрассудки. Предрассудки против монстров. Да, они вполне могли быть среди моих друзей, но ближайшие подруги — Ронни и Кэтрин — у меня были людьми. Монстры вполне годятся в друзья, но чтобы их любить — нет. Чтобы спать с ними — нет. Я на самом деле так думаю? Я на самом деле такая?

Я не хотела быть такой. Я сама поднимаю зомби и убиваю вампиров. Не такая я чистюля, чтобы бросать камни.

Я придвинулась.

— Обними меня, Ричард. Просто обними.

Он охватил меня руками. Я завела руки ему за спину, прижавшись лицом к груди. Я слышала, как бьется его сердце, сильно и быстро. Он был рядом со мной, я слышала его сердце, вдыхала его дыхание. На миг мне стало спокойно. Так было когда-то, до того, как погибла моя мать. Детская вера, что ничего с тобой не может случиться, пока мама и папа так крепко тебя держат. Глубокая вера, что они могут сделать так, чтобы все было хорошо. В руках Ричарда мне на краткий миг почудилось то же самое, хотя я знала, что это неправда. Да это и в первый раз было неправдой — смерть моей матери это доказала.

Я отодвинулась первой, он не попытался меня удержать. И ничего не сказал. Если бы он сказал что-то, хоть отдаленно напоминающее сочувствие, я бы разревелась. Нет, этого нельзя. К делу.

— Ты не спросил, как прошло дело с Жан-Клодом.

— Ты чуть не взъелась на меня, когда вошла. Я подумал, что если начать с порога задавать вопросы, ты на меня гаркнешь.

Кофе он сделал сам. Не менее двух очков в его пользу.

— Я на тебя не злилась, — возразила я, наливая себе кофе в детскую чашку с пингвином. Что бы я там ни носила на работу, а эта — моя любимая.

— Злилась, злилась.

— Хочешь кофе?

— Ты же знаешь, я его не люблю.

Как можно доверять мужчине, который не любит кофе?

— Надеюсь, ты когда-нибудь образумишься.

Он стал накладывать себе еду на тарелку.

— Ты точно не хочешь?

— Нет, спасибо.

На тарелке были коричневые кусочки мяса в коричневом соусе. От их вида меня затошнило. Мне случалось есть и позже, чем сейчас, но сегодня еда не вызывала у меня положительных эмоций. Может быть, дело в ударе головой о бетон.

Я села на стул, подтянув колено к подбородку. Кофе был «Винесс» с корицей, из моих любимых сортов. Сахар, настоящие сливки — и лучше не придумаешь.

Ричард сел напротив, наклонил голову и произнес над своей едой благодарственную молитву. Он принадлежит к епископальной церкви, я не говорила? Если не считать мохнатой его составляющей, он мне идеально подходит.

— Расскажи мне, пожалуйста, что было у Жан-Клода, — сказал он.

Отпивая кофе, я старалась составить сокращенную версию. То есть такую, которую Ричарду не будет неприятно услышать. Ладно, то есть правду.

— Он на самом деле принял эти новости лучше, чем я думала.

Ричард поднял голову от тарелки, застыв с ножом и вилкой в руках.

— Он это хорошо принял?

— Я такого не говорила. Он не полез на стену и не бросился убивать тебя на месте. То есть воспринял лучше, чем я ожидала.

Ричард кивнул, глотнул воды и спросил:

— Он грозился меня убить?

— О да. Но было так, будто он этого ожидал. Удовольствия ему это не доставило, но и не застало врасплох.

— И он собирается попытаться меня убить? — спросил Ричард очень спокойно, прожевывая мясо в коричневом соусе.

— Нет, не собирается.

— Почему?

Хороший вопрос. Интересно, как он воспримет ответ.

— Он хочет встречаться со мной.

Ричард перестал есть. Он просто сидел и смотрел на меня. Когда к нему вернулась речь, он выговорил:

— Он — *что?*

— Он хочет получить шанс за мной поухаживать. Он сказал, что если не сможет месяца за три-четыре покорить мое сердце, то оставит это дело. Даст нам идти своим радостным путем и вмешиваться не будет.

Ричард сел прямо.

— И ты веришь ему?

— Да. Жан-Клод считает себя неотразимым. Я думаю, он надеется, что если я позволю ему применить ко мне все свое обаяние, то пересмотрю свое решение.

— И ты пересмотришь? — Голос его был все так же спокоен.

— Нет, я так не думаю. — Заявление прозвучало не очень воодушевляюще.

— Я знаю, что ты хочешь его, Анита. Любишь ли ты его?

Где-то я сегодня этот разговор уже слышала.

— Какой-то темной извращенной частью моей души — да. Но не так, как я люблю тебя.

— И в чем разница?

— Слушай, у меня только что был этот разговор с Жан-Клодом. Я люблю тебя. Ты можешь представить себе, что я вью гнездышко с Герцогом Города?

— А ты можешь себе представить витье гнездышка с вервольфом альфа?

Плюх! Я поглядела на него через стол и вздохнула. Да, он был настойчив, но я его не осуждала. На его месте я бы себя бросила. Если я не настолько его люблю, чтобы принять целиком, так кому я тогда на фиг нужна такая? Я не хотела, чтобы он меня бросил. Я хотела быть нерешительной, а терять его я не хотела. Как собака на сене.

Я потянулась к нему через стол. Он взял мою руку — почти сразу.

— Я не хочу тебя терять.

— Ты меня не потеряешь.

— У тебя чертова уйма терпения. Мое бы давно лопнуло.

— Я понимаю твои колебания насчет выйти замуж за вервольфа. Кто бы не колебался? Но Жан-Клод... — Он покачал головой.

Я сжала его руку.

— Ричард, послушай, сейчас это лучший вариант. Жан-Клод не будет пытаться убить ни тебя, ни меня. Мы все еще будем с тобой встречаться и видеться.

— Мне не нравится, что ты вынуждена была согласиться встречаться с ним. — Он погладил мою руку кончиками пальцев. — И еще меньше мне это нравится, потому что это может понравиться тебе. Эта твоя темная часть души отлично проведет время.

Я хотела возразить, но это была бы чистейшая ложь.

— Ты умеешь чуять, когда я лгу? — спросила я.

— Да.

— Тогда я тебе отвечу: это заманчиво и пугающе.

— Я переживаю за твою безопасность, и «пугающе» — это меня пугает, но «заманчиво» пугает еще больше.

— Ревнуешь?

— Нервничаю.

Что я могла сказать? Я тоже нервничала.

28

Звонил телефон. Я потянулась рукой вслепую и ничего не нашла. Подняв голову, я увидела, что телефона на ночном столике нет. Он даже перестал звонить. Радио с часами стояло на месте, отсвечивая красными цифрам. Час ноль три. Я приподнялась на локте, таращась туда, где был телефон. Я что, сплю? Так почему мне снится, что у меня украли телефон?

Открылась дверь спальни, и в падавшем из гостиной свете стоял Ричард. Ага, вспоминаю. Он забрал телефон в гостиную, чтобы тот меня не разбудил. Поскольку он должен был будить меня каждый час, я не возражала. Когда спишь только час подряд, даже короткий телефонный разговор может выбить из колеи.

— Кто там?

— Сержант Рудольф Сторр. Я просил его подождать, пока мне придется тебя будить, но он очень настаивает.

Могу себе представить.

— Ничего, все в порядке.

— А если бы он подождал пятнадцать минут, он бы умер? — спросил Ричард.

Я спустила ноги с кровати, прикрывая их одеялом.

— Ричард, Дольф занят расследованием убийства. Терпение — не его сильная сторона.

Ричард скрестил руки на груди и прислонился к косяку. Свет из гостиной прочертил его лицо резкими тенями, вырезал очертания оранжевого свитера. Ричард излучал недовольство, и я не могла не улыбнуться. Проходя мимо, я потрепала его по руке. Кажется, я приобрела сторожевого волка.

Телефон стоял у входной двери, где был второй телефонный разъем. Я села на пол, спиной к стене, и взяла трубку.

— Дольф, это я. Что стряслось?

— Кто такой этот Ричард Зееман, который берет у тебя трубку среди ночи?

Я закрыла глаза — голова трещала. Лицо саднило. Не выспалась.

— Ты мне не мама, Дольф. Что случилось?
— Огрызаешься? — спросил Дольф после секунды молчания.
— Да. Будем продолжать тему?
— Нет, — ответил он.
— Ты позвонил поинтересоваться моей личной жизнью или все же разбудил меня не без причины?

Я знала, что это не новое убийство. Для этого Дольф был слишком жизнерадостный, и потому я подумала, не может ли он три-четыре часа подождать.

— Мы кое-что нашли.
— Что именно?
— Лучше бы тебе приехать и посмотреть самой.
— Не морочь мне голову, Дольф! Скажи, какого хрена вы там нашли.

Снова пауза. Если он ждал моих извинений, долго ему придется ждать. Наконец он произнес:

— Мы нашли кожу.
— Что за кожа?
— Если бы мы знали, что это за хрень такая, мы бы стали тебе звонить в час ночи?

Голос у него был злой, и я не могла поставить это ему в укор.

— Извини, Дольф. Извини, что я на тебя окрысилась.
— Ладно.

Не то чтобы он принял мое извинение. Ладно.

— Это связано с тем убийством?
— Не знаю, но я ведь не ученый эксперт по противоестественному.

Все еще раздраженный голос. Наверное, он тоже не слишком много спал, но зато его точно никто не колотил головой об асфальт.

— Где вы?

Он рассказал. Это было в округе Джефферсон, достаточно далеко от места убийства.

— Когда ты приедешь?

— Я не могу вести машину, — сказала я.
— Чего?
— Доктор запретил. Мне сегодня нельзя садиться за руль.
— Ты сильно ранена?
— Не очень, но доктор велел будить меня каждый час и не садиться за руль.
— Вот почему там этот мистер Зееман?
— Ага.
— Если ты себя плохо чувствуешь, это дело может подождать.
— Кожа там, где ее нашли? Никто ничего не трогал?
— Да.
— Приеду. Кто знает, может быть, она наведет нас на след.

Он оставил эту реплику без внимания.
— А как ты будешь добираться?

Я глянула на Ричарда. Он, конечно, мог бы меня отвезти, но эта мысль не казалась удачной. Во-первых, он штатский. Во-вторых, он ликантроп. Он подчиняется Маркусу и — в определенной степени — Жан-Клоду. Не та личность, которую надо привозить на расследование убийства с противоестественной подоплекой. К тому же, даже будь он человеком, ответ был бы тот же — нет.

— Если ты не можешь прислать машину, я возьму такси.
— Зебровски на первый вызов не ответил. Он живет в Сент-Питерсе, и ему проезжать мимо тебя. Он тебя подберет.
— А он согласится?
— А куда он денется?

Класс. Оказаться надолго в одной машине с Зебровски.
— Ладно, я одеваюсь и жду.
— Одеваешься?
— Дольф, брось это!
— Какие мы нежные!
— Брось, я сказала!

Он засмеялся. Приятно было это слышать — значит, на этот раз нет массовых смертей. При расследовании серийных убийств Дольф не слишком много смеется.

Он повесил трубку, и я тоже.
— Тебе надо ехать? — спросил Ричард.
— Да.
— А ты достаточно хорошо себя чувствуешь?
— Да.
— Анита...
Я прислонилась головой к стене и закрыла глаза.
— Не надо, Ричард. Я еду.
— Вопрос не обсуждается?
— Вопрос не обсуждается, — сказала я и открыла глаза.
Он смотрел на меня, скрестив руки на груди.
— Что такое? — спросила я.
— Если бы я тебе сказал, что собираюсь что-то делать и вопрос не обсуждается, ты бы взбесилась.
— Нет, не стала бы.
— Анита! — Он произнес мое имя, как его когда-то произносил мой отец.
— Не стала бы, если бы у тебя были серьезные причины.
— Анита, ты злишься, и ты это знаешь.
Я хотела возразить, но не могла.
— Ладно, ты прав. Мне бы это не понравилось.
Я подняла на него глаза, собираясь изложить ему причины, почему мне надо ехать и выполнять свою работу. Нельзя сказать, чтобы у меня был ласковый взгляд.

Я встала. Мне хотелось сказать, что я ни перед кем не должна отчитываться, но если я всерьез насчет брака, то это уже была бы неправда. И мне это не нравилось. То, что он вервольф, было не единственным препятствием к домашней идиллии.

— Это работа с полицией, Ричард. Если я ее не делаю, погибают люди.
— Я думал, что твоя работа — поднимать зомби и истреблять вампиров.
— Ты говоришь совсем как Берт.
— Ты мне достаточно о нем рассказывала, чтобы я понял, что это оскорбление.

— Если не хочешь сравнений с ним, не повторяй его излюбленные фразы. — Я прошла в спальню. — Мне надо одеться.

Он пошел за мной.

— Я знаю, что для тебя помощь полиции — это очень важно.

Я повернулась к нему:

— Я не просто помогаю полиции, Ричард. Команду призраков создали всего два года назад. И эти копы ни хрена не знают о противоестественных созданиях. Это ссылка. Разозли свое начальство — и тебя кинут в эту команду.

— В газетах и по телевизору говорили, что это — независимый отдел на правах управления. Почетное назначение.

— Ага, как же. Они почти не получают финансирования. Никакого обучения по противоестественным явлениям и существам. Дольф — сержант Сторр — прочел обо мне в газете и обратился к Берту. В этой стране для копов нет курсов по противоестественным преступлениям, и Дольф думал, что я могла бы быть консультантом.

— Ты куда больше, чем просто консультант.

— Так и есть.

Я могла бы рассказать ему, как этим летом Дольф попробовал однажды меня не дергать на место преступления. Там с виду был явный случай нападения гулей на кладбище. Они обнаглели и напали на обнимающуюся парочку. Гули — трусы и на здоровых сильных людей не нападают, но из каждого правила есть исключения, и так далее. Когда Дольф ко мне обратился, уже погибли шесть человек. Так что с тех пор Дольф зовет меня с самого начала, пока дело не зашло слишком далеко. Иногда я могу поставить диагноз раньше, чем возникнет проблема.

Но Ричарду я этого сказать не могла. Может быть, жертв летом было бы меньше, если бы меня позвали сразу, но это было дело Дольфа и мое. Мы об этом поговорили только раз, и нам хватило. Ричард — шпак, вервольф он там или кто. И не его это дело.

— Вот что, я не знаю, могу ли я тебе это объяснить так, чтобы ты понял, но я должна ехать. Может быть, это позволит предотвратить что-нибудь похуже. Может быть, мне тогда не придется выезжать на убийство. Это ты можешь понять?

Судя по виду, я его не убедила, но слова его говорили об обратном.

— Не до конца, но может быть, мне и не надо. Достаточно того, что тебе важно это увидеть.

Я с облегчением вздохнула.

— Ну и хорошо. Теперь мне надо одеться. Зебровски будет здесь с минуты на минуту. Это детектив, который меня подвезет.

Ричард только кивнул. Мудро с его стороны.

Я вошла в спальню и закрыла за собой дверь. Тщательно. Так что, всегда будет, если мы поженимся? Я всегда должна буду объяснять свои поступки? Дай Бог, чтобы так не было.

Новая пара черных джинсов, красный свитер с капюшоном, такой мягкий и пушистый, что его и надеть приятно. На алом свитере черная кобура смотрелась очень театрально. И еще красный свитер подчеркивает цвет сырого мяса на моей ободранной морде. Может, я бы его и переодела, но тут позвонили в дверь.

Зебровски. Пока я пялюсь на себя в зеркало, Ричард пойдет открывать дверь. Этой мысли было достаточно, чтобы я бросилась к дверям.

Зебровски стоял в проеме, засунув руки в карманы пальто. Курчавые волосы с проблесками седины недавно подстрижены. Даже лаком покрыты. Обычно Зебровски не всегда вспоминал, что надо причесаться. Из-под пальто выглядывал костюм — черный и парадный. Со вкусом выбранный галстук аккуратно завязан. Я опустила глаза — да, ботинки сияют. Никогда раньше я не видела, чтобы у него где-нибудь не было пятен от еды.

— Куда ты так разоделся? — спросила я.

— А куда ты так разоделась? — спросил он в ответ и улыбнулся.

Я почувствовала, что краснею, и дико на это разозлилась. Ничего я такого не сделала, чтобы краснеть.

— Ладно, поехали.

Схватив с дивана пальто, я напоролась рукой на засохшую кровь. А, черт!

— Я возьму чистое пальто, сейчас вернусь.

— А мы пока побеседуем с мистером Зееманом, — сказал Зебровски.

Именно этого я и боялась, но все равно пошла за жакетом. Если мы все же окажемся помолвлены, Ричарду придется познакомиться с Зебровски рано или поздно. Я бы предпочла, чтобы поздно.

— А кем вы работаете, мистер Зееман?

— Я школьный учитель.

— Вот как?

Дальше я не слышала разговора — пошла за жакетом, схватила его из шкафа и вышла. Они трепались, как старые приятели.

— Да, Анита — наш эксперт по противоестественному. Не знаю, что бы мы без нее делали.

— Я готова, поехали, — сказала я, открывая дверь и придерживая ее для Зебровски.

Он улыбнулся мне:

— Как давно вы встречаетесь?

Ричард поглядел на меня. Он очень чутко улавливал, когда мне неуютно. Сейчас он собирался дать мне ответить на вопрос. Хорошо себя ведет. Слишком хорошо. Если бы он только был безрассуден и дал бы мне повод сказать «нет»! Так нет же. Но будь я проклята, если он не лез вон из кожи, чтобы я чувствовала себя счастливой. Задача не из легких.

— С ноября, — сказала я.

— Два месяца — неплохо. Мы с Кэти заключили помолвку через два месяца после первого свидания.

Глаза у него искрились, улыбка была насмешливой. Он меня поддразнивал, не зная, насколько точно попадал.

Ричард глянул на меня долгим, серьезным взглядом.

— На самом деле два месяца — это совсем немного.

Он открывал мне выход. Нет, я его не стою.

Я попыталась протолкнуть Зебровски в дверь, но он совсем никуда не торопился. Оставалось только надеяться, что Дольф снова вызовет его по пейджеру. Это ему прижжет задницу.

Дольф не звонил. Зебровски ухмылялся. Ричард смотрел на меня. Карие глаза стали глубокими и какими-то уязвленными. Я хотела взять его за щеки и стереть эту боль из его глаз. А, черт побери все!

Наверное, он и есть тот, кто мне нужен. Наверное.

— Мне пора.

— Я знаю, — ответил он.

Я поглядела на Зебровски — он ухмылялся, наслаждаясь представлением.

Мне что, надо поцеловать Ричарда на прощание? Мы уже больше не помолвлены. Самая короткая помолвка в истории человечества. Да, но мы все еще встречаемся. Я все еще его люблю. Это заслуживает хотя бы поцелуя, если не говорить ни о чем другом.

Я схватила его за свитер и притянула к себе. Он удивился.

— Тебе не обязательно делать это на публику, — шепнул он.

— Заткнись и целуй.

Эти слова заработали мне улыбку. Каждый поцелуй все еще был приятной неожиданностью. Ни у кого не было таких мягких — и таких вкусных — губ.

Волосы Ричарда упали вперед, и я зачерпнула их в горсть, прижимая его лицо к своему. Его руки обнимали меня за спину, под кожаным жакетом, вжимаясь в свитер.

Я оттолкнулась от него, переводя дыхание. Теперь мне не хотелось уходить. Учитывая, что он остается, это хорошо, что мне надо уйти. Я не хотела заниматься сексом до брака, даже если бы он и не был ликантропом, но тело мое более чем хотело. И я не уверена, что в этой борьбе дух победил бы плоть.

Глядеть в глаза Ричарда и тонуть в них — это стоило в мире чего угодно. Я попыталась скрыть глуповатую сочную улыбку, но было поздно. Я знала, что мне это еще аукнется в машине с Зебровски. Подначкам конца не будет. Но я глядела в лицо Ричарда, и мне было все равно. В конце концов мы что-нибудь придумаем. Видит Бог, придумаем.

— Подожди, я позвоню Дольфу и скажу, что мы опаздываем, потому что ты тут с кем-то тискаешься.

Я не клюнула на эту наживку.

— Меня может долго не быть. Ты поезжай домой, чтобы здесь не ждать.

— Я же пригнал сюда твой джип, помнишь? Домой мне ехать не на чем.

Ах да.

— Ладно, я вернусь, как только смогу.

Он кивнул:

— Я никуда не денусь.

Выйдя в коридор, я уже не улыбалась. Сама не могла разобраться в своих чувствах — как это будет: прийти домой, а там Ричард. Как мне, черт побери, принять решение, если он возле меня болтается и у меня уровень гормонов зашкаливает?

Зебровски хихикнул.

— Ну, Блейк, я теперь в этой жизни видел все. Здоровенный вампироборец — влю-у-бле-о-онный.

Я мотнула головой.

— Тебя бесполезно просить держать это про себя?

Он ухмыльнулся:

— Так будет смешнее дразниться.

— Чтоб ты лопнул, Зебровски!

— Возлюбленный был как-то слегка напряжен, так что я не стал спрашивать, но теперь мы одни. Что у тебя с лицом? Как будто по нему кто-то прошелся ножом для разделки мяса.

На самом деле все было не так плохо. Я видела однажды работу мясницкого ножа, и это было куда хуже.

— Долго рассказывать. Так, ты знаешь мой секрет. А ты зачем сегодня так вырядился?

— У меня годовщина свадьбы сегодня. Десять лет.

— Ты шутишь?

Он покачал головой.

— Куча поздравлений, — сказала я, сбегая вместе с ним по лестнице.

— Спасибо. Мы решили отметить, наняли беби-ситтера, и Кэти заставила меня оставить пейджер дома.

Холод стал жалить порезы у меня на лице, и голова заболела сильнее.

— Дверца не заперта, — сказал Зебровски.

— Ты же коп, как ты мог не запереть машину? — начала я, открывая дверцу, — и остановилась. Пассажирское сиденье и весь пол были забиты — пакеты от «Макдоналдса» и газеты сползали с сидений на пол. Остальная часть пола была занята куском окаменевшей пиццы и стадом пустых жестяных банок.

— Господи, Зебровски, а Агентство охраны среды знает, что ты разъезжаешь на токсической помойке по зонам проживания людей?

— Теперь понимаешь, почему я ее не запер? Кто ее угонит?

Он встал на колени и начал грузить мусор охапками на заднее сиденье. Судя по технике, переднее сиденье уже не в первый раз освобождалось таким образом.

Я стряхнула крошки с пустого сиденья на пустой пол. Когда стало возможным хоть как-то поместиться, я влезла в машину.

Зебровски накинул ремень и включил мотор. Автомобиль зафыркал и ожил. Я тоже надела ремень, и мы выехали со стоянки.

— А как относится Кэти к твоей работе? — спросила я.

Зебровски покосился в мою сторону.

— Нормально.

— А ты был уже копом, когда вы познакомились?

— Да, она знала, чего ждать. Твой друг не хотел, чтобы ты сегодня уезжала?

— Он думает, что я для этого слишком сильно травмирована.

— Вид у тебя действительно хреновый.

— Спасибо за комплимент.

— Они нас любят, хотят, чтобы мы были осторожными. Господи, он же учитель, школьный учитель! Что он знает о мире насилия?

— Больше, чем ему хотелось бы.

— Знаю, знаю. Школы теперь тоже — опасное место. Но это не то же самое, Анита. Мы-то носим оружие. А ты, Блейк, вообще убиваешь вампиров и поднимаешь зомби. Можно придумать работу грязнее?

— Это я знаю. — Но это было не так. Быть ликантропом — еще более грязная работа. Или нет?

— Нет, Блейк, не знаешь. Любить человека, живущего в мире насилия, — тяжкий крест. То, что нас кто-то согласен терпеть, — это чудо. Не струсь, Блейк.

— Я говорила, что собираюсь струсить?

— Вслух — нет.

Черт.

— Бросим тему, Зебровски.

— Как скажешь. Дольф в страшном восторге, что ты решила завязать семейную петлю... то есть узел.

Я сползла по сиденью, насколько позволил ремень.

— Я не выхожу замуж.

— Может быть, не сейчас, но я знаю это выражение лица, Блейк. Ты встала на этот путь, и выход только на другом его конце.

Я хотела бы поспорить, но слишком сама запуталась. Отчасти я верила Зебровски. Отчасти хотела перестать встречаться с Ричардом и вернуться к безопасной жизни. Ладно, ладно, не безопасной, раз вокруг меня ошивался Жан-Клод, но зато я не была помолвлена. Да, но я и сейчас не помолвлена?

— Блейк, что с тобой?

Я вздохнула:

— Я долго жила одна, а человек привыкает к своей жизни.

«К тому же он вервольф». Этого я вслух не сказала, хотя мне и хотелось. Мне нужно чье-то мнение, но полицейский, тем более Зебровски, — неподходящий кандидат в такие консультанты.

— Он тебя осаждает?
— Да.
— Хочет семью, детишек, весь набор?

Детишек. Про детей никто не говорил. Интересно, Ричард представляет себе этакий маленький домик, он на кухне, я на работе, и детки? Нет, черт побери, нам надо сесть и поговорить серьезно. Если мы себе организуем помолвку, как нормальные люди, что это должно значить? И вообще Ричард хочет детей? Я точно нет.

И где мы будем жить? Моя квартира слишком мала. У него дома? Не уверена, что мне это нравится. Это его дом, а ведь мы должны завести наш дом? Блин. Дети? У меня? Это я буду ходить беременная? Только не в этой жизни. Я-то думала, что у нас главная проблема — мохнатость. Может, это и не так.

29

Черная и холодная, извивалась внизу река, и камни торчали из нее, как зубы великанов. Крутой берег у меня за спиной густо порос лесом. Снег между деревьями был истоптан и разбросан, из-под него виднелась палая листва. Отвесный противоположный берег стоял стеной — оттуда не спустишься, разве только если прыгнуть. Поскольку глубина реки даже в середине не больше пяти футов, прыжок с тридцати футов не казался удачным решением.

Я осторожно встала на краю осыпающегося берега. Черная вода бежала в нескольких дюймах от моих ног. Из берега, разрывая землю, вырывались корни деревьев. Такое сочетание снега, листьев и почти отвесного обрыва будто самой судьбой предназначалось, чтобы сбросить меня в воду, но я буду сопротивляться этому сколько смогу.

Камни уходили в воду низкой неровной стеной. Некоторые из них еле возвышались над поверхностью, но тот, что был в середине, торчал на высоту в половину человеческого роста. И вокруг него обернулась та самая кожа. Дольф, как всегда, был мастером преуменьшений. Кожа — ведь она должна быть размером с хлебницу, а не чуть больше «тойоты»? Голова висела на торчащей скале, будто нарочно обернутая. Дольф хотел, чтобы я это увидела — нет ли в этом какого-то ритуального смысла.

На берегу поджидала команда водолазов в сухих гидрокостюмах, более пухлых, чем мокрые, и лучше сохраняющих тепло в холодной воде. Высокий водолаз, уже натянувший капюшон на голову, стоял рядом с Дольфом. Его мне представили как Мак-Адама.

— Можно нам уже доставать шкуру?
— Анита? — обратился ко мне Дольф.
— Пусть лучше они лезут в воду, чем я.
— А опасности нет? — спросил Дольф.

Это уже другой вопрос. Придется сказать правду.
— Я не знаю.

Мак-Адам посмотрел на меня:
— А что там может быть? Это же просто кожа.

Я пожала плечами:
— Мне неизвестно, что это за кожа.
— И что?
— И то. Помните Сумасшедшего Волшебника в семидесятых?
— Мне странно, что вы его помните, — ответил Мак-Адам.
— Я его в колледже проходила. Второй курс, террористическая магия. Этот Волшебник специализировался на закладке волшебных ловушек в глухомани. Один из его любимых фокусов — оставить шкуру животного, которая прилипает к телу первого, кто ее коснется. Снять ее могла только ведьма.
— Это было опасно? — спросил Мак-Адам.
— Один человек задохнулся, когда она прилипла к его лицу.
— Как он умудрился ткнуться в нее лицом?
— У покойника не спросишь. Профессии аниматора в семидесятые годы не было.

Мак-Адам посмотрел на воду.
— Ладно, как вы проверите, опасна ли она?
— Кто-нибудь уже в воду лазил?

Мак-Адам ткнул большим пальцем в сторону Дольфа:

— Он нам не дал, а шериф Титус велел оставить все как есть до приезда какого-то крутого эксперта по монстрам. — Он смерил меня взглядом. — Это вы и есть?

— Это я и есть.

— Тогда делайте свою работу эксперта, чтобы мне с моими людьми можно было туда полезть.

— Прожектор тебе включить? — спросил Дольф.

Когда я приехала, место действия было освещено, как бенефис в китайском театре. После первого осмотра я велела им выключить иллюминацию. Есть вещи, которые видны при свете, а есть и такие, которые проявляются только в темноте.

— Нет, пока не надо. Сначала посмотрим в темноте.

— А чем свет мешает?

— Есть такие твари, что прячутся от света, Дольф, и они могут отхватить кусок от кого-нибудь из водолазов.

— Вы что, серьезно? — спросил Мак-Адам.

— Ага. А вы не рады?

Он посмотрел на меня, потом кивнул:

— Понимаю. Как вы собираетесь посмотреть поближе? Похолодало только последние несколько дней, и вода должна быть где-то градусов сорок*, но без костюма все равно холодно.

— Я буду стоять на камнях. Может быть, суну в воду руку — посмотреть, не попытается ли кто-то клюнуть, но в воду лезть не собираюсь.

— Вы не шутите с монстрами. Я не шучу с водой. В такой воде за пять минут вы получите серьезное переохлаждение. Постарайтесь не падать.

— Спасибо за совет.

— А ведь промокнете, — сказал Айкенсен. Он стоял прямо надо мной, опираясь на дерево. Форменную шляпу он натянул пониже, воротник поднял. Но уши и большая часть лица у него все равно были на холоде. Дай Бог, чтобы он себе что-нибудь отморозил.

---

* по Фаренгейту. Примерно 4,5° по Цельсию. — *Примеч. пер.*

Под подбородком у него висел фонарь, как побрякушка на Хеллоуин, и сам он улыбался.

— Мы ничего не трогали, *мисс* Блейк. Оставили все как нашли.

Я не отреагировала на слово «мисс». Он это сделал, чтобы меня позлить, а если я не замечу, будет злиться он. Вот так.

Хеллоуиновская улыбочка побледнела и исчезла.

— В чем дело, Айкенсен? Ножки замочить боитесь?

Он оттолкнулся от дерева. Движение вышло слишком резким. Айкенсен заскользил вниз по берегу, размахивая руками в тщетной надежде замедлить падение, хлопнулся на задницу и продолжал скользить точно на меня.

Я отступила в сторону, и берег подо мной осыпался. Пришлось перепрыгнуть, и я оказалась на ближайшем торчащем из реки камне. На нем я и скорчилась, чуть не упав на четвереньки, чтобы не полететь в воду. Камень был мокрый, скользкий и холоднющий.

Айкенсен с воплем плюхнулся в воду. Он сидел у берега, журчащая вода доходила ему до середины груди. Он колотил по воде руками в перчатках, будто пытался дать ей сдачи. От этого он только промокал сильнее.

Кожа не соскользнула со скалы и не накрыла его. Никто его не схватил. В воздухе не ощущалось и тени магии. Только холод и шум воды.

— Кажется, его никто не съел и не съест, — сказал МакАдам.

— Похоже на то. — Я постаралась не выдать своего разочарования.

— Айкенсен, какого черта! Вылезай из воды! — бухнул голос шерифа Титуса с вершины обрыва. Шериф стоял там в окружении полисменов около грунтовой дороги, по которой мы приехали. Еще там стояли две машины «скорой помощи». Три года назад вступил в действие закон Гайа, согласно которому на месте происшествия должна присутствовать «скорая помощь» на тот случай, если есть шанс, что останки гуманоидные. «Скорую» стали вызывать даже на трупы койотов, будто это мертвые вервольфы. Закон вступил в действие, а средств на систему «скорой помощи» не выделили. Вашингтон хлебом не корми, дай только усложнить людям жизнь.

Мы находились на заднем дворе чьего-то летнего дома. У летних домов бывают причалы и даже лодочные сараи, если к владениям подходит достаточно глубокая вода. По этому каменистому каналу могло бы пройти разве что каноэ, и потому ни причалов, ни лодочного сарая здесь не было — только черная холодная вода и мокрый — очень мокрый — помощник шерифа.

— Айкенсен, вылезай к чертям на камни и помоги миз Блейк, раз ты все равно мокрый!

— Мне его помощь не нужна, — крикнула я Титусу.

— Ну-ну, миз Блейк, это же наш округ. Некрасиво будет, если вас сожрет какая-нибудь бестия, пока мы будем себе стоять на сухих камешках на берегу.

Айкенсен встал и чуть не рухнул снова, поскользнувшись на песчаном дне. Посмотрел на меня таким взглядом, будто это я во всем виновата, но полез на камень с другой стороны от висевшей кожи. Фонарик свой он потерял. В темноте с него капала вода, только шляпа осталась сухой — он сумел удержать ее над водой. И был он жалок, как мокрая курица.

— Как-то я не заметила, чтобы вы вызвались лезть на это дерево, — сказала я Титусу.

Он пошел вниз. Кажется, у него это получалось куда лучше, чем у меня. Я шаталась от дерева к дереву, как пьяная, а он, правда, выставил руки, готовый схватиться, но шел без опоры. Остановился он рядом с Дольфом.

— Распределение обязанностей, миз Блейк. Что и сделало эту страну великой.

— А вы что думаете об этом, Айкенсен? — спросила я менее едко.

— Он — начальник, — сообщил Айкенсен, хмуро глянув на меня. Не то чтобы ему это нравилось, но он считал, что так и надо.

— Давай заниматься делом, Анита, — сказал Дольф.

Перевод: «Перестань дразнить гусей». Все хотели убраться с мороза, и я их не осуждаю. Мне тоже хотелось бы.

Очень осторожно я встала на скользкий камень. Луч фонаря отразился от водной ряби, как от черного сплошного зеркала.

Я посветила на первый камень. Он отблескивал водой и, наверное, льдом. Так же осторожно я переступила на него. Следующий камень — без происшествий. Кто мог знать, что найковские с воздушной подушкой кроссовки так отлично годятся для обледенелых камней?

Мелькнуло в голове предупреждение Мак-Адама насчет гипотермии. Этого мне только и не хватало — попасть в больницу от переохлаждения. Мало мне проблем и без битвы со стихиями?

Между следующими двумя камнями была расселина. Провоцирующее расстояние. Почти что длина шага, только на дюйм больше.

Камень, на котором я стояла, был плоским, очень невысоко поднимался над водой, зато надежен. А следующий был закруглен с одной стороны и обрывался в воду.

— Боишься ножки замочить? — Айкенсен улыбнулся — блеснул оскалом зубов в темноте.

— Завидуешь, что ты мокрый, а я нет?

— Сделал бы я тебя мокрой при случае!

— Такая погань мне только в кошмаре присниться может, — ответила я.

Мне предстояло сделать прыжок и надеяться каким-то чудом сохранить равновесие. Я обернулась на берег. Хотелось попросить у водолазов гидрокостюм, но как-то это было бы трусливо, пока Айкенсен трясется мокрый на камнях. А может, и так прыгну. Авось не упаду.

Отступив к краю камня, я прыгнула. Мгновение полета — и нога коснулась камня, соскользнула, поехала. Я хлопнулась на камень, хватаясь обеими руками и одной ногой, а другая оказалась глубоко в ледяной воде. Вода обожгла кипятком, и я выругалась.

Потом я выбралась на камень, а со штанины текла вода ручьем. До дна я ногой не достала. Насколько можно было судить по клоунаде Айкенсена, с обеих сторон от камня вода мне по пояс. А я нашла яму, в которую могла бы уйти с головой. Везение — хорошо, что я туда только ногой попала.

Айкенсен надо мной смеялся. Будь это кто другой, я бы посмеялась с ним вместе, но это был он, и смеялся он надо мной.

— Я хотя бы фонарик не выронила!

Даже для меня это прозвучало ребячески, но он перестал ржать. Иногда и ребячеством можно достичь своего.

Я уже была рядом с кожей. Вблизи она производила впечатление еще более сильное. Еще с берега я поняла, что это кожа пресмыкающегося. Теперь было видно, что это определенно змея. Самые большие чешуйки были размером с мою ладонь. Пустые глазницы — размером с мяч для гольфа. Я протянула руку, чтобы ее потрогать, и что-то обвилось вокруг моей руки. Я вскрикнула, не сразу сообразив, что это — свободно болтающаяся в воде змеиная кожа. Когда ко мне вернулось дыхание, я коснулась шкуры, ожидая встретить пальцами легкую кожу-выползок. Шкура оказалась тяжелой и мясистой.

Я поднесла ее край к свету — это не был выползок. Со змеи содрали кожу. Была ли она жива, когда это сделали, — вопрос теперь спорный. Сейчас она уже мертва. Мало кто из живых существ может выжить после сдирания кожи заживо.

В чешуйках и в форме головы что-то напоминало кобру, но сами чешуйки опалесцировали даже в свете фонаря. Эта змея не была одноцветной — она была как радуга или как нефтяная пленка на воде. Цвет менялся в зависимости от угла освещения.

— Ты будешь с ней играться, или все же водолазы ее заберут? — спросил Айкенсен.

Я не обратила внимания. Тут что-то такое у змеи на лбу, между глаз, что-то гладкое, белое, круглое... Я ощупала эту штуку пальцами. Жемчужина. Жемчужина размером с мяч для гольфа. Какого черта делает гигантская жемчужина в голове змеи? И почему тот, кто ее ободрал, не забрал жемчужину?

Айкенсен потянулся и потрогал кожу.

— Брр! Что это за гадость?

— Гигантская змея, — ответила я.

Он с воплем отдернул руку и стал обтирать о рукав, будто хотел стереть само ощущение гладкой кожи.

— Боишься змей? — спросила я.

— Нет! — огрызнулся он, но мы оба знали, что это неправда.

— Слушайте, сладкая парочка, вам там хорошо на камнях? — спросил Титус. — Давайте дело делать.

— Что-нибудь существенное было в положении этой кожи, Анита? — спросил Дольф.

— Думаю, нет. Наверное, она просто зацепилась за камень. Не похоже, чтобы ее нарочно туда положили.

— Тогда мы можем ее забрать?

Я кивнула:

— Да, пусть работают водолазы. Айкенсен уже проверил, что хищников в воде нет.

— Что это значит? — глянул на меня Айкенсен.

— Если бы там были какие-нибудь жуткие твари, они бы тебя съели, а раз они этого не сделали, значит, их там нет.

— Ты меня использовала как наживку!

— Ты сам упал.

— Миз Блейк, можем мы ее забрать? — спросил Титус.

— Да, — ответил Дольф.

— Давайте, ребята.

Водолазы переглянулись.

— Можно включить прожектор? — спросил меня Мак-Адам.

— Валяйте.

Луч ударил в меня. Я прикрыла глаза рукой и чуть не соскользнула в воду. Господи, до чего ярко! Вода осталась такой же черной, бурной и непрозрачной, но камни заблестели, и мы с Айкенсеном оказались на авансцене. Змеиная кожа заискрилась всеми цветами радуги.

Мак-Адам надвинул маску на лицо, зажав во рту загубник. Его примеру последовал только один водолаз. Наверное, чтобы снять эту шкуру, не надо лезть в воду всем четверым.

— А зачем они понадевали акваланги, чтобы болтаться в них на мелком месте? — спросил Айкенсен.

— Страховка на случай, если водолаза подхватит течение или он попадет в яму.

— Здесь не такое сильное течение.

— Достаточно сильное, чтобы унести шкуру, если оно ее подхватит. С аквалангом можно ее догонять, куда бы ее ни понесло.

— Ты говоришь так, будто сама это делала.

— Я сдавала на удостоверение водолаза.

— Экая ты многогранная, — сказал он.

Водолазы уже добрались до нас. Баллоны аквалангов казались выступающими из воды спинами китов. Мак-Адам приподнял лицо над водой и рукой в перчатке взялся за камень. Вынув загубник изо рта, он шевелил ластами, удерживаясь на течении. Второй водолаз был возле Айкенсена.

— Ничего, если мы порвем эту шкуру? — спросил Мак-Адам.

— Я ее отцеплю с этой стороны скалы.

— Руку замочите до плеча.

— Но ведь выживу?

Лицо его под маской и капюшоном трудно было разглядеть, но он точно нахмурился.

— Выживете.

Я опустила руку, коснулась воды. От прикосновения к ледяной поверхности я остановилась в нерешительности, но только на миг. Погрузив руку в воду до плеча, я хотела ее распутать, но наткнулась на что-то твердое и скользкое — не на кожу. С визгом я отдернула руку, чуть не плюхнувшись в воду. Как-то сохранив равновесие, я вытащила пистолет.

Только я успела сказать: «Там что-то есть!» — как оно вынырнуло на поверхность.

Круглое лицо с вопящим безгубым ртом взметнулось вверх, руки вытянулись к Мак-Адаму. Оно свалилось обратно в воду, я только успела заметить проблеск темных глаз.

Водолазы рванули к берегу уверенными сильными гребками, будто за ними гнался сам сатана.

Айкенсен попятился и свалился в воду. Он вскочил, отряхиваясь, с пистолетом в руке.

— Не стреляй! — крикнула я. Эта штука снова всплыла на поверхность. Я соскользнула к ней. Тварь завизжала, человеческие руки потянулись ко мне. Она вцепилась в мой жакет и подтянулась ко мне. Пистолет был у меня в руке, но я не стреляла.

В нее целился Айкенсен. С берега неслись крики, к нам бежали копы, но времени не было. Были только мы с Айкенсеном посередине реки.

Тварь цеплялась за меня, уже не крича, просто цеплялась, будто, кроме меня, в мире не осталось ничего. Безухим лицом она ткнулась мне в грудь. Я направила пистолет в грудь Айкенсену.

Это привлекло его внимание. Он мигнул, вгляделся в меня.

— Какого черта?

— Прицелься куда-нибудь в другое место, Айкенсен.

— Как мне надоело смотреть в дуло твоего пистолета, стерва ты этакая!

— Взаимно, — ответила я.

Голоса стали громче, к нам бежали люди. Несколько секунд оставалось. Несколько секунд, пока нас кто-то спасет. Несколько секунд опоздания.

Рядом с Айкенсеном шлепнулась пуля — так близко, что его окатило водой. Он дернулся, и его револьвер выстрелил. Тварь бешено дернулась, но я уже нырнула за камни. Она держалась за меня, как приросшая. Мы пропыли мимо большой скалы, телепаясь в змеиной шкуре, но я сумела не отвести браунинга от Айкенсена. Выстрелы его «магнума» гремели в воздухе, отдаваясь вибрацией у меня во всем теле. Если он повернется к нам, я выстрелю.

— Айкенсен, будь ты проклят, спрячь этот дурацкий револьвер! — Раздался тяжелый плеск — наверное, Титус шлепал к нам по воде, но я не могла отвести глаз от Айкенсена.

А он отвернулся от меня в сторону всплесков. Первым до места добрался Дольф. Он высился над Айкенсеном, как кара Господня.

Айкенсен стал поворачивать к нему ствол, будто учуял опасность.

— Наведи на меня эту пушку, и я тебе ее в пасть забью, — произнес Дольф, и его голос перекрыл даже звон у меня в ушах.

— Если он наведет ее на тебя, — сказала я, — я его застрелю.

— Никто его не застрелит, кроме меня!

Титус приплюхал наконец. Он был ростом ниже всех, кроме меня, и потому ему трудно было бороться с течением. Схватив Айкенсена за ремень, он свалил его в воду, а когда тот падал, выхватил у него револьвер.

Айкенсен вынырнул, отплевываясь, кашляя и зверея.

— Зачем вы это делаете?

— А ты миз Блейк спроси. Спроси, спроси!

Он был мокрый, низенький, но Айкенсен все равно боялся его, как детка учителя.

— Зачем? — спросил Айкенсен.

Я опустила браунинг, но не убрала его.

— С крупнокалиберным оружием та проблема, Айкенсен, что оно выдирает слишком много мяса.

— Чего?

Титус толкнул его так, что Айкенсен чуть не хлопнулся снова.

— Если бы ты спустил курок, парень, когда эта тварь вот так прижималась к миз Блейк, ты бы убил их обоих.

— А она просто защищала эту мерзость. Сказала, чтобы я не стрелял. Вы только посмотрите на это!

Тут все повернулись ко мне. Я встала, опираясь на камни. Это создание лежало мертвым грузом, будто потеряло сознание, вцепившись руками в мой жакет. Мне труднее оказалось убрать пистолет, чем его вытащить. Холод, адреналин да еще рука этого человека, закрывающая кобуру.

Потому что именно это я и держала. Человек, с которого заживо содрали кожу, но который почему-то был жив. Конечно, это был не совсем человек.

— Это человек, Анита, — сказал Титус. — И он ранен. Не будь вы так заняты стрельбой во все стороны, могли бы разглядеть, что у вас перед глазами.

— Это нага, — сказала я.

— Кто нага? — спросил Титус.

— Вот этот человек.

— Что еще за нага?

— Быстро все из воды! — заревел голос с берега. Это был фельдшер с охапкой одеял. — Быстро, ребята, давайте все в больницу!

Я не могу сказать точно, но он, кажется, еще бурчал себе под нос «кретины проклятые!».

— Что еще за нага? — повторил Титус свой вопрос.

— Объясню, если вы мне поможете дотащить его до берега. Я себе уже задницу почти отморозила.

— Вы себе сейчас не только задницу отморозите, — предупредил фельдшер. — Все на берег, люди, живее!

— Помогите ей, — велел Титус.

Двое помощников в форме вошли в воду и подшлепали к нам. Они подняли человека, но его руки не отрывались от моего жакета. Хватка была мертвая. Я проверила пульс у него на шее — еле заметный, но ровный.

Фельдшер тут же оборачивал одеялами всех выходящих на берег. Его напарница, худощавая женщина со светлыми волосами, глядела на нагу, блестевшего в свете прожекторов, как открытая рана.

— Что с ним случилось? — спросил один из помощников шерифа.

— С него содрали кожу, — ответила я.

— Господи Иисусе! — воскликнул один из них.

— Мысль правильная, но религия не та, — ответила я.

— Что?

— Ничего. Можете разжать ему руки?

Они не смогли. Пришлось им нести его с двух сторон, а я ковыляла сзади — его руки так и не отпустили мою одежду. Никто из нас не упал — второе чудо. А первое — что Айкенсен до сих пор жив. А если посмотреть на голубоватую кожу человека, может быть, счет чудес не ограничивался двумя.

Блондинка-фельдшерица опустилась возле наги на колени и шумно вздохнула. Ее напарник набросил одеяла на меня и на помощников шерифа.

— Когда отцепите его от себя, быстро в машину. Как можно скорее сбросить мокрую одежду.

Я было открыла рот, но он ткнул в меня пальцем:

— Либо снять мокрую одежду и сидеть в теплой машине, либо вас отвезут в больницу надолго. Вам выбирать.

— Есть, капитан! — ответила я.

— И не забывайте, — добавил он и пошел оборачивать одеялами остальных.

— А что делать с кожей? — спросил Титус. Он тоже был завернут в одеяло.

— Тащите ее на берег.

Мак-Адам спросил:

— А там точно больше нет сюрпризов?

— Я думаю, что на эту ночь нам больше наги не попадутся.

Он кивнул и вновь скользнул в воду со своим напарником. Приятно, когда с тобой не спорят. Может быть, все дело в ободранном теле наги.

Фельдшера попытались отодрать пальцы наги от моего жакета по одному. Пальцы не хотели разгибаться. Они держались, как пальцы трупа после окоченения.

— Вы знаете, кто он такой? — спросила светлая фельдшерица.

— Нага.

Она переглянулась с напарником. Он покачал головой.

— А что такое нага?

— Создание из индуистских легенд. Чаще всего их изображали в форме змеи.

— Ничего себе, — сказал фельдшер. — А биология у него как у млекопитающего или как у рептилии?

— Не знаю.

Бригада «скорой помощи» организовала что-то вроде конвейера и направляла всех в теплоту салонов «скорой помощи». Медперсонала явно не хватало.

Они пропитали мягкую простыню теплым солевым раствором и завернули в нее нагу. Его тело было сплошной открытой раной со всеми вытекающими последствиями. Самой большой опасностью была инфекция. Подвержены ли инфекции бессмертные существа? Кто знает. О противоестественных созданиях я кое-что знала, но первая помощь бессмертному? Это не моя специальность.

Его завернули в несколько одеял. Я глянула на начальника бригады. Он сказал:

— Даже если это пресмыкающееся, от одеял вреда не будет.

Он был прав.

— Пульс слабый, но ровный, — сказала женщина. — Рискнем ставить капельницу или...

— Не знаю, — ответил ее напарник. — Он вообще не должен быть жив. Давай просто повезем его. Нам главное — довезти его до больницы.

Послышался далекий вой дополнительных машин «скорой помощи». «Держитесь, идет подмога!» Фельдшера положили нагу на длинную спинную шину и сунули в беседку, привязанную к спущенным с обрыва веревкам.

— Знаете ли вы что-нибудь, что может нам помочь его лечить? — спросил фельдшер, глядя на меня очень прямо.

— Вряд ли.

— Тогда дуйте в машину. Немедленно.

Я не стала спорить. Я продрогла до костей, и мокрая одежда примерзала к телу даже под одеялом.

Я оказалась в машине «скорой помощи», одетая только в одеяло, а ребята из «скорой» давали мне подогретый кислород. В одной машине со мной оказались Дольф и Зебровски. Лучше, чем Айкенсен и Титус.

Пока мы ждали, чтобы врачи нам сказали каждому «будете жить», Дольф вернулся к делу:

— Расскажи мне про этих наг.

— Как я уже сказала, это существа из индийских легенд. Чаще всего их изображают в виде змей, кобр в частности. Они могут принимать вид человека или появляться в виде змеи с человеческой головой. Они служат стражами капель дождя и жемчужин.

— Повтори-ка? — попросил Зебровски. Его тщательно уложенные волосы засохли беспорядочными вихрами. Не умея плавать, он бросился в воду спасать меня, маленькую заразу.

Я повторила.

— В голове этой кожи вделана жемчужина. Я думаю, что это кожа наги. Кто-то его ободрал заживо, но он не умер. Как кожа попала в реку или как он туда попал — не знаю.

— То есть ты хочешь сказать, — произнес Дольф, — что он был змеей и что с него содрали кожу, но он выжил.

— Как видишь.

— Почему он оказался сейчас в человеческом виде?

— Не знаю.

— Почему он не умер?

— Наги бессмертны.

— А тебе не надо было это сказать медикам? — спросил Зебровски.

— Он полностью освежеван и все равно жив. Я думаю, они сами догадаются.

— Резонно, — согласился Зебровски.

— Кто из вас стрелял в сторону Айкенсена?

— Это Титус, — ответил Дольф.

— Он его изругал на все корки и отобрал револьвер, — добавил Зебровски.

— Надеюсь, он его обратно не получит. Уж если кому нельзя давать оружие, так это Айкенсену.

— У тебя есть с собой во что переодеться, Блейк? — спросил Зебровски.

— Нет.

— У меня пара тренировочных в багажнике. Я хочу вернуться к остаткам своего юбилейного вечера.

Сидеть в машине Зебровски в ношеной паре тренировочных — эта мысль меня никак не привлекала.

— Нет, Зебровски, спасибо.

— Они чистые, — ухмыльнулся он. — Мы с Кэти собирались сегодня потренироваться, но как-то не вышло.

— Даже в тренажерный зал не добрались?

— Нет. — Зебровски покраснел, начиная от шеи. Наверное, я что-то очень точное сказала, что достала его так быстро.

— А какие упражнения делаете вы двое? — спросила я.

— Упражнения мужчине необходимы, — серьезно заметил Дольф.

Зебровски поглядел на меня, задирая брови.

— А тебе твой женишок сильную дает нагрузку? — Он повернулся к Дольфу. — Я тебе говорил, что Блейк завела себе приятеля? Он у нее ночует.

— Мистер Зееман подходил к телефону, — ответил Дольф.

— А разве у тебя телефон стоит не рядом с кроватью, Блейк? — спросил Зебровски, сделав самые что ни на есть невинные глаза.

— Давай свои тренировочные и увози меня отсюда, — сказала я.

Зебровски рассмеялся, и Дольф тоже.

— Это костюм Кэти, так что постарайся, чтобы на него ничего не попало. Если будешь делать упражнения, сначала сними его.

Я показала ему средний палец.

— Ой, еще раз так сделай! — попросил Зебровски. — У тебя одеяло распахивается.

И чего это они все так забавляются?

30

В четыре часа утра я стояла в холле перед своей квартирой в невыносимо розовом тренировочном костюме. Мокрые шмотки, свернутые в узел, торчали под левой рукой, как пакет с рождественскими гостинцами. И даже в розовом тренировочном мне было холодно. От медиков я кое-как отбилась, пообещав им принять горячую ванну и выпить чего-нибудь горячего. По лестнице я взбежала в носках. Костюм Кэти я еще могла надеть, но не ее туфли.

Я замерзла, устала, и у меня саднило лицо. Зато головная боль прошла. Может быть, сказалось погружение в ледяную воду, а может быть — прикосновение наги. Я что-то не припоминала связанные с ними случаи спонтанных исцелений, но читала я о нагах уже очень давно. Это была последняя тема в курсе противоестественной биологии. Главные ключевые моменты были кожа кобры и жемчужина. Надо будет полезть в учебник и перечитать этот раздел. Хотя дежурный врач больницы, куда они поедут, должен будет перечитать это раньше меня. У них в компьютерах есть что-нибудь по нагам? Лучше для них, если есть, чтобы не ссориться с законом. Интересно, есть у этого наги кто-нибудь, кто подаст от его имени иск, если это требование не выполнено? Или он встанет со смертного одра и подаст иск сам?

Второй раз за шесть часов я стою перед собственной дверью без ключа. Прислонившись головой к стене — только на секунду, — я стала себя жалеть. Не хочу я сегодня снова видеть Ричарда. Нам много о чем с ним надо поговорить, что никак не связано с его сутью оборотня. Зря я подумала о детях. Сегодня мне не хочется обсуждать этих милых шалунов. И ничего не хочется обсуждать. Хочется только залезть в кровать, и чтобы меня оставили в покое.

Я вдохнула поглубже и выпрямилась. Не обязательно выглядеть такой удрученной, как я себя чувствую. Позвонив в свою собственную дверь, я поклялась себе заказать вторые ключи. Нет, не для Ричарда. Оба набора для меня.

Ричард открыл дверь. Волосы у него спутались спросонья тяжелой волнистой массой. Он был босой, без рубашки, с расстегнутой верхней пуговицей на джинсах. И вдруг мне стало приятно его видеть. Чудесная вещь — физическое желание.

Схватив Ричарда за пояс джинсов, я притянула его к себе. Он вздрогнул от прикосновения моей мокрой одежды, но не отстранился. Со сна его тело было почти лихорадочно горячим. Я согревала руки у него на спине, и он дергался, извивался от их холодного прикосновения, но не отодвинулся. Мокрые шмотки я бросила на пол.

Мы поцеловались. Губы у Ричарда были мягкие. Я водила руками по его талии, опуская пальцы опасно низко. Он что-то сказал мне на ухо тихим низким голосом. Я ожидала каких-то нежностей или неприличных обещаний, но услышала совсем другое:

— Мы не одни.

Я вроде как замерла. Мне представилась Ронни или, хуже того, Ирвинг, сидящий на кушетке и глядящий, как мы тискаемся.

— О черт! — сказала я тихо и с чувством.

— Наконец-то вы дома, *ma petite*. — Нет, это похуже Ирвинга.

Я с отвисшей челюстью уставилась на Ричарда:

— Что происходит?

— Он пришел, когда я спал. Я услышал, как дверь открылась, и проснулся.

Я снова вдруг похолодела до самых онемевших пальцев ног.

— С тобой ничего не случилось?

— Вы действительно хотите обсуждать это в коридоре, *ma petite?* — очень разумным голосом спросил Жан-Клод.

Я хотела бы остаться в коридоре, раз он предлагает войти, но это было бы ребячеством. И вообще это моя квартира.

Я вошла в дверь, боком ощущая теплое присутствие Ричарда. Узел мокрой одежды я вогнала в дверь пинком, сохраняя руки свободными. Пистолет висел на виду поверх тренировочных. Кобура болталась и хлопалась без ремня, но достать пистолет я все равно могла бы. Наверное, мне он не понадобится, но приятно было напомнить Мастеру, что я шутить не люблю.

Ричард закрыл дверь и прислонился к ней, держа руки за спиной. Лицо его было почти скрыто упавшими волосами. Мышцы живота у него напряглись, и меня тянуло их погладить — чем бы мы, наверное, и занялись, кабы у меня в гостиной не было вампира.

Жан-Клод сидел на моем диване. Распахнутая черная рубашка открывала торс. Руки он раскинул по спинке дивана, и рубашка приподнялась, открывая соски — единственные две темные тени на белейшей коже. Губы его чуть изогнулись в улыбке. На белом диване он смотрелся театрально и великолепно. Очень подходил под этот антураж. Черт возьми, надо будет купить новую мебель — не белую и не черную.

— Что вы тут делаете, Жан-Клод?
— Разве так следует встречать своего нового кавалера?
— Жан-Клод, пожалуйста, не доставайте меня сегодня. Я слишком устала для этих штучек. Скажите, зачем вы здесь и чего вы хотите, а потом выметайтесь.

Он встал, будто его подняли за ниточки — одним бескостным легким движением. Теперь хотя бы его рубашка скрыла бледное совершенство тела. Уже что-то.

— Я пришел повидаться с вами и с Ричардом.
— Зачем?

Он засмеялся, и этот звук окатил меня будто меховой волной, мягкий и скользкий, щекочущий и мертвый. Я перевела дыхание и отстегнула кобуру. Он пришел не воевать, флиртовать он пришел. Пройдя мимо них обоих, я повесила кобуру на спинку кухонного стула, при этом ощущая на себе их взгляды. Мне было одновременно и лестно, и чертовски неудобно.

Я оглянулась. Ричард стоял возле двери, раздетый и заманчивый. Жан-Клод стоял возле дивана абсолютно неподвижно, как трехмерная картинка из эротического сна. Сексуальный потенциал в комнате зашкаливал за астрономические цифры. Даже почти обидно, что ничего не произойдет.

В кофейнике еще оставался кофе. Если выпить достаточно кофе и принять по-настоящему горячую ванну, может быть, я оттаю. Вообще-то я предпочла бы душ — в четыре часа утра это быстрее. Но я обещала врачу «скорой» — что-то там насчет внутренней температуры.

— Зачем вам было видеть меня и Ричарда? — Я налила себе кофе в свежевымытую чашку с пингвином. Хорошая из Ричарда хозяйка.

— Мне сказали, что мосье Зееман собирается провести здесь ночь.

— А если да, то что?

— Кто тебе сказал? — спросил Ричард. Он оттолкнулся от двери и даже пуговицу застегнул. Жаль.

— Мне сказал Стивен.

— Он бы не дал эту информацию по своей воле, — сказал Ричард, стоя совсем рядом с Жан-Клодом. Физически он чуть возвышался над ним, но только чуть. Полуодетый, он должен был бы выглядеть неуверенно, нерешительно. А выглядел вполне в своей тарелке. В первый раз, когда я увидела Ричарда, он лежал в кровати голым. И тогда его это тоже не смущало.

— Он и не делал этого по своей воле, — подтвердил Жан-Клод.

— Он под моей защитой.

— Ты еще не вожак стаи, Ричард. Можешь защищать Стивена в стае, но правит по-прежнему Маркус. Он дал мне Стивена, как дал мне тебя.

Ричард стоял, не шевелясь, но вдруг воздух вокруг него задрожал. Если в этот момент мигнуть, это можно было бы не заметить. Резкое ощущение силы хлынуло от него, и у меня по коже побежали мурашки.

— Я никому не принадлежу.

Жан-Клод повернулся к нему — лицо дружелюбное, голос спокойный.

— Ты не признаешь власти Маркуса?

Вопрос был с подвохом, и мы все это знали.

— Что будет, если он скажет «нет»? — спросила я.

Жан-Клод повернулся ко мне тщательно-бесстрастным лицом.

— Он скажет «нет».

— И вы скажете Маркусу. Что тогда?

Тут он улыбнулся — медленный изгиб губ, от которого блеснули идеально-синие глаза.

— Маркус это воспримет как прямой вызов своей власти.

Я поставила чашку и обошла стол. Энергия Ричарда щекотала мне кожу, как колонна марширующих насекомых. От Жан-Клода — ничего. Нежить шума не издает.

— Если Ричард будет убит по вашей вине, пусть даже косвенной, наша сделка разрывается.

— Мне не нужно, чтобы ты защищала меня, — сказал Ричард.

— Если ты погибнешь в борьбе с Маркусом, это одно дело, но если причиной тому станет, что Жан-Клод меня ревнует, то это будет моя вина.

Ричард тронул меня за плечо, и его энергия пробежала по моему телу, как электроток. Я вздрогнула, и он убрал руку.

— Я могу просто перестать бороться с Маркусом, признать его главенство, и мне ничего не будет грозить.

Я покачала головой.

— Я видела, что Маркус считает приемлемым. Там безопасность и рядом не лежала.

— Маркус не знает, что они сняли фильмы с такими концовками, — сказал Ричард.

— Значит, ты с ним об этом говорил?

— Вы о тех миленьких фильмах, которые организовала Райна? — спросил Жан-Клод.

Мы обернулись к нему. От него изошел порыв силы, нарастающий. Рядом с ним стало трудно дышать, как во время грозы.

Я мотнула головой. Все по порядку.

— Что вы знаете об этих фильмах? — спросила я.

Жан-Клод посмотрел на нас, сначала на одного, потом на другого. Остановил взгляд на моих глазах.

— При ваших интонациях это звучит серьезнее, чем должно было бы быть. Что сделала Райна на этот раз?

— Как ты узнал о фильмах? — спросил Ричард, шагнув ближе. Он коснулся грудью моей спины, и я ахнула. Кожа у меня дернулась, будто мне к спине приложили голый провод, но это не было больно. Просто ошеломляющее ощущение. Приятное, но такое, что если сейчас же не прекратится, то станет больно.

Я отступила, оставаясь между ними, ни к кому не поворачиваясь спиной. Они оба смотрели на меня. И выражения их лиц были почти одинаковые. Совсем чужие, будто они мыслили о том, что мне и присниться не может, слышали музыку, под которую мне никогда не танцевать. Я была в этой комнате единственным человеком.

— Жан-Клод, скажите мне все как есть, что вы знаете о фильмах Райны. И без игр, если можно.

Он секунду на меня глядел, потом грациозно пожал плечами:

— Хорошо. Ваша самка альфа пригласила меня сниматься в грязном фильме. Мне была предложена главная роль.

Я знала, что он это предложение отверг. Он эксгибиционист, но любит выступать с определенным декорумом. Порнографические фильмы — это для него за гранью.

— И тебе понравилось совокупляться с ней на экране? — спросил Ричард низким голосом, и его сила стала затоплять комнату.

Жан-Клод повернулся к нему, и в глазах у него промелькнула злость.

— А тобой она нахвалиться не может, мой мохнатый друг. Она говорит, что ты был великолепен.

— Дешевый приемчик, Жан-Клод, — сказала я.

— Вы мне не верите? Вы настолько уверены в нем?

— Что он не стал бы спать с Райной — да.

Странная гримаса мелькнула на лице Ричарда. Я посмотрела на него.

— Этого не было?

Жан-Клод засмеялся.

— Мне было девятнадцать. Она была моей самкой альфа. У меня не было выбора.

— Ага, как же.

— У нее было право выбирать новых самцов. Это одна из вещей, которые я хочу отменить.

— Ты все еще с ней спишь?

— С тех пор, как смог сам решать, — нет.

— Райна так нежно о тебе отзывается, Ричард, в таких страстных подробностях. Это не могло быть слишком давно.

— Семь лет назад.

— Правда? — В одном этом слове прозвучал целый мир сомнений.

— Я тебе не лгу, Анита, — сказал Ричард и сделал шаг вперед.

Жан-Клод двинулся ему навстречу. Уровень тестостерона поднялся еще выше уровня иномирной энергии, и нам грозило утонуть и в том, и в другом.

Я встала между ними, упираясь рукой в грудь каждому из них. Как только я коснулась груди Ричарда, сила хлынула по моей руке, как холодная электрическая жидкость. Другая рука секунду спустя коснулась груди Жан-Клода. Какой-то трюк ткани или самого вампира, но здесь я тоже коснулась голой кожи. Она была мягкой и прохладной, и я ощутила, как сила Ричарда через мое тело бьет прямо в нее.

В тот же момент внутри вампира взметнулся ответный вал силы. Эти две энергии схлестнулись, но бились они не друг с другом — они смешались в моем теле. Сила Жан-Клода — это был холодный, резкий ветер. А Ричард — весь теплота и электричество. Одна сила питала другую, как огонь и дерево. А под этим всем я ощутила самое себя, то, что давало мне умение поднимать мертвых. Волшебство, за отсутствием лучшего слова. Эти три силы схлестнулись в вихре, ускоряющем биение сердца, сводящее узлом мышцы живота.

У меня подогнулись колени и я рухнула на четвереньки, тяжело дыша. Ощущение было такое, будто кожу стягивают с тела. Сердце застряло в горле и не давало дышать. Все предметы стали по краям золотистыми, перед глазами плясали пятна света. Я готова была в любую минуту потерять сознание.

— Что это за чертовщина была?

Это спросил Ричард. Голос его доносился откуда-то гораздо дальше, чем должен был. И я никогда раньше не слышала, чтобы он чертыхался.

Рядом со мной склонился Жан-Клод, но не пытался меня коснуться. Я смотрела в его глаза с расстояния нескольких дюймов. Зрачков не было — осталась только неимоверно красивая полночная синева. Так они выглядели, когда он обрушивал на меня всю свою силу вампира. Не думаю, что сейчас он делал это нарочно.

Ричард склонился с другой стороны от меня. Он протянул ко мне руку, но когда нас разделял какой-то дюйм, между нами проскочила энергия, как электрическая искра. Он отдернул руку.

— Что это?

Судя по голосу, он слегка испугался. Я тоже.

— *Ma petite*, вы можете говорить?

Я кивнула. Все вокруг было слишком резким, как при выбросе адреналина. Тени на груди Жан-Клода, где раскрылась рубашка, были такими твердыми и ощутимыми. Материя казалась почти металлически черной, как спинка жука.

— Скажите что-нибудь, *ma petite*!

— Анита, что с тобой?

Я повернулась к Ричарду — почти медленно. Волосы упали ему на лицо, закрыв один глаз. Каждая прядь была густой и четкой, как проведенная отдельно линия. Вокруг карих глаз виднелась каждая ресница — отдельно.

— Все в порядке.

Так ли?

— Что случилось? — спросил Ричард. Я не поняла, кого он спрашивает. Надеюсь, не меня, потому что не знаю.

Жан-Клод сел рядом со мной на пол, прислонившись спиной к столу. Закрыв глаза, он сделал глубокий и судорожный вдох. Когда он медленно выдохнул, глаза его открылись. В них была та же бездонная синева, будто он собирался напиться чьей-то крови. Голос его прозвучал нормально — или не менее нормально, чем обычно.

— Никогда я не ощущал такого прилива силы, не пролив сперва крови.

— Тут я верю вам на слово, — ответила я.

Ричард навис надо мной, будто хотел бы помочь, но боится до меня дотронуться. Он полыхнул взглядом на Жан-Клода:

— Что вы с нами сделали?

— Я? — Красивое лицо Жан-Клода было очень спокойно, глаза полузакрыты, губы раскрыты. — Ничего.

— Это ложь, — сказал Ричард. Он сел на корточки чуть поодаль, достаточно далеко, чтобы не коснуться меня случайно, но достаточно близко, чтобы между нами ползла эта висящая в воздухе сила. Я отодвинулась и выяснила, что близость Жан-Клода не намного лучше. Что бы это ни было, только не разовое явление. Этот потенциал все еще был в воздухе и у нас под кожей.

Я поглядела на Ричарда:

— Ты полностью уверен, что он что-то сделал. Я бы хотела тоже поверить. Но что ты знаешь, чего не знаю я?

— Я этого не делал. Ты не делала. А магию я могу учуять. Значит, кроме него некому.

Учуять? Я повернулась к Жан-Клоду:

— Итак?

Он рассмеялся, и этот смех скользнул у меня по спине меховой кистью — мягкий, скользкий, щекочущий. Слишком быстро после той бешеной силы, которую мы испытали только что. Я вздрогнула, и он засмеялся громче. Это вредно, и ты знаешь, что этого делать не надо, но прекращать не хочется. Его смех всегда был опасно заманчив, как отравленная конфета.

— Клянусь любой клятвой, которой вы согласны поверить, что я ничего нарочно не делал.

— А что вы сделали случайно? — спросила я.

— Задайте тот же вопрос себе, *ma petite*. Я здесь не единственный мастер сверхъестественного.

Да, здесь еще и я.

— Вы хотите сказать, что это сделал один из нас?

— Я хочу сказать, что я не знаю, кто это сделал, и не знаю, *что* это было. Но месье Зееман прав, это была магия. Чистая сила, от которой встанет дыбом шерсть у любого волка.

— Что это должно значить? — спросил Ричард.

— Если ты владеешь подобной силой, мой волк, даже Маркус может перед ней склониться.

Ричард подтянул колени к груди, обхватив их руками. Взгляд его стал далеким и задумчивым. Эта мысль его заинтересовала.

— Я что, единственная в этой комнате, которая не пытается объединить свое царство?

Ричард посмотрел на меня почти извиняющимся взглядом.

— Я не хочу убивать Маркуса. Если я смогу продемонстрировать ему такую силу, он может отступить.

Жан-Клод улыбнулся мне — очень довольной улыбкой.

— Вы признаете, что он — не человек; а теперь он хочет силы, которая сделает его вожаком стаи. — Улыбка его стала шире и перешла в очень короткий смех.

— Я и не знала, что вы увлекаетесь музыкой пятидесятых, — сказала я.

— Есть много такого, чего вы обо мне не знаете, *ma petite*.

Я смотрела на него, не отводя глаз. Представить себе, как Жан-Клод танцует буги-вуги в «Шангри-ла» — это чуднее всего, что я этой ночью видела. В наг я еще могу поверить, но что у Жан-Клода есть хобби — это уже слишком.

31

Горячая ванна. Снова широкая футболка, тренировочные и носки. Я буду единственная в этой комнате одета чучелом. Надо при первой возможности купить что-нибудь вместо этого черного халата.

Они сидели на диване, отодвинувшись друг от друга как можно дальше. Жан-Клод сидел как манекен, рука на спинке дивана, другая рядом с коленями. Еще он положил ногу себе на колено, будто показывая совершенство своих мягких туфель. Ричард свернулся на своем конце дивана, подтянув колено к груди, а другое положив на диван согнутым.

Ричард выглядел уютно, а Жан-Клод — будто ждал модного фотографа. Двое мужчин в моей жизни — это было почти невыносимо.

— Я собираюсь поспать, так что все, кто здесь не остается, — на выход.

— Если вы обращаетесь ко мне, *ma petite*, у меня нет намерения уходить. Разве что Ричард уйдет вместе со мной.

— Стивен сказал тебе, зачем я здесь. Ей после травмы нельзя быть одной.

— Посмотри на нее, Ричард. Разве она выглядит больной? — Он изящно показал рукой. — Я признаю, что она получила некоторые повреждения. Но твоя помощь ей не нужна. Возможно, даже моя не нужна.

— Я пригласила Ричарда остаться у меня. Вас я не приглашала.

— Но вы *приглашали* меня, ma petite.

— Во-первых, перестаньте меня так называть. Во-вторых, когда это я вас приглашала?

— Последний раз, когда я здесь был. Кажется, в августе.

Черт, я и забыла! Это было хуже, чем неосторожность. Я поставила Ричарда под удар. Мы тогда договорились, но я не знала этого, когда я оставляла его одного, оставляла одного там, куда Жан-Клод может приходить и уходить по своему желанию.

— Я это могу исправить прямо сейчас.

— Если вам будет приятен этот театральный жест, не стесняйтесь, но Ричард не должен провести здесь ночь.

— Почему?

— Мне кажется, вы одна из тех женщин, которые, когда отдают свое тело, отдают и свое сердце. Если вы переспите с нашим мосье Зееманом, возврата уже не будет.

— Секс — это не обязательство, — сказала я.

— Для большинства людей — нет, но для вас — боюсь, что да.

То, что он так хорошо меня знает, заставило меня покраснеть. Черт бы его побрал.

— Я не собиралась с ним спать.

— Верю вам, *ma petite*, но я вижу, как вы следите за ним глазами. Он сидит здесь, такой красивый, теплый и очень живой. Если бы меня не было в минуту вашего прихода домой, вы бы устояли?

— Да.

Он пожал плечами:

— Наверное. Ваша сила воли просто пугает. И все же я не могу так рисковать.

— Вы не верите, что я не буду к нему приставать?

Снова то же пожатие плеч, которое могло значить что угодно. Улыбка у него была манящая и снисходительная.

— Почему? Вы сами к нему неравнодушны?

Вопрос застал его врасплох, и удивление Жан-Клода вполне стоило гримасы отвращения на лице Ричарда. Жан-Клод посмотрел на Ричарда, уделив ему все свое внимание. Он оглядывал все его тело медленным, проникновенным взглядом, и этот взгляд не остановился в паху или на груди, но поднялся до шеи.

— Это правда, что кровь оборотней бывает слаще крови людей. И это потрясающее ощущение, если можно этого добиться и не быть разорванным на части.

— Вы говорите, как насильник, — сказала я.

Его улыбка расцвела удивленным блеском клыков.

— Неплохое сравнение.

— Это было оскорбление.

— Да, я так и понял.

— Я думал, у нас соглашение, — сказал Ричард.

— Так и есть.

— Ты можешь тут сидеть и обсуждать мои вкусовые качества, но все равно у нас соглашение.

— По многим причинам было бы приятно тебя заполучить, но у нас соглашение. Я не иду на попятный.

— Что за соглашение? — спросила я.

— Мы исследуем нашу взаимную силу, — пояснил Жан-Клод.

— Что это значит конкретно?

— Мы точно не знаем, — ответил мне Ричард. — Детали еще не проработали.

— Мы только что согласились не убивать друг друга, *ma petite*. Чтобы иметь время спланировать, что делать потом.

— Прекрасно. Теперь выметайтесь оба.

Ричард выпрямился.

— Анита, ты слышала, что сказала Лилиан. Тебя надо будить каждый час — на всякий случай.

— Я будильник поставлю. Слушай, Ричард, я уже в порядке. Одевайся и иди.

Вид у него был озадаченный и немного обиженный.

— Анита!

А у Жан-Клода вид был не озадаченный и не обиженный. Самодовольный.

— Ричард здесь не остается. Вы довольны?

— Да.

— И вы тоже здесь не остаетесь.

— Я не имел таких планов. — Он встал и повернулся ко мне. — Я уйду, как только мы поцелуемся на прощание.

— Мы — что?

— Поцелуемся. — Он обошел вокруг дивана и встал передо мной. — Должен признать, что представлял себе вас в одежде чуть более, — он потрогал мой свитер, — сладострастной, но приходится удовлетвориться тем, что получаешь.

Я выдернула рукав у него из пальцев.

— Вы еще ничего не получили.

— Верно, но я полон надежд.

— Не понимаю, почему я должна.

— Соглашение между Ричардом и мной основывается на факте, что мы все встречаемся. Вы встречаетесь с Ричардом, и вы встречаетесь со мной. Мы оба за вами ухаживаем. Одна милая семейка.

— Вы можете поскорее? Я хочу спать.

У него между глаз пролегла хмурая морщинка.

— Анита, с вами очень трудно.

— Ура, — ответила я.

Морщинка исчезла, и он вздохнул.

— Можно подумать, я бы сдался, если бы с вами хоть когда-нибудь было легко.

— Да, — ответила я. — Можно подумать.

— Хороший прощальный поцелуй, ma... Анита. Если вы всерьез намереваетесь встречаться со мной, он будет не последним.

Я злобно на него глянула. Мне хотелось попросить его убраться к чертям, но что-то было такое в том, как он стоял...

— Если я скажу «никаких поцелуев», что тогда?

— Сегодня я уйду. — Он шагнул ко мне чуть ближе, почти соприкасаясь. Ткань его рубашки зашуршала по моей футболке. — Но если вы дарите поцелуи Ричарду, а я такой привилегией не пользуюсь, наше соглашение отменяется. Если я не могу вас касаться, а он может, это трудно назвать честной игрой.

Я согласилась с ним встречаться, потому что тогда это казалось удачной мыслью, но сегодня... Я не до конца продумала все последствия. Встречаться, целоваться, разбираться в своих чувствах. Ой-ой-ой!

— Я не целуюсь после первого свидания.

— Но вы уже целовали меня, Анита.

— Не по своей воле.

— Только не говорите, что вам не понравилось, ma petite.

Я бы с удовольствием соврала, но ни один бы из них не поверил.

— Вы наглый подонок!

— Не настолько наглый, насколько мне хотелось бы.

— Ты не должна делать того, чего делать не хочешь, — сказал Ричард. Он стоял на коленях на диване, вцепившись руками в спинку.

Я покачала головой. Вряд ли я могла бы это выразить словами, но если мы собираемся так жить, то Жан-Клод прав. Я не могу подыгрывать Ричарду и не подыгрывать ему. Хотя это давало мне отличный стимул не дойти с Ричардом до конца. Зуб за зуб и так далее.

— После нашего первого свидания вы получите мой поцелуй по доброй воле, но не раньше, — сказала я. Придется мне сделать над собой настоящее усилие.

Он покачал головой.

— Нет, Анита. Вы сами мне сказали, что Ричарда вы не только любите, но он вам импонирует. Что вы видите возможность прожить жизнь с ним, но не со мной. Ричард куда более симпатичен, в этом я с ним состязаться не могу.

— Кончайте вашу проповедь, — сказала я.

Он поглядел на меня синими-синими глазами. Без вампирского волшебства, но была в них какая-то тяжесть. Без волшебства, но с не меньшей опасностью.

— Но есть одна область, в которой я могу состязаться с ним. — Я ощутила его взгляд всем телом, как прикосновение. Тяжесть взгляда заставила меня задрожать.

— Перестаньте!

— Нет. — Одно слово, мягкое, нежное. Голос Жан-Клода был одним из его лучших приемов. — Один поцелуй, Анита, или мы на этом закончим, сегодня же. Я не отдам вас без борьбы.

— Вы сегодня будете драться с Ричардом только потому, что я не подарила вам поцелуй?

— Дело не в поцелуе, ma petite. Дело в том, что я увидел, когда вы встретили его у двери. Я видел, как вы становитесь парой у меня на глазах. Я должен вмешаться немедленно, или все пропало.

— Ты голосом заманиваешь ее в ловушку, — сказал Ричард.

— Я обещаю, сегодня — никаких приемов.

Если он сказал «никаких приемов», значит, так и будет. Давая слово, он его держит. Это также значило, что он будет драться с Ричардом за этот поцелуй. Оба пистолета я оставила в спальне — думала, сегодня нам ничего не грозит. Да, наверное, я здорово устала, если так сделала.

— Ладно, — сказала я.

— Анита, ты не должна делать ничего, чего не хочешь делать, — сказал Ричард.

— Если мы влетим в кровавую кашу, пусть это будет из-за чего-то более важного, чем поцелуй.

— Ты этого хочешь. Хочешь его поцеловать.

Судя по голосу, Ричард не был особо рад.

Что мне было сказать?

— Чего я на самом деле хочу — это пойти лечь, и одной. Спать я хочу.

По крайней мере это была правда. Пусть не вся правда, но достаточно, чтобы заработать недоуменный взгляд Ричарда и преувеличенный вздох Жан-Клода.

— Тогда, если это такой неприятный долг, давайте исполним его быстро, — предложил Жан-Клод.

Мы стояли так близко, что ему даже не пришлось делать полный шаг. Наши тела прижались друг к другу. Я попыталась поднять руки, разделить их, но руки скользнули по голой коже его живота. Я отдернулась, сжав кулаки. Ощущение этой кожи не уходило с рук.

— В чем дело, ma petite?

— Оставь ее в покое! — сказал Ричард. Он стоял возле дивана, полусжав руки. Сила снова пробежала у меня по коже мурашками. Она исходила от него, как медленный ветер. Волосы упали на половину его лица, и он смотрел, как из-под вуали. Лицо его оказалось в тени. Свет блестел на его обнаженной коже, отбрасывая тени — серые, золотые, черные. Какой-то он стал первобытный. По комнате пронеслось низкое рычание, отдавшееся у меня в позвоночнике.

— Ричард, прекрати!

— Он действует на тебя своими силами. — Голос Ричарда был неузнаваем. Низкий, басовый рык, в котором было мало человеческого. Я была рада, что на лице его лежит тень и я не вижу, что с ним творится.

Я так боялась, что Жан-Клод начнет схватку с Ричардом, что даже не подумала, как бы Ричард сам первый не начал.

— Он не действует на меня силой. Просто я коснулась его кожи, вот и все.

Он шагнул под свет, и лицо его было нормальным. Что же произошло за этим гладким горлом, за этими любимыми губами, что голос его стал таким чудовищным?

— Одевайся и уходи.
— Что?

Губы его шевелились, но слышался все тот же рычащий голос. Как в плохо дублированном кино.

— Если Жан-Клоду нельзя на тебя нападать, то тебе тем более нельзя нападать на Жан-Клода. Я думала, что он — единственный монстр, с которым мне приходится иметь дело. Если ты не можешь вести себя как человек, Ричард, тогда убирайся.

— А как же мой поцелуй, ma petite?
— Вы оба меня уже сегодня достали до предела, — сказала я. — Все вон отсюда.

Смех Жан-Клода заполнил полумрак комнаты.

— Как хотите, Анита Блейк. Почему-то вдруг мне стало спокойнее за вас и месье Зеемана.

— Пока вы не начали себя поздравлять, Жан-Клод, — сказала я, — я отзываю свое приглашение.

Раздался звук, похожий на звук лопнувшего пузыря. Комнату наполнил рев. Дверь распахнулась, ударившись о стену. Как невидимая река, налетел ветер, дергая нас за одежду, разметывая волосы по лицу.

— Вы не должны этого делать, — сказал Жан-Клод.
— Должна.

Будто невидимая рука вытолкнула его в дверь. И та же рука с треском ее захлопнула.

— Прости меня, — сказал Ричард. Рычание исчезло, голос был почти нормальным. — Я сильно разозлился, а сейчас почти полнолуние.

— Не хочу этого слышать, — сказала я. — Уходи.

— Анита, прости меня. Обычно я не теряю самообладание до такой степени. Даже так близко к полнолунию.

— А что сегодня особенного?

— Я никогда не был влюблен. Это мешает держать себя в руках.

— Это не любовь, это ревность, — сказала я.

— Скажи мне, что у меня нет причин ревновать, Анита. Заставь меня в это поверить.

Я вздохнула:

— Ричард, уходи. Мне еще чистить пистолеты и нож до того, как лечь спать.

Он улыбнулся и покачал головой.

— Кажется, сегодня я не очень тебя убедил, насколько я человек.

Он обошел диван, подобрав на ходу свитер с пола — он там лежал, аккуратно сложенный.

Свитер он натянул через голову, вытащил из кармана заколку и стянул волосы хвостом на затылке. Даже сквозь свитер были видны шевелящиеся мышцы рук. Он надел туфли, наклонился их завязать.

Пальто у него было длинное, до щиколоток, и в полумраке казалось пелериной.

— Боюсь, я тоже поцелуя не получу.

— Спокойной ночи, Ричард, — сказала я.

Он глубоко вдохнул и медленно выдохнул.

— Спокойной ночи, Анита.

И он ушел. Я заперла дверь, почистила оружие и пошла спать. После спектакля, который устроили Ричард и Жан-Клод, единственный спутник, которого я хотела взять с собой в кровать, — браунинг. Ладно, браунинг и игрушечный пингвин.

32

Телефон звонил. Казалось, что он звонит уже давно. Я лежала в кровати и слушала звонки, думая, когда же этот чертов автоответчик наконец возьмет трубку. Потом перекатилась и потянулась к телефону. Его не было. Звон шел из другой комнаты. А, черт, я ж забыла поставить его на место.

Пришлось выползти из-под теплого одеяла и плестись в гостиную. Наверное, он раз пятнадцать позвонил, пока я взяла трубку и опустилась на пол, прижимая к щеке наушник.

— Кто это?
— Анита?
— Ронни?
— У тебя ужасный голос.
— Вид еще ужаснее.
— Что случилось?
— Потом. Ты почему звонишь... — я посмотрела на часы, — в семь часов утра? Если по пустякам, Ронни, я тебе не завидую.
— Никаких пустяков. Я думаю, нам надо застать Джорджа Смитца, пока он не ушел на работу.
— Зачем?

У меня саднило лицо. Я легла на ковер, прижимая трубку к уху. Ковер был мягкий-мягкий.

— Анита, Анита, ты меня слышишь?

Я мигнула и поняла, что заснула снова. Тогда я села и прислонилась к стене.

— Слышу, но пропустила все, что ты сказала, кроме того, что нам нужно поговорить со Смитцем до работы.
— Я знаю, Анита, что ты не жаворонок, но раньше ты на моих словах не засыпала. Сколько ты этой ночью спала?
— Около часа.
— Господи, извини меня, Анита. Но я знала, что ты захочешь знать. Я нашла, можно сказать, дымящийся пистолет.
— Ронни, ради Бога, о чем это ты?
— У меня есть фотографии Смитца с другой женщиной. — Она дала мне пару секунд, чтобы это переварить. — Анита, ты еще здесь?
— Здесь. Я думаю. — Это было труднее, чем мне бы хотелось. Я с утра всегда не в форме. После всего часа отсыпа я от этой формы была еще дальше. — Так почему это дымящийся пистолет?
— Очень часто человек сообщает о пропавшем супруге, чтобы отвести от себя подозрения.

— Ты думаешь, что Смит ухлопал свою жену?
— Ты поэтично выражаешься, но мысль верна.
— Зачем? Многие мужчины обманывают жен, но по большей части они их не убивают.
— Есть решающая зацепка. Получив эти фотографии, я поговорила с владельцами оружейных магазинов в округе. Он покупал серебряные пули в магазине возле своей мясной лавки.
— Не очень умно.
— Убийцы, как правило, дураки.
Я кивнула, сообразила, что она этого не видит, но не важно.
— Да, похоже, что мистер Смитц не такой безутешный вдовец, каким притворяется. И что ты собираешься делать?
— Застать его дома врасплох.
— Почему не сказать копам?
— Продавец не до конца уверен, что это был Смитц.
Я закрыла глаза.
— Великолепно. И ты думаешь, что он перед нами расколется?
— Может быть. Он делил с ней кров пятнадцать лет. Она мать его детей. У него должно быть огромное чувство вины.
После часа сна я не слишком хорошо соображаю.
— Копы. Во всяком случае, надо, чтобы копы ждали на лестнице.
— Анита, он мой клиент. Я не отдаю клиентов копам без крайней необходимости. Если он сознается, я их приведу. Если нет, передам то, что у меня есть. Но я должна сделать это по-своему.
— Хорошо, ты ему позвонишь и скажешь, что мы едем, или мне это сделать?
— Я позвоню. Я только думала, что ты захочешь присутствовать.
— Ага, только скажи мне когда.
— Он еще не ушел на работу. Я позвоню ему и заеду за тобой.

Я хотела сказать «Не надо, я пойду досыпать», но что, если он ее убил? Если он убил и остальных? Джордж не показался мне настолько опасным, чтобы он мог убивать оборотней, но я его приняла за искренне убитого горем человека. Безутешного вдовца. Что я вообще о нем знаю?

— Я буду готова, — сказала я и повесила трубку, не попрощавшись. Становлюсь хуже Дольфа. Надо будет извиниться, когда Ронни заедет.

Не успела я встать, как телефон снова зазвонил.

— Ронни, что еще?

— Анита, это Ричард.

— Извини, Ричард. Что случилось?

— У тебя ужасный голос.

— А у тебя нет. Ты спал ненамного больше меня. Почему же тебе настолько лучше? Ты что, жаворонок?

Он рассмеялся:

— Грешен, каюсь.

Мохнатость я могла бы простить. Но жаворонок? Нет, тут надо подумать.

— Ричард, не пойми меня неправильно, но что тебе нужно?

— Пропал Джейсон.

— Кто такой Джейсон?

— Молодой самец, блондин, который полз на тебя в «Кафе лунатиков».

— Да, помню. Значит, это он пропал.

— Да. Джейсон один из новеньких. Сегодня полнолуние. Он бы не рискнул именно сегодня бродить один. Его куратор к нему зашел, а его не было.

— Куратор — это как у «Анонимных алкоголиков»?

— Вроде того.

— Следов борьбы нет?

— Нет.

Я встала, подтянув к себе телефон и пытаясь думать сквозь броню свинцовой усталости. Как это Ричард смеет говорить таким жизнерадостным голосом?

— Муж Пегги Смитц — Ронни его поймала с другой женщиной. Возможно, что он покупал серебряные пули — продавец его узнал, но не уверен.

На том конце провода наступило молчание. Слышалось тихое дыхание, но и все. Чуть слишком частое дыхание.

— Ричард, говори!

— Если он убил Пегги, мы этим займемся.

— Тебе не пришло в голову, что он может стоять за всеми исчезновениями?

— Не вижу как.

— Почему нет? Серебряной пули достаточно для любого оборотня. Особого искусства не нужно. Нужно только, чтобы этот оборотень тебе доверял.

Еще пауза.

— Ладно, так что ты хочешь сделать?

— Мы с Ронни хотим прижать его к стенке сегодня утром. Теперь, когда пропал Джейсон, нет времени ходить вокруг да около. Ты можешь дать мне пару оборотней, чтобы нагнать страху на Смитца? Может быть, немножко грубой силы откроет нам правду быстрее.

— Я сегодня работаю, и я не могу позволить себе раскрываться перед ним.

— Я не просила тебя прийти. Просто кого-нибудь из вас. Но таких, чтобы выглядели устрашающе. Ирвинг, может, и вервольф, но с виду он не очень страшный.

— Я кого-нибудь пришлю. К тебе домой?

— Да.

— Когда?

— Как можно быстрее. Да, Ричард...

— Что?

— Не говори никому, что мы подозреваем Джорджа Смитца. Я не хочу застать от него лохмотья, когда мы приедем.

— Я этого не стану делать.

— Ты не станешь, но Маркус вполне может, а Раина точно сделает.

— Я им скажу, что у тебя есть подозреваемый и ты просишь подкрепления. Кто он, я им не скажу.

— Отлично, спасибо.

— Если ты найдешь Джейсона раньше, чем его убьют, «спасибо» будет за мной.

— Я возьму с тебя натурой, — сказала я и тут же пожалела. Это было правдой, но после этой ночи — не совсем.

— Договорились, — засмеялся он. — Мне пора на работу. Я тебя люблю.

Я колебалась только секунду.

— Я тебя тоже. Учи сегодня деток как следует.

Он мгновение молчал. Мое колебание он услышал.

— Обязательно. Пока.

— Пока.

Повесив трубку, я стояла еще минуту. Если кто-то бродит по городу и отстреливает оборотней, то Джейсона уже нет в живых. Единственное, что я смогу тогда сделать, — найти тело. Это лучше, чем ничего, но не намного.

33

Чуть позже девяти утра мы подъехали к дому Джорджа Смитца. Машину вела Ронни, я сидела рядом, а на заднем сиденье — Райна и Габриэль. Кабы меня спросили, я бы выбрала в подкрепление кого-нибудь другого. И уж точно не бывшую любовницу моего кавалера. О чем Ричард думал? А может быть, она не оставила ему выбора. Это я о том, что она сегодня здесь, а не о сексе. О том — я даже точно не могу сказать, что чувствую. Ладно, ладно, могу. Я злюсь. Ну, я тоже когда-то с кем-то спала. Кто живет в стеклянном доме... и так далее. Как бы там ни было, а Ричард дал мне именно то, что я просила: страшных и пугающих оборотней. В следующий раз надо просить конкретнее.

Габриэль опять был облачен в черную кожу. Может быть, это даже был тот самый наряд, в котором я его видела впервые, вплоть до перчатки с металлическими заклепками. Может быть, весь его гардероб — один большой фестиваль кожи. Колец в ушах не было.

А Райна оделась в достаточной степени обычно. В своем роде. У нее было меховое манто до щиколоток — из лисы. Одно дело каннибализм, но носить шкуры своих мертвецов? Это слишком даже для такой психованной адской стервы. Да, конечно, она волк, а не лиса, но я-то не ношу мехов по моральным соображениям, а ей плевать.

Она перегнулась ко мне через спинку сиденья.

— Зачем мы стоим перед домом Пегги?

Пора было выкладывать все начистоту. И почему мне этого не хотелось? Отстегнув ремень сиденья, я повернулась. Она смотрела на меня с вполне доброжелательным лицом. Из своей ликантропской лицевой структуры она состроила высокие скулы и сочный рот. Может быть, планировала сегодня что-нибудь гнусное.

Габриэль перегнулся через спинку, и перчатка с заклепками скользнула по руке Ронни. Даже через замшевое пальто это прикосновение вызвало дрожь.

— Тронь меня еще раз, и я тебе твою собственную руку скормлю! — Она отодвинулась, насколько позволил руль, то есть не очень далеко. Габриэль уже несколько раз за поездку к ней прикасался. Дразнил, не приставал, но все равно это было неприятно.

— Руки слишком костлявые. Я люблю более нежное мясо. Предпочитаю груди или бедра, — сказал Габриэль.

У него глаза блестели даже при солнце, может быть, еще сильнее, чем ночью. Такой у них был светло-серый цвет, что они почти светились. Я уже видела такие глаза, но где — не могла припомнить.

— Габриэль, я знаю, что ты зануда. И я знаю, что тебе до чертиков нравится дразнить Ронни, но если ты немедленно не перестанешь, нам предстоит проверить, какие у твоего тела восстановительные способности.

Он сдвинулся по сиденью ко мне поближе. Не лучшее изменение ситуации.

— Я твой, как только ты меня захочешь.

— Такое приближение к смерти — это и есть твое понятие о сексе?

Ронни поглядела на нас вытаращенными глазами:

— Ты мне обязательно должна рассказать, как провела вечер.

— Лучше тебе не знать.

— Зачем мы здесь? — снова спросила Райна. Она не дала себя отвлечь на Кожаного Красавца. Молодец. Но мне это было не на руку. Она смотрела на меня пристально, будто ничего важнее моего лица в мире не было. Не это ли покорило Маркуса? Многим мужчинам непреодолимо льстит такое нераздельное внимание. Да и всем нам — тоже, не так ли?

— Ронни?

Ронни достала из сумочки фотографии. Это были изображения, не требующие пояснений. Джордж проявил беспечность и не опустил шторы.

Габриэль снова опустился на сиденье, пролистал фотографии, широко ухмыляясь. На каком-то из снимков он громко захохотал.

— Вот это да!

Райна реагировала совсем по-другому. Она не позабавилась, а рассердилась.

— Вы нас сюда привезли, чтобы наказать его за то, что он изменял Пегги?

— Не совсем так, — ответила я. — Мы считаем, что он виноват в ее исчезновении. Если он виноват в одном, он может быть виноват и в других.

Райна посмотрела на меня. Все с той же полной сосредоточенностью, но на этот раз мне пришлось подавить желание съежиться. Гнев ее был ясен и прост. Джордж обидел члена стаи и должен за это расплатиться. Никакой неуверенности не было в этом взгляде — одна неподдельная ярость.

— Давайте мы с Ронни будем с ним говорить, а вы двое его пугнете, если надо будет.

— Если есть шанс, что Джейсон у него, то деликатничать нет времени, — сказала Райна.

Я с ней согласилась, но не вслух.

— Мы будем говорить, а вы стойте на заднем плане со зловещим видом. Если мы вас не попросим вступить. О'кей?

— Я здесь по просьбе Ричарда, — сказала Райна. — Он самец альфа, и я подчиняюсь его приказам.

— Как-то не могу себе представить, чтобы ты подчинялась чьим бы то ни было приказам, — сказала я.

Она сверкнула очень неприятной улыбкой.

— Я подчиняюсь приказам, которым хочу подчиняться.

Этому я поверила. Ткнув пальцем в Габриэля, я спросила:

— А его кто позвал?

— Его выбрала я. Габриэль отлично умеет запугивать.

Здоровенный, весь в коже, с металлическими заклепками, с острыми и остроконечными зубами — да, зрелище внушительное.

— Ты даешь слово, что вы не вступите в разговор, если мы не попросим?

— Ричард сказал, чтобы мы слушались тебя, как его, — сказала Райна.

— Отлично. Поскольку ты слушаешься Ричарда только когда это тебе подходит, то что это значит?

Она рассмеялась смехом острым, рассыпчатым. Такой смех напоминает о сумасшедших ученых из фильмов или о людях, долго просидевших в одиночке.

— Я дам тебе вести это дело, Анита Блейк, если ты сделаешь работу как следует. Джейсон — член моей стаи, и я не хочу, чтобы ему грозила опасность из-за твоего чистоплюйства.

Все это нравилось мне меньше и меньше.

— Я чистоплюйством не страдаю.

— Это правда, — улыбнулась она. — Прошу меня извинить.

— Ты не волк, — обернулась я к Габриэлю. — Какой у тебя здесь интерес?

Габриэль ухмыльнулся, сверкнув острыми зубами. Он все еще перебирал фотографии.

— Маркус и Ричард будут у меня в долгу. Вся их стая будет у меня в долгу.

Я кивнула. Этот мотив был мне понятен.

— Отдай Ронни фотографии. Без дурацких замечаний, пожалуйста, просто отдай.

Он надулся, оттопырив нижнюю губу. Впечатление было бы лучше, если бы не острые клыки. Он отдал фотографии, коснувшись на миг ее руки, но ничего не сказал. То есть сделал именно то, что я просила. Интересно, все оборотни всё понимают так буквально?

Его странные глаза повернулись ко мне, и тут я вспомнила, где я их видела. За маской в том фильме, который предпочла бы не видеть. Габриэль был вторым партнером в этой порнухе с убийством. Я недостаточно выспалась, чтобы скрыть потрясение. Сама чувствовала, как у меня обвисает лицо, и ничего не могла сделать.

Габриэль по-собачьи повернул голову в сторону.

— Чего ты на меня так смотришь, будто у меня вторая голова выросла?

Что мне было сказать?

— Я вспомнила, где видела твои глаза.

— Да? — Он пододвинулся ближе, положив подбородок на спинку переднего сиденья, давая мне получше рассмотреть свои светящиеся глаза. — И где же?

— В зоопарке. Ты — леопард.

«Все ты врешь, все ты врешь, что сказала, то сожрешь». Но я ничего не смогла придумать настолько быстро.

Он мигнул, не отводя от меня глаз.

— Мяу! Но на самом деле ты думала что-то другое.

Это он произнес вполне уверенно.

— Хочешь верь, не хочешь — не верь, мне наплевать. Другого ответа не получишь.

Он остался сидеть в той же позе, уткнув подбородок в обивку. Плеч его не было видно, и голова казалась отделенной от тела, будто насаженной на кол. Очень точный прогноз, если

Эдуард узнает, кто он. А Эдуард узнает. Я ему с радостью сообщу, если это поможет прекратить выпуск этих фильмов. Конечно, я была не уверена, что выпуск фильмов прекратится. Они были детищем Райны. Допустим, она не знала насчет такого варианта окончания... Ага, а я — пасхальный зайчик на полставки.

Я поймала на себе взгляд Ронни. Она меня слишком хорошо знала. Про порнуху с убийством я ей не рассказала. Теперь я могла бы представить ей двух порнозвезд. Ладно, черт с ним.

Мы выбрались из автомобиля в солнечный свет морозного утра, прошли по тротуару в сопровождении оборотня, который на моих глазах убивал на экране женщину и пожирал еще трепещущее тело. Помоги, Боже, Джорджу Смитцу, если он виновен. Помоги нам всем, если Джордж Смитц не виновен. Пропал Джейсон — один из самых новеньких членов стаи, как сказал Ричард. Если он не у Джорджа Смитца, тогда где же?

34

Райна схватила меня за руку прежде, чем я коснулась звонка. И очень быстро. У меня даже не было времени отреагировать. Ногти у нее были длинные, покрытые лаком под цвет загоревшей на солнце тыквы, и эти темно-оранжевые ногти впились мне в запястье ровно настолько, чтобы чуть примять кожу. Она давала мне почувствовать силу этой тоненькой ручки. Она не делала больно, но улыбка на ее лице говорила, что это вполне в ее власти.

Я улыбнулась ей в ответ. Да, она сильна, но она не вампир. Я бы выхватила пистолет раньше, чем она сломала бы мне руку.

Она не стала ломать мне руку, а выпустила.

— Быть может, нам с Габриэлем стоит пройти через задний вход? Вы же сказали, что хотите, чтобы мы находились на заднем плане, миз Блейк?

Она улыбалась и выглядела чертовски рассудительной. Вмятины от ногтей у меня на коже еще не разгладились.

— Я хочу сказать: посмотрите на нас, миз Блейк. Даже если мы ничего не скажем, он наше присутствие игнорировать не сможет.

Она была права.

— А как вы войдете в заднюю дверь, если она будет заперта?

Райна посмотрела на меня взглядом, достойным Эдуарда, будто я задала ну очень глупый вопрос. Что ли я одна в этом городе не знаю, как отмыкать замки?

— Ладно, давайте.

Райна улыбнулась и пошла прочь прямо по снегу, и ее осеннего цвета волосы блестели на фоне лисьего меха. От острых каблуков коричневых туфель на снегу оставалась цепочка колотых ран. Габриэль последовал за ней, позвякивая на ходу цепями кожаной куртки. Ковбойские сапоги с металлическими заклепками затирали точки следов Райны, будто нарочно.

— Их вряд ли кто-нибудь примет за коммивояжеров, — заметила Ронни.

Я посмотрела на наши джинсы, мои кроссовки, ее сапоги, на свой кожаный жакет и ее замшевое пальто.

— Нас тоже, — ответила я.

— Точно подмечено.

Я позвонила в дверь.

Мы стояли на узком крылечке, слушая капель. Была одна из тех неожиданных оттепелей, которыми славится штат Миссури. Снег размягчался и исчезал, как снеговик на солнце. Но это ненадолго. Вообще так много снега в декабре — вещь необычная. Как правило, настоящий снег у нас ложится в январе или феврале.

Мистер Смитц не открывал долго. Наконец я услышала шаги. Что-то достаточно тяжелое направлялось к двери. Джордж Смитц открыл нам дверь в заляпанном кровью переднике, надетом на футболку.

На плече у него тоже было кровавое пятно, будто он поднимал кусок говяжьей туши, и она на него протекла. Он все время вытирал ладони о передник, будто никак не мог очистить. Наверное, он не привык ходить окровавленным или просто у него потели ладони.

Я улыбнулась и протянула ему руку. Он ее принял. Ладони у него были потными. Нервничает? Отлично.

— Как поживаете, мистер Смитц?

Он пожал руку Ронни и пригласил нас войти. Мы оказались в тесной прихожей. С одной стороны там был стенной шкаф, с другой — зеркало с низеньким подзеркальником. На нем — ваза с желтыми искусственными цветами. Бледно-желтые стены вполне с ними гармонировали.

— Позвольте принять ваши пальто?

Если он убийца, то самый вежливый из всех, с кем мне приходилось иметь дело.

— Нет, спасибо, мы не будем раздеваться.

— Пегги всегда мне выговаривала, если я не предлагал гостям снять пальто. «Джордж, ты не в сарае воспитывался. Гостям надо предложить раздеться». — Имитация голоса звучала точно.

Мы вошли в гостиную. Здесь тоже были бледно-желтые обои с коричневыми цветочками. Диван, широкое кресло, качалка — все это было бледно-бледно-желтым, почти белым. И еще искусственные цветы. Тоже желтые.

Картины на стенах, безделушки на полках, даже ковер на полу — все было желтым. Как будто сидишь в капле лимонного сока.

То ли это выразилось у меня на лице, то ли Джордж уже привык.

— У Пегги желтый — это был любимый цвет.

— Был?

— То есть есть. О Боже мой! — Он свалился на бледно-лимонный диван, закрыв лицо своими крупными руками. Только он в этой комнате выпадал из желтой гаммы. — Неизвестность — это так ужасно!

Он поднял на нас глаза, и в них блеснули слезы. Калибра этак на Оскара.

— Миз Симз мне сказала, что у вас есть новости о Пегги. Вы ее нашли? Что с ней?

Столько искренности было в его глазах, что трудно было в них смотреть. Я все еще не могла бы сказать, что он лжет. И если бы не видела его фотографий с другой женщиной, я бы не поверила. Конечно, адюльтер — это еще не убийство. Он может быть виновен в первом и невиновен во втором. Вполне.

Ронни села на диван подальше от Смитца, но вполне дружелюбно. Ближе, чем я бы хотела быть к этому сукину сыну. Если я когда-нибудь выйду замуж и мой муж мне изменит, тогда не меня будут искать.

— Садитесь, прошу вас, миз Блейк. Извините, я не очень хороший хозяин.

Я устроилась на краешке желтой качалки.

— Я думала, вы работаете на стройке, мистер Смитц. Зачем этот передник?

— Отец Пегги не справляется в лавке один. Он передал дело ей уже много лет назад. Может, мне придется оставить стройку, но, понимаете, он же — моя семья. Я не могу его бросить в трудном положении. Почти всю работу делала Пегги — папе уже девяносто два почти. Он один не справляется.

— И вы эту мясную лавку унаследуете? — спросила я. Мы с Ронни автоматически перешли к схеме добрый коп — злой коп. Угадайте, какая роль досталась мне.

Он моргнул:

— Наверное, да. Так я полагаю.

На этот раз он не спросил, что с Пегги. Только смотрел на меня своим душевным взглядом.

— Вы любите свою жену?

— Да, конечно. Что за вопрос?

Он уже был не столько печален, сколько рассержен.

— Ронни! — сказала я.

Она достала из сумочки фотографии и протянула ему. На первой Джордж Смитц обнимал черноволосую женщину. Пегги Смитц была блондинкой.

Лицо Смитца залила краска. Не красная, скорее багровая. Он не глядя бросил пачку фотографий на кофейный стол. Они рассыпались, показывая его самого и эту женщину на разных стадиях раздевания. Поцелуи, объятия, чуть ли не это самое в стоячем положении.

Лицо его окончательно побагровело, глаза полезли из орбит. Он вскочил, дыша резко и тяжело.

— Какого черта это значит?

— Мне кажется, снимки говорят сами за себя, — ответила я.

— Я вас нанял искать мою жену, а не шпионить за мной! — Он повернулся к Ронни, возвышаясь над ней, как башня. Здоровенные руки сжались в еще более здоровенные кулаки. Мышцы на руках надулись, вены заходили по ним червяками.

Ронни тоже выпрямилась — во все свои пять футов девять дюймов. И была очень спокойна. Если ее и беспокоило противостояние с человеком тяжелее ее на сто фунтов, этого не было видно.

— Где Пегги, Джордж?

Он поглядел на меня, на Ронни и занес руку, будто собираясь ее ударить.

— Где ты спрятал тело?

Он резко обернулся ко мне. Я спокойно сидела, глядя на него. Чтобы добраться до меня, ему надо было обогнуть кофейный столик, а за это время я наверняка могла отодвинуться. Или достать пистолет. Или вышвырнуть этого типа в окно — последнее мне нравилось все больше и больше.

— Вон из моего дома!

Ронни шагнула назад. Он стоял, как багроволицая гора, поворачиваясь то ко мне, то к Ронни.

— Вон из моего дома!

— Не выйдет, Джордж. Мы знаем, что ты ее убил. — Наверное, «знаем» — слишком сильное слово, но «мы почти уверены, что ты ее убил» прозвучало бы не так убедительно. — Если ты не собираешься драться всерьез, Джорджи, то лучше сядь.

— Да, Джордж, в самом деле лучше сядь.

Я не стала оборачиваться, чтобы посмотреть, где там Райна. Вряд ли Джордж на меня нападет, но поворачиваться спиной к разъяренному бугаю весом за двести фунтов — не очень удачная мысль.

Он глядел на Райну, ничего не понимая.

— Это что еще?

— Боже мой! — ахнула Ронни, глядя мне за спину. У нее отвалилась челюсть.

Что-то происходило за моей спиной, но что? Я встала, не сводя глаз с Джорджа, но он уже не смотрел на меня. Я отступила от него — просто для страховки. Когда дистанция стала достаточной, мне уже была видна дверь.

Райна была одета в прозрачную шелковую комбинацию и туфли на высоких каблуках — а больше ни во что. Меховое манто было распахнуто, и кроваво-красное белье театрально очерчивало контуры ее тела.

— Ты ведь обещала держаться в тени, пока я тебя не позову.

Она сбросила мех, и он лег на пол пушистой кучкой. Райна двинулась в комнату, покачивая всем, что могло шевелиться.

Мы с Ронни переглянулись. Она губами произнесла: «Что происходит?» Я пожала плечами. Сама понятия не имела.

Райна перегнулась через шелковые цветы на кофейном столике, давая Джорджу Смитцу тщательно рассмотреть свою стройную заднюю часть.

У него краска отлила от лица, руки медленно разжались, и вид сделался недоуменным. За компанию со мной и с Ронни.

Райна глянула на него и улыбнулась. Потом очень медленно встала, давая Джорджу рассмотреть высокие тугие груди. Его глаза просто приклеились к ее декольте. Она провела руками вниз по комбинации, закончив проход в районе паха. Джордж проглотил слюну — с некоторым трудом.

Райна медленно подошла к нему почти вплотную. Глядя снизу вверх, она шепнула чувственными губами:

— Где Джейсон?

— Какой Джейсон? — нахмурился он.

Райна лакированными ногтями погладила его по щеке. Ногти полезли из пальцев, становясь все длиннее, пока не превратились в огромные крючковатые когти. А кончики их сохранили цвет обгоревшей тыквы.

И этими когтями она взяла его под подбородок, чуть прижав, так, чтобы не проткнуть кожу.

— Я чуть нажму, и ты будешь раз в месяц с удовольствием выть.

Это была ложь. Она сохраняла человеческий вид и не была контагиозна. Но у Смитца краска отхлынула от лица, и оно стало цвета выбеленной бумаги.

— Где тело вашей жены, мистер Смитц? — спросила я.

— Не понимаю... Не знаю, о чем вы говорите.

— Не лги мне, Джорджи, я этого не люблю! — Райна подняла вторую руку на уровень его глаз, и когти скользнули наружу, как ножи из ножен.

Он захныкал.

— Где Пегги, Джордж? — Она говорила шепотом, все еще голосом, полным соблазна. Таким голосом надо шептать не угрозы, а «я люблю тебя».

Держа когтями его под челюсть, она медленно опустила вторую руку. Он следил за этой рукой глазами, попытался опустить голову, но его остановили когти Райны. Он судорожно вздохнул.

Райна прорезала когтями окровавленный передник. Два быстрых резких разреза. Одежда под фартуком осталась целой. Талант.

— Я... я убил ее. Я убил Пегги, о Господи! Я ее застрелил.

— Где тело?

Это спросила я. Райна слишком увлеклась процессом, чтобы помнить о деталях.

— В сарае. Там земляной пол.

— Где Джейсон? — спросила Райна. Кончики когтей коснулись его джинсов над пахом.

— О Боже правый, я не знаю никакого Джейсона! Не знаю. Не знаю!

Он говорил судорожными выдохами.

В комнату вошел Габриэль. Где-то он оставил свой кожаный пиджак и был теперь одет в тугую черную футболку, кожаные штаны и сапоги.

— У того, кто убрал Джейсона и остальных, есть яйца, а у этого мозгляка их нет.

— Это правда, Джордж? У тебя яиц нет?

Райна прижалась к нему грудью, все еще держа когти у него под челюстью и в паху. Нижние когти прижались к джинсовой ткани, не разрывая ее до конца.

— Пожалуйста, не надо, не надо!

Райна придвинулась лицом почти вплотную к нему. Нажим когтей заставил его встать на цыпочки — или подбородок оказался бы разрезанным.

— Жалкий ты тип!

Она вспорола когтями его джинсы.

Джордж потерял сознание. Райне пришлось убрать руки, чтобы его не взрезать. В когтях остался почти правильный круг джинсовой ткани. Из дыры в штанах выглядывали короткие белые отростки.

Габриэль присел возле тела, балансируя на цыпочках.

— Этот человек Джейсона не трогал.

— Жаль, — ответила Райна.

Действительно, жаль. Кто-то убил восемь — нет, семь оборотней. Восьмой была Пегги Смитц. Ее убийца лежал здесь на ковре с вырванной ширинкой. А тех кто убил и почему? Зачем кому-то могут понадобиться семь ликантропов? Тут у меня что-то щелкнуло. Нага был ободран живьем. Будь он не нагой, а ликантропом, любая ведьма могла бы с помощью его шкуры перекинуться змеей. Есть такой способ быть оборотнем со всеми преимуществами и без недостатков этого состояния. Тогда ты не подчиняешься луне.

— В чем дело, Анита? — спросила Ронни.

— Мне надо поехать в больницу, кое с кем там поговорить.

— Зачем? — Одного моего взгляда хватило, чтобы Ронни сказала: — Ладно, я только вызову полицию. Но поведу я.

— А, черт! — Я подняла глаза и увидела мелькнувший на улице автомобиль. Зеленая «мазда». Знакомая машина. — Меня подвезут.

Я открыла дверь и выскочила на тротуар, маша рукой. Машина притормозила и остановилась рядом с машиной Ронни.

Окно опустилось по нажатию кнопки, за рулем сидел Эдуард в темных очках.

— Я уже несколько дней слежу за Райной. Как ты меня засекла?

— Глупое везение.

— Не такое уж глупое, — ухмыльнулся он.

— Меня надо подвезти.

— А как быть с Райной и ее кожаным приятелем?

Мне хотелось рассказать ему, что Габриэль — это и есть второй ликантроп в порнухе с убийством, но если сделать это сейчас, Эдуард пойдет и его убьет. Уж во всяком случае, не подвезет меня в больницу. Расставим приоритеты правильно.

— Можем забросить их по домам или пусть берут такси.

— Такси, — предложил Эдуард.

— И я того же мнения.

Эдуард объехал вокруг квартала, чтобы подождать там меня. Райну и Габриэля легко убедили взять такси рядом с каким-нибудь другим домом, они не хотели разговора с полицией — можете себе представить? Джордж Смитц пришел в себя, и Ронни убедила его сознаться во всем полиции, когда та приедет. Я извинилась перед Ронни, что бросаю ее, и пошла на ту сторону квартала, где ждал меня Эдуард. Мы ехали в больницу поговорить с нагой — в надежде, что он уже в сознании.

35

Перед входом в палату наги имел место полицейский пост. Эдуард остался в машине — что ни говори, а полиция его разыскивала. Одно из неудобств работы с Эдуардом и с полицией — с ними невозможно работать одновременно.

У палаты дежурила маленькая женщина с хвостом светлых волос. Около двери был стул, но женщина стояла, положив руку на рукоять пистолета. Светлые глаза оглядели меня с подозрительным прищуром.

— Анита Блейк — это вы?

— Да.

— Есть у вас удостоверение личности?

Говорила она круто, по-деловому — новичок, наверное. Только у новичков такое усердие. Старый коп тоже попросил бы удостоверение, но нормальным голосом.

Я показала ей свою пластиковую нагрудную карточку — ту, что цепляю к рубашке, когда приходится проходить сквозь полицейские заграждения. Не полицейская карточка, но лучшее, что у меня есть.

Она взяла ее и стала долго рассматривать. Я подавила желание спросить, не учит ли она ее наизусть. Полицейских злить не стоит, особенно по мелочам.

Наконец она отдала мне табличку, и глаза ее были синими и холодными, как зимнее небо. Очень суровыми. Наверное, она каждое утро репетирует этот взгляд перед зеркалом.

— Этого больного никто не должен допрашивать без присутствия полиции. Когда вы позвонили и попросили разрешения с ним говорить, я связалась с сержантом Сторром. Он едет сюда.

— Сколько мне придется ждать?

— Мне неизвестно.

— Послушайте, там пропал человек, и промедление может стоить ему жизни.

Тут она обратила на меня внимание.

— Сержант Сторр не упоминал о пропавшем человеке.

Черт, я и забыла, что полиция не знает о пропавших оборотнях!

— Я не думаю, что вы нарочно затягиваете время, но ведь на карту поставлены человеческие жизни.

Выражение глаз сменилось с непреклонного на скучающее.

— Сержант Сторр говорил очень определенно. Он хочет присутствовать при вашем допросе этого человека.

— Вы уверены, что говорили с сержантом Сторром, а не с детективом Зебровски?

Вполне в духе Зебровски специально мне сделать мелкую пакость — просто чтобы позлить.

— Я знаю, с кем я говорила, миз Блейк.

— Я не хотела сказать, что вы не знаете, просто Зебровски мог не знать, насколько мне разрешено общение с этим... э-э... свидетелем.

— Я говорила с сержантом и ясно поняла, что он сказал. Вы не войдете, пока он не приедет — такой у меня приказ.

Я начала говорить что-то резкое — и остановилась. Полицейская Кирлин была права. У нее приказ, и она не собиралась от него отступать.

Имя я прочла у нее на нагрудной табличке.

— Хорошо, сотрудник Кирлин. Я тогда подожду за углом в приемной для пациентов. — И я вышла от греха подальше, пока не сказала что-нибудь менее приятное. Мне хотелось пробиться в палату, упирая на свой ранг — но ранга-то у меня и не было никакого. Один из тех случаев, когда обстоятельства грубо напоминали мне, что я — штатская. Я таких напоминаний не люблю.

В приемной я уселась на цветастый диван, обращенный спинкой к искусственному газону с комнатными растениями. Растения эти, ростом до груди, заменяли стены, разделяя приемную на несколько вроде-бы-комнат. Иллюзия уединения, если она тебе нужна. На одной стене повыше был установлен телевизор, и никто пока не побеспокоился его включить. Тишина стояла больничная. Шумел только обогреватель, щелкая счетчиками.

Ждать было нестерпимо. Джейсон пропал. Он погиб? Если жив, сколько ему еще осталось жить? И сколько еще Дольф заставит меня ждать?

Дольф вышел из-за угла. Благослови его Господь, он заставил меня ждать очень недолго.

Я встала.

— Мне Кирлин сказала, что ты говорила о каком-то пропавшем. Ты от меня скрываешь этот случай?

— Да, но не по собственной воле. У меня есть клиент, который не хочет обращаться в полицию. Я пыталась его убедить, но... — Я пожала плечами. — То, что я права, а они нет, еще не дает мне права выдавать их секреты, не спросив сперва разрешения.

— Анита, в отношениях клиента и аниматора такой привилегии нет. Если я задаю вопрос, ты по закону обязана ответить честно и полно.

Я слишком мало спала, чтобы еще и это снести:
— А то что?

— А то ты попадешь в тюрьму за создание препятствий правосудию.

— Отлично, поехали.

— Анита, не провоцируй меня.

— Слушай, Дольф, я расскажу тебе все что знаю, когда они дадут мне свое «добро». Я, может, тебе все равно расскажу, раз мои клиенты окажутся глупцами, но ни хрена я тебе не скажу, если ты будешь мне грозить.

Он набрал воздух — медленно, глубоко, через нос — и так же медленно выдохнул.

— Ладно, пошли поговорим с нашим свидетелем.

Я оценила, что нага все еще оставался «нашим» свидетелем.

— Ага, пошли.

И мы пошли по коридору в молчании, но молчание это не было неловким. Такое молчание не надо заполнять пустой болтовней или взаимными обвинениями.

Нам открыл дверь врач в белом халате со стетоскопом, наброшенным на плечи, как боа из перьев. Полисмен Кирлин стояла на своем посту, не ослабляя бдительности. Она посмотрела на меня великолепным кремнево-стальным взглядом. Этот взгляд еще нужно было бы потренировать. Но если ты женщина, блондинка, маленького роста — и при этом коп, надо хоть пытаться выглядеть крутой.

— Он может разговаривать, только очень недолго. Это вообще чудо, что он жив, не говоря уже о том, что может говорить. Я буду следить за допросом, и если его что-нибудь расстроит, я прекращу беседу.

— Меня это устраивает, доктор Уилберн. Он — жертва и свидетель, а не подозреваемый. Мы ему ничего плохого делать не собираемся.

Не уверена, что моя речь убедила доктора, но он отступил, пропуская нас в палату.

Дольф навис надо мной, как несокрушимая сила. Можно было понять, почему врач решил, что мы собираемся выколачивать показания из его пациента. Дольф, даже если бы хотел, не смог бы выглядеть безобидным. А он и не хочет.

Нага лежал на кровати, весь увешанный трубками и проводами. На нём уже нарастала новая кожа. Она лежала неровными болезненными пятнами, но нарастала. Вид был по-прежнему такой, будто его сварили заживо, но были заметны и улучшения.

Глаза его обратились ко мне — он очень медленно поворачивал голову в нашу сторону.

— Мистер Джавад, сержанта Сторра вы помните. Он привёл кое-кого, кто хочет с вами поговорить.

— Женщина... — сказал он. Голос был тих, будто ему больно говорить. Он осторожно сглотнул слюну и попробовал снова: — Женщина в реке.

Я вышла вперёд.

— Да, это я была в реке.

— Помогла мне.

— Попыталась.

Вперёд шагнул Дольф.

— Мистер Джавад, вы можете нам сказать, кто это с вами сделал?

— Ведьмы, — ответил он.

— Вы сказали «ведьмы»? — переспросил Дольф.

— Да.

Дольф обернулся ко мне. Ему не надо было просить — это была моя область.

— Джавад, вы знаете этих ведьм? Их имена?

Он снова сделал глотательное движение, но у него не было слюны.

— Нет.

— Где они это с вами сделали?

Он закрыл глаза.

— Вы знаете, где вы были, когда с вас... сняли кожу?

— Меня опоили.

— Кто вас опоил?

— Женщина... Глаза...

— Какие глаза?

— Океан. — Чтобы услышать это слово, мне пришлось наклониться к нему. Он терял голос.

И вдруг он широко раскрыл глаза.

— Глаза, океан.

У него вырвался из горла грудной звук, будто он подавлял вопль.

Подошел доктор и проверил ему пульс, касаясь разорванной плоти как можно бережнее. Но даже эти прикосновения заставили нагу корчиться от боли.

Доктор нажал кнопку рядом с кроватью.

— Мистеру Джаваду пора вводить лекарство. Принесите его.

— Нет, — сказал Джавад, хватая меня за руку. Он ахнул от боли, но не отпустил. Кожа его ощущалась, как сырое мясо. — Не первый.

— Не первый? Я не поняла.

— Другие.

— Они сделали то же самое с другими?

— Да. Остановить.

— Остановлю. Обещаю вам.

Он снова обмяк, но не мог лежать неподвижно — ему было слишком больно. От движений было еще больнее, но не дергаться от боли он не мог.

Вошла сестра в розовом халате и сделала ему укол — прямо в трубку капельницы. Через секунду ему стало легче, глаза затрепетали и закрылись. Он заснул, и какой-то ком растаял у меня в груди. Такую боль трудно выдержать, даже если только смотришь.

— Когда он проснется, надо будет снова давать ему седативы. Я никогда не видел, чтобы у кого-нибудь так заживали раны. Но то, что раны заживляются, еще не значит, что они не болят.

Дольф отвел меня в сторону.

— Что это насчет глаз и других?

— Не знаю, — ответила я, и это было наполовину правдой. Насчет глаз я не знала, но подозревала, что другие — это пропавшие оборотни.

Вошел Зебровски и поманил к себе Дольфа. Они вышли в холл. Сестра и доктор остались хлопотать возле наги. Меня никто не позвал в холл, но это было справедливо. Раз я не делюсь с ними, почему они должны делиться со мной?

Открылась дверь, и Дольф поманил меня наружу. Я вышла. Несгибаемой Кирлин на посту не было — наверное, ей велели пока выйти.

— Ни одного случая пропажи человека, связанного с твоим именем, — сказал Дольф.

— Ты велел Зебровски меня проверить?

Дольф просто на меня посмотрел. Посмотрел — и все. Глазами холодными и далекими. Глазами копа.

— Если не считать Доминги Сальвадор, — сказал Зебровски.

— Анита сказала, что не знает, что случилось с миссис Сальвадор, — ответил ему Дольф. Он все еще смотрел на меня взглядом полицейского — вот у кого бы бедняжке Кирлин поучиться.

Я подавила желание съежиться. Доминга Сальвадор была мертва. Мне это было известно, поскольку я своими глазами видела, как это произошло. Фигурально говоря, это я спустила курок. Дольф подозревал, что я имею какое-то отношение к ее исчезновению, но доказать этого не мог, а она была женщиной очень плохой. Если бы ее обвинили во всем, в чем ее подозревали, она бы автоматически получила смертный приговор. Закон любит ведьм не намного больше, чем вампиров. Я убила ее с помощью зомби. Этого вполне было достаточно, чтобы я сама заработала электрический стул.

У меня пискнул пейджер. Спасенная криком петуха.

Я посмотрела на номер. Незнакомый, но совершенно незачем об этом говорить.

— Срочное дело. Мне надо найти телефон. — И я пошла прочь, пока Дольф больше ничего не сказал. Так надежнее.

Мне дали позвонить по телефону с сестринского поста — очень с их стороны любезно. Ричард снял трубку после первого гудка.

— Анита?

— Я. Что случилось?

— Я в школе. Сегодня утром Луи не пришел на свои уроки. — Ричард так понизил голос, что мне чуть ли не пришлось вбить наушник себе в ухо. — Сейчас полнолуние. Он никогда уроков не пропускал. Это вызывает подозрения.

— А почему ты звонишь мне?

— Он сказал, что собирается на встречу с твоей знакомой, Эльвирой Дрю.

— Эльвирой Дрю? — У меня перед глазами возник ее образ. Сине-зеленые глаза цвета океанской волны. Блин!

— Кажется, так.

— Когда у него встреча?

— Сегодня утром.

— Он туда пришел?

— Я не знаю. Я на работе и у него сегодня еще не был.

— Ты боишься, что с ним что-то случилось?

— Да.

— Встречу организовывала не я. Я позвоню на работу и узнаю, кто этим занимался. Ты будешь по этому телефону?

— Мне надо вернуться в класс. Но я перезвоню тебе, как только смогу.

— Ладно. А я тебе позвоню, как только что-то узнаю.

— Мне пора, — сказал он.

— Погоди, я, кажется, знаю, что случилось с пропавшими оборотнями.

— Что?!

— Сейчас идет полицейское расследование. Рассказывать рано, но если я смогу сказать полиции о пропавших оборотнях, нам, быть может, удастся быстрее найти Луи и Джейсона.

— Маркус велел не говорить?

— Да.

Целую минуту он молчал.

— Скажи им. Ответственность я беру на себя.

— Отлично. Я перезвоню.

Я повесила трубку, но только услышав снова длинный гудок, я сообразила, что не сказала «я люблю тебя». Ну что ж.

Я позвонила на работу. Трубку взяла Мери. Не ожидая, пока она закончит свое приветствие, я перебила:

— Дай мне Берта.

— У тебя все в порядке?

— Дай Берта.

Она не стала спорить — умница.

— Анита, у тебя действительно что-то важное? Я занят с клиентом.

— Ты говорил с кем-нибудь насчет найти сегодня крысолюда?

— По правде говоря, да.

У меня в груди сжался тяжелый ком.

— Где и когда назначена встреча?

— На сегодняшнее утро около шести. Мистер Фейн хотел успеть до работы.

— Где?

— У нее дома.

— Дай мне адрес.

— В чем дело?

— Я подозреваю, что Эльвира Дрю могла подстроить его убийство.

— Ты шутишь?!

— Адрес, Берт.

Он дал мне адрес.

— Может быть, я сегодня не приду на работу.

— Анита...

— Помолчи, Берт. Если его убьют, это мы его подставили.

— Ладно, ладно. Делай, что считаешь нужным.

Я повесила трубку. Впервые в истории Берт уступил. Это произвело бы на меня более сильное впечатление, если бы я не знала, что у него перед глазами мелькали все прелести судебного преследования.

Я вернулась к нашей группе. Никто ни с кем ни о чем не говорил.

— В этом округе исчезли семеро оборотней, — сказала я.

— Погоди, ты о чем? — начал Дольф.

— Слушай и не перебивай.

Я рассказала ему обо всех исчезновениях и закончила фразой:

— Сегодня исчезли еще двое. Те, кто ободрал нагу, наверняка считали его ликантропом. Существует возможность с помощью волшебства и снятой шкуры оборотня перекидываться самому. Получаешь все преимущества — силу, быстроту и так далее, но без привязки к луне.

— А почему с нагой этого не получилось? — спросил Зебровски.

— Он бессмертен. В конце всей процедуры оборотень должен умереть.

— Так, мы знаем мотив. Но где искать, черт побери? — сказал Дольф.

— У меня есть адрес.

— Откуда?

— По дороге объясню. Заклинание должно совершаться после темноты, но мы не можем рисковать и рассчитывать, что они останутся в живых. Их должно было взволновать, что нага поправляется и начал говорить.

— Таким, как я его сегодня видел, — я бы не волновался, — сказал Зебровски.

— Да, но ты не ведьма.

Мы отправились. Мне бы хотелось иметь у себя за спиной Эдуарда. Если мы найдем нескольких отчаянных ведьм и с ними оборотней в ночь полнолуния, наличие за спиной Эдуарда очень не повредило бы. Только как это организовать — я понятия не имела. Дольф и Зебровски не растяпы, но они — копы. Им не полагается стрелять в человека, не дав ему сначала все возможности сдаться. Эльвира Дрю содрала кожу с наги. И я не была уверена, что хочу предоставлять ей возможность. Я не была уверена, что после этого мы останемся в живых.

36

Узкий двухэтажный дом Эльвиры Дрю стоял в стороне от дороги за густой стеной кустов и деревьев. Даже двора не видно, пока не свернешь к дому. Весь дворик был окружен лесом, будто кто-то построил здесь дом и забыл об этом сообщить.

Патрульная машина ехала за нами по гравийной дорожке. Дольф припарковался возле ярко-зеленой «гранд-америкен». Автомобиль под цвет ее глаз.

Во дворе висел знак «Сдается внаем». Еще один такой же лежал рядом, ожидая, пока его воткнут в землю. Наверное, это будет у дороги.

В машине лежали две сумки с вещами, заднее сиденье уставлено коробками. Возможность быстрого отхода.

— Если она убийца, зачем она дала вам свой настоящий адрес? — спросил Зебровски.

— Мы своих клиентов проверяем. У них должен быть постоянный адрес в подтверждение личности. У нас требуют больше документов, чем в некоторых банках.

— Зачем?

— Потому что к нам то и дело приходят психи или репортеры бульварных газет. Нам надо знать, с кем мы имеем дело. Уверена, что она пыталась заплатить наличными, не показывая документов, а когда ее попросили заполнить три анкеты, оказалась к этому не готовой.

Дольф пошел к двери, мы следом, как хорошие солдаты. Одной из полицейских в форме была Кирлин. Напарник был постарше нее, с седеющими волосами и круглым брюшком. Но не таким, которое колышется, как миска студня. У него было мрачное выражение лица, будто он уже все на свете видел и все это ему не понравилось.

Дольф постучал в дверь. Тишина. Он постучал сильнее. Дверь вздрогнула, открылась. За ней стояла Эльвира, одетая в блестящее зеленое платье, перетянутое в талии. Косметика была по-прежнему безупречной, цвет лака для ногтей гармонировал с платьем. Длинные светлые волосы были зачесаны назад и прихвачены повязкой, зеленой с чуть большей синевой, чем у платья. И глаза ее горели цветным огнем.

— Глаза как океан, — буркнул себе под нос Дольф.
— Простите, но что это все значит?
— Можно нам войти, миз Дрю?
— С какой целью?

У нас не было времени получить ордер. Дольф даже не был уверен, что нам его дадут с тем, что есть у нас на руках. Цвет чьих-то глаз — это не так чтобы доказательство.

Я выглянула из-за Дольфа.

— Добрый день, миз Дрю. Нам нужно задать вам несколько вопросов о Луисе Фейне.
— Миз Блейк, я и не знала, что это вы пришли с полицией.

Она улыбнулась, я улыбнулась. А Луи здесь? И она нам морочит голову, а там его убили? Черт побери, не будь здесь полиции, я бы вытащила пистолет и вошла. Законопослушность имеет свои недостатки.

— Мы расследуем исчезновение мистера Фейна. Вы последняя, кто его видел.

— О Боже мой! — произнесла она, но с места не сдвинулась.

— Можно нам зайти и задать вам несколько вопросов? — спросил Дольф.

— Честно говоря, я не знаю, что могла бы вам сказать. Мистер Фейн на нашу встречу не пришел. Я его так и не видела.

Она стояла, как улыбающаяся стена.

— Нам необходимо войти и посмотреть, миз Дрю.

— У вас есть ордер?

Дольф посмотрел на нее.

— Нет, миз Дрю, ордера у нас нет.

Улыбка ее стала просто ослепительной.

— Тогда прошу прощения, но я не могу вас впустить.

Я схватила ее за перед платья и дернула на себя — достаточно сильно, чтобы заметить, что на ней нет лифчика.

— Мы пройдем либо мимо вас, либо через вас!

На мое плечо опустилась рука Дольфа.

— Извините, миз Дрю. Миз Блейк несколько переусердствовала.

Эти слова были сказаны сквозь зубы, но все же он их произнес.

— Дольф...

— Отпусти ее немедленно, Анита.

Я поглядела в ее странные глаза. Они улыбались, но что-то новое было в их выражении. Страх.

— Если он умрет, умрешь и ты.

— По подозрению к смерти не приговаривают.

— Я не о судебном приговоре.

У нее расширились глаза, но Дольф дернул меня за плечо и столкнул со ступенек. Зебровски уже извинялся за мою выходку.

— Какого черта ты делаешь? — спросил меня Дольф.

— Он здесь, я это знаю!

— Ты этого не знаешь. Я попросил выписать ордер. Пока мы его не получим, мы не можем войти, если она сама нас не впустит или если он не высунется из окна и не позовет на помощь. Таков закон.

— Хреновый закон!

— Может быть, но мы — полицейские. Если мы не будем подчиняться закону, кто тогда будет?

Я охватила себя руками, пальцами вцепилась в локти. Иначе я бы рванулась вверх и превратила бы в кашу безупречное лицо Эльвиры Дрю. Луи там, и по моей вине.

— Пройдись, Анита, остынь.

Я поглядела на него. Он мог бы меня послать посидеть в машине, но он этого не сделал. По его лицу я ничего не могла прочесть, как ни старалась. Пройтись — что ж, неплохая идея.

Я пошла к деревьям. Меня никто не остановил, Дольф не окликнул. Он должен был знать, что я стану делать. Я вошла в облетевший зимний лес. Тающий снег крупными каплями стекал мне на лицо и волосы. Я уходила все дальше, пока уже не могла никого толком разглядеть. Зимой предметы заметны за много ярдов, но я ушла достаточно далеко для нашей маленькой игры в притворяшки.

Я свернула к задней стороне дома. Кроссовки промокли от тающего снега, пропитанная водой палая листва хлюпала и скользила под ногами. У меня были с собой оба пистолета и два ножа — я заменила тот, который так и не вернула Гретхен. У меня их было четыре, сделанных на заказ. Довольно трудно подобрать нож с достаточно высоким содержанием серебра, чтобы он убивал чудовищ и притом хорошо держал заточку.

Но убивать я никого не должна. Моя работа — проникнуть внутрь, найти Луи и завопить, зовя на помощь. Если из дома зовут на помощь, полиция имеет право войти — таковы правила. Если бы Дольф не боялся, что Луи убьют, он бы ни за что мне не позволил это проделать. Но закон там или не закон, а сидеть снаружи, пока твой подозреваемый расправляется с очередной жертвой, — это тяжело переварить.

Я притаилась на опушке леса, выходящей к задней стороне дома. Задняя дверь вела на закрытую веранду. Застекленная дверь вела в дом, и еще одна дверь была сбоку. Почти все дома в Сент-Луисе имеют подвалы, и в старых домах войти в них можно только снаружи. Добавьте сюда маленькое крылечко и дверцу. Если надо кого-то спрятать, подвал вполне подойдет. Если это окажется чулан для веника, я просто не войду.

Я осмотрела окна верхнего этажа. Шторы закрыты. Если оттуда кто-то наблюдает, мне этого не видно. Остается надеяться, что наблюдателю не будет видно меня.

Я пересекла открытое место, не вынимая пистолета. Это ведьмы. Ведьмы в тебя не стреляют — как правило. Они вообще не очень практикуют насилие. Настоящее ведовство ничего общего не имеет с человеческими жертвами, однако под словом «ведьма» понимается слишком много разного. Некоторые из называемых этим словом могут тебя здорово напугать, но вряд ли застрелят.

Я пригнулась возле двери, ведущей на веранду, и поднесла руку как можно ближе к дверной ручке, не прикасаясь. Жара не чувствуется, не чувствуется... Черт, для этого нет нужного слова. В общем, заклятия на ней не было. Даже добрые волшебницы иногда заговаривают наружные двери, чтобы те либо оповестили о взломщике, либо что-то другое сделали. Скажем, ты вошел и ничего не возьмешь. Заклятие к тебе прилипнет и позволит колдунье тебя найти. Злые ведьмы нацепляют на двери вещи и похуже. Так как мы уже знаем, какого рода колдуньи в доме, осторожность не помешает.

Я сунула в щель двери острие ножа, чуть поковырялась, и дверь открылась. Еще не проникновение, но определенно взлом. Арестует меня Дольф за это? Вряд ли. Вот если Эльвира вынудит меня застрелить ее при свидетелях, тогда — может быть.

Я подошла ко второй двери, той, которая, по моим предположениям, вела в подвал. Я провела над ней рукой — и вот оно, здесь. Заклятие. Я не колдунья и снимать заклятия не умею. Мой предел — это их ощутить. Конечно, еще одно — я умею их взламывать. Но это выброс необработанной энергии, направленной на заклятие. Я просто вызвала в себе то, что позволяет мне поднимать мертвых, и схватилась за ручку. До сих пор все получилось, но это — как выбивать дверь, не зная, что ждет на той стороне. Когда-нибудь получишь заряд из обреза прямо в морду.

Главная трудность была в том, что даже если я без вреда для себя миную заклятие, тот, кто его наложил, будет об этом знать. Черт побери, грамотная ведьма могла почуять нарастание силы еще до того, как я коснулась двери. Если Луи там, за дверью — отлично. Я войду и буду его охранять, пока по моему крику не явится кавалерия. Если его там нет, они могут убить его в панике, заметая следы.

Вообще колдуньи, добрые или злые, до определенной степени поклоняются природе. Если бы это были настоящие черные маги, место церемонии было бы где-нибудь на открытом воздухе. Но для этих вполне может сойти темнота и закрытое помещение.

Если бы я планировала человеческую жертву, я бы постаралась хранить объект как можно ближе к месту церемонии. Но это только шанс. Если я ошибаюсь и они убили Луи... Нет. Не имеет смысла переживать худший исход заранее.

Сейчас все еще день. Зимнее солнце — серое и слабое, но еще светло. Мои способности не могут проявиться до темноты. Я могу при свете дня ощутить мертвого и многое другое, но с ограничениями. Последний раз, когда я это делала, уже было темно. Мой подход к магии был такой же, как и ко всему остальному, — в лоб, грубой силой. Где я действительно рискую — это предполагая, что моя сила больше силы того, кто наложил заклятие. Считая — теоретически, — что я могу выдержать трепку посильнее, чем состряпал создатель заклинания.

Будет ли это так при свете дня? Сейчас выясним. Вопрос: заклинание на дверной ручке? Может быть. Я бы заперла дверь, есть на ней заклятие или нет. Просто чтобы исключить обычного человека.

Вытащив браунинг, я отошла от двери и сосредоточилась на точке рядом с замком, но не вплотную, и стала ждать, пока в мире остался только этот кусочек дерева. В ушах орала тишина. Я ударила ногой, вложив все силы. Дверь задрожала, но не открылась. Еще два удара, и дерево треснуло. Замок не выдержал.

Это не была вспышка света. Посторонний наблюдатель ничего бы не заметил, кроме того, что я упала назад. Все тело дернулось, будто я сунула палец в розетку.

В доме послышался звук бегущих ног. Я подползла к открытой двери, встала, цепляясь за перила. В лицо мне ударил порыв прохладного ветра, и я пошла вниз по ступеням, еще не уверенная, что могу идти. Мне надо найти Луи раньше, чем Эльвира меня застукает. Если я не найду доказательства, она может потребовать моего ареста за взлом и проникновение, и наше положение станет еще хуже, чем раньше.

Я ковыляла вниз по лестнице, одной рукой мертвой хваткой цепляясь за перила, в другой держа пистолет. Темнота была бархатно-черной. Ни черта не было видно вне узкой полоски дневного света. Даже для моего ночного зрения кое-какой свет нужен. За моей спиной послышались шаги.

— Луи, ты здесь?

Что-то зашевелилось подо мной в темноте. Что-то большое.

— Луи?

Наверху лестницы стояла Эльвира, обрамленная светом, как ореолом вокруг всего тела.

— Миз Блейк, я вынуждена потребовать, чтобы вы немедленно покинули мой дом.

У меня до сих пор дергалась кожа от того, что было на замке. Только держась за перила, я еще могла стоять.

— Это вы наложили на дверь заклятие?

— Да.

— Умеете.

— Очевидно, недостаточно. И все же я вынуждена потребовать, чтобы вы поднялись сюда и покинули мое владение немедленно.

Внизу раздалось тяжелое рычание. Очень мало похожее на голос крысы и уж совсем не похожее на человеческое.

— Ну-ка, выходи, — сказала я.

Рычание стало громче, ближе. В бледной полосе света мелькнуло что-то большое и мохнатое. Взгляда мне хватило. Я потом всегда могу сказать, что приняла его за Луи. Прижавшись к перилам, я завопила, завопила, зовя на помощь, во всю силу своих легких.

Эльвира быстро оглянулась. Послышались отдаленные крики полицейских, вломившихся в переднюю дверь.

— Будь ты проклята!

— Слова мало чего стоят, — ответила я.

— Это будут не только слова, когда я найду время.

— Флаг тебе в руки.

Она побежала в дом, не от него. Я ошиблась? Луи все время был в доме, а я оказалась здесь с каким-то посторонним меховым шаром? С Джейсоном?

— Джейсон?

По лестнице что-то поднялось и выглянуло в тусклый свет. Собака. Большой и мохнатый беспородный пес, размером с пони, но не оборотень.

— А, черт!

Он снова на меня зарычал. Я встала и пошла вверх по лестнице. Мне не хотелось в него стрелять без крайней необходимости. Где Дольф? Он уже должен был бы быть здесь.

Пес дал мне подняться по лестнице. Очевидно, ему полагалось защищать только подвал. Меня устраивает.

— Хорошая собачка!

Я поднималась, пока не дошла до выломанной двери. Я закрыла ее, потянув за ручку. Пес ударил в нее с рычанием, и она закрылась под его тяжестью.

Я медленно открыла заднюю дверь дома. Кухня была узкой, длинной и в основном белой. С другого конца дома доносились голоса, и тут же дом заполнился низким рычанием, отдавшимся эхом в комнатах. У меня волосы на шее поднялись дыбом.

— Мы не можем допустить, чтобы здесь кто-то пострадал, — говорил Дольф.

— Именно, — отвечала Эльвира. — Немедленно уходите, и никто не пострадает.

— Этого мы не можем.

Из кухни в гостиную, к голосам, вел коридор, образованный одной стеной и лестницей. Я проверила лестницу — пусто. Я пошла дальше, на голоса. Рык повторился, ближе.

— Анита, быстро сюда! — заорал Дольф.

От этого я подпрыгнула — он еще не мог меня видеть. Вход в гостиную был открытым дверным проемом. Эльвира стояла лицом к ним, и рядом с ней стоял волк размером с пони. При беглом взгляде его можно было принять за большую собаку — отличное прикрытие. Соседи будут думать, что это собака и есть.

А вторым был леопард. Черный леопард, при взгляде на которого устыдился бы любой хэллоуинский котенок. Леопард загнал Зебровски в угол, и его блестящая меховая спина доходила полицейскому до пояса. Господи, просто кот из ада.

Почему они не стреляют? Полиции разрешается стрелять для самозащиты.

— Вы Луи Фейн или Джейсон? — спросил Дольф. Я поняла, что он обращается к оборотням. Какого рода оборотень Луи, я ему не сказала, а Джейсон — волк. Волк может быть Джейсоном. Хотя почему они помогают Эльвире, я не знала. Может быть, мне и не надо было этого знать.

Я встала и вышла из-за угла. Может, это было слишком резкое движение, а может, гигантская кошка просто нервничала. Леопард прыгнул на Зебровски, и тот выстрелил.

Волк повернулся ко мне. Мир стал медленным-медленным. Мне всю жизнь предстояло глядеть вдоль ствола и давить на курок. Стреляли все пистолеты в комнате. Волк свалился с моей пулей в черепе. Кто еще принимал участие — не знаю.

Крики Зебровски отдавались в комнате эхом — леопард сидел на нем, полосуя лапами.

Дольф выстрелил еще раз, отбросил пистолет и кинулся в схватку. Он схватил леопарда, и тот повернулся, отмахнув Дольфа кинжалами когтей. Дольф вскрикнул, но зверя не выпустил.

— Ложись, Дольф, и я его сниму!

Дольф попытался уйти с дороги, но гигантский кот прыгнул на него и вместе с ним рухнул на пол. Я шагнула вперед, вытягивая руку с пистолетом, но они катались по полу клубком. Если я застрелю Дольфа, он будет так же мертв, как если его загрызет леопард.

Упав рядом с ними на колени, я ткнула стволом в мягкое мохнатое тело. Когти полоснули по плечу, но я выстрелила дважды. Тварь подпрыгнула, задергалась и издохла.

Дольф смотрел на меня, моргая. У него на щеке был кровавый порез, но он был жив. Я встала. Левая рука онемела — ей досталось всерьез. Когда онемение пройдет, мне захочется оказаться поближе к врачам.

Зебровски лежал на спине. Крови было много. Я опустилась возле него на колени. Положив браунинг на землю, я попыталась нащупать пульс на сонной артерии. И нашла, хотя и нитевидный. Ниже середины тела было кровавое пятно. Я стащила с него пальто — и меня чуть не вырвало. Да, Зебровски бы надо мной за это издевался. Чертов кот его почти выпотрошил — в прореху вылезали внутренности.

Я попыталась стянуть с себя жакет, чтобы закрыть ему рану, но левая рука не слушалась.

— Помогите кто-нибудь!

Никто не двинулся.

Кирлин уже заковала миз Дрю в наручники, и теперь было ясно, что под платьем у ведьмы ничего нет. Она плакала, плакала по погибшим товарищам.

— Жив? — спросил Дольф.

— Да.

— Я вызвал «скорую», — сказал полицейский в форме.

— Идите сюда, помогите мне остановить кровь!

Он посмотрел на меня вроде как пристыженно, но ни он, ни Кирлин не сделали ко мне ни шагу.

— Вы что, оглохли или охренели? Помогите, говорю!
— Не хотим этого подцепить.
— Этого?
— Ну, болезни.

Я подползла к леопарду. Он даже мертвый был огромен, почти в три раза больше нормального. Пошарив по его брюху, я это нашла. Застежка. Не пряжка, не ремень, а застежка, где удален мех. Внутри — голое человеческое тело. Я сдвинула кожу, чтобы им было видно.

— Это оборотни, но не ликантропы. Это заклятие, и оно не заразно, трусливое ты дерьмо!

— Анита, не дави на них, — сказал Дольф голосом таким отдаленным, что я его даже не узнала.

Полицейский стащил с себя куртку и вроде как набросил ее на раненого. Он прижал ее, но застенчиво, будто боялся крови.

— Пошел вон!

Я навалилась на тело, всей своей тяжестью сдерживая внутренности от расползания. Они шевелились у меня под руками, как живые, скользкие и теплые, почти горячие.

— Когда вашей группе выдадут наконец серебряные пули, мать их так? — спросила я.

Дольф чуть не рассмеялся.

— Обещают.

Может, купить им несколько коробок на Рождество? Господи, прошу тебя, пусть будет Рождество для нас для всех. Я глядела на побледневшее лицо Зебровски. Очки он потерял в схватке. Я оглянулась — их не было. Почему-то мне было очень важно найти его очки. И я стояла на коленях посреди крови и ревела, потому что не могла найти этих проклятых очков.

37

Зебровски зашили. Доктора нам ничего конкретного не говорили — состояние соответствует степени повреждений, прогноз осторожный. Дольфа тоже забрали в госпиталь. Не так плохо, но день-другой его продержат. Зебровски так и не пришел в себя, когда его увозили. Я ждала. Кэти, его жена, приехала где-то в середине этого ожидания.

Мы с ней виделись всего второй раз. Это была маленькая женщина с гривой темных волос, свободно завязанных на затылке. Без единого мазка косметики она все равно была красива. Как Зебровски смог такую подцепить, я не понимала.

Она подошла ко мне, темные глаза расширены от волнения. Сумочку она держала крепко, как щит, сильно сминая ее пальцами.

— Где он? — спросила она высоким с придыханием детским голосом. У нее он всегда был такой.

Я не успела ничего сказать, как из распахнувшихся дверей в конце коридора появился доктор. Кэти уставилась на него, и кровь отхлынула от ее лица начисто.

Я подошла и встала рядом с ней. Она глядела на приближающегося доктора, как на чудовище из страшного кошмара. Может быть, более точное сравнение, чем мне бы хотелось.

— Вы миссис Зебровски? — спросил он.

Она кивнула. Руки ее впились в сумочку, еще чуть-чуть — и прорвут насквозь.

— Состояние вашего мужа стабильно. Выглядит хорошо. Опасности для жизни нет.

Значит, Рождество все-таки будет.

Кэти тихо вздохнула, и у нее подогнулись колени. Я подхватила ее обмякшее тело. Нет, в ней никак не девяносто фунтов.

— У нас тут есть комната отдыха, если вы сможете... — Он с сомнением поглядел на меня и пожал плечами.

Я подняла Кэти Зебровски на руки, поймала равновесие и сказала:

— Ведите.

Я оставила Кэти возле кровати Зебровски. Он держался за ее руку, будто знал, что она здесь. Может быть, так оно и было. Люсиль, жена Дольфа, тоже была здесь — поддержать Кэти на всякий случай. Глядя на бледное лицо Зебровски, я молилась, чтобы не было «всякого случая».

Сначала я думала подождать, пока Зебровски очнется, но доктор мне сказал, что это будет скорее всего завтра, а столько времени мне без сна не продержаться. От новых швов у меня сместился крестообразный шрам на левой руке. Следы когтей вывернулись в сторону, миновав холмик рубцовой ткани на сгибе руки.

Когда я несла Кэти, часть швов разошлась, и теперь они кровили сквозь бинты. Доктор, который оперировал Зебровски, лично их зашил. И при этом все время пялился на шрам.

Рука болела и была забинтована от запястья до локтя. Зато мы все живы. Что да, то да.

Такси высадило меня возле моего дома в еще приличное время. Луи был обнаружен в подвале опоенным и связанным. Эльвира призналась в снятии кожи с вервольфа, леопарда-оборотня и попытке содрать кожу с наги. Джейсон в доме найден не был. Она отрицала, что вообще его видела. Зачем ей вторая вервольфья кожа? Шкура крысолюда предназначалась для нее — по ее словам. На вопрос, кому предназначалась кожа змеи, она сказала — для нее самой. Ясно, что был еще один участник, которого она выдавать не хочет.

Она была колдунья и использовала волшебство для убийства. Это автоматически означало смертный приговор. И этот приговор приводился в исполнение в течение сорока восьми часов. Без апелляций, без помилований — верная смерть. Адвокаты пытались уговорить ее сознаться по поводу других исчезновений. Если она в них признается, они, быть может, добьются смягчения приговора. Быть может. Ведьма-убийца — я не верила, что им удастся смягчить приговор, но все бывает.

Ричард сидел под дверью моей квартиры. Я не ожидала его встретить — в ночь полной луны со всеми вытекающими. Я ему оставила на автоответчике сообщение, что Луи найден целым и почти невредимым.

Полиция вообще старалась все сохранить в тайне, особенно личность Луи. Мне хотелось думать, что это у них получится. В любом случае он остался жив. Собаку забрала служба надзора за животными.

— Я получил твое сообщение, — сказал он. — Спасибо, что спасла Луи.

— Всегда пожалуйста, — ответила я, вставляя ключ в замок.

— Мы не нашли Джейсона. Ты действительно думаешь, что он у ведьм?

Я открыла дверь. Ричард вошел вслед за мной и закрыл ее.

— Не знаю. Мне это тоже не дает покоя. Если бы Джейсона увела она, он был бы там.

Волк, когда его освободили от шкуры, оказался неизвестной мне женщиной.

Я пошла в спальню, как будто была одна, Ричард за мной. Все было каким-то далеким, легким и чуть нереальным. Мне отрезали рукав жакета и свитера. Жакет я бы попыталась спасти, но думала, что он все равно уже безнадежно испорчен. Еще они перерезали ножны в левом рукаве. И чего это хирурги в госпиталях рвутся все отрезать?

Ричард подошел сзади, поднес руки к моей раненой руке, не касаясь.

— Ты мне не сказала, что ранена.

Тут зазвонил телефон, и я автоматически сняла трубку.

— Анита Блейк? — спросил мужской голос.

— Я.

— Это Уильямс, натуралист из Центра Одубона. Я тут прослушал несколько лент с криками сов, которые записывал ночью. На одной из них записался звук такой, что я бы поклялся, что это голос гиены. Я сказал полиции, но они не поняли важность факта. Вы понимаете, что может означать в этих местах голос гиены?

— Гиена-оборотень, — сказала я.

— Да, я тоже так подумал.

Никто ему не говорил, что убийца почти наверное вервольф. Но один из пропавших оборотней был гиеной. Может быть, Эльвира и в самом деле имеет отношение не ко всем пропавшим оборотням?

— Вы сказали, что сообщили полиции?
— Да, сообщил.
— Кому?
— Я звонил в офис шерифа Титуса.
— И с кем вы говорили?
— С Айкенсеном.
— Вы точно знаете, что он сказал Титусу?
— Нет, но зачем ему было бы это скрывать?

В самом деле, зачем?

— Там кто-то пришел, я сейчас открою. Подождете минутку?
— Я думаю...
— Сейчас я вернусь.
— Уильямс, Уильямс, не открывайте дверь!

Но я уже говорила в пустоту. Послышались его шаги к двери. Она открылась, я услышала удивленный возглас. Потом более тяжелые шаги.

Кто-то взял трубку. Слышно было дыхание, но больше ничего.

— Говори, сукин ты сын!

Дыхание стало тяжелее.

— Айкенсен, если ты ему что-нибудь сделал, я тебе твой собственный хрен скормлю с ножа!

Он засмеялся и повесил трубку. И я не могла бы сказать на суде, кто это был.

— Черт, черт, черт!
— Что случилось?

Я позвонила в справочную узнать номер полиции Уиллотона и нажала кнопку, которая набрала этот номер автоматически за небольшую плату.

— Анита, в чем дело?

Я подняла руку, прося его подождать. Ответила женщина.

— Помощник начальника Холмс?

Это была не она. После заявления, что речь идет о жизни и смерти, меня соединили с Гарровеем. Я не повысила голос в разговоре с женщиной — куча очков в мою пользу.

Гарровею я изложила сжатую версию.

— Не могу поверить, что даже Айкенсен может быть втянут в такое дело, но пошлю машину проверить.

— Спасибо.

— Почему ты не звонила 911? — спросил Ричард.

— Они бы связались с полицией округа. Может быть, Айкенсен даже получил бы назначение на этот вызов.

Я боролась с изувеченным жакетом. Ричард помог мне стащить его с левого плеча, а то я никогда бы сама не справилась. Сняв его, я поняла, что мне больше нечего надеть. Два пальто за два дня. Осталось только одно, и я взяла его. Ярко-красное и длинное. Я его надевала всего два раза, и оба раза на Рождество. Красное пальто выделяется даже ночью. Если надо будет кого-то скрадывать, придется его снять.

Ричард помог мне натянуть левый рукав. Все равно было больно.

— Поехали за Джейсоном, — сказал Ричард.

Я глянула на него.

— Ты никуда не поедешь, разве что туда, куда ездят ликантропы в полнолуние.

— Ты даже не можешь сама надеть пальто. Как ты поведешь машину?

Он был прав.

— Тебе может грозить опасность.

— Я — взрослый вервольф, а сегодня полнолуние. Как-нибудь справлюсь.

Взгляд его сделался далеким, будто он слышал голоса.

— Ладно, поехали, но первым делом мы едем спасать Уильямса. Думаю, оборотни близко от его жилья, но я точно не знаю где.

Ричард стоял, одетый в свой длинный пыльник. На нем была белая футболка, пара джинсов с разорванным коленом и более чем заслуженные ботинки.

— Зачем ты оделся, как оборванец?

— Если я перекидываюсь в одежде, она всегда рвется. Так что это предосторожность. Ты готова?

— Да.
— Поехали, — сказал он. Что-то в нем изменилось. Напряжение ожидания, как у воды, готовой вот-вот хлынуть через край. Я глянула в его глаза, и что-то мелькнуло в них. Что-то мохнатое, ждущее своего часа.

Я поняла, что за чувство от него исходит. Нетерпение. Зверь Ричарда выглядывал в эти карие глаза и рвался наружу, заняться своим делом.

Что я могла сказать? Мы вышли.

38

Эдуард стоял, прислонясь к моему джипу и скрестив руки на груди. От его дыхания шел пар — после темноты температура упала на двадцать градусов* и снова вернулся мороз. Талая вода замерзла опять, и под ногами скрипел снег.

— Что ты здесь делаешь, Эдуард?
— Я собирался зайти к тебе, когда увидел, как ты выходишь.
— Чего ты хочешь?
— Принять участие в игре.

Я уставилась на него:

— Вот именно так? Ты не знаешь, чем я занята, но хочешь урвать себе долю?
— Когда я иду за тобой, это позволяет мне перебить массу народу.

Горько, но правда.

— Нет у меня времени спорить. Залезай.

Он сел на заднее сиденье.

— И кого мы будем убивать этой ночью?

Ричард завел мотор, я пристегнулась.

— Увидим. Предатель-полисмен да еще тот или те, кто похитил семерых оборотней.
— Это работа не ведьм?
— Не вся их.

---

* по Фаренгейту. Примерно 11° по Цельсию. — *Примеч. пер.*

— Как ты думаешь, ликантропов сегодня будем убивать?

Я думаю, это он хотел поддразнить Ричарда. Ричард не клюнул.

— Я все думаю, кто мог похитить их всех без борьбы. Это должен быть кто-то, кому они верили.

— А кому бы они могли верить? — спросила я.

— Одному из нас, — ответил он.

— Вот это да! — сказал Эдуард. — Есть в сегодняшнем меню ликантропы.

Ричард не стал спорить. Если он не обижается, то и мне не стоит.

39

Уильямс лежал на боку, скорчившись. Он был убит выстрелом в сердце с близкого расстояния. Два выстрела. Вот тебе и докторская.

Одна его рука охватывала рукоять «магнума» калибра 357. Я могла бы ручаться, что на коже руки есть следы пороха, будто стрелял он сам.

Заместитель начальника полиции Холмс и ее напарник, имени которого я не запомнила, лежали мертвыми в снегу. У нее почти вся грудь была разворочена из «магнума». Эльфийские черты лица обвисли и уже не были такими хорошенькими. Глаза ее смотрели прямо в небо, она не казалась спящей. Она казалась мертвой.

У ее напарника почти не было лица. Он рухнул в снег, забрызгав его мозгами и кровью. В руке он все еще сжимал пистолет.

Холмс тоже успела достать оружие, хотя это ей мало помогло. Вряд ли кто-нибудь из них застрелил Уильямса, но я ставлю свое месячное жалованье, что это было сделано из их оружия.

Опустившись на колени в снег, я с чувством сказала:

— Ч-черт!

Ричард стоял возле Уильямса и глядел, будто запоминая.

— У Сэмюэла не было оружия. Он даже охотиться терпеть не мог.

— Ты его знал?

— Я же в Одубоне работаю.

Я кивнула. Все это казалось не настоящим. Инсценированным. И это ему сойдет с рук? Нет.

— Он труп, — тихо сказала я.

Эдуард подошел ко мне.

— Кто труп?

— Айкенсен. Он все еще ходит и говорит, но он уже мертв. Он еще просто этого не знает.

— И где нам его найти? — спросил Эдуард.

Хороший вопрос. На который у меня не было хорошего ответа. Тут у меня запиликал пейджер, и я вскрикнула. Так, тихо пискнула от неожиданности. С замиранием сердца посмотрела на номер.

Номер был незнакомый. Кто бы это мог быть, и настолько ли это важно, чтобы перезванивать сегодня? Свой номер пейджера я оставила в больнице. Их телефона я не знаю. Надо ответить. Черт, мне еще предстоит звонить Гарровею и сообщать, что его люди нарвались на засаду. Ладно, обоим позвоню из дома Уильямса.

Я потащилась к дому, Эдуард за мной. Уже возле крыльца я сообразила, что Ричард с нами не пошел. Я обернулась — он стоял на коленях возле тела Уильямса. Сначала мне показалось, что он молится, но потом поняла, что он трогает окровавленный снег. Я действительно хочу узнать, так ли это? Да.

Я вернулась, Эдуард остался возле крыльца даже без моей просьбы — очко в его пользу

— Ричард, что с тобой?

Дурацкий вопрос, когда перед ним лежит труп человека, которого мы оба знали. Но что еще можно было спросить?

Его рука сжалась, сминая окровавленный снег. Он потряс головой. Я думала, что он разозлен или поражен горем, но тут заметила испарину у него на лице.

Он поднял лицо. Глаза его были закрыты. Полная и яркая, тяжелым серебром плыла над нами луна. В такой дали от города было светло почти как днем. По небу плыли клочки облаков, сияющие в лунном свете.

— Ричард?

— Я знал его, Анита. Мы вместе ходили записывать птиц. Мы обсуждали его докторскую. Я знал его, а сейчас все, о чем я могу думать, — как пахнет кровь и какая она еще теплая.

Он открыл глаза. В них была и скорбь тоже, но в основном — тьма. Из глаз Ричарда выглядывал его зверь.

Я отвернулась — не могла выдержать этого взгляда.

— Мне надо позвонить в полицию. Не жри улик.

И я пошла прочь по снегу. Трудная ожидается ночь.

Позвонила я с телефона в кухне Уильямса. Сначала Гарровею — рассказала ему, что случилось. Когда он снова смог дышать, он выругался и сказал, что приедет сам. Наверное, думал, не повернулось ли бы все иначе, если бы он поехал с самого начала. Командовать всегда тяжелее, чем делать самому.

Я повесила трубку и набрала номер, присланный мне на пейджер.

— Да?

— Это Анита Блейк. Ваш номер был оставлен у меня на пейджере.

— Анита, это Каспар Гундерсон.

Человек-лебедь.

— Да, Каспар, в чем дело?

— У вас ужасный голос. Что-нибудь случилось?

— Много чего, но зачем вы меня искали?

— Я нашел Джейсона.

Я выпрямилась.

— Вы шутите?

— Нет, я его нашел. Он сейчас у меня в доме, я пытаюсь связаться с Ричардом. Вы не знаете, где он?

— Со мной.

— Отлично! — выдохнул Гундерсон. — Он может приехать заняться Джейсоном, пока тот не перекинулся?

— Ну, наверное, да. А зачем?

— Анита, я всего лишь птица, а не хищник. Мне с новичком-вервольфом не справиться.

— Ладно, я ему скажу. Где ваш дом?

— Ричард знает. Мне надо вернуться к Джейсону, заставить его успокоиться. Если он не выдержит до прихода Ричарда, я побежал прятаться. Так что, если я не открою вам дверь, вы будете знать, что случилось.

— Вам грозит от него опасность?

— Поторопитесь, ладно?

Он повесил трубку.

Ричард вошел в дом. Он стоял у двери с заинтересованным лицом, будто слушал музыку, доступную только ему.

— Ричард?

Он медленно повернулся на звук моего голоса, как на видеоленте, пущенной на малой скорости. Глаза у него были светло-желтыми, цвета янтаря.

— О Господи! — ахнула я.

Он не отвернулся, только моргнул и спросил:

— В чем дело?

— Звонил Каспар. Он нашел Джейсона и пытался связаться с тобой. Говорит, что он не управится с Джейсоном после перемены.

— Значит, с Джейсоном все в порядке.

— А с тобой?

— Нет. Мне придется вскоре перекинуться, иначе луна сама выберет за меня время.

Я не была уверена, что поняла, но пусть объяснит в машине по дороге.

— Эдуард поведет машину на случай, если луна выберет время на сорок четвертом шоссе.

— Хорошая мысль, только дом Каспара в горах.

— Отлично, тогда поехали.

— Тебе придется оставить там меня с Джейсоном.

— Зачем?

— Я прослежу, чтобы он никого не тронул, но ему надо будет охотиться. Там в лесу есть олени.

Я глядела на него. Это по-прежнему был Ричард, мой милый, но... Немного пугали эти светло горящие глаза на темном лице.

— Ты не будешь перекидываться в машине?

— Нет, тебе от меня опасность не грозит. Я держу своего зверя под контролем — это и значит быть вервольфом альфа.

— Насчет быть съеденной я не волнуюсь, — сказала я. — Мне только не хочется, чтобы ты залил мне сиденье этой светлой дрянью.

Он просиял улыбкой. Она была бы более успокаивающей, если бы не зубы чуть острее обычного.

Господи Иисусе!

40

Дом Каспара Гундерсона был построен из камня, а может быть, только облицован камнем. Стены сложены из светлых кусков гранита. Отделка была белой, деревянная крыша — светло-серой. Чистый и аккуратный дом, но умудрявшийся при этом выглядеть по-деревенски грубоватым. Находился он на поляне на вершине холма. Дорога заканчивалась около дома. Разворот там был, но дальше дороги не было.

Ричард позвонил в дверь, Каспар открыл. На его лице читалось облегчение.

— Ричард, слава Богу, это ты. Он пока еще держит человеческую форму, но боюсь, он вряд ли долго продержится.

Каспар придержал для нас дверь.

Мы вошли и увидели у него в гостиной двух незнакомых людей. Тот, что слева, был низкорослым, черноволосым и в очках с проволочной оправой. Второй — повыше, светлый, с рыжеватой бородой. Эти двое были единственным элементом, выделявшимся из интерьера — гостиная была белой. Ковер, диван, два кресла, стены — все белое. Как будто стоишь внутри шарика ванильного мороженого. Диван точно такой же, как у меня, — надо будет купить новую мебель.

— Кто это такие? — спросил Ричард. — Это ведь не наши.

— Это точно. — Голос Титуса. Шериф стоял в дверном проеме, ведущем в кухню, и в руке у него был пистолет. — Никому не двигаться.

Южный акцент Титуса был тяжел, как кукурузная лепешка.

Из внутренней двери дома вышел Айкенсен с еще одним «магнумом» в руке.

— Ты их ящиками покупаешь? — спросила я.

— Мне понравилась твоя угроза по телефону, — сказал он. — Я просто весь дрожу.

Я шагнула вперед, хотя и не собиралась.

— Не надо, — сказал Айкенсен, наводя пистолет мне в грудь. Титус держал под прицелом Ричарда. Двое в креслах тоже достали оружие. Веселая вечеринка.

Эдуард за моей спиной стоял неподвижно. Я почти ощущала, как он взвешивает шансы. И тут у нас за спиной щелкнул затвор винтовки. Все мы вздрогнули, даже Эдуард. Позади стоял еще один человек, седой, с залысинами. В руках у него была винтовка, направленная в голову Эдуарда. После выстрела с такого расстояния хоронить нечего.

— А ну-ка руки вверх!

Мы подняли руки. А что было делать?

— Всем переплести пальцы на затылке, — велел Титус.

Мы с Эдуардом сделали это так, будто раньше тренировались. Ричард помедлил.

— Быстро, волколак, а то тебя завалю, где стоишь, а все остальные пули получит твоя подружка.

Ричард переплел пальцы.

— Каспар, что происходит?

Каспар сидел на диване — нет, не сидел, развалился. И был он доволен, как сытый кот... Ладно, сытый лебедь.

— Эти джентльмены заплатили целое состояние за охоту на ликантропов. Я им даю дичь и место для охоты.

— А Титус и Айкенсен гарантируют, что никто ничего не найдет?

— Я ж говорил вам, миз Блейк, что мы немножко охотимся, — сказал Титус.

— А тот мертвец — один из ваших охотников?

Глаза его дернулись — не то чтобы отвернулись, но шевельнулись.

— Да, миз Блейк, это был один из них.

Я глядела на двоих в креслах с пистолетами. На седого в дверях я оглядываться не стала.

— Вы трое считаете, что охота на оборотней стоит того, чтобы за нее умереть?

Темноволосый глядел на меня из-за очков, и глаза его были отстраненными и спокойными. Если ему и было неловко направлять оружие на собрата по человечеству, он этого не показывал.

Взгляд бородатого обегал всю комнату, нигде не останавливаясь. Он явно не получал от всего этого удовольствия.

— А почему вы с Айкенсеном не прибрали место убийства до того, как Холмс и ее напарник увидели тело?

— Мы охотились на вервольфов, — ответил Айкенсен.

— Каспар, мы же твой народ, — сказал Ричард.

— Нет уж, — ответил Каспар, вставая. — Вы не мой народ. Я не ликантроп. У меня это даже не наследственное. Меня прокляла колдунья, и было это так давно, что я уже даже забыл.

— Ты ждешь от нас сочувствия? — спросила я.

— Нет. Я даже не думаю, что мне полагается объясняться. Вы двое вели себя со мной достойно, и мне полагалось бы чувствовать вину. — Он пожал плечами. — Это будет наша последняя охота. Большое гала-представление.

— Если бы ты убил Райну и Габриэля, я бы почти что тебя поняла, — сказала я. — Но что тебе сделали те ликантропы, которых ты помогал убивать?

— Помню, когда колдунья сказала мне, что она сделала, я себе представлял, как стану огромной кровожадной тварью, и мне это нравилось. Я все еще мог бы охотиться. Убивать своих врагов. А вместо этого... — Он широко развел руками.

— Ты их убил, потому что они были такими, каким ты хотел быть, — сказала я.

Он чуть улыбнулся.

— Зависть, Анита. Ревность. Это очень горькие чувства.

Я думала обозвать его подонком, но это было бы без пользы. Семеро погибли только потому, что этому сукину сыну не нравилось быть птицей.

— Этой колдунье надо было тебя убить, и очень медленно.

— Она хотела, чтобы я понял урок и покаялся.

— Я не очень ценю покаяние, — сказала я. — Мне больше нравится месть.

— Если бы я не был уверен, что ты сегодня умрешь, я бы обеспокоился.

— Можешь беспокоиться, — сказала я.

— Где Джейсон? — спросил Ричард.

— А мы вас к нему проведем. Правда, ребята? — сказал Титус.

Эдуард не сказал ни слова. Я не знала, о чем он думал, только надеялась, что он не полезет за пистолетом. Если он это сделает, в этой комнате погибнут многие, и трое из погибших будем мы.

— Айкенсен, обыщи их.

Айкенсен ухмыльнулся и сунул свой «магнум» в кобуру. На нас смотрели только один револьвер, два автоматических пистолета и одна крупнокалиберная винтовка. Какой бы идеальной командой ни были мы с Эдуардом, у нас тоже есть свой предел.

Айкенсен охлопал Ричарда. Ему это нравилось до тех пор, пока он не заглянул Ричарду в глаза. Тут он слегка побледнел. Нервничает — хорошо.

Пинком он заставил меня расставить ноги. Я сердито на него посмотрела. Руки Айкенсена потянулись к моей груди — отсюда обыск не начинают.

— Если он попробует что-нибудь, кроме поисков оружия, я рискну выхватить пистолет.

— Айкенсен, обращайся с миз Блейк как с леди. Без глупостей.

Айкенсен встал передо мной на колени, провел ладонью по груди чуть выше сосков. Я ему двинула в нос правым локтем, брызнула кровь. Он покатился по земле, зажимая разбитый нос руками.

Темноволосый уже стоял, твердо направив ствол на меня. Отблеск света на очках скрывал выражение его глаз.

— Всем успокоиться! — скомандовал Титус. — Думаю, Айкенсен это заслужил.

Айкенсен встал с пола с покрытым кровью лицом и начал нашаривать пистолет.

— Если у тебя ствол покажется из кобуры, я тебя сам застрелю, — сказал Титус.

Айкенсен быстро и тяжело задышал ртом. При попытке дышать носом оттуда вылетали кровавые пузырики. Нос определенно был сломан. Не так приятно, как выпустить ему кишки, но для начала неплохо.

Айкенсен долго стоял на коленях, и в его глазах отражалась внутренняя борьба. Руки он держал на кобуре, но пистолет не вытаскивал. Ему настолько хотелось меня застрелить, что он почти готов был попытаться. Отлично. Наши чувства взаимны.

— Айкенсен, — тихо и очень серьезно сказал Титус, будто понял, что Айкенсен готов вытащить оружие. — Я говорю всерьез, мой мальчик. Не шути со мной.

Айкенсен поднялся, сплевывая кровь, пытаясь очистить рот.

— Ты сегодня подохнешь.

— Может быть, но не от твоей руки.

— Миз Блейк, если вы сможете сдержаться и не дразнить Айкенсена, чтобы он не пытался вас убить, я буду вам очень признателен.

— Всегда готова оказать содействие полиции.

Титус рассмеялся. Сукин сын.

— В наши дни преступники платят больше, миз Блейк.
— Чтоб ты сдох!
— А вот ругаться не надо. — Он сунул пистолет в кобуру. — Сейчас я обыщу вас, и ничего другого делать не буду. Выкиньте еще что-нибудь — и нам придется застрелить одного из вас, чтобы показать, что мы не шутим. Вы же не хотите потерять любимого. Или друга.

Он улыбнулся. Добрый старый шериф Титус. Дружелюбный. Расположенный.

Он нашел оба пистолета, потом охлопал меня еще раз. Наверное, я вздрогнула, потому что он спросил:
— Где вы повредили руку, миз Блейк?
— Помогала полиции раскрыть одно дело.
— Они допустили, чтобы ранили гражданского?
— Сержант Сторр и детектив Зебровски попали в госпиталь. Они были ранены при исполнении.

Что-то промелькнуло на этом толстом лице. Может быть, сожаление.

— Герои получают в награду только смерть, миз Блейк. Вам бы лучше было это запомнить
— Злодеи тоже погибают, Титус.

Он приподнял рукав моего пальто и забрал нож. Прикинул на руке.
— Сделано на заказ?

Я кивнула.
— Люблю хорошее оружие.
— Не потеряйте, я потом его у вас возьму.

Он хихикнул.
— А у вас есть присутствие духа, девушка, надо отдать вам должное.
— Зато ты гребаный трус.

Улыбка исчезла.
— Всегда оставлять за собой последнее слово — плохое качество, миз Блейк. Это людей злит.
— Для того и говорилось.

Он перешел к Эдуарду. Надо отдать Титусу справедливость: он был человек тщательный. У Эдуарда он отобрал оба пистолета, коротокоствольник и нож такой длины, что для Эдуарда он сошел бы за короткий меч. Я и понятия не имела, что он прячет нож.

— Слушай, кем ты себя считаешь? Той самой кавалерией, которая приходит на помощь?

Эдуард не сказал ни слова. Что ж, если он может сохранять спокойствие, я тоже могу. Слишком здесь много стрелков, чтобы злить одного и пытаться завалить других. У противника превосходство в численности и в вооружении. Не очень удачное начало недели.

— Теперь мы отведем вас вниз, — сказал Титус. — Чтобы вы вместе с нами приняли участие в охоте. Вас выпустят в лес. Если сумеете уйти, вы свободны. Можете найти ближайшего полисмена и сдать нас. Попробуете что-нибудь выкинуть раньше, чем мы вас отпустим, — и вас просто убьют. Все это поняли?

Мы молча на него смотрели.

— Я не слышу ответа.

— Мы слышали, что ты говорил, — сказала я.

— А ты, блондинчик?

— Я тоже слышал, — ответил Эдуард.

— А ты, волколак?

— Не смей меня так называть, — сказал Ричард, и в его голосе тоже не было особого испуга. Это хорошо. Если приходится умирать, умирай храбро. Это выводит врагов из себя.

— Можно нам теперь опустить руки? — спросила я.

— Нет, — ответил Титус.

У меня в левой руке начиналась пульсирующая боль. Если ничего больнее меня сегодня не ждет, это будет победа.

Первым пошел Айкенсен, за ним Ричард, сопровождаемый темноволосым со спокойными глазами. Потом бородатый. Потом я. Титус. Эдуард. За ним седой с винтовкой. Последним Каспар — замыкал торжественное шествие.

Лестница вела в естественную пещеру под домом. Она была размером футов шестьдесят на тридцать, а свод — вряд ли выше двенадцати футов. В дальней стене был ведущий наружу туннель. В электрическом свете пещера отливала желтым. В гранитных стенах были сделаны две клетки. В дальней в позе зародыша свернулся Джейсон. При нашем появлении он не шевельнулся.

— Что вы с ним сделали? — спросил Ричард.

— Попытались заставить его для нас перекинуться, — ответил Титус. — Вот этот птичкин сказал, что это будет просто.

У Каспара был такой вид, будто ему неприятно. Было тут дело в названии «птичкин» или в упрямстве Джейсона, трудно сказать.

— Он перекинется.

— Ты это уже говорил, — заметил седой.

Каспар нахмурился.

Айкенсен открыл пустую клетку. У него все еще текла кровь, и он зажимал нос пачкой салфеток, но это мало помогало. Пачка стала алой.

— Залезай, волколак, — сказал Титус.

Ричард не шевельнулся.

— Мистер Кармайкл, мальчика, будьте добры.

Темноволосый спрятал свой девятимиллиметровый автоматический пистолет, достал из-за пояса другой, двадцать второго калибра, и навел его на сжавшегося в комок Джейсона.

— Мы и без того думали уже всадить в него пулю — посмотреть, не убедит ли это его перекинуться. Лезь в клетку.

Ричард остался стоять.

Кармайкл сунул пистолет сквозь решетку, опуская руку.

— Не надо, — сказал Ричард. — Я пойду. — Он шагнул в клетку.

— Теперь ты, блондинчик.

Эдуард не стал спорить, а просто вошел. Он переносил все это куда лучше, чем я думала.

Айкенсен закрыл дверь, запер ее на замок и подошел ко второй клетке. Отпирать ее он не стал и остался стоять, прижимая к носу мокрые салфетки. На пол упала капля крови.

— А вы разделите кров с вашим юным другом.

Ричард вцепился в решетку клетки.

— Не смейте этого делать! Когда он переменится, ему надо будет есть!

— Две вещи способствуют изменению, — сказал Каспар, — кровь и секс. Я видел, как Джейсону понравилась твоя подруга.

— Каспар, не делай этого.

— Поздно, — ответил он.

Если я войду в клетку, мне предстоит быть съеденной заживо. Это один из пяти самых нежелательных для меня способов умирать. Не пойду я в эту клетку. Пусть лучше они меня пристрелят.

— Сейчас Айкенсен откроет клетку, и вы туда войдете, миз Блейк.

— Нет.

Титус посмотрел на меня в упор.

— Миз Блейк, тогда мистер Финштейн вас застрелит. Так, мистер Финштейн?

Бородатый с неспокойными глазами наставил на меня девятимиллиметровую «беретту». Симпатичный пистолет, если не держаться лозунга «покупайте американское». Ствол, когда смотришь на него не с того конца, кажется очень большим и твердым.

— Отлично, стреляйте.

— Миз Блейк, мы не шутим.

— Я тоже. Выбор между съедением заживо и пулей? Давайте пулю.

— Мистер Кармайкл, не подойдете ли сюда с двадцать вторым калибром? — Кармайкл подошел. — Мы можем вас ранить, миз Блейк. Всадить пулю в ногу, а потом втолкнуть в клетку.

Глядя в эти глаза-бусинки, я знала, что он на это способен. В клетку я идти не хотела, но уж тем более не хотела лезть туда раненой.

— Я посчитаю до пяти, миз Блейк, потом Кармайкл стреляет, и мы вас втаскиваем в клетку. Раз... два... три... четыре...

— Ладно, ладно, будьте вы прокляты. Открывайте дверь.

Айкенсен открыл, и я вошла. Дверь лязгнула, захлопываясь. Я осталась стоять возле нее. Джейсон затрясся, как в лихорадке, но позы не изменил.

Оставшиеся снаружи были разочарованы.

— Мы заплатили приличные деньги за охоту на вервольфа, — заявил седой. — И ничего не получили, что стоило бы этих денег.

— Джентльмены, у нас впереди целая ночь. Он не сможет долго устоять перед такой роскошной приманкой, — успокоил его Каспар.

Название «приманка» мне не понравилось, пусть она даже и роскошная.

— Я позвонила Гарровею и рассказала ему, что его люди попали в засаду. Рассказала ему, что это работа Айкенсена.

— Врете.

Я поглядела на него в упор.

— Вы думаете, что я вру?

— Может быть, нам стоит вас всех перестрелять и сбежать, миз Блейк?

— А этим джентльменам вернуть деньги?

— Мы хотим на охоту, Титус. — Трое вооруженных мужчин явно не собирались уходить, не получив своего развлечения.

— Полиция не знает про этого птичкина, — сказал Кармайкл, держатель двадцать второго калибра. — Пусть он останется наверху. Если они приедут задавать вопросы, он найдет ответы.

Титус обтер ладони об штаны. Нервничает, ладони потеют? Дай Бог, чтобы так.

— Она не звонила, она блефует, — сказал Айкенсен.

— Заставьте его перекинуться, — потребовал Кармайкл.
— Он на нее не обращает внимания, — заметил седой.
— Джентльмены, дайте время.
— Вы сказали, что у нас нет времени.
— Каспар, ты специалист. Придумай чего-нибудь.

Каспар улыбнулся, глядя мне за спину.

— Кажется, нам недолго еще ждать.

Я медленно обернулась. Джейсон все еще лежал, свернувшись клубком, но лицо его было обращено ко мне. Одним плавным движением он перекатился на четвереньки. Глаза его блеснули на меня, на мужчин с той стороны решетки.

— Я этого делать не буду. — Голос у него был напряженный, но нормальный. Человеческий голос.

— Ты слишком давно сдерживался, Джейсон, — сказал Каспар. — Луна встает, Джейсон. Ты чуешь страх этой женщины? Запах ее тела — слышишь? Ты же знаешь, что хочешь ее.

— Нет! — Он опустил голову до пола, вытянув руки и подтянув под себя колени. Потом потряс головой, прижимаясь лицом к камню. — Я вам не буду устраивать шоу, как стриптизер с панели!

— А не стоит ли предоставить Джейсону и миз Блейк некоторое уединение? — спросил Титус.

— Может быть, — ответил Каспар. — Кажется, он не любит публики.

— Мы вам дадим небольшую передышку, миз Блейк. Если, когда мы вернемся, вас не будет в живых — что ж, был рад нашему знакомству.

— Не могу ответить вам тем же, Титус.

— Ну что ж, это искренний ответ. До свидания, миз Блейк.

— Чтоб тебе гореть в аду, сука! — пожелал мне на прощание Айкенсен.

— Ты меня будешь вспоминать каждый раз, когда глянешь в зеркало, Айкенсен.

Он поднес руку к носу, но даже коснуться его было больно. Он состроил грозную физиономию, но это плохо получалось с прижатыми к носу салфетками.

— Чтоб тебе подыхать долго!
— И тебе того же.
— Каспар, прошу тебя, — сказал Ричард. — Не надо. Давай я для вас перекинусь. И дам за собой охотиться. Только выпусти Аниту.

Они остановились и посмотрели на Ричарда.

— Ричард, не лезь мне помогать!

— Я вам устрою отличную охоту. Лучшую из всех. — Ричард вцепился в решетку, прижавшись к ней лицом. — Ты знаешь, Каспар, что я могу. Скажи им, Каспар!

Каспар поглядел на него долгим взглядом.

— Ты их всех поубиваешь.

— Я обещаю этого не делать.

— Ричард, что ты такое несешь?

Он не обращал на меня внимания.

— Каспар, прошу тебя!

— Да, наверное, ты ее очень любишь.

Ричард смотрел на него, не отвечая.

— Ричард, что бы ты ни делал, они все равно меня не отпустят.

Он не слушал.

— Извини, Ричард. Тебе я верю, но зверю твоему... Ему, я боюсь, верить нельзя.

— Ладно, хватит время терять. Гарровей не знает, где нас искать, но может сюда нагрянуть. Давайте, оставляем их наедине, — сказал Титус.

И все вышли за жирным шерифом, последним — Каспар.

— Я бы хотел, чтобы в этих клетках были Габриэль и Райна. Мне жаль, что так вышло.

И человек-лебедь исчез в туннеле.

— Каспар, не надо, не делай этого! — эхом отдался в пещере вопль Ричарда, но иного ответа, кроме эха, ему не было. Мы остались одни. И я резко обернулась в ответ на шаркающий звук. Джейсон снова оказался на коленях, и что-то просыпалось в его бледно-синих глазах, что-то чудовищное и совсем не дружелюбное. Я наполовину не была настолько одна, насколько мне хотелось бы.

41

Джейсон сделал один неверный шаг в мою сторону и остановился.

— Нет, нет, нет! — Каждое слово вырывалось у него стоном. Он опустил голову. Желтые волосы свесились вниз, густые, но короткие, не достающие земли. На нем были просторная рубашка и джинсы. Вещи, которые не жалко испортить, если придется в них перекидываться.

— Анита! — позвал Ричард.

Я подвинулась так, чтобы видеть вторую клетку, не выпуская из виду Джейсона.

Ричард тянул ко мне руку сквозь решетку, будто мог перекрыть пространство и перетащить меня к себе.

Эдуард подполз к решетке и стал ощупывать замок. Изнутри он не мог его рассмотреть как следует. Потом он прижался щекой к решетке и закрыл глаза. Если они не помогают, то начинают отвлекать.

Выпрямившись, Эдуард достал из кармана тоненький футляр, расстегнул на нем молнию и вытащил какие-то миниатюрные инструменты. Отсюда мне не было их видно как следует, но я знала, что это такое. Эдуард собирался взломать замок. У нас есть шанс удрать в лес раньше, чем нас хватятся. Появилась перспектива.

Эдуард пристроился возле решетки, руки по обе стороны замка, в каждой руке отмычка. Глаза его были закрыты, лицо пусто — он полностью сосредоточился на движениях рук.

Джейсон издал грудью тихий и низкий звук. Сделал ко мне два шага, еле волоча ноги. Глаза у него были такими же невинно-синими, как апрельское небо, но за ними не осталось никого. Он глядел на меня так, будто видел мое тело изнутри, рассматривал бьющееся в груди сердце, чуял запах крови у меня в жилах. Не человеческий взгляд.

— Джейсон, держись, — сказал ему Ричард. — Еще несколько минут — и мы свободны. Держись.

Джейсон не отреагировал. По-моему, он не слышал.

Я про себя подумала, что несколько минут — слишком оптимистичный прогноз, но уж если Джейсон в это поверит, я тоже готова верить.

Джейсон полз ко мне. Я распласталась спиной по прутьям решетки.

— Эдуард, как у тебя там?

— Это не те инструменты, которые я бы выбрал для этого замка, но я справлюсь.

Что-то изменилось в движениях ползущего Джейсона, будто у него выросли мускулы в местах, где их быть не должно.

— Постарайся поскорее, Эдуард.

Он не ответил. Мне не надо было смотреть, чтобы узнать, что он возится с замком. Изо всех сил я верила, что он откроет дверь. Я прижималась спиной к решетке, стараясь сохранить между собой и вервольфом расстояние побольше. Эдуард откроет дверь, но успеет ли? Вопрос на миллион долларов.

Звук у входа заставил меня обернуться. В пещеру вошел Кармайкл. В руке у него был девятимиллиметровый револьвер, и Кармайкл улыбался. Таким довольным я его еще не видела.

Эдуард не обратил внимания — он возился с замком.

Кармайкл направил ствол на Эдуарда.

— Отойди от замка! — Он взвел курок с громким щелчком — движение не необходимое, но с всегда отличным театральным эффектом. — Ты нам живой не нужен. Отойди... от... замка!

С каждым словом он делал шаг ближе.

Эдуард поглядел на него. Лицо его было все также пусто, будто он весь сосредоточился на работе рук, а не на наставленном на него револьвере.

— Брось отмычки наружу. Быстро!

Эдуард пристально глядел на Кармайкла. Выражение его лица не изменилось, но он отбросил два миниатюрных инструмента.

— Вытащи из кармана весь пакет и брось сюда. И не пытайся врать, что его у тебя нету. Если у тебя были эти две штучки, то есть и остальные.

Не знаю, чем занимался Кармайкл в реальном мире, но чем-то не очень хорошим. Чем-то таким, где надо знать, какие отмычки должны быть в наборе профессионала.

— Второй раз предупреждать не буду, — сказал Кармайкл. — Бросай, иначе я стреляю. Вся эта возня мне надоела.

Эдуард бросил ему тонкий кожаный футляр, и тот шлепнулся на каменный пол. Кармайкл не шевельнулся, чтобы его подобрать, — отмычки лежали так, что Эдуарду было не дотянуться, а это и все, что надо. Он отошел назад, держа нас всех в поле зрения, но при этом уделил внимание Джейсону и мне. Вот радость-то!

— А наш маленький вервольфик просыпается. Я так и думал.

Из горла Джейсона вырвалось низкое прерывистое рычание.

Кармайкл рассмеялся довольным лающим смехом.

— Мне хотелось видеть, как он перекидывается. Хорошо, что я догадался вернуться проверить.

— Я в восхищении от вашего присутствия, — сказала я.

Он подошел поближе к решетке, но так, что не дотянуться, и стал смотреть на Джейсона.

— Никогда не видел, как они перекидываются.

— Выпустите меня, и посмотрим вместе.

— Да ну, зачем мне это? Я платил деньги за весь спектакль.

Глаза у него блестели от предвкушения радости — ярко и весело, как у ребенка утром на Рождество. С-сука!

Джейсон зарычал снова, и я полностью переключила внимание на него. Он скорчился на каменном полу, подобрав под себя руки и ноги. От рычания, прорывавшегося между человеческими губами, у меня на шее поднимались дыбом волосы. Но Джейсон на меня не смотрел.

— А ведь он на вас рычит, Кармайкл.

— Да, но я не в клетке, — возразил он и был прав.

— Джейсон, не злись на него, — сказал Ричард. — Злость питает зверя. Ты не можешь сейчас позволить себе злиться.

Голос Ричарда был невероятно спокоен, даже ласков. Он пытался Джейсона уговорить, или заговорить, или заболтать, как хотите называйте слова, которые могут удержать вервольфа от метаморфозы.

— Нет, волк, злись, — сказал Кармайкл. — Я тебе голову отрежу и повешу на стену.

— Он после смерти станет опять человеком, — напомнила я.

— Я знаю, — ответил Кармайкл.

Ну и ну!

— Если полицейские найдут у вас человеческую голову, это может вызвать у них излишнюю подозрительность.

— У меня много есть трофеев, которые мне не хотелось бы показывать полиции.

— А что вы делаете в реальном мире?

— Разве этот не реален?

Я покачала головой. С ним трудно было спорить, но мне хотелось.

Джейсон подполз к решетке в позе обезьяны. Грациозно, но энергично, будто он был готов взмыть в воздух. Будто если он подпрыгнет, то полетит.

— Джейсон, спокойно. Легче, легче, — сказал Ричард.

— Давай, мальчик, вперед. Бросайся на решетку, и я спущу курок.

У меня на глазах Джейсон собрал все мышцы и ударил в решетку плечом. Припал к решетке, развел руки как можно шире. Ткнулся плечом между прутьев, будто хотел проскользнуть. Кармайкл на миг застыл в неуверенности, потом засмеялся.

— Стреляй! — сказал Джейсон, даже не сказал, а прорычал. — Стреляй!

— А вот не буду, — ответил Кармайкл.

Джейсон вцепился в решетку руками и соскользнул на колени, прижимаясь лбом к прутьям. Он дышал часто и тяжело, будто только что пробежал милю на одном дыхании. Был бы он человеком, упал бы в обморок от гипервентиляции. Его голова повернулась ко мне, медленно, до боли медленно, будто против его воли.

Он пытался заставить Кармайкла его застрелить. Хотел быть убитым, только бы не растерзать меня. Он меня даже почти не знал и готов был пожертвовать жизнью. Много очков в его пользу.

Он смотрел на меня, и в его лице читалась голая, сырая нужда. Не секс и не голод, или то и другое, или ни то, ни другое — не знаю. Я не понимала смысла этого взгляда и не хотела понимать.

Он пополз ко мне. Я попятилась, почти бегом.

— Не беги, — сказал Ричард. — Это его возбуждает.

Чтобы стоять неподвижно, глядя в лицо Джейсона, мне потребовалась вся сила воли. Руки у меня заболели от судорожной хватки за решетку, но я остановилась. Бежать нельзя.

Джейсон остановился тоже, припав к земле на расстоянии. Потом вытянул руку и пополз ко мне. Медленно, против воли, он полз ко мне.

— Другие предложения есть? — спросила я.

— Не беги. Не отбивайся. Борьба возбуждает. Сохраняй спокойствие, не бойся. Страх возбуждает в высшей степени.

— Говоришь по личному опыту? — спросила я.

— Да, — ответил он.

Я хотела повернуться и посмотреть ему в глаза, но не могла. Глаза у меня были только для вервольфа в одной со мной клетке, а вервольф в другой клетке сам о себе может позаботиться.

Джейсон стоял на четвереньках возле моих ног, как ждущий команды пес. Когда он поднял на меня взгляд, в его глазах разливался бледно-зеленый оттенок, и в водовороте этого цвета исчезали голубые радужки его глаз. Когда это кончилось, у Джейсона были глаза цвета весенней травы, светло-светло-зеленые и совсем не человеческие.

Я ахнула — не смогла сдержаться. Он придвинулся ближе, нюхая вокруг меня воздух. Кончики его пальцев пробежали по моей ноге, и я вздрогнула. Он испустил долгий вздох и потерся о мою ногу щекой. В «Кафе лунатиков» он сделал куда больше, но тогда его глаза были почти человеческие. А я была вооружена. Чего бы я сейчас ни отдала за пистолет!

Джейсон схватился за полу моего пальто, сжимая кулаки, вцепляясь в ткань. Он хочет стянуть меня на пол — ни за что. Я сбросила пальто с плеч, и Джейсон стянул его на землю. Я шагнула в сторону из круга ткани, и Джейсон прижал пальто двумя руками к лицу. Потом покатился по полу, прижимая к себе пальто, как собака по мертвечине. Купаясь в аромате.

Джейсон встал на колени и стал красться ко мне с текучей нервной грацией. Люди так не ползают.

Я попятилась — медленно, не убегая. Но я не хотела, чтобы он меня трогал!

Он пополз быстрее, точными движениями. Светло-зеленые глаза уперлись в меня, будто ничего, кроме меня, в этом мире не было.

Я попятилась быстрее, он за мной.

— Анита, не беги, прошу тебя, — сказал Ричард.

Я наткнулась спиной на стену и чуть ойкнула.

Двумя плавными движениями Джейсон перекрыл расстояние между нами, коснулся моих ног. Я подавила вопль. Пульс в горле бился так, что готов был меня задушить.

— Анита, совладай со страхом! Спокойно, спокойно думай.

— Сам думай на хрен спокойно! — огрызнулась я придушенным от страха голосом.

Пальцы Джейсона полезли мне под ремень. Телом он прижался к моим ногам, притискивая меня к решетке. Я опять чуть ахнула и тут же на себя разозлилась. Если уж так вышло, то я, черт побери, не буду подыхать, хныча.

Прислушиваясь к колотящемуся в ушах сердцу, я старалась дышать медленно и ровно. Глядя в эти весенне-зеленые глаза, я заново училась дышать.

Джейсон прижался щекой к моему бедру, медленно скользнув руками вокруг талии. Сердце заколотилось пойманной бабочкой, и я проглотила его. Потом сосредоточилась на сердцебиении, пока пульс не замедлился. Та сосредоточенность, которая позволяет сделать в дзюдо новый бросок. Та, которая питает подъем зомби.

Когда Джейсон снова поднял на меня глаза, я встретила его спокойным взглядом. И лицо у меня было пустым, нейтральным, спокойным. Сколько я могу так выдержать, я не знала, но постараюсь изо всех сил.

Он запустил пальцы мне под свитер, вверх по спине. Сердце у меня заколотилось сильнее. Я пыталась снова сосредоточиться, замедлить пульс, но руки Джейсона скользили по моей голой коже, прошли по ребрам на пути вверх, остановились, чуть не дойдя до грудей.

Когда Джейсон поднялся, я не сняла рук с его плеч. Он не вытащил руки у меня из-под свитера, и свитер задрался, обнажив живот. Джейсону понравился вид голой кожи. Он снова опустился на колени, дыша прямо мне в живот, высунул язык, лизнул мне пупок с краю. Коснулся губами кожи — мягко, ласкающе, горячо.

Я почувствовала его глубокий прерывистый вдох, и он зарылся лицом в мягкую плоть моего живота. Язык Джейсона тыкался мне в живот, губы плотно прижались. Зубы коснулись талии, и я вздрогнула, но не от боли. Руки его сжались в кулаки у меня под свитером, судорожно. Я не хотела отпускать его запястья, но хотела его от себя отстранить.

— Он собирается меня съесть или...

— Оттрахать, — подсказал Кармайкл. Я почти о нем забыла. Неосторожность — забыть о человеке с пистолетом. Может, правда, дело в том, что он не был мне опасен. Опасность была у моих ног.

— Джейсон только несколько месяцев с нами. Если бы он мог переключить свою энергию с насилия на секс, это было бы хорошо. Я бы постарался держать его подальше от смертельных зон.

— Что это значит?

— Старайся не подпускать его к горлу и к животу.

Я поглядела на Джейсона. Он поднял на меня глаза, и в них была темнота, в этих светлых глазах, такая глубокая, что утонуть можно.

Я потащила руки Джейсона у себя из-под свитера. Он тут же переплел со мной пальцы, тыкаясь лицом мне в живот, пытаясь зарыться лицом в кожу, где сдвинулся свитер. Я подняла его, и наши руки все еще были переплетены.

Он поднял их вверх, распиная меня на решетке. Я подавила порыв сопротивляться, выдернуться. Борьба возбуждает, а это плохо.

Мы были почти одного роста, и с расстояния в дюйм глаза Джейсона слишком сильно сверкали. Он раскрыл губы, и за ними мелькнули клыки. Господи ты Боже мой.

Джейсон потерся об меня щекой, губы скользнули в сторону моих губ. Я повернула голову, стараясь прикрыть сонную артерию. Он поднял голову, чтобы вдохнуть, и его рот оказался напротив моего. Он прижимался ко мне как раз настолько, чтобы мне стало ясно — ему здесь нравится. Точнее, нравится его телу. Он зарылся лицом мне в волосы и стоял, прижимаясь ко мне, а наши руки лежали на прутьях клетки.

Я чувствовала нижней челюстью, как бьется у него на шее пульс. Он задышал тяжело, быстро, как будто мы занимались уже чем-то куда более серьезным, чем предварительная любовная игра. Может, из стадии любовной игры мы перешли в стадию закуски?

У меня по коже пробежали мурашки от силы, но это не была сила Джейсона. Я уже эту силу раньше чувствовала. Ричард? Его возбудило это представление? И он будет ловить кайф, глядя на мою смерть, как на смерть той женщины в фильме?

— Джейсон, она моя!

Голос был Ричарда, но с хорошими басовыми нотками. Приближалось изменение.

Джейсон захныкал. Другого слова я не подберу.

Мощь Ричарда неслась по воздуху, как далекая гроза, и она все приближалась.

— Прочь от нее, Джейсон! Ну!

Последнее слово прозвучало похоже на вскрик, но вскрик такой, как испускают кугуары: не страх, предупреждение.

Джейсон затряс головой, все так же прижимаясь к моим волосам. Руки его судорожно сжались на моих, и я охнула. Вот этого не надо было делать.

Он так резко выпустил мои руки, что я бы пошатнулась, но его прижатое ко мне тело удержало меня прямо. Он резко от меня отдернулся, и тогда я действительно пошатнулась. Тут он обхватил меня за бедра и поднял в воздух — слишком быстро, чтобы можно было ему помешать, даже если бы я и пыталась. Он бросил меня на решетку, и я почти весь удар приняла спиной. Побитая, но живая.

Придерживая меня одной рукой, другой он задрал мне свитер. Я одернула свитер обратно. Джейсон испустил низкий рык и с силой швырнул меня на пол. Удар о камень на минуту лишил меня возможности отбиваться. Джейсон разорвал свитер, как бумагу, раскрыв его у меня на животе. Потом поднял голову к небесам и вскрикнул, но раскрытый рот уже совсем не был человечьим.

Хватило бы у меня дыхания, я бы тоже вскрикнула.

— Джейсон, фу!

Это уже не был человеческий голос. Сила Ричарда заполнила всю клетку, такая густая, что хоть задохнись. Джейсон задергался, будто сила стала даже плотнее воздуха. Он начал беспорядочно махать руками, и я заметила, что на них когти вместо пальцев.

— Пошел вон! — раздался едва членораздельный рык.

Джейсон зарычал в ответ, щелкнув зубами в воздухе, но не на меня. Он скатился прочь и пополз по полу, порыкивая.

Я лежала на спине, боясь шевельнуться, боясь нарушить хрупкое равновесие, чтобы Джейсон не стал заканчивать начатое.

— А, блин! — произнес Кармайкл. — Ладно, люди, я сейчас вернусь, и пусть этот птичкин еще что-нибудь придумает, чтобы кто-нибудь из вас перекинулся.

И он вышел, оставив нас в безмолвии, которое сменилось низким и ровным рыком. Я поняла, что это уже не Джейсон.

Я приподнялась на локтях. Джейсон не пытался меня съесть. Ричард все еще стоял возле прутьев клетки, но у него вытянулось лицо — образовалась морда. Густые каштановые волосы удлинились. Казалось, они текут вниз, как будто растут из спины. Он держался за человеческий облик как за соломинку — тонкую сияющую соломинку.

Эдуард стоял у двери очень спокойно. Когда Ричард вдруг стал таким страшным, Эдуард даже не дернулся бежать. У него всегда были нервы стальные.

42

Первым в дверь вошел Титус.

— Я очень вами всеми недоволен. Кармайкл мне сообщил, что мы почти достигли цели, как вмешался вот этот вот.

Каспар глядел на Ричарда, будто никогда его не видел. Может быть, он действительно не видел получеловека-полуволка, но по его словам стало ясно, что дело не в этом.

— Маркус никогда не смог бы сделать того, что сделал ты.

— Джейсон не хотел ее трогать, — ответил Ричард. — Он хотел поступить правильно.

— Ладно, ты, птичкин, — сказал Кармайкл, — дальше что?

Я все так же сидела на полу, а Джейсон скорчился у дальней стены, покачиваясь на руках и коленях туда-сюда, туда-сюда. И тихо, порыкивающе стонал.

— Он на грани, — сказал Каспар. — Кровь столкнет его за грань. Даже вервольф альфа не удержит его при свежей крови.

Мне это не понравилось.

— Миз Блейк, вы не подойдете к решетке?

Я подвинулась так, чтобы видеть и стонущего вервольфа, и вооруженный лагерь снаружи.

— Зачем?

— Либо вы это сделаете, либо Кармайкл всадит вам пулю. Не заставляйте меня снова считать, миз Блейк.

— Знаете, не хочется мне к решетке.

Титус вытащил свой сорокапятикалиберный и направился к другой клетке. Эдуард спокойно сидел на полу. Я поймала его взгляд и поняла, что если мы когда-нибудь отсюда выберемся, то они все покойники. А Ричард стоял у решетки, вцепившись в нее руками.

Титус уставился на животное лицо Ричарда и присвистнул:

— Ну и ну! — И навел ствол ему в грудь. — У меня серебряные пули, миз Блейк. Если вы звонили Гарровею, у нас все равно не осталось времени для охоты. Он не знает, где вы, так что немного времени у нас есть, но не вся ночь. Кроме того, я думаю, что этот волколак слишком опасен. Так что если вы будете продолжать меня злить, я его убью.

Ричард поглядел на меня.

— Они все равно нас убьют, так что не делай этого.

Голос его был по-прежнему таким рычащим, что у меня мурашки побежали по спине.

«Они все равно нас убьют». Но я не могла просто стоять и смотреть, если есть возможность оттянуть неизбежное. Я подошла к решетке.

— Что дальше?

Титус не отводил дула от груди Ричарда.

— Теперь, пожалуйста, просуньте руки сквозь решетку.

Я хотела отказаться, но он уже понимал, что я не хочу, чтобы Ричарда убили у меня на глазах. И потому я ничего не сказала, а просунула руки сквозь решетку, повернувшись спиной к вервольфу. Плохо.

— Держите ее за руки, джентльмены.

Я сжала руки в кулаки, но не отдернула. Будь что будет.

Кармайкл схватил меня за левую руку, бородатый Финштейн — за правую. Я могла бы дернуться, но рука у Кармайкла была как теплая сталь. Глядя ему в глаза, я не видела там ни капли жалости. Финштейну было несколько неловко. Седой стоял с винтовкой посередине комнаты, отстраняясь от всей этой сцены. Кармайкл же наслаждался каждым ее мгновением.

Титус подошел и стал разбинтовывать мне руку. Я подавила желание спросить, что он делает, — я уже поняла. И только надеялась, что ошиблась.

— Сколько вам наложили швов, миз Блейк?

Я не ошиблась.

— Не знаю. После двадцати перестала считать.

Он сбросил бинты на пол. Вытащив мой собственный нож, он поднял его на свет. Истинный шоумен.

Я прижалась к решетке лбом и задержала дыхание.

— Я открою вашу рану. Разрежу швы.

— Я уже догадалась.

— Отбиваться не будете?

— Делайте свое дело.

Подошел Айкенсен.

— Дайте мне. Я ей задолжал малость крови.

Титус посмотрел на меня почти так, будто просил разрешения. Я ответила как можно более безразличным взглядом. Он передал нож Айкенсену.

Тот поднес нож к первому шву на моем запястье, и я почувствовала, что у меня глаза становятся шире. Непонятно было, что делать. Смотреть — плохо, не смотреть — еще хуже. Просить их — бесполезно и унизительно. Бывают случаи, когда нет хорошего выбора.

Он разрезал первый шов. Я услышала, как он лопнул, но почему-то боли не было. Я отвернулась. Швы с треском лопались. Выдержу.

— Кровь нужна, — сказал Кармайкл.

Я поглядела и увидела, что Айкенсен поднес острие ножа к ране. Он собирался медленно вспороть рану — это должно быть больно. И я заметила, что Эдуард в своей клетке встал и смотрит на меня. Будто хочет мне что-то сказать. Взгляд его скользнул вправо.

Седой отошел подальше от этого спектакля и стоял рядом со второй клеткой. Было видно, что он готов тебя застрелить, но пыток не любит.

Эдуард глядел на меня. Кажется, я знала, чего он хочет. По крайней мере я на это надеялась.

Мне в руку впился нож. Я ахнула — боль была острая, как всегда от поверхностной раны, но эта боль должна была быть надолго. Густой струей побежала по коже кровь. Айкенсен заглубил острие на долю дюйма, я внезапно дернула руку. Финштейн от неожиданности меня выпустил и стал ловить снова. Кармайкл сжал сильнее, и вырваться я не могла, зато могла рухнуть на пол, чтобы до руки уже нельзя было достать ножом.

Потом я стала орать и отбиваться всерьез. Если Эдуарду нужен отвлекающий маневр, я ему это устрою.

— Втроем не можете справиться с одной женщиной в клетке!

Титус подошел вперевалку и схватил меня за левую руку, запястье которой держал Кармайкл. Но правую я втянула обратно в клетку.

Финштейн топтался у решетки, не понимая, что делать. Если уж ты платишь деньги за охоту на монстров, надо лучше соображать, что делать, когда доходит до горячего. Кобура Финштейна была около решетки.

А я все орала и вопила, дергая левой рукой. Титус зажал мою руку под мышкой, прижав к своему телу. От хватки Кармайкла останутся синяки. Наконец они меня скрутили, Айкенсен приложил нож к ране и начал резать.

Финштейн наклонился, будто чтобы помочь, а я завопила и прижалась к решетке. Вытаскивать его пистолет я не стала, а спустила курок, направив кобуру ему в тело. Пуля ударила его в живот, и Финштейн повалился на спину.

Второй выстрел эхом раздался в пещере, и голова Кармайкла забрызгала Титуса с головы до ног. Мозги и кровь разлетелись по форменной шляпе.

Эдуард стоял с винтовкой у плеча, седой бесформенной кучей лежал возле решетки. Шея его торчала под странным углом, а Ричард склонился к нему, стоя на коленях. Это он его убил?

За мной послышался звук — низкий грудной вопль. Титус уже достал пистолет, все еще зажимая мою руку. Финштейн катался по полу, и до его пистолета мне было не дотянуться.

За моей спиной послышалось низкое рычание, что-то задвигалось. Джейсон вступал снова в игру. Только этого не хватало.

Титус дернул меня за руку ближе к решетке, чуть не вывернув плечевой сустав, и ткнул дулом мне в щеку. Ствол был холодным.

— Брось винтовку, блондинчик, или я нажму курок!

С прижатым к решетке лицом я не могла обернуться, но слышала, как сзади что-то ползет.

— Он перекидывается?

— Еще нет, — ответил Ричард.

Эдуард все еще держал Титуса под прицелом винтовки. Айкенсен застыл в оцепенении с окровавленным ножом.

— Брось винтовку, или ей конец!

— Эдуард!

— Анита, — ответил он. Голос его звучал совершенно обыденно. Мы оба знали, что он может завалить Титуса, но если у того дернется палец, мне тоже конец. Вот и выбирай.

— Делай, — сказала я.

Он спустил курок. Мне в лицо плеснуло кровью, и Титус привалился к решетке. Какой-то более плотный, чем кровь, ком скользнул по моей щеке. Я дышала часто и мелко. Титус сполз вниз, все еще зажимая пистолет.

— Выпусти ее, — скомандовал Эдуард.

Что-то коснулось моей ноги, я дернулась и обернулась. Джейсон схватил меня за окровавленную руку — с неимоверной силой. Он склонил голову и стал лизать кровь, как кошка сливки.

— Выпусти ее, или тебе тоже конец!

Айкенсен стоял столбом.

Джейсон лизал мне руку, лаская рану языком. Это было больно, но я подавила стон. Без звуков. Без борьбы. Он проявил чудеса силы воли, не набросившись на меня, пока я боролась с людьми у решетки. Но терпение вервольфа не безгранично.

— Ну! — прикрикнул Эдуард.

Айкенсен бросился к двери, уронив по дороге нож, и стал нашаривать замок.

Джейсон чуть прикусил мне руку. Я не сдержала вскрика. Не смогла. Ричард заорал что-то нечленораздельное громовым голосом.

Джейсон дернулся прочь от меня.

— Беги, — выговорил он, погружая лицо в лужу крови на полу, лакая. Голос у него был придушенный, не голос, а рык. — Беги!

Айкенсен открыл дверь, и я боком вылезла.

Джейсон задрал голову к небу и взвизгнул:

— Беги!

Я отбежала, Айкенсен захлопнул дверь. Джейсон корчился на полу, изо рта у него бежала пена. Руки судорожно сжались, хватая что-то невидимое. Я видела, как оборотни перекидываются, но никогда это не было так страшно. Как сильный эпилептический припадок или смерть от стрихнина.

Волк вырвался из его кожи почти готовым продуктом, как цикада из куколки, и подбежал к решетке. Когти махнули в нашу сторону, и мы оба попятились. С челюстей волка капала пена, зубы полосовали воздух. И я знала, что он бы меня убил и сожрал. Таков он был, такова его природа.

Айкенсен не мог отвести от волка глаз. Я нагнулась и подобрала оброненный нож.

— Айкенсен!

Он повернулся ко мне, все еще перепуганный и бледный.

— Когда ты застрелил Холмс, тебе это было приятно?

Он хмуро напомнил:

— Я тебя выпустил. Я сделал как сказали.

Я шагнула к нему.

— Ты помнишь, что я тебе обещала сделать, если ты тронешь Уильямса?

Он поднял на меня глаза:

— Помню.

— Молодец, — сказала я и вогнала нож ему в самый низ живота. По рукоять. Кровь хлынула и залила мне руку. Айкенсен так и глядел на меня стекленеющими глазами.

— Обещания надо выполнять.

Он упал, и под тяжестью его тела нож вспорол живот снизу доверху. Когда я вынула нож, глаза Айкенсена уже закрылись.

Обтерев нож о его китель, я вытащила ключи из обмякшей руки. Эдуард уже повесил винтовку на плечо. Ричард глядел на меня так, будто увидел впервые в жизни. По его лицу, даже при этой странной форме, и желтым глазам было видно, что он меня не одобряет.

Я открыла дверь. Первым вышел Эдуард, вторым Ричард, не отрывая от меня взгляда.

— Не было нужды его убивать. — Слова были Ричарда, хотя голос не его.

Мы с Эдуардом уставились на вервольфа альфа.

— Была, была.

— Мы убиваем, когда не можем иначе, а не для удовольствия или гордости, — сказал Ричард.

— Ты — может быть, — ответила я. — Но прочая стая, остальные оборотни, не столь щепетильны.

— Сюда едет полиция, — напомнил Эдуард. — Мы хотим с ними встречаться?

Ричард посмотрел на лютующего зверя в соседней клетке.

— Дайте мне ключи, я выведу его через туннель. Я чую запах наружного леса.

Я отдала ключи Ричарду, он коснулся пальцами моей ладони, когда их брал.

— Я долго продержаться не смогу. Идите.

Я заглянула в эти странные янтарные глаза. Эдуард тронул меня за руку:

— Нам пора.

Я услышала звук сирен. На выстрелы съезжаются, наверное.

— Поосторожнее там, — сказала я Ричарду.

— Обязательно.

Эдуард увлекал меня вверх по лестнице. Ричард упал наземь, спрятав лицо в ладони. Когда он его поднял, кости лица стали длиннее и скользили под кожей, будто лицо было из глины.

Я споткнулась, и только рука Эдуарда не дала мне упасть на лестнице. Я повернулась, и мы побежали. Когда я оглянулась, Ричарда не было видно.

Винтовку Эдуард бросил на лестнице. Дверь распахнулась, и в нее ввалилась полиция. Только тут я сообразила, что Каспара нигде нет.

43

Ни мне, ни Эдуарду не пришлось садиться в тюрьму, хотя копы нашли тех, кого мы убили. Все вообще считали чудом, что нам удалось выбраться живыми. Это произвело на них впечатление. Эдуард меня удивил, показав удостоверение на имя Теда Форрестера, охотника за скальпами. То, что мы перебили шайку нелегальных охотников на ликантропов, сильно повысило репутацию охотников за скальпами и Теда Форрестера в частности. Я тоже получила много хорошей прессы, и Берт был доволен.

Дольфа выписали как раз к Рождеству, Зебровски пришлось проваляться дольше. Я купила каждому из них в подарок по ящику патронов с серебряными пулями. Это всего лишь деньги, и вообще я не хочу когда-нибудь видеть, как у них жизнь вытекает под капельницей.

Я нанесла последний визит в «Кафе лунатиков». Маркус мне рассказал, что Альфред убил ту девушку по собственной инициативе. Габриэль не знал, что это произойдет, но раз уж ее убили, то не пропадать же добру! Ликантропы разные бывают, но уж непрактичных среди них нет. Райна пустила фильм в продажу по той же причине. Не то чтобы я им поверила — куда как просто свалить вину на покойника, но Эдуарду я так и не сказала. Предупредила только Райну и Габриэля, что, если не дай бог всплывет еще одна порнуха с убийством, могут помахать миру своими мохнатыми лапками. Я спущу на них Эдуарда. Последнего я им, впрочем, тоже не сказала.

Ричарду я подарила золотой крест и взяла с него обещание его носить. Он мне подарил игрушечного пингвина, который играет «Зимнюю сказку», мешок черно-белых резиновых пингвинов и небольшую бархатную коробочку, как для кольца. Я думала, что у меня сердце выпрыгнет, но кольца там не было, а только записка: «Обещания выполняются».

Жан-Клод подарил мне стеклянную статуэтку пингвина на льдине, красивую и дорогую. Мне бы она понравилась больше, если бы ее подарил Ричард.

Что можно подарить на Рождество Герцогу Города? Пинту крови разве что? Я остановилась на античной камее. На вороте его кружевной рубашки она будет отлично смотреться.

Где-то в феврале доставили посылку от Эдуарда. В ней оказалась шкура лебедя. И записка: «Я нашел колдунью, которая сняла проклятие». Когда я подняла шкуру с перьями, выпала еще одна записка. Там было сказано: «Мне заплатил Маркус». Мне и самой надо было понять, что Эдуард сумеет получить выгоду от ликвидации, которую приходится выполнить бесплатно. Я его все же знала.

Ричард не понимает, зачем я убила Айкенсена. Я пыталась объяснить, но сказать, что я убила человека, потому что обещала, — это звучало как гордыня. Только это не было ради гордыни. Это было ради Уильямса, которому уже не защитить свою докторскую и сов своих не увидеть. Ради Холмс, которой никогда не быть первой в Миссури женщиной — начальником полиции. Ради всех, кого он убил без малейшего милосердия. А раз так, ему милосердия тоже не полагается. У меня не было бессонницы из-за убийства Айкенсена. Может, это должно бы меня волновать больше, чем само убийство — тот факт, что оно меня совсем не волнует. Ну вот ни капельки.

А шкуру лебедя я отдала натянуть на прелестную раму и застеклить, а потом повесила в гостиной — она как раз под цвет дивана. Ричарду не нравится, а мне — так даже очень.

Содержание

Цирк проклятых 3
Кафе лунатиков 337

Книги издательской группы АСТ вы сможете заказать и получить по почте в любом уголке России. Пишите:

107140, Москва, а/я 140

Звоните: (095) 744-29-17
ВЫСЫЛАЕТСЯ БЕСПЛАТНЫЙ КАТАЛОГ

Вы также сможете приобрести книги группы АСТ по низким издательским ценам в наших **фирменных магазинах:**

Москва

- м. «Алексеевская», Звездный б-р, д. 21, стр. 1, тел. 232-19-05
- м. «Алтуфьево», Алтуфьевское шоссе, д. 86, к. 1
- м. «Варшавская», Чонгарский б-р, д. 18а, тел. 119-90-89
- м. «Крылатское», Осенний б-р, д. 18, к.1
- м. «Кузьминки», Волгоградский пр., д. 132, тел. 172-18-97
- м. «Павелецкая», ул. Татарская, д. 14, тел. 959-20-95
- м. «Перово», ул. 2-я Владимирская, д. 52, тел. 306-18-91, 306-18-97
- м. «Пушкинская», «Маяковская», ул. Каретный ряд, д. 5/10, тел. 209-66-01, 299-65-84
- м. «Сокол», Ленинградский пр., д. 76, к. 1, Торговый комплекс «Метромаркет», 3-й этаж, тел. 781-40-76
- м. «Сокольники», ул. Стромынка, д. 14/1, тел. 268-14-55
- м. «Таганская», «Марксистская», Б. Факельный пер., д. 3, стр. 2, тел. 911-21-07
- м. «Царицыно», ул. Луганская, д. 7, к. 1, тел. 322-28-22
- Торговый комплекс «XL», Дмитровское шоссе, д. 89, тел. 783-97-08
- Торговый комплекс «Крокус-Сити», 65—66-й км МКАД, тел. 942-94-25

Регионы

- г. Архангельск, 103-й квартал, ул. Садовая, д. 18, тел. (8182) 65-44-26
- г. Белгород, пр. Б. Хмельницкого, д. 132а, тел. (0722) 31-48-39
- г. Калининград, пл. Калинина, д. 17-21, тел. (0112) 44-10-95
- г. Краснодар, ул. Красная, д. 29, тел. (8612) 62-55-48
- г. Курск, ул. Ленина, д. 11, тел. (0712) 22-39-70
- г. Н. Новгород, пл. Горького, д. 1/16, тел. (8312) 33-79-80
- г. Новороссийск, сквер имени Чайковского, тел. (8612) 68-81-27
- г. Оренбург, ул. Туркестанская, д. 23, тел. (3532) 41-18-05
- г. Ростов-на-Дону, пр. Космонавтов, д. 15, тел. (88632) 35-99-00
- г. Рыбинск, ул. Ломоносова, д. 1 / Волжская наб., д. 107, тел. (0855) 52-47-26
- г. Рязань, ул. Почтовая, д. 62, тел. (0912) 20-55-81
- г. Самара, пр. Кирова, д. 301, тел. (8462) 56-49-92
- г. Смоленск, ул. Гагарина, д. 4, тел. (0812) 65-53-58
- г. Тула, пр. Ленина, д. 18, тел. (0872) 36-29-22
- г. Череповец, Советский пр., д. 88а, тел. (8202) 53-61-22

Издательская группа АСТ

129085, Москва, Звездный бульвар, д. 21, 7-й этаж
Справки по телефону: (095) 215-01-01, факс 215-51-10
E-mail: astpub@aha.ru   http://www.ast.ru

По вопросам оптовой покупки книг
издательства АСТ обращаться по адресу:
Звездный бульвар, дом 21, 7-й этаж
Тел. 215-43-38, 215-01-01, 215-55-13

Книги издательства АСТ можно заказать по адресу:
107140, Москва, а/я 140, АСТ – "Книги по почте"

Исключительные права на публикацию книги
на русском языке принадлежат издательству АСТ.
Любое использование материала данной книги,
полностью или частично, без разрешения
правообладателя запрещается.

Литературно-художественное издание

Гамильтон Лорел

**Цирк проклятых
Кафе лунатиков**

Романы

Редакторы Е.А. Барзова, Г.Г. Мурадян ("Кафе лунатиков")
Художественный редактор *О.Н. Адаскина*
Компьютерный дизайн: *А.С. Сергеев*
Технический редактор *О.В. Панкрашина*
Компьютерная верстка: *В.А. Смехов*

Общероссийский классификатор продукции
ОК-005-93, том 2; 953000 — книги, брошюры

Санитарно-эпидемиологическое заключение
№ 77.99.02.953.Д.000577.02.04 от 03.02.2004 г.

ООО «Издательство АСТ»
667000, Республика Тыва, г. Кызыл, ул. Кочетова, д. 28
Наши электронные адреса:
WWW.AST.RU E-mail: astpub@aha.ru

ОАО «ЛЮКС»
396200, Воронежская обл., п.г.т. Анна, ул. К. Маркса, д. 9

Отпечатано с готовых диапозитивов
в ОАО «Рыбинский Дом печати»
152901, г. Рыбинск, ул. Чкалова, 8.